GOLDMANN

W0000514

Buch

Für drei hohe Geistliche des Vatikans steht fest, daß der KGB auf Befehl Juri Andropows den polnischen Papst ermorden will. Um diese Bluttat zu verhindern, gibt es für sie nur eines: Andropow selbst muß beseitigt werden. Ihre Geheimwaffe: Mirek Scibor, ein übergelaufener Agent des polnischen Geheimdienstes. Doch diesem zynischen, skrupellosen, haßgetriebenen Mann, der als ehemaliger Kommunist selbstverständlich Atheist ist, wird eine Frau zur Seite gestellt, die ganz anders ist als er: die schöne Ania, deren hervorstechendster Charakterzug ihre tiefe Religiösität ist. Denn sie ist eine Nonne . . .

Autor

Der Name A. J. Quinnell ist das Pseudonym eines weltbekannten amerikanischen Autors, dessen Geheimnis nicht gelüftet werden darf.

Als Goldmann-Taschenbücher sind bereits lieferbar:

Blutzoll · Roman (8577)
Der Söldner · Roman (8500)
Der Treffer · Roman (8616)
Der falsche Mahdi · Roman (8445)
Operation Cobra · Roman (8829)

GOLDMANN VERLAG

Aus dem Englischen übertragen von Hartmut Huff
Titel der Originalausgabe: In the Name of the Father
Originalverlag: Hodder & Stoughton, 1987

Deutsche Erstveröffentlichung

Der Goldmann Verlag
ist ein Unternehmen der Verlagsgruppe Bertelsmann

Made in Germany · 4/88 · 1. Auflage

Umschlaggestaltung: Design Team, München
Umschlagfoto: Guido Pretzel, München
Satz: Fotosatz Glücker, Würzburg
Druck: Elsner, Berlin
Verlagsnummer: 8988
Lektorat: Boris Hezcko · UK
Herstellung: Peter Papenbrok
ISBN 3-442-08988-3

Für Chris

»Man kann die Kirche
nicht mit Marienverehrung führen.«

Erzbischof Paul Marcinkus

Danksagung

Mit Dank an Maurie für seine Hilfe bei diesen und anderen Büchern und an meine polnischen Freunde, besonders an Maciej, Mirek und Andrzej; und an Matthew Berry.

AJQ

Prolog

Zuerst reinigte er die Waffe, dann sich selbst. Er tat beides peinlich genau. Die Waffe war eine russische Makarow-Pistole. Er reinigte sie an dem Tisch in der winzigen Küche. Er arbeitete automatisch. Seine Finger waren geübt. Er benutzte ganz feines Maschinenöl, in das er einen feinen Stofflappen tauchte; dann wischte er das Öl mit Sämischleder ab. Es war bereits eine Stunde nach Sonnenaufgang, aber das Küchenlicht brannte noch. Gelegentlich hob er den Kopf, um durch das kleine Fenster zu schauen. Der Himmel über Krakau war bewölkt. Ein grauer Wintertag wie jeder andere. Er nahm die Patronen aus dem Magazin und überprüfte die Feder. Zufrieden lud er die Waffe wieder und ließ den Verschluß zurückschnappen.

Seine Finger umfaßten den Kolben. Das Gewicht war ausbalanciert und fühlte sich angenehm an. Doch nachdem er den dicken Schalldämpfer aufgeschraubt hatte, wurde die Waffe lauflastig. Egal. Er würde dicht dran sein.

Vorsichtig legte er die Waffe auf die zerkratzte Holzfläche und stand auf. Er streckte die Beine und dehnte die Armmuskeln.

Er wusch sich in der engen Duschzelle. Die Größe des Badezimmers ließ keinen Platz für eine Wanne. Und dennoch erinnerte er sich an seine Freude, als er nach seiner Beförderung zum Major die Wohnung bekommen hatte. Es war das erstemal in seinem Leben, daß er es sich leisten konnte, allein zu wohnen. Die Einsamkeit war willkommen gewesen.

Er nahm ein französisches Shampoo, das er in einem der Geschäfte, zu denen nur Militärbedienstete Zutritt hatten, gekauft hatte, und seifte sein Haar und seinen ganzen Körper damit ein. Nachdem er sich abgeduscht hatte, wiederholte er den Vorgang noch zweimal. Es war gerade so, als versuchte er, sich auch unter der Haut zu reinigen. Er rasierte sich sorgfältig, ohne sein Gesicht im Spiegel anzusehen. Seine Uniform lag sorgfältig ausgebreitet auf dem Bett. Er erinnerte sich des fast sexuellen Vergnügens, als er sie zum erstenmal angelegt hatte. Er zog sich langsam, mit gemessenen Bewegungen an; es war fast so, als vollzöge er ein Ritual. Dann zog er unter dem Bett eine Drillichtasche hervor. Dahinein packte er ein Paar schwarze Schuhe, zwei Paar schwarze Socken, zwei dunkelblaue Unterhosen, zwei wollene unifarbene Hemden, einen dicken marineblauen Wollpullover, einen schwarzen Wollschal, einen khakifarbenen Anorak und zwei blaue Cordhosen. Seine Toilettentasche legte er obendrauf.

Sein schwarzer Lederaktenkoffer stand in dem engen Korridor neben der Eingangstür. Er trug ihn in die Küche und legte ihn neben der Waffe auf den Tisch. Die Doppelschlösser hatten die Zahlenkombination 1951 – sein Geburtsjahr. Bis auf zwei Lederriemen, die auf dem Boden des Koffers befestigt waren, war dieser leer. Er legte die Waffe zwischen die Riemen und zog sie fest.

Zwei Minuten später ging er mit der Drillichtasche und dem Aktenkoffer aus der Tür, ohne sich noch einmal umzublicken.

Der Berufsverkehr hatte nachgelassen, und er brauchte nur zwölf Minuten, um das Hauptquartier des SB in der Nähe des Stadtzentrums zu erreichen. Er konnte das Rattern im Motor des kleinen Skoda hören. Am kommenden Montag sollte er zur Hauptinspektion. Automatisch blickte er auf das Armaturenbrett. Der Wagen war gerade erst etwas über neunzigtausend Kilometer gelaufen, seit er ihm fabrikneu anläßlich seiner Beförderung zugewiesen worden war.

Normalerweise hätte er in der Umfriedung hinter dem Gebäude geparkt. An diesem Morgen aber ließ er den Wagen in einer Seitenstraße direkt um die Ecke neben dem Haupteingang stehen. Er stieg mit dem Aktenkoffer aus. Normalerweise hätte er die Tür abgeschlossen. Diesmal aber ließ er sie unverschlossen und überprüfte nur, ob der Kofferraum, in dem sich die Drillichtasche befand, richtig verschlossen war. Passanten, die seine Uniform sahen, wandten ihre Blicke ab.

Er hatte seinen Mantel nicht mitgenommen, und der Wind ließ ihn frösteln, als er rasch um die Ecke bog und die Stufen hinaufging, die ins Gebäude führten.

Da er jetzt erheblich mehr Arbeit zu erledigen hatte, war ihm kürzlich eine Ganztags-Sekretärin zugewiesen worden. Das Gebäude war überbelegt, doch er hatte für sie einen Platz in einer Nische gegenüber seinem Büro gefunden. Sie war mittleren Alters, frühzeitig ergraut und ständig besorgt. Sie blickte auf, als er den Korridor entlangschritt, und sagte ängstlich: »Guten Morgen, Major Scibor ... ich habe versucht, Sie zu Hause anzurufen, aber Sie müssen wohl gerade gegangen sein. Brigadegeneral Meiszkowskis Sekretärin rief an. Die Besprechung ist vorverlegt worden.« Sie schaute auf ihre Armbanduhr. »Sie wird in zwanzig Minuten beginnen.«

»Gut. Haben Sie den Bericht fertiggetippt?«

»Natürlich, Major.«

»Bringen Sie ihn mir bitte herein.«

Er ging in sein Büro, legte den Aktenkoffer auf seinen leeren Schreibtisch und zog die Jalousien auf. Graues Licht drang herein.

Sie folgte ihm und trug eine verschnürte braune Akte. Während sie diese neben den Aktenkoffer legte, sagte sie: »Sie haben noch Zeit, das zu überprüfen, Major. Wenn ich mir die Bemerkung erlauben darf, es ist eine ausgezeichnete Arbeit ... ich werde Ihnen jetzt Ihren Kaffee bringen.«

»Danke. Heute morgen nehme ich keinen Kaffee.«

In ihrem Gesicht spiegelte sich Überraschung. Sie kannte ihn nur als Mann mit festen Gewohnheiten.

»Danke«, sagte er noch einmal. »Ich möchte vor der Besprechung nicht gestört werden.«

Sie nickte und ging hinaus.

Er drehte an den Zahlenschlössern des Aktenkoffers und öffnete ihn. Dann stand er einen Augenblick lang da und schaute auf die Waffe. Schließlich löste er die Riemen. Die braune Akte trug die Aufschrift ›SLUBA BEZPIECZENSTWA‹, die schwarz auf den Umschlag gedruckt war. Er entschnürte sie. Die Akte enthielt etwa ein Dutzend eng mit Schreibmaschine beschriebene Seiten. Er machte keine Anstalten, sie zu lesen.

Er legte die Waffe mit dem Schalldämpfer auf die oberste Seite und setzte sich. Er drehte die Akte so, daß der Deckel sich von ihm weg öffnete. Er legte seine rechte Hand um den Kolben und schob seinen Finger durch den Abzugsbügel. Zweimal hob er die Waffe, legte sie dann wieder hin und verschnürte die Akte. Sie war jetzt eingebeult. Er legte sie in den Aktenkoffer und verschloß ihn.

Die nächsten fünfzehn Minuten saß er völlig unbewegt da und blickte durch das Fenster auf die Wand eines grauen Gebäudes auf der anderen Straßenseite. Es hatte leicht zu regnen angefangen.

Schließlich blickte er auf seine Armbanduhr, richtete sich auf und ergriff den Aktenkoffer. An der Wand zu seiner Linken befand sich ein Stadtplan in großem Maßstab. Er schaute einige Sekunden darauf und schritt dann zur Tür.

Brigadegeneral Meiszkowskis Büro befand sich in der obersten Etage. Seine Sekretärin saß in einem Vorzimmer. Sie war eine attraktive Frau mit langem rotbraunem Haar. Es wurde gemunkelt, daß sie und der Brigadegeneral eine Beziehung hatten, die weit über die gemeinsame Arbeit hinausging. Sie deutete auf eine Lederbank an der anderen Seite des Zimmers und sagte: »Oberst Konopka ist bereits drinnen. Der Brigadegeneral wird sie in Kürze hereinbitten lassen ... Kaffee?«

Er setzte sich und schüttelte den Kopf. Den Aktenkoffer legte er auf seinen Schoß.

Sie lächelte ihn an und tippte auf ihrer Schreibmaschine weiter. Ab und zu schaute sie zu ihm hin. Jedesmal war sein Blick auf einen Fleck etwa einen Meter über ihrem Kopf gerichtet.

Sie fand, daß er an diesem Morgen sehr angespannt wirke, und überlegte, warum. Die bevorstehende Besprechung barg keinerlei Probleme für ihn. Ganz im Gegenteil, ihm stand eine Belobigung bevor.

Sie schaute wieder auf. Sein Blick hatte sich nicht verändert. Sie schätzte ihn auf Anfang Dreißig. Sehr jung für einen Major. Er war ein attraktiver Mann, wirkte aber finster und bitter. Er hatte schwarzes Haar, das länger war als sonst beim Militär üblich, und dunkelbraune Augen. Ein schmales, fast dünnes Gesicht, aber eine volle Unterlippe und darunter ein gespaltenes Kinn.

Braune Augen sollten warm sein, aber diese waren so kalt wie der sibirische Wind.

Sie wunderte sich, warum sie das nie zuvor bemerkt hatte, als ihr Telefon klingelte. Sie nahm den Hörer ab und drehte den Kopf zur Seite. Ihr Haar flog herum, und sie hielt den Hörer ans Ohr.

»Jawohl ... Ja, er ist ... Jawohl.«

Sie legte den Hörer auf und nickte ihm zu und beobachtete, wie er aufstand und automatisch seine Krawatte zurechtrückte.

* * *

Das Büro des Brigadegenerals war geräumig und mit einem guten dicken Teppich und roten Vorhängen ausgestattet. Er saß hinter einem Schreibtisch aus Walnußholz. Davor standen zwei Stühle. Auf einem davon saß Oberst Konopka. Der Oberst war schlank und kantig, der Brigadegeneral war beleibt und hatte einen rosigen Teint. Er lächelte und deutete auf den freien Stuhl, wobei er sagte: »Mirek! Schön, Sie zu sehen. Hat mein Mädchen Ihnen Kaffee angeboten?«

Scibor schüttelte den Kopf. »Danke, ich wollte keinen.«

Er nickte dem Oberst zu und setzte sich, wobei er seinen Aktenkoffer auf den Schreibtisch legte.

Konopka sagte: »Ihre Arbeit über die Tarnow-Gruppe ist hervorragend gewesen. Die Frage ist, ob Ihr Bericht genug enthält, um Anklage zu erheben.«

Scibor nickte. »Dessen bin ich ganz sicher. Aber das müssen Sie – und der Brigadegeneral – beurteilen. Er ist kurz und ganz sachlich.« Er beugte sich vor und drehte an den Rändeln der Zahlenschlösser.

Einen Augenblick herrschte Stille. Der Brigadegeneral blickte erwartungsvoll. Er lächelte, als er den Umfang der Akte sah, und sagte: »Ich dachte, Sie hätten gesagt, er sei kurz?«

Scibor legte die Akte vor sich hin und stellte den Aktenkoffer auf dem Boden neben seinem Stuhl ab.

»Das ist er. Ich habe außerdem etwas mitgebracht, was ich Ihnen zeigen möchte.«

Langsam begann er die Akte zu entschnüren. Er hatte begonnen, tiefer zu atmen. Das blieb unbemerkt. Die anderen beiden hatten ihre Augen auf die Akte gerichtet. Während er die letzten Windungen von dem Verschlußknopf wickelte, sagte Scibor: »Brigadegeneral Meiszkowski, Oberst Konopka, Sie werden sich daran erinnern, als ich in die Bruderschaft – in die *Szyszki* eingeführt wurde. Sie wissen alles über diese Einführung. Nur habe ich die Einzelheiten erst gestern herausgefunden ... Dies ist meine Antwort ...«

Er hob die Akte hoch. Während seine Hand den Kolben umschloß, schaute er auf.

Der Mund des Brigadegenerals hatte sich voller Entsetzen geöffnet. Er richtete sich im Sessel auf. Mit seiner linken Hand schloß Scibor den Deckel. Er hob die Waffe und zog den Abzug durch.

Das Geräusch war ein scharfer, dumpfer Schlag. Der Kopf des Brigadegenerals schlug nach hinten, als die Kugel durch seinen geöffneten Mund drang, durch sein Hirn und wieder aus der Hirnschale austrat.

Scibor drehte die Waffe. Konopka erhob sich, sein Gesicht war vor Schreck verzerrt.

Drei scharfe, dumpfe Schläge. Drei Kugeln ins Herz. Während Konopka stürzte, faßte er nach dem Stuhl und zog ihn mit sich auf den Teppich. Seine Stimme war ein Gurgeln, als er zu sprechen versuchte. Scibor stand auf, zielte sorgfältig und schoß ihm direkt über dem linken Ohr in den Kopf.

Der Oberst lag still. Blut hatte den Teppich bespritzt. Scibor ging um den Schreibtisch herum. Der Brigadegeneral war mit seinem Sessel rücklings umgekippt. Sein Kopf lag verdreht im Winkel zwischen Boden und Wand. Die Wand war mit Blut beschmiert.

Scibor stand ruhig da, schaute und lauschte. Die Tür zum Büro war dick. Er bezweifelte, daß die Sekretärin etwas gehört hatte. Er atmete mehrere Male tief durch und schraubte dann den Schalldämpfer ab. Er stellte den Aktenkoffer zurück auf den

Schreibtisch. Seine Hände zitterten ein wenig, und er fummelte ein paar Sekunden an den Schlössern herum, bevor er sie öffnen konnte. Er legte den Schalldämpfer hinein und schloß den Aktenkoffer. Dann öffnete er seinen Gürtelholster und nahm das zusammengeknüllte Zeitungspapier heraus, das er benutzt hatte, damit er dick aussah und nicht auffiel. Er steckte die Makarow in den Holster, schloß ihn, nahm dann seinen Aktenkoffer und wandte sich zur Tür.

Die Sekretärin war überrascht über sein schnelles Wiederauftauchen. Über seine Schulter sagte er: »Danke, Brigadegeneral, ich werde in meinem Büro sein.« Er schloß die Tür und lächelte sie an. »Brigadegeneral Meiszkowski und Oberst Konopka wollen meinen Bericht allein diskutieren. Sie werden anrufen, wenn sie mich benötigen. In der Zwischenzeit will er nicht gestört werden ... unter keinen Umständen, hat er gesagt.«

Sie nickte. Er lächelte sie noch einmal an und ging hinaus. Unbewußt rückte sie ihr Haar zurecht.

Er benutzte nicht die Fahrstühle, die bekanntermaßen langsam waren, sondern ging die fünf Treppen hinunter. Als er aus dem Gebäude ging, grüßte ihn der Wachoffizier am Empfang gleichmütig. Er erwiderte den Gruß mit einem Winken.

Etwa zwanzig Minuten später klingelte es an der Haustür von Pater Josef Lasons bescheidenem Domizil am Stadtrand von Krakau.

Er seufzte verzweifelt. Seit zwei Stunden versuchte er den Predigttext für seine Sonntagsmesse zu schreiben. Der Bischof gab ihm die seltene Ehre, der Messe beizuwohnen, und war ungestümen Predigten gegenüber erfahrungsgemäß kritisch. Während dieser zwei Stunden hatte ständig das Telefon geläutet, meistens wegen ganz banaler Angelegenheiten. Er hatte überlegt, ob er überhaupt abnehmen sollte, aber zuweilen konnte ein Telefonanruf bei ihm lebenswichtig sein.

Er schlurfte in seinen alten Lieblingsholzpantinen zur Tür und öffnete, wobei ein Ausdruck von Ungeduld auf seinem Gesicht erschien. Draußen, im trüben Licht, stand ein Mann, der eine Drillichtasche trug. Er war mit blauer Cordhose und einem Khakianorak bekleidet. Ein schwarzer Schal war um seinen Hals gewickelt, der auch den unteren Teil seines Gesichts verdeckte. Sein schwarzes Haar war naß.

Mit etwas gedämpfter Stimme sagte er: »Guten Morgen, Pater Lason. Darf ich eintreten?«

Der Priester zögerte einen Augenblick. Dann aber bemerkte er, daß es in Strömen goß und daß der Mann vor Nässe triefte.

Im Korridor wickelte der Mann seinen Schal ab und fragte: »Sind Sie allein?«

»Ja. Meine Haushälterin ist beim Einkaufen.« Während er das sagte, stieg in dem Priester Angst hoch. Das Gesicht des Mannes sah irgendwie bedrohlich aus.

Der Mann sagte: »Ich bin Major Mirek Scibor vom SB.«

Als der Priester diese Worte hörte, vertausendfachte sich seine Angst. Der SB – Sluba Bezpieczenstwa – war der berüchtigte Arm der polnischen Geheimpolizei, der sich direkt mit der katholischen Kirche befaßte. Major Mirek Scibor war als einer seiner gefährlichsten Agenten bekannt und gefürchtet.

Die Angst des Priesters spiegelte sich auf seinem Gesicht wieder. Scibor sagte milde: »Ich bin nicht hier, um Sie zu verhaften oder Ihnen in irgendeiner Weise Schaden zuzufügen.«

Der Priester gewann etwas von seiner Fassung zurück. »Warum sind Sie dann hier?«

»Als Flüchtling ... ich suche Zuflucht.«

Nun wandelte sich der Gesichtsausdruck des Priesters von Furcht in Argwohn. Scibor bemerkte die Veränderung. Er sagte: »Pater Lason, vor einer knappen halben Stunde habe ich einen Brigadegeneral und einen Oberst des SB erschossen. Sie werden es in den Nachrichten hören.«

Der Priester blickte in Scibors Augen und glaubte ihm. Er bekreuzigte sich und murmelte: »Möge Gott Ihnen vergeben.«

Scibors Lippen verzerrten sich zu einem boshaften Lächeln. »Ihr Gott sollte mir danken.« Er betonte das Wort ›Ihr‹.

Dennoch schüttelte der Priester besorgt seinen Kopf und fragte: »Warum haben Sie das getan? ... Und warum sind Sie zu mir gekommen?«

Scibor ignorierte die erste Frage. Er sagte: »Ich bin deshalb gekommen, weil Sie Verbindungsmann für ein Fluchthelferunternehmen in den Westen sind. Ich habe in den letzten vier Monaten von Ihnen erfahren. Ich vermute, daß der Dissident Kamien über Sie hinausgebracht worden ist. Ich hätte Sie verhaftet, hatte aber gehofft, noch weitere Verbindungsleute aufzudecken.«

Der Priester schwieg für mehrere Sekunden. Dann sagte er: »Kommen Sie in die Küche.«

Sie saßen am Küchentisch einander gegenüber und tranken Kaffee. Der Priester fragte noch einmal: »Warum haben Sie das getan?«

Scibor nippte an seiner Tasse. Er hielt seine Augen auf den Tisch gerichtet. Mit kalter Stimme sagte er: »Ihre Religion predigt, daß die Rache Gott gehört. Nun, ich habe mir etwas von IHM geborgt ... Das ist alles, was ich sagen will.«

Er hob die Augen und blickte den Priester an, und der Priester wußte, daß das Thema beendet war. Er sagte: »Ich gebe nichts zu. Aber was wollen Sie tun, wenn Sie's schaffen in den Westen zu kommen?«

Scibor zuckte die Schultern. »Zunächst einmal müssen wir über vieles sprechen; doch wenn ich in den Westen komme, werde ich mit dem Schinken-Priester sprechen. Sagen Sie ihm das ... Sagen Sie dem Schinken-Priester, daß ich komme.«

Kapitel 1

Sie wählten Carabinieri-General Mario Rossi aus, um die Neuigkeiten zu überbringen. Es war eine gute Wahl. Rossi war nicht der Mann, der sich von einem Papst oder irgendeinem anderen irdischen Wesen beeindrucken ließ. Zudem war es eine sehr überlegte Wahl gewesen, denn Rossi war der Vorsitzende des Komitees, das die Regierung eingesetzt hatte, um die Sicherheit und das Leben des Papstes auf italienischem Boden zu überwachen. Sein Fahrer lenkte den schwarzen Lancia auf den Damaso-Hof. Rossi rückte seine Krawatte zurecht und stieg aus.

An seiner Eleganz erkannte man den urbanen Großstädter. Er trug einen dreiteiligen dunkelblauen Kammgarnanzug, der nur den Hauch eines dunkleren Nadelstreifens hatte. Ein perlgrauer Kaschmirmantel hing über seine Schultern. In dieser Stadt, die von sehr wählerisch gekleideten Männern bevölkert wurde, war er der Stolz jedes Schneidermeisters. Ein cremefarbenes Seidentuch in seiner Brusttasche stand in diskretem Farbkontrast zum Anzug. Und darüber steckte im Knopfloch seines Kragens als weiterer Kontrast eine kleine, aber stilvolle maronenfarbene Nelke. Dieses Arrangement hätte bei einem anderen Mann vielleicht feminin gewirkt, doch was immer über Mario Rossi erzählt werden mochte, und es wurde viel erzählt, niemand hatte je seine Männlichkeit in Frage gestellt.

Sein Gesicht war der Schweizer Garde bestens bekannt. Sie salutierten vor ihm respektvoll.

Im Apostolischen Palast wurde er von Cabrini, dem Maestro di Camera, empfangen. Ohne mehr als einen Gruß zu wechseln, gingen sie zum Fahrstuhl und fuhren in die oberste Etage. Rossi konnte die Vibrationen der Neugier, die Cabrini ausstrahlte, förmlich spüren. Eine Privataudienz beim Papst war eine Seltenheit. Besonders eine, die so kurzfristig angesetzt wurde; der italienische Innenminister hatte erst heute morgen darum gebeten – wegen einer wichtigen Staatsangelegenheit.

Sie erreichten die dunkle schwere Tür des päpstlichen Arbeitszimmers. Cabrini pochte mit seinen dürren Knöcheln heftig daran, kündigte Rossi mit nasaler Stimme an und führte ihn hinein.

Nachdem sich die Tür hinter ihm geschlossen hatte, erblickte Rossi den Papst, der sich hinter seinem kleinen, von Papieren übersäten Tisch erhob. Dieser Tisch sah wie der Arbeitsplatz eines geschäftigen Unternehmensdirektors aus. Im Gegensatz dazu wirkte der Papst genau so, wie er war. Er trug eine ehemals weiße, seidene Soutane, eine kleine weiße Kappe, eine dunkelgoldene Kette mit Kreuz und lächelte zur Begrüßung väterlich und warmherzig.

Er ging um den Tisch herum. Ergeben senkte sich Rossi auf ein Knie und küßte den dargebotenen Ring.

Der Papst beugte sich vor, griff mit einer Hand unter seinen Arm und hob ihn behutsam empor.

»Es ist Uns eine Freude, Sie zu sehen, General. Sie sehen gut aus.«

Rossi nickte zustimmend. »So fühle ich mich auch, Eure Heiligkeit. Eine Woche in Madonna di Campiglio bewirkt Wunder.«

Der Papst hob die Augenbrauen.

»Ah, wie war's beim Skilaufen?«

»Ausgezeichnet, Eure Heiligkeit.«

Mit einem Zwinkern in den Augen fragte der Papst: »Und das *après ski*?«

»Ebenfalls ausgezeichnet, Eure Heiligkeit.«

Der Papst lächelte schwach. »Wie sehr Wir die Hänge vermissen.«

Er ergriff Rossis Ellenbogen und geleitete ihn zu einer Gruppe niedriger Ledersessel, die um einen Walnußholztisch standen. Während sie sich setzten, tauchte durch eine Seitentür eine Nonne auf, die ein Tablett trug. Sie schenkte Kaffee ein, dazu für Rossi einen Sambucca und für den Papst ein kleines Glas mit einer bernsteinfarbenen Flüssigkeit aus einer Flasche ohne Etikett. Während sie sich zurückzog, trank Rossi seinen Kaffee, nahm einen Schluck Sambucca und sagte: »Ich möchte Eurer

Heiligkeit dafür danken, daß Sie bereit waren, mich so kurzfristig zu empfangen.«

Der Papst nickte, und Rossi, der sehr wohl wußte, daß er ein ungeduldiger Mann war, der nicht gern herumredete, kam gleich zur Sache.

»Eure Heiligkeit, Sie werden von dem Überläufer Yewchenko gehört haben.«

Wieder ein Nicken.

»Wir haben ihn in den vergangenen zehn Tagen verhört. Jetzt wird er den Amerikanern übergeben. Das Bemerkenswerteste ist, daß er trotz seines niedrigen diplomatischen Ranges ein weit höherer KGB-Mann war, als wir jemals vermutet hatten. Tatsächlich war er General und ist einer der wichtigsten Überläufer seit Jahrzehnten. Er war sehr kooperativ ... überaus kooperativ.«

Rossi lehrte seinen Sambucca und setzte das Glas behutsam auf dem Tisch ab. »Während unseres letzten Verhörs in der vergangenen Nacht sprach er über das gescheiterte Attentat vom 19. Mai 1981.«

Er blickte auf. Bis jetzt hatte der Papst mit höflichem Interesse zugehört. Jetzt hatte sich der Ausdruck seiner Augen zu aufmerksamem Interesse gewandelt.

Rossi sagte: »Er bestätigte, was eigentlich offensichtlich war: nämlich, daß dieser Attentatsversuch von Moskau aus geplant und gelenkt war, ausgeführt durch bulgarische Marionetten. Yewchenko hat außerdem gestanden, daß der Urheber, die treibende Kraft dahinter, der damalige KGB-Chef Juri P. Andropow war.«

Der Papst nickte und murmelte traurig: »Und seitdem gewählter Generalsekretär der Kommunistischen Partei der Sowjetunion ... und später der Ministerpräsident dieses Landes.« Er zuckte die Schultern. »Nun, General, all dies wurde aufgrund der Untersuchungen angenommen.«

»Ja, Eure Heiligkeit«, stimmte Rossi zu. »Was wir aber nicht vermuteten, war, daß Andropow es noch einmal versuchen würde, nachdem das fehlgeschlagen war.«

Schweigen, während der Papst das überdachte; dann fragte er ruhig: »Und Yewchenko hat angedeutet, daß er es wieder versuchen will?«

Rossi nickte. »Definitiv. Er kennt keine Einzelheiten, aber er ist konsultiert worden. Es scheint, als sei Andropow von dieser Sache besessen. Er ist davon überzeugt, daß Polen das Zentrum der sowjetischen Kontrolle über Osteuropa ist. Die Lage des Landes war für sie immer lebenswichtig und wird es in ihren Augen immer sein. Er ist ebenfalls überzeugt davon, daß Eure Heiligkeit eine gefährliche Bedrohung für dieses Zentrum darstellt...« Er hielt inne, um seine Worte wirken zu lassen, und fuhr dann ernst fort: »Und ganz offen gesagt, Eure Heiligkeit, Ihre Handlungsweise und Ihre Politik im Hinblick auf Polen und den Kommunismus schlechthin in diesen letzten achtzehn Monaten werden nicht dazu beigetragen haben, diese Ängste zu zerstreuen.«

Der Papst winkte mit einer Hand ab. »Wir haben alles mit Bedacht und im Licht der Lehren und der Führung Unseres Herrn getan.«

Rossi konnte nicht anders, als zu denken: »Und mit einer gehörigen Portion Patriotismus.« Doch er sprach diesen Gedanken nicht aus.

Der Papst fragte: »Würde er ein solches Risiko wirklich eingehen? Schließlich, wenn die polnische Bevölkerung mit absoluter Sicherheit wüßte, daß Wir auf unmittelbare Anweisung des Führers der Sowjetunion ermordet wurden, würde das einen Aufstand verursachen, der die Grundfesten des sowjetischen Imperiums erschüttern könnte.«

»Gewiß«, räumte Rossi ein. »In der Tat verwies Yewchenko darauf, daß es dagegen in der sowjetischen Hierarchie eine starke Opposition gibt. Aber Andropows Position scheint völlig gesichert zu sein. Und außerdem müssen wir davon ausgehen, daß der KGB aus dem letzten Versuch gelernt hat... Wir müssen den Tatsachen ins Auge sehen, Eure Heiligkeit. Einer der mächtigsten, amoralischsten und erbarmungslosesten Männer der Welt, dem ungeheure Möglichkeiten zur Verfügung stehen, hat Ihren Tod beschlossen.«

Wieder ein gedankenschweres Schweigen, während der Papst einen Schluck aus seinem Glas nahm. Dann fragte er: »Gibt es weitere Einzelheiten, General?«

Rossi verzog sein Gesicht. »Sehr wenig. Nur, daß der Versuch außerhalb des Vatikanstaates und außerhalb Italiens stattfinden wird. Eure Heiligkeit ist zu einer Reihe von Hirtenbesuchen in Übersee verpflichtet. Die Einzelheiten Ihrer Reisen sind bestens bekannt. Sie müssen es sein. Sie werden in etwa zwei Monaten nach Fernost aufbrechen. Das Attentat könnte dort stattfinden oder auf einer zukünftigen Reise. Ich glaube, daß es eher früher als später sein wird. Andropow ist als ungeduldiger Mann bekannt, und um seine Gesundheit steht es nicht sonderlich gut ... Eure Heiligkeit, ein kränklicher Mann, der unter einer Besessenheit leidet, wird diese Besessenheit wahrscheinlich rasch befriedigen wollen.«

Der Papst seufzte und schüttelte langsam sorgenvoll seinen Kopf. Rossi hatte das Gefühl, daß er ein paar Worte über Gottes Willen und das Gebot ›Liebet eure Feinde‹ sagen würde. Aber dies geschah nicht. Statt dessen herrschte ein langes Schweigen. Die Augen des Papstes waren beim Nachdenken halb geschlossen. Rossi ließ seinen Blick durch den Raum wandern, er nahm die Wandpaneele aus hellem Holz wahr, die kostbaren Gemälde, die hohen Fenster, die mit goldenem Damast drapiert waren. Fenster, auf die Millionen von Augen voller Ehrfurcht und Ehrerbietung geschaut hatten. Seine Augen wanderten wieder zurück zum Papst. Er glaubte zu erkennen, daß eine Entscheidung heranreifte. Die Augen des Papstes öffneten sich. Der Prozeß des Nachdenkens war beendet. Diese blauen Augen, die so oft lächelten, waren nun milchig.

Wie unter Schmerzen erhob sich der Papst. Unsicher tat Rossi das gleiche. Die beiden Männer sahen einander an. Sehr kurz sagte der Papst: »General, diese Nachricht ist nicht willkommen, doch Wir danken Ihnen dafür, daß Sie sie Uns persönlich und so schnell übermittelt haben.«

Entschlossen bewegte er sich zur Tür. Rossi folgte, wobei er etwas verwirrt fragte: »Sie werden alle Vorsichtsmaßnahmen treffen, Eure Heiligkeit? Sie begreifen den Ernst der ... vielleicht sollten Sie Ihre Reisen absagen ...«

Er kam nicht weiter. Der Papst hatte sich an der Tür umgedreht und schüttelte entschieden den Kopf.

»Wir werden nichts absagen, General. Unser Leben und die Art, wie Wir es führen, werden von keiner anderen Macht bestimmt als von dem Willen Gottes. Diesem atheistischen Verbrecher in Moskau wird es nicht gestattet sein, Unsere Hirtenmission auf Erden auf irgendeine Weise zu beeinträchtigen oder zu verhindern.« Er öffnete die Tür. »Ich danke Ihnen noch einmal, General. Kardinal Casaroli wird Ihrem Minister unseren Dank übermitteln.«

Etwas verwirrt küßte Rossi den dargebotenen Ring, murmelte ein paar Worte und wurde von Cabrini hinausgeführt, der noch neugieriger blickte. Als sie den Fahrstuhl erreichten, bemerkte Rossi, daß der persönliche Sekretär des Papstes, Pater Dziwisz, das Arbeitszimmer betrat.

Stanislaw Dziwisz war seinem geliebten Wojtyla aus Krakau gefolgt. So war es immer, wenn ein neuer Papst gewählt wurde. Luciani hatte seine Begleitung und seinen Haushalt aus Venedig mitgebracht, und Paul hatte sich mit Mailändern umgeben.

Pater Dziwisz war fünfzehn Jahre lang der persönliche Privatsekretär des Papstes gewesen und betrachtete ihn wie einen Vater. Er glaubte auch, daß er ihn als Vater verstand. Jetzt war er sich dessen nicht sicher. In der Stimme des Papstes schwang ein Ton mit, den er nie zuvor gehört hatte. Seine Haltung und sein Gebaren waren starr und kalt, als er in der Mitte des Raumes stand.

»Bitte Erzbischof Versano, sofort hierherzukommen ... und sage all unsere anderen Termine für diesen Nachmittag ab.«

Verwirrt fragte Dziwisz: »Alle, Eure Heiligkeit ...?« Er sah die Ungeduld in den Augen des Papstes und sagte entschuldigend: »Darunter ist auch die Begegnung mit der Abordnung aus Lublin, Eure Heiligkeit.«

Der Papst seufzte. »Wir wissen das. Sie werden enttäuscht sein. Erkläre ihnen, daß sich etwas Unerwartetes und Wichtiges ereignet hat. Etwas, das Unsere Zeit erfordert ... und Unsere Pflicht ist.« Er überlegte einen Augenblick und sagte dann: »Frag Kardinal Casaroli, ob er ein paar Minuten Zeit für sie hat. Er wird die richtigen Worte finden, um ihre Enttäuschung zu lindern.«

»Ja, Eure Heiligkeit...« Dziwisz wartete. Er wartete darauf zu erfahren, was diese wichtige Entwicklung sein mochte. Der Papst hatte ihn immer ins Vertrauen gezogen.

Dieses Mal nicht. Er merkte, daß er in kalte blaue Augen schaute. Und in ihnen war nur ein Ausdruck: Ungeduld. Er drehte sich um, um Erzbischof Versano zu benachrichtigen.

Der Erzbischof setzte sich und nahm dankbar den Kaffee an. Dieser Papst hatte ihn zum Erzbischof gemacht; eine Beförderung, die die meisten Beobachter des Vatikans überrascht hatte, besonders seit der ungelegenen Probleme mit einem anderen Amerikaner in der Hierarchie des Vatikans, dem Erzbischof Paul Marcinkus aus Chicago. Der Name Marcinkus war auf die eine oder andere Art mit dem Finanzskandal der Bank Ambrisiano verknüpft. Er war in jeder Hinsicht an diesen winzigen Stadtstaat Vatikan gebunden. Wenn er ihn verließ, riskierte er es, verhaftet zu werden. Viele glaubten, dies würde die Karriere und die Ambitionen anderer Amerikaner in der päpstlichen Umgebung behindern. Doch der neue polnische Papst hatte schnell zu Versano, einem Amerikaner italienischer Herkunft, Vertrauen gefaßt, der sich in der Vatikan-Bürokratie emporgearbeitet hatte. Jetzt war er zumeist für die Sicherheitsmaßnahmen des Papstes zuständig und zudem intensiv mit der Neuorganisation der Vatikanbank beschäftigt, um sie auf den Weltmärkten wieder voll arbeitsfähig zu machen.

Versano hatte Feinde. Er war einer der Jüngsten, die je zum Erzbischof geweiht worden waren. Er war groß und sah gut aus und schien – wie manche Leute sagten – den Status, den seine Position ihm brachte, voll zu genießen. Er war charmant und leutselig. Aber er manipulierte auch und war unbarmherzig. Und er tat seine Arbeit, die ihm übertragen war – sowohl, was den Schutz des Papstes betraf als auch die Sicherstellung der Zukunft der Bank –, und sein Stern stieg. Seit er zum Erzbischof aufgestiegen war, gehörte er zum engsten Vertrautenkreis des Papstes. Er war über einfach alles informiert, was im Vatikan vorging. So wußte er zum Beispiel, daß erst eine halbe Stunde zuvor Seine Heiligkeit sehr kurzfristig dem Carabinieri-General Mario Rossi eine Privataudienz gewährt hatte. Er war sehr gespannt.

Seine Neugierde wurde rasch befriedigt. Noch bevor er seinen Kaffee geleert hatte, hatte ihn der Papst kurz informiert. Seine Reaktion kam prompt. Er war ein erfahrener Mann. Im Brustton der Überzeugung versuchte er zu beschwichtigen. Er erinnerte den Papst daran, daß es seit seiner Wahl ein Dutzend dokumentierter Attentatsversuche gegeben habe. Nur einer war beinahe erfolgreich gewesen. Es mochte ein Dutzend anderer gegeben haben, die nicht bekannt geworden waren. Und es würde in der Zukunft weitere geben. Doch die Sicherheitsvorkehrungen waren jetzt fast perfekt. Selbst bei Überseereisen. Er räumte ein, daß diese Bedrohung besonders gefährlich sei, doch würde alles nur mögliche getan werden, um sie zu entschärfen. Der Papst war dazu geneigt, Einzelheiten der erweiterten Sicherheitsvorkehrungen zu seiner bevorstehenden Fernostreise zu diskutieren, doch Versano beschwichtigte ihn wiederum. »Entspannen Sie sich«, war seine Botschaft, »wir haben noch viel Zeit. Und in dieser Zeit kann vieles passieren.« Vielleicht würde Andropow seiner Krankheit erliegen. In diesem Fall würde der ganze Plan angesichts des Widerstandes im Kreml fallengelassen werden.

Bei Erwähnung des Namens Andropow erhob sich der Papst, schritt zu den Fenstern und stand schweigend da, während er auf den Petersplatz schaute. Dann drehte er sich um und fragte ruhig: »Mario, wenn es Gottes Wille ist, dann wird dieser böse Mann sterben, bevor er diese Scheußlichkeit begehen kann. Wenn nicht, dann werden Wir es sein, die sterben.«

Versano erhob sich ebenfalls und durchschritt langsam den Raum. Sie standen da und blickten einander an. Der Papst war ein großer Mann, doch der Amerikaner war einen Kopf größer, wenngleich nicht von so breiter Statur. Versano sprach heiser und affektiert: »Es wird der Wille Gottes sein. Eure Heiligkeit ist ein Leuchtfeuer für die Menschheit. Eine geballte Kraft des Guten. Die Macht des Bösen kann und wird das nicht bezwingen.«

Er beugte sein Knie, zog die Hand des Papstes an sich und küßte inbrünstig den Ring.

Als er wieder in seinem Büro war, gab der Erzbischof Anweisung, daß er nicht gestört werden wolle. Dann setzte er sich hinter seinen Schreibtisch. In der folgenden Stunde rauchte er reichlich Marlboros und dachte sehr intensiv nach. Trotz seines lockeren Auftretens war der Schreibtisch bemerkenswert ordentlich. Ein Telefonapparat zu seiner Rechten, Aktenordner zu seiner Linken, vor ihm sauber gestapelte Papiere, ein massivsilbernes Dunhill-Feuerzeug genau in der Mitte. An den Wänden hingen gerahmte und signierte Fotos führender Persönlichkeiten aus der Welt der Bankiers, der Diplomatie, der Geistlichkeit und sogar des Showgeschäftes. Einige – aus dem Bankbereich – waren anläßlich der fortgesetzten Nachforschungen der Behörden außerhalb des Vatikans abgenommen worden, aber Versano war davon nicht sonderlich betroffen. Er hatte seinen Sessel auf zwei Beine nach hinten gekippt und lehnte mit seinem breiten Rücken an der Wand. Nach einer Stunde kippte er den Sessel nach vorn, griff nach dem Feuerzeug, entzündete eine neue Zigarette und drückte auf einen Knopf seines Telefons.

Die zinnerne Stimme seines Privatsekretärs meldete sich. Der Mann, der fast alle Geheimnisse kannte.

»Ja, Euer Gnaden?«

»Ist der Schinken-Priester noch in der Stadt?«

»Ja, Euer Gnaden, er ist im Collegio Russico. Er fährt morgen früh nach Amsterdam.«

»Gut. Holen Sie ihn mir an den Apparat.«

Eine kurze Pause, dann sagte Versano herzlich: »Pieter, Mario Versano. Wann haben Sie zum letztenmal im ›L'Eau Vive‹ gegessen?«

»Das ist schon lange her, mein junger Freund. Sie wissen doch, ich bin nur ein armer Priester.«

Versanos Lachen darauf klang verschwörerisch.

»Also, heute abend um neun im Hinterzimmer.«

Er legte auf und rief seinen Sekretär herein, einen blassen dünnen Priester mit einer Brille, deren Gläser so dick waren, daß man ein Teleskop hätte daraus machen können. Barsch ordnete Versano an: »Buchen Sie für heute abend das Hinterzimmer im ›L'Eau Vive‹. Und sagen Sie Ciban, daß ich es für eine Gefälligkeit halten würde, wenn er das ganze Restaurant heute nachmittag sorgfältig ›reinigt‹.«

Der Sekretär machte sich eine Notiz und sagte schüchtern: »Das ist sehr kurzfristig, Euer Gnaden. Was, wenn das Zimmer bereits vorbestellt ist ... von einem Kardinal, zum Beispiel?«

Versano lächelte breit. »Sprechen Sie mit Schwester Maria persönlich. Sagen Sie ihr, daß niemand außer Seiner Heiligkeit selber wichtiger ist als meine Gäste.«

Der Sekretär nickte und ging. Versano griff nach einer weiteren Marlboro, entzündete sie und inhalierte genießerisch. Dann tätigte er einen weiteren Anruf und sprach noch eine Einladung aus. Anschließend kippte er seinen Sessel wieder nach hinten, lehnte seinen Rücken gegen die Wand und seufzte zufrieden.

Kapitel 2

Es regnete leicht, aber Pater Pieter Van Burgh verließ nahe dem Pantheon sein Taxi und ging die letzten hundert Meter zu Fuß. Von Gewohnheiten läßt man nur schwer, vor allem wenn sie das Leben schützen. Er hüllte seinen Mantel um sich und eilte die schmale Via Monetrone hinunter. Die Nacht war kalt, und es waren nur wenige Menschen auf der Straße. Einen raschen Blick nach rückwärts werfend, trat er in den zurückgesetzten Eingang.

Es war strahlend hell, doch überhaupt nicht plüschig, auf den ersten Blick ein ganz gewöhnliches Restaurant. Doch sein Mantel wurde von einem großen schwarzen Mädchen genommen, das in ein langes Batikgewand gekleidet war; um ihren Hals trug sie ein goldenes Kruzifix. Der Priester wußte, daß sie eine Nonne war wie alle Kellnerinnen. Sie kamen von einem französischen Missionsorden, der in Westafrika arbeitete.

Eine andere Frau kam geschäftig heran. Auch sie trug ein langes Gewand, aber aus weißem Tuch. Sie war älter und eine Weiße. Ihr Gesicht trug den Ausdruck einstudierter Frömmigkeit. Der Priester erinnerte sich an einen früheren Besuch, der Jahre zurücklag, als Schwester Maria das Restaurant mit Zucht und Ordnung führte. Sie erinnerte sich nicht an ihn.

»Haben Sie einen Tisch bestellt, Vater?«

»Ich werde erwartet, Schwester Maria. Pater Van Burgh.«

»Ach, ja.« Sie wurde augenblicklich ehrerbietig. »Folgen Sie mir, Pater.«

Er folgte ihr durch das ungewöhnliche Restaurant. Obwohl der Öffentlichkeit zugänglich, gab es nur wenige weltliche Gäste. Fast alle Gäste waren Kleriker oder Personen, die dem Klerus nahestanden. Van Burgh bemerkte, daß es praktisch voll war. Er erkannte mehrere Gäste: ein Bischof aus Nigeria, dessen ebenholzfarbenes Gesicht in der warmen Luft glänzte, speiste mit dem Chefredakteur des *L'Osservatore Romano*. Ein Kurienbischof war in ein Gespräch mit einem Beamten von Radio Vatikan vertieft. In einer Ecke stand eine große Gipsstatue der Jungfrau Maria.

Schwester Maria zog einen roten Samtvorhang beiseite, öffnete eine polierte Tür und bat ihn hinein. Der Kontrast war sofort erkennbar.

Die Wände des Raumes waren mit prächtigen rubinroten Teppichen behängt. Der einzige Tisch dieses Raumes war mit einem cremefarbenen Damasttischtuch bedeckt. Kerzenlicht schimmerte auf Silber und Kristall und auf den Gesichtern zweier Männer, die bereits Platz genommen hatten. Versano trug die einfache Soutane eines Gemeindepfarrers. Der andere Gast war mit einem kostbaren roten Kardinalsgewand bekleidet, von dem Van Burgh wußte, daß es nur aus dem Hause Gammarelli kommen konnte – es war seit zwei Jahrhunderten das Haus der päpstlichen Schneider. Er erkannte das abgezehrte asketische Gesicht des neu gewählten Kardinals Angelo Mennini. Der Kardinal war als einer der scharfsinnigsten und intelligentesten Männer Roms bekannt. Sein Orden, der Einfluß in aller Welt besaß, machte ihn zu einer der mächtigsten und bestinformiertesten Persönlichkeiten. Van Burgh war ihm nur einmal vor vielen Jahren begegnet, doch er kannte den Ruf dieses Mannes gut. Die beiden Männer erhoben sich. Ergeben küßte Van Burgh den dargebotenen Ring des Kardinals und schüttelte dann herzlich Versanos Hand. Er hatte all die Gerüchte über ihn gehört und glaubte auch einiges davon, doch instinktiv mochte er den großen Amerikaner.

Versano zog für ihn einen Stuhl heran, und sie alle setzten sich. Dicht neben der rechten Hand des Erzbischofs stand ein Barwagen.

»Einen Aperitif?« fragte er.

Van Burgh nahm einen Malt Whisky pur. Versano schenkte Menninis trockenen Wermut und sich seinen Negroni nach. Sie hoben ihre Gläser zu einem wortlosen Toast, dann sagte Versano mit geschäftsmäßiger Stimme: »Ich habe mir die Freiheit erlaubt, das Essen schon vorher zu bestellen. Ich glaube nicht, daß Sie enttäuscht sein werden. Außerdem bedeutet es, daß wir weniger häufig unterbrochen werden.« Der jüngste der anwesenden Männer schien keine Schwierigkeiten damit zu haben, seine führende Rolle bei dieser Begegnung klarzustellen.

Er machte eine eindrucksvolle Pause und sagte dann düster:

»Das, was ich Ihnen heute abend mitzuteilen habe, hat tiefgreifende Folgen für unseren geliebten Vater und für die ganze Kirche.«

Van Burgh hüstelte und schaute sich zweifelnd in dem plüschigen Raum um. Versano lächelte und hob demonstrativ eine Hand. »Keine Sorge, Pieter, dieser Raum – das ganze Restaurant – ist heute nachmittag ›gereinigt‹ worden. Es gibt keine Wanzen, und ich kann Ihnen versichern, daß der ganze Vatikan jetzt ebenfalls sicher ist.«

Er bezog sich dabei auf den Zwischenfall im Jahre 1977, als Camillo Ciban, der für die Sicherheit des Vatikans verantwortlich war, den Innensekretär Kardinal Villot dazu gebracht hatte, das Sekretariat nach Abhörgeräten untersuchen zu lassen. Elf raffinierte ›Wanzen‹ – sowohl amerikanischer als auch russischer Herkunft – waren entdeckt worden. Eine der geheimsten Institutionen auf Erden war in ihren Grundfesten erschüttert.

Kardinal Mennini musterte das Gesicht des holländischen Priesters, der ihm gegenübersaß. Mit seinen runden, rötlichen Wangen und dem mächtigen Umfang hätte er Bruder Tuck sein können, der sich im mittelalterlichen Sherwood Forest herumschlug. Er hatte die Angewohnheit, seine Fingerspitzen gegen seine Handflächen zu reiben, und schaute stets auf eine leicht überraschte Weise um sich, ein wenig wie ein Kind, das sich plötzlich allein in einer Schokoladenfabrik findet. Aber mit zweiundsechzig war er kein Kind mehr, und Mennini wußte sehr wohl, daß hinter diesem schlichten Gebaren ein messerscharfer Verstand und eine Reihe von erstaunlichen Fähigkeiten verborgen waren.

Pater Pieter Van Burgh stand dem Unterstützungsfond des Vatikans für die Kirche hinter dem Eisernen Vorhang vor. Seit Anfang der sechziger Jahre hatte er zahlreiche heimliche Besuche in Osteuropa in den verschiedensten Verkleidungen gemacht. Der Vatikan gestattete nicht, daß etwas über ihn an die Öffentlichkeit dringt. Er ist bei den antikirchlichen Regierungsstellen in Osteuropa verhaßt, doch obwohl sie von seinen Aktivitäten wissen, waren sie nie imstande, ihn zu fassen. Er ist eine ›Pimpernelle‹ und wird ›Schinken-Priester‹ genannt, weil er auf seinen regelmäßigen Streifzügen hinter den Eisernen Vorhang immer Schinkenseiten mit sich führt, die er den Menschen in seiner geheimen Gemeinde gibt, die besonders isoliert sind oder einsam ihrer heimlichen Arbeit nachgehen. Er war ein enger Freund des Papstes seit dessen Anfangszeit als Erzbischof von Krakau.

Eine Tür öffnete sich leise, und ein wunderschönes schwarzes Mädchen schob einen Rollwagen herein. Sie schauten andachtsvoll zu, als sie bescheiden die *fettuccine con cacio e pepe* servierte. Dann schenkte sie *falerno* ein und zog sich lautlos zurück. Das Essen, das im Hauptrestaurant serviert wurde, war französisch und einigermaßen gut und billig. Das Essen im Hinterzimmer war italienisch, exquisit und sehr teuer. Dort zu essen hätte einen Gemeindepfarrer ein ganzes Monatsgehalt gekostet.

Versano hob erwartungsvoll seine Gabel, wurde aber durch Van Burghs diskretes Hüsteln zum Innehalten bewegt. Er schaute den Kardinal erwartungsvoll an. Mennini schaute verwirrt drein, dann verstand er. Er nickte, senkte seinen Kopf und murmelte rasch: *»Benedictus benedicat per Jesum Christum Dominum nostrum. Amen.«*

Sie hoben ihre Köpfe, und Versano senkte seine Gabel mit reuelosem Grinsen in die Pasta. Er aß rasch und ungeduldig, ebenso wie Mennini, gerade so, als sei das Essen nichts weiter als eine notwendige Nahrungsaufnahme.

Van Burgh ließ sich Zeit, genoß den köstlichen Geschmack. Es hatte Zeiten in seinem Leben gegeben, in denen eine Mahlzeit aus nichts weiter bestand als aus einem Stück Brot und vielleicht einer Ecke Käse; und oft genug hatte es überhaupt nichts zu essen gegeben.

Versano setzte sich zurück und sagte: »Ich habe ihnen gesagt, daß sie sich etwas Zeit zwischen den Gängen lassen sollen.« Er hielt eine Zigarette hoch. »Stört es Sie? Ich esse sehr gerne hier«, sagte er, »obwohl niemand uns in diesem Raum sehen kann!« Van Burgh erlaubte sich ein Lächeln über diese Bemerkung des jungen Geistlichen, aber er wußte, daß sie sich hier nicht getroffen hatten, um über Belanglosigkeiten zu reden.

»Ich frage mich, warum wir hier so getrennt von den anderen zusammensitzen«, sinnierte er bedeutungsvoll.

»Ach, Pieter«, sagte der Amerikaner. »Wie Sie muß ich in Verkleidungen und Ausflüchten Zuflucht suchen. Ich finde es reizvoll.«

Van Burgh grunzte durch einen Mund voll *fettuccine* und fragte sich, ob es der Erzbischof reizvoll finden würde, wenn Verhaftungen mit ständiger Folter und Tod verbunden waren.

Mennini befingerte sein schweres goldenes Kruzifix an seiner Hüfte und zeigte Zeichen von Ungeduld. Er sagte: »Die Gesellschaft und die Umgebung sind sympathisch, Mario, die Angelegenheit, um die es geht, offensichtlich weniger. Vielleicht sollten Sie uns das besser erzählen.«

Versano nickte, und sein Gesicht wurde ernst. Er legte seine Zigarette sorgfältig auf einen Aschenbecher. Er schaute zuerst Mennini an, dann Van Burgh und sagte: »Ich habe intensiv darüber nachgedacht, wen ich in dieser Angelegenheit um Rat fragen könnte.« Er hielt inne, und seine Stimme senkte sich. »Ich kann sagen, daß es in unserer ganzen Kirche keine zwei Menschen gibt, die besser geeignet wären, Rat zu geben und an dieser schicksalhaften Angelegenheit teilzuhaben ... Jedoch, bevor wir darüber sprechen, müssen Sie mir strengste Geheimhaltung versichern.«

Van Burgh war fertig mit seiner Pasta. Er schob den Teller beiseite, ergriff sein Glas und nahm einen Schluck Wein. Versano beobachtete Mennini. Der schmalgesichtige, grauhaarige Kardinal stocherte nachdenklich in seinen Zähnen. Van Burgh konnte die Neugierde in seinen Augen sehen. Er wußte, wie die Antwort lauten würde. Schließlich nickte Mennini.

»Die versichere ich Ihnen, Mario. Natürlich nur auf dem Boden des Glaubens.«

»Natürlich. Ich danke Ihnen, Angelo.«

Er richtete einen fragenden Blick auf den Holländer. Van Burgh zögerte nicht. Ein Leben voller Verschwörungen ließ das nicht zu. Er sagte entschlossen: »Natürlich folge ich dem Beispiel des Kardinals.«

Versano beugte sich vor, senkte seine Stimme abermals und sagte: »Das geheiligte Leben unseres geliebten Papstes Johannes Paul ist in größter Gefahr.«

Seinen gespannten und bedrückten Zuhörern erzählte er dann ganz genau, was er an diesem Nachmittag erfahren hatte.

Der zweite Gang war ein *abbacchio alla cacciatora*, und dabei diskutierten sie die Angelegenheit grundsätzlich. Versano und Mennini beugten sich dem Schinken-Priester. Er war zwar der Rangunterste, aber seine Kenntnis und sein Einblick in die russische Mentalität waren legendär. Er trug vor, daß die Russen sehr zufrieden darüber seien, daß der letzte Mordanschlag auf den Papst durch Ali Agca nach Meinung der Öffentlichkeit seinen Ursprung in Moskau hatte. Nach seiner Auffassung war es nur eine schlecht verhüllte Warnung, daß dieser oder jeder andere Papst sich besser nicht in ihre Angelegenheiten einzumischen habe. Hätte das Erfolg gehabt, um so besser. Sie hatten sich das gut überlegt. Es war unwahrscheinlich, daß ein weiterer osteuropäischer Prälat zum Papst gewählt werden würde. Ein Versuch, der so knapp fehlgeschlagen war, würde als Warnung verstanden werden.

Zunächst hatte es so ausgesehen, als sei es so. Die antikommunistische Rhetorik des Papstes wurde milder. Die Haltung der amerikanischen Bischöfe gegenüber Reagans Nuklearpolitik blieb vom Vatikan unkommentiert. Die Auflösung der nuklearen Solidarität hatte zwar den päpstlichen Zorn erregt, doch es gab keine praktischen Konsequenzen. Doch, so erklärte Van Burgh, das bedeutete keine Veränderung der päpstlichen Politik, sondern nur eine veränderte Tonlage und einen neuen Pragmatismus. Der Papst war damit beschäftigt gewesen, die Rolle der Kirche neu zu definieren; er lenkte von einem internen Liberalismus ab, der nach seiner Meinung die Kirche auf heimtückische, aber gefährliche Art bedrohte. In den vergangenen Monaten würde der Kreml wohl erkannt haben, daß der Antikommunismus des *Papa* in keiner Weise geschwächt war und daß er, da er die Kirche entschiedener nach seinen Vorstellungen ausrichtete, für den Kreml eine noch größere Gefahr darstellte.

Nach dem, was er über Andropow wußte, und er wußte sehr viel über ihn, war Van Burgh überhaupt nicht überrascht, daß er einen weiteren Versuch plante. Seine Schlußfolgerung war sehr ernst: Er stellte fest, daß jemand, der alle diese Fakten kannte, dem Papst bei einer Wette nicht einmal eine zehnprozentige Überlebenschance einräumen würde. Es war eine Sache, jemanden wie Reagan ermorden zu lassen; sein Land konnte Vergeltung üben. Doch es war etwas ganz anderes, den Papst umzubringen. Der Schinken-Priester zitierte Stalin: »Wie viele Divisionen hat der Papst?«

Daraufhin wandte sich Versano dem Kardinal zu. »Angelo, wir alle hier sind Pragmatiker, und falsche Bescheidenheit, was unsere Quellen anbelangt, und Hemmungen, was unsere Meinungen anbelangt, sind unangebracht. Sie stehen dem pragmatischsten Teil der Kirche vor. Wir wissen, daß der *Papa* über Ihre Wahl zum Kopf der Gesellschaft erfreut und erleichtert war. Wir brauchen uns nicht mit Diskussionen darüber aufzuhalten, wie sehr uns die Politik Ihres Vorgängers geschmerzt hat. In der ganzen Kurie herrscht, wie Sie wissen, Erleichterung. Ich habe Sie heute abend eingeladen, um zu raten und zu helfen ... doch zuerst bitte ich Sie um Ihre Meinung zur Prognose von Vater Van Burgh.«

Kardinal Mennini, der aus einer toskanischen Bauernfamilie

stammte, wischte seinen Teller mit einem Stück Brot ab – Essen durfte man nicht wegwerfen –, kaute nachdenklich darauf herum und nickte dann.

»Ich bin mit dem Pater einer Meinung. In beiden Punkten. Es ist logisch, daß Andropow es wieder versuchen wird. Es ist auch logisch, daß in Anbetracht der Maschinerie, die ihm zur Verfügung steht, und angesichts der Entschlossenheit des *Papa*, seine Hirtenarbeit im Ausland fortzusetzen, dieser Versuch Erfolg haben wird.« Er wischte seinen Mund mit einer Serviette ab, warf Versano einen Blick zu und sagte: »Ganz zufällig haben meine Informanten in Südkorea angedeutet, daß Kim Il Sung im Norden sehr erfreut darüber wäre, wenn dem Papst während seines Besuches etwas zustieße.«

Versanos Blicke fanden die Van Burghs. Sie wußten, daß die Angehörigen seines Ordens im Fernen Osten gut vertreten waren. Der Holländer fragte: »Sie haben ihm das sicherlich gesagt. Haben Sie ihm geraten, nicht zu reisen?«

Mennini zuckte die Schultern. »Natürlich. Aber der *Papa* ist entschlossen. Sein Kommentar war, daß Fischer sich manchmal mit stürmischen Wassern auseinanderzusetzen haben.« Er wandte sich Versano zu. »Nun, Mario, was schlagen Sie vor?«

Aber sie wurden durch das Auftragen des letzten Ganges – es gab *tartuffo* – unterbrochen. Für die Schönheit der bedienenden Nonne waren sie jetzt tatsächlich blind.

Versano spürte eine seltene Nervosität. Die Nonne verschwand. Er wartete ein paar Augenblicke ... Die einzigen Geräusche im Raum waren das Klingen von Silber gegen Porzellan. Dann sagte er sehr ruhig: »Ich schlage vor, daß ein geheimer päpstlicher Gesandter zu Andropow geschickt wird.«

Die beiden blickten scharf auf. Der Holländer hatte ein Stück Eiskrem an seinem Kinn.

»Was sollte er Andropow sagen?« fragte Mennini. »Was wäre seine Botschaft?«

Wieder wartete Versano einige Augenblicke, wie ein geübter Schauspieler. Er schaute von einem zum anderen, blickte in ihre neugierigen Augen und stellte dann gleichmütig fest: »Er würde nichts sagen. Er würde Andropow töten.«

Er erwartete Überraschung, Erstaunen, Zorn, Gelächter, das Klappern eines Löffels auf einem Teller, ein höhnisches Schnaufen, einen verständnislosen Blick.

Nichts. Nichts als völlige Stille und Schweigen. Die beiden hätten zwei Figuren sein können, die für eine Ewigkeit in den Teppich an der Wand gewoben waren.

Das erste, was sich bewegte, waren Menninis Augen. Sie wanderten zu dem Holländer. Der starrte auf seinen Teller, als sähe er Eiskrem zum erstenmal. Er bewegte sehr langsam seine Hand und löffelte ein wenig davon und führte es zum Mund. Er schluckte und schüttelte traurig seinen Kopf.

»Der Papst ... dieser Papst würde so etwas niemals erwägen ... niemals.«

Mennini nickte zustimmend mit seinem hageren Schädel. Versano war innerlich erleichtert. Er gratulierte sich. Er hatte diese Männer gut ausgesucht. Wie ein Wolf im arktischen Winter hatte er nur die stärksten ausgesucht, mit ihm zu gehen. Er nahm eine Zigarette, entzündete sie, blies Rauch auf den Leuchter und sagte: »Natürlich, aber er würde das nie erfahren, er darf das nie erfahren ...«

Wieder Schweigen, während Versano sich innerlich mit seiner Eingebung brüstete.

Dann fragte der Holländer: »Wie sollte ein päpstlicher Gesandter ohne Wissen und Zustimmung des Papstes entsandt werden?«

Versano schalt ihn behutsam: »Pieter, müssen ausgerechnet Sie diese Frage stellen?«

Van Burgh musterte ihn über den Tisch hinweg, und dann nickte er und schenkte ihm ein grimmiges feines Lächeln. Der Amerikaner lächelte zurück.

Mennini sinnierte: »Es wäre eine große Sünde.« Es war sehr sachlich gesagt, so als hätte er festgestellt: »Es wäre bedauerlich.«

Versano hatte darauf gewartet. Er hatte nicht die Absicht, seinen Intellekt mit dem dieses bekannten Rhetorikers zu messen. Nur wenige Männer wären so töricht, das zu versuchen. Er erinnerte sich Menninis Bemerkung über den abtrünnigen Hans Küng. »Ihre Religion wird mit der Begrenzung Ihres Gehirns praktiziert, und Ihr Gehirn weiß nichts von der Existenz Ihres Herzens.«

Versano hatte beschlossen, die Debatte mit extremer Einfachheit zu führen und ganz logisch vorzugehen.

»Angelo, wenn einer Ihrer Missionare in Afrika in einer Lehmhütte erwacht und sich von einer Giftschlange in die Ecke gedrängt sähe, was würde er tun? Was erwarten Sie, würde er tun?«

Die Mundwinkel der dünnen Lippen des Kardinals verzerrten sich. Er antwortete sogleich. »Natürlich würde er zu einem Knüppel greifen und sie töten – aber das ist ein Reptil. Sie sprechen von einem menschlichen Wesen.«

Versano hatte seinen nächsten Satz parat, war aber überrascht, als der Holländer diesen für ihn aussprach. Van Burgh betonte jedes Wort, indem er mit seinen Fingern auf den Tisch pochte und zu Mennini sagte: »Im Wissen um den Teufel und seine Werke und seine Wege haben wir erkannt, daß der Mensch zum Tier werden kann. Es gibt Präzedenzfälle in unseren Lehren und unseren Reaktionen.«

Versano wußte, daß der Schinken-Priester auf seiner Seite war. Aus den Augenwinkeln beobachtete er Mennini und wartete auf dessen Reaktion.

Der Kardinal strich sich mit einer Hand über die Stirn, zuckte die Schultern und sagte: »Von der Sünde einmal abgesehen, wie sollte so etwas durchgeführt werden?«

Langsam atmete Versano aus. Sie waren sich alle einig. Rasch deutete er mit dem Finger auf Van Burgh.

»Pieter. Denken Sie darüber nach. Wäre es nicht möglich, einen Mann ganz geheim ins Zentrum Moskaus durch Ihr Netzwerk von Tausenden von Gläubigen innerhalb und außerhalb des Sowjetblockes zu schaffen? Sogar in den Kreml?«

»Darüber brauche ich nicht nachzudenken.« Der Holländer lehnte sich zurück und streckte seinen massigen Körper, wobei sein mächtiger Bauch hochragte. »In diesen Dingen sind wir dem KGB ebenbürtig, wenn nicht sogar überlegen. Ja, ich könnte einen Mann durch Europa schicken und direkt nach Moskau ... in der Tat sogar in den Kreml. Aber daran schließen sich drei Fragen an. Wie ihn in die Nähe der Schlange bekommen? Welchen Knüppel trägt er mit sich? Und wie ihn wieder herausbekommen, nachdem er die Schlange getötet hat?«

Während Versano sich noch bemühte, die Antwort zu formulieren, hakte Mennini ein.

»Und noch eine andere Frage. Wo einen solchen Mann finden? Wir sind nicht der Islam. Wir können einem solchen Mann nicht einen automatischen Zugang zum Paradies versprechen. Wir können ihm keine Absolution für Selbstmord erteilen.«

Versano sagte zuversichtlich: »Irgendwo muß es einen solchen Mann geben, und irgendwo werden wir ihn finden. Wir haben sehr gute Kontakte – weltweit. Moskau hat Agca aufgetan ... es gibt andere Männer dieser Art.«

Mennini, wenngleich offensichtlich überzeugt, spielte nun den Advokaten des Teufels. »Aber was ist mit dem Motiv? Agca war geisteskrank, von Haß auf den Papst und andere erfüllt. Würden Sie versuchen, einen Mann zu finden, der durch Glauben motiviert wird ... oder durch Wahnsinn?«

Wieder schaltete sich Van Burgh ein, der offensichtlich imstande war, Versanos Gedanken zu lesen.

»In Osteuropa wäre es nicht unmöglich, einen Mann mit einem Motiv zu finden ... und es müßte sicherlich kein religiöses sein ...« Versano wollte dazu etwas sagen, aber der Holländer hob die Hand. »Warten Sie ... lassen Sie mich nachdenken ...« Er schwieg etwa zwei Minuten lang, seine Augen verengten sich, dann nickte er langsam. »Und ich kenne sogar einen solchen Mann. Es hat den Eindruck, als hätte er ein Motiv –«

»Und welches ist das?« fragte Mennini.

»Haß, ganz schlicht und einfach. Er haßt die Russen. Er verabscheut den KGB ... und ganz besonders verabscheut er Andropow, offensichtlich mit einer Intensität, die sich jeder Beschreibung entzieht.«

Fasziniert fragte Versano: »Warum?«

Der Holländer zuckte die Schultern. »Ich weiß es nicht – noch nicht. Ich habe vor vier Wochen einen Bericht über einen abtrünnigen SB-Mann bekommen, der auf der Flucht ist.« Er winkte entschuldigend mit einer Hand und erläuterte: »SB ist die Abkürzung für Sluba Bezpieczenstwa, die Abteilung der Geheimpolizei in Polen, die direkt gegen die Kirche eingesetzt ist. Dieser Mann, sein Name ist Mirek Scibor, war Major beim SB. Ein sehr bekannter Major und mit dreißig Jahren ausgesprochen jung für einen Major. Seine Position verdankte er nicht seiner Familie oder dem Einfluß der Partei, sondern seiner Intelligenz, seinem Engagement und seiner Unbarmherzigkeit.« Er lächelte traurig. »Das kann ich bezeugen. Vor vier Jahren, als er noch Hauptmann war, hätte er mich beinahe gefangengenommen – in Posen. Er hatte eine sehr raffinierte Falle gestellt, der ich nur durch Glück entkam.« Er schlug die Augen auf. »Oder ich sollte besser sagen, durch himmlische Fügung.«

»Aber warum dieser Haß?« fragte der Kardinal.

Van Burgh spreizte seine Hände. »Ich weiß es noch nicht, Eure Eminenz. Ich weiß nur, daß Mirek Scibor am Siebenten des vergangenen Monats in das SB-Hauptquartier in Krakau ging und zwei seiner unmittelbaren Vorgesetzten – einen Oberst Konopka und einen Brigadegeneral – erschossen hat. Es war fast ein Wunder, daß er aus dem Gebäude fliehen konnte, aber er schaffte es. Er nahm Verbindung mit einem unserer Priester auf, offensichtlich einem, den er unter Bewachung hatte, und bat ihn bei der Flucht aus Polen um Hilfe. Natürlich schöpfte der Priester Verdacht. Mirek Scibor ist ein Name, der bei solchen Menschen Angst verursacht. Doch glücklicherweise war dieser Priester sowohl intelligent als auch reaktionsschnell. Er versteckte Scibor mehrere Tage lang. Und in dieser Zeit erfuhren wir von seinem Mord an dem SB-Brigadegeneral und dem Oberst. Er hat ihn sehr intensiv befragt. Scibor hat ihm eine Menge Informationen über die Politik und Taktiken des Staates gegenüber unserer Kirche gegeben. Vieles von dem können wir erhärten. Er hat den Wunsch zum Ausdruck gebracht, mich zu treffen und mir mehr zu erzählen. Er hat sich über den Grund für seine Umkehr und seinen Haß ausgeschwiegen. Der Priester berichtete, daß er nie einen Mann gesehen habe, der so leidenschaftlich sei ... und im Mittelpunkt seines Hasses steht Andropow. Ich habe Anweisungen gegeben, ihn durch einen unserer Kanäle herauszuschaffen.«

»Wo ist er jetzt?« fragte Versano.

»Die letzten Nachrichten habe ich vor vier Tagen bekommen. Er hielt sich bei einer Bruderschaft in Esztergom auf. Inzwischen müßte er in Budapest sein, unter Obhut derselben Bruderschaft. In einer Woche wird er in Wien eintreffen.«

Diese Information brachte eine düstere Stimmung in den Raum. Sie hatten spekuliert und theoretisiert, und jetzt, ganz plötzlich, sahen sie sich mit der Wirklichkeit konfrontiert, da sie ein geeignetes Werkzeug zur Hand hatten.

Mennini durchbrach das Schweigen.

»Was ist mit unseren anderen Fragen? Wie ihn in den Kreml schaffen? Wie soll er seine Aufgabe durchführen? Wie soll er herauskommen?«

Der Holländer sprach entschlossen.

»Eure Eminenz, zum derzeitigen Augenblick überlassen Sie diese Fragen bitte mir. Es ist möglich, daß wir die Hilfe Ihrer Gesellschaft brauchen, aber das kommt später. Zunächst aber muß dieser Mann Mirek Scibor ausgebildet werden, wenn er sich als geeignet erweist. Meine Organisation verfügt nun wirklich nicht über die Möglichkeiten, einen Mörder auszubilden ...« Er trank den letzten Schluck seines Weines und sagte ruhig, wobei er den beiden einen Blick zuwarf: »Aber wir stehen mit Organisationen, die über solche Möglichkeiten verfügen, in Verbindung. Während seiner Reise nach Moskau können wir uns keines der bestehenden Kanäle bedienen. Für eine derartige Mission sind die zu gefährlich. Wenn er erwischt wird, wird er reden. Entweder nach der Folter oder nach Drogen, oder nach einer Kombination. Wir müssen einen neuen Kanal nur für diese Mission schaffen.« Er blickte auf das leere Weinglas in seiner Hand und sinnierte: »Natürlich kann er nicht alleine reisen. Er braucht einen Begleiter – eine ›Frau‹.«

»Eine Frau!« Versanos Gesicht drückte sein Erstaunen aus. »Bei einer solchen Mission nimmt er eine Frau mit?«

Van Burgh lächelte und nickte. »Gewiß, Mario. Gewöhnlich werde ich von meiner ›Frau‹ begleitet, wenn ich in den Osten reise. Zuweilen handelt es sich dabei um eine Nonne mittleren Alters aus Delft. Eine Frau, die sehr mutig ist und Seelenstärke besitzt. Ein anderes Mal ist es eine Laiin aus Nürnberg. Insgesamt habe ich vier solcher ›Frauen‹. Alle sind eigentlich Heilige. Sie riskieren sehr viel für ihren Glauben. Sehen Sie, ein Mann und eine Frau, die zusammen reisen, erwecken wenig Verdacht. Ein Meuchelmörder würde wohl schwerlich seine Frau mitnehmen.«

Mennini war gefesselt.

»Und wo könnten Sie eine solche Frau finden?«

Van Burgh lächelte. »Nun, ich kann ihm natürlich keine von mir leihen. Sie wären alt genug, um seine Mutter zu sein, und niemand reist mit seiner Mutter, wenn sich das irgendwie vermeiden läßt.«

Er machte eine zuversichtliche Geste. »Das dürfte kein Problem sein. Ich weiß, wo ich nach einer solchen Frau zu suchen hätte, und weiß auch, welche Qualitäten sie braucht. Vielleicht können Sie mir behilflich sein, Eure Eminenz.«

Mennini fragte: »Und ihr Motiv? Würde das auch Haß sein?«

Der Holländer schüttelte seinen Kopf.

»Ganz im Gegenteil. Ihr Motiv wird Liebe sein. Ihre Liebe zum Heiligen Vater ... und auch Gehorsam, Unterwerfung unter seinen Willen.« Er blickte in ihre Augen und sagte beruhigend: »Keine Sorge. Ihr Auftrag wird darin bestehen, mit ihm bis Moskau zu reisen. Die eigentliche Gefahr besteht erst dann, wenn der ›Gesandte‹ den Kreml betritt. Doch sie wird lange vorher schon wieder in Sicherheit sein.«

Ein Augenblick des Nachdenkens folgte, dann brachte Mennini die Gedanken zum Ausdruck, die ihnen allen durch den Kopf gingen. Mit einer Stimme, die so klang, als spräche er mit seinem Gewissen, dachte er laut nach. »Wir ziehen andere mit hinein. Unausweichlich ist, daß es viele sein werden.« Er hob seinen Kopf und schaute den Priester und den Erzbischof an. »Wir sind drei Kleriker ... Männer Gottes – wie schnell und leicht wir doch einen Mord beschließen.«

Der Erzbischof richtete sich in seinem Sitz auf. Sein Gesicht zeigte den ernsten Ausdruck eines überzeugten Menschen, doch bevor er sprechen konnte, sagte der Schinken-Priester lakonisch: »Eure Eminenz, wenn Sie auf Wortbedeutungen Wert legen, dann tauschen Sie das Wort ›Mord‹ mit ›Verteidigung‹ aus. Und setzen Sie statt ›beschließen‹ ›gezwungen sein‹ ein; und das Wort

›Kleriker‹ sollten wir durch ›Instrumente‹ ersetzen ... Wir sind drei Instrumente, die gezwungen sind, unseren Heiligen Vater zu verteidigen und mit ihm und durch ihn unseren Glauben.«

Der Kardinal nickte gedankenschwer. Dann lächelte er und sagte: »Anders als der Heilige Vater haben wir nicht den Balsam der Unfehlbarkeit. Uns bleibt die Linderung durch das Wissen, daß das, was wir tun, eine Sünde ist, eine geteilte Sünde ... und eine Sünde, die durch Selbstlosigkeit entschuldigt ist.«

Die Tür öffnete sich. Der Kaffee wurde von Schwester Maria selbst hereingebracht. Sie zeigte sich besorgt, fragte, ob das Essen zu aller Zufriedenheit gewesen sei. Dessen gleich dreifach versichert, sagte sie dann zu Mennini: »Eure Eminenz. Heute nacht wird es ein ›Ave Maria‹ geben. Ein wenig ungewöhnlich, aber Kardinal Bertole speist im großen Saal, und es ist sein Lieblingslied.«

Sie ging hinaus und ließ die Tür geöffnet. Versano verzog sein Gesicht.

»Ich denke, ich bleibe besser hier. Sie beide haben regelmäßig Anlaß genug, miteinander zu reden, aber wenn man uns drei zusammen sähe – das könnte Verdacht erregen.«

Die beiden anderen nickten verstehend, nahmen ihre Kaffeetassen und schritten zur Tür.

Die bedienenden Schwestern hatten sich alle vor der Gipsstatue der Jungfrau Maria versammelt. Im gefüllten Raum herrschte Schweigen. Mennini nickte einigen bekannten Gesichtern zu. Auf ein Zeichen von Schwester Maria hin hoben die Mädchen ihre Köpfe und begannen zu singen. Es ist Tradition im ›L'Eau Vive‹, daß beim Kaffee immer gesungen wird; gewöhnlich ist es eine Hymne. Die Gäste sind gebeten mitzusingen. An diesem Abend taten es die meisten, und der Raum war von vollen Klängen erfüllt. Van Burgh fiel mit seinem tiefen Bariton ein, und nach einer Strophe kam Menninis brüchiger Tenor hinzu. Der Chor der dienenden Schwestern sang in wundervoller Harmonie, während sie verzückt auf die Statue schauten.

Die letzten engelgleichen Töne erstarben. Es gab keinen Applaus, doch jedermann in dem Raum fühlte sich irgendwie erbaut und zufrieden.

Mennini und Van Burgh kehrten in das Hinterzimmer zurück und schlossen die Tür hinter sich. Versano schenkte aus einer sehr alten Flasche – wie alt sie war, wußte nach all den Jahren niemand mehr – drei Gläser Brandy ein. Während sie sich setzten, sagte er: »Wir müssen einen *modus operandi* beschließen.«

Mennini stimmte sofort zu. »Wir sind zur Geheimhaltung verpflichtet. Diese Angelegenheit muß allein von uns durchgeführt werden und von denen, die wir rekrutieren. Bei ihren Aufträgen dürfen diese nie über das eigentliche Ziel informiert werden, mit Ausnahme natürlich des Gesandten selbst.« Er wandte sich an den Holländer. »Pater Pieter, wie lange wird es dauern, bis Sie diesen Mann namens Scibor eingeschätzt haben?«

»Nicht mehr als ein paar Tage, Eure Eminenz.«

»Dann schlage ich vor, daß wir uns hier in zwei Wochen wieder treffen.«

Versano nickte zustimmend und zog seinen Stuhl näher heran. Mit leiser Stimme sagte er: »Wir müssen uns möglicherweise telefonisch in Verbindung setzen. Ich schlage dafür einen einfachen Kode vor.«

Die anderen beugten sich dichter heran, angezogen durch den Reiz des Konspirativen. Versano sagte: »Der Gesandte sollte als solcher benannt werden. Es ist ein unverfängliches Wort. Die Frau, die mit ihm reist, werden wir als *la cantate* bezeichnen – die Sängerin.« Er deutete auf den Außenraum, um anzudeuten, daß er die Eingebung dafür durch die singenden Schwestern bekommen hatte. »Und Andropow, das Ziel, werden wir einfach *l'uomo* nennen – den Mann.«

»Und wir?« fragte Van Burgh. »Wie werden wir uns bezeichnen?«

Einen Gedanken lang herrschte Schweigen, dann lieferte Mennini mit einem dünnen Lächeln die Antwort.

»*Nostra Trinita.* Unsere Dreieinigkeit.«

Das gefiel ihnen allen. Versano hob sein Glas.

»*Nostra Trinita.*«

Die beiden anderen wiederholten den Toast, dann brachte der Schinken-Priester einen weiteren aus, und sie hoben ihre Gläser und prosteten sich zu: »Der Gesandte des *Papa*!«

Und dann steuerte Mennini einen eigenen Toast bei, gerade so, als sei er entschlossen, seine Mitverschwörer die ganze Tragweite der Folgen ihres Tuns nicht vergessen zu lassen. »Im Namen des Vaters.«

Kapitel 3

Mirek Scibor saß auf der dritten Bank am zweiten Weg hinter dem Uhrenturm im Park des Wiener Schlosses Schönbrunn. Es war genau die Stelle, an der er weisungsgemäß sitzen und warten sollte. Etwas von ihm entfernt saß eine dicke alte Frau auf der Bank, die schwarz gekleidet war. Sie trug einen grauen Spitzenschal über grauem Haar, und sie irritierte Mirek. Seine Kontaktperson sollte in fünf Minuten kommen, und die Frau machte keine Anstalten, sich zu entfernen. Sie war seit zwanzig Minuten hier und hustete regelmäßig in ein schmutziges Taschentuch. Er blickte auf ihre schwarzbestrumpften Füße herunter. Sie wölbten sich arthritisch aus abgetretenen Schnallenschuhen. Dazu verbreitete sie einen ranzigen, ungewaschenen Geruch. Angeekelt blickte er beiseite und schaute auf die Stadt, und seine Irritation schwand. Dies war erst sein zweiter Tag im Westen, und er war in gehobener Stimmung über seine Flucht und die Wunder, die er gesehen hatte. Es war eine Stimmung, die manchmal fast den Haß, der in seinem Bauch brannte, dämpfte. Es waren nicht die großen Gebäude, die ihn beeindruckten. Solche Gebäude gab es auch in Polen und Rußland, ebenso geschwängert von Großartigkeit und Geschichte. Es waren die Menschen und der Luxus. Die Menschen und der Luxus. Die Menschen in Wien waren sorgenfrei, und Luxus gab es im Überfluß. Er war intelligent und informiert genug, um zu wissen, daß das nicht die Regel im Westen war. Auch dort gab es Stätten, an denen Armut und Unglück herrschten, doch das wurde hier nicht deutlich. Er war im Laderaum eines geschlossenen Lastwagens in die Stadt gekommen. Ironischerweise – oder zur Tarnung – war der Lastwagen mit Kisten voll geräuchertem Speck beladen gewesen. In der einen Stunde, die die Fahrt von der Grenze zur Stadt gedauert hatte, hatte der Geruch sich in seine Kleider und seine Haut eingenistet, und ihm war ganz schlecht davon geworden.

Die Türen des Lastwagens hatten sich in der Dunkelheit auf einem von hohen Mauern umsäumten Hof geöffnet. Zu diesem Zeitpunkt fühlte Mirek einen Brechreiz als Folge von Reisekrankheit. Ein Mönch hatte auf ihn gewartet. Er nickte ihm kurz zu und sagte: »Folgen Sie mir.«

Mit einem kleinen Kleidungsbündel folgte ihm Mirek durch einen niedrigen, gewölbten Korridor. Es war drei Uhr morgens. Niemand war zu sehen. Der Mönch deutete auf eine Tür, und Mirek ging hinein. Es war ein zellenähnlicher Raum, in dem ein metallenes Bettgestell stand, auf dem eine dünne Matratze lag und drei graue gestreifte Decken, die am Fußende gefaltet waren. Sonst war nichts in dem Raum. Er war ebenso gastlich wie eine Gefängniszelle. Er wandte sich um. Das Gesicht des Mönches war ebenso einladend. Er zeigte nach draußen: »Am Ende des Korridors sind eine Toilette und eine Dusche. Dorthin können Sie gehen, ansonsten müssen Sie in diesem Raum bleiben. Essen wird Ihnen um sieben Uhr gebracht – das ist in vier Stunden. Der Vikar wird Sie um acht besuchen.«

Er drehte sich um. Mirek sagte mit einer Spur von Sarkasmus: »Danke, gute Nacht.«

Darauf erfolgte keine Antwort, und Mirek war nicht überrascht. Er vermutete, daß selbst hier jeder wußte, wer er war und was er getan hatte. Sein Empfang war auf dem ganzen Weg stets der gleiche gewesen. Nackte, kahle Räume und abweisende Gesichter. Für diese Menschen war er schlimmer als ein Aussätziger. Einem Aussätzigen hätten sie Mitleid gezeigt. Ihm gegenüber handelten sie pflichtgemäß, und es wurde deutlich, daß diese Pflicht sie mit Ekel erfüllte.

Doch am Morgen war der Vater Vikar weniger abweisend gewesen. Mirek war natürlich Experte der katholischen Kirche, kannte ihre Strukturen und Hierarchien. Er wußte, daß der alte Mann, der ihm gegenüber saß, als Vater Vikar der zweitwichtigste Mann dieser Provinz nach dem Vater Provinzial war. Er war der wichtigste Franziskaner, dem er während seiner heimlichen Reise begegnet war. Vermutlich würde er Neuigkeiten für ihn haben.

Er hatte sie.

»Sie werden noch eine Nacht hierbleiben. Morgen werden Sie Ihre Kleidung nehmen und um ein Uhr mittags auf einer bestimmten Bank im Stadtpark sitzen. Eine ›Kontaktperson‹ wird auf Sie zukommen und Sie um Feuer bitten. Sie werden sagen – merken Sie sich diese Worte –: ›Ich habe nie Streichhölzer bei mir.‹ Dann werden Sie dieser Person folgen.«

»Wohin wird sie mich bringen?«

Der Vater Vikar zuckte die Schultern.

»Wohin?« drängte Mirek. »Wann werde ich den Schinken-Priester treffen?«

Der alte Mann hob voller Verwunderung seine Augenbrauen. »Den Schinken-Priester?«

Mirek seufzte voller Enttäuschung. Er hatte immer die gleiche Reaktion erlebt, wenn er diesen Mann erwähnte. Seine Reise war lang, einsam, unbequem und gefährlich gewesen, aber eine brennende Neugierde, dem Mann von Angesicht zu Angesicht gegenüberzustehen, den er jahrelang gejagt hatte, hatte ihm Kraft gegeben. Diese Neugierde war die einzige Regung, die er neben seinem allgegenwärtigen Haß verspürte. Der Vater Vikar mochte das bemerkt haben. Er sagte mit weicherer Stimme: »Scibor, dies ist Ihr erster Tag im Westen. Doch selbst im Westen sind unsere Möglichkeiten spartanisch. Wien ist eine wundervolle Stadt. Warum gehen Sie nicht hinaus und schauen sie sich an? Ich denke, Sie werden nicht lange hier sein. Gehen Sie und probieren Sie einmal die köstlichen Wiener Torten. Laufen Sie durch Straßen, die frei sind. Atmen Sie Luft, die frei ist.« Seine Lippen verzogen sich zu einem feinen, ironischen Lächeln. »Gehen Sie in Kirchen und schauen Sie zu, wie Menschen beten. Menschen, deren einzige Furcht die Furcht vor ihrem Herrn ist.«

Zweifelnd sagte Mirek: »Aber bin ich sicher?«

Das Lächeln des alten Mannes wurde breiter. »Keine Sorge. Man wird Sie nicht angreifen. Diese Menschen wissen nicht, wer Sie sind.«

»Das habe ich nicht gemeint.«

»Ich weiß. Verzeihen Sie meinen Sarkasmus. Zwei unserer Brüder aus diesem Kloster sind zehn Jahre lang in einem Kerker in der Tschechoslowakei gewesen.« Er deutete auf ein zurückgesetztes Fenster, durch das ein Sonnenstrahl fiel, der den Raum erhellte. »Es ist ein kalter, aber schöner Dezembermorgen. Begeben Sie sich unter Menschen. In Wien sind Sie sicher, niemand weiß, daß Sie hier sind. Essen Sie etwas. Trinken Sie von unserem guten Wein.«

»Ich habe kein Geld.«

»Ach, natürlich.« Der Vater Vikar öffnete eine Schublade in seinem Schreibtisch, zog ein Bündel Banknoten heraus, zählte mehrere davon ab und legte sie vor den Polen hin. »Ich denke, das wird reichen.«

Also war Mirek hinaus auf die Straßen Wiens gegangen und war überwältigt.

Das Kloster lag in einem Vorort im Osten, dicht bei einem riesigen Markt. Seine erste Stunde hatte er damit verbracht, langsam herumzuspazieren und zuzuschauen. Noch nie in seinem Leben hatte er solche Mengen von Nahrungsmitteln gesehen. Nicht einmal im Herbst in seiner bäuerlichen Heimat. Und diese Vielfalt. Innerhalb von zehn Minuten wußte er, daß zumindest die Hälfte der Waren von weit her gekommen war. Bananen, Ananas, Avocados und Früchte, die er noch nie gesehen und von denen er nie gehört hatte. Er beobachtete voller Erstaunen, wie eine rotwangige Verkäuferin sorglos Äpfel fortwarf, die nur etwas angefault waren. Er kaufte ein paar Weintrauben bei ihr, und ihr freundliches Lächeln erwärmte ihn. Langsam spazierte er zum Stadtzentrum, während er die Trauben aß. Er blieb oft stehen; einmal, am Schaufenster eines Schlachters, schüttelte er voller Staunen den Kopf, als er die hängenden Tierhälften sah und die in Reihen ausgelegten Steaks und Koteletts und das Geflügel. Er hatte zum Frühstück nur ein wenig Brot und Käse gegessen, doch er spürte keinen Hunger. Nur Erschütterung. Solange er zurückdenken konnte, war er ein glühender und überzeugter Kommunist gewesen. Er hatte die Parteizeitungen gelesen, die Reden gehört und sich an Debatten beteiligt. Er wußte natürlich, daß einiges dabei reine Propaganda war. Aber er fühlte sich trotz dieses Wissens gefestigt, weil er auch wußte, daß die westliche Propaganda noch viel mehr Lügen enthalten mußte.

Als nächstes blieb er an einem Zeitungsstand stehen und betrachtete die Ansammlung von Zeitungen und Magazinen in einem Dutzend europäischer Sprachen. Erschütterung und Verwirrung füllten sein Hirn. Er hatte seine Schritte zurück zu dem Schlachterladen gelenkt, war hineingegangen und hatte einen Verkäufer fast aggressiv gefragt, ob all dieses Fleisch für jedermann erhältlich sei, ohne Rücksicht auf Rang oder Lebensmittelscheine. Der Verkäufer hatte gelächelt. Er hatte diese Frage schon viele Male zuvor gehört. Von Polen, Tschechen, Ungarn, Rumänen. Wien ist ein Kanal für osteuropäische Flüchtlinge.

»Geld«, hatte er gesagt. »Alles, was Sie brauchen, ist Geld.«

Mirek griff fast instinktiv in seine Tasche, um ein ganzes rotes Filetsteak zu kaufen, das neben ihm auf der Platte lag. In seinem ganzen Leben hatte er erst einmal Filetsteak gegessen. Damals, als dieser Bastard Konopka ihn zum Essen bei Wierzynek in Krakau eingeladen hatte. Doch er bremste sich. Er hatte keine Kochmöglichkeit. Doch egal, an diesem Tag würde er in ein Restaurant gehen und ein Filetsteak zu Mittag essen.

Wieder auf der Straße, wandte er seine Aufmerksamkeit den Menschen zu. In den Straßen von Warschau oder Moskau oder Prag gingen die Menschen mit grimmiger Entschlossenheit. Diese Menschen liefen rasch und hatten zumeist ein Ziel, zu dem sie wollten. Sie trugen Einkaufstüten und Aktenkoffer und Pakete unter ihren Armen, aber niemand schaute verbissen. Nicht einmal der Polizist, der den Verkehr leitete. Er blieb an einem Tabakgeschäft stehen und kaufte ein Päckchen Gitanes-Zigaretten. Ein Kollege hatte einmal eine Stange vom Leiter einer französischen Delegation bekommen, die zu Besuch war. Widerwillig hatte er Mirek eine einzige Zigarette gegeben, und der Duft hatte tagelang seine Nase erfüllt. Er war überrascht, diese Marke in Österreich zu finden, doch dann sah er Marken aus ganz Europa und sogar aus Amerika. Er wollte schon eine Schachtel Streichhölzer kaufen, als er ein Regal mit buntgefärbten Feuerzeugen entdeckte, unter dem ein Schild ›Sonderangebot‹ stand. Er kaufte eines – ein blaues. Zufrieden rauchend spazierte er weiter und berührte das Feuerzeug immer wieder, wie ein Kind es mit seinem ersten Spielzeug tut. Am Alexanderplatz fand er ein Café mit Stühlen und Tischen, die auf der Straße hinter Glaswänden standen. Er setzte sich, und eine junge blonde Kellnerin, die ein rotweiß kariertes Kleid mit einer gekräuselten weißen Schürze trug, reichte ihm die Speisekarte und wartete geduldig lächelnd, während er sie studierte. Da es noch früh war, beschloß er sich den Appetit auf das Steak, das er sich versprochen hatte, nicht zu verderben. Er entdeckte das Wort *Apfelstrudel*, und das bestellte er und dazu ein kaltes Lagerbier. Er schaute abschätzend zu, wie die Kellnerin hüftenschwingend zwischen den Tischen davonging. Und als er seinen Blick wieder auf den Platz richtete, suchten seine Augen die Frauen und Mädchen. Davon gab es viele mit unterschiedlichen Größen und unterschiedlicher Figur. Zuerst hielt er sie für hübscher als die in Polen. Aber dann dachte er noch einmal darüber nach. Es gab ebenso schöne Frauen in Polen. Vielleicht lag es daran, daß er in den vergangenen Wochen keine schönen Frauen gesehen hatte. Er weidete sich an dem Anblick. Lange, schlank geformte Beine unter kurzen, aber eleganten Röcken und Kleidern. Das erinnerte ihn daran, daß es auch Monate her war, daß er mit einer Frau zusammengewesen war. Er spürte den Drang abrupt und heftig. So heftig, daß seine Gedanken zum Praktischen wanderten. Er überlegte, daß es Prostituierte in dieser Stadt geben mußte. Schließlich gab es Prostituierte in Warschau und Krakau und in vielen, in den meisten Städten Polens ... und dies war der dekadente Westen. Er fragte sich, ob das Geld, das der Vater Vikar ihm gegeben hatte, für eine solche Möglichkeit ausreichte. Vielleicht nicht, wenn noch das Filetsteak hinzukam. Dann verwarf er den Gedanken. Er war noch nie mit einer Prostituierten zusammengewesen, und der Gedanke erfüllte ihn mit Widerwillen. Und außerdem hatte er das nie nötig gehabt. Er wußte sehr wohl, wie anziehend er auf Frauen wirkte. Das war seit seiner Pubertät so gewesen. Sogar jetzt bemerkte er, daß mehrere der vorbeigehenden Frauen interessierte Blicke in seine Richtung warfen. Das tat auch die blonde Kellnerin, als sie den Teller und das Glas vor ihn hinstellte. Seine Nase sog den kräftigen Duft ihres Parfüms ein, und wieder kam der mächtige Drang. Er registrierte die feinen blonden Haare auf ihrem Unterarm und die schlanken, unberingten Finger. Dann wurden seine Nase und seine Augen von dem Teller und dem großen Stück *Strudel*, der mit einem Berg frischer Sahne gekrönt war, abgelenkt.

Er aß ihn ganz auf und genoß drei Stunden später jeden Bissen des Steaks und jeden Schluck Wein, wobei er in Gedanken wieder damit beschäftigt war, eine Frau zu finden. Diese Gedanken erwiesen sich als überflüssig, als ihm die Rechnung präsentiert wurde. Nachdem er sie bezahlt hatte, blieben ihm nur ein paar Münzen. Er schätzte, daß es ihn so viel gekostet hatte wie ein Wochenlohn. Nichts war ihm für eine Disco oder ein Café oder eine Bar übriggeblieben, wo er vielleicht ein Mädchen hätte finden können. Statt dessen spazierte er mehrere Stunden lang durch die Stadt und machte sich dann auf den Weg zurück zum Kloster. In dieser Nacht dachte er in seiner Zelle zuerst an den Schinken-Priester und erst später wieder an Frauen. Wäre er ein weniger disziplinierter Mann gewesen, hätte er vielleicht masturbiert, doch als er an diesem Nachmittag durch die Straßen gegangen war, hatte er sich vorgenommen, daß er beim nächstenmal in eine richtige Frau ejakulieren würde, deren Leidenschaft echt war.

Und nun saß er da neben einem Etwas, das das stinkendste, häßlichste alte Weib von Wien sein mußte. Angewidert und ungeduldig rümpfte er die Nase und warf wieder einen Blick auf seine Armbanduhr. Es war drei Minuten vor eins. Er vermutete, daß sein Kontaktmann ihn beobachtete. Er war ohnehin irritiert – wegen des ganzen Planes. Der Plan war unprofessionell. Man hatte ihm gesagt, daß er genau zu dieser Zeit an dieser Stelle zu sein hatte. Es gab keine zweite Verabredung, falls die ›Begegnung‹ scheiterte. Weder einen alternativen Platz noch eine Zeit. Dumm! Was, wenn die alte Vettel in Wirklichkeit ein Polizist war? Stumm den Schinken-Priester verfluchend, schaute er sich weiter um, versuchte, seinen möglichen Verbindungsmann zu entdecken. Da war niemand, der auch nur entfernt einer solchen Person ähnelte. Ein junges Paar spazierte Arm in Arm über einen Weg, alle anderen Menschen völlig ignorierend. Auf dem Rasen, der etwa dreißig Meter vor ihm lag, kickten zwei kleine Jungen einen gestreiften Gummiball herum, beaufsichtigt von einer matronenhaften Frau in einer steifen blauen Uniform, die Mirek als Kindermädchen einstufte. Sonst war niemand in der Nähe. Er fluchte wieder verhalten und warf der alten Frau wieder einen Blick zu. Sie kramte in ihrer zerschlissenen Stoffhandtasche herum. Dann hörte er grelle, hohe Stimmen. Er drehte sich um und sah, daß der gestreifte Ball auf ihn zurollte und daß die beiden Kleinen heftig gestikulierten. Er streckte einen Fuß, holte aus und beobachtete mit Genugtuung, wie der Ball direkt zu ihnen zurückrollte. Das Kindermädchen rief danke, und dann sagte eine Stimme neben ihm: »Haben Sie bitte Feuer für mich?«

Er drehte sich um. Die alte Vettel hielt eine Zigarette. Ihre Gesichtszüge hatte sie zu etwas verzogen; sie hielt dies wahrscheinlich für einen koketten Blick. Dabei drehte sich sein Magen um. Mit einem weiteren innerlichen Fluch griff er in seine Tasche und langte nach seinem neuen, hellblauen Feuerzeug. Er beschloß, dieses verdammte Ding dem häßlichen alten Weib als Gegenleistung dafür zu geben, daß sie ging. Doch noch während seine Hand es umfaßte, gewannen die Jahre seiner psychologischen Ausbildung die Oberhand, und seine Muskeln erstarrten. Das konnte doch nicht wahr sein. Zögernd sagte er: »Ich habe keine Streichhölzer bei mir.«

Sie sagte etwas von dummem Zeug, schwenkte tadelnd einen Finger und sagte: »Sie sollten ›nie‹ sagen und nicht ›keine‹.«

Teufel, das war tatsächlich die Kontaktperson.

»Das ... das stimmt«, stammelte er. »Ich habe nie Streichhölzer bei mir.«

Sie schaute sich um und senkte ihre Stimme.

»Sie sind also der Pole?« Sie kicherte. »Welch ein stattlicher junger Mann!«

Ungeduldig erwiderte er: »Ja. Werden Sie mich zu dem ... Schinken-Priester bringen?«

»Nein.«

»Nein?«

»Nein, Mirek Scibor. Sie sprechen mit ihm.«

Es dauerte mehrere Sekunden, bis er die Bedeutung der Worte begriff, dann öffnete sich sein Mund vor Überraschung.

»Sie? Der Schinken-Priester? Pieter Van Burgh?«

Sie nickte. Er dachte nach und studierte das Gesicht aufmerksam. Er ging das wenige, das er über den Schinken-Priester wußte, durch. Der Mann sollte zwischen sechzig und fünfundsechzig sein. Knapp einsachtzig groß, breit gebaut, mit einem mächtigen Wanst. Ein rundes Gesicht. Diese Erscheinung sah nicht anders aus als das, für was er sie hielt. Er wollte bereits seinen Zweifel zum Ausdruck bringen, als er sich an den legendären Ruf des Schinken-Priesters erinnerte, der ein Meister der Verkleidung sein sollte. Er musterte sie etwas aufmerksamer. Sie saß zusammengesackt auf der Bank; ihre Größe zu schätzen war daher schwierig. Das voluminöse schwarze Kleid konnte einen Bauch verbergen. Ihr Gesicht war rund, aber mit Schminke und Rouge bemalt; dazu wurde es zum Teil von dünnen, grauen Haarsträhnen und dem grauen Spitzentuch verdeckt. Dennoch aber waren ihre Haltung und ihre Gesten die einer Frau von mindestens siebzig. Er wußte einen Weg, wie er es herausfinden konnte.

Das Kleid hatte Ärmel, die bis fast auf ihre Fingerknöchel reichten. Er beugte sich vor und sagte ernst: »Zeigen Sie mir Ihre Handgelenke.«

Sie lächelte ohne Koketterie und hob langsam ihre Arme. Die Ärmel rutschten herunter und entblößten die dicken, kräftigen Handgelenke eines Mannes.

Mirek schüttelte bewundernd seinen Kopf. »Darauf wäre ich nie gekommen.«

Der Schinken-Priester kicherte. »Vor drei Jahren stand ich so weit entfernt von Ihnen auf dem Bahnhof von Breslau.«

»Mag sein«, räumte Mirek ein. »Aber da waren Sie nicht so gekleidet.«

»Nein. Ich trug die Uniform eines Oberst des polnischen Panzerkorps. Wir sind im selben Zug nach Warschau gefahren – aber ich fuhr erster Klasse!«

Wieder schüttelte Mirek voller Staunen seinen Kopf.

Die Stimme des Schinken-Priesters senkte sich um mehrere Dezibel unter seine normale Lautstärke.

»Kommen Sie näher.«

Mirek rutschte über die Bank und sagte: »Teufel, aber Sie stinken.«

Der Priester entblößte lächelnd seine Zähne.

»Mirek Scibor, sie sollten wissen, daß das ein wichtiger Bestandteil einer guten Verkleidung ist. Ich mische die Lösung selber. Die Leute halten sich von Körpergeruch fern und achten nicht auf den Urheber. Nun, Sie werden eben leiden müssen, während wir uns unterhalten.«

Mirek nickte. »Ich werde leiden. Ich habe während einer langen Reise gelitten, um hierherzukommen.«

»Das haben Sie. Ich weiß, warum Sie fliehen mußten, aber warum haben Sie darauf bestanden, sich mit mir zu treffen?«

Mirek musterte ihn neugierig. Er fragte: »Waren Sie nicht – befürchten Sie nicht, daß ich als ›schwarzes Schaf‹ in Ihre Organisation eingeschleust worden bin, um sie bloßzustellen? Selbst auf dieser Reise habe ich sehr viel entdeckt.«

Der Priester lächelte und schüttelte seinen Kopf. »Weder der SB noch der KGB würden zwei ihrer höchsten Offiziere opfern, um jemanden einzuschleusen. Inzwischen haben Sie nur ein halbes Dutzend Kanäle kennengelernt und dazu die weniger wichtigen. Außerdem vertraue ich dem Urteil von Vater Lason. Er hat mit Ihnen mehrere Tage lang gesprochen. Er berichtete mir, daß Sie einen sehr großen Haß in sich tragen und ganz besonders auf Juri Andropow. Warum hassen Sie ihn so?«

Bei der Erwähnung von Andropows Namen wurden Mireks Gesichtszüge hart wie Stein. Der Priester mußte sich vorbeugen, um die geflüsterten Worte zu verstehen. Sie wurden von einer Welle des Ekels fast verschluckt.

»Ich habe herausgefunden, daß er mir etwas Böses angetan hat, das beispiellos ist.«

»Er persönlich?«

»Er erteilte den Befehl.«

»Und die Leute, die Sie ermordeten, führten ihn aus?«

»Ja.«

»Was war es?«

Mirek hatte hinunter auf den Kiesweg geschaut. Jetzt hob er den Kopf und schaute zu den spielenden Kindern. Er öffnete seinen Mund und schloß ihn wieder. Dann sagte er: »Zuerst einmal habe ich etwas für Sie. Betrachten Sie es als Geschenk von mir ... oder als Ratenzahlung dafür, daß Sie mich herausgebracht haben.« Er drehte sich um und blickte den Priester an, und wieder mußte er sich dazu zwingen, sich zu vergegenwärtigen, daß die Person vor ihm keine alte Frau war. »Pater, es ist eine Liste abtrünniger Priester in Polen. Priester in Ihrer Organisation, die vom SB umgedreht worden sind. Ich habe sie im Kopf, aber es ist eine lange Liste. Sie sollten sie besser aufschreiben.«

Die Stimme des Priesters war traurig. »Auch ich habe ein gutes Gedächtnis ... erzählen Sie ruhig.«

In die Augen des Priesters blickend, intonierte Mirek: »Ich gehe vom Norden aus abwärts. Gdingen: Pater Letwok und Kowalski. Danzig: Nowak und Jozwicki. Allenstein: Panrowski, Mniszek und Bukowski ...« Er sprach eintönig weiter, während der Priester stumm mit halbgeschlossenen Augen dasaß. Einhundertundzwölf Namen später war Mirek fertig. Es herrschte Schweigen. Dann seufzte der Priester achselzuckend und murmelte: »Gott sei ihrer armen Seelen gnädig.«

Neugierig fragte Mirek: »Wußten Sie etwas darüber?«

Er nickte. »Von einigen wenigen, und andere hatten wir im Verdacht, aber ...« Er murmelte zwei Namen und schüttelte sorgenvoll seinen Kopf. Dann holte er tief Luft und sagte kurz: »Diese Information ist ungeheuer wertvoll, und sie wird Menschenleben retten. Nun, Mirek Scibor, habe ich Ihnen etwas anzubieten.« Er stand auf. »Lassen Sie uns ein wenig gehen. Diese Bank ist doch sehr hart geworden.«

Sie gingen langsam über den Weg auf den See zu, wobei der Priester exakt den Gang einer alten Frau nachmachte.

Er fragte: »Was für Pläne haben Sie jetzt?«

Mirek spreizte seine Hände. »Ich weiß nicht. Ich hatte nur das Ziel, mich mit Ihnen zu treffen und Sie zu sprechen.« Er lächelte grimmig. »Haben Sie eine Idee?«

Der Priester blieb stehen und schaute auf den See. Er war spiegelglatt. An einem Ufer waren weiße Lilien über das Wasser verstreut. Drei große Schwäne zogen vorüber, einer anmutiger als der andere.

»Ich habe keine Idee«, sagte der Priester. »Aber ich habe einen Plan. Er könnte Sie interessieren.«

»Welchen Plan?«

»Juri Andropow zu ermorden.«

Mirek lachte laut. Die Schwäne bekamen Angst, und das Wasser rauschte, als sie davoneilten. Der Priester sagte scharf: »Sie lachen. Ich dachte, Sie hassen den Mann.«

Mireks Gelächter erstarb, und er schaute ihn neugierig an.

»Das tue ich. Ich würde wirklich einen Arm und ein Bein opfern, um Andropow umzubringen. Aber ich vermutete, Sie machten einen Scherz ... Ich meine, Sie stehen da und stellen einfach fest, daß Sie einen Plan haben, Andropow umzubringen, geradeso als würden Sie darüber reden, daß Sie die Absicht haben, ins Theater zu gehen.«

Der Priester drehte sich um und begann wieder in seinen lächerlichen Schuhen dahinzuhumpeln. Er sagte: »Sie haben es vielleicht noch nicht gehört. Ein hoher General des KGB, Yewschenko, ist in Rom übergelaufen.«

Mirek nickte. »Ich habe heute morgen ein paar Zeitungen gelesen. Ich weiß von Yewschenko. Das muß selbst dem KGB Angst gemacht haben.«

»Ja, er hat den italienischen Geheimdienst darüber informiert, daß Andropow und der KGB einen weiteren Mordanschlag auf das Leben unseres geliebten Heiligen Vaters planen.«

»Ah.« Mirek nickte gedankenvoll. Der Weg führte am See entlang, und zu ihrer Rechten hielten die Schwäne mit ihnen Schritt.

Der Priester legte kurz den Plan dar und die Gründe dafür. Mirek fragte mit verwirrter Stimme: »Und der Papst ist damit einverstanden? Das ist wohl kaum christlich.«

»Der Papst weiß nichts davon. Der Plan stammt ... nun, sagen wir, von einer Gruppe innerhalb der Kirche.«

Daraufhin lächelte Mirek leicht. »Ja, ich kann mir vorstellen, daß eine solche Gruppe sich bildet. Natürlich erzählen Sie mir das, weil Sie möchten, daß ich dieser Gesandte bin. Der Mörder.«

»Ja.«

Ein langes Schweigen, das nur vom Knirschen ihrer Schritte auf dem Kiesweg und dem fernen, gedämpften Summen des Verkehrs durchbrochen wurde. Der Priester sprach ausführlich. Nicht im Ton der Überredung, sondern unterhaltend. Mirek wußte alles über das, was seine Organisation leistete. Also waren hundert oder mehr Leute umgedreht worden. Traurig, aber lediglich ein Tropfen in einem Eimer. Es gab zehntausend andere. Spezialisten in jedem Bereich. Geheime Priester in Fabriken, die eine besondere Erlassung bekommen hatten, zu heiraten und Kinder zu haben, um sich so zu tarnen. Geheime Priester in der Regierung, in der Landwirtschaft, an Universitäten, in Krankenhäusern. Selbst in den Geheimdiensten. Wenn eine sowjetische Getreideknappheit drohte, wußte der Vatikan früher davon als der CIA. Wenn sich innerhalb des Politbüros ein Machtkampf entwickelte, war der Vatikan sogar vor dem KGB informiert. In diesem Moment blieb Mirek stehen und hob die Hand.

»Ich weiß. Wie Sie sagten: Ich weiß. Ich habe acht Jahre damit verbracht, Ihre Organisation zu verfolgen und zu studieren. Ich glaube, daß Sie einen Mann in den Kreml schaffen können. Besonders deshalb, weil man ihn nicht erwartet. Aber können Sie ihn auch wieder herausbringen ... lebendig? Oder ist das in Ihrem Plan nicht vorgesehen?«

»Doch, das ist es. Unsere besten Köpfe arbeiten in diesem Augenblick daran.«

Mireks Lippen verzogen sich zu einem ironischen Lächeln. »Jesuitenköpfe ganz sicherlich.«

»Einige davon, ja.«

»Es gab auch Jesuiten auf der Liste.«

»Zwei.«

Sie gingen weiter. Mirek fragte: »Und was passiert, wenn ich es tue? Was dann? Was geschieht anschließend mit mir?«

Ohne zu zögern, erwiderte der Schinken-Priester: »Ein neues Leben. Ein neuer Name. Sogar ein neuer Kontinent. Nord- oder Südamerika oder Australien. Die Kirche würde Sie irgendwo wieder ansiedeln ... und Sie beschützen.« Er hielt inne und sagte dann: »Und Sie natürlich bezahlen. Angemessen.«

Die Lippen des Polen verzogen sich wiederum zu einem ironischen Lächeln. »Stell sich das einer vor. Die katholische Kirche bezahlt Mirek Scibor! Geld ist nicht wichtig. Die Neuansiedlung würde genügen ... dies und eine Gesichtsoperation.« Er holte tief Luft, hielt seine Handflächen hoch und sagte: »Ich werde es tun. Sie haben Ihren päpstlichen atheistischen Gesandten. Ich werde Ihre Botschaft überbringen.« Das sagte er ganz einfach, ohne einen Anflug von Pathos.

Der Priester nickte. »Gut.«

Wieder Schweigen, während die beiden Männer ihre Gedanken sammelten. Mirek sinnierte: »Ich habe beim SB eine sehr gute Ausbildung bekommen, aber nicht für so etwas.«

Ohne stehenzubleiben, deutete Van Burgh auf die Bank, die sie vor kurzem erst verlassen hatten. Darauf saß ein Mann, der Zeitung las. »Dieser Mann dort heißt Jan Heisl. Wenn wir unser Gespräch beendet haben, werden Sie ihm folgen. Sie werden mich nie wiedersehen. Er wird Ihnen Papiere beschaffen, einen Paß ... ganz echt ... eine ganze Identität. Er wird dafür sorgen, daß Sie in ein anderes Land kommen, das südlich von diesem liegt ... in ein Terroristenausbildungslager in einer Wüste. Sie werden seltsame Bettgefährten haben. Rechtsradikale. Linksradikale. Zuweilen sogar aus ein und demselben Land.«

Erstaunt fragte Mirek: »Das können Sie arrangieren?«

»Sicherlich. Natürlich werden sie glauben, daß jemand anders Sie geschickt hat. Heisl wird alles arrangieren. Man wird Ihnen zwanzig verschiedene Möglichkeiten beibringen, zu töten und zu überleben. Heisl wird Geld für Sie beschaffen und Ihnen jede Ausrüstung besorgen, die Sie benötigen.«

»Kennt er meinen Auftrag?«

Der Priester nickte düster. »Ja. Er ist meine rechte Hand. Er und jetzt auch Sie sind die einzigen, die das wissen, die einzigen, die es jemals wissen dürfen – außer der *Nostra Trinita*.«

Mirek starrte ihn an.

»Sie sind nur zu dritt?«

»Das reicht ... und es ist sicherer.« Er nahm Mireks Arm, und dann gingen sie weiter – wie eine verarmte Mutter und ihr reich gewordener Sohn.

»Und jetzt erzählen Sie mir, warum Sie Andropow hassen.«

Kapitel 4

Kardinal Angelo Mennini streckte seine Hand aus, und die Nonne kniete und küßte den Ring. Mit seinen Augen gab er seinem Sekretär ein Zeichen. Der Sekretär nickte und zog sich zurück. Als die Nonne sich erhob, deutete der Kardinal freundlich auf einen Stuhl vor seinem Schreibtisch. Dann ging er mit rauschendem Gewand um den Schreibtisch herum und setzte sich in den hochlehnigen Sessel. Mehrere Augenblicke lang betrachtete er das Gesicht vor sich. Das einzige Geräusch in dem Raum war das Ticken der goldbronzenen Uhr an der Wand. Die Nonne saß aufrecht, ihre Hände in ihrem Schoß gefaltet. Ihr weißes Gewand und ihre schwarze Kopfhaube waren gestärkt und makellos. Das Kruzifix auf ihrer Brust war glänzend poliert und spiegelte das Licht des Kerzenleuchters wider. Sie hielt ihren Kopf hoch, aber ihre Augen waren demutsvoll gesenkt.

»Schwester Anna, schauen Sie mich an.«

Sie hob ihre Augen und blickte ihn offen an. Er wollte ihre Augen sehen. Die Augen sind wichtig, um einen Menschen zu beurteilen. Man hatte ihm versichert, daß diese Nonne eine außergewöhnliche sei, aber natürlich wollte er sich selbst davon überzeugen. Vor einer Woche hatte er die Anweisung an die führenden Mitglieder seines Ordens in Europa erteilt. Er suchte nach einer Nonne mit ganz bestimmten Charakteristika und Talenten. Sie sollte zwischen achtundzwanzig und fünfunddreißig Jahre alt sein. Körperlich kräftig und nicht unattraktiv. Sie sollte fließend Tschechisch, Polnisch und Russisch sprechen. Sie sollte praktisch sein und außerdem diszipliniert. Vor allem aber mußte sie wirklich fromm sein.

Es hatte ein rasches Echo gegeben und sehr viele Vorschläge, aber der Bericht über diese war am überzeugendsten gewesen. Er war von Bischof Severin aus Szeged in Ungarn gekommen, einem Mann, auf dessen Urteilsvermögen der Kardinal vertraute. Er berichtete, daß Schwester Anna genau der Beschreibung entsprach, allerdings war sie erst sechsundzwanzig Jahre alt. Jedoch war er sicher, daß das bei ihren sonstigen Vorzügen nicht ins Gewicht fiel.

Und tatsächlich konnte Mennini die Stärke in ihrem Gesicht sehen. Es war ein anziehendes Gesicht – ein sehr anziehendes. Sie war Polin, und er vermutete, daß sie Tartarenblut in den Adern hatte, denn ihre Wangenknochen standen sehr hoch, ihre Augen waren leicht geneigt und ihre Haut olivfarben. Sie hatte eine hohe Stirn, die durch einen breiten, vollen Mund und die Linie eines symmetrischen Kinns ausgeglichen wurde. Er betrachtete ihre Arme und Hände. Die Finger waren lang und schlank, und er nahm an, daß ihre Gestalt ähnlich sei. Sie war ob seiner stummen Prüfung überhaupt nicht verlegen. Sie erwiderte seinen Blick bescheiden, aber gelassen. Er befragte sie einige Minuten lang und erfuhr, daß sie eine Waise war, die Nonnen in Zamose aufgezogen hatten. Sie war stark von ihrer Mutter Oberin beeinflußt worden und hatte seit ihrer frühesten Kindheit keinen sehnlicheren Wunsch gehabt, als Nonne zu werden. Nachdem man sehr früh ihren Intellekt erkannt hatte, wurde sie auf eine Schule geschickt, die der Orden in Österreich betrieb. Dort entwickelte sie ihre sprachlichen Fähigkeiten und lernte Russisch, Englisch, Italienisch, Deutsch, Tschechisch und Ungarisch, bis sie diese Sprachen ebensogut wie ihre Muttersprache Polnisch sprach. Dazu entdeckte sie eine zweite Neigung: das Unterrichten. Nachdem sie ihre letzten Gelübde abgelegt hatte, wurde sie entsandt, um an einer Schule des Ordens in Ungarn zu lehren. Sie war dort sehr glücklich, hatte viel Freude an ihrer Arbeit und setzte ihre eigenen Studien fort, wobei sie besonderes Interesse an orientalischen Sprachen entwickelte. Sie hoffte, eines Tages für den Orden in Japan zu unterrichten, wenn sie diese Sprache beherrschte.

Sie hatte ein heiseres Raspeln in ihrer Stimme. Es war nicht unattraktiv, sondern machte sie interessant; und dazu betonte sie die Worte am Ende eines Satzes, wobei sie ihr Kinn leicht hob. Innerhalb weniger Minuten war der Kardinal davon überzeugt, daß Bischof Severins Beurteilung richtig gewesen war und man sich nach ihr richten sollte.

Er ordnete seine Gedanken und sagte dann langsam: »Schwester Anna, Sie sind für eine Mission auserwählt worden, die von lebenswichtiger Bedeutung für unsere Kirche und das Wohlergehen unseres geliebten Heiligen Vaters ist.« Er suchte in ihrem Gesicht nach einer Reaktion, doch sie erwiderte seinen Blick gespannt, aber leidenschaftlos. »Ihr Leben als fromme Schwester wird Sie für einige Aspekte dieser Mission vorbereitet haben ... für andere aber nicht. Sie werden eine Ausbildung benötigen. Bevor ich jedoch auf weitere Einzelheiten zu sprechen komme, müssen Sie etwas sehen.«

Er griff links neben sich und legte eine goldgetriebene Ledermappe vor sich hin. Er öffnete sie langsam und blickte auf das Pergamentblatt, das sich darin befand, und die entschlossene Handschrift.

»Ich denke, daß Sie Latein lesen können.«

»Ja, Eure Eminenz.«

Er drehte die Mappe und schob sie ihr zu. Sie beugte sich vor. Dieses Mal gab es eine Reaktion. Ihre Augen weiteten sich leicht, als sie am unteren Papierrand den roten Wachskreis mit dem hineingetriebenen päpstlichen Siegel sah. Ihre Augen blickten auf, und ihre Lippen bewegten sich stumm, während sie in Gedanken das Lateinische übersetzte. »Für unsere geliebte Schwester Anna.«

Nachdem sie die Hälfte der Seite gelesen hatte, hörten ihre Lippen auf sich zu bewegen. Sie regten sich wieder, als sie die Unterschrift las: Johannes Paul II.

Sie bekreuzigte sich und schaute dann den Kardinal an. Er meinte zu sehen, daß ihre Augen leicht glänzten.

»Haben Sie so etwas schon jemals gesehen, Schwester Anna?«

»Nein, Eure Eminenz.«

»Aber Sie verstehen es?«

»Ich denke schon, Eure Eminenz.«

Er streckte seine Hände aus und nahm die Mappe wieder an sich, schaute einen Augenblick lang auf das Papier und klappte die Mappe dann entschlossen zu. Nachdenklich sagte er, als ob er zu sich selbst spräche: »Nein, es gibt nicht viele Menschen, die jemals eine solche päpstliche Verfügung sehen.« Er schob die Mappe beiseite und blickte dann auf. »Nein, nicht viele Menschen bekommen je eine päpstliche Dispensation dieser Art zu sehen.« Er schob die Mappe beiseite und schaute auf. »Dem Inhalt nach, Schwester Anna, gewährt sie eine spezielle Dispensation, die es Ihnen erlaubt, daß Sie sich während Ihrer Mission Ihrer heiligen Gelöbnisse entbinden. In Ihrem Herzen werden Sie natürlich immer Nonne sein. Und nun werde ich Ihnen sehr kurz die Einzelheiten Ihrer Mission schildern. Wenn Sie wollen, können Sie diese anschließend natürlich ablehnen.«

Sie schaute auf die Mappe und sagte mit ihrer heiseren Stimme: »Ich kann mich dem Wunsch des Heiligen Vaters nicht verweigern.«

Er nickte billigend. »Gut. Was ich Ihnen nun zu sagen habe, ist natürlich ein heiliges Geheimnis. Verstehen Sie das? Ein geheiligtes Geheimnis – jetzt und für ewig.«

Er sah, wie sie feierlich nickte, und sagte dann mit gemessener Stimme: »Schwester Anna, Ihr Auftrag wird es sein, mehrere Wochen lang mit einem Mann zu reisen und zu leben – mit ihm als seine Frau zu reisen und zu leben.« Er sah den Schock in ihren Augen und daß sich ihre Lippen zu einer spontanen Frage öffneten. Er hob eine Hand hoch. »Nein, Schwester. Als seine Frau nur dem Anschein nach, obwohl Sie natürlich mit ihm die Unterkunft teilen müssen und sich ihm gegenüber in der Öffentlichkeit mit weiblicher Hingabe verhalten müssen.« Er konnte eine gewisse Erleichterung in ihren Augen entdecken. »Ich muß Ihnen sagen, daß dies kein guter Mann ist. Tatsächlich ist er in gewisser Hinsicht sehr böse. Er ist Atheist und war in der Vergangenheit ein fürchterlicher Feind der Kirche. Das hat sich jetzt geändert. Obwohl er Atheist bleibt, dient diese Mission dem Wohle der Kirche und dem Wohle unseres geliebten Heiligen Vaters.« Er hielt inne, zog ein weißes Spitzentaschentuch aus der Schärpe um seine Hüfte und führte es an seine dünnen Lippen. Dann fuhr er mit einem Seufzer fort: »Ich muß Ihnen auch sagen, daß Sie diese Reise durch Osteuropa nach Moskau führt. Sie wird deshalb gefährlich sein. Ihre Mission endet in Moskau, und dann werden Sie zu uns hierher zurückkehren, und unser ewiger Dank wird Ihnen sicher sein ... Nun, sind Sie bereit zu gehen?«

Sie erwiderte augenblicklich: »Ja, Eure Eminenz ... Aber was genau ist die Mission?«

»Nur dies, meine Liebe. Natürlich müssen Sie diesem Mann so gut wie möglich helfen. Sie reisen mit ihm, damit die Behörden denken, Sie seien Mann und Frau. Sie werden Papiere haben, die das beweisen. Im Grunde sind Sie da, um seine Reise unverdächtig erscheinen zu lassen.«

»Und ist sie das nicht?«

Seine Stimme klang nun ein wenig strenger. »Alles, was Sie wissen müssen, Schwester, ist, daß es zum Wohle unserer Kirche ist. Sie wissen, daß wir sehr oft mit großer Vorsicht im Sowjetblock vorgehen müssen.«

Er sah, wie sie ehrerbietig nickte. Zufrieden öffnete er eine Schublade, nahm einen Umschlag heraus und reichte ihn ihr. »Morgen melden Sie sich um acht Uhr früh beim Collegio Russico in der Via Carlino Cattaneo hier in Rom. Dort werden Sie sich mit Pater Van Burgh treffen und sich ihm gehorsam unterstellen. Er wird Ihnen mehr sagen. Er ist für diese Mission verantwortlich. Er wird Ihre Ausbildung in den kommenden Tagen überwachen.«

Er schaute auf die Uhr und erhob sich dann. Sie tat das gleiche. Er kam um den Schreibtisch herum, nahm ihre Hände in die seinen und sagte sanft: »Es wird schwierig sein, Schwester Anna, zuweilen unbequem. Doch denken Sie an das, was ich Ihnen gesagt habe. In Ihrem Herzen werden Sie immer eine Nonne sein.«

Sie murmelte: »Ich werde immer daran denken, Eure Eminenz. Bitte, geben Sie mir Ihren Segen.«

Er tat das, und sie küßte seinen Ring. Während er sie zur Tür geleitete, lächelte er und sagte: »Natürlich werden Sie in dieser Zeit wieder Ihren Geburtsnamen annehmen müssen. Er ist Ania, nicht wahr?«

»Ja, Eure Eminenz, Ania Krol.«

Er tätschelte ihre Schulter. »Ania, das ist ein hübscher Name.«

Kaum hatte er die Tür geschlossen, klingelte das Telefon. Mit müdem Seufzen durchquerte er den Raum und nahm ab. Sein Sekretär informierte ihn darüber, daß die *soffrigenti* da seien. Er seufzte wieder und sagte seinem Sekretär, er solle noch zehn

Minuten warten und sie dann hereinführen. Er setzte sich in seinen Sessel und dachte nach, um sich ein paar Worte zu überlegen. Seine Wahl zum Oberhaupt eines nach Hunderttausenden zählenden Ordens hatte vor sechs Monaten stattgefunden, und damit sah er sich vor mehr Arbeit und Probleme gestellt, als er jemals erwartet hatte. Gelegentlich hatte er im Laufe der Monate kleine Delegationen derer empfangen, die der Orden als *soffrigenti* bezeichnete. Dies waren Priester, die während ihrer erdumspannenden Arbeit sehr gelitten hatten. Einige waren jahrzehntelang eingesperrt gewesen, andere gefoltert, wieder andere verstümmelt worden. Und dann gab es auch jene, die ihr ganzes Leben in Einsamkeit verbracht hatten, besessen von ihren Studien. Es gehörte zu den Grundsätzen des Ordens, daß solche Priester, wenn immer es möglich war, nach Rom kommen sollten, um dort den Dank ihres Oberhauptes zu empfangen und seinen Segen und seine Ermutigung zu bekommen. Dies war eine solche Delegation, eine Gruppe von Priestern, die im Ostblock gearbeitet und gelitten hatten.

Mennini war sich dessen bewußt, daß sie sich der Worte, die er ihnen sagte, immer erinnern würden. Jedes einzelne Wort mußte deshalb von besonderer Bedeutung sein. Er mußte für sie ein Vater und eine Mutter und ein Felsen sein, auf den sie ihren eigenen Glauben gründen konnten. Ihre eigentliche Untertanenpflicht erwiesen sie natürlich dem Heiligen Vater, doch sie wurde durch ihn vermittelt. Er haßte es, sich selbst bei solchen Anlässen zu wiederholen, und mühte sich, Worte zu finden, die frisch und anregend klangen. Es war schwierig. Seine Augen wurden ständig von der Ledermappe auf seinem Schreibtisch und ihrem Inhalt angezogen. Er öffnete sie und las das Papier noch einmal. Er war fasziniert davon, wie perfekt die Unterschrift und das Siegel waren. Der Schinken-Priester war wirklich ein Genie. Diese Überlegung wich einer anderen. Indem er die Fälschung benutzte und das, was sich damit verknüpfte, unterstützte, beging er, Kardinal Angelo Mennini, eine Todsünde. War es ein Zeichen, um die eigentliche Festigkeit seines Glaubens zu prüfen?

Sehr verwirrt öffnete er eine Schublade und steckte die Mappe hinein. Er versperrte das Schloß, ließ den Schlüssel in eine verborgene Tasche seines Gewandes gleiten und hoffte dabei irgendwie, auch seine Gedanken wegzusperren. Wieder wandte er sich in Gedanken den zu formulierenden Worten zu, aber es war hoffnungslos. Er würde darauf bauen müssen, daß seine Besucher ihm Anregungen gaben.

Das taten sie. Sieben alte Männer versammelten sich in dem Raum. Der jüngste war Anfang Sechzig, der älteste über achtzig. Mennini begrüßte sie alle namentlich, während sie seinen Ring küßten. Der älteste, Pater Samostan aus Jugoslawien, versuchte zu knien. Sehr behutsam hob Mennini ihn auf, schloß ihn in seine Arme und geleitete ihn langsam zu einem bequemen Sessel. Die anderen saßen auf zwei rechtwinkligen Bänken. Man hatte ihnen bereits im Vorraum Erfrischungen gereicht. Die Audienz würde nicht länger als zehn oder fünfzehn Minuten dauern. Mennini schaute sie ruhig an. Sieben Spitzen des Ordens. Sie standen im Kampfe des Ordens in vorderster Linie, aber sie sahen nicht wie Krieger aus. Einfach sieben gebeugte, schwarzgekleidete alte Männer. Da war Botyan aus Ungarn. Über vierzig Jahre schon ein geheimer Priester, gejagt und durch ein einsames Leben geplagt; ein kahler Kopf, ein leichenblasses Gesicht, die Augen tief in den Höhlen liegend. Doch was für Augen! Sie brannten voller Glauben, Ehrlichkeit und Überzeugung.

Neben ihm saß Klasztor aus Polen. Achtzehn Jahre in den Gulags. Irgendwie hatte ihn der Schinken-Priester vor fünf Jahren herausgeholt. Er hatte sich geweigert, ganz in den Westen zu gehen, sondern darauf bestanden, in seinem Heimatland seine Hirtenarbeit fortzusetzen. Gefährliche Hirtenarbeit. Mennini kannte die Geschichte all dieser Männer. Unausweichlich wurde seine Aufmerksamkeit von einer knochigen Gestalt angezogen, die am Ende einer der Bänke saß. Dieser Mann war Pater Jan Panrowski, der Jüngste der Gruppe. Er wirkte nicht wie der Jüngste. Sein zerbrechlicher Körper war wie durch eine schreckliche Arthritis verdreht. Sein Haar war ganz weiß, und über seine rechte Wange liefen vier rosane parallele Narben, die jeweils einen halben Zentimeter auseinanderlagen. Mennini war einigen der Anwesenden bereits begegnet, nicht aber diesem Priester. Er wußte, daß er von ihnen allen vielleicht am meisten gelitten hatte. Er war auch Pole und war 1941 von den Nazis in ein Konzentrationslager gesteckt worden, weil er den Widerstand mit Lebensmitteln versorgt hatte. Wie durch ein Wunder konnte er entfliehen, schaffte es, in den Osten zu kommen, und arbeitete weiter mit dem Widerstand. Doch in den Augen der Russen war er in der falschen Gruppe gewesen. Als sie nach Warschau marschierten, erschossen sie die meisten Angehörigen seiner Gruppe. Er wurde verschont. Sie schickten ihn weiter nach Osten nach Rußland, wo er sieben Jahre lang regelrechte Sklavenarbeit zu leisten hatte. Seine Arbeit verband er mit der Bemühung, seinen Mitgefangenen Liebe und Trost zu geben. Nach Stalins Tod war er einer der wenigen Glücklichen, die freigelassen wurden, und es gelang dem Orden, ihn nach Rom zu bringen. Jedoch hatte er sich wie Klasztor geweigert, die Annehmlichkeiten eines ruhigen, sicheren Lebens zu genießen, und war 1958 in die Tschechoslowakei gegangen, um dort als geheimer Priester zu arbeiten – in dem Staat des Ostblocks, der am heftigsten antikirchlich eingestellt war. Zwei Jahre lang hatte er in einer Landmaschinenfabrik in Liberec gearbeitet, und eines Nachmittags, als er das Angelus betete, wurde er verhaftet. Die nächsten achtzehn Jahre hatte er im berüchtigten Bakoy-Gefängnis in Kladno in Einzelhaft verbracht. Einzelhaft, außer zu den Zeiten, wenn sie ihn in die Folterkammern gebracht hatten. Sie ließen ihn 1980 heraus. Nach sechs Monaten in einem römischen Krankenhaus und weiteren sechs Monaten in einem Kloster nahe der Sommerresidenz des Papstes in Castel Gandolfo hatte er um Audienz beim Ordensvater ersucht und darum gebeten, in seine polnische Geburtsstadt Allenstein zurückkehren zu dürfen. Seine Mutter und eine Tante, beide in den Neunzigern, lebten noch, und er wollte sich um sie kümmern. Außerdem hatte die Stadt ein sehr altes Seminar, und er wollte dort lehren. Widerwillig gestattete man ihm zu gehen. Die Stadt war auch einer von Van Burghs Kanälen aus Rußland, und zuweilen erwies er sich als sehr hilfreich. Mehrfach luden Reisende, die den Weg in die andere Richtung gingen, dort Schinkenseiten ab.

Nun saß er wie ein gebeugter Spatz da, die Augen auf seinen Führer gerichtet. Augen, die geradezu ansteckend den erlittenen Schmerz ausstrahlten.

Mennini schaute in all ihre Gesichter und in ihrer aller Augen. Die Sätze, die er sich überlegt hatte, verschwanden im Meer seines Mitgefühls. Er begann: »Ich werde demütig vor ...«

Doch er hörte auf. Er senkte seinen Kopf nicht. Er saß aufrecht da, während Tränen seine Augen füllten und über seine Wangen liefen.

Die Tränen waren von größerer Beredsamkeit als Worte. Seine Besucher wußten, daß er ein strenger, emotionsloser Mann war. Sie schauten auf die Tränen und die Demut in seinen feuchten Augen und weinten als Erwiderung. Alle bis auf Pater Panrowski. Er legte seine Arme um seine knochigen Schultern und versank noch tiefer in den Winkel seiner Bank. Er senkte sein Kinn auf seine Brust, als erfahre er wieder einmal körperlichen Schmerz. All seine Tränen waren längst vergossen.

Der Kardinal riß sich zusammen. Pater Botyan bot ihm ein Taschentuch, das er mit gezwungenem Lächeln nahm. Er trocknete seine Augen und sein Gesicht, und als er es zurückgeben wollte, lächelte der alte Priester nur und schüttelte seinen Kopf. Mennini steckte es mit einer dankbaren Geste in seine Schärpe. Dann beendete er seinen Satz.

»Ich werde demütig angesichts Eures Leidens und Eures Glaubens.«

Er hörte ihr mißbilligendes Gemurmel. Nun fielen ihm die Worte leicht. Mit kräftiger Stimme sprach er über die Märtyrer und Heiligen des Ordens und wie ihr Glaube und ihre Aufopferung die Geschichte verändert hatten und das Gesicht und die Denkweise der Welt. Er sprach zu ihnen von gleich zu gleich über seine Hoffnungen für die Zukunft, sowohl für den Orden, als auch für die Kirche als Ganzes. Er erflehte ihre Gebete für den geliebten Heiligen Vater.

Gemeinsam sprachen sie ein kurzes Gebet, und dann erteilte er ihnen allen seinen Segen. Die Audienz war beendet, und sie bewegten sich zur Tür. Er konnte aus ihren Gesichtern lesen, daß er gegeben hatte, was zu erhalten sie so weit gereist waren.

Es berührte ihn, daß er ebenfalls von ihnen die Geschenke der Liebe und der Eingebung bekommen hatte.

Er sah, wie Pater Panrowski seinen gebrochenen Körper über den dicken Teppich schleppte, und plötzlich erkannte er, daß es noch ein anderes unbezahlbares Geschenk gab, das er diesem alten Mann geben könne – und dabei im Geben Trost für sich selbst erhalten würde. Leise bat er ihn, noch ein paar Minuten zu bleiben.

Nachdem sich die Tür hinter den anderen geschlossen hatte, faßte er den Priester beim Arm und half ihm in einen dickgepolsterten, hochlehnigen Sessel. Nachdem sich Panrowski mit verwirrtem Gesicht hineingesetzt hatte, sagte der Kardinal: »Pater, wir alle sind durch Ihr Leiden und Ihren Glauben gestärkt worden. Ich wäre tief bewegt und geehrt, wenn Sie meine Beichte hören würden.«

Zuerst schien der alte Priester nicht zu verstehen. Er hob seinen Kopf und fragte: »Beichte?«

»Ja, Pater, meine Beichte.«

Pater Panrowski war verwirrt. Er hatte gehört, daß solche Dinge gelegentlich geschahen. Sogar, daß der Heilige Vater dies zuweilen von einem bescheidenen Gemeindepfarrer erbat. Er stammelte: »Aber, Eminenz ... ich bin es nicht ... nicht wert.«

»Pater, es gibt niemanden in unserer geliebten Kirche, der es mehr wert wäre.«

Der Kardinal zog einen samtbezogenen Schemel heran. Er setzte sich darauf und neigte sich vor dem Priester. Er nahm dessen Hände in die seinen und beugte seinen Kopf.

»Bitte, Pater.«

Pater Parowski hörte seine eigene Stimme. Ein heiseres Flüstern.

»Was habt Ihr zu beichten?«

Der Kardinal sprach mit gedämpfter Stimme, demütig, aber verständlich.

»Pater, vergebt mir, denn ich habe gesündigt. Ich habe mein Hirtenamt von meinem Temperament und meiner Ungeduld beherrschen lassen. Und zuweilen habe ich dabei versagt, habe die Schwächen und die Menschlichkeit einiger, die um mich sind und die mir helfen wollten, nicht verstanden.«

Der Priester atmete weniger schwer. Dies würde die Beichte der natürlichen Verstöße eines mächtigen Mannes sein, dessen Verstand zuweilen sein Mitleid überschattete.

So nahm es seinen Lauf. Er hörte mitfühlend zu und ermahnte behutsam. Er vermutete, dies sei alles, doch der Kardinal blieb mit gebeugtem Haupt sitzen. Vielleicht ein oder zwei Minuten verstrichen. Der Kardinal hob seinen Kopf leicht. Er blickte zu seinem Schreibtisch. Der Priester spürte, wie er seine Hand drückte; sie wurde fest von seinem Führer gehalten. Mennini atmete schwer. Er senkte seinen Kopf wieder und sprach flüsternd. Sprach von einer Sache, die jede Übertretung weit übertraf. Er fragte unter Schmerzen, ob es die Ausübung eines Auftrages von Gott sei oder ob es nur eine Handlung sei, um ein Leben zu retten, und ob dies beides miteinander zu vereinigen sei. Es war das Flehen eines Menschen, der wenig erlitten hatte, an einen anderen gerichtet, der viel gelitten hatte.

Der Priester war starr in Geist und Körper. Viele Sekunden verstrichen; das leise Ticken der goldbronzenen Uhr schien die Zeit noch zu dehnen. Es war zuviel für diesen Priester, aber er war der Beichtvater, und er mußte Worte finden. Worte des Trostes. Worte des Verstehens. Sie wurden erwartet. Wurden ersehnt. Er war ebenso alt wie der Mann zu seinen Füßen, doch unendlich älter, was das Ertragen von Glauben und Wahrheit unter Schmerzen und Wirklichkeit anbelangte. Er senkte sein Haupt und sagte leise: »Mein Sohn, ja, mein Sohn, es ist falsch, das Falsche für das zu tun, was du für richtig hältst. Aber es ist falsch, nichts gegen das Böse zu tun. Wir sündigen, weil wir Menschen sind und unser Herr versteht und urteilt ... und dir wird vergeben werden.«

Er spürte, wie der Druck an seinen Händen nachließ. Langsam hob der Kardinal sein Haupt und bekreuzigte sich. Dann nahm er das goldene Kruzifix von seiner Hüfte hoch und küßte das winzige, ausgebreitete Abbild.

Sie erhoben sich, und Mennini half dem Priester auf dem Weg durch den Raum. Schweigend senkte der Priester seinen Kopf und küßte den Ring des Kardinals. Dann richtete er seinen gebeugten Körper auf und schaute ihm in die Augen. Es war ein Blick des Verstehens. Er sagte: »Eminenz, ich werde für Sie beten.«

»Danke, Pater. Ich wünsche Ihnen eine gute Reise. Gott sei mit Ihnen.« Nachdem die schwere Tür sich geschlossen hatte, legte Mennini eine Hand an seine Seite und ertastete die Form des Schlüssels in seiner kleinen geheimen Tasche. Und er fühlte sich getröstet.

Kapitel 5

»Du bist viel zu schön, viel zu schön.«

»Es tut mir leid, Pater.«

Der Schinken-Priester lachte.

»Ach, ich überlege, ob das eine Frau jemals zuvor in der Geschichte gesagt hat.«

Er stemmte seinen massigen Körper auf die Beine, kam hinter seinem Schreibtisch hervor und ging langsam um sie herum. Ania Krol stand sehr still, wobei sich ein sorgenvoller Ausdruck auf ihrem Gesicht ausbreitete.

Eine Nonne mittleren Alters stand mit einem Lächeln auf den Lippen in einer Ecke. Sie sagte: »Schwester Anna sieht wundervoll aus.«

Van Burgh wirbelte zu ihr herum. »Ania«, sagte er streng. »Von diesem Augenblick an ist sie Ania. Ihr Name wird irgendwann wieder geändert werden, aber Sie und ich müssen daran denken. Schwester Anna ist vorübergehend eine Unperson.«

»Ja, Pater«, sagte die Nonne ergeben, doch in keiner Weise beschämt. »Aber warum ist sie zu schön?«

Er seufzte. »Weil große Schönheit Aufmerksamkeit weckt. Und das ist das letzte, was wir wollen.«

Er stand vor Ania und musterte sie. Sie trug eine schlichte weiße Bluse, einen dunkelblauen Plissierrock und schwarze, glänzende, hochhackige Schuhe. Er schüttelte den Kopf.

»Ich habe im Osten authentische Kleider und Kosmetika bestellt, entworfen von guten Parteigenossen und vom Proletariat für das Proletariat hergestellt, und du siehst aus, als kämst du gerade vom Titelbild eines Modemagazins. Nun stelle dir einmal vor, was die Modemacher in Rom oder Paris aus dir machen würden.«

»Aber was kann ich tun, Pater?«

Er ignorierte die Frage und ging noch einmal um sie herum.

»Es ist das Haar«, sagte er schließlich. »Das ist es tatsächlich, was deine Ausstrahlung so betont.«

Ihr Haar war kräftig und lang und so schwarz, daß es blau wie Ebenholz schimmerte. Es fiel wie eine dunkle Glocke auf ihre Schultern.

»Wir werden es färben müssen«, stellte er nachdrücklich fest.

»O nein!« schrie die Nonne in der Ecke. »Das wäre ein Verbrechen.«

»Ruhe«, befahl er. »Aber zuerst einmal müssen wir es schneiden. Ich denke an eine Art Pagen-Schnitt. Du darfst natürlich nicht zu durchschnittlich aussehen. Der Mann, als dessen Frau du dich ausgibst, sieht gut aus ... und ich wage zu sagen, daß er so attraktiv auf Frauen wirkt, daß er eine attraktive Frau hat. Aber so schön, wie du bist, kannst du nicht bleiben.«

Er betrachtete ihre Beine. Sie waren weder schlank noch kräftig, sondern bis zu den schlanken Fesseln anmutig geformt. Die hohen Absätze betonten die Rundung ihrer Waden. »Die hohen Absätze müssen weg«, verkündete er. »Flache, praktische Schuhe und ein längerer Rock.«

Ania hörte ihn kaum. Sie trauerte um ihr Haar. In ihrem Innersten war es der einzige Ausdruck ihrer weiblichen Eitelkeit. Als sie noch ein Kind war, hatten es die Nonnen geschnitten, gekämmt, es bewundert und sie gelehrt, es zu pflegen. Abends vor dem Schlafengehen und morgens vor den Gebeten hatte sie immer einhundertmal ihr Haar gebürstet und sich stets darüber gefreut, wie es ihren Hals und ihre Schultern umschmeichelte; sie hatte ihren Kopf hin und her bewegt und es wie eine dunkle Blume im Wind schwingen lassen. Und dann hatte sie es morgens unter ihrem Kopftuch hochgesteckt wie ein glitzerndes Stück Onyx, das in ein altes Taschentuch eingewickelt war.

»Wir werden dich ein wenig auffällig machen«, sagte Van Burgh. »Das ist jetzt Mode im Osten.« Er deutete auf ihre Finger. »Kein farbloser Nagellack, sondern ein leicht kräftiges Rot und mehr Rouge auf deinen Wangen ... und einen dunkleren Lippenstift, etwas dicker aufgetragen. Und dazu einige glänzende Armreifen und eine billige Silberkette um den Hals, mit dem Buchstaben ›A‹ daran.«

Noch einmal ging er um sie herum und sah ganz offensichtlich mit seinem geistigen Auge eine andere Frau. Er blieb wieder vor ihr stehen. »Und dazu ein paar Patentledergürtel mit glänzenden Schnallen, die zu groß sind, um guten Geschmack zu beweisen.« Er blickte wieder auf ihr Haar. »Wir werden zwei oder drei Perücken in unterschiedlicher Form und Farbe brauchen ... ganz eindeutig etwas, das zu deiner Hautfarbe paßt, also kein Blond. Kastanienbraun, mausgrau oder so etwas. Ania, zieh deine Schuhe aus und lauf durch das Zimmer.«

Sie glitt aus ihren Schuhen und ging vor ihm auf und ab. Er seufzte wieder.

»Du gehst wie eine Nonne.«

»Ich bin eine ... Wie läuft eine Nonne?«

»So.«

Er hielt den Kopf aufrecht, zog seine Schultern ein, legte seine Hände in die Seiten und ging mit kurzen Schritten durch den Raum, mit einem Ausdruck großer Frömmigkeit auf seinem Gesicht. Die beiden Frauen lachten überrascht. In ihren Augen wurde seine braune Soutane plötzlich zu einem weißen Gewand. Van Burgh war ein perfekter Schauspieler und hätte auf der Bühne Karriere machen können. Er ging genau wie eine bescheidene, demütige Nonne.

»Wie sollte ich denn laufen?«

»So.«

Seine ganze Positur wandelte sich. Noch bevor er einen Schritt gemacht hatte, wirkte er wie eine junge Frau, die sich ihres Aussehens und ihrer Ausstrahlung bewußt ist. Seine Hände und Arme bewegten sich völlig anders. Er strich eine imaginäre Haarsträhne zurecht und ging wieder. Jetzt war ein Schwingen in seinem Schritt. Er schaute nach links und nach rechts. Sein linker

Ellenbogen war gegen seine Seite gepreßt, als würde er eine Handtasche tragen.

Wieder lachten die beiden Frauen, aber dann wurde Ania nachdenklich. Sie hatte den riesigen Unterschied bemerkt.

»Aber, Pater, ich habe Ihre Begabung nicht. Wie kann ich lernen, so zu gehen?«

»Das werde ich dich lehren, Ania. Und ich werde mit dir einige Zeit auf den Straßen Roms verbringen. Beobachte, wie andere Frauen gehen und miteinander reden ... und mit Männern. Beobachte, wie sie einkaufen und telefonieren und ihre Einkaufstaschen tragen. Du mußt das alles mit anderen Augen als bisher betrachten. Du wirst das ab morgen tun. Jeden Morgen, die ganze nächste Woche lang. Du wirst in Cafés gehen und mit dem Bus fahren. Du wirst durch die Empfangshallen großer Hotels gehen und Touristenattraktionen besuchen. Hast du irgendwelche Laienfreunde hier in Rom?«

Ihr Haar schwang, als sie den Kopf schüttelte: »Nein, Pater.«

Er runzelte die Stirn. Bei all ihrem gesunden Menschenverstand und Intellekt mußte sie doch mit dem Nächstliegenden vertraut gemacht werden und die Unterhaltung mit Menschen lernen, die nichts mit der Geistlichkeit zu tun hatten.

»Ich werde einige Bekanntschaften für dich arrangieren: Männer und Frauen. Du wirst mit ihnen Kaffee trinken und Essen gehen und, ja, manchmal sogar abends mit ihnen essen und etwas trinken.«

»Ich trinke nicht, Pater.«

»Natürlich nicht, Ania. Nur alkoholfreie Getränke – und du wirst diesen Menschen erzählen, daß du einmal Nonne warst und nun deinen Gelübden entsagt hast.«

Ihre Lippen spannten sich. »Das werde ich gewiß nicht.«

Er seufzte. »Ania, höre mir zu. In den nächsten Tagen werden wir eine überzeugende Maske für dich erarbeiten. Aber das wird Zeit brauchen. Du wirst viel lernen und dir viel merken müssen. Du wirst das nachmittags und abends tun, zusammen mit anderen Dingen, die notwendig und nützlich sind. In der Zwischenzeit mußt du dich an die Welt außerhalb des Klosters gewöhnen. Also ist es wichtig für deine gegenwärtige Tarnung, daß du deinen Gelübden entsagt hast.«

Sie sagte halsstarrig: »So etwas zu sagen, macht mich körperlich krank!«

Ein Glitzern tauchte in Van Burghs Augen auf. Er blickte die Nonne in der Ecke an. »Warten Sie draußen, Schwester.«

Mit einem mitleidigen Blick für Ania rauschte die Nonne davon.

Der Priester begab sich hinter den Schreibtisch und setzte sich schwerfällig hin. Er deutete auf einen Stuhl ihm gegenüber. Sie setzte sich und rückte ihren Rock selbstbewußt über ihren Knien zurecht.

Er sprach schnell. Kurze, unverblümte Worte. »Du hast eine päpstliche Dispensation, deinen Gelübden vorübergehend zu entsagen. Damit hat der Papst aber nicht beabsichtigt, dich vom Gehorsam gegenüber deinen Oberen zu entbinden.«

Schweigen. Dann senkte sie ihren Blick und sagte: »Es tut mir leid, Pater.«

Seine Stimme fauchte sie an. »Sei nicht so demütig. Du bist keine Nonne, Ania.«

Ihr Kopf schnellte empor, und er erkannte die stählerne Kraft, die in ihr war. Sie blickte ihm in die Augen und sagte entschlossen: »Es tut mir leid.«

»In Ordnung. Bis du deine künftige Dauerrolle studiert hast, wirst du jedermann, der dich fragt, sagen, daß du eine Nonne bist, die ihrer Gelübde entsagt hat. Und das erst kürzlich.«

»Ja, Pater.«

Die Stimme des Priesters wurde ein wenig weicher. »Die Menschen, denen ich dich vorstellen werde, werden nicht fragen. Man wird ihnen vorher sagen, daß du in diesem Punkt sehr empfindlich bist.«

»Danke, Pater.«

Wieder schaute er sie mehrere Minuten lang abschätzend an. Dann hatte er sich seine Meinung gebildet. »Ania, ich weiß, daß du Charakterstärke und einen festen Willen hast. Aber natürlich haben dich die Jahre der Abgeschiedenheit und Frömmigkeit für verschiedene Bereiche sehr empfindsam gemacht. Diese Empfindsamkeit könnte, wenn sie nicht verborgen bleibt und kontrolliert wird, sehr gefährlich für dich und den Mann werden, der mit dir reist, und seine ganze Mission gefährden. Also, wenn ich das Gefühl habe, daß du das, was ich meine, nicht verbergen und kontrollieren kannst, kann ich dich nicht entsenden. Dann muß ich jemand anderen suchen.«

Sie dachte darüber nach und nickte. Und wieder konnte er ihre innere Kraft spüren. Entschlossen sagte sie: »Ich verstehe das sehr gut, Pater. Ich werde es verbergen und unter Kontrolle halten.«

»Das hoffe ich.« Er nahm einen elfenbeinernen Brieföffner und drehte ihn zwischen seinen Fingern. »Ania, du wirst im Kloster moderne Filme gesehen haben, doch die wurden sehr sorgfältig von der Schwester Oberin ausgesucht. Du wirst Bücher gelesen haben – doch auch diese waren ausgewählt. Selbst das, was du im Fernsehen gesehen und im Radio gehört hast ...« Er machte eine weitläufige Handbewegung. »Da draußen ist das ganz anders. Im Westen existiert so gut wie keine Zensur. Du wirst Dinge sehen und hören, bei denen du dich fragst, was aus der Zivilisation geworden ist.«

Sie sagte: »Pater, mein ganzes Leben lang war ich im Kloster, doch die Trends der westlichen Welt sind mir nicht verborgen geblieben. Sie haben mich gefragt, ob ich Laienfreunde hätte, und meine Antwort war Nein. Meine Freunde sind immer Frauen wie ich gewesen. Zuweilen, Pater, weil ich neugierig auf die andere Welt war ... aber ich habe fortwährend studiert. Ich habe geglaubt, daß meine Neugierde in der Zukunft befriedigt werden würde. Deshalb bin ich dankbar für diese Gelegenheit.«

»Gut.« Er öffnete eine Akte, studierte sie daraufhin für einen Augenblick geschäftig und sagte dann: »Ania, du bist sehr sprachkundig. Nun sag mir, wie heißt ›ficken‹ auf russisch?«

Er sah, wie sie in ihrem Stuhl zurückfuhr, ihre Augen vor Entsetzen geweitet. Dann wandelte sich das Entsetzen in Ärger, als sie begriff, daß sie die erste Probe nicht bestanden hatte. Er blieb stumm, ließ die Lektion wirken. Sie beugte sich vor und sagte: »Pater, ich wurde durch den Orden geschult. Solche Dinge hat man uns nicht gelehrt ... aber – ich kenne das Wort für kopulieren.«

»Ausgezeichnet.« Der Brieföffner klapperte, als er ihn auf den Schreibtisch warf, und er machte wiederum eine Geste. »Sag jemandem draußen, er solle ›sich kopulieren‹, und man wird Verdacht schöpfen.« Er beugte sich vor, machte in der Akte eine Notiz und sagte: »Wir werden deinen Wortschatz erweitern müssen. Das wird einen unserer Linguisten hier in Verlegenheit bringen ... aber er muß sich ja auch nicht beherrscht verhalten oder etwas verbergen.« Er klopfte mit dem Stift und schaute auf seine Armbanduhr. »Hast du noch Fragen, Ania?«

Sie nickte. »Nur eine Frage, Pater. Seine Eminenz, Kardinal Mennini, erzählte mir, daß dieser Mann, mit dem ich reisen soll – und als dessen Frau ich mich auszugeben habe ... ein böser Mann ist. Wird es für mich auf dieser Reise eine große Gefahr geben?«

Er spreizte seine großen Hände. »Ania, jede heimliche Reise durch Osteuropa birgt Gefahren.«

»Ich meinte, durch den Mann, Pater.«

»Oh.« Er zögerte. »Du meinst körperlich?«

»Ich meine Vergewaltigung, Pater.«

Seine Brauen furchten sich. »Ich glaube nicht ... Er wird vielleicht – nein, wahrscheinlich – versuchen, dich zu verführen. Er kennt keine Moral, wie wir sie kennen ... aber Vergewaltigung, das glaube ich nicht.«

Mißtrauisch sagte sie: »Ich habe keine Angst. Aber wäre es nicht möglich, daß ich einen Lehrgang in Selbstverteidigung mache ... Judo oder so etwas?«

Traurig schüttelte er seinen Kopf. »Ania, dieser Mann ist bereits körperlich sehr stark und gut ausgebildet. Und im Augenblick macht er eine Ausbildung mit, die ihn absolut tödlich macht. In einer solchen Situation mußt du dich ganz auf deinen Scharfsinn und deinen Intellekt verlassen.«

Sie nickte düster.

Er sagte: »Und jetzt mußt du zum Friseur gehen.«

Sie erhob sich, und er fragte, während sie sich der Tür zuwandte: »Was heißt Scheiße auf russisch?«

Sie erwiderte sofort über ihre Schulter hinweg: *»Guwno«*. Dann durchschritt sie den Raum, wobei ihr Haar und ihre

Hüften schwangen. Als ihre Hand den Türknopf umfaßte, rief er: »Ania.«

Sie wandte sich um. Sein Gesichtsausdruck war ernst und ein wenig traurig. Er nickte.

»Sehr gut.«

Kapitel 6

Die *SS Lydia* lief in der Abenddämmerung in Tripoli ein. Sie fuhr unter zypriotischer Flagge, hatte eine zypriotische Besatzung und verkehrte regelmäßig in einem Dreieck zwischen Limassol, Triest und Tripoli mit üblicher Fracht. Drei Tage zuvor war Mirek in Triest mitten in der Nacht heimlich an Bord gegangen. Eine kurze Reise, aber er war froh hinunterzukommen. Er war im Grunde genommen in einer schmutzigen Kabine im Vorderschiff eingesperrt und mit seinen Gedanken allein gewesen. Das Essen war faulig und die Luft stinkend. Er hatte nur Kontakt mit der Mannschaft gehabt, wenn das Essen gebracht wurde.

Seine Gedanken kreisten auf der Reise oft um den Schinken-Priester. Es war eigentlich nicht weiter erstaunlich, daß er für Mirek, den potentiellen Mörder des russischen Staatschefs, eine Ausbildung in einem Terroristenlager in der libyischen Wüste arrangieren konnte. In eben demselben Lager, wie Pater Heisl ihm mit einem ironischen Lächeln gesagt hatte, in dem Ali Agca für seinen Mordanschlag auf den Papst ausgebildet worden war. Heisl versicherte ihm, daß niemand von der Lagerführung ihn nach seiner Vergangenheit fragen würde. Man hatte ihnen einfach gesagt, daß er ein ausländischer Rekrut für eine Zelle der Roten Brigaden sei. Seine Empfehlungsschreiben waren in Ordnung. Das Lager bildete Terroristen ohne Unterschied aus. In den vier Tagen, die zwischen seiner Begegnung mit Van Burgh im Park von Wien und dem Einschiffen auf der *SS Lydia* vergangen waren, war viel geschehen.

Er war im Auto mit Pater Heisl von Wien nach Triest gefahren. Der Geistliche fuhr wie ein Wahnsinniger. Als Mirek einmal spitz bemerkte, daß sie soeben die Geschwindigkeit von 160 Stundenkilometern überschritten hatten, grinste der Priester, deutete auf die St.-Christopherus-Medaille, die auf dem Armaturenbrett klebte, und sagte: »Haben Sie Gottvertrauen.« Für einen Atheisten war das ein schwacher Trost.

Er schnaufte und sagte: »Wissen Sie nicht, daß Christopherus desanktifiziert worden ist?«

Heisl hatte gegrinst, die Achseln gezuckt und gesagt: »Egal. Er hat mich seit vielen Jahren beschützt.«

Der Priester hatte während der ganzen Reise geredet. Zuerst erklärte er, was er im Ausbildungslager lernen würde. Erzählte, was für Leute ihn ausbilden würden. Mirek müsse aufmerksam sein und gut lernen. Es war ein teures Geschäft. Mit dem Transport plus den Kosten für die Ausbildung würde die Kirche für ihre 15 000 US-Dollar wenig bekommen. Mirek war beeindruckt gewesen und hatte bemerkt, daß Terror nun einmal nicht billig sei. Heisl hatte dem zugestimmt und erläutert, daß dies nur eines von einem Dutzend solcher Lager sei, die im ganzen Mittleren Osten verstreut waren. Jederzeit waren in jedem der Lager zwischen zwanzig und dreißig ›Studenten‹. Derartige Lager waren die Kinderstube für europäischen und arabischen Terror und würden es auch bleiben. Sowohl für Links- wie für Rechtsextremisten. Der Mann, der das alles arrangierte, war der Führer einer Zelle der Roten Brigade in Triest. Seine Zelle war auf Transport und Ausbildung spezialisiert. Andere Zellen handelten mit Waffen, beschafften Geldmittel durch Banküberfälle, entführten und mordeten für politische Ziele. Dieser Mann glaubte, daß Pater Heisl der Kopf einer Zelle der deutschen Rote-Armee-Fraktion sei. Sie hatten schon einmal zusammengearbeitet, und Pater Heisl hatte gut gezahlt. Als Mirek fragte, für was er gut bezahlt habe, erhielt er ein Schulterzucken als Antwort, und ein Blick sagte ihm, er solle sich um seine eigenen Angelegenheiten kümmern.

Kurz vor der italienischen Grenze zeigte ihm der Priester seinen neuen Paß. Sein Name war Pjotr Poniatowski. Er war demzufolge vor zwölf Jahren in den Westen geflohen und hatte sieben Jahre später die französische Staatsbürgerschaft erhalten. Als Geburtsort war Warschau angegeben. Das Geburtsdatum war zwei Jahre älter als sein richtiges. Während er die Seiten durchblätterte und die alten Stempel und Visa betrachtete, hatte Heisl bemerkt: »Er ist perfekt. Es hat einen solchen Mann gegeben. Er wurde an diesem Tag in Warschau geboren. Im vergangenen Jahr kam er bei einem Autounfall in der Nähe von Paris ums Leben.«

»Haben Sie gefahren?« fragte Mirek.

Der Priester lächelte. »Nein. Ich habe noch nie einen Unfall gehabt.«

Sie kamen ohne Zwischenfälle über die Grenze und brachten eine halbe Stunde später ihre Koffer in ein kleines Haus in einem armseligen Stadtteil in Hafennähe. Es wurde von einer alten Frau geführt, die ganz in Schwarz gekleidet war. Mirek vermutete, daß sie zu einem religiösen Laienorden gehörte. Sie sprach kaum ein Wort, kochte aber ein ausgezeichnetes Mittagessen für sie. Anschließend ruhte Mirek sich aus, während der Priester Geschäfte erledigte.

Sie blieben drei Tage lang in dem Haus. Mirek wollte hinausgehen, um sich die Stadt anzusehen und vielleicht eine Frau aufzutreiben. Das sagte er Heisl nicht, aber der Priester war ohnehin felsenfest dagegen. Dies war eine Transitstation für Mirek, sowohl für die Ein- wie für die Ausreise. Es war ungeschriebenes Gesetz, sich an einer Transitstation nie in der Öffentlichkeit zu zeigen, zumal in Triest, einer sehr internationalen Stadt, die von den Geheimdiensten aus Ost und West gleichermaßen frequentiert wird. So verbrachte Mirek seine Zeit damit, fernzusehen, Magazine zu lesen und zuviel Pasta zu essen, während Heisl kam und ging. Während ihrer Unterhaltungen nannte Heisl einige der möglichen Strecken, die sie nehmen könnten, um ihn nach Moskau zu bringen. Er ließ die Frage offen, sagte nur, daß die Entscheidung dann fiele, wenn der Termin nähergerückt sei. Mirek hatte auf seinen französischen Paß getippt und gefragt: »Warum fliege ich nicht ganz einfach als Tourist oder Geschäftsmann mit der Air France?«

Heisl hatte entschlossen seinen Kopf geschüttelt.

»Sie werden vor und nach dem Ereignis eine recht lange Zeit in Moskau verbringen müssen. Ein Tourist oder ein Geschäftsmann wird immer überwacht. Es darf keine Unterlagen darüber geben, daß Sie dort gewesen sind. Aber nur keine Sorge, es ist unsere Aufgabe, Sie hineinzubringen und herauszuholen – und das werden wir. Unsere besten Köpfe arbeiten daran.«

In der dritten Nacht brachte Heisl eine kleine schwarze Leinentasche mit. Er reichte sie Mirek und sagte ihm, er solle seine Toilettensachen, Unterwäsche, Taschentücher und eine Hose sowie ein Hemd zum Wechseln hineinpacken. Und er solle um Mitternacht zum Aufbruch bereit sein. Zehn Minuten vor diesem Zeitpunkt kam er in Mireks Zimmer und sammelte Mireks restliche Kleidungsstücke ein.

»Wo ist Ihr Paß?«

Mirek deutete auf die Leinentasche.

»Geben Sie ihn mir. Sie brauchen ihn nicht mehr.«

Mirek öffnete die Tasche und gab sie ihm. Der Priester steckte ihn in eine Jackentasche, ging an Mirek vorbei und durchkramte die Tasche.

»Und da ist nichts drin außer Ihren Toilettensachen und Ihrer Kleidung?«

»Nichts.«

Zufrieden zog der Priester den Reißverschluß zu und sagte: »In der Küche steht eine Flasche mit heißem Kaffee. Nehmen Sie die mit. Es wird eine lange Nacht werden.«

Kurz nach Mitternacht brachen sie auf. Dieses Mal fuhr Heisl seinen Renault langsamer, wobei er ständig in den Rückspiegel schaute.

»Der gefährlichste Augenblick«, sagte er, »ist der, wenn man mit einer anderen Gruppe Verbindung aufnimmt, die vielleicht infiltriert worden ist. Die italienische Antiterror-Abteilung ist sehr clever geworden. Manchmal infiltrieren sie diese Zellen und warten einfach ab, in der Hoffnung, daß sie so auf neue Spuren stoßen.«

Mirek kannte diese Technik gut, da er sie selbst viele Male angewandt hatte.

»Und was«, fragte er, »geschieht, wenn wir bei der Kontaktaufnahme erwischt werden?«

»Das käme höchst ungelegen«, räumte der Priester ein. »Übrigens: Von heute an bis in einem Monat, wenn ich Sie wiedersehe, ist Ihr Name Werner. Einfach Werner. Auf einen anderen Namen werden Sie nicht reagieren.«

»Und meine Nationalität?«

»Sie haben keine. Sie sind einfach Angehöriger der terroristischen Internationale.«

Sie waren in großem Bogen durch die Stadt gefahren und gelangten schließlich wieder in das Hafengebiet. Der Priester schaute prüfend auf seine Armanduhr und fuhr in eine schmale Straße zwischen großen Lagerhäusern. Die meisten Straßenlaternen brannten nicht, und lange dunkle Schatten malten Muster auf die hohen Mauern. Heisl brachte den Renault zum Stehen und schaltete die Scheinwerfer aus. Den Motor ließ er laufen. Fünf Minuten lang war dies das einzige Geräusch, und dann war vor ihnen ein Rasseln zu vernehmen: eine Lagerhaustür öffnete sich einen Fußbreit. Eine schemenhafte Gestalt tauchte auf. Nach einem Augenblick blitzten zwei schwache Lichter auf. Der Priester beugte sich vor und schaltete die Scheinwerfer des Wagens zur Antwort zweimal ein und aus. Dann griff er ins Handschuhfach und überreichte Mirek einen dicken braunen Umschlag.

»Geben Sie ihm das. Ich werde Sie genau hier nach Ihrer Rückkehr wieder treffen. Viel Glück.«

Sie schüttelten sich die Hände. Mirek griff nach seiner Tasche und öffnete die Tür. Ohne sich noch einmal umzudrehen, ging er rasch zu dem Lagerhaus. Als er es erreicht hatte, hörte er, wie der Wagen des Priesters davonfuhr. Der Mann, der auf ihn wartete, war jung, vielleicht Anfang Zwanzig. Er hatte das ernste Gesicht eines eifrigen Studenten. Er fragte: »Werner?«

Mirek nickte. Der andere zerrte ihn hinein. Das Lagerhaus war mit hölzernen Kisten gefüllt; drei große wurden auf den niedrigen Hänger eines Lastwagens geladen. Zwei ältere Männer in Overalls standen daneben.

»Du hast etwas für mich?«

Der junge Mann hatte eine gepflegte Aussprache, eine Stimme, die sogar kultiviert klang. Mirek reichte ihm den Umschlag. Er schlitzte ihn sofort mit einem Daumennagel auf und zog ein Bündel Banknoten heraus. Mirek bemerkte, daß es Hundertdollarscheine waren. Er zählte sie rasch. Dann nickte der junge

Mann zufrieden, ging zu den beiden Männern hinüber und gab jedem mehrere Scheine. Er wandte sich Mirek zu.

»Komm, ich erklär's dir.«

Sie gingen zu dem Anhänger. Die Seitenwand einer Kiste war geöffnet. An der Außenseite waren nach oben zeigende Pfeile angebracht, außerdem war die Silhouette eines Weinglases aufgemalt sowie das Wort ›zerbrechlich‹. Mirek schaute hinein. Die Kiste war mit Schaumstoff gepolstert. Auf dem Boden war ein Kunststoffsessel befestigt. Daneben war eine tiefe Emailleschüssel festgenagelt. Der junge Mann machte eine Handbewegung.

»Hier verbringst du den ersten Teil deiner Reise. Du fährst in zehn Minuten. Es wird fünfzehn Minuten dauern, bis du die Zollkontrolle erreichst. Dort wird's etwa eine Stunde dauern. Dann könnten noch einmal zwei bis drei Stunden vergehen, bis die Kiste in einen Laderaum verladen wird. Wenn sie zu heftig schwingt, kannst du deine Arme und Beine gegen die Seiten stützen. Das Schiff soll heute morgen um sechs Uhr auslaufen, aber es gibt oft Verspätungen.« Er zeigte auf die Kiste. »Da sind reichlich Luftlöcher, und die Ventilation ist entsprechend. Sie werden dich rauslassen, sobald das Schiff die Drei-Meilen-Zone verlassen hat.« Er deutete auf die Emailleschüssel. »Da rein kannst du pinkeln oder kotzen. Hast du etwas zu trinken mitgebracht?«

Mirek nickte. »Ist schon mal jemand auf dieser Strecke erwischt worden?«

»Bisher nicht. In dieser Kiste sind einige sehr mutige Männer gewesen. Bist du bereit?«

»Sicher.« Mirek warf seine Tasche hinein, kletterte hinterher. Der Sessel war ganz bequem. Er konnte fast aufrecht sitzen. Er stemmte seine Handflächen gegen die Seiten. Er konnte sich gut abstützen.

Der junge Mann sagte: »Das schlimmste ist die Dunkelheit. Versuch nicht, ein Streichholz oder so etwas zu entzünden; die Polsterung ist leicht entflammbar. Leidest du unter Klaustrophobie?«

Er schüttelte seinen Kopf. Daraufhin war er untersucht worden, als er in den SB eintrat.

»Also gut.« Der junge Mann machte zu den beiden anderen eine Geste; sie bewegten sich mit Hämmern und Nägeln auf ihn zu. Zu Mirek sagte er: »Ich wünsche dir eine erfolgreiche Reise, Genosse.«

Mirek nickte; dann wurde es dunkel, und die Hammerschläge dröhnten in seinem Kopf.

Das Schiff legte mit Verspätung ab, und zwölf Stunden vergingen, bevor er das Vibrieren der Maschinen spürte, und weitere drei, bevor die Kiste geöffnet wurde und Tageslicht und frische Luft hineingelangten. Bis dahin hatte er immer wieder angestrengt über die möglichen Ursachen nachgedacht. Hatte es eine Verwechslung gegeben, und sie wußten nicht, daß er in der Kiste steckte? Hatten sie die falsche Kistennummer bekommen? In völliger Dunkelheit treibt die Phantasie mächtige Blüten. Mirek hatte diese Technik bei Verhören selbst angewendet. Erst jetzt begriff er, wie wirkungsvoll sie eigentlich war.

Sie waren zu zweit. Freundliche Zyprioten, die Stirnbänder trugen. Er war so verkrampft, daß sie ihm heraushelfen und ihn an Deck tragen mußten. Es war eine Qual, wenn er seine Beine bewegte. Die Kiste war Decklast gewesen. Er blickte sich im dünnen Sonnenlicht um. Das Schiff rollte langsam auf den öligen Wellen. In der Ferne konnte er die schwachen Konturen einer Küstenlinie sehen. Einer der Zyprioten deutete darauf: »Jugoslawien.«

Er machte ein paar schmerzende Schritte. Er wäre gern ein paarmal über das Deck gegangen, um sich zu entkrampfen, aber die Mannschaftsmitglieder wollten davon nichts wissen. Einer von ihnen nahm seine Tasche, und sie halfen ihm ins Vorschiff, zuerst zur Toilette und dann in die Kabine.

Jetzt spähte er durch die einzige winzige Luke auf den Hafen von Tripoli. Er sah düster aus. Um etwas zu tun, packte er seine Tasche um. Eine Stunde verging, während er gegen die Ungeduld ankämpfte, die jeder Seereisende empfindet, wenn er darauf wartet, endlich von Bord gehen zu können. Schließlich klopfte es an der Tür. Sie öffnete sich, und ein Araber mittleren Alters, der einen militärischen Drillichanzug trug, stand da. Er hatte weder Dienstgradabzeichen noch andere Insignien. »Werner?«

Mirek nickte.

Der Araber streckte die Hand aus und fragte auf englisch: »Ist das deine Tasche?«

»Ja.«

»Nimm alles heraus.«

Mirek packte sie aus und legte alles auf die Pritsche. Der Araber nahm die sorgfältigste Durchsuchung vor, die Mirek je erlebt hatte. Er tastete die Säume aller Kleidungsstücke ab, überprüfte Knöpfe und Kragen, untersuchte aufmerksam die Schuhsohlen und jedes Teil, das sich in dem Toilettenbeutel befand. Dann überprüfte er die Tasche selbst. Schließlich kontrollierte er die Kleidung und die Schuhe, die Mirek trug, und machte danach eine vollständige Leibesvisitation. Nachdem dies zu seiner Zufriedenheit ausgefallen war, sagte der Araber ihm, er solle seine Tasche packen und ihm folgen. Auf dem Deck arbeiteten Mannschaftsmitglieder, aber sie ignorierten Mirek und den Araber völlig.

Am Ende der Gangway wartete ein Militärlastwagen. Im Führerhaus saß ein Fahrer, der ebenfalls eine Uniform ohne Rangabzeichen trug. Der Araber führte Mirek zur Rückseite des Lastwagens, öffnete die Plane und deutete hinein. Mirek warf seine Tasche hinein und kletterte hinterher. Nachdem er sich gesetzt hatte, wurde die Plane fest von außen verschnürt.

Die Fahrt dauerte zwei Stunden. In der ersten Stunde fuhren sie über eine ebene Straße, dann bog der Lastwagen in einer Linkskurve auf etwas, das offensichtlich ein Schotterweg war. Mirek mußte sich sehr festhalten. Als sie schließlich zum Halten kamen, schmerzte sein Rücken. Er hörte arabische Stimmen, dann wurde die Plane geöffnet, und er sprang hinunter.

Zunächst hatte er den Eindruck, daß er sich in einem Konzentrationslager befand. Der Lastwagen war in eine von hohen Drahtzäunen umgebene Umzäunung gefahren, die von Flutscheinwerfern überragt wurde. Ihr Licht erhellte den Platz wie die Mittagssonne. Zu seiner Rechten befand sich ein langes, modernes Betongebäude. Zur Linken standen drei Reihen hölzerner Fertigbaracken, die aussahen, als stünden sie schon sehr lange dort.

Der Araber nickte ihm zu und führte ihn zu einer Tür in dem Betongebäude. Er öffnete sie, steckte seinen Kopf hindurch, sagte etwas auf arabisch, führte dann Mirek hinein und schloß die Tür hinter ihm.

Es war ein spartanisches Büro. Es gab einen Schreibtisch, dahinter und davor einen Stuhl. Ein großer breitschultriger Mann saß auf dem Stuhl dahinter. Er trug blondes, kurz geschnittenes Haar über einem Gesicht, dem man ansah, daß dieser Mann viel Schmerzliches erlebt hatte. Er mochte Ende Vierzig sein. Neben ihm befand sich ein niedriger Tisch, auf dem ein Funkgerät stand. Er trug eine verblichene Uniform, ebenfalls ohne Rangabzeichen. Er studierte ein Blatt Papier. Ohne aufzublicken, sagte er in amerikanisch gefärbtem Deutsch:

»Hier steht, du sprichst fließend Deutsch. Du wirst dem ›A‹-Kurs zugeteilt und bekommst ›A‹-Räumlichkeiten.« Er blickte mit einem Grinsen auf, ohne daß sich der Ausdruck seiner schieferblauen Augen verändert hätte. »Das bedeutet, du bekommst einen Raum für dich allein und reichlich persönlichen Unterricht.«

Er erhob sich und streckte seine Hand aus. »Werner, ich bin Frank. Ich sollte sagen, daß ich hoffe, daß es dir hier gefällt, aber ich weiß, das wird es nicht.«

Sie schüttelten sich die Hände. Mirek zuckte unter dem Druck zusammen und versuchte, ihn zu erwidern. Es war, als fasse er ein Stück Mahagoni an.

»Hast du schon gegessen?«

Mirek schüttelte seinen Kopf. Frank schaute auf seine Armbanduhr und deutete auf den leeren Stuhl.

»O.K., setz dich. Wir erledigen noch ein paar Formalitäten, und dann gehen wir rüber zur Kantine. Hast du eine lange Reise gehabt?«

»Sehr lang«, antwortete Mirek und setzte sich. »Man könnte sagen, monatelang, und sie war nicht besonders komfortabel, besonders in den letzten Tagen nicht.«

Frank ordnete seine Gesichtszüge zu einem Ausdruck, der so

etwas wie Mitgefühl vermitteln sollte. Er kicherte und sagte: »Nun ja, das hier ist nicht das Hilton, doch wie ich sagte, bist du in einem ›A‹-Kurs. Ihr Leute müßt belastbar sein. Das Essen ist gut. Darum habe ich mich gekümmert, seit ich im vergangenen Jahr hierherkam. Leute, die schlechtes Essen bekommen, kann man nicht ausbilden. Jetzt zur Sache.« Seine Stimme bekam einen harten Klang. »Dies ist kein politisches oder ideologisches Lager, deshalb gibt es auch keinen Unterricht dieser Art. Und es gibt auch keine Diskussionen. Absolut keine, verstanden? Diskussionen sind tabu.« Er blickte Mirek scharf an, der entschlossen nickte.

»Zweitens: keine persönlichen Fragen. Im Augenblick sind fünfundzwanzig Schüler hier. Von überall. Sie haben, genau wie du, nur einen Namen bekommen. Das ist alles, was man von ihnen wissen muß. In einem solchen Camp müssen wir uns gegen Infiltration schützen. Unser Leben hängt davon ab. Seit ich hier bin, ist das zweimal versucht worden. Deshalb wird jeder bestraft, der persönliche Fragen stellt ... und, Werner, die einzige Strafe, die es hier gibt, ist Tod ... Kapiert?«

»Ist das mit denen auch passiert?«

Franks Lippen grinsten wieder. »Am Ende ja. Einer war Franzose – SDECE. Der andere Deutscher – BND. Wir haben euch damit einen Gefallen getan ... Du wirst dreißig Tage hier sein. Das ist nicht lang, obwohl's dir zuweilen vorkommen wird, als seien es dreißig Jahre. Es gibt keine Feiertage. Wenn du hier reinkommst, unterstellst du dich unserer Disziplin. Du tust, was die Instrukteure dir sagen. Die kleinste Kleinigkeit, die sie dir sagen. Entweder gehst du als bestens ausgebildeter Attentäter von hier weg oder überhaupt nicht. Kapiert?«

»Kapiert!«

Sein Leben lang war Mirek durch Training und Disziplin fit gewesen. Der SB hatte ihn gelehrt, mit Gewehr und Faustfeuerwaffen akkurat zu schießen. Sie hatten ihn auch im waffenlosen Nahkampf ausgebildet.

Nach zwei Tagen in dem, was Lager ›Ibn Awad‹ hieß, kam er sich wie ein absoluter Anfänger vor.

Der Gymnastiklehrer war eine Frau. Eine arabische Terroristin namens Leila; den Namen, vermutete er, hatte sie von ihrer berühmten Vorgängerin übernommen. Sie hatte ein strenges, attraktives Gesicht und einen geschmeidigen Körper. Bei ihrer ersten Begegnung fragte sie ihn, wie fit er sei, und er antwortete mit männlichem Stolz: »Sehr.« Eine Stunde später war sein Stolz gebrochen. Sie machte jede Übung mit ihm. Am Ende, während er seine Wange auf den heißen Sand preßte und um Atem rang, hatte sie nur einen feinen Schweißtropfen auf ihrer Oberlippe.

»Du wirst fit sein«, sagte sie. »In dreißig Tagen wirst du's sein.«

Der Schießlehrer war ein kleiner finsterer Portugiese um die Fünfzig. Seine erste Frage war: »Kannst du anständig schießen?«

»Ja, ich bin ausgebildet worden.«

»Auf unbewegte Ziele?«

»Ja.«

»Dann vergiß alles, was du gelernt hast.«

Das Lager hatte einen raffiniert ausgeklügelten Gefechtsschießstand. Bemalte Metallfiguren schnellten hoch und verschwanden, bewegten sich nach links und rechts und vor und zurück. Sie waren so bemalt, daß sie an israelische Soldaten erinnerten, männliche und weibliche, und ihre Gesichter waren scheußliche Karikaturen jüdischer Gesichtszüge. Der Portugiese gab Mirek eine Heckler & Koch VP 70. »Im Magazin sind zwölf Schuß. Für jeden Treffer bekommst du einen Punkt.«

Mirek schaffte einen Punkt. Er konnte es nicht glauben. Der Ausbilder war grausam. Er sammelte ein halbes Dutzend Steine, entfernte sich ein paar Schritte, wandte sich um und sagte scharf: »Fang.« Er warf die Steine nacheinander rasch Mirek zu. Nach links, nach rechts, nach oben und unten. Mirek fing sie alle auf. Der Portugiese kam zu ihm zurück, stellte sich breit vor ihn hin und streckte seine Hände aus, die Handflächen nach oben.

»Leg deine Hände auf meine Hände.«

Das tat Mirek. Die Hände des Ausbilders waren klein, seine Finger trocken. Die Spitze eines seiner kleinen Finger fehlte.

»Du hast dieses Spiel vielleicht einmal als Junge gespielt. Ich versuche dir auf die Rückseite einer oder deiner beiden Hände zu schlagen. In dem Augenblick, in dem ich mich bewege, ziehst du deine Hände weg.«

Mirek hatte das als Junge gespielt – und er war gut gewesen. Man hatte auf ihn gewettet. Nach zehn Minuten brannten Mireks Handrücken und waren rot. Er hatte den Portugiesen allenfalls mal mit einem Finger berührt.

Ohne ein Wort zu sagen, ergriff der kleine Ausbilder einen Stock und zeichnete den Buchstaben ›S‹ über eine Länge von etwa zwölf Metern in den Sand. Er deutete darauf.

»Ich möchte, daß du ganz schnell über diese Linie läufst. Versuche, mit beiden Füßen darauf zu laufen.«

Mirek fragte: »Was hat das mit Schießen zu tun?«

»Alles. Tu's.«

Er machte es sehr gut.

»Jetzt zurück. Diesmal im Lauf.«

Er machte es wieder gut. Der Ausbilder zog eine sehr gerade Linie, die etwa zwanzig Meter lang war.

»Stell dich ans Ende.«

Mirek stellte sich ans Ende.

»Sieh dir die Linie genau an. Dann schließe deine Augen und folge ihr langsam.«

Das tat Mirek. Er ging so lange, bis der Ausbilder ›o.k.‹ sagte. Er drehte sich um und schaute zurück. Er war ganz leicht nach links abgewichen. Er blickte den Ausbilder an. Der nickte befriedigt.

»Werner, du hast Koordinationsvermögen, Zeit- und Gleichgewichtssinn. Ich werde dich lehren, wie du das so kombinierst, daß du imstande bist, einen Mann aus zehn Metern, hundert oder tausend Metern Entfernung zu treffen – und zu töten.

Frank war der Ausbilder für Nahkampf und Messerkampf. Das Lager verfügte über eine gut ausgestattete Trainingshalle. Sie standen sich an einer breiten Matte einander gegenüber.

»Welche Vorkenntnisse hast du?«

»Ich habe etwas Judo und Karate gemacht.«

Frank grinste. »Vergiß diesen Quatsch. So was ist fürs Ego und für Schau. Ich werde dich lehren, wie du einen Mann in einer halben Sekunde umbringst oder zum Krüppel machst. Jemanden zum Krüppel machen ist einfach: Augen, Kehle oder Hoden. Zu töten ist ein wenig komplizierter, aber Cavalho hat mir gesagt, daß du schnell bist und Gleichgewichtssinn hast. Also wirst du's lernen. Streck deine Hände aus.«

Mirek hob seine Arme.

»Spreize deine Finger.«

Mirek spreizte seine Finger.

Frank berührte langsam jeden einzelnen davon und zählte bis zehn.

»Das sind deine zehn wichtigsten Waffen.« Er zeigte auf Mireks Füße. »Das sind deine zweitwichtigsten Waffen.«

»Was ist mit meinen Handkanten?« fragte Mirek.

Angewidert schüttelte Frank seinen Kopf. »Ich hab' dir gesagt, du sollst diesen Karate-Quatsch vergessen. Sieh her.« Er trat näher, packte Mireks rechtes Handgelenk und streckte seinen Arm. Er führte seine Finger am Arm herab zu einem Punkt gegenüber der Handinnenfläche und beugte den Ellenbogen leicht. »Der Karatehieb. In deinem Fall liegt der Wuchtpunkt etwa fünfzig Zentimeter unterhalb deiner Schulter.« Er zog den Arm gerade und streckte ihn. »Jetzt sind deine Fingerspitzen etwa zwanzig Zentimeter näher dran. Das ist wie beim Boxen. Je größer deine Reichweite, desto besser. Ich will dir mal was sagen, Werner. Kein Karate-Schwarzgurtträger würde je Hand an Muhammed Ali legen können.«

Er führte Mirek zu einem langen Tisch. Darauf befand sich eine Reihe kleiner Eimer, die mit grobem Sand gefüllt waren. Daneben lag eine Reihe von Fingerübungsgeräten mit stählernen Federn. Frank zog einen Eimer heran, hielt die Finger beider Hände starr und stieß sie nacheinander in einem festen Rhythmus tief in den Sand. Das machte er etwa eine Minute lang und sagte dann: »Nimm einen mit in dein Zimmer. Mach das morgens und abends jeweils eine halbe Stunde lang.«

Er schüttelte den Sand von seinen Händen und zeigte auf die Übungsgeräte. »Sie sind unterschiedlich stark. Suche dir eins aus, das du gerade zusammendrücken kannst. Mach damit das gleiche. Und alle paar Tage nimmst du eine stärkere Feder.«

Er nahm Mireks Hände in die seinen und betrachtete sie. Dann hob er seinen Kopf, blickte ihm in die Augen und sagte mit Betonung: »Es sind gute Finger. Tu, was ich dir gesagt habe, und in einem Monat wirst du gute Waffen haben.«

Er ließ die Hände sinken und zeigte auf Mireks Schuhe. »Wenn du einen Auftrag hast, trage feste Schuhe, am besten immer. Vorzugsweise Schuhe mit Stahl in den Kappen. Kauf dir ganz normale Schuhe, die eine Nummer zu groß sind, und bring sie zum Schuster. Er wird dir Stahl einsetzen.«

Sie gingen zu den Messern über. Auf dem Tisch lag eine reichliche Auswahl. Jagdmesser, Dolche, Klappmesser, ein Bowiemesser, ganz gewöhnliche Küchenmesser und, direkt daneben, ein stumpfer Filzstift. Frank deutete mit verächtlicher Geste darauf. »Wenn du in einer Situation bist, in der es gefährlich ist, eine Faustfeuerwaffe heimlich bei sich zu tragen, dann ist es ebenso gefährlich, eine als solche erkennbare Waffe mit sich zu führen. Diese eingeschlossen, obwohl es damit eine eigene Bewandtnis hat.«

Er ergriff den Filzschreiber, nahm die Kappe ab und machte einen breiten blauen Strich auf der Tischoberfläche. »Unschuldig, nicht wahr?« Er drehte sich plötzlich um. Mirek hörte ein Klikken und sprang zurück, als er einen stechenden Schmerz auf seiner Brust spürte. Er blickte an sich hinunter. Auf seiner Kleidung war ein blauer Fleck. Frank lachte und hielt den Stift hoch. Die Filzspitze war noch immer daran, jetzt aber befand sich am Ende ein dünnes Metallröhrchen. Er stülpte es auf den Tisch und drückte. Das Metall glitt in die Hülle zurück. Er zog einen weiteren blauen Strich. Der Filzstift war nichts weiter als ein Filzstift.

Frank schaute Mirek wiederum lächelnd an. »Eine leichte Legierung mit Titan-Spitze. Schärfer als eine Nadel.« Er wog den Stift in seiner Hand. »Wiegt nur wenige Gramm mehr als ein normaler Stift.« Er zeigte Mirek die Marke: ›Denbi‹. »Du drückst das ›D‹ . . . so.« Die Klinge schoß wie eine kleine Schlangenzunge hervor. »Wenn ich gewollt hätte, wärst du jetzt tot.« Er ergriff seinen Arm und führte ihn zu der Plastikattrappe eines kräftig gebauten Mannes. Der Kunststoff war durchsichtig. Mirek konnte alle Organe darin sehen, die stark gefärbt waren. Die Puppe befand sich auf einem Sockel. Frank drehte sie langsam, wobei er sagte: »Es gibt keine lebenswichtige Stelle im menschlichen Körper, die mehr als zehn Zentimeter unter der Haut liegt. Diese Klinge ist zehn Zentimeter lang. Du wirst lernen, wohin du sie zu stechen hast und wie. Mit diesem Ding in deiner Hand kannst du jemanden in drei Sekunden töten.«

Der Sprengstoff-Ausbilder war ein Japaner namens Kato. Mirek hatte gelernt, daß Japaner höfliche Menschen seien. Das war Kato nicht. Er traf Mirek vor einem dicken Betonbunker. Ein kleiner untersetzter Mann unbestimmbaren Alters. Sein Gesicht war eckig und seine Lippen wie in ständigem Spott heruntergezogen. Ein Arm war steif, und er trug daran einen schwarzen Handschuh. Kato hielt den Arm empor.

»Den hab' ich verloren, weil jemand Scheiße gebaut hat. Nicht ich. Ein Arsch.« Er deutete auf den Bunker und dann auf eine dicke hohe Wand, die etwa fünfzehn Meter entfernt lag. »Das ist keine Theorie. Wir lassen Dinge in die Luft gehen. Gebäude, Autos ... und Menschen. Das ist verdammt gefährlich, Werner. Wenn du hier einen Fehler machst, bist du tot. Mir ist es scheißegal, ob du tot bist oder lebst, aber ein Fehler von dir kann mich auch in die Luft jagen ...«

Mirek nickte düster. Kato schnaufte. »Du glaubst, du verstehst, aber so ist das nicht. Wenn du eine Bombe in der Hand hältst und versuchst, sie zu legen ... dann wirst du verstehen. Du wirst dann verstehen, wenn du den Schweiß in deinen Augen spürst und deine Eier sich in deinen Bauch ziehen.« Er lächelte boshaft und deutete auf die dicke Mauer. »Aber das wirst du ganz allein hinter der Mauer machen, und ich werde hier mit einem Eimer und einer Schaufel warten, für den Fall, daß die Explosion zu früh erfolgt.«

Mirek sagte kalt: »Ich bin sicher, daß das bei einem so guten Ausbilder nicht passieren wird.«

Katos Schnaufen wurde heftiger, und er wandte sich dem Bunker zu, wobei er sagte: »Ich habe in diesem Lager zwei verloren. Normalerweise sind's drei.«

Der Bunker hatte eine Klimaanlage und war entfeuchtet. Ein Teil davon war durch Stahltüren abgetrennt. Auf der einen Seite befand sich ein halbes Dutzend Holzstühle, die vor einer Tafel standen. Auf der anderen Seite, durch eine Glaswand getrennt, befand sich ein voll eingerichtetes Laboratorium. Kato deutete auf die Tafel.

»Hier lernst du die Theorie. Hier lernst du, wie man Bomben baut: Splitterbomben, Bomben mit Fernauslöser, Autobomben, Landminen, Seeminen, Türminen, Haftminen...« Wieder das bösartige Lächeln. »Ich könnte dir sogar beibringen, wie man Atombomben baut... aber das werde ich nicht. Ich bin Japaner. Dem Kaiser würde das nicht gefallen.«

Mirek vermochte nicht zu sagen, ob das ernst oder ironisch gemeint war.

Kato deutete auf das Laboratorium. »Dort machst du dein Praktikum. Du lernst, eine Bombe mit Zutaten zu bauen, die du in jeder Drogerie kaufen kannst. Du lernst, Bomben zu bauen, die so klein wie deine Fingerspitzen sind, und Bomben, die groß genug sind, einen ganzen Stadtteil in die Luft zu jagen.« Er stieß Mirek behutsam an den Arm. »Du wirst auch lernen, eine Bombe zu bauen, die du verschlucken und in deinem Körper an jeden beliebigem Platz tragen kannst, um jemanden zu vernichten.« Er seufzte traurig. »Aber ich nehme an, daß du kein Mohammedaner bist, der auf die Gelegenheit wartet, ins ewige Paradies zu kommen.«

Mirek schüttelte seinen Kopf.

»Nein, zufällig nicht.«

Er gewöhnte sich nicht an die Routine. Er wurde förmlich hineingeprügelt. Das Lager stand eine halbe Stunde vor Anbruch der Dämmerung auf. Ausnahmslos jeder. Eine halbe Stunde lang machte Mirek seine Fingerübungen, wusch und rasierte sich dann. Frank bestand nachhaltig darauf. Entweder man trug einen Bart, oder man rasierte sich täglich. Jeden Tag mußte saubere Kleidung angezogen werden. Es gab keinen Kleidungsappell, aber Frank verlangte, daß die Dinge ordentlich gemacht wurden. Kurz vor Anbruch der Morgendämmerung versammelten sich die Schüler in der Kantine und tranken Tee, Kaffee oder Fruchtsaft aus Dosen. Im Morgengrauen machten sie in der Umfriedung Gymnastik. Das taten sie alle, Schüler und Ausbilder gleichermaßen unter Leilas Leitung. Die Gmynastikübungen variierten, endeten aber nach etwa fünfundvierzig Minuten immer mit Liegestützen. Jeder Schüler mußte so lange üben, bis er nicht mehr konnte. Wenn der letzte Schüler flach auf dem Bauch lag, mit zitterndem Körper und schmerzverzerrtem Gesicht, machten die Ausbilder weiter und pumpten nochmals zehn. Am dritten Morgen schwor sich Mirek, daß er mehr schaffen würde als alle anderen. Sogar mehr als Leila.

Nach der Gymnastik kam der ›Lauf‹. Alle aus dem Lager brachten ihn hinter sich. Das waren entweder vier Meilen mit zwanzig Kilo Gepäck oder acht Meilen ohne Gepäck. Leila lief immer ganz hinten, trieb die langsamen Läufer an, vergrößerte aber ihre Schritte unausweichlich, sobald sie sich dem Lager näherten, überholte alle und war als erste am Tor.

Danach wurde eine halbe Stunde Frühstückspause gemacht. Es gab ein ausgezeichnetes Büffet. Reichlich frisch gebackenes Brot, Platten mit Käse und Aufschnitt, Eier und sogar Steaks. Speck oder Schinken gab es nicht.

Nach dem Frühstück teilten sich die Schüler in Gruppen auf. Offensichtlich waren einige auf bestimmte Aspekte des Terrorismus spezialisiert und wurden entsprechend geschult. Mirek bekam eine allgemeine Ausbildung, teils Gruppen-, teils Einzelunterricht. Das Mittagessen dauerte zwei Stunden, bis die ärgste Mittagshitze vorbei war. Ein leichtes Mittagessen wurde gereicht. Gewöhnlich eine Suppe, gefolgt von kaltem Fleisch und Salat. Nach dem Mittagessen schliefen einige der Schüler. Andere saßen in der Kantine, unterhielten sich oder lasen in den Büchern, die zur Verfügung standen – zumeist Thriller, Westernromane oder Science Fiction. Es gab keine politischen Bücher in den Regalen. Außerdem waren ein Fernsehgerät und ein Videorecorder vorhanden. Beide wurden nur abends benutzt. Die Videofilmauswahl entsprach der der Bücher. An seinem ersten Abend im Lager faszinierte Mirek der Gegensatz zwischen zwei Dutzend Terroristen und *Vom Winde verweht.*

Nach dem Mittagessen vier weitere Unterrichtsstunden. Dann eine Dusche, Kleiderwechsel und Abendessen. Es waren üppige Mahlzeiten. Suppe, verschiedene Nudelgerichte, arabische Gerichte, dazu Rindfleisch, Hammelfleisch, Ziegenfleisch und Früchte. Als Getränke nur Wasser oder Fruchtsäfte.

Nach dem Abendessen gingen viele der Schüler direkt ins Bett. Der Ausbildungsplan war anstrengend. Andere schauten sich Videofilme an oder lasen oder unterhielten sich. Und es blieb nicht aus, daß sie ungeachtet der Warnungen, persönliche Fragen zu stellen, doch einiges übereinander erfuhren. Nicht, daß jemand in diesem Sinne Fragen stellte, aber Informationen wurden gesammelt. Jede Gruppe junger Menschen, die zusammen lebt, lernt und kommuniziert. Innerhalb einer Woche wußte Mirek, woher die anderen kamen. Es gab zwei kleine Gruppen von Spaniern. Einmal linksgerichtete baskische Separatisten; die andere Gruppe bestand aus Franco-Faschisten. Zwei Italiener gehörten den Roten Brigaden an, drei andere den Schwarzen. Die Gruppe der fünf Deutschen, zu denen zwei Mädchen gehörten, war in dem Punkt geschlossener; alle rechneten sich zu einem Baader-Meinhof-Ableger. Zwei philippinische Frauen, davon eine sehr hübsch, und ein Mann, der offensichtlich zu den moslemischen Rebellen gehörte. Es gab einen einsamen Iren, einen sehr bedrückten Mann, der alleine saß und seltsame Lieder summte. Die anderen waren Araber, hauptsächlich aus dem Libanon. Vier davon waren Schiiten der islamischen Jihad-Bewegung. Sie waren die einzigen, die regelmäßig ihre Gebetsteppiche ausrollten und nach Mekka gewandt beteten. Sie hielten sich abgesondert und hatten einen seltsamen, abwesenden Gesichtsausdruck. Mirek vermutete, daß sie diejenigen waren, die Bomben schluckten und sich selbst und andere in die Luft und damit ins Paradies pusteten.

* * *

Am zehnten Morgen schaffte er einhundertfünfzig Liegestütze. Die anderen Schüler hatten lange zuvor aufgegeben. Während er keuchend dalag, warf er einen verstohlenen Blick auf die Ausbilder. Nur zwei pumpten noch: Frank und Leila. Frank hatte

Schwierigkeiten. Leila hob und senkte ihren schlanken Körper mit Leichtigkeit. Ihre dunklen Augen beobachteten ihn.

An diesem Abend saß er nach dem Essen nackt auf dem Bett in seinem Zimmer und drückte die Fingerfedern. Die Tür öffnete sich. Sie hatte weder Schloß noch Riegel. Leila stand da. Sie blickte schweigend auf seinen Körper und schloß dann die Tür. Er drückte die Fingerhanteln weiter. Sie sagte: »Hör auf.«

Er drückte sie dennoch weiter. Sie entkleidete sich langsam. Sie tat das ohne vorsätzliche Provokation, doch es wirkte ungeheuer erotisch, wie sie sich langsam aus der männlichen Uniform schälte, um so ihren geschmeidigen, dunklen, wohlgeformten Körper zu entblößen. Sie zog das Hemd aus. Straffe, kräftige Brüste mit großen Kronen und kleinen Brustwarzen, ein tief zurückliegender Nabel und eine schmale Hüfte. Er drückte seine Fingerhanteln und spürte, wie er erigierte. Sie zog den Reißverschluß der tarnfarbenen Hose auf und streifte sie herunter. Ihr Slip war kurz und schwarz. Als sie die Hose weiter herunterzog, entblößte sie schlanke, muskulöse Beine. Das Dreieck ihres Schamhaares war ebenso schwarz wie der Slip. Jetzt war seine Erektion fast schmerzhaft. Sie bewegte sich langsam auf ihn zu, hob ihre Hände und umfaßte ihre Brüste.

»Drück sie – ganz fest.«

Er ließ die Fingerhanteln fallen und wollte aufstehen, doch sie legte eine Hand auf seine Schulter. Er hob seine Arme, umfaßte ihre Brüste mit seinen Händen und drückte sie. Sie waren weich, aber fest. Ihr Gesichtsausdruck änderte sich dabei nicht. Er drückte fester, sehr fest. Ihre Lippen öffneten sich leicht, wobei eine rosafarbene Zunge sich zwischen sie schob. Er zog sie an ihren Brüsten zu sich. Sie legte sich flach auf ihn. Das war das Ende ihres Vorspiels. Sie legte ein Bein über ihn, griff nach seinem eregierten Glied und drückte es in sich. Er hielt ihre Brüste fest, während sie auf ihm ritt, zog sie dann an sich und versuchte, sie zu küssen. Sie wandte ihr Gesicht ab, und statt dessen drang er in ihr Ohr. Es konnte nicht lange dauern. Er spürte, wie es kam, und versuchte, es zurückzuhalten. Aber das mißlang ihm. Sein Rücken krümmte sich unwillkürlich, und er stöhnte vor Erleichterung, als er in sie spritzte.

Ihr Gesicht zeigte Enttäuschung. Sie lehnte sich auf ihm leicht keuchend zurück. Er spürte, daß sich die Muskeln in ihr noch bewegten, versuchten, Lust aus seinem schrumpfenden Penis zu gewinnen.

Er murmelte. »Es ist ziemlich lange her ... Monate.«

Sie zuckte die Schultern, erhob sich und löste sich von ihm. Neben dem Bett befanden sich ein metallenes Waschbecken auf einem Ständer und ein Handtuch. Sie nahm das Handtuch und wischte sich zwischen den Beinen ab, dann bückte sie sich, um ihre Kleider zu nehmen.

»Warte.«

Sie drehte sich um. Er saß aufrecht auf dem Bett.

»Warte ein paar Minuten. Gleich wird's gehen.«

Sie betrachtete seinen erschlafften Penis skeptisch. Er klopfte auf das Bett neben sich. Schulterzuckend ließ sie ihre Kleider fallen und setzte sich. So saßen sie schweigend mehrere Minuten lang da. Er legte einen Arm um ihre Schulter. Ihr Körper reagierte nicht. Es war gerade so, als warte sie auf eine zahnärztliche Behandlung. Mit der anderen Hand ergriff er die ihre und legte sie auf seinen Penis. Sie bewegte ihre Finger, und er wurde steif.

Er murmelte: »Küß ihn. Nimm ihn in den Mund.«

Energisch schüttelte sie ihren Kopf. Doch ihre Finger bewegten sich schneller, und er streckte sich schnell. Sie versuchte ihn zurück aufs Bett zu stoßen, doch er wehrte sich. Statt dessen umfaßte er sie an den Schultern, drehte sie auf den Rücken. Diesmal würde er oben sein.

Dieses Mal war es gut. Er drang in sie ein, schob sich rhythmisch hinein und heraus, wobei er jedesmal fester wurde. In den ersten Minuten blieb sie unbewegt; dann aber reagierte sie auf ihn. Minuten später verschränkte sie ihre Zehen hinter seinen Beinen und begann kurz zu atmen. Sie keuchte heftig, wenn ihre Körper zusammenstießen. Ihr Mund öffnete sich, und er senkte seinen Kopf. Ihre Arme schlossen sich fest um ihn, während ihre Lippen sich trafen. Sie saugte an seinem Mund und schob dann ihre Zunge in seine Kehle, wobei sie mit ihren Zähnen an seinen Lippen zerrte und versuchte, seine Rippen in ihre zu drücken. Sie kamen zu einem langsamen, doch gleichmäßigen Höhepunkt.

Er wurde schneller, ihr Stöhnen wurde lauter, ihr heißer Atem drängte in seinen Mund. Dann wandte sie ihr Gesicht ab, ächzte laut, versenkte ihren Mund in seine Schulter und erschauerte, als sie zum Orgasmus kam.

Er erreichte seinen Orgasmus mit einer Mischung von Schmerz und Leidenschaft. Als er sich ihr entzog, tröpfelte Blut von seiner Schulter auf ihre Brüste. Sie streckte ihren Zeigefinger aus und berührte zärtlich die Bißspuren. Für einen Augenblick sah er Leidenschaft in ihren Augen. Dann war das vergangen.

Minuten später war auch sie gegangen. Wieder hatte sie sich mit dem Handtuch gewischt, dann hatte sie sich rasch angezogen, ohne ihn anzusehen. An der Tür ließ seine Stimme sie verharren.

»Beim nächstenmal wirst du ihn küssen ... und ihn in deinen Mund nehmen.«

Sie hatte ihm einen langen, gleichmütigen Blick geschenkt, dann die Tür geöffnet und war gegangen.

Eine halbe Stunde vor Morgengrauen öffnete sich seine Tür wieder. Er stand in der Unterhose da und machte seine Fingerübungen in dem Eimer mit Sand. Er dachte, es sei sie, aber es war Frank. Er hielt ein Stück Papier in der Hand und nickte beifällig, während Mirek seine Hände tief in den Sand schlug. Dann bemerkte er die Bißwunde auf seiner Schulter.

»Aha! Wie ich sehe, hat Leila dir eine Extralektion erteilt«, sagte er boshaft. »Das hat sie ganz gut gemacht, aber für meinen Geschmack etwas zu deutlich. Du solltest mal die kleine Philippinin ausprobieren; die kennt jetzt alle Tricks.«

Mirek ignorierte ihn und fuhr mit seinen Übungen fort. Frank hielt ihm ein Stück Papier vor die Nase.

»Von wem?«

»Offensichtlich von deinen Leuten.«

Mirek schüttelte den Sand von seinen Händen und nahm das Papier. Darauf stand handschriftlich: »Werner, laß dein Haar nicht schneiden. Laß dir einen Schnurrbart wachsen.«

Frank sah, wie verwirrt er dreinschaute. Er sagte: »Das muß verschlüsselt sein. Du weißt nicht, was es bedeutet?«

Mirek schüttelte seinen Kopf. »Ich habe keinen Code bekommen; und Nachrichten erwarte ich nicht.«

Frank grinste. »Wahrscheinlich hält das irgendwer für ein Friseurgeschäft.«

An diesem Morgen schaffte Mirek zweihundert Liegestütze. Nur Leila war noch ausdauernder als er.

In den nächsten beiden Nächten wartete er auf sie. Sie kam nicht. Am dritten Abend bemerkte er, daß das hübsche Philippino-Mädchen ihn beim Abendessen beobachtete. Er kam ihr mit Augenkontakt und Körpersprache entgegen.

Eine Stunde nach dem Abendessen kam sie zu ihm. Sie war, wie er annahm, Nymphomanin. Und Frank hatte recht. Sie kannte alle Tricks. Irgendwann saß er auf dem Bett, während sie vor ihm kniete und ihm einen blies. Während er auf ihren gesenkten Kopf und ihr üppiges schwarzes Haar schaute, überlegte er, wie sie je jemanden ermorden könne. In diesem Augenblick wurde die Tür leise geöffnet. Er blickte auf und sah Leila dastehen. Das Philippino-Mädchen versuchte sich ihm zu entziehen, aber er hielt ihren Kopf fest und schaute Leila starr an. Sie drehte sich um und ging hinaus, wobei sie die Tür hinter sich schloß.

Am nächsten Morgen schaffte er zweihundertundfünfzig Liegestütze. Er blickte auf. Leila lag ausgebreitet auf dem Sand, die Arme zu beiden Seiten ausgestreckt, als sei sie gekreuzigt.

Kapitel 7

Erzbischof Versano stopfte sich ein weiteres Stück *osso buco* in den Mund und murmelte begeistert vor sich hin. Nachdem er es geschluckt hatte, sagte er: »Der Küchenchef hier wird von Gottes Hand geleitet. Niemand macht das besser.«

Der Schinken-Priester und Kardinal Mennini pflichteten ihm bei. Es war das zweite Treffen der *Nostra Trinita* im ›L'eau Vive‹, und Van Burgh hatte viel zu berichten. Mennini war sehr erfreut, als er verkündete: »Eminenz, Ihre Wahl war großartig. Die Nonne Anna ist intelligent, gelassen und gehorsam.«

Mennini senkte wohlwollend seinen Kopf.

»Und welche Fortschritte macht sie bei ihrer Ausbildung?«

»Ausgezeichnete. Sie hat eine natürliche Schauspielerbegabung. Da sie seit ihrer Kindheit in Klöstern war, reagiert sie verständlicherweise sehr empfindlich auf gewisse Aspekte des modernen Lebens. Jedoch mache ich sie mit verschiedenen Aspekten vertraut, und sie verarbeitet sie gut.« Er blickte auf seine Armbanduhr und lächelte. »Im Augenblick macht sie Aerobic.«

Die beiden anderen schauten ihn verständnislos an.

»Das ist so eine Art neuer Tanzübung. Ich möchte, daß sie fit ist. Eines der Laienmädchen, mit der wir sie bekannt gemacht haben, ist Tänzerin. Anschließend gehen sie zum Abendessen. Und danach ins ›Jackie O‹.«

Sie schauten wieder verständnislos, und er lachte.

»Das ist Roms anspruchsvollste Discothek.«

Der Kardinal blickte ein wenig verwirrt drein. »Ist das wirklich erforderlich, Pater?«

Van Burgh nickte heftig. »Ja, Eure Eminenz. Es ist sehr wichtig, um ihren Horizont zu erweitern ... schließlich gibt es auch im Osten Discos, und man ist dort mit der neuesten westlichen Popmusik vertraut ... also muß sie es auch sein. *La Cantate* muß die Songs kennen.« Er brachte einen besänftigenden Klang in seine Stimme. »Keine Sorge, Eure Eminenz. Ihr Glaube ist stark genug, ihren Geist vor solchen Einflüssen zu schützen. Zudem sind die Menschen, unter denen sie ist, sehr sensibel und respektvoll.«

»Was ist mit dem Mann?« fragte Versano. »Erzählen Sie uns von ihm.«

Der Schinken-Priester dachte ein paar Augenblicke lang nach und sagte dann: »Hätten wir jahrelang nach unserem Gesandten gesucht, wir hätten keinen besseren finden können. In bestimmten, lebenswichtigen Bereichen hat er aufgrund seines bisherigen Lebens Erfahrung. In anderen Bereichen wird er augenblicklich ausgebildet. Er wird die Fähigkeiten, die Ausrüstung und die Sicherheit haben, und er hat natürlich ein Motiv.«

»Welches ist das?« fragte Versano. »Hat er es Ihnen gesagt?«

Er wie der Kardinal beobachteten Van Burgh mit Neugierde. Der Schinken-Priester blickte auf das kostbare Damasttischtuch. Er nickte traurig.

»Ja, das Motiv ist purer Haß, der sich auf die Person Juri Andropow richtet. Der Grund für diesen Haß war eine Tat, die Andropow vor einigen Jahren begangen hat. Eine so niederträchtige und abscheuliche Tat, wie ich sie nie für möglich gehalten hätte... aber ich glaube es.« Er schaute auf. Sie sahen ihn erwartungsvoll an. Er seufzte. »Doch bevor er mir das erzählte, mußte ich bei der Gesegneten Jungfrau schwören, daß ich das niemals, wirklich niemals, jemandem erzählen würde.«

Sie konnten die Enttäuschung in ihren Augen nicht verbergen. Als er das sah, sagte er weich: »Er hat es mir nur erzählt, um mich von seiner absoluten Entschlossenheit zu überzeugen... Ich kann Ihnen soviel sagen: Nachdem ich die Geschichte gehört hatte, waren bei mir sämtliche Skrupel wegen Andropow verschwunden.«

Sie waren durch seine Worte etwas besänftigt. Er wechselte rasch das Thema. Zu Versano gewandt, sagte er: »Mario, ich habe die Operation einmal durchgerechnet. Sie wird kostspielig werden; das übersteigt bei weitem die Möglichkeiten meines Hilfsfonds für den Eisernen Vorhang.«

»Wieviel?« fragte Versano freudig, glücklich darüber, sich wieder auf vertrautem, also finanziellem Gebiet zu befinden.

»Ungefähr dreihunderttausend in amerikanischen Dollars.«

Mennini schluckte entsetzt.

»Aber wie...?«

Van Burgh hob eine Hand.

»Eure Eminenz. Das ist billig verglichen mit dem, was der CIA oder der KGB für eine solche Operation ausgeben würden. – Nur ein Bruchteil dessen, was die ausgeben.«

Mennini schaute skeptisch drein. Über die Finanzen des Vatikans machte er sich keinerlei Sorgen, doch seine natürliche Askese bereitete ihm Gewissensbisse.

Da er ein wenig Irritation zeigte, erläuterte der Schinken-Priester: »Zunächst einmal müssen wir den ›Gesandten‹ ausbilden. Diese Ausbildung kostet beispielsweise fünfzehntausend. Dann müssen wir völlig neue Kanäle nach Moskau installieren. Ich kann – und will – nicht unsere bestehenden Verbindungen benutzen.«

Er unterbrach sich, als sich die Tür öffnete und zwei Kellnerinnen hereinkamen. Eine schob einen Servierwagen, der mit Früchten und einem Käsebrett beladen war. Die andere deckte rasch die benutzten Teller ab, deckte frische auf, stellte Obst und Käse in die Tischmitte und fragte: »Drei *espresso*?«

»Später«, sagte Versano und lächelte sie an. »In etwa einer halben Stunde.«

Sobald sich die Tür geschlossen hatte, wandte sich Van Burgh dem Kardinal zu und fuhr aggressiv fort: »Eure Eminenz, ich möchte, daß Sie verstehen, was das bedeutet. Mehrere Dutzend Menschen müssen in Position gebracht oder abgezogen werden. Gewisse Anwesen sind zu mieten oder müssen sogar erworben werden. Das Transportmittel muß sicherlich gekauft werden – und das ist im Osten schwierig und teuer. In Moskau selbst benötigen wir ein sicheres Haus. Kuriere müssen kommen und gehen. Dazu müssen Bestechungsgelder bezahlt werden ... Ich versichere Ihnen, daß kein Cent aus dem Fenster geworfen wird.«

Sogleich unterbrach ihn Mennini.

»Natürlich nicht, Pater. Das habe ich mit meinem Einwand auch nicht gemeint. Es ist nur so, daß ich in Anbetracht der Summe entsetzt war. Natürlich weiß ich, daß derartige Dinge Geld kosten ...« Ihm kam ein anderer Gedanke, und er wandte sich sorgenvoll Versano zu. »Aber wie können wir einen solchen Betrag verbuchen ... es soll doch ein Geheimnis sein.«

Nun war der geniale Erzbischof am Zug. Van Burgh mochte der Experte in Ausflüchten sein, doch jetzt befanden sie sich auf Versanos Gebiet.

»Lassen Sie das bitte nicht Ihre Sorge sein, Eure Eminenz. Das Geld wird auf keinem der Vatikankonten auftauchen, ja nicht einmal auf einem Kirchenkonto.« Er lächelte. »Ich versichere Ihnen, daß dieses Geld nicht einmal aus Kirchenmitteln kommen wird.«

Verwirrt fragte Mennini: »Von woher dann?«

Der amerikanische Erzbischof machte mit seinen Händen eine sehr italienische Geste. Eine Geste, die bedeutete, daß alles möglich sei. Er sagte ganz einfach: »Von Freunden.«

Schweigen entstand, während die beiden anderen das überdachten. Der Schinken-Priester, der mehr über solche Dinge wußte als der Kardinal, vermutete, daß die ›Freunde‹ entweder dubiose Bankiers waren oder Geschäftsleute, die einen künftigen Gefallen von ›Gottes Finanzier‹ immer gut gebrauchen konnten – oder die Mafia. Oder alle drei zusammen.

Versano hatte aus seinen Gewändern ein kleines schwarzes, ledernes Notizbuch und einen schlanken goldenen Stift geholt. Er fragte Van Burgh: »Wo brauchen Sie es und wie?«

Mennini fühlte sich überflüssig, als sie jetzt die Einzelheiten besprachen. Der Schinken-Priester wollte, daß zwei Drittel davon auf ein Nummernkonto in Straßburg gezahlt wurden und ein Drittel in Gold. Wenn möglich in ›Vietnam‹-Blättern. Der Kardinal war darüber verwirrt, aber Versano nickte verstehend. Die vietnamesischen Bootsleute, die glücklichen, die durchkamen, führten Gold mit sich. Tonnenweise. So viel, daß anfangs Goldhändler in einigen Flüchtlingslagern Läden eröffnen durften. Dieses Gold wurde in kleine, papierdünne Streifen gepreßt, die leicht zu biegen waren und in alle möglichen Verstecke paßten. Versano vermutete, daß dann mit Gold bezahlt werden würde, wenn Bestechung erforderlich war. Van Burgh wünschte, daß es an einen Priester in Amsterdam geliefert würde. Versano schrieb den Namen und die Anschrift nieder, dann legte er Notizbuch und Stift beiseite.

»Wie schnell?« fragte der Priester.

Versano streckte die Hand aus, ergriff eine dicke Orange und begann sie zu schälen, wobei sich seine stummeligen Boxerfinger als erstaunlich gewandt erwiesen. Er sagte: »Die Dollars werden innerhalb von zweiundsiebzig Stunden in Straßburg sein ... Das Gold innerhalb einer Woche in Amsterdam.«

»Gut, und ich stelle Ihnen das direkt in Rechnung?«

Versano lachte. »Nein.« Er warf Mennini einen Blick zu. »Ich schlage vor, daß keine Berechnung stattfindet – überhaupt keine. Auf diese Art fliegen Leute immer auf. So wurde Al Capone durch Steuerbeamte erwischt.« Mit einem weiteren Blick auf den Kardinal sagte er ruhig: »Pieter, benutzen Sie das Geld für Ihre Zwecke. Wenn etwas übrigbleibt, tun Sie es in Ihren Fonds ... Wenn Sie mehr benötigen, lassen Sie es mich wissen. Falls Sie das telefonisch tun, benutzen Sie folgenden Code: Ein Dollar entspricht einer Tulpe. Wenn Sie mir beispielsweise sagen, daß Sie ein Tulpenfeld gesehen haben – ›es müssen an die fünfzigtausend gewesen sein‹ –, dann werde ich fünfzigtausend Dollars nach Straßburg schicken. Eine Unze Gold wird ein Edamer Käse sein. Sagen Sie mir, daß ein Kloster in Zeeland pro Tag hundert Edamer macht, und ich sende einhundert Unzen Gold an Ihren Priester in Amsterdam – aber lassen Sie uns nicht mehr über Rechnungen sprechen.« Van Burgh schaute Mennini an; er erwartete einen Einwand von diesem Mann, der stets darauf achtete, daß alles aufgezeichnet wurde und seine Ordnung hatte. Doch der Kardinal nickte.

»Ich bin einverstanden, und wenn es vorbei ist, verschwindet die *Nostra Trinita* und wird nie existiert haben.« Er schnitt sich ein kleines Stück Fontina ab, brach etwas Brot und nickte noch einmal, bevor er zu essen begann. Der Schinken-Priester konnte sehen, daß sowohl dem Kardinal als auch dem Erzbischof diese verschwörerische Bruderschaft einen gewissen Spaß bereitete. Versano hatte seine Orange geschält. Er zerlegte sie in Stücke, schob ein Stück in seinen Mund und fragte: »Wie steht es mit Ihrem Spielplan? Ist er schon ausgearbeitet?« Er liebte es, sich in sportlichen Metaphern auszudrücken.

Van Burgh entschloß sich, ihre Freude an heimlichen Aktivitäten zu intensivieren.

»In diesem Geschäft ist nichts endgültig. Das wichtigste Wort, das wir benutzen, heißt ›Möglichkeit‹. Wir müssen davon ausgehen, daß Dinge falsch laufen – und darauf müssen wir vorbereitet sein. Diese Operation ist in fünf Phasen gegliedert.« Er hob seine Hand, spreizte seine Finger und deutete auf einen. »Phase eins ist die Vorbereitung. Die wird bald abgeschlossen sein. Phase zwei ist die Reise. Der ›Gesandte des *Papa*‹ wird von Wien aus durch die Tschechoslowakei nach Polen reisen, dann durch Polen über Krakau und Warschau bis zur russischen Grenze. Dann weiter nach Moskau.« Er tippte auf den nächsten Finger. »Phase drei: der Einzug nach Moskau, die Errichtung einer sicheren Basis und die notwendigen Vorbereitungen für«, er tippte auf den nächsten Finger, »Phase vier – die Eliminierung von Andropow. Phase fünf ist natürlich die Flucht des Gesandten.«

Versano beugte sich vor, um eine Frage zu stellen, aber Van Burgh hob eine Hand.

»Gegenwärtig sind alle Pläne für Phase zwei ausgearbeitet, und unsere Leute beziehen Position. Der Kanal wird fertig sein zu dem Zeitpunkt, wenn der Gesandte seine Ausbildung beendet haben wird – in zwei Wochen. Falls es Probleme gibt, wird es einen anderen Kanal als Sicherheit geben.« Er warf Mennini einen Blick zu, als wolle er damit betonen, daß ›Sicherheit‹ eine kostspielige Angelegenheit sei. Der Kardinal aß jetzt Weintrauben und hörte aufmerksam zu. »Die Planung für Phase drei ist ebenfalls abgeschlossen. Ich habe bereits zwei Leute in Moskau, und drei weitere werden innerhalb der nächsten Woche dort sein. Ein ›sicheres Haus‹ und das Transportmittel stehen bereit. Ebenfalls ist die Methode arrangiert, wie Ania – Schwester Anna – sicher von der Bühne gebracht wird.«

Versano war entschlossen, eine Frage zu stellen.

»Geht es über dieselbe Strecke zurück?«

Van Burgh schüttelte seinen Kopf. »Nein. Das wäre eine schlechte Strategie. Dieser Kanal besteht nur vorübergehend, und je länger er existiert, desto größer ist die Gefahr der Entdekkung. Wir werden sie über Helsinki hinausbringen. Wir haben eine erprobte und bewährte Methode. Was die Phase vier anbelangt ...« er zuckte unverbindlich die Schultern. »Das ist noch in der Planung. Wir haben drei Möglichkeiten erarbeitet. Sie alle sind vielversprechend. Doch im Augenblick scheint nur eine dem Gesandten eine echte Chance zu bieten, zu entkommen.«

Versano war gefesselt. Eifrig fragte er: »Und die wäre?«

Van Burgh schüttelte seinen Kopf. »Das wäre jetzt vorschnell. Zudem«, er schaute sich in dem üppigen Raum um, »ich ziehe es vor, hier nicht darüber zu sprechen. Ich weiß, daß Sie alle Vorsichtsmaßnahmen getroffen haben, Mario, aber diese Phase ist zu wichtig, als daß sie in diesem Raum diskutiert werden könnte. Nicht einmal im Vatikan selbst.«

Die beiden nickten verstehend. Der Schinken-Priester seufzte und sagte: »Das bringt mich auf unerfreuliche Neuigkeiten.« Er schaute den Kardinal traurig an. »Wie Sie wissen, haben wir hinter dem Eisernen Vorhang immer Fälle von Abtrünnigkeit. Das ist unausweichlich, egal, welche Vorbeugemaßnahmen wir treffen. Einige unserer Leute sind schwächer als andere. Man könnte sagen, menschlicher. Zuweilen können sie diesen furchtbaren Druck nicht ertragen. Aus dem Innersten meines Herzens kann ich ihnen keinen Vorwurf machen.« Seine Zuhörer sahen ihn aufmerksam an. Mit neuerlichem Seufzen sagte er: »Mirek Scibor war in der wohl einzigartigen Position, all diese Abtrünnigen zu kennen. Er gab mir eine Liste von über hundert Namen.«

Versano schöpfte heftig Atem. »O Gott. Das ist schrecklich.«

»Nein, Mario, das war zu erwarten. Wir haben Tausende. Es ist ein winziger Prozentsatz. Die meisten von ihnen sind unwichtig. Wir werden sie jetzt ganz einfach isolieren.« Traurig wandte er sich Mennini zu. »Eure Eminenz, es schmerzt mich sehr, Ihnen sagen zu müssen, daß zwei Mitglieder Ihres eigenen Ordens auf dieser Liste waren. Glücklicherweise ist der eine nie benutzt worden und der andere noch nicht sehr lange.«

Düster fragte Mennini: »Um wen handelt es sich?«

Van Burgh nannte zuerst den, bei dem es keine Komplikationen gab. »Pater Jurek Choszozno aus Posen.« Er konnte sehen, daß der Name Mennini nichts bedeutete, der wieder einen Schluck Wein trank. Bei über einhunderttausend Priestern in seinem Orden war das nicht überraschend. Aber Van Burgh nahm an, daß der zweite Name eine Reaktion zeitigen würde. »Und, Eure Eminenz ... und das schmerzt mich sehr ... Pater Jan Panrowski aus Allenstein ...«

Menninis Reaktion war weitaus größer, als er je erwartet haben würde. Der Kopf des Kardinals flog jäh zurück. Es gab ein scharfes Klirren, als der Stiel seines Weinglases zerbrach, und dann färbte sich das weiße Tischtuch rot. Sowohl Versano als auch Van Burgh wollten sich erheben. Der Kardinal schaute den Priester an, als sei der eine unheimliche, geisterhafte Erscheinung.

Sein Mund verzerrte sich, als er zu sprechen versuchte.

»Jan Pan ... Nein ... Gott, nein!«

Dann entblößten seine Lippen schmerzhaft seine Zähne, er faßte sich an die Brust, stöhnte auf und stürzte seitwärts nieder.

Versano fing ihn auf. Er schrie Van Burgh an: »Schnell! Rufen Sie jemanden. Einen Arzt!«

Der Priester eilte zur Tür und verfluchte sich. Er wußte, daß Panrowski von seinem Ordensführer verehrt wurde. Er hätte ihm die Nachricht behutsamer beibringen sollen.

In Gedanken versunken stand Schwester Maria neben einem nahegelegenen Tisch. Sie sah das Gesicht des Priesters und eilte rasch zu ihm.

»Es ist der Kardinal«, flüsterte er drängend. »Er hat einen Anfall. Ich glaube, es ist ernst. Vielleicht ein Herzanfall.«

Augenblicklich hatte sie die Situation unter Kontrolle. Die meisten ihrer Gäste waren ältere Kleriker, und solche Dinge waren zuvor bereits geschehen. Sie handelte sofort. Zunächst sah sie sich im Raum um; zuweilen aßen hier ein oder zwei Ärzte, an diesem Abend aber waren sie nicht da. Ruhig und entschlossen sagte sie zu Van Burgh: »Gehen Sie hinein. Innerhalb weniger Minuten wird ein Krankenwagen mit einem Arzt und spezieller Ausrüstung hier sein. Dann werde ich den Leibarzt des Kardinals anrufen. Lockern Sie seine Kleidung.«

Sie entfernte sich rasch, ohne auch nur die Spur von Aufmerksamkeit zu erregen. Er drehte sich um und ging in das Séparée zurück.

Der Kardinal lag auf dem Boden. Versano stützte seinen Kopf mit einer Hand und führte mit der anderen ein Glas Wasser an seine Lippen. Van Burgh kniete sich rasch auf die andere Seite und begann, seine Kleidung zu lösen. Er zog an der enggebundenen Schärpe und zog sie auf, und dann griff er hinter Menninis Hals und löste dessen Kragen. Ein Blick auf sein Gesicht verdeutlichte ihm, daß es sich wirklich um einen Herzanfall handelte. Der Kardinal schnappte nach Luft, und seine Haut war blaß. Er faßte Van Burgh am Ärmel und versuchte etwas zu sagen.

In diesem Augenblick kam eine der älteren Kellnerinnen herein. Sie hatte zwei Kissen und eine Decke dabei.

»Der Arzt und die Ambulanz sind unterwegs«, sagte sie, schob rasch die Kissen unter den Kopf des Kardinals und ließ ihn dann wieder heruntersinken. Er klammerte sich noch immer an Van Burgh, der ihn zu beruhigen versuchte.

Versano stand auf, wobei er bedeutungsvoll sagte: »Ich muß den Vatikan anrufen. Seine Heiligkeit muß sofort informiert werden.«

Er zog sich zurück und durchschritt rasch die Tür, die zum Restaurant führte. Inzwischen hatten die Gäste mitbekommen, daß im Hinterzimmer etwas vorgefallen war. Er sah mehrere bekannte Gesichter und bemerkte die Überraschung, als sie ihn erkannten. Er ignorierte sie. Schwester Maria befand sich im Foyer und telefonierte. Als er sich ihr näherte, hängte sie ein und sagte ruhig: »Gleich wird ein Krankenwagen von der Policlinico Gemilli hier sein. Der Leibarzt des Kardinals ist ebenfalls unterwegs.«

Sie eilte zum Hinterzimmer, und Versano ergriff den Telefonhörer. Rasch wählte er eine Nummer. Es läutete dreimal, und dann hörte er die Stimme des päpstlichen Sekretärs.

»Dziwisz, ja, bitte?«

Kurz teilte ihm Versano die Neuigkeiten mit. Er hörte Dziwisz im Hörer seufzen, und dann herrschte Schweigen, während der Pole über die Angelegenheit nachdachte. Versano konnte sich vorstellen, was ihm durch den Kopf ging. Der Orden des Kardinals war nachweislich der radikalste Teil der Kirche und einer der mächtigsten. Allzuoft war er früheren Päpsten ein Dorn im Auge gewesen. Es hatte einen gewaltigen Seufzer der Erleichterung im Vatikan gegeben, als Mennini zu seinem Führer gewählt worden war. Endlich einmal hatte der Mann, der diese einflußreiche Position ausfüllte, dieselbe Wellenlänge wie der Papst und seine Kurienkardinäle gehabt. Sollte er sterben, würde ein neuer Führer, vielleicht ein sehr radikaler, gewählt werden. Dziwisz fragte, in welches Krankenhaus der Kardinal gebracht werden würde. Versano sagte ihm, daß es die Policlinico Gemilli sei. Wieder Schweigen, dann hatte Dziwisz seine Entscheidung getroffen.

»Ich werde Seine Heiligkeit sofort informieren. Auch wenn er schlafen sollte. Ich werde Sie zurückrufen. Unter welcher Nummer sind Sie erreichbar?«

Versano gab ihm die Nummer und hängte ein. Während er durch das Restaurant zurückging, hörte er in der Ferne das Heulen der Sirene.

Im Hinterzimmer kniete Pater Van Burgh neben dem Kardinal. Er hielt seinen Kopf dicht an Menninis Mund. Die Lippen bewegten sich unter Schmerzen und sporadisch, dann schlug sein Kopf nach hinten, und sein Körper spannte sich. Van Burgh legte eine Hand auf seine Brust und die andere unter seinen Nacken. Versano hörte ihn etwas murmeln, das so klang wie: »Haben Sie ihm gesagt ...?«

Dann stürmte Schwester Maria herein. Sie trug ein Tablett. Darauf befand sich eine kleine Phiole mit Wasser. Sie ist wirklich vorbereitet, dachte Versano. Sie stellte das Tablett auf dem Teppich neben dem Kardinal ab und warf dann Versano einen Blick zu, ihre Augenbrauen fragend hochgezogen. Van Burgh riß sich zusammen. Sein Gesicht war eine Maske des Entsetzens.

Schwester Maria sagte entschlossen: »Erzbischof, ich glaube, Sie müssen ihm Absolution erteilen.«

Versano nickte betäubt und begann, sich vorwärts zu bewegen. Dann blieb er stirnrunzelnd stehen. Es war so lange her, seit er derartige Worte als ausübender Priester benutzt hatte; daher fielen ihm die lateinischen Worte nicht mehr ein.

Er warf Van Burgh einen bittenden Blick zu. Dieser schien zu verstehen. Er kniete noch immer. Er beugte sich über die regungslose Gestalt, ergriff die Phiole mit Weihwasser und entkorkte sie. Das Heulen der Sirene wurde lauter, kam näher. Während Van Burgh die Worte sprach, erinnerte sich Versano wieder, und seine Lippen bewegten sich stumm, als er sie wiederholte.

»Se sapax, ego te absolvo a peccatis tuis, in nomine Patris et Filii et Spiritus Sancti. Amen.«

(»Wenn es möglich ist, werde ich dir Absolution für deine Sünden erteilen, im Namen des Vaters und des Sohnes und des Heiligen Geistes. Amen.«)

Van Burgh machte das Zeichen des Kreuzes über Menninis Stirn, drehte dann seinen Daumen, wobei er Mennini an allen

Punkten des Kreuzes berührte.

An der Tür rührte sich etwas, doch der Priester ignorierte das. Er verspritzte das Weihwasser.

»Per istam sanctam Unctionem ...«

(»Durch diese Heilige Salbung ...«)

Dann stieß ihn der Arzt förmlich beiseite. Der Priester erhob sich, wobei er die Absolution weitermurmelte. Zwei Gehilfen brachten eine Bahre herein und stellten mehrere Beutel und Schachteln neben dem Kardinal ab. Sie und der junge Arzt arbeiteten geübt. Die obere Hälfte der Gewänder des Kardinals wurde abgeschnitten. Versano beugte sich vor und war erstaunt, darunter ein grobes härenes Hemd zu sehen. Auch dieses wurde zerschnitten. Die knochige Brust darunter war durch das härene Hemd rot gerieben. Es mußten große Qualen gewesen sein. Versano verspürte eine neue und unangenehme Achtung vor Mennini. Der Arzt stellte knappe, bohrende Fragen. Versano beantwortete sie gleichermaßen kurz. Der Arzt horchte die Brust ab und gab seinen Gehilfen dann mehrere Anweisungen. Drähte ragten aus einer der Kisten. Kissen wurden auf die Brust des Kardinals gedrückt. Ein Nicken des Arztes, ein Schalter wurde umgelegt. Dann bäumte sich Mennini auf, als der Strom ihn durchfuhr. So etwas hatte Versano im amerikanischen Fernsehen gesehen. Der Arzt versuchte es dreimal und horchte ihn nach jedem Versuch ab. Dann deutete er wortlos auf die Bahre. Die Gehilfen hoben den Kardinal auf, legten ihn darauf und deckten ihn mit einem Laken zu.

Sie gingen zur Tür; der Arzt folgte ihnen.

»Ist er tot?« fragte ihn Versano.

Ohne sich umzudrehen, sagte der Arzt: »Wir werden es im Krankenhaus weiter versuchen.«

»Ist er tot?« fragte Versano noch einmal drängend.

Der Arzt stand in der Tür. Wieder sagte er über die Schulter hinweg: »Im Krankenhaus.«

Versano wollte ihm folgen, doch Van Burgh rief scharf: »Mario! Warten Sie!«

Er stand noch immer da, die Phiole mit Weihwasser in der Hand. Er hatte einen eigenartigen Gesichtsausdruck. Langsam drückte er den Korken in die Phiole und stellte sie auf den Tisch. Versano sagte ungeduldig: »Ich muß noch einmal mit dem Vatikan telefonieren.«

Entschieden schüttelte der Priester seinen Kopf.

»Nein, Mario. Es gibt wichtigere Dinge. Ich muß telefonieren, und dann müssen wir ganz dringend miteinander reden.«

Schwester Maria war wieder in das Zimmer gekommen. In ihren Augen standen Tränen, und sie befingerte ihr Kruzifix, wobei sie ein Gebet murmelte. Der Priester sagte entschlossen: »Schwester, bringen Sie uns bitte zwei Kaffee – *espresso*. Und Brandy dazu. Wenn ich zurückkomme, dürfen wir nicht gestört werden.«

Sie schaute ihn überrascht an. Versano wollte sich einmischen, doch jetzt offenbarte der Priester seinen Charakter und seine Stärke. Er wandte sich Versano zu.

»Warten Sie hier, Mario. Ich werde alles in einer Minute erklären.« Er richtete seine Augen auf Schwester Maria. »Tun Sie, was ich Ihnen gesagt habe, Schwester. Sofort bitte.«

Sie wandte sich ab, und Van Burgh folgte ihr durch die Tür. Er blieb zehn Minuten fort. Während die Minuten vergingen, wuchs Versanos Irritation. Eine Kellnerin brachte den Kaffee und Brandy und servierte beides. Er winkte sie fort. Bekümmert nahm sie das Tablett vom Boden auf und die Phiole. Nachdem sie gegangen war, ließ Versano drei Stück Zucker in seine Tasse fallen, rührte um und leerte die Tasse in zwei Schlucken. Gerade als er sich Brandy einschenkte, kam Van Burgh zurück. Versano machte keinen Hehl aus seiner Verunsicherung.

»Pater Van Burgh, würden Sie sich bitte erklären?«

»Ja, Erzbischof, ich bin über mich selbst erbost. Zunächst, weil ich Kardinal Mennini getötet habe, und zweitens darüber, daß ich mich überhaupt mit Amateuren wie ihm und Ihnen eingelassen habe.«

Das brachte Versano völlig zum Schweigen.

Der Priester schenkte sich einen großen Brandy ein und setzte sich auf die gegenüberliegende Seite des Tisches. Er sprach barsch, und Versano saß schweigend da.

»Mario, der Kardinal ist seit langem herzkrank. Meine Enthüllung, daß Pater Panrowski ein Abtrünniger ist, war ein großer Schock für ihn. Aber nicht deshalb hat er den Herzanfall bekommen. Es scheint, daß Panrowski zu einer Delegation gehörte, die in der vergangenen Woche Rom besuchte. Die Delegation hatte eine Audienz beim Kardinal. An deren Ende muß Mennini offensichtlich ein Gefühl großer Demut überwältigt haben. Er bat Panrowski, noch zu bleiben ... und er legte vor ihm eine Beichte ab. Er beichtete ihm über *Nostra Trinita* und den Gesandten des *Papa*.«

»Verflucht noch mal!« brach es aus Versano heraus. Er senkte seinen Kopf und massierte müde seine Brauen. Dann fragte er: »Woher wissen Sie das?«

»Während Sie beim Telefonieren waren ... Es waren die letzten Worte, die er mir sagte – mir zu sagen versuchte. Ich glaube, er starb voller Qualen.«

Versano lehnte sich zurück und atmete heftig aus. Sein Verstand begann wieder zu arbeiten.

»Aber was hat er wirklich gebeichtet?«

Der Priester zuckte die Schultern: »Ich weiß es nicht genau. Er erwähnte nur drei Dinge. *Nostra Trinita* und ihr Ziel. Den Gesandten des *Papa* – das Werkzeug; und seinen Betrug an Seiner Heiligkeit.«

Versano beugte sich vor. »Und wo ist dieser Panrowski jetzt?«

Van Burghs dicke Lippen verzogen sich zu einer Grimasse. »Deshalb habe ich ja telefoniert. Er verließ Rom am Tag nach der Audienz und ist in seine Heimat gefahren. Er muß vor mindestens vier Tagen in Allenstein eingetroffen sein.«

Versano starrte düster in sein Glas. »Und wahrscheinlich hat er seine Herren informiert.«

Van Burgh nickte. »Es ist möglich, daß er das nicht getan hat, aber wir müssen es annehmen. Wir müssen sogar annehmen, daß Andropow bereits weiß, daß es eine Verschwörung des Vatikans gibt, ihn zu töten.«

»Was wird er tun?«

Der Priester griff nach der Brandyflasche, schenkte etwas in beide Gläser ein und sagte: »Andropow wird diese Drohung sehr, sehr ernst nehmen. Er wird über Yewschenkos Enthüllungen wissen. Er wird wissen, welche Möglichkeiten wir haben. Ich bezweifle, daß Mennini unsere Namen erwähnte, doch der KGB wird sicher davon ausgehen, daß ich darin involviert bin. Abgesehen davon, daß sich mein Leben damit in noch größerer Gefahr befindet, gestaltet sich die ganze Operation unendlich schwerer und gefährlicher.«

Versano hatte sich wieder vollends unter Kontrolle: er wirkte jetzt sehr entschieden und fragte entschlossen:

»Wollen Sie die Aktion abblasen?«

Er schaute Van Burg aufmerksam an, während der über die Frage nachdachte. Schließlich schüttelte der Priester den Kopf.

»Nein, aber vielleicht möchte Mirek Scibor das. Er kennt die Folgen.«

»Werden Sie ihm das sagen?«

»Gewiß.«

Schweigen. Dieses Mal musterte der Priester den Erzbischof, wartete auf eine Reaktion.

Versano seufzte und nickte. »Es ist die einzige Möglichkeit weiterzumachen ... Wird er's tun?«

»Wahrscheinlich, in der Zwischenzeit aber, Mario, müssen wir unsere eigene Strategie ändern. Lassen Sie mich erklären. Allein in Rom hat der KGB zumindest zehn Agenten und reichlich Informanten. Dutzende weiterer Agenten werden dazustoßen. Es ist anzunehmen, daß sie bereits unterwegs sind. Sie werden sämtliche Begegnungen Menninis zurückverfolgen. Sie werden erfahren, daß er hier starb. Werden auch in Erfahrung bringen, daß er bei unserer ersten Begegnung hier gegessen hat. Sie werden versuchen herauszufinden, mit wem er gegessen hat. Wahrscheinlich werden sie dabei Erfolg haben. Sie werden wieder versuchen – diesmal intensiver denn je, viel intensiver –, Abhörgeräte im Vatikan zu installieren – sogar in Ihrem Schlafzimmer. Und auch im Russico. Wir dürfen uns nicht wieder treffen – weder hier noch irgendwo anders außerhalb des Vatikans. Solange diese Operation läuft, dürfen Sie den Vatikan nicht verlassen – falls sie läuft. Der KGB ist schrecklicher als die italienische Steuerfahndung. Wenn die mit Ihnen sprechen wollen und Sie verlassen Vatikanstadt – dann werden die mit Ihnen sprechen. Und das nicht gerade höflich.«

Kampflustig sagte Versano: »Die können mir keine Angst machen!«

Van Burgh beugte sich vor. »Dann sind Sie ein Narr, Mario. Sie machen mir Angst. Immer. Vielleicht ist das der Grund, warum ich überlebt habe. Und wegen Menninis Demut machen sie mir jetzt sogar noch mehr Angst. Sie werden wissen, daß ich den ›Gesandten des *Papa*‹ führe. Sie werden jeden Stein umdrehen, um mich zu finden. Andropow wird dafür sorgen. In Ihrem Fall müssen Sie mit Camilio Ciban sprechen und für zusätzlichen Schutz sorgen. In Ihrem Büro, in Ihren Wohnräumen. Überall da, wo Sie sich im Vatikan bewegen.«

Versano dachte darüber nach und nickte dann.

»Pieter, ich weiß, daß Sie mich für einen Amateur halten, aber ich nehme Ihre Warnungen ernst. Doch wie soll ich das Ciban erklären oder in diesem Fall Seiner Heiligkeit?«

»Ganz einfach«, erwiderte Van Burgh. »Innerhalb der nächsten Tage werden Sie mehrere Morddrohungen bekommen ... schriftlich und telefonisch. Eine wird an den *L'Osservatore Romano* adressiert sein. Ihr Absender wird die Rote Brigade sein. Das allein wird Sicherheitsmaßnahmen rechtfertigen.«

Versano brachte ein Lächeln zustande und sagte: »Aber natürlich werden sie von Ihnen kommen.«

»Natürlich.« Van Burgh lächelte nicht. »Aber das müssen Sie überdenken. Der KGB wird davon erfahren. Sie werden das verstehen und so die Bestätigung bekommen, daß Sie Mitglied der *Nostra Trinita* sind.«

Versano schwenkte seine Hand. »Ich denke, wir sollten uns jetzt *Nostra Due* nennen.«

Traurig schüttelte der Priester seinen Kopf. »Lassen Sie uns annehmen, daß der Kardinal, Friede seiner Seele, im Geiste mit uns ist.«

Kapitel 8

»Er sagte mir, daß ich ihn nicht wiedersehen würde.«

»Das werden Sie auch nicht.«

Mirek drehte sich um, um Pater Heisl anzuschauen. Sie befanden sich in demselben Auto, fuhren dieselbe Strecke durch das Hafengebiet von Triest, wo Mireks Reise nach Libyen einen Monat zuvor begonnen hatte. Es war zwei Uhr früh in einer mondlosen Nacht, und Pater Heisl fuhr vorsichtig und schaute fortwährend aufmerksam in den Rückspiegel.

Mirek streckte sich wieder, versuchte, seine verkrampften Gliedmaßen zu entspannen. Er war soeben aus derselben Frachtkiste gestiegen, dieses Mal nach einem nur fünfstündigen Aufenthalt.

»Aber Sie sagten, er würde in dem Haus warten.«

Der dunkle Schatten von Heisls Kopf nickte. »Er möchte mit Ihnen sprechen, aber Sie werden ihn nicht sehen.«

Mirek nahm einen Schluck aus der kalten Flasche Bier, die Heisl ihm vorsorglich mitgebracht hatte. Zu seinen Füßen lag seine kleine Leinentasche. Sie enthielt genau das, was er mitgenommen hatte, und außerdem einen ›Denbi‹-Filzstift, ein Abschiedsgeschenk von Frank. Er hatte es ihm gegeben, als sie neben dem Lastwagen standen, der darauf wartete, ihn nach Tripoli zu bringen.

Mirek hatte ihm gedankt und gesagt: »Ich weiß, daß Fragen tabu sind, aber ich habe den Lehrgang beendet, und ich möchte dir eine stellen.«

Frank hatte darauf nichts gesagt, doch seine Augen verengten sich.

Mirek fragte: »Also, Chefausbilder, wie habe ich den Lehrgang absolviert?«

Der Motor des Lastwagens sprang an. Ein Araber hob die hintere Plane. Frank deutete darauf. Mirek stieg auf in der Annahme, daß er keine Antwort erhalten würde. Schweigend schnürte Frank die Plane zu. Dann hörte Mirek durch das Segeltuch seine Stimme.

»Werner, dieses Lager ist darauf spezialisiert, Attentäter auszubilden. Ich weiß nicht, wer dein Ziel ist, und das ist mir auch egal ... aber ich bin verdammt froh darüber, daß ich es nicht bin.«

Der Lastwagen war mit Mirek davongefahren, und er hatte sich irgendwie großartig gefühlt.

Und jetzt, während sie durch die dunklen Straßen fuhren, wußte Mirek, daß er anders war. Er war weniger ein menschliches Wesen als eine tödliche Waffe. Er kannte eine Menge wirkungsvoller Methoden, Menschen zu töten. Er war körperlich in der Blüte seines Lebens und topfit. Dazu war er auch sexuell in Höchstform. Das hatten auch Leila und das hübsche Philippino-Mädchen zu spüren bekommen. Er fühlte sich absolut männlich. Wie ein Löwe, der sein Rudel von Löwinnen verläßt und wegschreitet, um zu töten. Er hob die Hand an seine Oberlippe und strich über den zwei Wochen alten Bart.

Pater Heisl spürte etwas in ihm. Gelegentlich blickte er zur Seite. Abgesehen davon, daß er sich dann und wann streckte und die Flasche an seine Lippen hob, saß sein Fahrgast ruhig und gelassen da. Er hatte Ruhe und Ausstrahlung. Eine Mischung aus Zuversicht und Gemütsruhe.

Sie erreichten das Haus und gingen durch das Eßzimmer hinein. Mirek schaute sich um. Niemand war da. Er war etwas enttäuscht. Er hatte sich auf die Wiederbegegnung mit dem Schinken-Priester gefreut. Er fragte Heisl: »Wo ist er?«

Der Priester deutete mit dem Daumen nach oben. »Er schläft. Ich werde ihn wecken, während Sie essen.«

Er ging hinaus, und ein paar Minuten später kam die alte Frau mit einem Teller *spaghetti carbonara* und einer Flasche Wein herein. Er war heißhungrig. Während der dreißig Tage, die zwischen seiner Hin- und Rückreise vergangen waren, war das Essen auf der *SS Lydia* nicht besser geworden.

Er saugte an den letzten Spaghetti, als Heisl die Tür öffnete. Schweigend sah er zu, wie er den Teller mit einem Stück Brot sauber auswischte, und winkte ihm dann.

Mirek folgte ihm treppaufwärts, während er noch an dem letzten Bissen kaute. Der Raum war durch ein Laken geteilt, das an einer Schnur hing, die sich von einer Wand zur anderen spannte. Vor dem Laken standen zwei Stühle. Trübes Licht kam aus einer abgedunkelten Lampe in einer Ecke. Heisl setzte sich auf einen Stuhl und deutete auf den anderen. Während Mirek sich setzte, drang die Stimme des Schinken-Priesters durch den Vorhang. Mirek bemerkte, daß die Lampe so aufgestellt war, daß seine eigene Kontur erkennbar war, doch die andere Seite des Lakens lag im Dunkel.

»Willkommen, Mirek. War die Ausbildung zufriedenstellend?«

»Sehr. Warum das Theater mit dem Laken?«

»Das erspart mir die Mühe, mich zu verkleiden. Hatten Sie irgendwelche Probleme?«

»Überhaupt keine.«

»Gut. Nun hören Sie aufmerksam zu. Pater Heisl ist ein hervorragender Künstler. Ich möchte, daß Sie ihm in den nächsten beiden Tagen, während Sie sich von Ihrer Reise erholen, jedermann aus diesem Lager beschreiben. Ausbilder und Schüler. Er wird Zeichnungen machen. Sie werden ihm sagen, was er zu korrigieren hat. Sie kennen diese Prozedur ja bestens. Und erzählen Sie ihm außerdem alles über ihre persönlichen Charakteristika, ihre Angewohnheiten, kurz, alles, woran Sie sich erinnern können.«

»Warum?«

Hinter dem Vorhang seufzte Van Burgh. Er war an bedingungslosen Gehorsam seiner Untergebenen gewöhnt, aber er räumte ein, daß dieser hier anders war. Also erklärte er es ihm.

»Mirek, bei unserer Arbeit kooperieren wir zuweilen mit gewissen westlichen Geheimdiensten. Es ist wie eine zweispurige Straße. In bestimmten Bereichen sind wir sehr stark. Wir geben ihnen Informationen, hauptsächlich Hintergrundinformationen. Zum Beispiel über die Lage der Landwirtschaft in der Ukraine, Ernteprognosen und so weiter. Die moralische Stimmung bei verschiedenen unterdrückten Völkern. Es ist naheliegend, daß unsere Priester bei ihrer Arbeit eine Menge erfahren, gleich, ob sie offen oder heimlich arbeiten. Derartige Dinge. Als Gegenleistung helfen sie uns mit Informationen, geben zuweilen finanzielle Unterstützung und versorgen uns gelegentlich mit Ausrüstungsgegenständen, zu denen wir nur schwer Zugang bekämen. Verstehen Sie?«

Mirek verstand. Einmal hatte er die Sakristei einer Kirche in Krakau durchsuchen lassen. Seine Männer hatten sie von der

Decke bis zum Boden abgesucht und nichts gefunden. Der Priester, der unter Verdacht stand, war voll rechtschaffener Empörung. Instinktiv hatte Mirek gewußt, daß er etwas versteckte. Er veranlaßte eine weitere Razzia. Vier Stunden später fand er in einem Behälter mit geweihten Oblaten einen winzigen, aber leistungsstarken Rundfunksender. Weder er noch seine Vorgesetzten hatten bisher etwas ähnliches gesehen. Er war nach Moskau geschickt worden, und eine Woche später hatte der KGB mitgeteilt, daß er in Westdeutschland hergestellt und erst seit kurzem vom BND eingesetzt wurde.

Van Burgh sah, daß sich der Umriß seines Kopfes zustimmend senkte.

»Also gut, Mirek, die Hauptsorge unserer Freunde gilt dem Terrorismus, und deshalb wird jede Hilfe, die wir ihnen in diesem Bereich geben können, dankbar angenommen.«

Mirek wußte jetzt, woher der Schinken-Priester einen großen Teil seiner Gelder für die Unterstützungsaktionen hinter dem Eisernen Vorhang bekam.

Er sagte: »Sie hätten mir das sagen sollen, bevor ich ging. Ich hätte aufmerksamer beobachtet.«

»Sicher«, erwiderte Van Burgh. »Aber sie sind mißtrauisch gegenüber Leuten, die zu aufmerksam sind. In diesem Lager sind zwei Leute umgebracht worden.«

»Ich weiß«, sagte Mirek trocken. »Das hätten Sie mir vorher sagen können.«

Der Schinken-Priester kicherte nur.

Mirek fragte: »Wie kommen Ihre Vorbereitungen voran?«

»Nun, ich fürchte, wir haben ein Problem.«

»Welches Problem?«

Ohne etwas zu beschönigen, sagte Van Burgh es ihm. Er schwieg einmal, als Mirek aufstand und durch das Zimmer stürmte, wobei er laut fluchend seine Wut artikulierte. Die beiden Priester warteten geduldig, durch die Heftigkeit der Sprache nicht beirrt. Sie waren schon früher Zeugen solcher Dinge gewesen. Die Verärgerung über peinlich genaue Planung und Ausbildung. Aufkommende Furcht und ihre Bewältigung. Dann der plötzliche, betäubende Rückschlag.

Schließlich setzte sich Mirek wieder hin und fragte: »Was nun?«

Van Burgh erwiderte gleichmütig: »Das hängt von Ihnen ab.«

Mireks Stimme veränderte sich. »Warum haben Sie mir das erzählt? Das war ein schlechtes Vorgehen. Ich hätte es nie erfahren.«

Der Schinken-Priester seufzte. »Mirek, ich habe Sie auf der Basis einer Reihe von Umständen rekrutiert. Diese hat sich jetzt geändert. Es wurde beschlossen, Ihnen das mitzuteilen. Es war der einzige moralisch anständige Weg.«

Mirek schnaufte. »Moral! Sie planen eine solche Operation, und dann sprechen Sie von Moral?« Ein Gedanke durchzuckte ihn. »Wer ist sonst noch darüber im Bilde? Wer außer uns dreien hier im Zimmer weiß etwas?«

»Ein anderer.«

»Wer ist das?«

Ohne zu zögern, sagte Van Burgh: »Erzbischof Versano.«

Neugierig wartete er auf eine Reaktion. Aufgrund von Mireks Wissen über die katholische Kirche mußte dieser Versano kennen.

Mirek sagte nur: »Das paßt.«

Zum erstenmal mischte sich Heisl in das Gespräch ein. Er sagte zu Mirek: »Das Risiko ist erheblich größer geworden. Sie wissen das ebensogut oder noch besser als wir.«

Mit Daumen und Zeigefinger der einen Hand strich Mirek nachdenklich über seinen sprießenden Schnurrbart. Er erinnerte sich an etwas. Er sagte zu dem Laken gewandt: »Haben Sie mir eine Nachricht geschickt?«

»Ja.«

»Was bedeutete sie?«

»Was darin stand.«

»Warum?«

»Pater, zeigen Sie ihm das Foto.«

Heisl erhob sich und ging zu einem Tisch in der Ecke neben der Lampe. Er sagte: »Kommen Sie hierher.«

Mirek ging hinüber und schaute zu, wie der Priester eine dicke Akte aus einem Umschlag zog. Er öffnete sie. Auf der Vorderseite war ein großes Schwarzweißfoto, welches das Gesicht eines Mannes zeigte, angeheftet. Heisl hielt es unter die Lampe. Es war ein junger Mann. Vielleicht Mitte Dreißig. Gut aussehend und sehr unfreundlich wirkend. Dunkles Haar, das modisch lang geschnitten war, und ein schwarzer Schnurrbart, der sich zu beiden Seiten seiner Lippen kräuselte. Mirek fiel eine erstaunliche Ähnlichkeit mit seinen eigenen Gesichtszügen auf. Er fragte: »Wer ist das?«

Die Antwort kam von hinter dem Laken.

»Dr. Stefan Szafer von der Universität Krakau. Seine Eltern flohen mit ihm in den Westen, als er vierzehn war. Ein brillanter Verstand. Studierte Medizin an der Universität von Edinburgh und später am Guy's Hospital in London. Nach Abschluß seines Studiums forschte er an der John-Hopkins-Universität in den Vereinigten Staaten. Er war immer ein Idealist. Vor zwei Jahren, mit vierunddreißig, kehrte er nach Polen zurück.«

Mirek studierte das Foto. Er sagte: »Und wenn ich gehe, ist er Teil des Planes?«

»Er ist Teil eines von drei Plänen, die wir in Erwägung ziehen. Ich muß sagen, es ist gegenwärtig der vielversprechendste.«

»Erzählen Sie mir mehr.«

»Nein.«

Mirek drehte sich um und ging zu seinem Stuhl zurück. Die Stimme des Schinken-Priesters fuhr fort.

»Wenn Sie sich entschließen, nicht zu gehen, und das würde ich in einem solchen Fall völlig verstehen, finden wir vielleicht einen anderen. Dann ist es besser, wenn Sie nicht mehr wissen.«

Eine Pause entstand, dann sagte Mirek entschlossen: »Ich gehe.«

Er konnte die Erleichterung in der Stimme des Schinken-Priesters hören.

»Gut. Dr. Stefan Szafer ist trotz seines jungen Alters einer der führenden Nierenmedizin-Spezialisten der Welt.«

»Und?«

»Und Juri Andropow leidet neben anderen Dingen unter chronischem Nierenversagen.«

»Ah!« Mirek dachte rasch darüber nach. »Und er hat Andropow behandelt?«

»Noch nicht. Aber es ist nicht völlig auszuschließen, daß er es in Bälde tun wird. Das wäre ganz natürlich. Wir werden versuchen, dafür zu sorgen, daß das unausweichlich der Fall sein wird.«

Mirek warf Heisl einen Blick zu. Dieser lächelte leicht. Er bewunderte die Kühnheit ihres Denkens.

»Wie wollen Sie den Austausch durchführen?«

Wegwerfend antwortete Van Burgh: »Das ist bereits ausgearbeitet worden ... von unseren besten Köpfen. Inzwischen werden zwei weitere Pläne für alle Fälle erarbeitet. Es gibt keinen Anlaß dafür, daß Sie sie kennen, bevor Sie in Moskau sind. Der Kanal, über den Sie dorthin gelangen, ist fast fertig. Ebenfalls das sichere Haus und das Unterstützungs-Team in Moskau. Bis jetzt sind sie über die eigentliche Operation noch nicht informiert.«

Mirek spürte den Kitzel von Furcht und Erregung.

»Wann breche ich auf?«

»Dieser Tag ist noch nicht festgelegt. Ursprünglich wollte ich Sie nach Ihrem Aufbruch hier nach Rom schicken, wo Sie eine Woche in einem Krankenhaus verbringen sollten, das der Orden gestiftet hat. Dort sollten Sie etwas über Nierenkrankheiten lernen und darüber, wie Sie sich als Spezialist zu verhalten haben. Das ist jetzt nicht möglich. Der KGB wird bald überall in Rom sein. Statt dessen werden Sie nach Florenz gehen. An dieser Stadt werden sie nicht interessiert sein. Dort wird Sie ein Spezialist über Nierenkrankheiten informieren. In dieser Woche werden Sie auch die Bekanntschaft mit Ihrer Frau machen.«

»Meiner was?«

Van Burgh kicherte.

»Ihrer Frau ... oder Ihrer angeblichen Frau. Ein nettes polnisches Mädchen. Sie wird mit Ihnen nach Moskau reisen.«

Mirek beugte sich vor und zischte gegen das Laken.

»Sie sind verrückt! Wenn ich gehe, dann gehe ich alleine!«

Van Burghs Stimme wurde streng.

»Sie sind darin erfahren, Menschen zu verfolgen und sie zuweilen zu erwischen. Von der Kehrseite der Medaille haben Sie keine Ahnung. Ich habe vierzig Jahre Erfahrung darin – und ich bin nie erwischt worden. An diesem Tag, als ich neben Ihnen auf dem Bahnsteig in Wroclaw stand ... nun ja, meine ›Frau‹ stand neben mir. Es war eine eher schlampige Frau, das gebe ich zu. Mirek, ein Mann, der in solchen Gegenden mit seiner Frau reist, weckt nur selten Verdacht. Denken Sie darüber nach.«

Mirek dachte nicht daran. Statt dessen sagte er bitter: »Sie haben mir gesagt, daß Versano die einzige andere Person sei, die etwas wisse. Schinken-Priester, Sie haben mich belogen.«

»Das habe ich nicht. Der Auftrag der Frau ist es, mit Ihnen nach Moskau zu reisen. Dann bringen wir sie heraus. Sie weiß nichts von Ihrer Mission. Und natürlich werden Sie ihr nichts davon sagen.«

Mirek blieb völlig skeptisch. Er bemerkte: »Eine Frau wird ein schwaches Glied bei einer solchen Mission sein. Ich mag das nicht.«

Die Stimme drang wieder durch das Laken: »Sie geht mit Ihnen oder, Mirek Scibor, Sie gehen nicht. Es wird Zeit, daß Sie ganz klar verstehen, daß ich diese Operation leite. Ich plane, und Sie führen aus. Sie haben mir zu gehorchen. Entweder verstehen Sie das jetzt – oder ich werde Sie entlassen.«

Pater Heisl drehte langsam seinen Kopf und beobachtete Mirek. Van Burgh hatte ihm die Worte des Polen wiedergegeben: »Ich würde buchstäblich einen Arm und ein Bein dafür geben, Andropow zu töten.« Eine Minute verstrich, dann eine weitere. Mirek starrte vor sich auf den Boden. Allmählich hob er den Kopf und starrte das Laken mit solcher Intensität an, daß Heisl der verrückte Gedanke kam, daß dieser Blick es durchdringen könnte. Der Pole stellte gleichmütig fest: »Schinken-Priester, ich verstehe. Sie befehlen. Ich werde um meines Zieles willen gehorchen. Nun, wer ist diese Frau?«

»Ihr Name ist Ania Krol. Und sie wird das stärkste Glied in Ihrer Kette sein.«

»Ihr Hintergrund?«

Heisl bemerkte die Pause, die entstand, bevor Van Burgh antwortete.

»In Wirklichkeit ist sie Nonne.«

Mireks Gelächter hallte im Zimmer wieder. Er warf den Kopf

zurück und lachte. Dann stand er auf und lachte. Er ging zu einer Wand, stemmte seine Ellenbogen dagegen, preßte seinen Kopf gegen sie – und lachte. Nachdem er schließlich aufgehört hatte, zog er ein Taschentuch heraus, wischte sich seine Tränen von Wangen und Augen und sagte dann mit ungläubiger Stimme: »Auf diese Reise schicken Sie mich mit einer Nonne? Als meiner Frau? Wird sie eine Tracht tragen und ein Kruzifix? Wird sie unter den Augen des SB den Rosenkranz beten?«

Mit müder Stimme sagte der Schinken-Priester: »Setzen Sie sich, Mirek. Im vergangenen Monat sind Sie ausgebildet worden. Sie ebenfalls. Niemand wird auch nur ahnen, daß sie eine Nonne ist.«

Mirek setzte sich. Heisl sah sein Grinsen.

»Sie reist also als meine Frau. In jeder Hinsicht? Ist sie attraktiv?«

Bevor der Schinken-Priester antworten konnte, tat das Pater Heisl für ihn. Während er sprach, sah er Ania Krols Gesicht vor sich. Seine Stimme war eiskalt.

»Sie ist zufällig wunderschön, sowohl was ihren Körper als ihre Liebe zu Unserem Herrn anbelangt. Man hat sie gelehrt, sich Ihnen gegenüber wie eine hingebungsvolle Frau zu verhalten – in der Öffentlichkeit. Nur in der Öffentlichkeit. Es wird Zeiten geben, sehr oft, in denen Sie allein mit ihr sind. Sie werden sogar im selben Zimmer mit ihr schlafen. Merken Sie sich eines, Mirek Scibor: Wenn Sie ihr seelisch oder körperlich etwas antun, dann werde ich selbst Sie jagen.«

Mirek öffnete seinen Mund, um etwas zu sagen, doch selbst im Zwielicht sah er den Ausdruck auf dem Gesicht des Priesters. Er schloß seinen Mund.

Van Burghs Stimme drang durch das Laken.

»Sie müssen müde sein, Mirek. Schlafen Sie jetzt. Ich werde fort sein, wenn Sie erwachen. Ich werde vielleicht nach Florenz wieder mit Ihnen sprechen. Das hängt von der Entwicklung der Dinge ab. Pater Heisl wird mit Ihnen reisen und alles arrangieren. Befolgen Sie alles aufmerksam, was er zu sagen hat – alles.«

Mirek folgte Pater Heisl die Treppe hinunter. Auf halbem Wege blieb er abrupt stehen. Heisl drehte sich um.

Mirek sagte: »Er hat mich doch belogen. Er sagte: ›Unsere besten Köpfe arbeiten daran.‹ Also kennen auch andere Einzelheiten der Operation.«

Heisl lächelte. Er drehte sich wieder um und ging die Treppe weiter hinunter. Über die Schulter sagte er: »Beruhigen Sie sich, Mirek. Unser Schinken-Priester ist ein vielseitiger Mann. Er ist ›unsere besten Köpfe‹!«

Kapitel 9

Victor Chebrikow trug einen Aktenkoffer aus Elefantenleder – ein Geschenk seines Abteilungsleiters in Simbabwe. Während er den Korridor entlangging, streifte er sanft seine Hosennaht. Oberst Oleg Zamiatin ging drei Schritte hinter ihm. Längs des Korridors standen überall in Abständen Wachen. Sie alle erkannten die große aufrechte Gestalt als den Chef des KGB. Immer wenn sie sich einer Wache näherten, klackten deren Absätze, und dazu hörte man das schnappende Geräusch des Salutierens. Chebrikow ignorierte sie alle. Er hatte viel im Kopf.

Sie gelangten zu Türen, die vom Boden bis zur Decke reichten. Zwei KGB-Posten mit Maschinenpistolen standen ruhig davor. Sie schenkten Chebrikow keine Aufmerksamkeit, als er näherkam, und grüßten nicht. Sie hielten die Maschinenpistolen fest und waren feuerbereit.

Chebrikow und Zamiatin holten kleine flache Plastikkarten heraus. Jede war mit einer Reihe schwarzer Streifen versehen. Sie reichten sie einem der Posten. Der betrachtete sie sorgfältig und sagte dann: »Passieren, Genosse Chebrikow und Genosse Oberst.«

Sie gingen hindurch und traten in einen großen Raum, der von zwei kostbaren Kronleuchtern erhellt war. Drei Schreibtische standen an einer Seite in einer Reihe hintereinander. Auf der anderen Seite befanden sich ein Sofa und einige Sessel, die um einen niedrigen Tisch gruppiert waren. Auf der gegenüberliegenden Seite waren wieder Türen, die vom Boden bis zur Decke reichten.

Eine ältere Frau saß hinter einem der Schreibtische. Sie las ein Blatt Papier und machte am Rand Notizen. Als die beiden Offiziere eintraten, hob sie nur kurz ihren Kopf und vertiefte sich dann wieder in ihre Arbeit. Am nächsten Schreibtisch saß ein Mann mittleren Alters. Auch er studierte ein Blatt Papier. Er blickte auf, lächelte und nickte grüßend. Am dritten Schreibtisch saß ein junger KGB-Hauptmann. Er sprang auf die Füße und salutierte steif. Er war Andropows Adjutant. Anders als die meisten seiner Vorgänger liebte Andropow militärisches Zeremoniell. Der Hauptmann schaute auf eine Wanduhr. Sie zeigte fünf vor drei. Er sagte:

»Bitte, nehmen Sie Platz, Genosse Chebrikow, Genosse Oberst. Möchten Sie einen Tee?«

Chebrikow sagte: »Für mich nicht, Hauptmann.«

Zamiatin schüttelte den Kopf. Sie setzten sich, und Chebrikow stellte das Zahlenschloß an seinem Aktenkoffer ein, öffnete ihn und nahm eine dünne Mappe heraus. Er schloß den Aktenkoffer und reichte ihn dem Oberst, der ihn zu seinen Füßen abstellte. Chebrikow öffnete die Mappe und studierte das einzelne Blatt, das sie enthielt.

Punkt drei Uhr nahm der Hauptmann den Hörer von einem der drei Telefone auf seinem Schreibtisch ab, drückte einen Knopf und sprach nach kurzer Pause leise hinein. Er legte auf, stand starr und sagte: »Der Genosse Generalsekretär möchte Sie jetzt sehen, Genosse Chebrikow.« Er ging um den Schreibtisch herum und schritt auf die Tür zu. Chebrikow folgte ihm und ließ Zamiatin zurück. Der Hauptmann öffnete die Doppeltür und Chebrikow ging hindurch.

Er war schon viele Male in diesem Raum gewesen, doch der Anblick erfreute ihn immer wieder. Ein weicher Bokhara-Teppich, silberne Tapeten, vergoldete Kronleuchter. Der Raum war vom Boden bis zur Decke, von Wand zu Wand perfekt proportioniert. In der Mitte stand ein Schreibtisch. Ein Mann lehnte auf einer großen Chaiselongue in einer Ecke. Er schien zu schlafen.

Sein Kopf ruhte auf einem großen schwarzen Kissen; seine Augen waren geschlossen. Sie öffneten sich bei dem Geräusch der sich schließenden Tür. Der oberste Führer des Sowjetimperiums seufzte, schwang seine Füße auf den Boden und erhob sich langsam.

Victor Chebrikow musterte seinen Mentor aufmerksam. Dies war der Mann, der an die Spitze des KGB gestiegen war und sich von dort aus zum obersten Herrscher des ganzen Landes hinaufmanövriert hatte.

Er sah kaum danach aus. Er trug eine dunkelblaue Hose mit Umschlägen, Filzpantoffeln, ein cremefarbenes Hemd und eine alte graue Wollweste, die halb zugeknöpft war. Sein dünnes graues Haar war zerzaust und seine Gesichtshaut blaß und wachsfarben. Auf den ersten Blick wirkte er wie ein guter Onkel, doch seine Augen strahlten eine ungeheure Kälte und Berechnung aus.

Sie begrüßten sich herzlich. Andropow war offensichtlich stolz auf seinen Vasallen. Nachdem sie sich gegenseitig nach dem Wohlergehen ihrer Familien erkundigt hatten, entschuldigte sich Chebrikow für die Störung. Er wußte, daß sein Führer Mittwoch nachmittags gern ruhte und nachdachte, von wenigen absolut erforderlichen Pflichten abgesehen.

Andropow deutete auf einen Sessel, der vor dem Schreibtisch stand, schlurfte dann um diesen herum und setzte sich. Chebrikow wollte nach seinem Gesundheitszustand fragen, tat es aber nicht. Er hatte bemerkt, daß Andropow solche Fragen seit kurzem irritierten. Zwischen den beiden Männern gab es keine Formalitäten, wenn sie allein waren.

Andropow schob eine silberne Zigarettendose über den Schreibtisch. Dankbar nahm Chebrikow eine. Es war eine Camel Filter. Er entzündete sie mit einem Feuerzeug. Während er den Rauch ausstieß, sagte Andropow: »So, mein lieber Victor, was ist denn so wichtig, daß du nicht am Telefon darüber sprechen kannst und hierhergeeilt kommst?«

Chebrikow hatte die Mappe auf den Tisch gelegt. Er beugte sich vor und klopfte darauf.

»Juri, wir haben ein Mordkomplott gegen dich aufgedeckt.«

Andropows Reaktion erfolgte augenblicklich. »Intern oder extern?«

»Extern. Das Komplott hat seinen Ursprung im Vatikan.«

Andropow war berühmt für seine Gelassenheit und sein Pokergesicht, doch diesmal vermochte er sein Erstaunen nicht zu verbergen.

»Der Vatikan! ... Der Papst versucht mich zu ermorden?«

Chebrikow schüttelte seinen Kopf und öffnete die Mappe. »Nicht der Papst. Wir haben die Information, daß er persönlich nichts davon weiß. Offensichtlich ist es eine Art Verschwörung in der Kurie. Im Augenblick kennen wir nur wenige Einzelheiten, aber das wird sich ändern. Es hat den Anschein, als habe der Verräter Yewschenko mit den Italienern über unsere Operation ›Ermine‹ gesprochen. Er kannte keine Einzelheiten, aber es hat ebenfalls den Anschein, daß die Italiener die Information an sich an den Vatikan weitergegeben haben. Dies ist ihre Reaktion.«

Andropows eigene Reaktion war kurz. »Unverschämte Bastarde!« Er lehnte sich in seinem Sessel zurück, wobei sich Ärger in seinen Augen spiegelte. »Was wissen wir genau?«

Chebrikow drehte die Mappe und schob sie über den Schreibtisch.

»Nur dies.«

Andropow las die Worte auf dem Blatt Papier. Dann lehnte er sich wieder zurück und sagte hämisch. »Dieser verdammte Kardinal ist also ein paar Tage nach seiner Beichte gestorben. Möge er in der Hölle schmoren ...! Wo ist dieser Priester Panrowski jetzt?«

»Er wird nach Moskau gebracht. Er wird heute abend ankommen. Wir werden ihn ausquetschen, aber ich fürchte, er hat uns alles gesagt, was er weiß.«

Nachdenklich sagte Andropow: »Es reicht auch, daß er's getan hat. Wir hatten Glück. Vorgewarnt sein heißt, sich wappnen können. Dies ist eine ernste Gefahr.«

Es entstand Schweigen, während die beiden über die Schlußfolgerungen nachdachten. Andropow war vorher fünfzehn Jahre lang Chef des KGB gewesen. Die letzten fünf Jahre davon war Chebrikow sein Stellvertreter gewesen, bevor er die Führung übernommen hatte. Sie wußten sehr wohl, wozu der Vatikan in der Lage war.

»Wir hätten in Polen härter vorgehen müssen«, sagte Andropow bitter. »Schon vor langer Zeit härter vorgehen müssen. Bereits in den Fünfzigern hätten wir die Kirche zerschlagen müssen. So wie in der Tschechosłowakei. Stalin hat einen bösen Fehler gemacht, und Chruschtschow hat ihn nicht korrigiert ... diese verdammten Narren!«

Chebrikow schwieg. Er wußte aus Erfahrung, daß Andropow seinem Ärger über ein Problem eine Weile Luft machen würde und dann seinen messerscharfen Verstand dazu benutzen würde, es zu lösen. Er schaute auf das Papier.

»Nostra Trinita«, schnaufte er. »Klingt wie ein Ableger der Mafia. Nun, es deutet darauf hin, daß es drei bei dieser Verschwörung gab. Nun, nachdem Mennini tot ist, bleiben zwei übrig. Sie werden ihm folgen ... der ›Gesandte des *Papa*‹ ... welch eine Zote! Sie sind unverschämt!« Er holte tief Luft und schaute Chebrikow an. »Nun, Victor, was sind deine Gegenmaßnahmen?«

Chebrikow war vorbereitet.

»Natürlich war meine erste Reaktion, alles andere stehen und liegen zu lassen und mich ganz der Aufgabe zu widmen, dieses Komplott zu zerschlagen. Aber ich weiß, wie deine Reaktion darauf gewesen wäre. Du hättest mich an meine Pflichten in anderen Bereichen erinnert.« Er war erfreut zu sehen, daß Andropow zustimmend nickte. »Nichtsdestoweniger ist es wichtig, daß unsere Gegenmaßnahmen von dem kompetentesten Offizier, der unter meinem Befehl steht, geleitet werden ... Juri, das bedeutet nicht, daß es ein General sein muß.«

Andropow lächelte und bemerkte: »Gewiß nicht. Die Hälfte unserer Generale wurden Generale, weil sie Breschnew den Arsch küßten ... sofern sie ihn finden konnten. Wen also hast du bestimmt?«

»Oberst Oleg Zamiatin.«

»Ach ja, Zamiatin.« Andropow nickte beifällig. »Ein guter Kopf und sehr hartnäckig. Er denkt wie ein Detektiv.«

Chebrikow wußte, daß er eine gute Wahl getroffen hatte.

Zamiatin war nach einer erfolgreichen Operation in West-Berlin von Andropow persönlich zum Oberst befördert worden. Er sagte: »Diese Information kam erst am späten Vormittag. Seitdem haben wir analysiert, wie wir darauf reagieren müssen. Zamiatin wartet draußen ...«

»Gut.« Andropow beugte sich vor und nahm einen Telefonhörer auf. »Führen Sie Oberst Zamiatin herein.«

Nachdem sich die Tür hinter dem Oberst geschlossen hatte, stellte er den Aktenkoffer auf dem Teppich ab, nahm Haltung an und salutierte schneidig.

Freundlich deutete Andropow auf einen Sessel. »Setzen Sie sich, Oberst. Ich freue mich, daß Sie diese Angelegenheit leiten.«

Zamiatin setzte sich, hielt seinen Rücken starr und seinen Kopf aufrecht. Er war Ende Dreißig, hatte ein schmales Gesicht, eine gelbliche Haut und einen leichten Tick in seinem linken Auge. Er sagte förmlich: »Genosse Generalsekretär, dieses hinterhältige Komplott gegen Ihre Person ist eine Schande, und es wird zerschlagen werden. Wir werden keine Gnade zeigen. Ich gelobe, daß ich pflichtbewußt Ihnen und unserem Vaterland dienen werde.«

Andropow neigte anerkennend seinen Kopf: »Oberst, diese Bedrohung muß sehr ernst genommen werden. Was ist Ihre Strategie?«

Die Steifheit verschwand sowohl aus Zamiatins Haltung und aus seiner Stimme. Er entspannte sich, als er sich in den vertrauten Bereich geheimdienstlicher Planung begab. Er brauchte sich nicht auf Notizen zu stützen. Alles war in seinem Kopf. Er erläuterte, daß die Vergeltungsstrategie vierschienig verlaufen würde. Die erste würde gegen den Vatikan direkt gerichtet sein. Es war erforderlich, die Identität der anderen Verschwörer aufzudecken. Es bestand die Vermutung, daß es davon zwei gab. Er hielt es für durchaus denkbar, daß einer davon der Schinken-Priester war. Gewiß würde man seine Verbindungen nutzen. In jedem Fall würde in Rom sofort eine Großoperation eingeleitet. Dort ansässige Agenten würden sich darauf konzentrieren, die Personen zu identifizieren, und zur Verstärkung würden weitere Agenten dorthin geschickt. Er selbst würde kurzfristig nach

Rom reisen, um die Operation zu koordinieren. Nach erfolgter Identifizierung würde eine massive Überwachung folgen. Zusätzliche Bemühungen würden unternommen werden, um den Vatikan elektronisch zu überwachen. Das verstärkte Risiko, dabei aufzufliegen, mußte in Kauf genommen werden. Wenn die Identifizierung erfolgt war, mußte entschieden werden, ob eine Entführung und ein anschließendes Verhör durchgeführt werden sollten.

An diesem Punkt warf Chebrikow Andropow einen bedeutungsvollen Blick zu, der ebenso erwidert wurde. Zamiatin bemerkte dies und fuhr zuversichtlich fort.

Die zweite Schiene lief dahin, den ›Gesandten‹ selbst zu entlarven. Für eine derartige Aufgabe mußten die Verschwörer im Vatikan einen Top-Mann rekrutiert haben. Angesichts der Gelder, die ihnen zur Verfügung standen, war dies sicherlich kein Problem gewesen. Also würde jeder Arm des KGB und der Geheimdienste der Satellitenstaaten in Alarm versetzt werden. Alle Möglichkeiten würden mit Computern durchsimuliert werden. Jede Dienststelle innerhalb und außerhalb des Ostblocks würde alarmiert werden. Jeder bekannte Attentäter und Terrorist würde überprüft werden.

Die dritte Schiene war die Absicherung der Grenzen. Die Überprüfung von Menschen, die die Grenzen überschritten, würde auf ein Maximum verstärkt werden. Nicht nur an den sowjetischen Grenzen, sondern auch an den Grenzen der Satellitenstaaten, insbesondere der Polens. Es würde Proteste von verschiedenen Fremdenverkehrsministern geben, die aber in den kommenden Wochen ignoriert werden mußten. Wieder wechselten Andropow und Chebrikow einen Blick, wobei ersterer ein schwaches, verstehendes Nicken zeigte.

Zamiatin erläuterte, daß die Abwehrmaßnahmen gegen das Verbindungsnetz des Schinken-Priesters verstärkt werden müßten. Verdächtige, von denen viele bereits unter Überwachung standen, würden mit äußerster Härte verhört werden.

Er hielt kurz inne, und es herrschte Schweigen. Alle drei Männer wußten, was äußerste Härte bedeutete.

Die vierte Schiene würde der persönliche Schutz des Generalsekretärs selbst sein. Der Schutz, der dem sowjetischen Führer zuteil wurde, war im Weltmaßstab unübertroffen. Er würde noch weiter intensiviert werden: Selbst wenn allen Überlegungen zum Trotz der ›Gesandte des *Papa*‹ Moskau doch erreichen sollte, würden seine Chancen gleich Null sein, auch nur in die Nähe von einer Meile an den Generalsekretär heranzukommen.

Nachdem Zamiatin seinen Bericht erstattet hatte, nahm er wieder seine steife und aufrechte Haltung an. Es herrschte nachdenkliches Schweigen. Andropow kratzte sich an seinem linken Arm. Chebrikow beugte sich vor und zerdrückte seine Zigarette in einem Aschenbecher. Er wischte ein wenig Asche von seiner Uniformjacke und sagte: »Natürlich, Genosse Generalsekretär, ist ein Team unserer besten Leute zusammengestellt worden, das unter Leitung von Oberst Zamiatin arbeitet. Für die Dauer dieses Alarms wird es unter besonderer Direktive stehen. Ihre Anforderungen haben Vorrang vor allen anderen. Um jeder Spekulation vorzubeugen, würde es uns helfen, wenn Sie persönlich entsprechende Anweisungen geben.«

Andropow nickte. Er schien abwesend zu sein, doch Chebrikow wußte, daß er gleichzeitig zuhören und nachdenken konnte. Er wußte, daß Anweisungen an etwa ein Dutzend Personen der Sowjethierarchie erteilt werden würden, sobald dieses Gespräch beendet war. Er und Oberst Zamiatin würden totale Unterstützung ohne jede Rückfrage bekommen. Andropow fuhr mit einer Hand durch sein graues Haar und beendete seine Grübelei. Er richtete einen Finger auf Zamiatin.

»Oberst, ich bin mit Ihrer Strategie einverstanden. Ich erwarte alle achtundvierzig Stunden einen kurzen Bericht von Ihnen. Das Original an mich und eine Kopie an den Genossen Chebrikow. Keine weiteren Kopien. Ich bin auch der Meinung, daß der Schinken-Priester in die Angelegenheit verwickelt ist. Finden Sie ihn. Und wenn Sie können, eliminieren Sie ihn. Das wird schwer sein. Während all meiner Jahre beim KGB habe ich versucht, das zu tun. Sie müssen es intensiver versuchen als ich. Setzen Sie ausschließlich darauf ein Team an. Wenn er aus dem Weg geschafft ist, wird seine Organisation ein kopfloses Huhn sein. Was Polen betrifft, so konzentrieren Sie Ihre Aufmerksamkeit auf den Orden. Es ist kein Zufall, daß Kardinal Mennini zu dieser *Nostra Trinita* gehörte. Dieser Orden ist der disziplinierteste Arm der Katholiken und der fanatischste.«

Zamiatin streckte seinen Kopf mit einer kurzen Verbeugung vor.

»Ja, Genosse Generalsekretär. Ich danke für Ihren Rat. Ich werde Sie nicht enttäuschen.«

»Ich weiß, Oberst. Sie genießen mein Vertrauen. Warten Sie jetzt einen Augenblick draußen.«

Zamiatin erhob sich, salutierte, drehte sich um und marschierte zur Tür. Als er sie erreicht hatte, rief Andropow scharf: »Oberst Zamiatin!«

Er wandte sich um, wobei sein gelbliches Gesicht aufmerksame Ergebenheit zeigte. Er lauschte Andropows Worten, die wie Honig tropften.

»An dem Tag, an dem Sie diesen Mann gefangennehmen oder töten, werde ich Sie zum General befördern. Sie werden eine Datscha in Usovo bekommen.«

Zamiatin konnte seine Freude nicht verbergen. Er schluckte und murmelte: »Danke, Genosse.«

Usovo war jener Landstrich, in dem die Elite ihre Datschas hatte. Erst nachdem er den Raum verlassen hatte, vergegenwärtigte er sich, daß überhaupt nicht erwähnt worden war, was passieren würde, falls er versagte. Aber dann fand er, daß dies auch nicht nötig sei. Sollte die Kugel eines Attentäters Juri P. Andropow töten, würde diese Kugel letztendlich auch Oberst Oleg Zamiatin töten.

Andropow schob Chebrikow wieder die Zigarettendose zu. Er zuckte die Achseln.

»Victor, es gibt immer Zuckerbrot und Peitsche. Es ist wichtig zu wissen, wann und wo man sie benutzt. Zamiatin ist ein brillanter Offizier ... und sehr ambitioniert. Nach meiner Auffassung reagiert er auf das Zuckerbrot mehr als auf die Peitsche. Genau wie du es immer getan hast.«

Chebrikow entzündete eine neue Camel und nickte zustimmend mit dem Kopf.

»Er wird jetzt nur an zwei Dinge denken. Daran, den Mann zu fassen, und an seine Belohnung.«

Andropow lächelte. »Richtig. Sag mir, wie die Vorbereitungen für die Operation ›Ermine‹ vorankommen.«

»Sehr gut, Juri. Das Team wird seine Ausbildung in Libyen in wenigen Tagen beendet haben. Sie werden einen Umweg machen und zwei Wochen vor dem Papstbesuch im Fernen Osten sein. Ihre Tarnung ist perfekt, und sie sind dicht dran. Du brauchst dir überhaupt keine Sorgen zu machen. Diesmal werden wir Erfolg haben. Sie werden sich im selben Augenblick selbst vernichten. Der Plan ist perfekt. Nicht einmal Karpow könnte sich retten.«

Andropow lächelte und erhob sich, schlurfte zu einem der großen Fenster und blickte hinaus auf das massive Gebäude des Arsenals. Chebrikow paffte schweigend vor sich hin und wartete geduldig.

Nach ein paar Minuten drehte Andropow sich um und sagte nachdenklich: »Der Schinken-Priester ... Wenn ich mir vorstelle, daß er so lange überlebt hat. Das ist Ironie, Victor. 1975 leitete ich eine Operation, die den Schinken-Priester bis zu einem Haus in Rom verfolgte. Wir konnten ihn nicht identifizieren, aber wir wußten, daß er einer von zwei Dutzend Geistlichen war, die sich dort an einem bestimmten Tag zu einer bestimmten Stunde trafen. Ich hatte erwogen, ihn durch die Roten Brigaden eliminieren zu lassen. Sie waren sehr willig. Ihr Preis war eine Milliarde Lira – lächerlich! Breschnew lehnte das ab. Es hätte bedeutet, das ganze Gebäude in die Luft zu jagen. Der Tod aller, die sich darin befanden. Breschnew hatte Angst davor, zwei Dutzend Priester zu töten ... darunter waren auch zwei oder drei Nonnen ... Aber er hat damals nie wirklich begriffen, was wir eigentlich taten. Zu der Zeit war er nur an seinen schicken Autos interessiert und an seiner Vetternwirtschaft.« Er lächelte unbarmherzig. »Und jetzt bedroht mich wegen dieser paar Priester und Nonnen der Schinken-Priester.« Er betastete sein Gesicht und wirkte sehr müde.

Victor Chebrikow erhob sich. Er konnte die Besorgnis in seiner Stimme nicht verbergen.

»Juri, ich werde dich jetzt verlassen. Versuche bitte, dich etwas auszuruhen.«

Augenblicklich bedauerte er seine Worte. Er sah, wie Andropows Lippen schmal wurden. Dann sagte er:

»Mach dir wegen meiner Gesundheit keine Sorgen. Eines verspreche ich dir ... Ich werde diesen verdammten Papst überleben!«

Kapitel 10

»Wiederholen Sie das noch einmal«, verlangte Pater Lucio Gamelli.

Mirek seufzte und wiederholte: »Die Niere ist ein zehn Zentimeter langes Organ, das durch die Nierenarterie und die Nierenvene mit Blut versorgt beziehungsweise gereinigt wird. Urin fließt durch den Urethra in die Harnblase.«

Der Priester pochte heftig auf die Tafel. »Ureter, nicht Urethra. Konzentrieren Sie sich. Passen Sie genau auf! Ihnen bleiben nur noch fünf Tage. Insgesamt noch fünfundzwanzig Stunden Unterricht und noch sehr viel zu lernen.«

Aggressiv fragte Mirek: »Wie lange haben Sie Medizin studiert?«

»Sechs Jahre Allgemeinmedizin und zehn Jahre Nierenmedizin.«

Mirek grunzte: »Und Sie erwarten von mir, daß ich das alles in zwei Wochen lerne?«

Es war eines der seltenen Male, daß Pater Gamelli lächelte. In den vergangenen neun Tagen hatte er diesen jungen Mann sehr hart rangenommen. Pater Heisl hatte ihm nachdrücklich verdeutlicht, daß der Unterschied zwischen einem durchschnittlichen und einem überragenden Wissen über die Niere über Leben und Tod entscheiden konnte. Tatsächlich war er von Mireks Intelligenz, seinem Eifer und seiner Lernfähigkeit beeindruckt, aber davon ließ Gamelli sich nichts anmerken. Als Lehrer war das nicht seine Art. Er sagte: »Sie sollen nur ein wenig von dem annehmen, was ich gelernt habe. Heute in fünf Tagen werden Sie von jemandem getestet, der unabhängig ist. Von jemandem, der nicht weiß, daß Sie kein Arzt sind. Wenn Sie ihn täuschen können, haben Sie den Test bestanden. Wenn Sie dabei versagen, wird Pater Heisl sehr unzufrieden mit mir sein, und das möchte ich nicht.« Er schaute auf seine Armbanduhr. »Kommen Sie, wir müssen in zehn Minuten im Operationssaal sein. Es ist Zeit, die Hände zu waschen.«

Mirek stand auf. »O.K., Doktor.«

Es würde seine vierte Operation sein. Sie waren im St.-Peter-Institut für Medizin. Pater Gamelli war Chefchirurg und auf Nierenoperationen spezialisiert. Er hatte weltweit einen hervorragenden Ruf. Im Laufe weniger Tage hatte Mirek einen ungeheuren Respekt vor diesem Mann entwickelt, wenn nicht sogar Zuneigung. Fünf Stunden täglich hatte er Mirek persönlich Unterricht gegeben. Mirek wußte, daß ihn diese fünf Stunden nicht dazu verleiteten, sich weniger um seine anderen Studenten und seine Patienten zu kümmern. Konsequent hatte Pater Gamelli an den vergangenen neun Tagen achtzehn oder neunzehn Stunden täglich gearbeitet. Mirek wußte auch, daß er dafür einen Hungerlohn bekam. Das konnte er nur schwer verstehen. Gewiß, manchmal hatte er diese Mehrarbeit auch beim SB geleistet, aber damals hatte es immer Belohnungen in Form von Beförderungen oder speziellen Privilegien gegeben.

Sie wuschen eine Weile ihre Hände, wobei Gamelli Mirek und seiner Assistentin, einer scheuen jungen Internistin, den Fall erläuterte. Der Patient war eine Frau Anfang Vierzig.

Sie hatte irreparabel geschädigte Nieren, was die Folge mehrfacher Infektionen war, die sie sich im Laufe der Jahre zugezogen hatte. Jetzt war ihr Herz geschwächt, und ihre einzige Hoffnung bestand in einer Nierentransplantation.

Im Operationssaal stand Mirek zwischen Gamelli und dem Anästhesisten. Er schaute zu, wie der Chirurg mit geschickten Fingern einen großen Schnitt machte und dann rasch und sicher mit dem Blutschwall fertig wurde. Innerhalb von zehn Minuten hatte er die Niere freigelegt.

Der Assistent stand auf der anderen Seite des Tisches. Er und

Mirek schauten aufmerksam, während Gamelli erklärte: »Jetzt wird das Blut der Patientin ständig durch die Maschine dialysiert. Wir können ganz ruhig die Niere entfernen und sie durch die Spenderniere ersetzen.«

Die Operation dauerte zwei Stunden. Anschließend, nachdem sie sich gewaschen und außerhalb des Operationssaales umgezogen hatten, glaubte Mirek zu erkennen, daß Pater Gamelli zufrieden war.

»Wie stehen ihre Chancen?« fragte er.

Gamelli zuckte die Schultern, brachte dann aber wieder ein Lächeln zustande.

»Sicherlich besser als fünfzig Prozent. Vielleicht sogar achtzig Prozent.«

Dieses Lächeln ließ Mirek erkennen, warum dieser Mann so viele Stunden für einen Hungerlohn arbeitete. Vielleicht hatte er soeben ein Leben um dreißig oder vierzig Jahre verlängert.

Er dachte darüber noch nach, während er über den Ponte Vecchio zurück zu seinem sicheren Haus ging. Es dämmerte, und die Brücke war dicht bevölkert. Lärmende Verkäufer versuchten Schmuckstücke und Souvenirs an Einheimische und Touristen zu verkaufen. Da und dort waren Bettler. Das hatte ihn zuerst überrascht – Bettler bei solchem Reichtum –, doch Pater Heisl hatte seinen Kopf geschüttelt und ihm gesagt, daß hier sogar die Bettler reich seien.

Er hatte die Brücke halb überquert, als er spürte, daß ihn jemand von hinten anrempelte. Er drehte sich um und sah einen schwarzhaarigen Jungen davonrennen. Mit einem Fluch klopfte er auf seine Gesäßtasche. Seine Brieftasche war weg. Er wollte schon hinterherrennen, als ein Roller auftauchte. Der Junge sprang auf den Rücksitz. Er machte zu Mirek eine obszöne Geste, während der Roller davonbrummte.

Mirek befand sich direkt neben dem Stand eines Obstverkäufers. Wütend packte er eine hellgelbe Zitrone von der Größe eines Tennisballs, aber viel schwerer. Er rannte die Brücke hinunter, bahnte sich drängend seinen Weg durch die Menge. Am Ende der Brücke war der Roller durch den Verkehr langsamer geworden. Mirek sah, wie der Fahrer sich gewandt zwischen einen kleinen Lastwagen und den Bordstein schob und dann durch die schmale Lücke fuhr. Der Roller bog von der Brücke nach links ab. Mirek war etwa vierzig Meter von ihm entfernt. Er schleuderte die Zitrone.

Sie prallte direkt hinter das Ohr des Rollerfahrers. Das dumpfe Dröhnen war deutlich zu hören, und die Wirkung zeigte sich augenblicklich. Er stürzte seitlich vom Roller. Der Lenker drehte sich, das Vorderrad stieß gegen den hohen Bordstein und ragte auf den Bürgersteig, wo es knapp eine Frau und ein junges Mädchen verfehlte, die entsetzt aufschrien. Der Taschendieb wurde gegen eine Schaufensterscheibe geschleudert und landete auf dem Rücken.

Als Mirek die Stelle erreichte, stützte sich der Rollerfahrer auf alle viere und versuchte, auf die Beine zu kommen. Mirek, der sich schnell bewegte, schwang sein rechtes Bein und trat seinen Stiefel in das Gesicht des Jungen. Er hörte und spürte das Zerbrechen von Knochen. Während der Junge bewußtlos umfiel, wandte sich Mirek dem anderen zu. Er kam rasch auf die Beine, und sein hübsches Jungengesicht war wutverzerrt. Seine rechte Hand tastete nach etwas in der Tasche seiner Jeansjacke. Mirek sah das Blinken von Stahl. Da schaltete sein Verstand ab, und seine frische Ausbildung gewann die Oberhand. Er machte mit seiner linken Hand eine Finte, sah, daß der Junge seine Augen darauf richtete, dann drehte er sich und stieß seine rechte Hand vor, zwei Finger wie eine Kobrazunge ausgestreckt. Er spürte, wie die Spitzen in die Augen des Jungen drangen, hörte den qualvollen Schrei. Diesmal trat er rasch mit dem linken Fuß zu und traf hoch in den Schritt des Jungen, spürte den Kontakt; erst weich, dann hart. Der Junge kippte rücklings um und brach zusammen, seine Hände bedeckten seine Augen, sein Körper war vor Pein zu einer Kugel zusammengekrümmt. Es hatte insgesamt weniger als fünf Sekunden gedauert. Mirek schaute sich um. Menschen standen wie versteinert da, Entsetzen auf ihren Gesichtern. Es gab ein Krachen und ein Klirren von Glas, als ein Taxi auf einen Bus auffuhr, dessen Fahrer plötzlich gebremst hatte, um zu sehen, was passierte. Vom anderen Ende der Straße war das Trillern einer Polizeipfeife zu hören.

Der Roller lag auf der Seite, sein Vorderrad drehte sich noch immer. Mireks Brieftasche lag daneben auf dem Bürgersteig. Er nahm sie auf und ging rasch an den verblüfften Gesichtern vorbei, wobei er sich der Worte seines Ausbilders erinnerte.

»Renne niemals, wenn du nicht wirklich verfolgt wirst. Gehe ganz ruhig mit gesenktem Kopf und schau weder nach links noch nach rechts. Benutze deine Ohren statt deiner Augen. Einen Verfolger wirst du immer hören.«

Er hatte keinen Verfolger.

Zum Abendessen waren drei Gedecke aufgetragen. Mirek fragte sich, wer ihnen Gesellschaft leisten würde. Pater Heisl befand sich im Nebenzimmer und sprach ins Telefon. Ein appetitlicher Geruch strömte aus der Küche. Heisl schien über eine ganze Legion kleiner alter, schwarzgekleideter Damen zu verfügen, die sich um diese ›sicheren Häuser‹ kümmerten und zufällig kulinarische Genies waren. Er vermutete, daß sie Nonnen oder Angehörige eines religiösen Laienordens waren.

Er schenkte sich einen Amaretto aus der Flasche von der Kredenz ein und nippte daran. Er liebte den süßen Mandelgeschmack. Er hörte das Klacken, als das Telefon eingehängt wurde, und wandte sich um, als Pater Heisl hereinkam. Sein Gesicht war düster. Mirek hielt die Flasche hoch. Heisl schüttelte seinen Kopf und sagte:

»Der Kiefer des einen ist gleich dreimal gebrochen. Er muß genagelt werden. Der andere wird bestimmt ein Auge verlieren. Das andere versuchen sie zu retten, das und sein Fortpflanzungsorgan.« Er schaute auf die schimmernden Kappen an Mireks neuen Schuhen hinunter. »Glauben Sie nicht, daß Ihre Reaktion etwas zu heftig war?«

Mirek leerte sein Glas und schenkte sich noch einen ein.

»Es waren Verbrecher. Was hätte ich tun sollen? Ihre Wangen streicheln und sagen: ›Entschuldigt bitte, aber gebt mir doch meine Brieftasche wieder?‹«

Heisl seufzte und murmelte: »Beide erst achtzehn ... und Sie sind sicher, daß niemand gesehen hat, wie Sie hierhergekommen sind?«

»Völlig. Nach etwa einem Kilometer habe ich ein Taxi nach Santa Croce genommen. Dann bin ich wieder zehn Minuten gelaufen und habe ein Taxi zum Bahnhof genommen. Von dort habe ich mich von einem Taxi etwa einen halben Kilometer entfernt von hier bringen lassen. Ich bin zweimal um den Block gegangen. Ich wurde nicht verfolgt.«

Heisl nickte befriedigt.

»Nun, die Polizei wird nach Ihnen suchen ... aber ich kann mir vorstellen, daß das nicht sehr sorgfältig geschieht. Jedenfalls können Sie die Strecke nicht mehr zu Fuß gehen. Einer der Verkäufer könnte Sie erkennen. Sie verbessern nämlich oft ihr Einkommen, indem sie als Informanten für die Polizei arbeiten. Ich würde einen Umzug woandershin bevorzugen, aber dafür ist keine Zeit. Deshalb werde ich dafür sorgen, daß Sie in den nächsten Tagen in einem Wagen befördert werden.«

Er sah verdrossen aus. Mirek trank und sagte dann leichthin: »Jedenfalls wissen Sie jetzt, daß Ihre Investition von fünfzehntausend Dollar keine Verschwendung war.«

Diese Anmerkung trug nicht dazu bei, Heisl aufzuheitern. Mirek deutete auf den Tisch.

»Wer ist der Gast beim Abendessen?«

Heisl schaute auf seine Armbanduhr. »Ania Krol. Sie müßte in einigen Minuten hier sein. Ihre Ausbildung in Rom ist abgeschlossen. Ich werde die letzten paar Tage mit ihr hier arbeiten, bis Sie am Institut fertig sind.«

Mirek nickte, sagte aber nichts, obwohl er sehr gespannt war. Seit seiner Auseinandersetzung mit dem Schinken-Priester wegen der Frau und der sich daranschließenden Unterordnung war seine Neugierde beträchtlich gewachsen. Er überlegte, was das für eine Art Nonne sein könne, die ihren heiligen Gelübden entsagte und mit einem wildfremden Mann nach Osteuropa reiste.

Heisl mußte seine Gedanken gelesen haben. Er sagte streng: »Mirek, denken Sie daran: Sie weiß nichts von Ihrer eigentlichen Aufgabe. Man hat ihr gesagt, daß Sie ein geheimer Gesandter der Kirche sind, der nach Moskau reist. Das ist alles.«

»Weiß sie, daß ich ungläubig bin?«

»Ja, sie weiß, daß Sie Atheist sind … sie wurde von Kardinal Mennini auch darüber informiert, daß Sie nach unserer Auffassung ein böser Mann sind.«

Er ging zu einem Lehnstuhl und setzte sich, wobei Mireks Gelächter seine Ohren erfüllte. Mirek leerte das Glas wieder, doch Heisl nahm mit Genugtuung wahr, daß er es nicht wieder füllte. Nur allzuoft suchen Männer beim Alkohol Trost, wenn Gefahr bevorsteht. An den vergangenen Tagen hatte immer guter Wein auf dem Tisch gestanden, aber Mirek hatte stets bescheiden getrunken. Er sagte mit einem spöttischen Lächeln: »Dann muß sie sich ja auf ihre Reise wirklich freuen.«

Heisl sprach barsch: »Sie ist darauf vorbereitet, aus Liebe und Ergebenheit zu Unserem Herrn ihre Pflicht zu erfüllen. Sie hat ihre Sorge um ihr körperliches Wohlergehen zum Ausdruck gebracht … das in Ihren Händen liegt.«

Ärger breitete sich über Mireks Gesicht. »Ich bin doch kein Frauenschänder! Muß ein Atheist unbedingt ein Vergewaltiger sein? Dieser verdammte Mennini … welch eine Heuchelei! Ja, ich habe Ihre Priester mit Frauen erwischt! Im letzten Jahr habe ich einen verhaftet, weil er ein zehnjähriges Mädchen belästigte!«

Seine dunklen Augen funkelten vor Zorn. Heisl hob eine Hand.

»Mirek, beruhigen Sie sich. Von uns gibt es Hunderttausende auf der ganzen Welt. Natürlich sind einige darunter schwach, und einige straucheln, das bleibt nicht aus. Wir sind Menschen, und manchmal sind wir einsam. Auch wir haben unsere menschlichen Schwächen. Nein, ich bezichtige Sie ja nicht, ein Frauenschänder zu sein. Sie sind ein gefährlicher Mann, aber ich glaube, Sie haben Ihren eigenen Ehrenkodex.«

Mirek war besänftigt. Er schaute durch die Spitzenvorhänge aus dem Fenster auf die Straße hinunter. Ein Taxi kam um die Ecke gefahren. Eine Frau mit einem kleinen blauen Koffer stieg aus. Sie stellte ihn auf den Bürgersteig und beugte sich zum Fenster des Fahrers, um zu bezahlen. Sie trug einen beigen Regenmantel, der eng um ihre Hüfte gebunden war. Instinktiv bemerkte Mirek den Schwung ihrer Waden. Das Taxi fuhr davon, und sie ergriff ihren Koffer und ging die Straße hinunter auf das

Haus zu. Aus diesem Blickwinkel konnte Mirek ihr Gesicht nicht genau sehen. Er sah nur das ebenholzschwarze Haar, das im Pagenstil geschnitten war, und das leichte Schwingen ihres festen Schrittes. Sie blieb stehen, schaute auf die Hausnummern. Mirek drehte sich um und sagte zu Pater Heisl: »Sie haben recht, Pater ... aber dieser Kodex wird mich nicht daran hindern, eine Frau zu nehmen, die mich will ... selbst eine Nonne.«

Heisl öffnete den Mund, um zu antworten, wurde aber von der Türglocke unterbrochen.

Zum Abendessen gab es *cannelloni*, gefolgt von *trippa alla fiorentina*. Pater Heisl saß Mirek gegenüber und hatte Ania zu seiner Linken. Wie gewöhnlich servierte die alte Dame das Essen schweigend und nahm die Komplimente über ihr Können kaum zur Kenntnis.

Nach dem ersten Gang war Heisl äußerst besorgt. Die Atmosphäre am Tisch war eisig. Jedes Wort war gequält und kühl. Eine halbe Stunde zuvor hatte er sich Sorgen darum gemacht, daß Mirek den charmanten Verführer spielen würde. Dabei beschäftigte ihn weniger die Aussicht auf Erfolg. Er befürchtete nur, daß eine unangenehme Situation entstehen könnte. Genau das Gegenteil war geschehen. Seit Mirek Ania Krol vorgestellt worden war und ihre Hand geschüttelt hatte, war er mürrisch und wortkarg. Er hatte in seinem Essen herumgestochert und nur ein paar Schluck von dem ausgezeichneten Chianti genommen. Seine Stimmung hatte sich auf sie übertragen. Sie schaute Pater Heisl an, wie um sich zu vergewissern. Sie bemerkte, daß der Priester beunruhigt war, und fragte: »Ist alles in Ordnung, Pater?«

Bevor Heisl antworten konnte, sagte Mirek barsch: »Nein, der Vater ist nur beunruhigt, weil ich heute abend zwei kleine Kriminelle schwer verletzt habe.«

Heisl sagte gereizt: »Ich denke nicht, daß es nötig ist, daß Ania davon etwas erfährt.«

»O doch, das ist es«, erwiderte Mirek gleichermaßen gereizt. Er wandte seinen Kopf Ania zu. »Sie versuchten, mir meine Brieftasche zu stehlen. Ich habe einem den Kiefer gebrochen, sehr böse. Der andere hat ein Auge verloren und vielleicht seine Männlichkeit. Pater Heisl glaubt, ich hätte zu heftig reagiert. Das habe ich nicht.« Er neigte sich ihr leicht zu und machte eine Handbewegung. »Wenn es einen solchen Zwischenfall da drüben während unserer Reise gibt, werde ich solche Menschen töten. Sie töten, damit sie keine Beschreibung von uns geben können. Verstehen Sie das?«

Sie nickte düster. »Ich verstehe, daß Ihre Reise sehr gefährlich ist. Ich hoffe, Sie werden niemanden töten müssen.«

»Und noch etwas«, fuhr Mirek fort. »Sie sollten wissen, daß ich dagegen war, daß Sie mit mir reisen. Sogar sehr dagegen. Das wurde abgelehnt.«

»Danke, daß Sie es mir gesagt haben. Ich will versuchen, Ihnen eine Hilfe zu sein.« Sie sprach ruhig und blickte ihm fest in die Augen. »Ich glaube, daß ein Paar, das zusammen reist, weniger verdächtig ist. Ich beherrsche die Sprachen der Länder, durch die wir reisen, fließend. Ich bin trainiert und nicht unintelligent. Bevor wir Moskau erreichen, werden Sie froh sein, daß ich mit Ihnen reise.«

Mirek grunzte skeptisch, doch bevor er antworten konnte, kam die alte Dame mit der *trippa alla fiorentina* herein. Nachdem sie serviert hatte und wieder gegangen war, sagte er, Heisl anblikkend: »Jeder, auch Sie und der Schinken-Priester, sollten wissen, daß meine Mission absoluten Vorrang hat.« Er deutete auf die Frau. »Wenn sie mir im Weg steht, werde ich sie zurücklassen. Wenn wir gejagt werden und sie nicht mithalten kann, werde ich sie verlassen. Falls sie verletzt ist, werde ich sie ...«

Er sagte das sehr abrupt. Heisl rutschte unbehaglich auf seinem Stuhl hin und her. Während er nickte, hörte er Anias heisere Stimme.

»Das ist verständlich, Mirek Scibor. Nun, eine Frau sollte ja etwas über die Gewohnheiten und den Geschmack ihres Ehemanns wissen ... lieben Sie Musik?«

Heisl konnte sehen, daß Mirek durch den plötzlichen Themenwechsel aus der Fassung gebracht wurde. Er strich seinen jetzt gut gewachsenen Schnurrbart, zuckte dann die Schultern und sagte: »Etwas.«

»Was, zum Beispiel?«

Fast abweisend sagte er: »Unsere Musik. Gute polnische Musik. Chopin, seine Sonaten und ... ja, besonders seine Mazurken.«

Sie lächelte voller Freude. »Ich auch. Ich liebe seine Etüden. Mein Lieblingsstück ist ›Der Schmetterling‹. Kennen Sie es?«

Mirek nickte. Pater Heisl bemerkte, daß zum erstenmal etwas Leben in seine Augen kam. Die nächsten zwanzig Minuten plauderten sie, bis das Mahl beendet war, über Chopin und polnische Musik allgemein.

Nachdem sie gegessen hatten, lehnte Mirek jedoch den Kaffee höflich ab, verkündete, daß er früh aufstehen müsse, und verließ den Raum.

Behutsam sagte Pater Heisl zu Ania: »Deine Aufgabe wird schwierig sein, mein Kind. Er ist kein einfacher Mensch. Doch obwohl du mit ihm in Gefahr gelangen kannst, bin ich zuversichtlich, daß du nicht in Gefahr vor ihm sein wirst.«

»Ich glaube, Sie haben recht, Pater. Aber wenn er darauf vorbereitet ist, so gleichgültig zu töten, muß doch die Mission auch für ihn von ungeheurer Wichtigkeit sein ... nicht nur für die Kirche. Stimmen unsere Interessen völlig überein?«

Sie schenkte den Kaffee in zwei Tassen. Sie erinnerte sich, daß er zwei Stück Zucker und ein wenig Milch nahm. Während sie umrührte, ordnete er seine Gedanken.

»Das tun sie, Ania. Aus bestimmten Gründen, die mit der Operation zusammenhängen, darfst du den Auftrag nicht kennen.«

»Falls ich gefangengenommen werde?« warf sie ein und schob ihm die Tasse zu.

»Nun ja.«

»Und nicht um meines Seelenfriedens willen?«

Pater Heisl hob seine Tasse und dachte rasch nach. Diese junge Frau war für Plattheiten zu intelligent. Er nippte und sagte dann fest: »Mir ist es nicht einmal gestattet, *das* zu beantworten. Der Schinken-Priester hat dir bereits alles gesagt, was du wissen darfst. Du mußt deinen Seelenfrieden mit der Kraft des Gebetes finden.«

»Ja, Pater«, sagte sie gehorsam, aber Heisl wußte, daß aufgrund ihrer Intelligenz ihre Neugierde bleiben würde. Er sagte: »Du bist heute abend gut mit ihm umgegangen, Ania. Es wird leichter sein, wenn er dich erst einmal voll akzeptiert hat und begriffen hat, daß du ihm helfen kannst.«

Sie lächelte. »Nur keine Sorge, Pater. Ich werde mit ihm fertig. Ich werde mich um meinen Seelenfrieden kümmern und Sie sich um den Ihren.«

Mirek war beunruhigt, als er in seinem Zimmer ankam. Die Frau hatte ihn verwirrt, und das vermochte er nur schwer zu verstehen. Gewöhnlich verwirrte er die Frauen. Er analysierte seine Reaktion und vergegenwärtigte sich, was geschehen war. Viele Männer, vielleicht die meisten, haben gewisse Vorstellungen von Nonnen. Junge, hübsche, jungfräuliche Nonnen. Er erinnerte sich, einmal Gelegenheit gehabt zu haben, zwei Nonnen in Krakau zu verhören. Sie waren verdächtigt, Kontakt zu Dissidenten zu haben. Eine war mittleren Alters und flach gewesen; die andere war jung gewesen, hatte ein attraktives Gesicht. Er hatte sie einzeln und lange und ausführlich verhört. Bei der Jungen hatte er gespürt, daß sein Aussehen und seine Männlichkeit sie irgendwie anzogen. Sie hatte ein langes weites Gewand getragen, und in Gedanken hatte er sie entkleidet, hatte versucht, sich ihren verborgenen Körper vorzustellen. Alles, was er sehen konnte, war ihr Gesicht von der Stirn bis zum Hals, aber er hatte sich dazu einen drallen nackten Körper vorgestellt, der zu dem Gesicht gehörte, und war sexuell erregt gewesen.

Jetzt, bei Ania Krol, hatte eine seltsame Umkehrung stattgefunden. Sie trug keine Nonnentracht. In der Tat war ihr weiches braunes Wollkleid recht enthüllend gewesen. Er hatte sofort ihre vollen Brüste bemerkt, die schmale Taille und den Schwung ihrer Beine. Und auch ihr Gesicht war sehr schön mit seinen hohen Wangenknochen und der olivfarbenen Haut und dem ebenholzfarbenen Haar; doch perverserweise konnte er sie sich vor seinem geistigen Auge nur in einer Nonnentracht mit ihrer einengenden und verhüllenden Kopfhaube vorstellen.

Sein Zimmer war spartanisch. Ein schmales Bett neben einer Wand, eine Kommode für Kleidung und ein kleiner Tisch mit nur einem Stuhl. Er ging zum Fenster, blieb dort stehen und blickte auf die Straße hinunter. Es hatte ein wenig zu nieseln begonnen, die Straße und der Bürgersteig glänzten im Licht der Straßenlaternen. Ein Paar spazierte Arm in Arm vorbei, aber sie diskutierten, gestikulierten ärgerlich mit ihren freien Händen. Er nahm an, daß sie verheiratet waren. Einmal hätte er selbst fast geheiratet. Die Tochter eines Obersten in seinem Departement. Sie war sehr hübsch und lebendig und eine aktive Liebhaberin gewesen. Er vermutete, daß sie ein lebhaftes Temperament hatte, welches sie gut beherrschte. Aber das kümmerte ihn nicht. Er mochte Frauen mit Geist. Er wußte, daß eine attraktive, intelligente Frau für einen ambitionierten Offizier von Vorteil war. Nach einigen Wochen beschloß er, um ihre Hand anzuhalten. Er war konservativ erzogen worden, und bevor er seinen Heiratsantrag machte, bat er um ein persönliches Gespräch mit ihrem Vater. Dies wurde ihm nach Dienstschluß im Büro des Obersten gewährt. Mirek hatte mit etwas Nervosität an die Tür geklopft, denn der Oberst war ein abschreckender Mann und ein strenger Vorgesetzter. Der Oberst mußte seine Nervosität bemerkt haben. Er deutete auf einen Stuhl, öffnete eine Schreibtischschublade und nahm eine Flasche Wodka sowie zwei Gläser heraus. Er hatte auch seine Mütze abgenommen und sie zwischen sich auf den Schreibtisch geworfen, um damit anzudeuten, daß Mirek frank und frei sprechen könne.

Die heiße Flüssigkeit hatte ihn erwärmt und beruhigt. Formell und zuversichtlich sagte er: »Genosse Oberst, ich bin gekommen, um Sie ergebenst um die Hand Ihrer Tochter Jadwiga zu bitten.«

Diese Worte zeitigten eine erstaunliche Wirkung bei dem Oberst. Er saß kerzengerade und warf Mirek einen forschenden Blick zu, um sich zu vergewissern, daß er es ernst meinte. Zufrieden damit, daß es so war, kippte er den Wodka herunter, schüttelte heftig seinen Kopf und sagte: »Kommt nicht in Frage! Kommt überhaupt nicht in Frage.«

Zunächst fühlte Mirek sich gedemütigt. Dann stieg Ärger in ihm hoch.

»Herr Oberst, ich komme aus einer guten Familie. Ich war der jüngste Offizier unserer Sektion, der zum Hauptmann befördert wurde, und ich habe alle Hoffnung ...«

Der Oberst hob eine Hand. »Wie lange kennen Sie meine Tochter schon?«

»Nun ja, erst fünf Wochen ... aber es eilt ja nicht derart ...«

»Halten Sie den Mund und hören Sie mir zu.«

Der Oberst beugte sich vor. Er hatte die rote Nase eines Trinkers und kleine runde Augen. Er richtete einen Finger auf Mireks Brust.

»Ich mag Sie, Scibor. Sie sind intelligent, und Sie arbeiten hart. Sie werden bald zum Major befördert werden ... Sie könnten es bis ganz oben schaffen –«

»Aber warum dann ...?«

»Halten Sie den Mund und hören Sie. Ich sagte, ich mag Sie. Meine Tochter Jadwiga ist die zweitgrößte Hure auf der Welt. Die größte ist meine Frau – ihre Mutter. O nein! Ich hebe Jadwiga für irgendeinen Bastard auf, den ich nicht mag. Sie kann ihm das Leben so unerträglich machen, wie ihre Mutter es mir gemacht hat ... Ich mag Sie. Raus mit Ihnen.«

Mirek war völlig verblüfft aus dem Raum gewankt. Ihr eigener Vater! Aber dann hatte die Vernunft die Oberhand gewonnen. Wer konnte sie schon besser kennen als ihr eigener Vater?

Er führte Jadwiga noch einmal zum Essen aus und beobachtete sie kritischer. Er bemerkte, daß der hübsche Mund eine schmollende Unterlippe hatte, daß die großen blauen Augen oft zur Seite glitten, um hinzuschauen, wenn ein Mann alleine hereinkam, ihm folgten, wenn er attraktiv war. Ihm fiel auf, daß sie teure Gerichte aus der Speisekarte wählte, obwohl sie wußte, daß seine Mittel begrenzt waren. Stumm dankte er dem Oberst und entschied, daß das Heiraten warten konnte.

Danach hatte es eine Reihe von Mädchen gegeben. Er hatte fast immer eine an der Angel, aber das dauerte jeweils allenfalls ein paar Wochen.

Er wandte sich um, ging zu dem Tisch und setzte sich. Darauf lagen mehrere Medizinlehrbücher gestapelt. Er nahm eines und öffnete es an der Stelle, wo ein Lesezeichen war. Die nächste Stunde las er, wobei er sich zwischendurch immer wieder eine Notiz in sein Übungsheft machte. Er hörte das Schließen einer

Tür unten, dann knarrte die Treppe. Ihr weicher Schritt führte an seinem Zimmer vorbei. Er wußte, daß sie es war. Heisl litt unter Schlaflosigkeit und ging immer erst in den frühen Morgenstunden ins Bett. Er hörte, wie die Badezimmertür geöffnet und geschlossen wurde. Eine Pause, dann das Geräusch einfließenden Badewassers. Er stellte sich vor, wie sie ihr braunes Wollkleid aufknöpfte. Welche Art Unterwäsche sie wohl tragen mochte? Etwas dünnes? Nein, wahrscheinlich Schlupfhosen.

Er versuchte sich wieder auf sein Buch zu konzentrieren. Er zwang sich zu lesen. Schließlich kam er zu dem Entschluß, daß die Niere das langweiligste Organ der Menschheit sein müsse. Wie, zum Teufel, konnte sich Pater Gamelli sein ganzes Leben lang so intensiv damit beschäftigen?

Er hörte das Schließen der Badezimmertür, das Knarren der Fußbodendielen. Dann öffnete sie die Tür des Zimmers neben ihm und schloß sie wieder. Die Wände waren dünn. Er hörte kaum das Quietschen der Bettfedern. Er stellte sich vor, daß sie dasaß und ihr Haar trocknete, dieses dicke, schwarze, schimmernde Haar, das bis vor kurzem verborgen gewesen war. War sie nackt? Er schloß die Augen und versuchte sich ein Bild zu machen. Es war lächerlich. Alles, was er sehen konnte, war ihr Gesicht, vom Haaransatz bis zum Kinn. Der Rest war ein Gemisch aus Schwarz und Weiß. Sie trug ihr Nonnengewand.

Er schloß das Buch, ging zu Bett und schlief unruhig.

* * *

»Was ist das?«

Der prüfende Professor schob einen großen Topf über den Tisch. Mirek ergriff ihn und studierte seinen Inhalt.

»Es ist der Teil einer Niere.«

»Wollen Sie hier Witze machen?«

»Nein.«

Der Professor seufzte. »Was stimmt damit nicht?«

Sie saßen zu dritt in einem Raum des Instituts: der Professor, ihm gegenüber Mirek und Pater Gamelli, der weiter hinten an der Tür saß. Mirek hatte seinen Schnellkursus beendet. Dies war die Prüfung. Er holte tief Luft und drehte den Topf in seiner

Hand. Der Teil der mißgebildeten Niere schwabbelte in dem Formaldehyd. Er sah einen taubenartigen Zystenhaufen, der eine dunkle Flüssigkeit enthielt.

»Sie weist eine fortgeschrittene polyzystische Nierenerkrankung auf.«

Der Professor nickte und machte sich eine Notiz. »Sonst noch etwas?«

Mirek beschloß, mutig zu sein.

»Der Patient ist nicht an Altersschwäche gestorben.«

Er registrierte, daß der Professor über seine Schulter hinweg Pater Gamelli anblickte. Er überlegte, ob er sich lächerlich gemacht hatte.

Der Professor fragte: »Welche Behandlung hätten Sie angewandt?«

Mirek erinnerte sich an das, was er in der Nacht zuvor gelesen hatte. Er sagte: »In diesem Krankheitsstadium kann es keine Heilung geben, nur eine Transplantation, die von anderen Faktoren abhängt.«

Der Professor nickte und machte sich eine weitere Notiz.

Noch eine halbe Stunde wurden weiter Fragen gestellt. Mirek wußte, daß er einige von ihnen verpatzt hatte, aber später, als sie wieder in Pater Gamellis beengtem Büro waren, freute sich der Priester mit ihm.

Er lächelte. »Der Professor ist völlig verwirrt. Bei einigen Fragen waren Sie brillant – bei anderen völlig ratlos. Dennoch, Sie haben das gut gemacht.« Er streckte seine Hand aus. »Viel Glück – was immer Sie auch zu tun haben mögen.«

Mirek schüttelte herzlich seine Hand und dankte ihm. »Pater, sollte ich je ein Nierenleiden haben, weiß ich, wohin ich gehen werde.«

Der Priester schüttelte seinen Kopf. »Menschen wie Sie bekommen derartige Krankheiten nicht.«

Während der Rückfahrt zu dem Versteck überlegte Mirek, was er damit gemeint haben mochte. Er saß neben dem Fahrer, einem jungen, rothaarigen Priester. In den fünf Tagen, an denen er Mirek hin- und hergefahren hatte, hatte er kein Wort mit ihm gesprochen. Mirek nahm an, daß dies auf Anweisung Heisls geschah. Kurz nach Mittag erreichten sie das Haus. Mirek stieg aus und bedankte sich anzüglich bei dem Fahrer, der bloß nickte und davonfuhr. Mirek war es egal. Er fühlte sich entspannt, das harte Studium war vorüber. Er läutete die Türglocke und wartete. Ania öffnete. Sie trug ihren beigen Regenmantel. Sie nahm seinen Arm, drehte ihn um und verkündete: »Sie führen mich zum Essen aus. Pater Heisl ist vor zwei Stunden ganz eilig nach Rom gefahren. Er wird nicht vor heute abend zurück sein. Signora Benelli hat heute freigenommen.«

Er ließ sich die Straße entlangführen und fragte: »Was war denn so wichtig?«

»Ich weiß es nicht. Er bekam einen Anruf und brach sofort auf. Er schien besorgt zu sein. Er sagte, wir sollten uns darauf vorbereiten, morgen früh aufzubrechen. Wir sind jetzt fertig hier.«

»Wohin gehen wir?«

»Das sagte er nicht. Haben Sie viel Geld?«

»Wozu?«

Sie lächelte zu ihm hoch. »Für ein teures Mittagessen. Ich habe Appetit auf Krustentiere. Die Signora hat ein gutes Restaurant empfohlen. Es ist nicht weit. Mag mein Mann Krustentiere?«

Er blickte auf sie hinab. Die Spitze ihres Kopfes reichte ihm bis zur Schulter. Trotz seiner Besorgnis über Heisls plötzliche Abreise begann etwas von ihrer Stimmung auf ihn überzugreifen.

»Das weiß ich eigentlich nicht. Ich habe immer nur Garnelen und Muscheln aus Konservendosen gegessen. Sie werden für mich bestellen müssen.«

Sie hatte seinen Arm losgelassen. Er griff nach ihr und nahm ihre Hand. Sie wandte sich um und blickte ihn rasch an. Er führte ihre Hand hoch und sagte leichthin: »Es ist ganz natürlich, daß ein jungverheiratetes Paar sich an den Händen hält. Sie müssen an die Rolle denken, die wir spielen.«

Sie nickte gehorsam. Die Haut ihrer Hand war ein wenig feucht. Er drückte sie leicht, doch sie reagierte nicht.

Sie nahmen einen Tisch in einer ruhigen Ecke. Ein Kellner bewegte sich auf sie zu, um für Ania den Stuhl vorzuziehen, doch Mirek kam ihm zuvor. Während sie sich setzte und ihren

Mantel aufzuknöpfen begann, beugte sich Mirek über sie und berührte ihren Nacken mit seinen Lippen. Er spürte, wie sie erstarrte. Der Kellner schaute beifällig. Während Mirek sich zu seinem Stuhl begab, sagte er: »Liebling, das erinnert mich an dieses wunderschöne Bistro in Taormina.«

Sie schaute verblüfft. Er lächelte sie an. »Erinnerst du dich nicht, Liebling? In unseren Flitterwochen. Ich glaube, es war die dritte Nacht. Ich erinnere mich noch, daß ich sehr erschöpft war.«

Er glaubte, sie würde erröten, aber er wurde enttäuscht.

»Ach ja, natürlich. Wir hatten Hummer. Du warst ganz erschöpft von dem vielen Schwimmen und zuviel Sonne. Du hast es wirklich übertrieben, Schatz.« Sie wandte sich an den Kellner. »Haben Sie Hummer?«

Er schüttelte bekümmert seinen Kopf und reichte ihr die Speisekarte. »Aber wir haben heute herrliche Riesenscampi, ganz frisch.«

Ohne Mirek zu fragen, bestellte sie Muscheln, gekocht in Weißwein und Knoblauch, anschließend Scampi, gegrillt mit einer Mayonnaise, und einen Salat. Sie bat den Kellner, ihr einen Wein zu empfehlen, und er schlug einen Soave vor. Mirek saß da, beobachtete sie und bewunderte ihre Haltung.

Er wußte, daß sie praktisch von Geburt an in einem Kloster gewesen war. Heisl hatte ihm erzählt, daß sie nur einige Wochen in der Welt draußen gewesen war, aber sie hatte die Ausstrahlung und das Selbstvertrauen einer erfahrenen Frau. Sie reichte dem Kellner lächelnd die Speisekarte und streifte dann den Regenmantel ab. Darunter trug sie eine dunkelblaue glatte Bluse und einen cremefarbenen Rock. Der Gesamteindruck war überwältigend. Ein Gedanke durchfuhr ihn. Er sagte: »Ihre Schönheit wird da drüben Aufmerksamkeit erregen.«

»Keine Sorge«, erwiderte sie. »Auch daran ist gedacht worden. Man hat mir beigebracht, was ich zu tun habe, um unauffällig auszusehen. Aber uns bleibt nur kurze Zeit, bevor wir aufbrechen ... und anschließend ... nach der Reise werde ich sofort ins Kloster zurückkehren ... deshalb dachte ich, daß ich einmal so aussehen wollte, wie ich aussehen würde ... wenn ich keine

Nonne geworden wäre.« Sie lächelte. »Etwas dagegen?«

Er schüttelte seinen Kopf. Sie trug nur einen Hauch von Lippenstift und vielleicht ein wenig Lidschatten; er war sich nicht sicher. Als er ihren Nacken geküßt hatte, hatte er kein Parfüm gerochen; nur den heftigen Duft ihrer Haut. Einen Augenblick lang erinnerte sie Mirek an seine Schwester. An die Zeit, als sie als Kinder zusammen gespielt hatten. Solche Gedanken waren lange unterdrückt gewesen. Jetzt war es eine bittersüße Erinnerung.

Die Muscheln wurden serviert. Mirek beugte sich sofort vor, um zu essen, verharrte aber, als sie ihren Kopf senkte und ein Gebet murmelte. Er lächelte und wartete. Sie hob ihren Kopf und erwiderte das Lächeln. Der Kellner öffnete den Wein und goß ein wenig in Mireks Glas. Er schüttelte seinen Kopf.

»Meine Frau wird ihn probieren. Sie ist die Expertin.«

Der Kellner lächelte leutselig und schob das Glas vor Ania hin.

Sie ergriff das Glas und hob es hoch, wobei sie den Wein langsam schwenkte. Dann führte sie das Glas zur Nase und inhalierte das Bukett. Schließlich nahm sie einen Schluck, runzelte die Stirn und schluckte. Sie nickte dem Kellner würdevoll zu, der daraufhin beide Gläser füllte. Nachdem er gegangen war, begann sie zu kichern. Mirek fragte: »Hat man Ihnen das auch beigebracht?«

»Nein, ich hab' einmal im Fernsehen gesehen, wie das jemand tat.« Sie ergriff das Glas und hielt es wieder ins Licht. »Es ist eine wundervolle Farbe. Es ist das erste Mal, daß ich Wein getrunken habe, der nicht geweiht ist... Ich gehöre einem strengen Orden an.«

»Schmeckt er Ihnen?«

Sie nippte wieder und nickte. »Ja, Mirek, ich glaube, weil er trocken ist. Unser heiliger Wein ist süß.« Sie lächelte. »Und vielleicht auch, weil es so ist, als würde man verbotene Früchte essen.«

Er hakte rasch an diesem Punkt ein. »Natürlich muß es in Ihrem Leben viele verbotene Früchte geben.« Er bemerkte, daß ein wachsamer Ausdruck in ihre Augen trat. »Wollen sie die alle probieren?«

»Nein. Ein oder zwei Glas Wein sind keine Sünde.« Sie nippte wieder und sagte nachdenklich: »Ich hoffe, Sie werden es mir nicht schwer machen.« Sie schaute in seine Augen. Er erwiderte den Blick und lächelte dann nur. Der Kellner brach das Schweigen, indem er die Scampi brachte.

Während des Essens berührte er sie nur einmal, als sie ihre Finger in die Wasserschale tauchte. Während sie sich berührten, beschloß er für sich, daß er ihren Körper kennen würde, bevor sie Moskau erreichten. Sie war die erste Frau in seinem Leben, von der er ganz sicher wußte, daß sie Jungfrau war. Dieses Wissen ließ seinen Atem rascher gehen.

Sie schien seine Gedanken nicht zu bemerken. Sie wollte Eiskrem. Der Kellner, der jetzt praktisch ihr Sklave war, schlug *tartufo* vor. Mirek verzichtete darauf.

Auf dem Teller sah das sehr unappetitlich aus. Ein runder, mit Schokolade überzogener Klumpen. Doch als sie ihren Löffel darein senkte und den ersten Happen probierte, war sie entzückt. Sie bestand darauf, daß Mirek es probierte, und führte einen Löffel davon an seine Lippen. Auch er fand den Geschmack faszinierend, und so aßen sie es gemeinsam auf, wobei jeder abwechselnd einen Löffel nahm.

Beim Kaffee verkündete sie, daß sie gern in die Uffizien gehen würde.

»Was ist das?« fragte Mirek.

»Eine der berühmtesten Gemäldegalerien Italiens. Ich habe gehört, daß es dort einige wundervolle Kunstwerke gibt ... Ich werde eine solche Gelegenheit wahrscheinlich nie wieder haben.«

Also gingen sie in die Uffizien. Mirek verstand nichts von Kunst und wußte das, was er sah, nicht zu schätzen, doch ihre Begeisterung war ansteckend. Sie schlossen sich einer Gruppe deutscher Touristen an und hörten zu, wie der Führer die Leonardos und Caravaggios erläuterte. Später gingen sie zu dem Haus zurück. Wieder nahm Mirek ihre Hand. Sie reagierte nicht darauf, entzog sie ihm aber auch nicht.

Am Abend fanden sie etwas Schinken und Salami im Kühlschrank und machten sich einen Salat. Sie aßen am Küchentisch. Mirek öffnete eine Flasche Wein, doch sie lehnte ab. Sie wirkte sehr in sich gekehrt.

Er fragte sie: »Ania, ist Ihnen aufgefallen, daß man auch ein anderes Leben führen kann? Daß die Mauern eines Klosters so wie die Mauern eines Gefängnisses sein können?«

Sie erhob sich, stapelte das schmutzige Geschirr und trug es zum Spülbecken. Als sie abzuwaschen begann, dachte er, er würde keine Antwort mehr bekommen. Doch dann sagte sie: »Ich war nie eingesperrt. Ich habe wissentlich diesen Weg gewählt. Ich bin glücklich gewesen. Natürlich wußte ich, daß das Leben draußen anders sein würde – und das ist es –, aber ich würde das nicht wollen. Ja, es ist interessant, es zu sehen, es ist gerade so, als würde man sich auf einem anderen Planeten bewegen. Aber ich sage Ihnen, ich werde glücklich sein, wenn dies alles vorbei ist und ich wieder meiner Berufung folgen kann ... und meinen Gelübden.«

Er versuchte, sich etwas anderes einfallen zu lassen, um nachzuhaken, aber sie wandte sich um, trocknete ihre Hände ab und sagte: »Ich werde jetzt zu Bett gehen. Ich habe diesen Tag genossen, Mirek ... dafür möchte ich Ihnen danken.«

Er schob seinen Stuhl zurück. »Mir ging es ebenso. Und ich habe einiges gelernt.«

Als sie zur Tür ging, sagte er mit einer Spur von Sarkasmus: »Gibst du deinem Ehemann keinen Gutenachtkuß?«

Sie wandte sich in der Tür um und antwortete ihm mit ihrer heiseren Stimme: »Nein. Ich bin mit meinem Gott verheiratet. Ich habe mein Kruzifix in meinem Zimmer. Ich werde es küssen, bevor ich mich schlafen lege.«

Er ging in den Salon und entdeckte in einem Schrank eine Flasche billigen Brandy. Er brannte in der Kehle, aber Mirek trank ein halbes Glas, bis er das Geräusch eines Autos hörte und dann das Schlagen der Tür.

Pater Heisl sah müde aus. Als Mirek dieses Mal die Flasche hochhob, nickte er zustimmend.

»Ein mieses Zeug«, warnte Mirek.

»Egal. Es wird mir den Staub aus der Kehle spülen.«

Während er dem Pater das Glas reichte, fragte Mirek: »Was

ist passiert?«

Heisl hustete, nachdem er von dem Brandy getrunken hatte. »Wie ist Ihre Prüfung verlaufen?«

»Offensichtlich habe ich bestanden.«

Heisl nahm noch einen Schluck Brandy und schnitt eine Grimasse. »Gut. Morgen werden Sie und Ania nach Wien reisen. Übermorgen fahren Sie in die Tschechoslowakei. Ihre Reise beginnt.«

»Schön. Was ist geschehen, daß Sie so plötzlich nach Rom mußten?«

Pater Heisl seufzte. »Nur die Bestätigung schlechter Nachrichten. Offensichtlich hat Menninis Beichtvater die Information weitergereicht. Jetzt weiß der KGB, daß Sie kommen. In der vergangenen Nacht haben sie die Grenzen hermetisch abgeriegelt. Ihre Kontrollen sind übergenau. An den Grenzen gibt es lange Schlangen.«

Er hielt sein Glas hin; Mirek schenkte ihm zwei Finger hoch Brandy ein und sagte: »Aber das hatten Sie doch erwartet.«

»Ja, aber sie reagieren mit nie dagewesener Härte. Wir haben erfahren, daß sie viele unserer Leute im Osten festgenommen haben, in Polen, Ungarn, der Tschechoslowakei und in Rußland selber ... massenweise.«

Er trank aus und massierte seine Stirn. Mirek sagte: »Auch damit mußte gerechnet werden.«

Heisl grunzte erbittert.

»Ja, Mirek, aber nicht in diesem Ausmaß. Mehrere wurden in ihren Wohnungen verprügelt, bevor sie fortgeschafft wurden – sogar in Polen. Ich bete für sie.«

»In diesem Fall«, sagte Mirek nachdenklich, »stehen der KGB und vor allem Andropow kurz vor einer Panik ... sie nehmen mich ernst. Ist meine Reiseroute auch gefährdet?«

»Nein.« Heisl trank seinen Brandy aus und setzte das leere Glas heftig auf dem Tisch ab. »Aber wir glauben, daß einer unserer anderen Kanäle zerstört worden ist und ein weiterer gefährdet ist.«

»Das könnte helfen«, antwortete Mirek. »Das könnte die Aufmerksamkeit ablenken.«

»Ja«, stimmte Heisl mit einem Seufzer zu. »Um den Preis, daß es viele Leiden gibt. Sie wissen, wozu der KGB imstande ist, wenn er nicht weiter weiß.«

»Worauf Sie sich verlassen können«, sagte Mirek grimmig. »Und das erinnert mich an etwas. Ich will eine Waffe – eine Pistole.«

Heisls Antwort war entschieden. »Vergessen Sie das, Mirek. Dem würde der Schinken-Priester nie zustimmen. Er ist absolut dagegen.«

Mirek schenkte sich noch etwas Brandy ein. Über den Glasrand hinweg schaute er den Priester an.

»Pater, Sie werden ihm sagen, daß ich nicht einer seiner gewöhnlichen Arbeiter bin – und das ist auch Ania nicht. Gut, sie haben da drüben ein paar Leute festgenommen. Sie werden grob behandelt, einige werden wahrscheinlich in den Gulag gehen, aber wenn die mich je erwischen sollten, würde ich es vorziehen, früh zu sterben – und das durch meine eigene Hand. Lieber fahre ich gleich zur Hölle, als ein paar Monate Einführung dorthin zu erleben ... Und das Mädchen. Ich weiß nicht, wie gut Ihr Vorstellungsvermögen ist, aber versuchen Sie sich einmal vorzustellen, was mit ihr geschehen wird. Sie wird wahrscheinlich im Himmel enden, aber sie wird durch die Hölle gehen müssen, um dorthin zu gelangen. Wenn sie uns fassen, wird die erste Kugel für sie sein, die zweite für mich.«

Heisl sah sehr unglücklich aus. Er griff nach seinem Glas. Mirek schenkte ihm den letzten Rest Brandy ein. Der Priester nippte und sagte: »Der Schinken-Priester wird das nicht dulden. Und außerdem ist es zu spät. Ich werde keine Gelegenheit haben, ihn zu sehen oder mit ihm zu sprechen, bevor Sie aufbrechen.«

Mirek kicherte sarkastisch. »Sie wollen mich zum Narren halten. Sie kennen Ihren Schinken-Priester besser als ich, aber ich weiß, daß er morgen in Wien sein wird. Es ist unmöglich, daß er dem Beginn dieser Operation fernbleibt. Er wird bestimmt in Wien sein, in einer seiner Verkleidungen. Sie werden ihm sagen, daß ich ohne Pistole nicht gehe.«

»Das ist Erpressung.«

»Nein. Das ist eine Versicherung. Für mich und das Mädchen.«

Verzweifelt sagte Heisl: »Wo soll ich denn eine Pistole auftreiben?«

Mirek brach in verächtliches Gelächter aus.

»Sie können mich in das berüchtigste Terroristenlager schaffen und dann in Wien nicht einmal eine kleine Pistole auftreiben?« Er stieß den Priester gegen die Brust. »Heisl, wenn Sie wollten, dann könnten Sie eine ganze Batterie von Feldartillerie komplett mit Laserzielsuchgeräten beschaffen. Alles, was ich will, ist eine Pistole.«

Heisl zuckte die Schultern. »Ich werde darüber nachdenken.«

Mirek war zufrieden. Sein Glas war leer, doch er stieß mit Heisl an, dessen Glas noch fast voll war. Das scharfe Klingen hallte im Zimmer wider.

»Eine Pistole mit Reservemagazin. Gute Nacht, Pater.«

Nachdem er das Zimmer verlassen hatte, ging Pater Heisl zum Fenster und schaute düster hinaus. Er fragte sich, warum sein Schinken-Priester sich überhaupt in diese Sache hatte hereinziehen lassen. Er war tief besorgt, was die Moral der ganzen Operation anbelangte, ganz zu schweigen von der Rolle, die er selbst dabei spielte – und ganz zu schweigen von der schrecklichen Gefahr, der sie die junge Nonne aussetzten. Um Mireks Schicksal machte er sich keine Sorgen.

Kapitel 11

Oberst Oleg Zimiatin hielt sich in erster Linie für einen Mann, der fähig war, komplizierte Rätsel zu lösen. Er hatte einen ausgezeichneten Verstand dafür. Er war Meister im Lösen von Kreuzworträtseln und ein gefürchteter, sehr phantasievoller Schachspieler. Dieses Rätsel ging er mit der Leidenschaft eines Süchtigen an, unterstützt von drei assistierenden Süchtigen und dem hochentwickeltsten Computerzentrum der Sowjetunion.

Die drei Assistenten saßen ihm an drei Schreibtischen gegenüber, die in einer Reihe aufgestellt waren; er selbst saß am anderen Ende des weitläufigen Raumes. Zamiatin war von der

Großraumbüro-Theorie überzeugt. Er konnte das Arbeitspensum seiner Assistenten überwachen und ihnen zugleich Fragen stellen.

Der Ryad-R 400-Computer und seine Terminals waren im Tiefgeschoß untergebracht. Zamiatin war mit seiner neuen Organisation und den Räumlichkeiten zufrieden. Sie befanden sich in der Dzershinky-Straße, allerdings nicht im Gebäude des KGB-Hauptquartiers, sondern in einem benachbarten Gebäude, das neben dem Warenhaus Detsky Mir – ›Kinderwelt‹ – lag, wo alles von der Babykleidung bis zu Sportgeräten verkauft wurde. Die Ironie, die in dieser Konstellation lag, nahm er nicht wahr.

Da der Generalsekretär dieser Sache höchste Priorität eingeräumt hatte, war die sofortige Kooperation auf allen Ebenen der Sowjetmacht möglich geworden. Zamiatin war in der Lage, jede beliebige Person und jeden Ausrüstungsgegenstand anzufordern, ohne daß Fragen gestellt wurden. An einer Wand seines großen Büros befand sich eine gigantische elektronische Landkarte der europäischen UdSSR und ihrer Nachbarn. Unterschiedlich gefärbte Lampen markierten sämtliche Grenzübergänge, nach ihrer Wichtigkeit und der Häufigkeit der Benutzung geordnet. Im Informationszentrum nebenan, in dem ein Dutzend Experten arbeitete, wurden alle ein- und ausgehenden Informationen erfaßt und in den Computer eingegeben. All dies war innerhalb von vier Tagen installiert worden. Zamiatin hatte einen dieser Tage in Rom verbracht und eine vertrauliche Unterredung mit den früheren KGB-Offizieren der Dienststelle der Stadt gehabt. Er hatte ihre Pläne für die Infiltration des Vatikan gelesen und überprüft, hatte kritisiert und gelobt. Er billigte die Risiken einer Entdeckung, die in Kauf genommen werden mußten. Das mochte ein paar Ausweisungen zur Folge haben, doch diese Konsequenzen würden durch das zu erwartende Ergebnis aufgewogen. Bevor er die Nachtmaschine bestieg, war er selbst zum Vatikan gefahren.

Es war ein kühler Abend gewesen, doch die Witterung war nicht mit Moskau zu vergleichen. Seinen Mantel hatte er angelassen. Er war wie jeder andere Tourist herumgelaufen. Am Petersplatz hatte er dagestanden und zu den erleuchteten Fenstern der

Wohnräume des Papstes hochgeschaut. Er überlegte, ob sich der Papst hinter einem davon befand.

Ein älteres amerikanisches Ehepaar stand dicht neben ihm. Ehrfurchtsvoll sagte die Frau zu ihrem Mann: »Glaubst du, daß er gerade ißt, Liebling?«

Der Mann trug einen grellkarierten Mantel und einen bayerischen Hut mit einer grünen Feder im Hutband. »Nein«, erwiderte er, »es ist zu früh. Wahrscheinlich betet er oder so.«

Wäre auch besser, dachte Zamiatin, drehte sich auf dem Absatz um und ging rasch zu seinem Wagen zurück.

Die drei Männer, die ihm gegenüber an den Schreibtischen saßen, waren alle Majore und Anfang oder Mitte Dreißig. Sie waren die besten jungen Analytiker des KGB, mehr Akademiker als Geheimagenten. Zu Zamiatins Befriedigung waren sie alle sofort von anderen hochwichtigen Arbeiten abgezogen worden. Seit nunmehr drei Tagen hatten sie sich durch die Flut von Informationen gearbeitet, die hereinströmte, vierundzwanzig Stunden täglich. Sie arbeiteten fast ausschließlich schweigend und berieten sich nur gelegentlich mit gedämpften Stimmen. Sie wandten sich an Zamiatin nur dann, wenn sie glaubten, etwas Wichtiges entdeckt zu haben.

Bisher war dank der dramatischen Verschärfung der Grenzkontrollen eine Reihe Krimineller festgenommen worden. Mehrere Schmuggler, die Drogen, religiöse Schriften und Pornographie ins Land schaffen wollten oder illegal Ikonen und andere Kunstwerke ausführen wollten. Ein erwarteter Kurier des britischen MI 6 war gefaßt worden. Dazu hatten sie vier Dissidenten verhaftet, die versuchten, mit falschen Papieren die Grenze nach Finnland zu überqueren. Insgesamt ein guter Fischzug, aber nichts, was mit dem ›Gesandten des *Papa*‹ zu tun hatte. Natürlich hatte der Fremdenverkehrsminister wegen des Chaos und der dadurch verursachten Unruhe heftig protestiert, doch ein Telefonanruf von Andropow hatte ihn zum Schweigen gebracht.

Zamiatin hatte bereits seinen ersten Achtundvierzig-Stunden-Bericht an den Generalsekretär übergeben. Dieser hatte eine Zusammenfassung aller von Zamiatin ergriffenen Maßnahmen enthalten. Jetzt arbeitete er an seinem zweiten Bericht. Zu gerne hätte er etwas Bedeutsames hineingeschrieben, doch es war noch zu früh, und sicher würde Andropow das verstehen, so ungeduldig er auch auf konkrete Neuigkeiten warten mochte.

Im Hintergrund hörte er die ruhigen Stimmen von zwei Majoren, die sich berieten. Dann rief einer von ihnen: »Genosse Oberst Zamiatin.«

Zamiatin blickte auf. Es war der jüngste und vielleicht intelligenteste, Boris Gudow. Er sah immer ein wenig schäbig aus und hatte einen strengen Körpergeruch, aber einen messerscharfen Verstand. Seine gewöhnlich etwas schläfrigen Augen waren jetzt lebhaft.

»Was ist?«

Gudow blickte auf Major Jwanow zu seiner Rechten und sagte dann zuversichtlich: »Vor vier Tagen wurde der Befehl erteilt, einige unserer ›ruhenden‹ Agenten in westlichen Geheimdiensten zu aktivieren.«

»Ja«, sagte Zamiatin, der sich der Aufregung erinnerte, die das unter gewissen führenden KGB-Offizieren verursacht hatte.

»Sie erinnern sich an den Agenten des deutschen BND mit dem Decknamen ›Mistral‹?«

»Natürlich.« Zamiatin erinnerte sich nur zu gut. »›Mistral‹ wurde bereits '63 in den BND eingeschleust, lange vor der Säuberungsaktion, die dem Guillaume-Skandal folgte. Er hat die Säuberungsaktion überlebt und ist ständig aufgestiegen, bis er eine führende Position erreicht hatte. Jetzt ist er strategischer Direktor. Selbst in dieser Position hat man ihn nicht aktiviert, in der Hoffnung, daß er eines Tages Chef des ganzen Dienstes werden würde. Nur Andropows Angst um sein eigenes Leben hat seine Aktivierung beschleunigt.«

»Also«, sagte Gudow, »er und die anderen hatten Befehl, nur bei wichtigen Staatsangelegenheiten zu berichten ... und über Dinge, die den Vatikan, die katholische Kirche und ihren Geheimdienst betreffen.«

»Und?«

»›Mistral‹ hat gestern mit seinem Verbindungsmann in Bonn Kontakt aufgenommen. Er hat diese Akte weitergegeben, die ein geheimdienstliches ›Geschenk‹ eines dritten Grades enthält. Darin befinden sich Porträts von vierundzwanzig Schülern und sieben Ausbildern des Terroristenlagers Ibn Awad in der libyschen Wüste, die am zweiundzwanzigsten letzten Monats dort waren.«

»Weiter«, sagte Zamiatin. Er war nicht ungeduldig, aber er spürte eine prickelnde Vorahnung. Gudow sprach mit präziser Modulation. Die beiden anderen Majore beobachteten ihn.

»Nun, Oberst, normalerweise wäre das wenig bedeutsam. Alle westlichen Geheimdienste, besonders der CIA und der Mossad, verwenden viel Zeit darauf, die Sicherheitsvorkehrungen dieser Lager zu durchbrechen. Aber dieses Geschenk kam von keinem von ihnen ...« Er machte eine Pause.

Jetzt war Zamiatin ungeduldig. Scharf sagte er: »Von wem kommt es dann?«

Gudow lächelte. »Vom Hilfsfond der Kirche für den Eisernen Vorhang.«

Zamiatin runzelte die Stirn und dann, als er sich die eigentliche Bedeutung dieser Information vergegenwärtigt hatte, lächelte auch er.

»Ah. Unser Freund, der Schinken-Priester ... bringen Sie es her.«

Der Major nahm die Akte und brachte sie herüber. Die beiden anderen Majore beobachteten Zamiatin. Er winkte, und sie kamen zu ihm, drängten sich um seinen Schreibtisch.

Langsam drehte Zamiatin die Seiten der Akte um. Auf jeder Seite befanden sich zwei Tuschzeichnungen von den Köpfen eines Mannes oder einer Frau. Jeweils eine Vorderansicht und ein Profil.

Unter den Zeichnungen befanden sich Beschreibungen. Während seine Assistenten Zamiatin über die Schulter schauten, stieß er auf die Zeichnung eines jungen, hübschen asiatischen Mädchens. Major Gudow deutete auf einen Satz am Ende der schriftlichen Beschreibung. Er lautete: »Sexuelle Promiskuität, die an Nymphomanie grenzt.«

»So«, murmelte Zamiatin. »Der Verfasser dieses Werks hat also ein wenig mehr getan, als sich nur in diesem Lager ausbilden zu lassen.«

Gudow nickte. »Das ganz sicher. Da kommt noch mehr.«

Fünf Seiten später betrachteten sie Leilas strenges, attraktives Gesicht. Wieder deutete Gudow auf den letzten Satz. Er lautete: »Sexuell aktiv. Sadomasochistische Tendenzen.«

Einer der Majore grinste und sagte: »Wie komme ich dahin?«

Sie alle lachten, einschließlich Zamiatin, der Stolz und Erleichterung spürte.

»Sie nicht«, sagte er. Er deutete mit dem Daumen auf Gudow. »Aber Boris wird dorthin fliegen, und das sehr schnell. Setzen Sie sich.«

Sie gingen zurück an ihre Schreibtische, setzten sich und warteten geduldig. Zamiatin drehte die letzten Seiten der Akte um und saß dann für einige Minuten schweigend und in Gedanken versunken da. Schließlich hob er seinen Kopf und sprach mit munterer Autorität.

»Major Gudow, Sie werden jetzt nach Hause gehen, Zivilkleidung anlegen, ihre Tasche packen und sich nach Lublin zum Militärflughafen begeben. Dort steht eine Militärmaschine bereit, die Sie nach Libyen bringen wird. Dort werden Sie sich mit einem führenden Offizier des libyschen Geheimdienstes treffen, der Sie im Hubschrauber zum Lager Ibn Awad begleiten wird. Angeblich fotografieren sie die Auszubildenden dort nicht, aber Sie können sich darauf verlassen, daß sie das heimlich tun. Sie werden diese Fotografien bekommen und sie mit den Zeichnungen in dieser Akte vergleichen. Sicherlich wird es noch eine weitere geben. Das ist unser Mann ... oder unsere Frau. Voraussichtlich wird es ein Mann sein, außer der ›Gesandte des *Papa*‹ wäre eine Lesbierin.« Niemand lächelte; sein Gesichtsausdruck und der Klang seiner Stimme beugten dem vor. »Sie werden alle Ausbilder und alle Schüler in diesem Lager befragen, die bis zum zweiundzwanzigsten des letzten Monats dort waren. Besonders dieses Philippino-Mädchen und die Ausbilderin Leila. Sie werden all dies innerhalb von zwölf Stunden erledigen. Um zehn Uhr morgen abend möchte ich Ihren Bericht auf meinem Schreibtisch haben. Versuchen Sie, auf dem Hin- und Rückflug zu schlafen. Enttäuschen Sie mich nicht. Und jetzt gehen Sie.«

Major Gudow stand auf, salutierte schneidig und ging zur Tür.

Zamiatins Stimme stoppte ihn. Er hielt ihm die Akte hin.
»Das werden Sie brauchen.«

Gudow kam mit betroffenem Gesicht zurück. Zamiatin war nicht wütend. Er wußte, daß große Geister oft geistesabwesend waren. Er ignorierte Gudow, der sich jetzt endgültig zurückzog, und sagte zu einem der anderen Majore: »Genosse Major Worintzew, Sie werden die Vorbereitungen für den Transport treffen und Verbindung mit dem libyschen Geheimdienst über unseren Vertreter in Tripoli aufnehmen. Geben Sie die Spezial-Befehle.«

»Ja, Genosse Oberst.« Worintzew griff nach einem der Telefone auf seinem Schreibtisch.

Zamiatin schaute auf den verbliebenen Major, der erwartungsvoll wartete. Schließlich sagte Zamiatin: »Major Jwanow, Sie werden für uns alle Tee bestellen!«

Jwanow grinste und griff zum Telefon. Nachdem er die Bestellung aufgegeben und den Hörer aufgelegt hatte, sagte er: »Wie, um alles in der Welt, hat der Schinken-Priester einen Mann dorthin schaffen können?«

Zamiatin seufzte: »Wir werden versuchen, das herauszufinden, aber ich fürchte, wir geraten dabei in eine Sackgasse. Diesen verdammten Geistlichen sollte man nie unterschätzen –« Er holte tief Luft und griff nach seinem Filzstift. »Aber jetzt sind wir ihm auf der Spur.«

Er schrieb an den unteren Rand seines Berichtes an den Generalsekretär: »Es besteht die Möglichkeit eines Durchbruchs bei der Feststellung der Identität des Attentäters, und die Chance, eine detaillierte Personenbeschreibung zu erhalten. Ich rechne damit, daß diese rechtzeitig für meinen nächsten Bericht vorliegt.«

Erzbischof Mario Versano fühlte sich unbehaglich. Der Sessel war angenehm, aber die Situation war alles andere.

Sanft wiederholte der Papst: »Was geht eigentlich vor, Mario?«

Der Erzbischof schüttelte voller Verwirrung seinen Kopf. »Ich weiß es wirklich nicht, Eure Heiligkeit. Außer daß dies alles ein wenig befremdlich ist.«

»Sehr befremdlich«, sagte der Papst. Er erhob sich, schritt zu seinem Schreibtisch und ergriff ein Stück Papier. »Uns liegt ein Bericht von Kardinal Glemp aus Warschau vor. Der SB schlägt überall auf direkte Anweisung Moskaus zu. Wir haben bereits protestiert, aber ohne Erfolg. Überall im Ostblock wird verhaftet. Sie scheinen sich um die Weltmeinung überhaupt nicht zu kümmern. Hunderte unserer Leute sind bereits festgenommen worden. Das hat es schon seit geraumer Zeit nicht mehr gegeben.« Er ließ das Blatt Papier fallen und nahm ein anderes. »Ciban berichtet Unserem Sekretär, daß an den vergangenen beiden Tagen drei Versuche unternommen worden sind, Arbeiter im Vatikan zu bestechen, Abhörgeräte zu installieren. Glücklicherweise haben sich diese guten Menschen sofort an ihn gewandt. Er hat die Spionageabwehr informiert, und die hat einen vorbestraften Italiener verhaftet, der, wie man glaubt, Verbindungen zum KGB hat. Gleichzeitig haben sie uns darüber informiert, daß es eine erheblich verstärkte KGB-Aktivität in der Stadt gibt. Ciban ist um Unsere Sicherheit besorgt. Es gibt mysteriöse Drohungen gegen Unser Leben, die vermutlich von den Roten Brigaden kommen. Er möchte, daß Wir von Unserem Besuch morgen in Mailand absehen.«

»Werden Sie das?« fragte Versano.

Der Papst ließ das Papier auf den Schreibtisch fallen, ging zurück zu seinem Sessel und setzte sich bedrückt hin.

»Wir werden von nichts absehen. Glauben Sie, daß Andropow dahintersteckt? Glauben Sie, daß er versuchen wird, Uns hier zu töten ... im Vatikan ... in Italien?«

»Nein, Eure Heiligkeit.«

»Was geht dann vor?«

Versano schlug seine langen Beine übereinander, rückte auf die Kante seines Stuhls. Er versuchte weiterzudenken, suchte nach einem Weg. Er sagte zögernd: »Eure Heiligkeit, natürlich höre ich viele Dinge. Ich glaube, daß es hier viele Falschinformationen gibt. Ich glaube, daß einige Leute mit Vorwänden manövrieren.«

»Erklären Sie das.«

Versano nickte nachdrücklich. »Ja, wahrscheinlich ist es das. Eure Heiligkeit, Sie wissen, daß der italienische Geheimdienst immer schon Verbindung mit gewissen Kreisen des Vatikans hatte. Nach der Enthüllung des P 2 wurde das offensichtlich.«

Der Papst seufzte. »Ja, aber Wir haben versucht, das einzugrenzen.«

»Dennoch, Eure Heiligkeit, ist es sehr wahrscheinlich, daß Kreise im Vatikan von der neuerlichen Bedrohung Ihres Lebens durch den KGB erfahren haben ... durch Andropow ... und einige von ihnen sind Hitzköpfe. Vielleicht haben sie ein wenig zuviel geredet.«

Der Papst blieb verwirrt.

»Was meinen Sie damit?«

Versano steigerte sich in das Thema hinein.

»Nun, sie könnten über Vergeltung gesprochen haben.« Er machte eine Pause. Ungläubiges Schweigen folgte seinen Worten. Schließlich fuhr er fort: »Natürlich haben Sie nur davon *gesprochen*. Sie verehren Eure Heiligkeit in höchstem Maße und würden über diese neuerliche Bedrohung Ihres Lebens entsetzt sein, sie als Bedrohung unserer ganzen geliebten Kirche betrachten. Ich gestehe, Eure Heiligkeit, daß meine Reaktion ein sehr großer Zorn war. Natürlich müssen wir in solchen Augenblicken unseren Zorn unter Kontrolle bekommen, doch dazu sind einige von uns besser imstande als andere.«

Der Papst verstand allmählich, was gemeint war.

»Wissen Sie mehr als das, Mario? Wer könnte daran beteiligt sein? Nach der Reaktion in Polen zu urteilen, vermuten wir, daß Pater Van Burgh etwas damit zu tun haben könnte. Ciban sagt uns, daß das Russico einer der Orte war, in denen versucht wurde, Abhöranlagen zu installieren. Wir haben versucht, Van Burgh ausfindig zu machen, aber man hat Uns gesagt, er sei in einer Hilfsmission im Osten unterwegs.«

Versano zuckte die Schultern. »Das ist ziemlich wahrscheinlich, Eure Heiligkeit. Das ist seine Arbeit.«

Der Papst nickte. »Ja, Gott segne seine Seele. Aber wir sollten auch daran denken, daß er ein Priester ist, der gern seinen eigenen Weg geht. Als Wir noch Erzbischof von Krakau waren, tat er oft Dinge, von denen Wir erst später erfuhren.«

Besänftigend sagte Versano: »Ich werde mich aufmerksam umhören, Eure Heiligkeit, und berichten, wenn ich etwas entdecke. Ich werde auch herausfinden, was Pater Van Burgh im Moment tut und wann er aus dem Osten zurückkommt. Ich denke, es ist besser, Sie überlassen das mir ... Eure Heiligkeit hat im Augenblick genug andere Sorgen.«

Johannes Paul grunzte zustimmend, rieb seinen Kiefer und sagte traurig: »Es war ein schwerer Schlag, Kardinal Mennini zu verlieren. Wir beten jeden Tag für seine Seele. Er hatte gerade damit begonnen, den Orden zu reorganisieren und in Ordnung zu bringen. Das ist ein großer Verlust für Uns ...« Er seufzte. »Und nun hat man Uns darüber informiert, daß Kardinal Bascones der aussichtsreichste Kandidat für die Nachfolge ist.« Mit einer Geste der Verzweiflung streckte er beide Hände aus. »Er wird den Orden wieder radikalisieren – Wir müßten vielleicht intervenieren, aber Wir sind nicht geneigt, das zu tun. Es würde eine noch größere Polarisation der Kräfte innerhalb des Ordens geben ... innerhalb der ganzen Kirche.«

Wieder beschwichtigte Versano. Er war froh, daß über das andere Thema nicht mehr gesprochen wurde.

»Eure Heiligkeit, ich glaube, Sie brauchen sich im Augenblick keine Sorgen machen. Ich selbst habe die Information, daß Bascones nur als Außenseiter ins Rennen geht.«

»Wir hoffen, daß Sie recht haben.« Die Schwermut wich vom Gesicht des Papstes, und er lächelte den Erzbischof an. »Mario, wie sehr Wir doch wünschten, daß Sie Uns nach Mailand begleiteten. Wir vermissen Sie auf diesen Reisen, wenn Sie nicht an Unserer Seite sind.«

Versano lächelte verzerrt. »Ich vermisse Sie ebenfalls, Eure Heiligkeit. Ich hoffe, die Angelegenheit wird bald geklärt sein ... Ich bin entschlossen, in Fernost an Ihrer Seite zu sein.«

Der Papst stand auf. »Nichts würde Uns mehr Freude bereiten. Inzwischen, Mario, verlassen Wir uns darauf, daß Sie Uns wissen lassen, wenn Sie mehr über diese andere Angelegenheit erfahren. Es beunruhigt Uns.« Er seufzte wieder. »Wußten Sie, daß beim Tode des armen Kardinal Mennini entdeckt wurde, daß er ein härenes Hemd trug? Seine Buße muß ihm Pein verursacht haben.«

Versano schüttelte seinen Kopf. »Aber ich bin nicht überrascht,

Eure Heiligkeit. Er war ein Mann mit einer Seele von unendlicher Lauterkeit. Auch ich bete für ihn.«

Er hatte sich zu seiner vollen Größe aufgerichtet und blickte auf seinen Pontifex. Mit einem beruhigenden Lächeln sagte er: »In der anderen Angelegenheit können Sie sich auf mich verlassen.«

Der Papst lächelte und hob seine Hand. Der Erzbischof beugte sich darüber und küßte weich den Ring.

Frank breitete sämtliche Fotos im Paßbildformat auf dem Schreibtisch aus. Einige waren scharf, andere weniger. Keines war gestellt. Major Gudow, der ein blaßblaues kurzärmliges Hemd und schlecht geschnittene neue Jeans trug, öffnete seine Akte und beugte sich über den Schreibtisch. Hinter ihm stand der Leiter der KGB-Dienststelle von Tripoli, der einen Safarianzug trug und besorgt aussah. Neben ihm befand sich Hassan in einem Burnus. Er war der zuständige Abteilungsleiter des Libyschen Geheimdienstes. Er schaute verdrossen drein. Gudow repräsentierte den Großen Bruder. Deshalb mußte er respektiert werden, aber der Libyer mochte seine herrische Art nicht.

Rasch verglich Gudow die Fotos mit den Zeichnungen. Frank half ihm dabei. Offensichtlich hatte er ein geschultes Auge. Es dauerte zehn Minuten. Langsam zog Gudow das einzige Foto, das übriggeblieben war, zu sich heran und blickte auf das Halbprofil von Mirek Scibor. Hinter ihm lächelte Frank und sagte: »Wenn das Ihre Pflanze ist – sie hat nie geschwankt. Nie eine Frage gestellt. Niemals auch nur den leisesten Verdacht geweckt.«

Gudow grunzte ungeduldig. »Geben Sie mir seine Akte.«

Frank ging zu einem stählernen Aktenschrank, öffnete eine Tür, sah einige Akten durch und zog dann eine heraus. Als er sie dem Russen überreichte, spiegelte sich noch immer ein leises Lächeln auf seinem Gesicht. Gudow schaute auf den Namen, der mit einem Filzschreiber auf den Deckel geschrieben war: ›Werner‹. »Ist er Deutscher?« fragte er.

Frank schüttelte seinen Kopf. »Er sprach ausgezeichnet Deutsch mit einem Akzent. Auch Englisch. Ich würde sagen, er ist Osteuropäer; Tscheche oder Pole ... Er könnte sogar Russe sein.«

Mit einem ungläubigen Schnaufen wandte sich Gudow an Hassan und fragte scharf: »Von wo kam er?«

Hassan sagte fest: »Um das zu beantworten, brauche ich die Erlaubnis meines Vorgesetzten ... oder sogar die des Oberst selbst.«

Gudow explodierte. Zwei Minuten lang beschimpfte er den Araber schreiend. Als er fertig war, rann Speichel über sein Kinn. Hassan hatte sich an die Wand zurückgezogen und war von dem Wortschwall sichtlich mitgenommen. Sein Gesicht war in einer Mischung aus Schock und Angst erstarrt. Gudow zog ein Taschentuch heraus und wischte sein Kinn ab, dann sagte er, jedes Wort betonend: »Ihr Vorgesetzter hat Ihnen gesagt, daß Sie mir jede erdenkliche Unterstützung zu geben hätten. Entweder sagen Sie mir jetzt, was ich wissen will, oder Sie sind bei Sonnenuntergang ein toter Mann.«

Ohne sich zu bewegen und wie ein Roboter sprechend, sagte Hassan: »Er ist über Triest gekommen. Per Schiff auf der *SS Lydia* – unter zypriotischer Flagge, in Limassol registriert – nach Tripoli.«

»Wer hat ihn geschickt?« bellte Gudow.

Hassan brachte ein Schulterzucken zustande. »Uns wurde gesagt, die deutsche Rote Armee Fraktion.«

»Haben Sie einen Beweis dafür?«

»Nein. Sie wissen doch, wie unser System funktioniert. Hier werden keine Fragen gestellt. Wir bilden alle möglichen Leute aus, Vertreter aller Ideologien. Das einzige, was sie verbindet, ist wahlloser Terror.« Seine Stimme wurde etwas fester, und er wiederholte: »Sie wissen, wie das System funktioniert. Der KGB hat es entwickelt ... für dieses Lager und die anderen.«

Gudow seufzte und fragte: »Wo ist dieses Schiff jetzt?«

Hassan überlegte einen Augenblick und antwortete dann: »Es verkehrt regelmäßig zwischen Limassol, Triest und Tripoli – in ein paar Tagen mußte es in Tripoli sein.«

Gudow wandte sich an den Stationsleiter des KGB. »Lagowsky, ich wünsche, daß die Mannschaft verhört wird. Das machen Sie persönlich. Jede Einzelheit, die sie über den Mann wissen. Ich wünsche, daß diese Information vierundzwanzig

Stunden nach dem Einlaufen des Schiffes in Moskau ist.«

Lagowsky neigte den Kopf. »Ja, Major.«

Vom Dienstgrad her war er Gudows Vorgesetzter, doch die Nachricht, mit welcher die Ankunft des Majors angekündigt worden war, hatte keinen Zweifel daran gelassen, wer hier die Befehlsgewalt besaß.

»Und der Absender in Triest«, fuhr Gudow fort, »muß aufgespürt und verhört werden. Lassen Sie sich die Information von Hassan geben und benachrichtigen Sie Rom. Sie werden mir direkt nach Moskau berichten.«

»Ja, Major.«

Zum erstenmal öffnete Gudow die Akte. Sie enthielt Berichte über ›Werner‹ von allen Ausbildern. Gudow las sie schnell, blätterte die Seiten durch. Der Bericht von Frank, dem Chefausbilder, befand sich am Ende. Der schaute mit demselben feinen Lächeln zu, wie der Russe seine Abschlußbeurteilung las.

»Dieser Mann war entschlossen, sich im Training alles anzueignen, und er war in jedem Bereich hervorragend. Beim Verlassen des Lagers war er in körperlicher Bestform. Geistig und physisch ist er der perfekte Attentäter.«

Gudow schaute fragend zu ihm auf. Frank sagte ruhig: »Er ist der Beste, den ich je ausgebildet habe. Der Beste, den ich je gesehen habe. Er ist tödlich.«

Gudow wandte sich dem Tisch zu und deutete auf die Fotografien.

»Wie viele dieser Leute sind noch im Lager?«

Rasch sortierte Frank die Fotos und stapelte einige davon auf einer Seite. Schließlich blieben zwölf übrig. Gudow schaute sie durch.

»Die Philippinos sind fort?«

»Seit vier Tagen.«

»Pech.« Er wandte sich an Lagowsky und deutete auf Hassan. »Versuchen Sie sie aufzuspüren. Offensichtlich hat unser Mann sexuelle Beziehungen zu einer der Frauen unterhalten. Ich möchte sie verhören.« Er blickte auf seine Armbanduhr und runzelte die Stirn. An Frank gewandt sagte er: »Ich werde diesen Raum dazu benutzen, die betreffenden Personen zu verhören.

Zunächst die Schüler, nacheinander, dann die Ausbilder. Sie kommen zum Schluß dran, nach Leila.«

Er winkte mit der Hand, um anzudeuten, daß sie gehen könnten, und sie wandten sich zur Tür. Frank sagte über die Schulter: »Möchten Sie Kaffee, Major?«

»Nein.« Gudow zögerte. »Haben Sie Coca Cola?«

Frank grinste. »Na klar.«

»Schicken Sie mir drei Flaschen, eiskalt.«

Gudow hatte keine großen Hoffnungen, von den Schülern und Ausbildern nützliche Informationen zu bekommen – mit Ausnahme vielleicht von Leila.

Das war auch so. Er erfuhr, daß ›Werner‹ ein guter Zuhörer gewesen war, aber niemand, der viel redete. Er war bereits verzweifelt, als Leila hereingeführt wurde. Ihr attraktives Gesicht war teilnahmslos. Bei den anderen war er barsch gewesen, fast drohend. Bei Leila ging er sanfter vor. Das nicht, weil sie eine Frau war, sondern weil ihm ihr Gesichtsausdruck verriet, daß sie eigensinnig sein konnte. Er kannte auch ihre Geschichte. Sie war nicht der Typ, der sich einschüchtern ließ.

Er erhob sich und streckte seine Hand aus. Sie schüttelte sie mit festem Griff. Er deutete auf einen Stuhl, und sie setzten sich beide. Die oberen Knöpfe ihres Hemdes waren offen, und er merkte, wie seine Augen von der glatten braunen Haut ihrer Brüste angezogen wurden. Sie saß entspannt da und wartete geduldig. Er sagte: »Leila, wie Sie wissen, stellen wir Nachforschungen nach dem Mann namens ›Werner‹ an. Wir glauben, daß er ein Agent der Imperialisten sein könnte ... und der Zionisten.«

Ihre Lippen verzogen sich, und sie sagte: »Jude war er nicht. Das kann ich Ihnen sagen, weil er nicht beschnitten war.«

Er zwang sich zu einem Lächeln. »Ja, aber so augenfällig wären sie auch nicht ... Also, Leila, wir brauchen Ihre Hilfe. Sie hatten Beziehungen zu diesem Mann ... bei mehreren Gelegenheiten.«

Sie nickte.

»Wie viele Gelegenheiten waren das?« fragte er.

Sie überlegte einen Augenblick.

»Ich habe nicht gezählt, Major. Ich glaube, zwischen acht- und zehnmal.«

»Worüber haben Sie gesprochen?«

»Über nichts.«

»Nichts! Nun kommen Sie, Leila.« Gudow beugte sich vor und sagte nachdrücklich: »Sie und er liebten sich ... mindestens achtmal ... und er sagte nichts?«

Sie atmete tief ein und schaute ihm fest in die Augen. »Major, bitte, verstehen Sie mich. Ich werde Ihnen alles, was ich kann, über den Mann erzählen. Ich werde ihn nie wiedersehen. Emotional bedeutet er mir überhaupt nichts. Das war rein körperlich. Für solche Kontakte greife ich mir oft einen Schüler heraus. Glauben Sie mir, wir haben kaum ein Wort miteinander gesprochen ...« Sie hielt inne und schien dann zu überlegen. »Sehen Sie, Major, ich wollte es so. Und er auch. Das Schweigen machte es besser ... keine Leidenschaft ... keine zärtlichen Worte ... zärtliche Lügen ... nur zwei Körper. Verstehen Sie?«

Er verstand es und glaubte ihr. Er war kurz vorm Verzweifeln. Er hatte so auf sie gehofft. Er blickte auf das Stück Papier vor sich. Es war ihr Gesicht, das ihn anschaute, und darunter standen die beschreibenden Worte von ›Werner‹. Er las die Worte ›sadomasochistische Neigungen‹. Er wollte gerade eine Frage stellen, als sie entschlossen sagte: »Major, nachdem ich vor zwei Stunden erfahren habe, daß Sie Nachforschungen über diesen Mann anstellen, habe ich über jede Einzelheit nachgedacht, die Ihnen vielleicht helfen könnte. Wenn Sie Ihren Stift nehmen, werde ich sie Ihnen nennen.«

Ein wenig überrascht griff Gudow nach seinem Stift und legte sein Notizbuch vor sich hin.

Sie begann, eine Litanei herunterzuleiern. »Seine Haut war unnatürlich blaß, selbst für einen Europäer. So, als sei er lange nicht in der Sonne gewesen. Während er hier war, bekam er etwas Farbe, aber er achtete sorgfältig darauf, keinen Sonnenbrand zu bekommen. An seinem rechten Unterschenkel hatte er eine etwa zehn Zentimeter lange, schmale Narbe. Eine weitere, breitere, aber nur halb so lange, über seinem linken Knie. Seine Füße sind im Verhältnis zu seiner Größe durchschnittlich lang, haben aber einen hohen Spann. Seine Finger sind schlank, aber sehr kräftig. Er ist spärlich behaart, auf der Brust aber kräftig. Sein Schamhaar sehr schwarz, sehr dicht und krauser als bei einem Durchschnittseuropäer. Sein Penis ist durchschnittlich bis groß, unbeschnitten. Sein Hoden ist groß.«

Sie machte eine Pause, während Gudow sich beeilte, seine Notizen zu machen. Er schrieb das Wort ›groß‹ und blickte auf. Sie fuhr fort.

»Bevor er ins Lager kam, hatte er über lange Zeit keinen Geschlechtsverkehr gehabt. Ich weiß das aus sexueller Erfahrung mit Männern, die enthaltsam waren, und er erwähnte es auch. Seine Manneskraft ist überdurchschnittlich. Er kann zu zwei richtigen Orgasmen innerhalb von zwanzig Minuten kommen, und eine Stunde später zu einem dritten. Aber er ist dabei nicht egoistisch. Er weiß, wie man einer Frau Freude bereitet, und er genießt das ...« Wieder wartete sie, bis Gudow alles niedergeschrieben hatte, und sagte dann: »Abgesehen davon war augenfällig, daß er sich bei dieser Ausbildung außergewöhnlich anstrengte. Das erleben wir normalerweise nur bei moslemischen Fanatikern und bei Japanern. Da er keines von beiden war, vermute ich, daß seine Besessenheit aus Haß resultiert ... gegenüber wem, das weiß ich nicht. Das ist alles, was ich Ihnen sagen kann.«

Gudow schrieb ›Haß‹ und fragte dann ruhig: »Ist er ein Sadist ... ich meine sexuell?«

Sie lächelte leicht. »Sie meinen, ob ich Masochistin bin? Nun, in gewissem Umfang bin ich das ... Aber ›Werner‹ war kein Sadist. Er liebte es, sexuell zu dominieren – das tun die meisten Männer – und er hat eine gewisse brutale Art an sich ... aber andererseits, Major, zieht das viele Frauen an.«

Gudow nickte, als realisiere er eine neue Erkenntnis. Dann senkten sich die Winkel seiner Lippen voller Enttäuschung. Was sie ihm erzählt hatte, war nur marginal von Nutzen. Es half, seinen Charakter zu bestimmen, gab aber keinerlei Hinweise auf seine Herkunft oder seinen Hintergrund. Er hatte auf mehr gehofft. Hatte gehofft, mit mehr als nur einer Fotografie und einer körperlichen Beschreibung zu Oberst Zamiatin zurückkehren zu können. In diesem Augenblick repräsentierte sich ›Werner‹ vor seinem geistigen Auge mit haariger Brust und großem Hoden.

Sie mußte seine Enttäuschung bemerkt haben. Fast zerknirscht sagte sie: »Es tut mir leid, Major. Wie ich Ihnen gesagt habe, haben wir nicht gesprochen. Ich bezweifle, daß er mit irgend jemandem in dem Lager gesprochen hat.«

Gudow schloß seinen Stift und sagte: »Nicht einmal mit dem Philippino-Mädchen?«

Er sah das wütende Flackern in ihren Augen. Es verging rasch wieder, doch es war ein Indiz für ihn, daß er alles erfahren hatte, was sie wußte. Sie war keineswegs so emotionslos. Sie wußte, was Eifersucht war. ›Werner‹ hatte sie beherrscht und sie benutzt, wenn er es wollte. Sie haßte ihn. Er stieß seinen Stuhl zurück und sagte: »Danke, Leila. Würden Sie Frank bitten hereinzukommen?«

Sie schüttelten sich die Hand und sie ging zur Tür. Auf halbem Weg blieb sie stehen und wandte sich um; ihre Augen blickten ein wenig verwirrt.

»Major, er sagte etwas, was ich nicht verstanden habe. Er sagte es zweimal, beide Male, nachdem er zum Orgasmus gekommen war ... er sagte es zu sich selbst – nicht zu mir – nur drei Worte.«

»Wie lauteten sie?«

»*Kurwa ale dupa* ... oder so ähnlich.«

Gudow atmete erleichtert aus und dankte den Sternen für die vier Jahre Dienstzeit, die er in Warschau verbracht hatte, und der polnischen Geliebten, die ihm die letzten zwei Jahre dieser Zeit verschönert hatte. Er lächelte.

»*Kurwa ale dupa*«, lachte er. »Leila, das ist polnisch. Das bedeutet, er mag sie, oder etwas, das dem sehr nahekommt.«

Sie nickte nachdenklich. »Also ist er ein Pole. Hilft Ihnen das?«

»O ja«, keuchte er. »Es ist eine große Hilfe. Danke, Leila –«

Eine halbe Stunde später schaute Frank zu, wie Major Gudow in den Hubschrauber stieg. Er war trotz seines engen Terminplanes in Hochstimmung. Offensichtlich war sein Besuch erfolgreich gewesen. Franks Gespräch mit ihm war kurz gewesen. Er hatte ihm mehr oder weniger das gesagt, was er beobachtet hatte. Zwei Dinge allerdings hatte er ihm nicht erzählt. Das eine war die Nachricht, die ›Werner‹ erhalten hatte, wonach er sich einen Schnurrbart wachsen lassen und sein Haar nicht schneiden sollte. Das andere war sein Geschenk an ›Werner‹, der ›Denbi‹-Filzstift. Während er zusah, wie der aufsteigende Hubschrauber Staub aufwirbelte, fragte er sich, warum er das Gudow nicht erzählt hatte. Er wußte es wirklich nicht. Es war offensichtlich, daß ›Werner‹, wer immer er sein mochte, gegen den KGB vorgehen wollte. Wider seine Überzeugung war Frank auf Seiten des Unterlegenen.

Um sechs Uhr abends erreichte Major Gudow Moskau. Er hatte im Flugzeug nicht geschlafen, sondern die ganze Zeit damit verbracht, an seinem Bericht zu arbeiten. Es war ein kleines Meisterwerk, das natürlich zeigte, wie die brillanten Schlußfolgerungen des Majors durch die Wirklichkeit bestätigt worden waren. Er wußte, daß Oberst Zamiatin über die Ankunftszeit der Maschine informiert sein würde, aber er erstattete nicht sofort in dessen Büro Bericht. Zunächst begab er sich in das Tiefgeschoß des Nebengebäudes und führte eine intensive Unterhaltung mit der kleinen, vogelgleichen Frau in mittleren Jahren, die am Ryad-R 400-Computer Dienst tat. Sie studierte die Fotografien und nickte beruhigend. Innerhalb weniger Minuten hatte der Computer die Fotos vergrößert und ausgedruckt. Die Deutlichkeit hatte sich erheblich verbessert. Dann verglich der Computer innerhalb von zehn Minuten Hunderttausende von Ähnlichkeiten. Die Frau hatte Gudow gesagt, daß es bis zu einer halben Stunde dauern könnte, bis ein Ergebnis käme. Er konnte nicht so lange warten und war ungeheuer erleichtert, als nach zehn Minuten der Name und der Lebenslauf des Attentäters ausgegeben wurden. Gudow riß den perforierten Streifen ab und befestigte ihn an der Akte, die seinen Bericht enthielt. Um sieben Uhr war er in Zamiatins Büro und wurde beglückwünscht. Um sieben Uhr dreißig war Zamiatin in Victor Chebrikows Büro und wurde beglückwünscht. Es schien, als ob der ganze KGB Nachtarbeit machte. Aber Chebrikows Gesicht wurde sehr düster, als er den

Namen in dem Bericht las. Zamiatin wollte den Hintergrund erläutern, wurde aber abrupt unterbrochen. Chebrikow wußte offensichtlich alles über den Mann.

Um 8.30 Uhr trank Chebrikow in Andropows Kreml-Wohnung Wodka. Andropow war mit einem geblümten seidenen Morgenmantel bekleidet. »Ein Geschenk meiner Frau«, hatte er erklärt, als wolle er sich entschuldigen.

Er las den Bericht zu Ende, schloß die Akte und schaute dann Chebrikow an.

»Victor«, sagte er. »Manchmal tun wir Dinge, die zum gegebenen Zeitpunkt ungeheuer clever sind und dann ...« Er ließ den Satz unbeendet.

Diplomatisch sagte Chebrikow: »Juri, damit konnte nie jemand rechnen.«

Andropow pochte auf die Akte und sagte nachdenklich: »Mirek Scibor ... diese Priester haben eine gute Wahl getroffen; sie haben einen passenden Mann mit dem passenden Motiv gefunden ... Du mußt ihn fassen, Victor, und wenn du ihn hast, muß er sofort getötet werden. Ohne Fragen zu stellen. Niemand wird ihm Fragen stellen. Er muß einfach nur getötet werden.«

»Wir werden ihn erwischen«, sagte Chebrikow, wobei er einen Klang von Begeisterung in seine Stimme brachte. »Jetzt, da wir seine Identität kennen, ist der ›Gesandte des *Papa*‹ so gut wie tot.«

»Das reicht nicht, Victor.« Andropow beugte sich vor. »Ich möchte seine Leiche sehen – und das bald!«

In Krakau arbeitete Professor Stefan Szafer heute sehr rasch. Nicht hastig, aber schneller, als er es gewöhnlich tat. Dies überraschte seinen Assistenzarzt, Wit Bereda, und die Operationsschwester Danuta Pesko. Nicht, daß sein Tempo den Patienten irgendwie gefährdet hätte. Seine Finger waren so geschickt wie immer. Aber dann überraschte er sie tatsächlich. Nachdem er die Nierenarterie langsam entklammert hatte und die feine Linie der mikroskopisch kleinen Nähte, die die Wunde in der Niere verschlossen, überprüft hatte, wandte er sich Bereda zu und sagte durch seine Gesichtsmaske: »Doktor, machen Sie das für mich fertig. Ich habe eine wichtige Verabredung, und ich bin sehr spät dran.«

Er entfernte sich rasch vom Operationstisch und ging schnell zum Umkleideraum. Bereda schaute über den leblosen Körper hinweg in Danuta Peskos Augen. Sie blickten ebenso überrascht wie die seinen. Viele, sogar die meisten vielbeschäftigten Spitzenchirurgen überließen das Nähen ihren Assistenten, aber nicht Professor Stefan Szafer – er niemals. Auf diesen Gesichtspunkt seiner Arbeit war er ungeheuer stolz. Die Einschnitte bei Nierenoperationen sind zwangsläufig lang und entstellend. Er vernähte sie mit dem Können eines Schönheitschirurgen aus Los Angeles, um die Narben so unauffällig wie möglich zu halten.

»Das muß etwas verdammt Wichtiges sein«, murmelte Bereda, während er um den Tisch herumging.

Dieser ›Jemand‹ war wichtig, aber in einem anderen Sinn, als es sich Bereda vorstellte. Es handelte sich um eine aufstrebende, junge Schauspielerin namens Halena Maresa, und Stefan Szafer war in sie absolut und geradezu besessen verliebt.

Er kam fünfzehn Minuten zu früh im Restaurant Wierzyneck an. Der Oberkellner erkannte ihn als wichtige Persönlichkeit und führte ihn an seinen üblichen Nischentisch. Ungewöhnlich war, daß er hier zu Mittag aß. Normalerweise war er zum Abendessen hier, während er das Mittagessen zumeist rasch in der Kantine des Krankenhauses einnahm.

Er bestellte einen Wodka mit reichlich Soda. Während er darauf wartete, sah er sich in dem eleganten Raum um. Das Restaurant war teuer und wurde deshalb hauptsächlich von hohen Regierungsbeamten oder hohen Militärs besucht sowie von Spitzenakademikern oder Leuten wie ihm, die zur Gruppe der Spitzenverdiener gehörten. Anders als seine Altersgenossen war er weder vom Luxus des Restaurants noch von den Preisen sonderlich beeindruckt. Da er lange im Westen gelebt hatte, betrachtete er solche Dinge eher von oben herab, ja, aufgrund seines ausgeprägten Idealismus mißbilligte er sie sogar. Er wäre mit einem einfachen, weniger prunkvollen Restaurant ganz zufrieden gewesen, aber er wußte, daß Halena es genoß. Das erste Mal, als er sie ausführte, hatte er dieses Lokal vorgeschlagen, um sie zu beeindrucken. Während des Essens hatte er überlegt, ob sie die Einladung nur angenommen hatte, weil er sich das Restaurant leisten konnte. Aber diesen Gedanken hatte er rasch verworfen. Bei ihrer Schönheit mußte sie viele solcher Einladungen bekommen. Und außerdem überzeugten ihn während des Essens ihre Fröhlichkeit und Aufmerksamkeit von der Echtheit ihres Interesses.

Nach ihrem zweiten Treffen hatte sie ihn geküßt. Zuerst spröde, am Ende aber mit leidenschaftlicher Intensität. Er hatte daraus geschlossen, daß sie gegenüber seinem ›Problem‹ immun war.

Sein Drink kam, und er blickte auf seine Armbanduhr. Es blieben noch zehn Minuten, und sie war immer pünktlich; eine Gewohnheit, die er sehr schätzte. Er griff in seine Jackentasche, nahm eine kleine Ampex-Tablette heraus und steckte sie rasch in den Mund. Diese Tablette stellte sein Problem dar. Er litt unter chronischem Mundgeruch. Es war der Fluch seines Lebens. Er war ein gutaussehender Mann und hatte die Persönlichkeit wie die Stellung, anziehend auf Frauen zu wirken. Doch diese Anziehung währte nie lange. Dafür sorgte seine Halithosis. Er hatte jedes Prophylaktikum ausprobiert, das medizinisch bekannt war. Er hatte versucht, seine Ernährung zu ändern. Er bekam das Problem in gewisser Hinsicht in den Griff, konnte es aber nie vollends beseitigen. Es kam von seinem Großvater. Er vermutete, daß es vererbt war, jeweils in einem Generationensprung. Er vergegenwärtigte sich, daß der Grund für seine Liebe zu Halena nicht allein ihre Schönheit und Persönlichkeit war, sondern auch eine große Rolle spielte, daß sein ›Problem‹ sie überhaupt nicht störte. Er hatte es ihr gegenüber sogar einmal probeweise erwähnt, und sie hatte nur gelacht und gesagt: »Ich muß einen schlechten Geruchssinn haben. Ich bemerke das fast gar nicht. Schlag's dir aus dem Kopf, Stefan.«

Er hatte immer gedacht, daß Schauspielerinnen berufsbedingt irgendwie ständig den Geschlechtspartner wechselten. Er hatte herausgefunden, daß Halena eine Ausnahme war, obwohl das grundsätzlich stimmen mochte. Seit er sie vor vier Wochen kennengelernt hatte, war er achtmal mit ihr ausgewesen. Sie hatte sich von ihm küssen lassen, und zuletzt hatten sie sich sogar heftig liebkost. Er hatte sogar ihre nackte Brust gestreichelt; sie trug nie einen Büstenhalter. Doch weiter war sie nicht gegangen. Immer war das Versprechen von ›Mehr‹ in ihren schelmischen Augen. Einmal, als sie sich in seinem Wagen geküßt hatten und er versucht hatte, weiterzugehen, hatte sie seine Hand beiseite geschoben. Seine Enttäuschung hatte sie deutlich gespürt.

»Denke nicht, daß ich dich ärgern will, Stefan«, hatte sie zärtlich gesagt. »Ich möchte dasselbe wie du, aber ich habe mir etwas zur Regel gemacht. Zuerst muß ich einen Mann gut kennen. Wissen, daß ich ihn liebe.«

»Glaubst du, du könntest mich lieben?«

Sie lächelte ihn an, und ihre Augen strahlten Zuneigung aus.

»Hätte ich meine und deine Zeit vergeudet, wenn ich glaubte, ich könnte es nicht? Gib mir noch ein wenig mehr Zeit. Ich esse langsam, ich bade langsam, ich ziehe mich langsam an ... und ich verliebe mich langsam.«

Er hatte sich ermutigt gefühlt, seine Verdrossenheit gezügelt. Er wußte, er würde in sehr naher Zukunft befriedigt werden. Er dachte an den Abend, als er sie bei einem langweiligen Empfang an der Universität kennengelernt hatte. Ein flüchtiger Bekannter hatte sie einander vorgestellt. Sie hatten zuerst nur kurz miteinander gesprochen. Da sie zweifellos die schönste Frau im ganzen Raum war, war sie bald von allen Möchtegern-Romeos umgeben. Aber er hatte sie beobachtet und mehrmals gesehen, daß auch sie ihn anschaute. Sehr spät schließlich hatte sie sich von den Verehrern gelöst und war durch den Raum auf ihn zugekommen. Mit einem Lächeln hatte sie gesagt: »Ich habe gehört, daß Sie ein brillanter Arzt sind. Sie sehen gar nicht so aus – das ist ein Kompliment. Jetzt breche ich ein ungeschriebenes gesellschaftliches Gesetz und stelle einem Arzt auf einer Party eine medizinische Frage. Was ist das beste Mittel gegen Kater?«

»Werden Sie einen bekommen?« hatte er ernst gefragt.

»Nein, aber meine Zimmergefährtin trinkt viel Wodka. Sie hat andauernd einen Kater. Sie ist der felsenfesten Überzeugung, daß das beste Mittel dagegen ein Schnaps sei.«

Er hatte gelächelt. »Das ist auch richtig, Fräulein Maresa. Es ist medizinisch erwiesen, daß ein paar Schlückchen des Getränkes, das eine Krankheit verursacht hat, helfen, sie zu lindern... aber nur ein paar! Dies und dazu ein paar tiefe Atemzüge reinen Sauerstoffs.«

»Das werde ich ihr nicht erzählen«, hatte sie gelacht. »Sie wird die ganze Wohnung mit Sauerstofflaschen vollstellen.« Dann hatte sie auf ihre Armbanduhr geschaut und gemurmelt: »Verdammt, ich muß gehen, oder ich verpasse meinen letzten Bus.«

»Ich werde Sie gern mit meinem Wagen nach Hause fahren.«

»Sind Sie sicher? Es ist ein ziemlich langer Weg.«

»Ich bin sicher«, hatte er entschlossen geantwortet.

Sie spazierte mit nur zwei Minuten Verspätung herein, wobei sie auf ihre Armbanduhr schaute. Sie trug einen wadenlangen Schafsledermantel und einen kleinen schwarzen Hut. Ihr aschblondes Haar fiel in sorgfältiger Unordnung herunter. Sie winkte ihm zu und bahnte sich zwischen den Tischen hindurch ihren Weg. Köpfe drehten sich und beobachteten sie, während sie ging, und Stefan spürte wieder das Beben, das er immer fühlte, wenn sie durch eine Menge auf ihn zukam. Er stand auf und küßte sie sanft. Ihre Nase war kalt. Sie knöpfte ihren Mantel auf und reichte ihn einem wartenden Kellner. Darunter trug sie ein dunkelblaues Kaschmir-Strickkleid. Es war ein Geschenk von Stefan, das er in London gekauft und ihr bei ihrem letzten Treffen überreicht hatte. Sie drehte sich für ihn.

»Wie sieht es aus?«

»An dir perfekt.«

Ein anderer Kellner rückte ihren Stuhl zurecht. Sie setzte sich, ihr Gesicht war voller Aufregung.

»Also, was sind deine guten Nachrichten?« fragte er.

Sie hob eine Hand. »Laß uns zuerst bestellen.«

Nachdem der Oberkellner ihre Bestellung entgegengenommen hatte und gegangen war, verkündete sie: »Ich reise für zwei Wochen nach Moskau.«

»So? Ich dachte, du magst Rußland nicht.«

»Die Russen mag ich nicht«, korrigierte sie ihn.

»Ist es eine Rolle?«

»Nein, Stefan. Etwas Besseres. Es ist eine Theaterarbeitsgruppe, die Oleg Tabakow leitet. Er ist der Beste, auch wenn er Russe ist. Schauspieler und Schauspielerinnen aus Ungarn, der Tschechoslowakei, Rumänien – von überall her werden da sein. Es wird ein großes Erlebnis werden ... und für meine Karriere sehr nützlich sein.«

Er freute sich für sie, fühlte aber auch etwas Enttäuschung. Es waren zwar nur zwei Wochen, aber er würde sie vermissen.

»Das ist wundervoll, Halena. Wie hast du das geschafft?«

Sie schenkte ihm ein schelmisches Lächeln. »Zuerst gar nicht. Die Akademie hatte Barbara Plansky ausgewählt, aber dann gab ihr Szczepanski eine Rolle in seinem neuen Stück, so ein Glückskind, und sie mußte absagen. So bekam ich die Gelegenheit.«

Er lächelte. »Das ist Glück, aber du hast es verdient. Wann fährst du?«

»Am Fünften des nächsten Monats.« Sie neigte den Kopf zur Seite und musterte ihn. Ein feines Lächeln umspielte ihre Lippen. »Wirst du mich vermissen, Stefan?«

»Du weißt, daß ich das werde«, antwortete er.

Sie beugte sich zu ihm und legte eine Hand auf die seine. »Dann komm mit mir.«

Sein Kopf zuckte vor Überraschung nach oben. Bevor er antworten konnte, fuhr sie überredend fort: »Du hast mir erzählt, daß du seit Jahren keinen Urlaub gemacht hast. Trotz der Arbeitsgruppe werde ich viel Freizeit haben. Wir könnten sogar für ein paar Tage nach Leningrad fahren. Es soll dort wundervoll sein. Irmenia war vergangenen Monat dort. Sie sagt, es sei phantastisch. Sie fuhr mit dem Nachtzug dorthin ... versuch doch zu kommen. Wir werden zusammensein ... zusammensein, Stefan.«

Das Wort ›zusammen‹ und die Art, wie sie es sagte, drangen in sein Bewußtsein. Er spürte, wie er erstarrte.

»Ich könnte nie für zwei Wochen weg, Halena. Im Augenblick ist das unmöglich.«

Sie ließ sich nicht beirren. »Dann komm für ein paar Tage. Selbst ein langes Wochenende wäre es wert. Bitte, Stefan, bitte.« Sie drückte seine Hand. Es wirkte wie eine demütige Bitte.

Er lächelte. »Ich werde es versuchen, Halena. Auch wenn es

nur für ein paar Tage ist. Heute nachmittag werde ich mir meine Operations- und Vorlesungstermine ansehen und dann mit Professor Skibinsky sprechen.«

Sie lachte voller Freude. Er liebte es, sie lachen zu sehen. Von dem Sitz neben sich nahm er eine Schachtel, die in Geschenkpapier eingewickelt war, und legte sie vor ihr auf den Tisch.

»Was ist das?«

»Eine Kamera.«

»Für mich?«

»Natürlich. Du hast mir doch erzählt, wie gern du fotografierst, aber daß du dir keine dieser neuen Spiegelreflexkameras leisten kannst. Das ist eine Leica. Eine der besten.«

Sie blickte ihn zärtlich an, ihre Augen leuchteten, und sie sagte: »Danke, Liebling. Ich werde viele Fotos machen ... und besonders von dir.«

Nach dem Mittagessen kehrte die aufstrebende junge Schauspielerin in ihr kleines Appartement zurück. Auf dem Weg dorthin blieb sie an einer Telefonzelle stehen und machte einen kurzen Anruf.

Zwei Tage später aß Professor Roman Skibinsky, Leiter der chirurgischen Abteilung, in demselben Restaurant mit Feliks Kurowski, dem Generaldirektor des Krankenhauses, zu Mittag. Roman Skibinskys Vater war in der polnischen Vorkriegs-Kavallerie Oberst gewesen. Er war einer unter den Tausenden von polnischen Offizieren gewesen, die im Wald von Katyn ermordet worden waren. Er hatte nie der russischen Propaganda geglaubt, daß dieses Massaker von den Nazis begangen worden sei.

Nach dem Mittagessen, das zumeist während einer Unterhaltung über Verwaltungsprobleme eingenommen wurde, bestellten sie Kaffee und Brandy, und Skibinsky sagte beiläufig: »Feliks, wann liegt die neue Budgetplanung für den medizinischen Bereich vor?«

»Wie üblich im August. Falls diese Idioten in Warschau ihren Rechenschieber nicht verloren haben oder was sie sonst benutzen, um ihre Hausaufgaben zu machen.«

»Glaubst du, du wirst die Zuteilung für das neue gerichtsmedizinische Labor bekommen?«

Kurowski seufzte tief. Skibinsky hatte einen wunden Punkt berührt. Seit fünf Jahren versuchte er Gelder speziell für dieses Projekt aus dem Ministerium zu bekommen; bisher ohne Erfolg. Es war immer dieselbe Geschichte – vielleicht im nächsten Jahr.

Er sagte: »Du weißt, wie es ist, Roman. Ich dränge seit Jahren darauf. Ganz ehrlich, ich bezweifle es. Es gibt Gerüchte, daß der Gesamtetat des Ministeriums gekürzt werden wird.«

Der Kaffee und der Brandy wurden gebracht. Nachdem der Kellner gegangen war, fragte Skibinsky: »Darf ich offen mit dir reden?«

Kurowski lächelte. »Roman, ich habe dich nie anders reden hören.«

Skibinsky erwiderte das Lächeln. Die beiden Männer kamen gut miteinander aus.

Er sagte: »Feliks, obwohl du ein guter Kommunist bist, bist du auch ein exzellenter Verwalter. Du leitest das beste Universitätskrankenhaus Polens. Vielleicht sogar des gesamten Blocks.« Kurowski zuckte die Schultern, aber er war offensichtlich über das Kompliment erfreut. »Aber«, fuhr Skibinsky fort, »du bist ein entsetzlich schlechter Politiker.«

»Na und? Ich will kein Politiker sein.«

»Aber Feliks, der einzige Weg, dieses Laboratorium zu bekommen, ist, einer zu sein. Sieh dir Ratajski in Warschau an. Die Hälfte seiner Zeit verbringt er im Ministerium, um Leuten in den Arsch zu kriechen. Im Etat des letzten Jahres wurden ihm gleich zwei neue Operationssäle zugeteilt.«

»Vielleicht«, räumte Kurowski ein. »Aber ich bin nicht der Typ, der anderen in den Arsch kriecht, und das weißt du.«

»Natürlich, aber es gäbe noch eine andere Möglichkeit. Der gute Minister ist sehr auf Prestige bedacht, und ohne respektlos zu sein, könnte man doch sagen, daß er von sich sehr überzeugt ist.«

Kurowski grinste. »Woran arbeitet dein irregeleiteter Verstand?«

»Nun, es ist bestens bekannt, daß Juri Andropow neben anderen Dingen unter ernsten Nierenkomplikationen leidet. Wenn nun ein gewisser polnischer Spezialist zur Konsultation herangezogen werden würde, dann würde unserem Minister große Ehre zuteil und – dem Krankenhaus, von dem der Spezialist kommt.«

Kurowski begriff sofort, worauf er hinauswollte. »Du denkst doch wohl nicht ernsthaft an unseren Professor Szafer?«

Skibinsky nickte ernst. »Er ist außergewöhnlich. Im vergangenen Monat hat er in der *Sovetskaya Meditsina* zwei hochgelobte Aufsätze veröffentlicht. Seine Dialyse-Arbeit ist weltweit als Durchbruch anerkannt. Mein Vorschlag ist logisch, Roman, und es gibt Präzedenzfälle. Schließlich wurde dieser Schweizer Spezialist Brunner herangezogen, um Breschnew zu behandeln … zudem kursiert das Gerücht, daß Andropow operiert werden muß.«

Kurowski sagte sofort: »Sie werden nie zulassen, daß ein Nicht-Russe operiert.«

»Gewiß«, stimmte Skibinsky zu. »Aber wenn es derart ernst ist, werden sie jede Hilfe akzeptieren, die sie bekommen können. Und sie kennen Szafers Ruf … er ist wirklich ein Wunderknabe.«

Einige Augenblicke lang überdachte Kurowski den Vorschlag. Skibinsky war ein Meister der Überzeugungskunst. Er wartete genau die richtige Zeitspanne ab und sagte dann beiläufig: »Und ganz zufällig reist Szafer bald nach Moskau.«

Kurowski blickte überrascht auf. »Ach, wirklich?«

Skibinsky lächelte entwaffnend. »Natürlich mußt du deine Zustimmung geben. Er kam gestern zu mir. Seine Freundin, eine Schauspielerin, soll dort arbeiten. Er möchte ein paar Tage frei haben, um mit ihr zusammenzusein. Ich habe mich damit einverstanden erklärt, seine Vorlesungen zu übernehmen, und seine Operationstermine kann ich leicht umplanen.«

Kurowski dachte noch einmal darüber nach. Wieder wartete Skibinsky lange genug, dann brachte er ein letztes, entscheidendes Argument.

»Und dazu macht der Minister, wie der Zufall es will, in der kommenden Woche einen offiziellen Besuch in Moskau. Das trifft sich doch alles hervorragend.«

Kurowski lachte. »Das klingt bei dir so, als sei es eine gottgegebene Gelegenheit.«

Skibinsky schaute einen Augenblick lang verwirrt drein, riß sich dann zusammen und nickte.

»Das ist es, Roman, und sie sollte nicht ungenutzt bleiben. Und wenn du mit dem Minister darüber sprichst, dann schlage ich vor, du versuchst es so, daß er glaubt, daß dies alles seine eigene Idee ist.«

Er beugte sich vor und erläuterte die Strategie gründlich.

Kapitel 12

Mirek hielt die Uniform in seinen Händen und blickte Pater Heisl erstaunt an. Der Priester lachte zuerst und sagte dann ernst: »Mir ist versichert worden, daß sie perfekt sitzt. Weckt das Erinnerungen in Ihnen?«

Mirek schüttelte seinen Kopf. Ania saß am Tisch und schaute verwirrt. Sie waren in dem Wiener Unterschlupf. In vierundzwanzig Stunden würde ihre Reise beginnen.

»Was ist das?« fragte sie.

Mirek warf es auf den Tisch.

»Es ist die Uniform eines Oberst des SB.« Er tippte auf zwei Orden an der Brust des Jacketts. »Offensichtlich eines erfolgreichen.« Er wandte sich Heisl zu. »Aber was soll das?«

»Es war die Idee des Schinken-Priesters. Sie kennen die Organisation schließlich bestens. Sie kennen die Abläufe und Strukturen. In einer Krise könnte die Uniform nützlich sein.«

Mirek nickte nachdenklich. »Das ist wahr, aber was ist mit den Papieren?«

»Sie werden Sie bekommen, sobald Sie die tschechisch-polnische Grenze überquert haben. Nach diesem System wird auf der ganzen Reise verfahren. An jedem Kontaktpunkt werden Ihre Dokumente für den nächsten Reiseabschnitt ausgetauscht.«

Mirek fiel etwas ein. »Kein Oberst des SB geht ohne seine Makarow.«

Der Priester nickte grimmig und steckte eine Hand in die

große Leinentasche zu seinen Füßen. Er holte einen schwarzen Gürtel mit einem Klappenholster heraus. Er reichte es Mirek, der rasch die Klappe öffnete und eine Pistole herauszog. Ihre mattschwarze Oberfläche leuchtete trübe im schwachen Licht. Er wog sie mit offensichtlicher Genugtuung in seiner Hand, drückte dann auf die Sperre und ließ das Magazin herausgleiten. Er nahm die Patronen heraus und prüfte sie sorgfältig. Nachdem er sie wieder eingefüllt und das Magazin zurück in den Griff geschoben hatte, sagte Pater Heisl: »Ich habe ein Reservemagazin für Sie.«

»Gut. Dann war der Schinken-Priester also einverstanden?«

Heisl seufzte. »Mit äußerstem Widerwillen. Er sagte, es würde ihn sehr unglücklich machen, wenn Sie sie benutzen müßten.«

»Mich auch«, erwiderte Mirek grimmig. »Ist er in Wien?«

»Ich weiß es nicht.«

Mirek grinste ihn an. »Natürlich wissen Sie's. Ich wette, er ist keine Million Meilen von hier entfernt.«

Heisl zuckte die Schultern. Er begann weitere Gegenstände aus seiner Tasche zu holen und sie auf den Tisch zu stellen. Zunächst mehrere kleine Plastikflaschen.

»Haarfärbemittel«, sagte er. »Ania ist beigebracht worden, wie sie zu benutzen sind. Ich habe Perücken für sie, bei einem Mann aber ist eine Perücke immer als solche erkennbar.«

Er legte drei Perücken auf den Tisch. Ania griff nach der kastanienbraunen, streifte sie über und glättete sie. Die Veränderung ihres Aussehens war verblüffend. Sie strich mit einem Finger über eine Augenbraue.

»Die müßte ich färben.«

Sie zog die Perücke herunter und warf sie zurück auf den Tisch. Heisl hielt eine braune Papiertüte in seiner Hand. Er schüttelte den Inhalt heraus: mehrere kleine runde und ovale flache Plastikpolster.

»Sie wissen, wozu die benutzt werden?«

Beide nickten. Sie hatten den Umgang damit geübt. Diese Polster konnten, richtig im Mund plaziert und gegen die Wangen gedrückt, kunstvoll die Kontur eines Gesichtes verändern. Heisl packte sie wieder in die Tüte und sagte: »Das wär's. Bis auf eines:

Ania, würdest du bitte eine Minute draußen warten?«

Ergeben erhob sie sich und verließ das Zimmer. Mirek erwartete, daß ihm eine vertrauliche Information mitgeteilt würde. Statt dessen sagte der Priester: »Nennen Sie mir noch einmal in der richtigen Reihenfolge die Kontaktpersonen, die Losungsworte, die Stationen und die Nummern.«

Mireks Augen verengten sich, während er sich konzentrierte. Doch vor seinem geistigen Auge zog alles vorüber: die Namen, die Orte, die Losungsworte und die Telefonnummern. Alle diese Informationen waren in sein Gehirn gebrannt. Ohne zu zögern, spulte er sie herunter.

Heisl lächelte und rief laut: »Ania.«

Sie kam zurück ins Zimmer, und er unterzog sie dem gleichen Test. Auch sie nannte alles ohne Zögern.

Der Priester ging zu der Kredenz und schenkte zwei Brandy ein und einen Tia Maria. Er reichte Mirek einen Brandy und Ania den Tia Maria. Er hob seinen eigenen Brandy hoch und sagte liebevoll: »Ihr seid bereit. Laßt uns auf eine erfolgreiche Mission trinken.«

Sie tranken. Trotz des Toastes war ihre Stimmung düster.

Mirek sagte: »Ich denke, es ist an der Zeit, daß Sie uns sagen, wie wir die erste Grenze überschreiten.«

Heisl überlegte einen Augenblick lang und nickte dann.

»Wir halten dies für eine der gefährlichsten Phasen der Reise. Es ist die einzige Grenze, die Sie heimlich überqueren. Von der Tschechoslowakei nach Polen und von Polen nach Rußland werden Sie mit falschen Papieren und einer entsprechenden Legende wechseln. Ursprünglich hatten wir für diese Grenze dasselbe geplant, aber das ist jetzt zu gefährlich. Statt dessen werden Sie als ›Sardinen‹ die Grenze überqueren.« Er lächelte, als er sah, wie sie die Augenbrauen hoben. »Das ist eben so ein Ausdruck, den wir benutzen. Solche Grenzüberquerungen finden in kleinen, verborgenen Behältern statt. Darin ist nicht viel Platz.« Er ging zu einer Wand, an der eine Landkarte von Ostösterreich und der westlichen Tschechoslowakei in großem Maßstab hing. Er deutete auf einen Punkt an der Grenze. »Hate – dieser Grenzübergang wird üblicherweise vom Güterfernverkehr benutzt. Sie werden in einer versteckten Zelle in einem Lastwagen verborgen sein, der Werkzeugmaschinen in die Skoda-Fabrik bringt. Es ist ein Lastwagen, der den tschechischen Grenzbeamten gut bekannt ist. Er fährt diese Strecke regelmäßig. Seine Ankunft an der Grenze wird zeitlich sorgfältig geplant; das ist abhängig vom Verkehrsaufkommen. Es wird so arrangiert werden, daß die Überprüfung des Lastwagens zwischen acht und neun Uhr morgens stattfindet. Die Grenzposten wechseln um neun. Es besteht die Anweisung, daß eine Wache einen Wagen völlig inspizieren muß. Wie alle Bürokraten wollen sie jedoch rechtzeitig Feierabend machen. Deswegen sind Überprüfungen in dieser Stunde normalerweise flüchtig.«

Mirek schaute skeptisch drein. Er hatte beim SB Erfahrungen mit der Untersuchung von Lastwagen gesammelt. Er wußte sehr gut, daß es schwer war, einen so großen Behälter zu verstecken. Grenzposten hatten viel Erfahrung. Sie verfügten auch über die Ausrüstung, solche Stellen zu lokalisieren. Die alten Zeiten, in denen Flüchtlinge unter einem Haufen Kartoffeln auf der Ladefläche eines Lkw versteckt durch den Eisernen Vorhang gelangten, waren längst vorbei. Er brachte seine Skepsis zum Ausdruck. Heisl blieb zuversichtlich.

»Mirek, Sie müssen unserer Einschätzung vertrauen. Wir haben das sehr gründlich durchgedacht. Der Lastwagen gehört einem echten Profi, der ihn auch fährt. Unseres Wissens hat er Dutzende von Menschen sicher durch den Eisernen Vorhang gebracht. Wir selbst haben uns seiner mehrmals bedient.«

»Wer ist das?«

»Ein Australier.«

Mireks Gesicht zeigte sein Erstaunen. Heisl lächelte. »Das ist nicht ungewöhnlich. Die Lastwagen-Bruderschaft, die von und nach Osteuropa fährt, ist ziemlich international geworden. Seltsamerweise sind sehr viele Iren dabei ... natürlich arbeiten wir mit keinem von denen. Dort kann man ganz legal eine Menge Geld machen. Aber natürlich viel mehr mit dem Transport von Menschen.«

»Und dafür tut er's?« fragte Ania. »Für Geld?«

»Ja«, erwiderte Heisl fest. »Seine Motive sind rein finanzieller

Art. Er nimmt viel dafür, aber andererseits ist er der Beste. Er macht das jetzt seit über fünf Jahren – und er hat einen ausgezeichneten Ruf.«

Mirek schaute zu Ania. Sie zuckte unverbindlich die Schultern.

Der Priester sagte beschwichtigend: »Trotz der verschärften Grenzkontrollen dürfte es kein Problem geben. Das Verkehrsaufkommen über die Grenze ist beträchtlich. Die Ladung des Australiers ist für die Skoda-Werke lebenswichtig. Er hat Papiere, die das beweisen. Er ist sehr erfahren.«

Mirek blickte etwas zuversichtlicher drein. Er fragte: »Wie lange werden wir ›Sardinen‹ sein?«

Vorsichtig erwiderte Heisl: »Wir nehmen an, zwischen acht und zwölf Stunden.«

»Verdammt. In einem Versteck wie dem, in dem ich auf das Schiff gebracht wurde?«

Langsam schüttelte der Priester seinen Kopf.

»Viel kleiner, Mirek. Es ist nur einen Meter mal einen halben Meter groß und nicht mal einen halben Meter hoch.«

Ungläubig sagte Mirek: »Und darin ... wir beide ... möglicherweise zwölf Stunden lang?«

Der Priester nickte. »Und eure Tasche. Aber ihr werdet nicht bei Bewußtsein sein.«

»Was soll das heißen?«

Heisl seufzte. »Es ist eine Art Versicherung, auf welcher der Australier besteht. Er hat einmal einen Mann aus Ostdeutschland in den Westen gebracht. Der Mann hatte einen furchtbaren Anfall von Klaustrophobie und begann zu schreien. Sie wären fast erwischt worden. Seitdem besteht der Australier darauf, daß seine Passagiere eine Droge injiziert bekommen, durch die sie für etwa zehn Stunden tief schlafen. Es ist eine verständliche Vorsichtsmaßnahme. Ihr beide seid fit. Es wird euch nicht schaden.«

Bevor Mirek oder Ania etwas dazu sagen konnten, schaute er bedeutungsvoll auf seine Armbanduhr und sagte: »Da wir gerade von Schlafen sprechen: das sollten Sie jetzt auch wirklich tun. Morgen früh gibt es nur wenig zu essen und nichts zu trinken. Es gibt keine Abwasservorrichtung in diesem Behälter.«

Er lächelte und leerte seinen Brandy.

Die Reise begann in einem Lagerhaus am Stadtrand von Linz. Heisl fuhr sie um fünf Uhr morgens dorthin. Dabei wurde wenig gesprochen. Es gab auch nicht viel zu sagen, was noch nicht schon gesagt worden wäre. Bis auf einen großen, hellgrün gestrichenen Scania-Lastwagen war das Lagerhaus verlassen. Und außerdem stand da ein rauher sommersprossiger Mann mit langem rotem Haar, langen Koteletten und einem langen, grob gestutzten Bart. Er trug einen mit Farbe besprenkelten Jeans-Overall. Seine tiefblauen Augen zwinkerten, während er sie musterte. Schließlich ruhten seine Augen auf Ania, und er grinste. In verständlichem, aber schlecht akzentuierten Deutsch sagte er: »Sie werden sich in meinem kleinen Kämmerchen sehr schnuckelig fühlen.«

Er zeigte es ihnen. Das Versteck war einfach, aber genial. Er schraubte den großen Verschluß des Treibstofftanks direkt hinter der Tür des Fahrerhauses ab und steckte seine Hand hinein. Sie hörten ein Klicken, und dann öffnete sich eine Lücke an der Unterkante der Verkleidung. Er bückte sich, schob seine Finger darunter und zog sie hoch. Eine Klappe öffnete sich, deren Scharnier geschickt in der Fuge der Verkleidung verborgen war, die über die ganze Länge des Lastwagens lief. Die Klappe selbst war sehr schwer und etwa fünfzehn Zentimeter dick. Der Australier stemmte sie mit einem Stock auf.

»Diese Kommunisten sind verdammt raffiniert«, erklärte er. »Sie haben Pläne aller herkömmlichen Lastwagen. Wenn die Maße nicht alle stimmen, nehmen sie alles auseinander.« Er deutete unter die Klappe. »Das war ursprünglich Teil des Treibstofftanks.« Er hockte sich hin und zeigte auf den langen gewölbten Tank. »Damit habe ich nur die Hälfte an Sprit, aber das ist kein Problem. Ich hab' immer ein Dutzend großer Reservekanister mit Diesel hintendrauf. Die Dummköpfe glauben immer, ich würde darin irgendwas schmuggeln.« Er grinste hinter seinem Bart. »Sie stecken da immer Stöcke rein.«

Mirek bückte sich und schaute in das Versteck. Die Seiten waren gepolstert, und auf dem Boden lag ein alter Teppich. Es sah kaum so aus, als würde es für ihn alleine reichen, von ihnen beiden einmal ganz abgesehen. Das sagte er auch. Wieder grinste der Australier. Seine Zähne waren von Nikotin verfärbt. Er sagte leichthin: »Nur keine Sorge, Kumpel, ihr werdet euch darin so wohl fühlen wie Wanzen im Bettvorleger.« Er wandte sich an Heisl. »Ich hab' einen Anruf aus Hate bekommen. Da baut sich 'ne Schlange auf. Ich will früher losfahren. Je früher, desto besser.«

»Das ist gut«, erwiderte Heisl ruhig.

Der Australier ging zu einer Bank, die vor einer Wand stand, hinüber und kam mit einer kleinen polierten Holzkiste zurück. Er bat Heisl, sie zu halten, und öffnete dann den Deckel. Darin befanden sich eine Flasche mit Gummiverschluß und ein halbes Dutzend Einweg-Spritzen. Er nahm eine Spritze und die Flasche heraus. Mit geübter Hand drückte er die Nadel durch die Gummikappe und maß eine bestimmte Menge der farbigen Flüssigkeit ab. Dann wandte er sich grinsend Mirek zu.

»Na denn, Kumpel. Roll deinen linken Ärmel hoch. Zeit zum Schuß. Wie schwer bist du?«

Während Mirek seinen Ärmel hockrempelte, sagte er vorsichtig: »Achtundsechzig Kilo. Was ist das für 'n Zeug?«

»Trepalin, Kumpel. Ich schenk' dir süße Träume. Wenn du aufwachst, wirst du leichte Kopfschmerzen haben und etwas Brechreiz. So was wie 'nen mittleren Kater. Wird sich aber nach ein paar Stunden legen. Das wird in etwa fünfzehn Minuten wirken.«

Er packte Mireks Arm direkt unter dem Ellenbogen und preßte seinen Daumen fest auf die Innenseite. Er schaute zu, wie die Vene hervortrat, und stach dann die Nadel hinein. Mirek beobachtete seine Augen, die auf die Maßeinheit an der Spritze gerichtet waren. Es dauerte nur einen Augenblick, dann zog er die Nadel heraus und warf die Spritze in eine Ecke. Er nahm eine andere und stach sie wieder durch die Gummikappe, wobei er sagte: »Heutzutage kann man nicht vorsichtig genug sein, was?« Er wandte sich an Ania. »Wie schwer sind Sie, Werteste?«

»Sechzig Kilo«, erwiderte sie mit fester Stimme. Sie hatte bereits ihren Ärmel hochgerollt.

»Und dazu hübsch verteilt«, sagte er, während er ihren Arm griff.

Sie zuckte nicht zusammen, als die Nadel eindrang, schaute den Australier nur mit einer gewissen Verachtung an. Er warf die Spritze fort und verkündete dann: »Na denn, dann will ich euch mal verfrachten und direkt ins Paradies der Volksrepublik schaffen.«

Sie verabschiedeten sich rasch und äußerlich völlig gefühllos. Doch als Mirek Pater Heisls Hand schüttelte und Ania ihn umarmte und seine Wange küßte, fühlten sich beide traurig und plötzlich sehr einsam. Dieser Priester, der auf einmal sehr alt wirkte, war ein weiser und fürsorglicher Mentor gewesen. Er war auf eine schüchterne Weise Lehrer und Freund gewesen. Während sie sich umdrehten, seine guten Wünsche noch in den Ohren, spürten sie, daß ihre Reise jetzt wirklich begann. Ihre wenigen Habseligkeiten befanden sich in einer kleinen Baumwolltasche. Der Australier verstaute sie zuerst, stopfte sie ins hintere Ende des Verstecks und bemerkte dazu, daß sie ein gutes Kissen wäre. Das Kämmerchen wurde von einer winzigen Kerzenbirne in einer oberen Ecke erleuchtet. Er erklärte, daß er sie von seiner Kabine aus ein- und ausschalten könne und daß er sie in zwanzig Minuten, sobald sie im Traumland seien, ausschalten würde.

Mirek kletterte hinein und schob seinen Kopf zuerst auf die Baumwolltasche zu. Er begann sich ein wenig benommen zu fühlen. Er legte seinen Kopf auf die Tasche. Er konnte die Waffe im Holster spüren, den er direkt obenauf gelegt hatte. Das vermittelte ihm Trost. Ania kletterte neben ihn. Er konnte ihren weichen Körper spüren, als der sich an ihm vorbeischob. Sie hatte ihm den Rücken zugewandt. Er spürte ihr Gesäß erst an seinen Knien und dann an seinem Schritt. Ihr Haar lag in seinem Gesicht. Er konnte spüren, wie sie versuchte, sich von ihm zu entfernen.

»Ist alles in Ordnung? Versuch dich zu entspannen.«

»Mir geht's gut.« Der Klang ihrer Stimme strafte ihre Aussage Lügen. Sie fühlte sich völlig unwohl, nicht nur körperlich, sondern auch seelisch. Entfernt hörten sie Pater Heisls Stimme.

»Gott sei mit euch.«

Dann hörten sie, wie die Klappe zugeschlagen wurde. Sie lagen wie Zwillingslarven in einem Kokon. Sie hörten schwach das Zuschlagen der Führerhaustür, und nach einem Augenblick begann das Versteck zu erzittern, als der Motor gestartet wurde. Eine Minute später spürten sie die Bewegung, als der Lastwagen aus dem Lagerhaus herausfuhr. Die Bremsen wurden betätigt, und Ania wurde heftig gegen Mirek gepreßt. Mit starrem Körper rückte sie wieder von ihm weg. Ungeduldig sagte er: »Ich hab' dich nicht gebeten, hier zu sein. Entspann dich, um Gottes willen ... Ich werde dich nicht anfallen. In ein paar Minuten werden wir bewußtlos sein.«

Sie entspannte sich etwas. Er spürte den Druck ihres Rückens auf seiner Brust, aber sie hielt ihr Gesäß von seinem Schritt fern.

Er war inzwischen sehr schläfrig. In einem verrückten Augenblick überlegte er, ob sie es war, die schnarchte – oder er. Er bewegte seinen linken Arm, versuchte, es sich bequem zu machen. Es gab keine andere Möglichkeit, als ihn über sie zu legen. Er legte ihn auf ihre Hüfte. Sie rührte sich nicht. Er konnte hören, daß ihr Atem gleichmäßiger wurde. Ihr Haar duftete wie ein Pinienwald. Sein Arm bewegte sich fast wie von selbst, und seine Hand tastete nach ihrem Brustkasten und umschloß ihre linke Brust. Mit kraftlosem Bemühen versuchte sie, diese wegzustoßen, doch sie verlor bereits das Bewußtsein. Er spürte, wie ihre Brustwarze sich in seiner Hand erhärtete. Er folgte ihr in den Schlaf.

Pater Heisl reichte das Fernglas zurück. Der Schinken-Priester hielt es an seine Augen und stellte die Okulare neu ein. Es war 8.55 Uhr, und sie saßen in dem Auto auf der Spitze eines Hügels, der vier Meilen von der Grenzstadt Hate entfernt war. Auf der anderen Seite spannte sich eine Brücke über den Fluß March. Lastwagen und Personenwagen kreuzten sie in regelmäßigen Intervallen. Sie hielten nach dem grünen Lastwagen Ausschau. Keiner der beiden zeigte Ängstlichkeit, aber innerlich waren sie gespannt. Jetzt würde sich entscheiden, ob die wochenlangen Planungen sich gelohnt hatten. Wenn dieser grüne Lastwagen die Brücke überquert hatte, waren die Würfel gefallen. Bisher hatten sie die Puppen bewegt, doch von da an würden die Puppen nicht mehr an Fäden hängen.

Der Schinken-Priester senkte das Fernglas: »Du hast ihm die Waffe gegeben?«

»Ja.«

Er hob das Fernglas wieder und sagte nachdenklich: »Es ist besser so ... Ich meine, daß er darum gebeten hat ... nicht, daß wir sie ihm aufgedrängt haben.«

Heisl erwiderte traurig: »Das denke ich auch, Pieter, aber ich habe Angst um das Mädchen. Scibor ist so entschlossen, sogar so besessen, daß er nicht zögern wird, sie loszuwerden, wenn er glaubt, daß sie ein Hindernis ist. Er wird darüber nicht nachdenken.«

Ohne seinen Blick von der Brücke zu wenden und leise, fast wie zu sich selbst sprechend, sagte der Schinken-Priester: »Wir können nicht beides haben. Durch seine Besessenheit, sein Motiv, hat der Plan größere Chancen auf Erfolg. Daß Ania mit ihm reist, vergrößert diese Chancen noch mehr. Ja, sie ist ein großes Risiko, sogar für ihn ... aber Jan, unsere Kirche wurde auf Märtyrertum gegründet und wird immer davon leben.« Er nahm eine Hand vom Fernglas und machte eine Geste nach vorn. »Genau in diesem Augenblick werden einige unserer Leute gefoltert, seelisch und körperlich. Wir müssen für all diese Menschen Mitleid haben und dürfen doch nicht nur um einen einzelnen fürchten. Bei unserer Aufgabe müssen wir –« Er richtete sich plötzlich auf und hielt das Fernglas fest. »Da ist er. Sie sind durch, überqueren die Brücke.«

Mit bloßem Auge konnte Heisl das helle Grün des Lastwagens ausmachen. Er beobachtete, wie er die andere Seite erreichte und dann hinter einigen Gebäuden verschwand. Der Schinken-Priester wandte sich ihm zu, ein breites Grinsen auf seinem Gesicht.

»Sie sind durch. Der ›Gesandte des *Papa*‹ ist unterwegs.«

Heisl konnte die Freude seines Chefs nicht teilen. Eine Vorahnung von Gefahr erfüllte ihn. Der Schinken-Priester klopfte ihm leicht auf die Schulter.

»Nun komm und freu dich. Du hast bei ihrer Ausbildung hervorragende Arbeit geleistet. Sie werden nicht versagen.«

Pater Heisl lächelte freudlos zurück.

Kapitel 13

Ania erwachte vor Mirek. Ihr Kopf schmerzte vom Nacken bis zur Hirnschale. Ihr Mund fühlte sich verklebt an, ihre Gliedmaßen waren schmerzhaft steif. Mireks Hand ruhte auf ihrer linken Brust. Vorsichtig legte sie sie auf ihre Hüfte. Sie spürte, wie er sich bewegte, und dann lag er wieder still und atmete rhythmisch tief. Sie spannte nacheinander ihre Muskeln. Ihr rechter Arm, der unter ihr lag, war völlig taub und ohne Gefühl. Der Lastwagen fuhr schnell. Sie konnte die Bewegung spüren, wenn er in langen Kurven schwankte. Sie fuhr mit der Zunge über ihre trockenen Lippen und überlegte, wie lange es noch dauern mochte. Sie hoffte, daß Mirek bis zu ihrer Ankunft schlafen würde. Sie wünschte, ihre Armbanduhr hätte ein Leuchtzifferblatt. Mirek erwachte. Zuerst spürte sie, wie er erstarrte, und dann hörte sie unterdrückte Flüche, als er registrierte, wie unbequem er lag. Sie sagte mit belegter Stimme: »Ist alles in Ordnung?«

»Ja«, grunzte er. »Aber wenn er so was einen mittleren Kater nennt, dann möchte ich keinen ausgemachten haben. Wie fühlst du dich?«

»Ich habe noch nie einen Kater gehabt, aber wenn das, was ich jetzt spüre, so ein Kater ist, dann verstehe ich nicht, warum Menschen überhaupt trinken. Kannst du sehen, wie spät es ist?«

Er hob die Hand von ihrer Hüfte und drehte den Kopf. »Fast drei. Der Australier hatte recht. Es sind etwa zehn Stunden.«

»Dann müßten wir also bald da sein.« In ihrer Stimme klang eine Spur von Angst mit.

Er sagte barsch: »Alles hängt davon ab, wie lange er gebraucht hat, um über die Grenze zu kommen. Das kann ewig gedauert haben. Vielleicht sind wir auch erst in einigen Stunden da. Du mußt es eben aushalten.«

Sie verübelte ihm die Anspielung und sagte ärgerlich: »Ich kann's ebenso lange aushalten wie du.«

Aber es dauerte nur noch eine halbe Stunde. Sie spürten, daß der Lastwagen nach rechts abbog. Dem gröberen Straßenbelag nach zu urteilen, mußte es eine Nebenstraße sein.

»Die Abzweigung nach Blovice«, murmelte Mirek. Er hatte den Streckenplan exakt im Kopf.

Fünf Minuten später fuhr der Lastwagen langsamer und bog wieder nach rechts ab. Diese Straße war noch holpriger, doch nach weniger als einer Minute bremste der Lastwagen noch einmal und kam dann zum Stehen. Zehn Minuten lang geschah nichts, dann hörten und spürten sie ein leichtes Rumsen: der Fahrer hatte anscheinend die Tür seiner Kabine zugeschlagen. Eine Minute später fluteten Licht und eiskalte frische Luft herein, und sie atmeten erleichtert durch. Mirek wandte sich und schaute an seinem Körper herunter. Das Licht blendete ihn fast, dann wurde es teilweise durch das haarige rote Gesicht des Australiers verdeckt.

»Alles in Ordnung, ihr zwei ... seid ihr wach?«

Sie beide murmelten: »Ja.«

»Gut. Wir sind früh hier. Ich hatte schon Sorge, ihr würdet noch schlafen. Kommt schnell raus; Ladies first.« Er faßte Anias Fesseln und zog sie rasch heraus. Zuerst konnte sie kaum stehen. Mit den Händen unter ihren Achselhöhlen zog er sie halb über die Straße und half ihr, sich auf einen umgestürzten Baumstamm zu setzen. Als er sich wieder umwandte, war Mirek bereits draußen und lehnte sich gegen den Lastwagen. Schnell griff der Australier hinein und zog die Baumwolltasche heraus. Er ließ sie vor Mireks Füßen fallen und sagte: »Gut dann, Kumpel, ich bin weg.«

»Augenblick!« Mirek stieß sich vom Lastwagen weg, taumelte ein paar Schritte und richtete sich dann auf. »Bist du sicher, daß das die richtige Stelle ist?«

»Sicher«, rief er, wobei er nach links deutete. »Blovice liegt vier Kilometer hinter diesem Hügel.«

Mirek blickte hin. Unterhalb des Hügels breitete sich das kleine Dickicht aus, das er sich eingeprägt hatte. Er winkte zustimmend. Der Australier schwang sich in seine Kabine und schlug die Tür zu. Der Motor lief noch immer.

»Viel Glück«, schrie er aus dem Fenster. Die Preßluftbremsen zischten, und der Lastwagen rollte an, wobei die Hinterräder die Baumwolltasche nur knapp verfehlten. Der Australier erwartete keinen Dank. Der einzige Dank, den er wollte, befand sich in einem anderen, viel kleineren Versteck seines Lastwagens. Zehn biegsame, oblatendünne Streifen aus purem Gold.

Mirek ergriff die Baumwolltasche und humpelte zu Ania hinüber.

»Komm«, drängte er. »Wir müssen rasch von der Straße runter.«

Er reichte ihr seine Hand, um ihr aufzuhelfen, aber sie schüttelte sie ab, entschlossen, keine körperliche Schwäche zu zeigen.

Es war ein heller, aber kalter Nachmittag. Weit entfernt zu ihrer Linken breiteten sich ordentlich gereihte Felder. Der Boden vor ihnen war steinig und offensichtlich nicht zu pflügen. Er war mit großen Grasbüscheln und kleinen Sträuchern durchsetzt.

Sie brauchten eine halbe Stunde, um das Dickicht zu erreichen. Nach einem halben Kilometer stießen sie auf eine rohe Karrenspur. Inzwischen war die Steifheit aus ihren Gliedern gewichen, und sie fühlten sich besser.

Das Gras hier war grüner und wuchs reichlicher, und schließlich hörten sie das Geräusch fließenden Wassers. Ein winziger Bach ergoß sich vom Hügel herab, floß zwischen den Bäumen hindurch und schlängelte sich dann den Feldern zu. Ania stellte sich vor, daß dies an Wochenenden im Sommer ein beliebter Picknickplatz sein müßte.

Sie setzten sich an den Bach. Mirek schaute auf seine Armbanduhr und bemerkte: »In zwanzig Minuten soll die erste Begegnung stattfinden. Ich hoffe, er schafft es – ich bin hungrig.«

Er hatte die Baumwolltasche zwischen sie in das Gras gestellt. Ania griff danach, entknotete die Schnur und wühlte darin herum. Als sie ihren Toilettenbeutel herausnahm, grinste Mirek und fragte: »Willst du dein Make-up auffrischen?«

»Nein. Ich kümmere mich um das gesundheitliche Wohlergehen meines lieben Mannes.«

Sie nahm eine Flasche Aspirin heraus, schüttete drei Tabletten in ihre Handfläche und reichte sie ihm. Er nahm sie mit zustimmendem Grunzen. Darauf holte sie eine Plastikflasche mit Wasser hervor. Nachdem er seine drei Tabletten geschluckt hatte, nahm sie zwei, erhob sich dann und wischte die Grashalme von ihrer Rückseite ab.

»Ich werde ein wenig spazierengehen und versuchen, mich ein bißchen aufzuwärmen.«

Sie sprang über den Bach und spazierte zwischen den Bäumen davon, wobei sie auf der gefrorenen Erde etwas rutschte.

»Lauf nicht zu weit«, rief er.

Sie winkte verstehend. Er war ein wenig über ihr Verhalten amüsiert, seit sie ihre Reise begonnen hatten. Sie war entschlossen zu zeigen, wie hart und zuverlässig sie sein konnte, auch wenn sie eine Frau war.

Und was für eine Frau sie war. Seine Augen folgten ihr, als sie über einen umgestürzten Stamm kletterte. Unter ihrem dicken Anorak trug sie eine eng geschnittene Hose, die die Kurven ihrer Taille und Hüften betonte. Plötzlich erinnerte er sich daran, wie seine Hand in dem Versteck ihre Brust umfaßt hatte. Er konnte die warme, weiche Form sogar jetzt noch spüren. Ebenso plötzlich erinnerte er sich an seine Reaktion, als er ihr zum ersten Mal begegnet war. Wie konnte er sie sich nur in einem Nonnengewand vorstellen? Auf gewisse Weise traf das noch immer zu. Wenn er versuchte, sie sich sexuell vorzustellen, dann verschwanden die Hose und die ausgeprägten Formen unter knöchellangem Weiß. Doch das Gefühl ihrer Brust in seiner Hand war noch immer warm.

Nach fünfzehn Minuten kam sie wieder vom Hügel herunter. Ihr Gesicht war von der Anstrengung leicht gerötet. »Ich bin auf die Kuppe gegangen«, keuchte sie. »Ich konnte Blovice sehen. Es ist ein winziges, wunderschönes Dorf mit weißen Häusern und roten Dächern und dem Turm einer alten Kirche.«

Er wollte ihr gerade erzählen, daß die Kirche sicher schon lange nicht mehr zu religiösen Zwecken benutzt werden würde, als sie das Geräusch eines Autos hörten.

Er stand auf, und sie beobachteten, wie ein alter grauer, kastenförmiger Skoda über die Karrenspur holperte. Er hielt fünfzig Meter entfernt, nahe dem Dickicht. Ein kleiner Mann stieg aus.

Er trug eine braune Kordhose, einen langen Mantel und einen alten, weichen, braunen Hut. Er nahm einen Knotenstock vom Rücksitz und schlenderte auf sie zu, wobei er sich umsah. Als er näher kam, sahen sie, daß er Mitte oder Ende der Sechzig sein mußte. Er hatte ein ledriges, sehr faltiges Gesicht und kleine, von Runzeln umgebene Augen.

Er entdeckte sie unter den Bäumen, schwang grüßend seinen Stock und rief: »Hallo. Ein herrlicher Tag für einen Spaziergang.«

»Komm«, sagte Mirek und nahm die Baumwolltasche auf. Als sie aus dem Dickicht traten, sagte er zu dem Mann: »Ja, aber es ist sehr kalt unter den Bäumen.«

Das Gesicht des Mannes wurde noch faltiger, als er lächelte und seine Hand ausstreckte.

»Ah, mein Neffe Tadeusz und meine angeheiratete Nichte Tatania. Ich freue mich sehr, daß ihr wohlbehalten angekommen seid.«

Er schüttelte herzlich Mireks Hand, umarmte Ania und küßte sie so auf beide Wangen, wie Verwandte sich grüßen, die sich lange nicht gesehen haben.

»Gut seht ihr aus.« Er schwatzte fröhlich, als er sie zum Wagen begleitete. »Deiner Mutter geht es gut, Tadeusz, und diesem alten Drachen Alicja?«

»Sehr gut, Onkel Albin. Sie lassen herzlich grüßen – und wie geht es Tante Sylwia?«

»Ach, dasselbe, immer dasselbe; sie läßt mir keinen Augenblick Ruhe. Sie hat jetzt eine leichte Arthritis, aber so schlimm ist es nicht.«

Im Wagen wandelte sich das Verhalten des Mannes von entspannter Fröhlichkeit zu sachlicher Geschäftigkeit. Mirek saß auf dem Beifahrersitz und Ania hinten. Er entriegelte rasch das Handschuhfach und nahm eine große, abgenutzte Lederbrieftasche heraus. Er reichte sie Mirek und sagte: »Eure Papiere. Bitte prüft sie sorgfältig.«

Mirek öffnete die Brieftasche und sah sich die Papiere sorgfältig an, während er sie mit der Checkliste, die er sich eingeprägt hatte, verglich. Sie waren vollständig. Alles war vorhanden. Pässe für Tadeusz und Tatania Bednarek, beide ordentlich gestempelt und mit den Unterschriften unterzeichnet, die sie eingeübt hatten. Personalausweise, Rückfahrkarten von Warschau nach Brno über Breslau, wobei die Hinfahrt säuberlich entwertet war. Einige alte Briefe von ein paar Freunden. Sein Dienstausweis für seinen Arbeitsplatz in der Reifenfabrik Pluch. Ihr Ausweis für die Kucharska-Klinik. Lebensmittelgutscheine, die zuletzt vor drei Tagen abgestempelt worden waren. Alles war genauso, wie Pater Heisl es ihnen gesagt hatte. Mirek wußte, daß einige der Papiere echt waren und andere meisterhafte Fälschungen. Trotz all seiner Erfahrung durch den SB vermochte er sie nicht zu unterscheiden. Das vermittelte ihm das heftige Gefühl von Erleichterung und Zuversicht.

»Perfekt«, sagte er, schloß die Brieftasche und steckte sie in seine Tasche.

»Gut.« Der Mann startete den Wagen, und sie holperten davon. »Ich werde langsam fahren. Euer Zug nach Brünn hatte eine halbe Stunde Verspätung, und bei diesem alten Wagen würde man selbst von einem verrückten Fahrer wie mir nicht erwarten, daß er die Strecke in weniger als zwei Stunden schafft. Übrigens, eure Koffer sind hinten drin. Laßt die Tasche im Wagen, ich hole sie nach Einbruch der Dunkelheit heraus. Unsere kleine Hütte liegt am Ortsrand, aber in einem kleinen Dorf gibt es nur neugierige Augen. Besonders, wenn es sich um Fremde handelt.«

Mirek wollte ihn schon fragen, wann er in Blovice angekommen sei, aber dann hielt er inne. Pater Heisl hatte betont, daß niemand in diesem Kanal Fragen dieser Art stellen würde, und umgekehrt sollten sie es auch nicht. Er wußte, daß dieser alte Mann, der mit seiner Frau – oder angeblichen Frau – zusammenlebte, als pensionierter Elektriker polnischer Abstammung aus Prag getarnt war. Das ›Ehepaar‹ hatte eine Hütte in einem kleinen Dorf auf dem Land gemietet, um dort seinen Lebensabend zu verbringen. Sobald Mirek und Ania weiter unterwegs waren, würden der Mann und seine Frau zu der Ansicht gelangen, daß das Dorfleben ihnen eigentlich doch zu ruhig sei. Sie würden packen, sich verabschieden und verschwinden.

Der alte Mann wandte sich um und schaute Ania an. »Bist du sehr müde?«

»Nein, Onkel Albin.« Sie kicherte. »Ich hab' den ganzen Weg geschlafen ... Ich bin hungrig.«

»Nur keine Sorge, Kleine, deine Tante Sylwia wird dich schon versorgen.«

Seltsamerweise verspürte Mirek etwas Ärger über die Freundlichkeit des alten Mannes. Er war klein und wog wahrscheinlich weniger als Ania. Und dazu war es kaum nötig, daß sie ihre Tarnung beibehielten, wenn sie allein waren. Barsch sagte er: »Ist alles bereit? Wann verlassen wir Blovice?«

Sie hatten das Ende des Karrenweges erreicht. Albin wartete, bis sie auf der Teerstraße waren, und fuhr dann etwas schneller. Dann erst antwortete er. Er schaute Mirek an und sagte tonlos: »Alles ist vorbereitet. Morgen werdet ihr euch ausruhen. Am Nachmittag werdet ihr mit uns einen Spaziergang ins Dorf machen und in einem Café einen Slivovitz trinken. Das wird erwartet. Am Morgen darauf brechen wir zu einem kleinen Ausflug auf. Zuerst besuchen wir das Museum in Brünn. Man hat mir gesagt, es sei sehenswert. Dann werden wir nach Ostrau fahren und die Nacht in einem kleinen Hotel verbringen. Am Tag darauf werden wir in einer der Gaststätten zu Mittag essen und dann nach Dieszyn fahren, wo ihr in den Zug steigt.«

Sie erreichten jetzt das Dorf und kamen an einigen kleinen Bauernhäusern vorbei. Mehrere Leute waren auf den Gemüsefeldern. Sie blickten einer nach dem anderen auf, als der Wagen vorbeifuhr. Verkehr war hier, abseits der Hauptstraße, eine Seltenheit.

Ania konnte den Kirchturm vor sich sehen. Sie fragte: »Wird die Kirche noch benutzt?«

Albin antwortete ärgerlich: »Du machst wohl Witze. Seit über zwanzig Jahren ist das ein Lagerhaus für Getreide. Diese Kommunisten sind schlimmer als Tiere!«

Er sprach mit solcher Heftigkeit, daß Mirek annahm, er müsse tief religiös sein. Vielleicht war er sogar einer der geheimen Priester, die mehr als jeder andere in diesem Land riskierten.

»Wir sind da«, sagte der alte Mann und bremste vor einer kleinen Hütte neben der Straße.

Sie stiegen aus dem Wagen, und Albin ging nach hinten zum

Kofferraum. Die einfache Hütte war einstöckig. Ein kleines Fleckchen Garten an der Vorderseite, ein Pförtchen und ein Betonweg, der zur Eingangstür führte. Sie öffnete sich, und eine lächelnde Frau eilte heraus. Sie war das Gegenstück zu ihrem Mann, groß, drall, glatthäutig und sah etwa zehn Jahre jünger aus. Sie trug ein schwarzes Kleid, eine Wollweste und dazu eine beige Schürze. Sie eilte den Weg entlang, öffnete das kleine Tor und machte ein gewaltiges Aufheben, um Mirek und Ania zu begrüßen, umarmte und küßte sie. Sie führte Ania über den Weg, während Mirek Albin half, die beiden billigen Koffer auszuladen. Er schaute die Straße entlang. Auf der anderen Straßenseite führte ein steifer alter Mann einen schäbig aussehenden kleinen Hund spazieren. Der hob sein Bein an einem Baum. Der alte Mann wartete geduldig, die Augen auf Mirek gerichtet.

Drinnen sah die Hütte genauso aus, wie man es erwartet hätte: eben wie eine Wohnung, die vorübergehend gemietet worden war. Das Mobiliar war spärlich und billig, alles wirkte gebraucht; doch der Duft, der aus der Küche drang, verriet, daß dort ein Herdfeuer brannte; man freute sich bei diesem Geruch auf alte Kupfertöpfe und irdenes Geschirr.

Sylwia übernahm das Kommando.

»Gieß ihnen etwas zu trinken ein«, befahl sie Albin, ergriff die beiden Koffer und sagte zu Ania: »Folge mir, Tatania.«

Sie führte Ania die hölzerne Stiege empor und deutete mit ihrem Kinn auf eine Tür. »Toilette und Dusche. Tut mir leid, keine Wanne, aber das Wasser ist heiß, und zumindest wird es dich aufwärmen.« Sie wandte sich nach rechts, stellte einen der Koffer ab und öffnete eine andere Tür. Ania folgte ihr ins Zimmer.

Das Zimmer war klein und übervoll eingerichtet. Da standen ein Kleiderschrank, eine Kommode, ein weißer Rohrstuhl und ein Möbelstück, das fast das ganze Zimmer anfüllte: ein Doppelbett mit rosafarbenem Deckbett. Ein kleiner Elektroofen, in dem ein Heizstab glühte, beheizte das Zimmer. Als Ania das Bett sah, spürte sie, wie ihr das Herz sank. Die ältere Frau sah ihren Gesichtsausdruck und verstand sofort. Sie sagte: »O Gott – ihr seid nicht wirklich verheiratet ... Das hat man uns nicht gesagt.«

»Es ... es macht ja nichts«, stammelte Ania.

Sylwia legte die Koffer auf das Bett und sagte: »Hör zu, ich werde mit Albin sprechen. Er kann hier mit Tadeusz schlafen. Du legst dich in mein Zimmer.« Sie deutete auf das Bett. »Die Möbel waren schon hier, als wir ankamen ... Sie haben uns nichts gesagt.«

Zuerst spürte Ania Erleichterung, hatte dann aber ein Schuldgefühl. Mit dieser Situation mußte sie künftig auch fertig werden. Es war besser, das gleich am Anfang hinter sich zu bringen. Besser, wenn sie und Mirek einander jetzt verstanden. Es war besser, wenn sie sich an seine nächtliche Nähe gewöhnte. Entschlossen schüttelte sie ihren Kopf und lächelte.

»Nein, Tante Sylwia. Bleib bei Onkel Albin. Mir wird's schon gut gehen.«

Slylwia warf ihr einen zweifelnden Blick zu. Irgend etwas hatte ihr verraten, daß dieses Mädchen unschuldig war. Sie hatte darin einen geübten Blick.

»Bist du sicher?«

»Ich bin sicher. Es ist besser so.«

»In Ordnung. Nun komm hinunter und trink und iß etwas.«

* * *

Zum Abendessen gab es eine kräftige Gemüsesuppe, gefolgt von geschmortem Kaninchen. Dazu wurden dicke Scheiben selbstgebackenen Brotes gereicht. Die Unterhaltung war betont unpersönlich. Es ging um Politik. Albin gab zu verstehen, daß er kürzlich Polen besucht hatte. Mirek hungerte nach Neuigkeiten, nicht nach den schlagzeilenträchtigen, sondern nach menschlichen. Sie sprachen über die ›Solidarität‹ und die Unterdückung, über Versorgungsschwierigkeiten und Bitterkeit, über den ständig wachsenden Haß auf die Russen, über die Kirche. Die Unterhaltung über die Kirche verwirrte Albin ungemein. Vor dem Essen hatte er, als sie um die dampfenden Teller saßen, bedeutungsvoll seinen Gast angeschaut und dann den Kopf gesenkt. Sofort waren seine Frau und Ania seinem Beispiel gefolgt. Er hatte ein einfaches Gebet gesprochen. Aus den Augenwinkeln hatte er gesehen, daß Tadeusz aufrecht dasaß, mit leicht spöttischem Gesichtsausdruck. Und jetzt, während sie über die Situation der Kirche in Polen und den polnischen Papst in Rom sprachen, war der alte Mann über den Einblick und das Wissen seines jungen Gastes erstaunt. Er war beunruhigt. Mirek diskutierte über die Kirche wie jemand, der über die Arbeitsweise einer Partei spricht. Er war mit der Struktur und den Persönlichkeiten außerordentlich vertraut. Mit dem Stand der Beziehungen zwischen Partei und Kirche und dem Druck, der sich auf beiden Seiten aufbaute. Er debattierte auf leicht arrogante Art, trotz seiner überlegenen und intimen Kenntnis. Albin blickte zuweilen auf das Mädchen; ihr Gesicht wirkte düster. Nur einmal hob sie die Augen, als Mirek etwas sagte. Schließlich mischte sie sich ein, um das Thema zu wechseln. Sie fragte Sylwia: »Wo hast du ein so fettes Kaninchen her?«

Sylwia lächelte vergnügt. »Von einem der Bauern hier. Im Dorf wird viel getauscht. Holz gegen Gemüse, Tomaten gegen Bratöl und so weiter.« Sie deutete auf den Topf. »Zwei Kaninchen habe ich gegen eine halbe Seite besten Specks getauscht.«

»Aber woher hast du den ...?«

Mirek hustete scharf, schnitt Anias Satz ab. Er blickte Albin an, der aufmerksam das Ende seiner Gabel betrachtete.

Ania war überrascht, verstand dann aber. Der Schinken-Priester hatte unlängst diese Gegend besucht. Sie lächelte Sylwia an und sagte einfach: »Geschmortes Kaninchen ist eines meiner Lieblingsgerichte. Ich hab' noch nie eins gegessen, das so gut gekocht war; aber da ist etwas drin, was ich nicht genau herausschmecken kann. Ein wenig scharf auf der Zunge. Dadurch schmeckt es kräftiger.«

Sylwia lächelte ihrem Mann zu und sagte: »Das Kaninchenschmoren habe ich von Albins Mutter gelernt. Sie kam aus dem hohen Norden – aus Lebore. Dort tut man immer etwas Ingwer ins Schmorfleisch.«

»Genau das ist es!« rief Ania aus.

Die beiden Frauen begannen über Rezepte zu sprechen. Albin holte ein Päckchen Zigaretten heraus und bot Mirek davon an. Einem Impuls folgend, nahm Mirek eine. Seit Monaten hatte er nicht geraucht. Der Tabak war grob, der Rauch beißend, aber er inhalierte hungrig. Der alte Mann beobachtete ihn durch den

Rauch. Mirek hatte den Eindruck, daß er aus einem Grund, der ihn verwirrte, Mißfallen erregte. Das sollte nicht sein. Dieses Paar war lediglich ein Rädchen im Getriebe. Ein Bauer, der eine Öffnung schaffen sollte, damit die Dame ziehen konnte. Der alte Mann bedeutete eigentlich nichts, doch aus Gründen, die er sich nicht erklären konnte, störte sich Mirek an seiner Mißbilligung. Er beugte sich zu ihm hin und sagte leise: »Ich ... wir sind sehr dankbar für eure Hilfe ... für eure Gastfreundschaft.«

Der alte Mann winkte abweisend mit seiner Zigarette und sagte: »Wir dienen, so gut wir können.«

Mirek nickte. Er war entschlossen, irgendwie an den alten Mann heranzukommen, und fand die richtigen Worte. Er blies Rauch aus der Nase, drückte seine Zigarette aus und sagte: »Ja, dienen ist ein Wort, das ich einmal zu verstehen glaubte. Doch es war nicht so. In den letzten Monaten habe ich etwas von der Bedeutung dieses Wortes erfahren. Ich habe gelernt, daß es nicht nur Gehorsam voraussetzt, sondern Selbstlosigkeit. Nicht irgendeine Belohnung, sondern echte Demut ... Ich spüre das in eurem Haus und in eurer Gesellschaft. Wir werden ein kurzes Stück des Weges miteinander gehen und uns dann trennen ... Wir werden uns nie wieder begegnen, aber ich werde dich und deine Frau nie vergessen. Ihr wißt nicht, wozu ihr das tut ... aber ihr kennt das große Risiko, das ihr eingeht. Ich werde eure richtigen Namen nie erfahren – sie sind auch gleichgültig. Ich werde nie die Kraft der Menschen vergessen, die ich als Albin und Sylwia Wozniak kenne.«

Die beiden Frauen hatten aufgehört zu sprechen. Sie hatten den letzten Teil seiner kleinen Rede mitgehört und beobachteten ihn neugierig. Er fühlte sich außerordentlich verwirrt. So hatte er noch nie zuvor gesprochen. Ärger auf sich selbst begann in ihm aufzusteigen. Dann erhob sich Albin, ging zum Büffet und kam mit einer Flasche und vier kleinen Gläsern zurück. Wortlos schenkte er den Slivovitz ein und reichte die Gläser. Dann hob er sein eigenes und sagte: »Laßt uns auf unsere Mutter trinken ... auf Polen!«

»Auf Polen«, echoten sie und kippten gleichzeitig die Flüssigkeit in ihre Kehlen. Sie brannte Mireks Ärger fort. Er spürte eine

Wärme, die nicht nur vom Alkohol kam. Er konnte nicht verstehen, was es war. Konnte nicht begreifen, daß er zum erstenmal in seinem Leben Gemeinschaft erfuhr.

Die beiden Frauen standen auf und räumten den Tisch ab. Als die Geräusche des Abwaschens zu hören waren, zwinkerte Albin Mirek zu, stand auf und stellte die Flasche auf den Tisch. Mit geübter Hand schenkte er die beiden Gläser genau randvoll. Diesmal gab es keinen Trinkspruch. Nur entspanntes Schweigen. Mirek nippte nur an seinem Schnaps. Er mochte Alkohol und dessen erheiternde Wirkung, aber er kannte auch seine Gefahren. Jetzt war das in Ordnung. Er konnte trinken und anschließend sicher schlafen; aber außerhalb dieses sicheren Hauses konnte das verhängnisvoll sein. Er wußte, wie das auf ihn wirkte. Es machte ihn zu selbstsicher, zuweilen arrogant. Zuviel Selbstsicherheit konnte auf dieser Reise eine Katastrophe bedeuten.

Die Frauen kamen zurück, und als sie die Flasche sah, schalt Sylwia ihren Gatten leicht. Ania verkündete, daß sie duschen und dann zu Bett gehen wolle. Sie küßte das ältere Paar auf die Wangen und ging die Treppe empor. Mirek schaute zu, wie ihre Beine oben verschwanden. Einige Minuten später wünschte ihnen Sylwia ebenfalls eine gute Nacht und folgte ihr. Albin schenkte ihnen noch einen Slivovitz ein.

»Nur zu«, murmelte Mirek ohne große Überzeugung. Der alte Mann lächelte.

»Keine Sorge. Das ist der letzte für die Stiege. Er wird dir helfen, gut zu schlafen. Und mach dir keine Gedanken über frühes Aufstehen ... schlaf dich aus.«

»Ich werd's versuchen.« Mirek hob sein Glas dem alten Mann zu, doch in Gedanken war er im Schlafzimmer. Das Wort ›schlafen‹ ließ ihn an das Doppelbett denken und an Ania, die unter der Dusche war. Er konnte sich vorstellen, wie sie ihren Kopf dem Wasser entgegenhielt, wobei ihr Haar zurückfiel, das durch das Wasser noch mehr glänzte. Ihr Körper war feucht und funkelnd, Wasser floß zwischen ihren Brüsten und Hinterbacken und an ihren geschwungenen Waden hinunter. Sein Puls beschleunigte sich bei dieser Vorstellung. Plötzlich bemerkte er, daß der alte Mann mit ihm sprach.

»Die letzte Nachricht habe ich vor einer Woche bekommen. Sie besagte, daß du die Ursache für die verstärkten Aktivitäten der Staatspolizei in den letzten Tagen bist. Das ist nämlich nicht nur an den Grenzen so, weißt du. Überall gibt es überraschende Straßensperren und plötzliche Razzien. Wissen die eigentlich genau, nach wem sie suchen?«

Es war eine Frage, die Mirek glaubte beantworten zu können. Er schüttelte seinen Kopf. »Sie suchen nach einem Mann, der wahrscheinlich allein reist. Sie kennen weder sein Alter noch seine Nationalität. Alles, was sie wissen, ist, daß er heimlich in Osteuropa reist. Sie kennen sein Ziel, nicht aber seinen Ausgangspunkt.«

Albin grunzte zufrieden und leerte seinen Slivovitz.

»Dann ist die Gefahr nicht so groß, wie ich befürchtet hatte. Die suchen ja wirklich die Nadel im Heuhaufen.« Er lächelte. »Zwei Nadeln ... Es war raffiniert vom Schinken-Priester, das Mädchen mit dir zu schicken.«

Mirek starrte ihn an, zuckte dann seine Schultern und sagte: »Vielleicht.« Auch er leerte sein Glas und erhob sich dann. Er hatte gehört, wie die Badezimmertür sich geöffnet und geschlossen hatte. »Ich werde zu Bett gehen. Danke für alles, Albin.«

Das Badezimmer war warm und feucht und hatte einen weiblichen Duft. Anias Toilettenbeutel lag auf dem Waschbecken. Er öffnete ihn und sah sich den Inhalt an. Zwei Lippenstifte, eine Flasche Shampoo, ein Plastikbeutel mit Watte, ein Kamm, Wimperntusche, Augenbrauenstift und Lidschatten. Und schließlich ein Päckchen Tampons. Ungeöffnet. Er ergriff es und drehte es in der Hand. Seltsamerweise hatte er Schwierigkeiten, Tampons mit einer Nonne in Verbindung zu bringen.

Alle Dinge waren in Polen hergestellt. Bis auf das Shampoo packte er alles wieder ein. Er wußte, daß in seiner Tasche auch Shampoo sein würde, wollte aber perverserweise ihres benutzen, obwohl er wußte, daß es stark duftete.

* * *

Ania saß im Bett und las ein Buch, als er ins Schlafzimmer kam; ein Handtuch war wie ein Turban um ihren Kopf gewickelt. Ein langärmeliges Flanellnachthemd reichte ihr bis zum Hals. Mirek vermutete, daß es bis an ihre Knöchel reichte. Pater Heisl würde auf dieses kleine Detail geachtet haben.

Sie blickte auf, als er hereinkam. Er hatte ein Handtuch umgebunden und trug seine Kleidung und seine Schuhe. Ihre Augen wandten sich wieder dem Buch zu. Er legte seine Kleidung säuberlich auf den Stuhl und bemerkte dann, daß sie seinen Schlafanzug auf das Bett gelegt hatte. Er lächelte und sah sie an. Sie schaute streng auf das Buch. Er lachte kurz und warf den Schlafanzug auf den Stuhl. »Den benutze ich nie«, sagte er. »Gewöhnlich schlafe ich nackt – das ist gesünder.«

»Das wird dein Feingefühl beruhigen.« Mit seiner linken Hand löste er das Handtuch. Es fiel auf seine Füße. Er sah einen kurzen Blick ihrer verwirrten Augen, bevor sie rasch das Buch hob und sich so den Blick versperrte.

»Mußt du das tun?« zischte sie ärgerlich.

Er zog seine Unterhose an und bemerkte fröhlich: »Ania, daran wirst du dich gewöhnen müssen.«

Ein Schweigen entstand, und dann sagte sie heftig hinter ihrem Buch: »Daran werde ich mich nie gewöhnen. Wenn du darauf bestehst, muß ich mich wohl mit deinem flegelhaften Benehmen abfinden ... aber ich sage dir, Mirek Scibor, für mich bist du nichts weiter als ein schmutziger Schuljunge. Du hältst dich hier im Hause eines gottesfürchtigen Paares auf. Daran solltest du denken!«

Ihr kleiner Vortrag ärgerte ihn. Besonders, was den schmutzigen Schuljungen betraf. Er sagte: »Ich bin in einem Versteck, das allein für meine Mission gemietet wurde ... für *meine* Mission. Du bist nur als Reisebegleitung mitgekommen, um Museen zu bewundern, das verdammte Kaninchen mit Ingwer zu genießen und die berühmten Restaurants ... Und langweile mich nicht mehr mit deinen verdammten Moralpredigten ... Verdammt noch mal, Frau, in diesem Museum in Florenz hast du alte Meisterwerke bewundert. Einige davon wurden sogar von deiner großen und allmächtigen Kirche in Auftrag gegeben. Da wird Nacktheit dargestellt, Frauen mit entblößten Brüsten, nackte Männer, von denen alles gezeigt wird ... alles, verdammt noch mal! Aber im wirklichen Leben ist das Sünde ... ich sage dir, Ania Krol, das ist Heuchelei. Keine blinde Heuchelei ... sondern eine mit offenen Augen. Was glaubst du wohl, wie diese Bilder gemalt wurden? Denkst du, Boticelli und die anderen haben nach ihrer Phantasie gemalt? Sie hatten lebende Modelle; also haben sie logischerweise gesündigt, während sie Meisterwerke für deine Kirche schufen!«

Sie starrte auf ihr Buch, als habe sie vergessen, daß er da sei, und er beruhigte sich. »Ja, richtig«, sagte er resignierend. »Man kann niemanden von etwas abbringen, von dem er nie überzeugt war. Gegen blinden Aberglauben kommt man nicht an.«

Er zog die Tagesdecke auf seiner Seite zurück und stieg ins Bett. Die Federn quietschten. Die Matratze war weich. Sie wurde sich bewußt, daß sie aufgrund seines schwereren Gewichts zu ihm rutschen würde. Sie seufzte in sich hinein in Erwartung einer schlaflosen Nacht.

»Was liest du?«

Wie jeder, dem je diese Frage gestellt wird, drehte sie das Buch um, um auf den Umschlag zu schauen.

»*Der Regensturm* von Stefan Osowski. Sylwia hat es mir geliehen.«

Er kicherte. »Ich hätt's mir denken können. Ich mußte es auch mal lesen. Ich war sehr ergriffen, als er schließlich Trost bei Gott fand.«

Sie schaute ihn an und sah seine zynisch verzogenen Lippen. Sie wandte sich wieder dem Buch zu, doch es fiel ihr schwer, sich zu konzentrieren, da sie in Gedanken auf die nächste Bemerkung wartete, die unausweichlich kommen mußte. Sie sagte: »Willst du schlafen? Soll ich das Licht ausschalten?«

»Nein, mach nur weiter.«

Sie wollte nicht weitermachen. Sie wollte auch nicht reden, aber vor allem wollte sie nicht das Licht ausmachen.

Er sagte: »Ich wette, du hast nie Küng gelesen. Ich möchte wetten, daß man dir seine Bücher im Kloster nicht gegeben hat.«

»Nein, das hat man nicht.«

Er rückte die Kissen hinter sich zurecht und machte es sich bequemer. Sie wartete auf das Unausweichliche.

»Ein brillanter Kopf dieser Küng – und sehr radikal. Er stellt eine These auf, die eine Menge eurer Priester gerne unterstützen würden. Jede Wette.«

»Ach, wirklich?« Sie versuchte, Langeweile in ihrer Stimme mitklingen zu lassen, aber er ließ sich nicht beirren.

»Ja. Es ist wirklich faszinierend. Küng stellt die Hypothese auf, daß Zölibat und Keuschheit zwei ganz verschiedene Dinge sind. Jetzt müssen auf Grund der Unfehlbarkeit einer päpstlichen Bulle Priester – und natürlich Nonnen – im Zölibat leben ... Das ist endgültig, jedenfalls so lange, bis eine andere päpstliche Bulle etwas anderes bestimmt.« Er zog sich an diesem Thema mit offensichtlichem Wohlbehagen hoch. »Küng interpretiert das Zölibat so, wie es ursprünglich vor sechzehnhundert Jahren gedacht war. Das hieß: keine Ehe. Sex war nicht verboten. Keuschheit hingegen bedeutete damals wie heute: keinen Sex. Wenn ein Priester, oder natürlich eine Nonne, heiratet, brechen sie ihr Zölibatsgelübde und können nach kanonischem Gesetz nicht Priester oder Nonne bleiben. Jedoch, wenn ein Priester oder eine Nonne«, er legte Betonung auf das Wort ›Nonne‹, »sexuelle Beziehungen haben, besonders gelegentliche sexuelle Beziehungen, dann können sie Vergebung von der Kirche bekommen, indem sie die Wahrheit in der Beichte sagen –« Er wandte seinen Kopf, um sie anzusehen. »Findest du das nicht interessant?«

»Überhaupt nicht.« Sie klappte das Buch heftig zu und legte es auf ihren Nachttisch. Der Lichtschalter war eine Schnur, die über dem Bett von der Decke hing. Sie griff danach und zog daran. In die Dunkelheit hinein sagte sie: »Ich denke, wir sollten versuchen zu schlafen.«

Als sie ins Bett rutschte, hörte sie ihn neben sich kichern.

Sie rückte ihre Kissen zurecht und legte sich hin. Er tat das gleiche. Sie rutschte so weit wie möglich zur Bettkante hinüber. Er machte es sich bequem. Etwa zwanzig Minuten lang herrschte Schweigen, dann gähnte er heftig und drehte sich um. Sie hörte seinen ruhigen Atem, erstarrte dann, als sich seine Hand leicht auf ihre Hüfte legte. Sie glitt langsam zu ihrem Gesäß hinunter. Sie faßte nach ihr und stieß sie heftig beiseite. Er drehte sich grunzend herum, als ob er schliefe. Nach weiteren zwanzig Minuten hatte sie sich entspannt und war schließlich müde genug, um schlafen zu können. Da drehte er sich wieder um. Dieses Mal glitt seine Hand über ihre Taille und bewegte sich nach oben. Wieder stieß sie sie ärgerlich fort.

»Mich kannst du nicht täuschen. Ich weiß, daß du wach bist. Hör auf.«

Er drehte sich auf den Rücken und tat nicht länger so, als ob er schliefe. Die Vorhänge waren dick und das Zimmer pechschwarz. Nach ungefähr zehn Minuten sagte er lebhaft: »Ania, stört es dich, wenn ich masturbiere?«

Entsetzt richtete sie sich auf, ihre Hand tastete suchend nach der Schnur des Lichtschalters. Sie fand sie und zog daran. Er hielt eine Hand hoch, um seine Augen vor dem plötzlichen Licht zu schützen. Hinter der vorgehaltenen Hand sagte er: »Es gibt Dinge bei Männern, die du nicht verstehst. Das ist auch kaum überraschend. Jetzt hör zu. Ich bin sexuell erregt... sogar sehr. Und das ist auch nicht überraschend. Wenn ein Mann erregt ist, dann bekommt er entweder Erleichterung oder Schmerzen in seinen Hoden. Wir nennen das ›Liebesschmerzen‹. Und da ich die jetzt habe, kann ich nicht schlafen...«

Sie schaute auf ihn herab, atmete heftig vor Schock und Zorn, schwang dann ihre Füße auf den Boden und griff nach ihren Kissen.

»Tu jeden Schmutz, den du tun willst, du Vieh! Ich gehe nach unten. Ich werde auf einem Stuhl schlafen.«

Er drehte sich zu ihr und packte ihren Arm.

»Nein! Schon gut... Ich werd's nicht tun.«

Sie versuchte, sich ihm zu entziehen, aber er hielt sie fest. Ernst sagte er: »Ania, beruhige dich. Ich verspreche dir, daß ich das nicht tun und dich nicht wieder berühren werde. Du wirst nicht auf diesen Stühlen schlafen. Wenn du darauf bestehst, werde ich statt dessen nach unten gehen und dort schlafen. Außerdem ist es kalt.«

Sie versuchte wieder, sich ihm zu entziehen. Er bettelte.

»Ania, bitte. Ich werde dich nicht berühren. Ich verspreche es dir im Gedenken an meine Mutter.«

Er hatte seine Augen nicht mehr abgeschirmt. Sie schaute in sie hinein und glaubte ihm.

Wieder Dunkelheit und zehn Minuten lang Schweigen. Dann wieder seine Stimme. Leise und belegt.

»Es ist gar nicht so schlimm, Ania. Alter Aberglauben hat ein Tabu daraus gemacht, aber eine schlechte Sache ist Masturbation bestimmt nicht. Ärzte und Psychiater können das bestätigen.«

Sie flüsterte bitter: »Du hast mir etwas in Erinnerung an deine Mutter versprochen.«

»Ich habe versprochen, dich nicht zu berühren, und ich werd's auch nicht tun. Ich werde dich so lange nicht berühren, bis du es willst.«

Sie bedeckte ihre Ohren mit ihren Händen, aber sein Kopf war nahe, und seine leise Stimme drang hindurch.

»Hast du es nie probiert, Ania ... wenn du auf deiner Pritsche in deiner Zelle im Kloster lagst ... Hast du nie diese warmen Gedanken gehabt ... in der Nacht? Ist deine Hand nie nach da unten geglitten ... und du hast dich gerieben ... gespürt, wie du feucht wurdest ... deine Beine geöffnet ... einen Finger hineingeschoben ... oder hast du vielleicht eine Kerze benutzt?«

Etwas in ihrem Verstand zerbrach. Er hörte ihre plötzliche Bewegung. Das Licht ging an, blendete ihn vorübergehend. Sie stand voller Wut und Erniedrigung schluchzend vor dem Bett. Ihr Atem ging stoßweise.

»Gut! Gut! Du willst also eine Nonne nackt sehen. Also gut!«

Sie griff nach unten und zog ihr Nachthemd erst bis zur Hüfte hoch, raffte es und zog es dann über Schultern und Kopf. Sie warf es auf den Boden. Sie trug einen modischen weißen Büstenhalter und einen kurzen blauen Slip. Sie griff hinter ihren Rücken, öffnete den Büstenhalter und warf ihn auf den Boden. Ihre Stimme klang verzerrt, sie zischte ihn an: »Du willst eine Nonne nackt sehen? Schau her ... schau nur her!«

Sie zog den Slip herunter und streifte ihn ab, fiel dabei fast um und stand dann aufrecht da. Ihre Brüste waren buchstäblich himmlisch. In ihren Augen war Tollheit.

»Sieh her, Scibor. Der nackte Leib einer Nonne. Willst du ihn anfassen? Den nackten Körper einer Nonne spüren?« Sie marschierte um das Fußende des Bettes herum, knallte mit ihrem Bein dagegen, stand dann neben ihm.

»Faß den Körper einer Nonne an!« Sie deutete mit einer Hand auf seine Mitte. »Schieb dieses Ding in den Körper einer Nonne, wenn es das ist, was du willst!«

Er hatte sich auf einen Ellenbogen gestützt und war völlig verwirrt. Zentimeter vor seinen Augen befand sich ihr ebenholzfarbenes gekraustes Dreieck. Er konnte seinen Moschusduft riechen. Seine Augen wanderten höher. Er spürte, wie sein Penis sich erregt hob. Wie von selbst folgte seine freie Hand seinem Blick: über den weichen Schwung ihres Bauches, höher zu ihrer bebenden Brust. Dort verhielt seine Hand, fühlte Vollkommenheit. Sein Blick glitt höher zu ihrem Gesicht. Es war von fließenden Tränen naß. Ihr Mund war geöffnet, und ihre Lippen zitterten wie ihr ganzer Körper. Ihre Augen waren verengt. Alles, was er darin sehen konnte, war unsäglicher Schmerz.

Sie schluchzte. »Tu alles, was du willst, aber, bitte, hör auf, mich zu erniedrigen!«

Seine Hand sackte abrupt herunter. Und auch sein Penis. Er fiel rücklings aufs Bett und bedeckte seine Augen, preßte seine Hände so heftig dagegen, als wolle er sich für immer blenden.

* * *

Die Morgendämmerung drang selbst durch die dicken Vorhänge hinein, ein schummeriges Licht fiel auf das Bett. Mirek lag auf seiner rechten Seite, dicht an der Bettkante. Ania lag in der Mitte auf ihrer linken Seite, einen Arm über seine Taille gelegt. Ihr Kopf ruhte auf seiner Brust, deren Haar aus der geöffneten Schlafanzugjacke ragte. Sie beide schliefen wie betäubt.

Eine Stunde nach Tagesanbruch erwachte sie langsam, kam zu Bewußtsein und sackte wieder weg. Ihr Gesicht lehnte gegen die Beuge seines Nackens. Schläfrig begriff sie, daß ihr Körper dicht an dem seinen lag. Sie erstarrte und dachte dann, daß die Nacht kalt gewesen sein müsse. Sie mußte sich im Schlaf umgedreht haben und wie jedes Säugetier instinktiv Wärme gesucht haben. Sie hatte Angst, sich zu bewegen. Das könnte ihn aufwecken.

Sie döste weitere zehn Minuten. Dann hörte sie das leise

Klappern von Geschirr drunten aus der Küche. Langsam und mit unendlicher Behutsamkeit zog sie ihren Arm fort, kletterte aus dem Bett und schaltete den Ofen ein.

Er schlief weiter, während sie sich ankleidete. An der Tür schaute sie auf sein Gesicht. Im Schlaf sah es sorgenlos aus und, trotz des Schnurrbarts, jünger, als er tatsächlich war. Seine Nasenflügel bebten leicht, während er atmete. Sie stand mehrere Minuten da und blickte auf ihn hinab. Dann öffnete sie leise die Tür und ging hinaus.

Kapitel 14

George Laker pfiff beim Fahren. Der große Scania donnerte über die Straße nach Hate. George pfiff eine Melodie aus *Joseph and his Technicolour Dreamcoat*. Er mochte Rockopern. Diese hatte er mal zu Hause in Melbourne gesehen. Australien schien eine Million Meilen weit entfernt zu sein, aber er vermißte es nicht. George pfiff, wenn er glücklich war, und was ihn glücklich machte, war Geld. Je mehr er davon hatte, desto glücklicher war er. Dies war eine ganz besonders glückliche Tour gewesen. Insgesamt zwei Tage, aber er hatte eine Menge Geld verdient. Zwanzig Unzen Gold dafür, daß er das junge Paar reingebracht hatte, zweitausend Pfund Sterling dafür, daß er das alte Paar rausgebracht hatte. Er pfiff jetzt eine Melodie aus *Jesus Christ Superstar* und dachte an das alte Paar, das wie Sardinen unten in der Zelle lag. Es waren russische Juden. Er stellte nie Fragen, aber er vermutete, daß ihr Ausreiseantrag aus Rußland abgelehnt worden war und sie es irgendwie geschafft hatten, in die Tschechoslowakei zu kommen, wahrscheinlich mit einem begrenzten Urlaubsvisum. Und ihm war's ohnehin egal. Er wußte, daß die zweitausend Pfund bereits auf seinem Schweizer Konto waren. Wahrscheinlich von Angehörigen in Israel bezahlt oder von einer der jüdischen Hilfsorganisationen. Sie waren alt, schienen aber wohlgemut. Nervös, aber in Hochstimmung. Sie hatten die Trepalin-Injektionen so bereitwillig akzeptiert, als spritze er ihnen pures

Gold in die Venen.

Er schaute auf seine Armbanduhr, dann auf seinen Kilometerzähler und rechnete in Gedanken rasch. Er gab ein wenig mehr Gas. Er riskierte eine Geldstrafe für die Übertretung der Geschwindigkeitsbegrenzung. Er grinste in sich hinein. Das war nur ein Bruchteil dessen, was er auf dieser Tour verdient hatte. Und Elsa wartete auf ihn in Wien. Elsa mit den langen Beinen. Er begann wieder zu pfeifen.

Zwanzig Kilometer vor Hate hörte er auf zu pfeifen. Die große Maschine hatte zu stottern begonnen. Er fluchte. Das war wieder diese verdammte Ölpumpe. Seit dem letzten Monat gab es Schwierigkeiten damit. Glücklicherweise hatte er in Wien Ersatz gekauft, und der lag in seiner Werkzeugkiste. Aber er hatte keine Zeit gehabt, sie vor der Tour zu wechseln. Es war eine zeitraubende und schmutzige Arbeit. Er beschloß, den Scania in Hate zu reparieren. Er nahm den Fuß vom Gaspedal und fuhr langsamer. In der nächsten halben Stunde schaffte er fünfzehn Kilometer. Und dann, in nur noch fünf Kilometer Entfernung, begann der Motor zu krachen und zu spucken und blieb schließlich stehen, als er an den Straßenrand fuhr. Wieder fluchte er und schaute nochmals auf die Armbanduhr. Es würde ihn mindestens fünfundvierzig Minuten kosten, die Ölpumpe zu wechseln, und draußen war's saukalt. Er hatte bereits knapp kalkuliert, weil die Reise von der Grenze zum Westen viel weniger Zeit kostete als umgekehrt. Das alte Paar würde in ungefähr zwei Stunden langsam aufwachen. Was sollte es. Sie würden ruhig bleiben. Keiner der beiden schien Probleme mit Klaustrophobie zu haben; sie waren ganz fröhlich in die Zelle gestiegen. Er sprang aus dem Führerhaus, holte den Werkzeugkasten heraus und machte sich an die Arbeit.

Zwei Stunden später steuerte er seinen Scania in die Schlange an der Zollstation von Hate. Vor ihm waren acht Lastwagen. Privatfahrzeuge und kleinere Lastwagen standen in einer anderen Schlange. Er stellte den Motor ab, zog die Handbremse an, nahm seine Tasche mit den Papieren aus dem Handschuhfach, stieg aus und ging ins Zollbüro. Am Tresen stand ein Fahrer, der einem Beamten etwas erklärte. Sechs andere saßen geduldig wartend auf einer Bank. Laker erkannte einen von ihnen: es war ein Ire mittleren Alters aus Dublin, der darauf spezialisiert war, Kleidungsstücke von Ost nach West zu bringen. Er ging hinüber, schüttelte ihm die Hand und setzte sich neben ihn.

»Heute nur einer da?«

»Nein«, nuschelte der Ire. »Im anderen Büro gibt's Ärger mit einem Privatfahrzeug. Die beiden anderen sind rübergegangen, damit's bürokratischer aussieht.«

Laker blickte wieder auf seine Armbanduhr. Es würde länger dauern, als er geglaubt hatte.

»Gute Tour?« fragte der Ire.

»War's, bis diese Scheißölpumpe kaputtging. Zum Glück hatte ich Ersatz dabei.«

Der Ire kicherte. »Ich bin kurz vor Ostrava an Ernst Krüger vorbeigefahren. Es dampfte unter seiner Motorhaube – und aus seinen Ohren. Er hatte 'n hübsches kleines deutsches Mädchen dabei – wollte sie nach Wien mitnehmen. Sie war in Eile, also war ich so anständig und nahm sie mit.«

Laker lachte. »Wo ist sie jetzt?«

Der Ire zwinkerte. »Sie liegt auf der Pritsche in meiner Kabine ... sieht aus, als sei's ein dankbarer Typ.«

Der Fahrer am Tresen ergriff seine Tasche mit einem gemurmelten Danke und schlenderte hinaus. Der Fahrer am Ende der Bank erhob sich und ging zum Tresen. Die anderen rutschten auf der Bank hinterher.

Laker sagte: »Hab' ich dir eigentlich je von diesem Weib erzählt, das ich vor ein paar Monaten in Prag aufgegabelt habe?«

Der Ire schüttelte seinen Kopf. Laker grinste, als er sich daran erinnerte.

»Teufel, aber die war total verrückt. Sie war kaum mehr als sechzig Sekunden im Fahrerhaus, da ...« Seine Stimme verebbte. Ein Hauptmann des STB war hereingekommen. Der STB war die Geheimpolizei – eine harte Sache. Er trug glänzend polierte schwarze Stiefel, und ein höhnisches Lächeln umspielte seine Lippen. Er beobachtete die Reihe der sitzenden Fahrer, als suche er nach irgendwelchen Zeichen von Schuld, und fragte dann freundlich: »Wer von Ihnen ist G. Laker?«

Laker bekam ein komisches Gefühl im Magen, während sein Herzschlag sich beschleunigte. Langsam hob er einen Finger.

»Und Sie sind der Fahrer des Scania mit dem Kennzeichen AGH 5034 D?«

Laker schluckte. Seine Stimme war ein Krächzen.

»Ja ... Gibt's Probleme, Hauptmann?«

Der Hauptmann lächelte. »Das Problem ist, daß Ihr Lastwagen sehr seltsame Geräusche von sich gibt – menschliche Geräusche, Laker –, die Schreien nicht ganz unähnlich sind.«

Der Australier saß wie gelähmt. Der Ire war von ihm weggerückt und schaute ihn ebenso mitleidig an wie die anderen Fahrer.

Der Hauptmann sagte: »Ich denke, Sie kommen besser mit uns und erklären dieses Phänomen.« Die sanft gesprochenen Worte klangen für Laker wie eine Totenglocke.

Zwanzig Minuten später saß er an einem stählernen Tisch einem STB-Oberst gegenüber. Der Hauptmann stand mit zufriedenem Gesichtsausdruck daneben. Die Hände des Australiers lagen in Handschellen auf seinem Schoß. Durch das vergitterte Fenster hörte man die heulende Sirene des wegfahrenden Krankenwagens.

Der Oberst zog einen gelben linierten Schreibblock heran, nahm einen alten Füllfederhalter aus einer Brusttasche und schrieb ›George Laker‹ in Großbuchstaben auf den oberen Rand. Sein Gesicht zeigte, daß er gewohnt war, Berichte zu schreiben. Und dazu trug er Ordensbänder an seiner Brust, die nicht für Tapferkeit, sondern für Erfolg verliehen worden waren. Er blickte auf. Seine Augenlider waren gesenkt, als wolle er vermeiden, zuviel Zigarettenrauch mitzubekommen. Als hätte er damit einen Wink erhalten, zog er ein altes verbeultes silbernes Zigarettenetui aus seiner Jackentasche und öffnete es. Dem Hauptmann bot er keine an. Der Körper des Australiers gierte nach Nikotin. Der Oberst blies Rauch an die Decke und sagte: »Sie hatten kein Glück, Laker. Der alte Mann hatte wahrscheinlich ein schwaches Herz. Was Sie ihm injiziert haben, hat seinen Zustand wahrscheinlich verschlechtert. Sie werden uns darüber erzählen. Seine liebe Frau wachte auf und stellte fest, daß er plötzlich neben ihr steif wurde. Da ist sie hysterisch geworden. Sehr großes Pech. In einer halben Stunde wären Sie drüben gewesen.«

Seine Stimme klang weich und entspannt. Jetzt wurde sie hart.

»Natürlich weiß ein erfahrener Mann wie Sie sehr gut, welche Strafe darauf steht, kriminelle Flüchtlinge aus unserem Land zu schmuggeln.«

Laker fand seine Stimme wieder. »Das waren keine Kriminelle.«

Der Oberst blies ihm Zigarettenrauch ins Gesicht. »Ihre Handlung allein war kriminell, Laker. Darauf stehen zehn Jahre verschärfte Haft. Gesetzliche Mindeststrafe. Sie könnte länger ausfallen, viel länger. Das hängt von Ihrer Kooperationsbereitschaft ab.« Er drehte erwartungsvoll den Füllfederhalter zwischen seinen Fingern. »Zuerst: Wo haben Sie sie aufgegabelt, und wer hat sie Ihnen vermittelt?«

Laker dachte nach. Sein Verstand überschlug sich buchstäblich; er erwog alle Möglichkeiten. Er war körperlich und geistig ein harter Mann; er war sich voll dessen bewußt, was ihn erwartete. Alle Fernfahrer, die die üppigen Furchen des kommunistischen Handelns durchpflügten, kannten die Konsequenzen, wenn sie von der Strecke abwichen. Laker war seit über fünf Jahren von der Strecke abgewichen. Er hatte fast eine Viertelmillion Dollar beiseite geschafft. Er wollte die Zeit haben, sie auszugeben. Für diese Zeit würde er alles tun. Er war jetzt siebenundvierzig Jahre alt. Er würde sechzig sein, wenn sie ihn rausließen – ein gebrochener alter Mann.

»Nun?« fragte der Oberst ungeduldig.

Laker hob eine Hand. »Augenblick«, sagte er rauh. »Lassen Sie mich eine Minute nachdenken.«

Er überlegte zwei Minuten lang, während der Oberst mit der Spitze seines Füllfederhalters gegen seine Nase stieß. Dann sagte er sicher: »Also gut, Oberst, vielleicht können wir ein Geschäft machen.«

Der Oberst lachte spöttisch.

»Wir machen keine Geschäfte, Sie Narr. Entweder Sie arbeiten mit uns zusammen, oder Sie verbringen den Rest Ihres Lebens im Zuchthaus. Sie wissen, wie das läuft. Also, wo haben Sie sie aufgegriffen?«

Laker beugte sich vor. »Sicher weiß ich, wie es läuft. Ich habe in diesem Land Lastwagen gefahren, in Rumänien, Polen, Ostdeutschland, Jugoslawien, Bulgarien und in Rußland selbst. Wir Fernfahrer sprechen miteinander. Ach Scheiße, wir brauchen nicht mal CB, wir hören verdammt viel. Sie können drauf wetten, daß ich weiß, wie es läuft, Oberst, und nachdem Sie gehört haben, was ich zu sagen habe, werde ich ein verdammtes Geschäft machen – aber wahrscheinlich nicht mit Ihnen und nicht mal mit Ihrem Boß!«

Er lehnte sich zurück und wartete. Er wußte, wie diese Leute dachten. Der Oberst schaute den Hauptmann an und sagte: »Weiter.«

Laker entschloß sich, seinen Vorteil zu nutzen. Er wußte, daß das Wort ›Boß‹ bei diesen Leuten immer eine pawlowsche Reaktion auslöste.

»Ich erinnere mich besser mit einer Zigarette.«

Der Oberst starrte ihn widerwillig an, holte aber dann sein Zigarettenetui heraus, öffnete es und schob es zusammen mit einem Feuerzeug über den Tisch. Laker griff mit seinen gefesselten Händen danach und zog eine heraus. Dann langte er nach dem Feuerzeug. Es war ebenfalls zerbeult – ein altes amerikanisches Zippo. Er entzündete damit die Zigarette und bewunderte es dann, wobei er sagte: »Ich wette, das haben Sie im Krieg bekommen.«

»So alt bin ich nicht«, schnappte der Oberst. »Und jetzt reden Sie besser und vergeuden nicht meine Zeit.«

Laker sog tief an seiner Zigarette, ließ den Rauch lange in seinen Lungen. Er genoß es. Während er sprach, drang der Rauch aus Mund und Nase. »Was geschah am dreiundzwanzigsten letzten Monats, Oberst?«

»Ich stelle hier die Fragen ...«

Die Stimme des Oberst verlor sich, als ihm das Datum und seine Folgen bewußt wurden. Es war fast komisch. Laker lächelte ihn an.

»Ich werd's Ihnen sagen. An diesem Tag erhielten Sie Befehle. Anweisungen, die Sicherheitsmaßnahmen in Ihrem Bereich bis aufs Maximum zu steigern, und nicht nur Sie, Oberst. Dieselben Befehle gingen an jede Zollstation und an jeden Grenzübergang des Ostblocks. Zu Wasser, zu Lande und auf See. Oder zumindest im westlichen Teil. Von der Ostsee bis zum Schwarzen Meer.« Er stieß wieder Rauch aus. Der Oberst sah ihn wachsam an.

»Das ist keineswegs sonderbar, Oberst. Fernfahrer durchkreuzen den ganzen Block. Wir reden miteinander. Unter den Fernfahrern hat es reichlich Spekulationen über die verschärften Sicherheitsmaßnahmen gegeben. Das muß Probleme verursachen. Der Güterverkehr ist verlangsamt worden. Selbst innerhalb des Blocks. Der Fremdenverkehr leidet darunter. Und bei all diesen zusätzlichen Straßensperren und Identitätsüberprüfungen müssen Sie und Ihre Leute doch jede Menge Überstunden machen. Das muß die Regierung ein Vermögen kosten. Und es ist ja nicht irgend 'ne verdammte Übung ... so was dauert keine zwei Wochen.«

Er unterbrach sich und wartete schweigend. Schließlich sagte der Oberst: »Also?«

»Also gibt es Panik. Also suchen Sie nach jemandem. Das ganze Ausmaß läßt die Annahme zu, daß Moskau verzweifelt nach jemandem sucht ... vielleicht einem Spion ... wahrscheinlich sogar nach mehr als einem Spion. Sie wissen noch nicht viel. Sie wissen noch nicht einmal, ob der, nach dem Sie suchen, bereits im Block ist. Oder wenn er dort ist, wo er ist.«

Wieder Schweigen. Der Oberst dachte an das Dossier, das an diesem Morgen in sein Büro gekommen war. Das Dossier, das so dringend war, daß es über die teure Fax-Maschine geschickt worden war. Das Dossier mit dem Foto. Er wiederholte wiederum nur das Wort: »Also?«

»Also könnte ich einen Beitrag dazu leisten, diese Verwirrung etwas zu lüften.«

Der Oberst blickte skeptisch drein. »Sie bluffen, Laker. Sie sind ein kleiner Schmuggler, der kleine Kriminelle transportiert. Ihre Phantasie ist mit Ihnen durchgegangen. Wir haben hier eine ganz normale, etwas umfangreichere Sicherheitsübung.«

»Ach, Blödsinn, und Sie können das Risiko, mit mir nicht zu handeln, überhaupt nicht eingehen.«

Laker ließ seine Zigarette auf den Betonboden fallen und trat sie mit dem Absatz aus.

Der Oberst schaute den Hauptmann an. »Wann ist er in die Tschechoslowakei gekommen?«

Der Hauptmann nahm Haltung an. »Vor zwei Tagen, Oberst. Um 8.45 Uhr morgens, über diesen Übergang.«

»Sein Bestimmungsort?«

»Brünn, Oberst. Eine Lieferung Werkzeugmaschinen für die Skoda-Werke.«

Der Oberst zupfte nachdenklich an seiner Nase. Laker nahm sich eine weitere Zigarette. Schließlich fragte der Oberst: »Sie haben jemanden auf dieser Tour mitgebracht?«

Laker blies den Rauch aus. »Oberst, ich glaube, es wird Zeit, daß Sie Ihren Boß anrufen ... den ganz großen.«

Vier Stunden später klingelte das Telefon auf Oberst Zamiatins Schreibtisch. Es war der Chef des KGB-Büros in Prag – Garik Sholokhow, ein alter Freund. Er war sehr aufgeregt. Nachdem er ihm zwanzig Sekunden lang zugehört hatte, war auch Zamiatin aufgeregt. Obwohl das Gespräch aufgezeichnet wurde, zog er einen Notizblock heran und begann zu schreiben. Zwischendurch warf er einen Blick auf die große Landkarte an der Wand. Schließlich grinste er und sagte: »Ausgezeichnet, Garik. Und der Australier ist sich bei der Identifizierung sicher? ... Gut. Ja, mit einem Schnurrbart. Clever, eine Frau mitzuschicken ... aber nicht clever genug. Hör zu. Es ist ganz klar, daß sie in dem Dorf den ersten Halt machen. Sie sind vielleicht noch da, um sich auszuruhen. Ich möchte, daß es völlig abgesperrt wird und im Umkreis von fünfzig Kilometern auf jeder Straße Sperren errichtet werden. Nötigenfalls setzt die Armee ein. Bis zu deiner Ankunft darf niemand hinein oder heraus. Gib sofort die Befehle, Garik. Ich werde warten.«

Er legte den Telefonhörer auf seinen Schreibtisch und grinste den drei Majoren zu, die ihn aufmerksam beobachteten. Dann erhob er sich und ging zu der Landkarte, wobei er sagte: »Dank der guten Arbeit von Major Gudow und etwas wohlverdientem Glück haben wir ihn geortet.« Er legte einen Finger auf die Karte. »Er hat hier in Begleitung einer Frau die Grenze überquert, versteckt im Geheimabteil eines Lastwagens. Er wurde hier abgesetzt, vier Kilometer von dem Dorf Blovice entfernt. Das war vor zwei Tagen. Hoffen wir, daß er noch dort ist.«

Er ging zurück an seinen Schreibtisch und nahm den Hörer wieder auf. Dreißig Sekunden später war Sholokhow wieder dran. Fünf Minuten lang erteilte Zamiatin kurz und bündig Befehle, legte dann auf und blickte auf seine Armbanduhr. Es war 9.45 Uhr. Er ordnete eine Verbindung zu seinem Chef, Victor Chebrikow an. Während er auf die Verbindung wartete, dachte er an die Datscha in Usowo und Generalssterne.

Chebrikow informierte Andropow während eines kurzen Mittagessens im privaten Speisezimmer des Generalsekretärs. Andropow war in ernster Stimmung. Er nahm die Neuigkeiten ohne den Enthusiasmus hin, den Chebrikow erwartet hatte. Der KGB-Chef sagte: »Juri, die Sperrkette wird in diesem Augenblick um das Dorf gelegt. Es besteht eine gute Chance, daß wir innerhalb einer Stunde unseren Fisch gefangen haben.«

Rein zufällig aßen sie eingelegten Hering mit saurer Sahne.

Andropow schob ein Stück in seinen Mund, kaute ohne Begeisterung, schluckte und sagte: »Victor, ein Fisch ist so lange nicht gefangen, wie er nicht im Boot ist ... und dann springt er manchmal auch noch hinaus, wenn man ihn nicht sofort tötet.«

Chebrikow seufzte innerlich. Sein Chef hatte einen schlechten Tag. Sein blasses Gesicht war abgehärmt. Vor dem Essen hatte er drei verschiedene Sorten von Pillen geschluckt.

»Wie auch immer«, sagte Andropow, »wenn du ihn nicht fängst, wird er vor dem Zehnten des nächsten Monats in Moskau sein.« Er blickte auf. Chebrikow war offensichtlich verwirrt. »Denk doch nach, Victor. Das ist der Tag, an dem der Papst nach Fernost fliegt. Der Schinken-Priester und seine Freunde im Vatikan werden zu Recht vermutet haben, daß unser Attentatsversuch dort stattfindet. Sie werden von diesem verdammten Yewchenko wissen, daß ich mit Opposition dagegen rechne. Sogar von

Tschernenko und Gorbatschow. Sie begreifen die ganze Tragweite der Aktion gar nicht. Wenn ich morgen tot umfalle, würdest du sehr schnell Befehle bekommen, die Operation einzustellen.«

Chebrikow nickte zustimmend. Er verstand die Machtstruktur und ihre Funktionsweise nur zu gut. Wenn Andropow starb, würde er um seine eigene Position kämpfen müssen.

»Nun, wir werden ihn fangen, Juri – und ihn schnell töten. Inzwischen sind alle Maßnahmen für deine persönliche Sicherheit so verschärft worden, wie es meines Wissens möglich ist.«

Zum ersten Mal lächelte Andropow.

»Ich kann mich auf dich verlassen, Victor. Ich gehe sowieso am Siebenten des kommenden Monats für eine Woche in die Serbsky-Klinik, um mich dort auszuruhen und behandeln zu lassen. Das ist wahrscheinlich der sicherte Platz auf der Welt. Bis ich wieder draußen bin, wird der verdammte Papst rausgefunden haben, ob es wirklich einen Himmel gibt.«

Es war 11.30 Uhr an einem wolkenlosen Morgen, als Garik Sholokhow mit einem Hubschrauber auf dem kleinen Dorfplatz von Blovice landete. Alle Einwohner, einschließlich der Kinder und Babies, warteten dort. Sie waren vor der alten Kirche zusammengelaufen und waren sehr aufgeregt. Sie wußten, daß ihr Dorf durch eine Kette von Soldaten abgesperrt war, doch sie wußten nicht, warum. Innerhalb weniger Minuten hatte Sholokhow herausgefunden, daß seine Beute sich früh am Morgen davongemacht hatte. Die beiden Paare waren weggefahren. Während seine Männer damit begannen, die kleine Hütte auseinanderzunehmen, ging er zu einem Funkwagen der Armee und erteilte Befehl, nach einem alten grauen Skoda mit dem Kennzeichen TN 588 179 zu suchen. Da das Kennzeichen geändert worden sein konnte, mußten alle Skodas mit Baujahr vor 1975 angehalten und durchsucht werden. Er wußte, daß dies Tausenden von Menschen Unannehmlichkeiten bereitete, aber das kümmerte ihn nicht die Spur. Er gab eine sehr detaillierte Beschreibung der beiden Männer und der beiden Frauen. Er gab außerdem die Warnung aus, daß sie gefährlich sein könnten, besonders der jüngere Mann.

Anschließend telefonierte er mit Oberst Zamiatin. Er konnte die Enttäuschung durch die Leitung spüren, als er ihm die Neuigkeiten übermittelte.

»Keine Sorge, Oleg. Sie können nicht weit gekommen sein. Sie werden nicht ahnen, daß wir ihnen auf der Spur sind. Sie wollten sich damit tarnen, mit Onkel und Tante einen zweitägigen Ausflug durch die Umgebung zu machen, bevor sie mit dem Zug nach Polen zurückkehrten. Daran könnte etwas Wahres sein.«

Zamiatin wollte ihm Anweisungen geben, was zu tun sei. Sholokhow unterbrach ihn.

»Oleg, laß mich dir zuerst sagen, was ich veranlaßt habe, das wird Zeit sparen.«

Er wiederholte rasch die Anweisungen, die er gegeben hatte, und sagte, was er persönlich in den nächsten Stunden tun würde. Nachdem er fertig war, herrschte Schweigen, während Zamiatin über alles nachdachte. Dann sagte er: »Sehr gut. Du scheinst an alles gedacht zu haben.« Der Klang seiner Stimme wurde etwas kläglich. »Garik, informiere mich, sobald es irgendwelche Entwicklungen gibt.«

»Natürlich, Oleg.«

Kapitel 15

Das Bild war heiter und gelassen, und sie erweckten genau den Eindruck, den sie vermitteln wollten: ein älteres Paar, das mit jüngeren Verwandten einen Ausflug machte. Albin und Sylwia saßen mit dem Rücken zum Fluß. Mirek und Ania schauten auf das Wasser. Ihr Tisch befand sich auf einer hölzernen Plattform, die über den Uferrand ragte. Sie war verglast und schützte sie so vor der Kälte. Obwohl nur eine milchige Wintersonne am Himmel stand, kamen sie sich vor wie im Gewächshaus. Sie hatten gut zu Mittag gegessen und anderthalb Flaschen bulgarischen Cabernet getrunken. Die Luft selbst schien von Zufriedenheit erfüllt zu sein. Nur Sylwia war noch nicht völlig entspannt. Ihr Problem war ihre Neugier. Das war schon immer so gewesen.

Sie dachte noch immer über die Beziehung des jüngeren Paars nach, war noch immer wegen der Ereignisse von vorgestern nacht neugierig. Sie und Albin hatten durch ihre Schlafzimmertür schwach die Auseinandersetzung der beiden gehört. Die Worte hatten sie nicht verstanden, doch die schreckliche Qual in Tatanias schluchzender Stimme war durch das Holz gedrungen und hatte sie beschäftigt.

Albin wollte hingehen, um nachzusehen, doch trotz ihrer Neugierde hatte Sylwia ihn davon abgehalten. Jedoch war sie aufgestanden und sehr leise ins Badezimmer gegangen, nachdem die Stimmen verstummt waren. Als sie wieder herausging, hatte sie sich längs der Wand zur Tür geschlichen und gelauscht. Sie konnte ganz schwach seine Stimme hören. Sie konnte keine Worte verstehen, aber ein seltsamer Klang schwang darin mit. Es war ein bittender Ton. Das ging etwa zehn Minuten so weiter, und dann herrschte Schweigen.

Am nächsten Morgen kam Tatania zuerst herunter und half ihr dabei, das Frühstück vorzubereiten. Sie wirkte heiter und gelöst, so wie ein Patient, wenn er das Fieber überstanden hat.

Während des Frühstücks war offensichtlich, daß, was immer in der Nacht zuvor geschehen sein mochte, ihn tief ergriffen hatte. Er war in sich gekehrt und ruhig, doch sein Verhalten gegenüber Tatania wirkte wie das eines Beschützers. Seine Augen waren ständig auf sie gerichtet.

Seitdem war es stets so gewesen. Während der Fahrt, im Museum in Brünn und jetzt hier im Restaurant. Er war sehr zuvorkommend zu ihr, half ihr aus dem Auto, half ihr aus dem Mantel, hielt ihren Stuhl, als sie sich setzte. Es schien gerade so, als wollte er Wiedergutmachung für eine Auseinandersetzung zwischen Liebenden leisten.

Albin bemerkte, daß er die kleine Tuchtasche die ganze Zeit bei sich trug. Sogar jetzt hing sie an der Lehne seines Stuhles.

Mirek beugte sich vor, ergriff die Flasche und schenkte in Anias Glas Wein nach.

Sie versuchte zu protestieren, aber er lächelte und sagte: »Du hast doch bisher nur ein Glas gehabt, Ania. Nimm noch ein wenig.«

Das ältere Paar bemerkte den Fehler, sagte aber nichts. Ania sagte betont: »Danke, Tadeusz.«

Er nickte, als habe er seinen Fehler erkannt, war aber nicht im mindesten aus der Fassung gebracht.

Albin schaute auf seine Armbanduhr und verlangte die Rechnung, wobei er sagte: »Bis Dieszyn sind es dreißig Kilometer, und euer Zug fährt in einer knappen Stunde.«

Albin und Sylwia gingen vor ihnen her, als sie das Restaurant verließen. Albin blieb so plötzlich stehen, daß Mirek gegen ihn stieß. Dann sah er über seine Schulter und wußte, warum der alte Mann wie erstarrt war.

Ihr grauer Skoda stand vierzig Meter entfernt. Quer davor war ein Polizeiwagen geparkt, dessen beide Türen offenstanden. Ein Polizist stand vor der Windschutzscheibe des Skoda und schaute auf die Zulassungsscheibe. Ein anderer stand an der Fahrertür des Polizeiwagens und sprach aufgeregt in ein Mikrofon. Sie schauten sich alle gleichzeitig an und waren eine Sekunde wie erstarrt. Dann griffen beide Polizisten nach ihren Pistolen, und der Mann am Skoda schrie: »Halt! Bleibt stehen, wo ihr seid!«

Alle vier rannten zurück ins Restaurant, drängten sich zwischen Tischen und verwirrten Gästen durch. Albins Hüfte rammte gegen einen Tisch, der umfiel. Gläser und Porzellan zerschellten, und entsetzte Schreie wurden laut.

Sie rannten hinaus auf die hölzerne Plattform. Nahe dem Tisch, an dem sie gesessen hatten, führten ein paar Stufen zu einem Kiesweg, der parallel zum Fluß verlief. Ein Teenager und seine Freundin kamen ihnen entgegen. Mirek prallte gegen sie und warf sie um. Sie schrien entsetzt auf. Er hielt die Tuchtasche mit seiner linken Hand. Seine rechte Hand suchte wild darin. Er sprang über das hingestreckte Mädchen und sprintete den Weg entlang. Er hörte einen Schrei und schaute sich um. Ania war dicht hinter ihm. Das ältere Paar kam nur mühsam nach. Einer der Polizisten war auf der Holzplattform und hob seine Waffe. Er schrie wieder und feuerte dann. Albin schrie auf und brach auf dem Weg zusammen, seine Hände umklammerten seine linke Hüfte.

Endlich ertasteten Mireks Finger den stählernen Griff der Makarow, er zog sie mit einer Bewegung heraus, drehte sich um und hockte sich hin. Ania lief an ihm vorbei, als er anlegte. In Gedanken war er wieder im Wüstenlager auf dem Schießstand. Er drückte den Abzug durch und hörte den feuchten Schlag, als das Geschoß mitten in die Brust des Polizisten schlug. Er wartete nicht darauf, ihn fallen zu sehen. Sylwia war ›Josef! Josef!‹ schreiend zu Albin zurückgelaufen. Das mußte sein wirklicher Name gewesen sein. Mirek wußte, daß sie ihn jetzt nicht im Stich lassen würde. Er drehte sich um und rannte hinter Ania her, die ihm etwa vierzig Meter voraus war und sich jetzt einigen Bäumen und einer Wegkurve näherte. Auf dem Fluß, zwanzig Meter zu ihrer Linken, saßen zwei alte Männer in einem Ruderboot und beobachteten die Szene mit erstarrten Gesichtern. Mirek hörte einen weiteren Schrei hinter sich, dann den Knall eines Schusses und gleichzeitig das Zischen einer Kugel über seinem Kopf. Er drehte sich nicht um. Ania war bereits hinter der Kurve und außer Sicht. Er wich plötzlich nach rechts ab, sprang über niedrige Büsche auf die Bäume zu. Ein weiterer Schuß, wiederum hoch über ihm. Unerklärlicherweise hörte er wieder die düstere Stimme seines portugiesischen Ausbilders: »Pistolenschüsse neigen dazu, in die Höhe zu gehen.« Er stürzte in das kleine Gebüsch, als eine Kugel neben ihm in einen Baum schlug. Der Polizist hinter ihm hatte die Höhe korrigiert, doch diesmal zu sehr nach rechts verzogen. Er holte Ania auf der anderen Seite des Dickichts ein. Sie lief langsamer, hatte den Kopf gedreht und schaute ängstlich zurück. Er sah die Erleichterung auf ihrem Gesicht, als er auf sie zuspurtete.

»Die anderen?« keuchte sie.

»Erwischt. Los, weiter!«

Er packte sie am Arm und zog sie mit sich. Der Fluß wandte sich, und der Weg lief parallel dazu weiter. Er überlegte, ob der Polizist ihnen folgte oder ob er zum Wagen zurückgelaufen war, um über Funk Bericht zu erstatten. Er hoffte, daß er ihnen folgte.

Er mußte langsamer laufen, um Ania nicht hinter sich zu lassen.

»Lauf doch!« keuchte sie. »Laß mich hier.« Wieder ergriff er ihren Arm, zog sie mit sich.

Sie liefen um eine Kurve. Vor ihnen öffnete sich der Kiesweg zu einem ovalen Parkplatz. Von da aus führte ein Weg weg vom

Fluß und hin zur Hauptstraße. Ein Junge und ein Mädchen stiegen gerade von einem Motorrad ab. Sie trugen die gleichen blauen Sturzhelme. Sie drehten sich um, als Mirek und Ania heranstürmten. Der Junge hatte seinen Helm halb hochgenommen. Seine Augen schauten verwirrt, als sie Mireks Waffe sahen. Mirek richtete sie auf ihn.

»Ich nehme dein Motorrad. Wo sind die Schlüssel?«

Angst lähmte den Jungen. Mirek warf einen Blick auf das Motorrad. Die Schlüssel steckten noch. Er warf Ania die Stofftasche zu, und sie preßte sie keuchend an ihre Brust.

Die Waffe auf den Jungen gerichtet, stieg Mirek auf das Motorrad und drehte den Zündschlüssel um. Es war eine russische Nerval 650cc. Wieder hatte er einen völlig nebensächlichen Gedanken. Der Junge war offensichtlich der Sohn einer wichtigen Persönlichkeit. Er bemerkte, daß er wie auch entsetzte Mädchen ausgewaschene echte Levis-Jeans und Skijacken trugen. Während ihm diese Gedanken durch den Kopf gingen, hatte er das Motorrad so gedreht, daß seine rechte Hand in die Richtung zeigte, aus der sie gekommen waren. Er lauschte und hörte das stampfende Pochen von einem Menschen, der heranrannte. Er hob die Waffe, hielt seinen Arm steif wie einen Ladestock und holte tief Luft.

Der Polizist kam in vollem Lauf um die Kurve. Als er Mirek sah und die Waffe, lief er langsamer und versuchte nach links auszuweichen. Sein Fuß rutschte auf dem Kies weg. Mirek wartete, bis er gestürzt war, und schoß dann zweimal. Die erste Kugel stoppte die Bewegung des Mannes. Die zweite schleuderte ihn an den Rand des Flußufers zurück. Langsam rollte sein Körper darüber und fiel in den Fluß.

Das Mädchen schrie hysterisch. Mirek trat den Starter durch, und die Nerval sprang brüllend an. Ania beobachtete ihn. Er steckte die Pistole in seinen Gürtel.

»Schnell. Wir müssen nach Gottwaldov.« Sie begann sich zu bewegen. »Beeil dich, verdammt.«

Rasch stieg sie auf, preßte die Stofftasche zwischen sie.

»Halt dich fest.« Er spürte, daß ihre Hand seine Hüfte umschlang, und gab Vollgas. Kies spritzte unter dem Hinterrad weg, und dann rasten sie den Weg entlang. Die Schreie des Mädchens verebbten hinter ihnen.

Die Nerval war den Vorschriften entsprechend gut schallgedämpft. Als sie sich der Hauptstraße näherten, hörte Mirek das Geräusch ferner Sirenen. Er fuhr vom Weg ab in ein Gebüsch und wartete.

Auf der Straße vor ihnen rasten vier Polizeiwagen kreischend in rascher Folge vorbei. Er wartete, bis er hörte, daß die Sirenen beim Restaurant erstarben, und fuhr dann wieder aus dem Gebüsch auf den Weg. Als sie langsam auf die Hauptstraße fuhren, sagte Ania ihm ins Ohr: »Du hast ihnen erzählt, daß wir nach Gottwaldov fahren.«

Er drehte seinen Kopf. »Ja. Wir fahren in die entgegengesetzte Richtung. So gewinnen wir vielleicht ein paar Minuten.«

Er bog nach links ab, drehte das Gas voll auf und sah, wie die Tachonadel sich auf die gesetzlich vorgeschriebene Höchstgeschwindigkeit von 100 Stundenkilometern zubewegte. Der Verkehr war mäßig. Wieder hörte er Sirenen. Er fuhr rasch dicht an einen großen Container-Lastwagen heran. Er bremste, fuhr langsamer und hielt sich dicht hinter ihm, wobei er ganz rechts fuhr. Wenige Sekunden später brauste links der Polizeiwagen vorbei. Mirek sah ihn nur verschwommen. Er scherte aus und überholte den Lastwagen, wobei sein Verstand wie ein Rechner arbeitete. Der Junge und das Mädchen würden bald am Restaurant sein. Straßensperren würden errichtet werden. Er konnte nicht riskieren, noch länger als zwei oder drei Minuten auf dieser Straße zu bleiben. Er drehte sein Handgelenk und blickte auf seine Armbanduhr. Es war fast drei. Er sah in Gedanken die Landkarte der Gegend vor sich, die er sich eingeprägt hatte – das, was Pater Heisl ihn hatte auswendig lernen lassen.

Sie waren zwölf Kilometer gefahren. Auf diesem Teil ihrer Strecke gab es zwei Verstecke diesseits der polnischen Grenze. Eins lag dicht an der Grenze selbst. Ein Bauernhaus am Stadtrand des Marktfleckens Opava. Derselbe Fluß, an dem sie zu Mittag gegessen hatten, führte an der Stadt und dicht an dem Bauernhaus vorbei, das Richtung Stadt lag. Opava war etwa dreißig Kilometer von dem Restaurant entfernt. Bei Tageslicht würden sie das

Bauernhaus nicht ungesehen erreichen können. Inzwischen mußten die Polizisten an den Straßensperren wissen, daß sie mit einem Motorrad fuhren. Er gab wieder Gas und beschloß, die Geschwindigkeitsbegrenzung zu ignorieren. Er spürte, daß Anias Hände ihn fester umklammerten. Die Nadel kletterte, bis sie 150 Stundenkilometer erreicht hatte. In drei Minuten hatten sie sieben Kilometer hinter sich gebracht und waren an einem halben Dutzend Personenwagen und Lastwagen vorbeigefegt. Weit vor sich sah er eine Nebenstraße, die nach links abweigte, auf den Fluß zu. Sein Absatz trat auf das Bremspedal. Sie fuhren noch immer schnell, als die Straße näher kam. Er überlegte, ob er vorbeifahren und dann zurückkehren sollte, als er wieder eine Sirene hörte. Er zog die Handbremse und beugte sich zur Seite.

Er schaffte die Kurve knapp, kam aber vom Asphalt ab und rutschte auf der Grasnarbe weg. Er spürte, wie das Motorrad unter ihm wegschoß und seitwärts nach hinten ausbrach. Ania klammerte sich an ihn, als sie in niedrige Büsche geschleudert wurden, und wurde dann mit einem Schrei von ihm weggerissen, als sie aufprallten. Er landete hart, überschlug sich zweimal, rollte dann über den gefrorenen Boden und blieb schließlich dreißig Meter von der Straße entfernt liegen. Einen Augenblick lang lag er still, spürte den Schmerz in seiner Seite, da, wo sich die Pistole in seine Hüfte gegraben hatte. Die Sirene schrillte kaum mehr als fünfzig Meter entfernt auf der Hauptstraße vorbei.

Er rief: »Ania!«

Ihre Stimme kam bebend aus ein paar Metern Entfernung. »Hier, Mirek.«

»Bleib unten.«

Er begriff, welches Glück sie gehabt hatten. Sie lagen in niedrigem Gebüsch. Wären sie nicht gestürzt, hätten sie vom Polizeiwagen aus leicht entdeckt werden können.

»Alles in Ordnung?«

»Ich denke schon. Ein wenig zerschrammt und zerkratzt, und ich habe Schmerzen im Knöchel. Was ist mit dir?«

Er streckte seine Glieder. Der einzige Schmerz kam von seiner

Hüfte. Er zog die Pistole heraus. Das Korn auf dem Lauf war bei dem Aufprall in seinen Bauch gedrückt worden und hatte eine schmale, blutende Schnittwunde gerissen. Er rollte sich auf die Knie und kroch zu ihr hinüber. Sie lag mit angewinkelten Knien auf der Seite, eine Hand hielt ihren linken Knöchel umklammert. Ihr linker Arm war zerkratzt und blutete, aber in ihren Augen war weder Schock noch Angst. Er duckte sich, als ein Lastwagen vorbeifuhr, und grinste sie an.

»Ob du's glaubst oder nicht, wir hatten Glück. Ohne diesen Sturz wären wir entdeckt worden. Was macht der Knöchel?«

Ganz sachlich sagte sie: »Er ist nicht gebrochen, aber ich hab' ihn mir böse verstaucht. Er schwillt an.«

»Glaubst du, daß du damit laufen kannst?«

Sie setzte sich auf, stellte den Absatz auf den Boden und stöhnte: »Ja, aber nur ganz langsam.«

Er dachte rasch nach. Dann sagte er: »Ania, wir gehen zu dem Versteck, das auf dieser Seite von Opava liegt. Von hier aus sind's etwa zwölf Kilometer. Wir müssen das Motorrad verstecken und uns dann bis Einbruch der Dunkelheit selber verbergen. Bald werden Hubschrauber hier sein. Dann müssen wir zu Fuß flußabwärts gehen.«

Er kroch zu dem Motorrad hinüber und inspizierte es rasch. Das vordere Schutzblech war verdreht und gegen den Reifen gepreßt, und der Handbremszug war abgerissen worden. Ansonsten sah es so aus, als sei alles in Ordnung. Er zog das Schutzblech vom Reifen weg und nahm die Stofftasche wieder an sich, die ein paar Meter entfernt lag. Dann rief er: »Ania, heb deinen Kopf, bis du die Straße sehen kannst. Sag mir, wenn dort kein Fahrzeug kommt.«

Langsam hob sie ihren Kopf.

»Warte, Mirek.«

Er hörte einen Wagen vorbeifahren, dann einen Lastwagen in entgegengesetzter Richtung, dann rief sie: »Alles klar!«

Rasch richtete er das Motorrad auf, stieg auf und trat den Starter. Nach dem dritten Versuch sprang die Maschine an. Er beugte sich herunter und nahm die Tasche, während sie zu ihm humpelte. Sekunden später waren sie wieder auf die Straße geholpert und fuhren Richtung Fluß. Dabei fragten sie sich, wie lange ihr Glück noch anhalten würde.

Sie erreichten den Fluß ungesehen. Er floß durch ein enges, tiefes, bewaldetes Tal. Mirek schaffte es, zwei Kilometer am Ufer entlang zu fahren, bis die Bäume lichter wurden. Sie hatten zweimal anhalten und sich im Dickicht verstecken müssen, als Hubschrauber über sie hinwegflogen. Mirek war der Meinung, daß es für sie an der Zeit war, das Motorrad und sich selbst zu verstecken. Der Fluß strömte an dieser Stelle langsam und war sehr tief. Sie stiegen vom Motorrad ab, und er inspizierte das Ufer. Der Fluß, der hier einen Innenbogen beschrieb, hatte den Boden lippenförmig ausgespült. Sie untersuchten die Satteltaschen des Motorrades und entdeckten einen Plastikbehälter, in dem sich kaltes Fleisch, Käse und Brot befanden. Außerdem war eine Flasche Rotwein da. Nachdem sie das herausgenommen hatten, rollte Mirek das Motorrad zum Flußbett und versetzte ihm einen heftigen Stoß. Es landete darin mit einem befriedigenden Platschen und sank rasch, eine Spur von Blasen hinterlassend. Er schaute prüfend auf seine Armbanduhr. Es war kurz nach halb vier. Der Wald hinter ihnen war ein gutes Versteck. Sicher würde die Armee ihn am Morgen durchkämmen, vielleicht sogar in ein oder zwei Stunden. Es würde noch etwa eine Stunde hell sein. Ungefähr einen Kilometer stromabwärts konnte er ein kleines Dickicht erkennen. Das würde weniger auffällig sein. Darin standen Baumgruppen, und die würden ihnen Deckung geben.

Sie brauchten eine Stunde, um diesen einen Kilometer zurückzulegen, da sie sich noch zweimal verstecken mußten, weil Hubschrauber über ihnen kreisten und weil Anias Knöchel schlimmer verstaucht war, als sie vermutet hatte. Sie mußte, einen Arm um Mireks Schulter gelegt, auf einem Bein hüpfen. Als sie schließlich dort ankamen, war ihr Gesicht bleich vor Schmerz, und sie sank mit einem Seufzer der Erleichterung ins Gras. Mirek wühlte sofort in dem Beutel herum, fand ihre Toilettentasche und gab ihr vier Aspirin. Er nahm die Weinflasche, zog die Folie ab, drückte den Korken hinein und reichte sie ihr. Sie spülte die Aspirin hinunter und reichte ihm wortlos die Flasche wieder. Er nahm ein paar Schluck und lehnte dann die Flasche gegen einen Stein. Dann sagte er: »Den Rest trinken wir später zum Essen. Ein Glück, daß diese Kinder ein Picknick machen wollten. Ich werde mir erst einmal das Gelände ansehen.« Er warf ihr den Beutel vor die Füße. »Mach's dir so bequem wie möglich.« Er entfernte sich zwischen den Bäumen.

Sie zog die Tasche zu sich heran und suchte darin nach einem weiteren Pullover. Sie wußte, daß es bis zum Versteck noch ungefähr zehn Kilometer waren, und sie wußte auch, daß sie das nie schaffen würde. Und sie wußte auch, daß er es wußte. Er würde sie zurücklassen. Er hatte ihr das damals in Florenz kurz und bündig gesagt: »Wenn sie nicht mithalten kann, werde ich sie verlassen.«

Ein plötzlicher Gedanke durchzuckte sie, und als ihr die Folgen bewußt wurden, senkte sie ihren Kopf in die Hände und betete.

So fand er sie, als er zurückkehrte, und fragte verwirrt: »Ania, was ist los?«

Sie hob ihren Kopf. Ihre Wangen waren naß. Ihre Augen bestürzt. Sie sagte tonlos: »Du solltest es lieber jetzt tun.«

»Was tun?«

»Mich töten.«

Einen Augenblick lang war er verblüfft, dann verstand er, was sie meinte. Er eilte vorwärts, kniete sich neben sie hin und nahm ihre Hände in seine. Sie schaute ihn an, und er sah die Angst in ihren Augen.

Sehr weich sagte er: »Ania, ich werde dich nicht töten. Ich weiß, daß ich dich hier nicht lebend zurücklassen kann. Du weißt, wo das Versteck liegt ... wo sie alle sind. Sie würden dich finden und dich zum Reden bringen. Wenn nicht mit Folter, dann mit Drogen. Ich weiß, daß du so weit nicht laufen kannst ... Ich werde dich tragen, Ania.«

Die Furcht verging für einen Moment aus ihren Augen und kehrte dann wieder. Sie sagte: »Es sind zehn Kilometer ... durch rauhes Gelände. So weit kannst du mich nicht tragen ... nicht bis Tagesanbruch.«

Er lächelte sie an. Ein Lächeln, das all ihre Furcht fortwischte.

Ein Lächeln, das ein winziges Fenster zu seinem Herzen öffnete.

»Ania, du weißt nicht, wie stark ich bin. Ich werde dich zum Versteck tragen.«

Es dauerte sieben Stunden. Sollten sie hundert Jahre alt werden, so würden sie doch diese eine Reise niemals vergessen. Nach sieben Stunden wußte sie, wie stark er war. Sie brachen auf, nachdem es dunkel geworden war. Nur die Sichel des Mondes stand am Himmel. Die Tasche hatte er um seinen Hals gehängt, sie baumelte an seiner Brust. Er trug sie auf seinem Rücken. Er stolperte oft im Dunkel und stürzte mehrere Male. Im Fallen drehte er sich immer so, daß sein Körper ihren Fall dämpfte. Jede Stunde machte er einige Minuten Pause. Sie bewunderte seine Kraft. Am frühen Morgen blieb er stehen und ließ sie herunter. Sie hatten eine weite Biegung des Flusses passiert. Vor ihnen schwang er sich in die Gegenrichtung. Er deutete über den Fluß. »Es müßte der Hügel da oben sein, etwa einen halben Kilometer entfernt. Ich werde dich hierlassen und nachsehen.« Er keuchte, aber in seiner Stimme klang eine Spur von Stolz mit.

Ihre Arme und Beine waren steif und schmerzten, weil sie sich an ihn geklammert hatte und wegen der Kälte. Sie sank zu Boden und sagte: »Sei vorsichtig, Mirek.«

Er legte die Tasche neben sie, nahm die Pistole aus dem Gürtel, spannte sie und bewegte sich vorsichtig zum Ufer hinunter. Der Fluß war hier breiter und flacher. Er watete vorsichtig hindurch, wobei er die Waffe hochhielt. In der Mitte reichte ihm das Wasser bis zur Brust. Es war eiskalt. Sie konnte seine dunkle Gestalt noch gerade ausmachen, als er das gegenüberliegende Ufer erklomm. Dann verschwand er zwischen den Bäumen.

Nach zehn Minuten machte er die undeutlichen Konturen eines Gebäudes aus. Langsam schob er sich vorwärts, die Waffe schußbereit. Es war ein einzelnes, einstöckiges Gebäude, in dem kein Licht brannte. Zwei Fenster waren dort. Er begriff, daß er auf der Rückseite war. Er hielt an und blieb lauschend stehen. Das einzige Geräusch war ein ferner Eulenschrei. Er spürte, daß seine Haut prickelte. Auf einem Bauernhof gab es immer Hunde.

Warum schlugen die nicht warnend an? Er bewegte sich langsam zur Ecke des Hauses vorwärts. Er konnte die Masse eines größeren Gebäudes davor sehen – wahrscheinlich eine Scheune. Ein Zweig knackte unter seinem Fuß. Einen Augenblick später sagte eine Stimme zu seiner Rechten: »Wo ist die Frau?«

Er wirbelte herum, die Pistole erhoben. Er blickte auf eine Gruppe niedriger Bäume. Ein Schatten löste sich daraus und trat vor. Zu beiden Seiten war je ein kleinerer Schatten. Als er näherkam, wurde aus dem Schatten ein Mann. Die kleineren Schatten wurden zu Hunden. Einer von ihnen begann aus tiefer Kehle zu knurren. Der Mann murmelte ihm etwas zu, und er hörte auf. Der Mann sagte: »Du solltest mich eigentlich etwas fragen.«

Mireks Kopf war wie leer. Dann strengte er sein Gedächtnis an und sagte: »Ich fürchte, ich habe mich verlaufen. Können Sie mir bitte helfen?«

Die Gestalt erwiderte bedächtig: »Das geschieht in dieser Gegend immer wieder.« Und dann fragte er drängend: »Wo ist die Frau?«

»Am Fluß. Sie hat sich den Knöchel verstaucht. Ich werde sie holen.«

Die Erleichterung in der Stimme des Mannes war deutlich zu hören. »Gut. Ich helfe dir.«

»Ich werde sie holen.«

Der Mann kam näher. Ein Licht flammte an seiner Seite auf, das Mirek vorübergehend blendete. Dann wurde die Lampe wieder ausgeschaltet. Die Stimme sagte: »Du siehst erschöpft aus. Laß dir helfen.«

»Nein«, sagte Mirek starrsinnig. »Ich werde sie holen. Ich werde in einer halben Stunde zurück sein.«

»Gut.« Der Mann machte eine Geste. »Bring sie zur Scheune. Alles ist bereit.«

* * *

Mirek trug sie über den Fluß, wobei er sie über seinen Kopf hielt, eine Hand unter ihrem Rücken, die andere an ihren Knöcheln. Seine Erschöpfung war vergessen. Er hatte das Gesicht des Mannes nicht gesehen, aber er würde sich sein Leben lang an ihn erinnern, würde nie die Klangfarbe und die Zuversicht in seiner Stimme vergessen.

Auf der anderen Seite ließ er Ania zu Boden gleiten und hob sie dann auf seinen Rücken. Unter der Anstrengung keuchend, marschierte er durch die Bäume den Hügel hoch.

Der Mann wartete in der Scheunentür. Die Hunde waren nirgends zu sehen. Bei ihrer Ankunft öffnete er die Tür und bedeutete ihnen vorauszugehen. Nachdem sich die Tür hinter ihnen geschlossen hatte, drehte er den Schalter. Gedämpftes Licht kam von einer Birne, die von der hohen Decke baumelte. Behutsam ließ Mirek Ania heruntergleiten. Sie stand auf einem Bein. Der Mann, der ihnen gegenüberstand, war jung. Mirek schätzte ihn auf Ende Zwanzig. Stämmig, rundgesichtig, ein unordentlicher schwarzer Haarschopf. Er grinste sie an.

»Endlich. Ich habe zehn Jahre darauf gewartet.«

»Auf was?« fragte Mirek.

»Nützlich zu sein. Zehn Jahre lang hat er mir gesagt: ›Anton, eines Tages werde ich dich brauchen.‹«

»Wer ist er?« fragte Ania.

Der Mann wurde ernst. »Ich denke, das wißt ihr.« Er streckte seine Hand aus. »Anton, zu euren Diensten.« Sie schüttelten nacheinander seine Hand. Er fuhr fort: »Kommt jetzt. Ihr seid erschöpft und friert.« Er ging tiefer in die Scheune hinein. Mirek legte einen Arm um Anias Hüfte und half ihr, ihm nachzuhumpeln. Über seine Schulter sagte Anton: »Ich dachte mir, daß ihr heute nacht kommen würdet. Ich habe die Nachrichten gehört. Zwei Polizisten von Verbrechern erschossen. Beschreibungen von euch. Gute Beschreibungen.«

»Wo sind deine Hunde?« fragte Mirek.

Anton zeigte in eine Richtung, dann in eine andere. »Einer ist einen halben Kilometer flußabwärts, der andere oben. Niemand kommt hier näher ran, ohne daß sie bellen und uns warnen. Ihr könnt euch entspannen, meine Freunde.«

Sie hatten den hinteren Teil der Scheune erreicht, der von einem großen Schweinestall eingenommen wurde. Darin waren drei fette Schweine und ein Dutzend Ferkel. Anton öffnete die Tür und jagte sie mit Fußtritten in die Scheune hinaus. Er zeigte auf eines der Schweine.

»Das ist ein bösartiges altes Vieh. Wenn ich nicht hier wäre, würde es euch anfallen.«

Der Boden des Stalls war mit schmutzigem Stroh bedeckt. Er stieß es beiseite. Darunter war ein Holzboden. Er bückte sich, schob seine Finger unter eine Ecke und hob ihn an. Ein ganzes Stück klappte nach oben und gab ein Fundament aus Beton frei. Anton lächelte ihnen gewinnend zu.

»Und jetzt paßt auf.«

Er griff nach einem Metallring, der in die Wand zementiert war, und drehte fest daran. Dann trat er vorwärts und drückte seinen Fuß fest auf den Boden. Leise öffnete sich ein ganzer Teil des Betonbodens, die eine Hälfte nach unten, die andere nach oben. Sie konnten sehen, daß ein dicker geölter Metallstab zu beiden Seiten des Lochs als Achse eingelassen war. Auf der gegenüberliegenden Seite führte eine Holzleiter in die Dunkelheit. Mit der Geste eines Zauberers, der soeben erfolgreich einen Trick vorgeführt hat, ging Anton um das Loch herum und begann, die Leiter hinunterzuklettern. Als sein Kopf auf der Höhe des Bodens war, griff er nach oben. Sie hörten ein Klicken, und ein gedämpftes Licht ging an. Er fragte: »Wie nennt ihr euch?«

Mirek antwortete: »Tadeusz und Tatania.«

»Also gut, dann hilf Tatania herunter. Ich werde von unten mit anfassen.«

Ania humpelte heran. Mirek hielt ihre beiden Handgelenke. Sie stellte ihren gesunden Fuß auf die oberste Sprosse. Mirek ließ sie, ihr ganzes Gewicht haltend, langsam hinunter. Er sah, daß Antons Hände ihre Taille umfaßten, und spürte, wie das Gewicht schwand.

Anton war sehr stolz auf sein Versteck, und das aus gutem Grund.

»Mein Großvater hat es während des Krieges gebaut. Nein, nicht für den Widerstand – hier in der Gegend gab's nicht viel –, sondern um Lebensmittel vor den Deutschen zu verstecken. Sie haben ein dutzendmal hier gesucht, und sie waren gründlich, diese Deutschen. Sie haben es nie gefunden.«

Es war ein ausgedehnter Raum, der etwa fünf mal sechs Meter

messen mochte. Zwei Feldbetten waren bereits aufgestellt, mit Laken und Decken bezogen. Zwischen ihnen standen ein roher Holztisch und zwei Stühle. Auf dem Tisch befanden sich Teller, Tassen und Eßbestecke. Auf einem anderen hölzernen Tisch in der Ecke stand ein Paraffinofen. An den Längswänden waren Regale angebracht, in denen reichlich Konserven und Lebensmittelpackungen standen sowie Milch und Kaffee. Unter dem Tisch waren zwei Autobatterien. Ein Kabel, das von der einen wegführte, lief über die Wand an die Decke zu der kleinen Glühbirne. Am anderen Ende des Raumes befand sich ein Vorhang. Anton deutete darauf. »Dahinter sind eine chemische Toilette, ein Waschbecken und zwei Krüge Wasser. Zieh dort deine Hose aus, Tadeusz, und nimm eine trockene.«

Mirek nickte, öffnete die Tasche, nahm eine trockene Hose heraus und begab sich hinter den Vorhang.

Anton wies auf eine Ecke der Decke. Dort befand sich ein kleiner Drahtgrill. »Tatania«, sagte er, »die Belüftung ist gut. Ich selbst habe das vor fünf Jahren eingebaut und es vor drei Wochen überprüft, als ich hörte, daß der Raum vielleicht benötigt werden würde.«

Ania humpelte zu einem Stuhl und setzte sich. Die Luft war feucht und kalt. Sie legte die Arme um ihre Schultern.

Anton bemerkte das und eilte zum Ofen, wobei er sagte: »In einer halben Stunde wird's hier warm und behaglich sein.« Er zündete den Ofen an und wandte sich ihr zu. »Kaffee, Tatania – oder heiße Milch? Frisch von Amethyst – das ist meine Lieblingskuh.«

»Oh, bitte Milch«, sagte sie, wobei sie strahlte.

Er warf Mirek einen fragenden Blick zu, der hinter dem Vorhang hervorkam und den Reißverschluß seiner Hose zuzog. Anton deutete auf eine Flasche im Regal.

»Das werden wir mit einem Schuß Slivovitz runterspülen. Dann könnt ihr schlafen.« Er blickte auf seine Armbanduhr. »In drei Stunden nehme ich den ersten Zug nach Brünn und erstatte Bericht. Ihr solltet mir jetzt lieber sagen, was geschehen ist.«

»Wem erstattest du Bericht?«

»Meinem Zellenführer. Er wird das über den Kanal an den,

du weißt schon wen, weiterleiten und mir für die Zwischenzeit Anweisungen geben.«

Mirek konnte sehen, daß er seine Mantel-und-Degen-Rolle genoß.

»Wer lebt sonst auf dem Hof?«

»Niemand. Er ist sehr klein. Ein alleinstehender Mann kann ganz gut davon leben. Mein Vater leitet ein großes Bauernkollektiv im Süden. Meine Mutter ist bei ihm. Manchmal kommen sie zu Besuch. Mein Großvater hat mir den Hof vermacht. In der Woche kommt ein alter Mann aus Troppau, um mir zu helfen. Er weiß nichts von diesem Versteck. Und selbst wenn er's wüßte, wär's egal. Er haßt die Regierung.«

Er brachte drei dampfende Tassen heran, holte dann den Slivovitz und drei Gläser.

Ania wärmte ihre Hände an ihrer Tasse und nippte an der Milch. Sie war dick und cremig.

Sie lächelte ihn an. »Bedanke dich bei Amethyst.«

Er setzte sich hin und grinste, dann sagte er ernst zu Mirek: »Also, was ist passiert?«

Während Mirek ihn informierte, leuchteten seine Augen voller Erregung wie bei einem kleinen Jungen, der eine Abenteuergeschichte hört. Als er von der Schießerei mit den Polizisten hörte, wanderten seine Augen zu der Makarow, die auf dem Bett lag, wo Mirek sie hingeworfen hatte. Aber er war verwirrt, als Mirek auf den Teil zu sprechen kam, nachdem er das Motorrad versenkt hatte.

Er blickte Ania an. »Aber wie hast du's geschafft, mit diesem Knöchel zehn Kilometer weit zu laufen?«

»Hab' ich nicht. Er hat mich getragen.«

Langsam wanderte Antons Blick zurück zu Mirek. Bewundernd fragte er: »Du hast sie getragen ... das ganze Stück – und das bei Nacht?«

Mirek nickte kurz und begann, mit der Geschichte fortzufahren, aber Anton hob eine Hand, erhob sein Glas und sagte: »Ich trinke auf dich, mein Freund. Ich halte mich selbst für einen kräftigen und recht trainierten Mann, aber das hätte ich nicht einmal versucht.«

»Ich hatte nur die Wahl zwischen Tragen oder Töten«, sagte Mirek kurz.

Zuerst verstand der junge Mann nicht. Dann, als er begriff, nickte er düster. Die jungenhafte Bewunderung war aus seinen Augen verschwunden. Er begriff, daß dies weit mehr war als nur ein Abenteuer.

Rasch erzählte Mirek die Geschichte zu Ende. Anton stellte nur noch eine Frage.

»Tatania, wie lange, glaubst du, wird es dauern, bis du wieder richtig laufen kannst?«

Sie überlegte einen Augenblick.

»Etwa zwei oder drei Tage.«

Er stand auf. »Gut. Ich verlasse euch jetzt. Ich werde heute abend zurück sein. Angenehme Ruhe.«

Etwas hatte Mirek verwirrt. Er fragte Anton: »Wenn du wie jetzt hier unten bist und jemand nähert sich, wie erfährst du das?«

Anton lächelte und sagte stolz: »Tadeusz, ich habe meine Hunde gut dressiert. Wann sie bellen sollen und wann nicht. Und wo sie bellen sollen, wenn sie bellen.« Er deutete dabei auf den Grill in der Ecke der Decke. »Diese Lüftung endet zwischen den Wurzeln einer großen alten Eiche hinter der Scheune. Wenn sich jetzt jemand im Umkreis von einem halben Kilometer nähert, würden die Hunde stumm bleiben, neben den Baum laufen und etwa eine halbe Minute lang bellen. Man kann sie hier unten hören. Dann würden sie zu den Eindringlingen zurückkehren und so lange bellen, bis ich sie zurückrufe.« Er grinste. »Mit ziemlicher Sicherheit wird der Hof morgen durchsucht. Der alte Mann wird ihnen alles zeigen. Die Hunde werden am Baum bellen, bevor sie näherkommen. Dann verhaltet ihr euch besser still.« Er begann, die Leiter hochzuklettern, und deutete auf einen anderen Ring, der in der Wand verankert war. »Wenn's eine Notsituation gibt ... wenn ich zum Beispiel verhaftet werde und ihr hier raus müßt, dann dreht ihn um hundertachtzig Grad und drückt auf beide Teile. Es wird sich dann öffnen.«

»Was ist, wenn so ein fettes Schwein darauf steht?« fragte Mirek. »Ich möchte nicht, daß es auf mich fällt.«

Antons Augen weiteten sich, und er grinste zu ihnen hinunter.

»Teufel! Daran habe ich gar nicht gedacht. Am besten schlagt ihr erst mit einer Tasse oder so was dagegen. Das wird sie verscheuchen.«

Er kletterte hinaus und schaute hinab, bevor er die Klappe schloß, und sagte: »Schlaft gut. Ich sehe euch heute abend.«

Beide riefen noch: »Danke.«

Während sich die Klappe schloß, hörten sie seine Antwort.

»Ihr seid willkommen.«

Sie wußten, daß er es so meinte.

Fünfzehn Minuten später lagen sie behaglich in ihren Betten, und das Licht war gelöscht. Obwohl er so erschöpft war, hatte Mirek Schwierigkeiten einzuschlafen. Er dachte über Anton nach. Was motivierte ihn, ein solches Risiko einzugehen? Er schien es förmlich zu genießen. Sicherlich war das doch mehr als nur Abenteuerlust? War es Religion? Er bezweifelte das. Plötzlich drang Anias weiche Stimme durch die Dunkelheit.

»Mirek, bist du wach?«

»Ja.«

»Was ... was wird mit Albin und Sylwia geschehen?«

»Frage nicht, Ania ... und denke besser nicht darüber nach.«

Schweigen, dann sagte sie traurig: »Sie waren ein nettes altes Paar.«

»Ja«, stimmte er zu, »aber sie müssen einen Fehler gemacht haben ... oder sonstwer. Diesmal haben wir Glück gehabt – wenn's ein nächstes Mal gibt, haben wir vielleicht keins.«

Wieder Schweigen, dann wieder ihre Stimme. »Mirek, erinnerst du dich, daß du mir damals in Florenz gesagt hast, daß du mich zurücklassen würdest, wenn ich nicht mithalten könnte?«

»Ja.«

»Warum hast du mich dort nicht zurückgelassen?«

»Du weißt, warum.«

»Nein. Du hast, ohne nachzudenken, zwei Polizisten getötet. Warum hast du mich nicht getötet? Ich war nur eine Last.«

Ein langes Schweigen entstand, und sie fragte noch einmal: »Mirek?«

Sie hörte ihn seufzen. »Ich weiß nicht.«

Er drehte sich zur Seite, rückte seine Kissen zurecht und versuchte in dem schmalen Bett bequemer zu liegen. Das war eine Frage, die er sich immer wieder gestellt hatte, während er all diese Stunden mit ihr auf dem Rücken vorwärtsgetaumelt war. Die Antwort wurde ihm langsam klar, sie entfaltete sich ihm wie eine warme, aber entsetzliche Umarmung. Er hörte wieder ihre Stimme.

»Verliebe dich nicht in mich, Mirek ... Ich kann dich niemals lieben ... niemals. Ich bin Nonne ... Ich werde immer eine Nonne sein.«

Es gab keine Antwort. Sie hörte, wie er noch einmal die Kissen zurechtrückte, und dann war da nur tiefes schwarzes Schweigen.

Kapitel 16

Oberst Oleg Zamiatin nahm die Strafpredigt unbewegt stehend entgegen. Es geschah selten, daß Chebrikow einem seiner hohen Offiziere vor Untergebenen einen Verweis erteilte. Aber heute war er so wütend, daß er es tat. Zamiatins drei Majore saßen mit gesenkten Blicken an ihren Schreibtischen.

»Fast zwei Stunden!« schrie Chebrikow, dessen rot angelaufenes Gesicht nur Zentimeter von dem des Oberst entfernt war. »Zwei Scheiß-Stunden, bis diese Absperrkette aufgebaut war. Diese beschissene tschechische Armee könnte nicht mal eine Maus mit einem Eimer fangen!« Er wandte sich angewidert ab und blickte auf die Wandkarte. »Innerhalb einer Stunde hätten sie hundert Polizisten aus Brno in dem Dorf gehabt. Aber nein, Sie mußten ihre Armee einsetzen und darauf warten, daß Ihr verdammter Freund Sholokhow aus Prag angereist kam.«

Zamiatin wagte zu sagen: »Der Mann ist bestens ausgebildet und sehr gefährlich.«

»Na und?« Chebrikow explodierte. »Glauben Sie, mich schert es, wenn ein paar tschechische Polizisten getötet werden? Mir ist es völlig egal, wenn er ein ganzes Bataillon von ihnen auslöscht, solange er nur dabei getötet wird.« Er richtete einen

Finger auf ihn. »Wenn Sie die richtigen Befehle gegeben hätten, wären die Informationen über den Wagen eine Stunde früher verfügbar gewesen. Sie wären noch in diesem Restaurant gewesen.«

Zamiatin sagte nichts, doch er empfand die Ungerechtigkeit, die ihm hier widerfuhr. Wenn er weniger geeignete Einheiten zur Durchsuchung in das Dorf geschickt hätte und Scibor sich seinen Fluchtweg freigeschossen hätte und entkommen wäre, hätte er jetzt einen ähnlichen Verweis bekommen – vielleicht noch schlimmer.

Chebrikow wandte sich wieder der Landkarte zu. »Also«, fragte er, »was tun wir jetzt?«

Zamiatin atmete ein wenig ruhiger. Er ging zur Landkarte und beschrieb mit einem Finger einen Kreis. »Jede militärische Dienststelle in diesem Gebiet, einschließlich unserer eigenen Streitkräfte, sucht hier. In der Zwischenzeit wurde die polnische Grenze von hier bis dort hermetisch abgeriegelt.« Sein Finger berührte die Stelle, an der die polnische, tschechische und ostdeutsche Grenze aneinanderstießen. Sein Finger bewegte sich abwärts zur polnischen Grenze zu dem Bereich, an dem sie an die russische Grenze stieß.

»Sie sind ein Narr«, sagte Chebrikow angewidert. »Oder glauben Sie, daß der Schinken-Priester einer ist? Er wird nie versuchen, ihn jetzt über diese Grenze zu schicken.« Er ging hinüber und fuhr mit seiner Hand über einen anderen Teil der Karte. »Sie können sicher sein, daß Scibor und die Frau irgendwo hier in einem sicheren Versteck sind. Vielleicht für zwei oder drei Tage. Nicht länger, weil wir annehmen, daß er einen verbindlichen Zeitplan hat.«

»Oh?« sagte Zamiatin. Das war das erste Mal, daß er davon hörte.

»Ja. Es ist noch nicht bestätigt, aber Genosse Andropow selbst glaubt, daß er vor dem Zehnten des nächsten Monats in Moskau sein muß.«

»Wissen wir, warum?«

»Ja. Aber das ist geheim.«

Chebrikow studierte die Karte. »Nein. Der Schinken-Priester ist schlauer, als Sie glauben. Er wird diesen Mann wieder von der Grenze zurückziehen und woandershin beordern. Dahin, wo wir ihn am wenigsten erwarten.« Er zeigte auf die ostdeutsche Grenze im Norden. »Ich vermute, daß er es hier versuchen wird und ihn die DDR durchqueren läßt. Von dort aus geht er dann über die polnische Grenze.« Er schwenkte abwehrend die Hand. »Die nahegelegene polnische Grenze können Sie vergessen, Oberst. Konzentrieren Sie Ihre Kräfte hier ... und Sie können auch darauf verzichten, nach einem Paar zu suchen. Die Frau diente nur zur Tarnung und jetzt, nachdem sie aufgeflogen sind, wird er sie raushalten. Und jetzt machen Sie weiter.«

Mit immer noch wütendem Gesicht marschierte er zur Tür und dachte über die bevorstehende Begegnung mit dem Generalsekretär nach. Andropow würde ihn sicher unsanft an Fische erinnern, die aus Booten springen.

Ania bereitete Lammschmorbraten aus der Dose zu und dazu frische, gekochte Kartoffeln.

Sie beide hatten wie die Toten geschlafen, und als sie zehn Stunden später aufgewacht waren, hatten sie ungeheuren Hunger. Mirek war aus dem Bett gerollt, und seine Gliedmaßen waren stief wie Bretter. Die Anstrengungen in der vergangenen Nacht machten sich bemerkbar. Während Ania das Schmorfleisch umrührte, beobachtete sie, wie er seinen Körper mit fünfzig schnellen Liegestützen in Form brachte und dann keuchend hinter dem Vorhang verschwand. Als er fünf Minuten später wieder auftauchte und seine Hände mit einem Handtuch abtrocknete, stellte sie das Geschmorte auf den Tisch. Während er sich hinsetzte, schnüffelte seine Nase hungrig.

Sie aßen in entspanntem Schweigen. Sie tat ihm noch mehr Fleisch aus dem Topf auf, und er nickte dankend.

Während er den Rest der Soße mit einem Stück Brot aufwischte, sagte er ernst: »Ania, du wärst eine gute, wunderbare Ehefrau.«

Sie dachte über eine Antwort nach, als sie ein Kratzen über sich hörten. Sie schauten hoch und sahen, wie sich die schwere Betonklappe öffnete. Antons fröhliches Gesicht schaute nach unten.

Er rief: »Alles in Ordnung?«

»Bestens«, sagte Mirek. »Willkommen im besten Restaurant der Stadt.«

Anton grinste, setzte dann einen Fuß auf die oberste Sprosse der Leiter und sagte: »Reich mir bitte deine Hand, Tadeusz.«

Er zerrte eine große, offensichtlich schwere Leinentasche durch die Öffnung. Mirek ging zum Fuß der Leiter, kletterte zwei Sprossen empor und griff nach oben. Langsam reichte ihm Anton die Tasche. Mirek spürte das Klirren schweren Metalls, als er sie auf dem Boden absetzte. Er fragte: »Was ist darin?«

»Eins nach dem anderen«, erwiderte Anton, während er hinunterkletterte.

»Hast du gegessen?« fragte Ania.

»Ich hab' im Zug ein Brot gegessen.« Er ging zum Tisch hinüber und sah, daß noch etwas im Topf war. »Aber ich esse etwas davon, wenn ihr fertig seid.«

Ania holte einen Teller und einen Löffel, während Mirek einen Stuhl heranzog und etwas ungeduldig fragte: »Also, was geschieht da oben?«

Anton verdrehte die Augen und sprach mit vollem Mund: »So etwas habe ich noch nie gesehen. Jede Sicherheitseinheit ist unterwegs. Sogar die russische Armee hat ihre Kasernen verlassen. Das ist noch nie dagewesen. Mein Zug wurde dreimal durchsucht, die gingen und kamen, von vorn bis hinten. Sie haben ein Dutzend Leute rausgeholt.«

»Wurdest du belästigt?« fragte Ania.

»Nein. Ich habe einen echten Onkel in Brünn, und er ist wirklich schwerkrank. Ich besuche ihn regelmäßig.«

Mirek fragte: »Was geschieht jetzt?«

Anton aß sein Schmorfleisch zu Ende, schob den Teller beiseite und ging zu der Tasche. Er kam mit einer zusammengefalteten Karte der Gegend zurück. Ania räumte den Tisch ab, als er sie entfaltete. Es war eine Karte in großem Maßstab. Er zeigte auf einen Punkt südlich von Troppau. »Wir sind hier. Es scheint, als konzentrierten die Sicherheitskräfte ihre Suche im Nordwesten, in Richtung auf die ostdeutsche Grenze.« Er blickte Mirek an und sagte dramatisch: »Wir haben beschlossen, dich im Südosten über die Grenze zu schicken ... hier.« Er führte seinen Finger an eine Stelle, die etwa hundert Kilometer entfernt lag. An einem See verharrte er. Mirek beugte sich vor. Der See verlief über die Grenze; er war etwa fünfzehn Kilometer lang, wobei etwa ein Drittel davon polnisches Territorium war. Mirek schaute verwirrt drein.

»Wir haben eine einzigartige Methode, um dich dorthin zu bringen«, sagte Anton bedeutungsvoll.

»Wer ist wir?« fragte Mirek.

»Unsere Zelle ... nun, unser Zellenführer hat diese Entscheidung gefällt. Offensichtlich gibt es einen Zeitplan für deine Reise.«

»Was sagt der Schinken-Priester dazu?«

Anton zuckte die Schultern. »Er kennt die Umstände noch nicht. Es braucht seine Zeit, mit ihm in Verbindung zu treten. Das ist eine Feldentscheidung.«

Mirek schaute ein wenig skeptisch drein.

Ania fragte: »Wann brechen wir auf?«

Anton wandte sich ihr zu. »Du nicht, Tatania. Es wurde beschlossen, daß Tadeusz alleine geht.«

»Warum?« fragte Mirek scharf.

Anton spreizte seine Hände. »Es ist offensichtlich. Sie suchen nach einem Paar. Eure Gesichter sind bekannt – in allen Zeitungen und im Fernsehen zu sehen. Eine Fotografie von dir, Tadeusz, und eine genaue Zeichnung von Tatania. Wenn euch jemand sieht, muß er das sofort den Behörden melden, andernfalls muß er mit drastischer Bestrafung rechnen. Mein Zellenführer hat entschieden, daß es für Tadeusz jetzt sicherer ist, allein zu reisen.«

Mirek warf Ania einen Blick zu. Seine Lippen verengten sich. Er schaute Anton an und sagte angriffslustig: »Wir werden die Entscheidung des Schinken-Priesters abwarten.«

Abrupt wurde der junge Mann stur und autoritär.

»Das wirst du nicht. Du stehst unter unserem Schutz und unter unserem Befehl. Die Kommandokette ist klar. Mein Zellenführer genießt das volle Vertrauen des Schinken-Priesters und ist autorisiert, Feldentscheidungen zu treffen ...« Er machte eine Pause und sagte: »Dies ist eine Krisensituation. Solche Entscheidungen müssen vor Ort getroffen werden, und das ist geschehen. In solchen Augenblicken kann Warten unklug sein. Zufällig haben wir eine todsichere Möglichkeit, dich zum See und hinüber nach Polen zu bringen. Eine solche Gelegenheit wird es vielleicht sobald nicht wieder geben ...« Er deutete auf die Tasche. »Außerdem befindet sich da drin nur die Ausrüstung für einen, und es war schwer genug, sie in so kurzer Zeit zu besorgen.«

Er lehnte sich zurück und wartete mit verschränkten Armen. Mirek schaute Ania an. Die zuckte die Achseln.

»Was ist mit ihr?« fragte Mirek heftig.

»Für sie ist gesorgt. Sie wird eine Weile hier bleiben – eine Woche oder zehn Tage. Hier ist sie sicher. Sobald der Druck nachläßt, werden wir sie nach Prag bringen und dann über die österreichische Grenze. In zwei oder drei Wochen wird sie wieder sicher im Westen sein. In dieser Zeit wird die Suche nach dir in den Osten Polens verlegt sein.«

Mirek schaute noch immer unglücklich drein. Plötzlich verstand Anton, seine Stimme wurde weich, und er sagte: »Sie wird in Sicherheit sein, das verspreche ich dir. Weit sicherer, als wenn sie mit dir ginge. Die Risiken für dich sind sehr groß. Du weißt das sehr wohl.«

Ania fiel ein: »Ich habe keine Angst vor Risiken ...«

Anton lächelte sie bewundernd an. »Ich weiß, aber du mußt deine Befehle befolgen ... das müssen wir alle.«

Mirek war zu einem Entschluß gekommen. »Also, was ist in der Tasche?«

Anton grinste, sprang auf und zog die Tasche heran. Er kniete sich daneben und zog ein zusammengeschnürtes Bündel aus schwarzem Gummi heraus. Es war mit Talkumpuder bestreut. Vorsichtig legte er es auseinander, und es entpuppte sich als Taucheranzug. Dann, während Mirek und Ania noch verwirrt darauf schauten, zog er ein Atemgerät hervor und legte es behutsam auf den Boden.

»Teufel«, murmelte Mirek. »Soll ich den See unter Wasser durchqueren?«

Anton grinste und stand auf. »Nein, mein Freund. Du wirst unter Milch den See erreichen!«

Er lachte laut, als er ihre Gesichter sah, und erklärte es ihnen. Dreimal die Woche sammelte der Tankwagen der Kolchose die Milch bei allen kleinen Bauernhöfen der Gegend ein und brachte sie zur Zentralmolkerei in Liptowsky. Antons Hof war einer davon. Auf dem Weg nach Liptowsky sammelte er auch die Milch eines Bauernhofes außerhalb von Namestovo ein, das am Seeufer liegt. Der Bauer dort war einer von ihnen. Ebenso einer der Milchtankwagenfahrer. Er hatte am kommenden Tag Dienst. Mirek würde im Innern des Milchtankwagens versteckt sein. Wenn er Antons Hof erreichte, würde er halbvoll sein. Bis er das Seeufer erreicht hatte, würde er dreiviertel voll sein. Unterwegs wurde er sicherlich angehalten und durchsucht, vielleicht sogar mehrere Male, aber sie würden wohl kaum auf die Idee kommen, unter der Milch zu suchen. Es würde kalt und sehr unbequem werden, aber wie er bewiesen hatte, war er sehr fit.

Mirek schaute das Atemgerät mit Bestürzung an.

»Aber so ein Ding habe ich noch nie benutzt.«

Anton lächelte entwaffnend.

»Es ist ganz einfach. Sie haben's mir gezeigt. Und außerdem gehst du ja nicht unter. Du brauchst nur in die Milch einzutauchen, wenn der Tankwagen hält. Das ist narrensicher.«

Mirek war noch immer skeptisch.

»Habt ihr das vorher schon einmal gemacht?«

»Nein«, gab Anton zu. »So haben wir noch nie jemanden befördert, aber wir haben schon viele andere Dinge gemacht. Der Tankwagen fährt regelmäßig diese Strecke. Er ist völlig unverdächtig.«

Ania hatte aufmerksam zugehört. Sie fragte: »Was dann? Wenn er den See erreicht?«

Anton war froh, das Thema wechseln zu können. Enthusiastisch antwortete er: »Der Bauer in Namestovo ist ein erfahrener Bursche. Er hat den See schon häufig bei Nacht überquert. Sein Hof ist nur drei Kilometer von der polnischen Grenze entfernt. Er fährt mit einem großen Ruderboot, dessen Riemen umwickelt sind. Nachts fischen nur wenige Leute im See, besonders in mondlosen Nächten wie morgen. Sie benutzen helle Lichter, um die Fische anzulocken. Das ist ganz normal. Tadeusz wird durchgeschleust und am polnischen Ufer landen. Dort wartet sein Kontaktmann. Bei Morgendämmerung wird er in einem sicheren Haus sein und kann dann weiter durch den Kanal gehen.«

All dies hatte er mit ernster Offenheit gesagt.

Mirek fragte: »Dieser Bauer in Namestovo ist ein Schmuggler? Bekommt er Geld dafür?«

Anton zögerte und nickte dann. Mirek war erleichtert. Er verließ sich lieber auf einen bezahlten Profi, als auf einen idealistischen Amateur.

»Du brichst um drei Uhr morgen auf«, sagte Anton und schaute ihn hoffnungsvoll an.

Mirek saß ein oder zwei Minuten lang da und betrachtete den Taucheranzug und das Sauerstoffgerät. Dann sagte er: »Du solltest mir lieber erklären, wie ich mit diesem Zeug umzugehen habe.«

* * *

Es war das erste Mal, daß Pater Heisl ganz offen anderer Meinung als der Schinken-Priester war; und diese andere Meinung artikulierte er hitzig.

Sie hielten in einem Versteck in Wien Kriegsrat, diskutierten die Information, die soeben aus Prag gekommen war.

Der Schinken-Priester tippte wieder auf ein Stück Papier, das vor ihm lag, und wiederholte: »Aber warum hat er sie nicht getötet und ist alleine losmarschiert?«

Starrköpfig sagte Heisl: »Vielleicht hat er gedacht, ihre Leiche würde ein Hinweis für seine Verfolger sein. Ein Hinweis auf seine Richtung.«

Van Burgh lächelte und schüttelte seinen Kopf. »Denk doch mal nach, Jan, und versetze dich an seine Stelle. Wenn er geglaubt hätte, sie einfach töten zu können, hätte er sie an das Motorrad gebunden und sie damit im Fluß versenkt, und sie wäre tagelang nicht entdeckt worden ... wenn überhaupt.«

Heisl blieb hartnäckig. »Vielleicht hat er auch geglaubt, daß ein Pistolenschuß, sogar ein gedämpfter, gehört würde.«

Der Schinken-Priester schnaufte abfällig. »Jetzt suchst du aber verzweifelt nach einer Erklärung. Er könnte sie auf zehn verschiedene Arten völlig geräuschlos umgebracht haben – immerhin haben wir fünfzehntausend Dollar ausgegeben, um ihn dafür auszubilden.«

Heisl senkte die Augen. Er wußte, daß er die schlechteren Argumente hatte. Van Burgh sinnierte: »Er hat sie zehn Kilometer getragen. Swiatek in Polen kennt die Gegend gut. Er nennt diese Heldentat unglaublich. Also, warum sollte Scibor das tun? Du weißt, welche Sorte Mann er ist. Du erinnerst dich an das, was er gesagt hat. Wenn sie zu einer Last wird, lasse ich sie fallen. Nun, diese Last hat er zehn Kilometer getragen. Warum?«

Der Schinken-Priester wußte, warum. Er wußte auch, daß Heisl wußte, warum. Er wollte es von ihm hören. Er hakte nach. »Warum?«

Pater Heisl hob seinen Kopf und sagte niedergeschlagen: »Weil er sich in sie verliebt hat.«

»Genau.« Van Burgh preßte seine Nase zwischen Daumen und Zeigefinger und dachte intensiv nach. Heisl wartete kläglich. Er ahnte, was kommen würde.

»Und was«, fragte der Schinken-Priester, »würdest du glauben, ist Anias Reaktion darauf, daß ihr Leben von einem Mann gerettet wird, von dem sie geglaubt hat, er würde sie ohne Bedenken töten? Sie gerettet hat und ein ungeheures Risiko auf sich nahm?«

Heisl schwieg hartnäckig. Er hörte, wie Van Burgh seine eigene Frage beantwortete:

»Es ist nicht unwahrscheinlich, daß sie sich auch in ihn verliebt hat. Jeder Analytiker in dieser Stadt von Analytikern würde zu der Erkenntnis kommen, daß eine solche Folgerung wahrscheinlich wäre.«

Frostig bemerkte Heisl: »Du vergißt, daß sie eine sehr ergebene Nonne ist.«

»Nein, das tue ich nicht. Und ich denke dabei auch nicht an körperliche, fleischliche Liebe. Aber vergiß nicht, daß sie in der Überzeugung die Reise angetreten hat, daß er ein böses, absolut verachtendes menschliches Wesen sei, das allein von seiner Mission besessen ist. Genau wie wir. Es ist unmöglich, daß sie ihn weiter dafür hält. Was er getan hat, war nicht die Tat eines bösen, gleichgültigen Mannes. Zumindest, was sie anbelangt.« Wieder klopfte er auf das Papier. »Ich glaube, Swiatek hat einen Fehler gemacht. Er hätte sie zusammen weiterschicken sollen. Er argumentiert, daß die Russen damit rechnen, daß wir sie jetzt rausziehen, nachdem sie von ihr wissen. Aber dabei ist ihm entgangen, daß wir immer das Unerwartete tun müssen. Die Russen sind wenig einfühlsam. Sie werden jetzt nach einem einzelnen Mann suchen. Wir werden Prag benachrichtigen, daß sie weiterhin als Paar reisen müssen – verkleidet, aber als Paar.«

»Es könnte bereits zu spät sein. Vielleicht ist er bis dahin schon weg.«

»In diesem Fall«, argumentierte Van Burgh entschlossen, »muß sie ihn wieder einholen.«

Heisl seufzte und stand auf, um die Nachricht weiterzuleiten. Die Stimme des Schinken-Priesters ließ ihn innehalten. »Wir beide wissen, Jan, daß zwei Menschen, die als Team arbeiten ... als ein sehr enges Team, immer erfolgreicher sind als ein Mensch, der alleine arbeitet. Über die Jahre hinweg haben wir dafür reichlich Beispiele gesehen. Aber um eng miteinander arbeiten zu können, muß es ein Band geben – und das engste Band ist die Liebe.«

Heisl beugte sich vor, stützte beide Handflächen auf den Tisch und sagte mit großem Nachdruck: »Natürlich hast du recht. Aber recht in einer Sache haben kann in einer anderen Hinsicht großes Unrecht zur Folge haben. Indem du sie mit ihm schickst, riskierst du, sie zu zerstören ... auch wenn sie nicht gefaßt wird.«

Der Schinken-Priester nickte traurig. »Jan, dieses Risiko muß ich in Kauf nehmen. Ich habe es in der Vergangenheit viele Male in Kauf genommen, zum größeren Wohl ... unserer Kirche.«

Kapitel 17

Mirek erreichte den Bestimmungsort mit absoluter Sicherheit.

Für den Rest seines Lebens würde er nie wieder Milch trinken.

Er saß hinter Heuballen versteckt in einer Scheune, die unmittelbar am Oravska-See gelegen war. Zwanzig Minuten vorher hatten sie ihn aus dem Milchtankwagen gezogen, aber seine Brust hob und senkte sich noch immer heftig, weil sein Herz hämmernd pochte. Dies war eine Folge der vorangegangenen Stunden körperlicher Anstrengung, die fast an Panik grenzte. Er wußte, daß Zeit relativ war; er begriff das in der Theorie sehr gut. Doch im Milchtankwagen hatte er die Praxis von ihrer schrecklichsten Seite kennengelernt.

Die Reise über knapp hundert Kilometer hatte einschließlich der fünf Aufenthalte, bei denen Milch eingefüllt wurde, etwas mehr als drei Stunden gedauert. Doch von den letzten sechzig Minuten war ihm jede einzelne wie eine Stunde vorgekommen.

Kurz nach drei Uhr mittags war er in den Tank geklettert.

Der Abschied von Ania war schmerzlich gewesen. Sie hatten in der Scheune einander gegenübergestanden. In diesem Augenblick hatte Anton sie taktvoll alleine gelassen. Mirek hatte sich in seinem schwarzen Taucheranzug irgendwie lächerlich gefühlt. Hätte er bei diesem Abschiednehmen keinen Schmerz empfunden, wäre er vielleicht über die Widersinnigkeit amüsiert gewesen, in solcher Ausrüstung in einer Scheune zu stehen. So aber schaute er aufmerksam und ängstlich in ihre Augen. Er sehnte sich danach, etwas darin zu sehen. Einen Hinweis. Er sah Mitgefühl, sogar Sorge, aber nicht das, was er zu sehen hoffte.

Dazu schmerzte sein Kopf, weil er in der Nacht zuvor getrunken hatte. Er hatte sich selbst verflucht, daß er so unprofessionell gewesen war. Ania hatte ihm Aspirin angeboten, doch er hatte barsch abgelehnt. Er wollte in diesen letzten Augenblicken keine Schwäche zeigen. Seine Leinentasche lag zu seinen Füßen, fest und sicher in einen großen schwarzen Plastikbeutel eingepackt.

Er hatte seine Hände auf ihre Schultern gelegt und sie behutsam an sich gezogen. Sie hatte ihren Kopf abgewandt und seinen Lippen ihre Wangen hingehalten. Er drückte sein Gesicht gegen das ihre. Sie sagte ihm ins Ohr: »Viel Glück, Mirek. Denke jetzt nur an dich selbst. Mach dir meinetwegen keine Sorgen.«

Er spürte ihren Körper an sich, doch er war starr. Mit einem Seufzer ließ er sie los und bückte sich, um seine Tasche zu nehmen. Als er sich wieder aufrichtete, wollte er etwas sagen, aber dann schwieg er. Er nickte kurz und wandte sich zur Tür. Als er sie erreicht hatte, rief sie seinen Namen. Er blieb stehen und drehte sich um. Das Licht in der Scheune war schlecht. Er konnte ihren Gesichtsausdruck nicht erkennen.

»Ja. Was ist?«

Sie bewegte sich auf ihn zu. Er sah, wie sie ihre Arme hob, und dann, daß ihre Augen feucht waren. Er ließ die Tasche fallen, als sie ihre Arme um ihn schlang und ihr Körper sich an ihn preßte.

»Ich werde ... ich werde für dich beten, Mirek.«

Er spürte die Feuchtigkeit ihrer Wange an der seinen, und dann bewegte sie ihren Kopf und küßte ihn auf die Lippen. Ein keuscher, zärtlicher Kuß, aber auf die Lippen. Sie zog sich zurück, löste ihre Umarmung und wiederholte: »Ich werde für dich beten.«

Er hatte langsam seine Tasche aufgenommen und sagte entschlossen: »Ania Krol, wenn dies vorbei ist und ich es überlebe, werde ich dich finden.«

Bevor sie antworten konnte, hatte er sich abgewandt und war zur Tür hinausgegangen.

Zunächst hatte die Reise ganz einfach ausgesehen. Metallsprossen waren an der Außenseite des Tankwagens angebracht. Die runde Luke oben auf dem Wagen war geöffnet gewesen. Eine metallene Leiter führte ins Innere. Anton saß oben direkt neben der Luke und hielt das Atemgerät. Der Fahrer, ein alter, aber kräftiger Mann in den Sechzigern, hatte Mireks Tasche genommen und gesagt: »Ich reich' sie dir hoch, Junge.«

Ein Gedanke durchzuckte Mirek. Er schaute zu Anton hoch und sagte: »Wenn jemand diese Luke öffnet, wird man die Blasen des Atemgerätes sehen.«

Anton grinste und schüttelte seinen Kopf.

»Komm hoch und sieh selbst.«

Mirek kletterte empor und schaute durch die Luke hinunter. Der Tankwagen war zu einem Drittel gefüllt. Oben auf der Milch lag dicker Schaum.

Anton sagte: »Der wird die Blasen verbergen. Wenn der Tankwagen fährt, wirst du dich an den Sprossen festhalten.« Er zeigte darauf. »Wenn er anhält, gehst du dort hinten hin und tauchst unter. Es ist sehr unwahrscheinlich, daß überhaupt jemand die Luke öffnet. Sie wird nur zur Reinigung benutzt. Du mußt nur darauf achten, daß du mit dem Atemgerät nicht gegen die Tankwand schlägst, wenn du dich bewegst.«

Mirek war sehr widerwillig hineingeklettert; er spürte ein ungewöhnliches Gefühl von Furcht. Der dicke weiße Schaumteppich unter ihm sah ganz unschuldig aus.

»Wie voll wird es werden?«

»Etwa zwei Drittel. Keine Sorge, du wirst den Kopf herausstrecken können. Denk daran, daß du nur für zwei Stunden Sauerstoff in den Flaschen hast. Geh sparsam damit um.«

Gerade in diesem Moment hörten sie das ferne Bellen eines Hundes. Anton schaute auf.

»Ich habe den alten Mann zu einem Botengang in die Stadt geschickt. Er kommt wohl jetzt zurück. Du solltest dich lieber beeilen.«

Mirek war dankbar für die Ermahnung. Er kletterte die ersten paar Sprossen hinunter, beugte sich dann vor und faßte nach Antons Haar.

»Danke. Kümmere dich um sie.«

Anton nickte. »Sie wird in Sicherheit gebracht.«

Mirek stieg weiter hinab, seine Füße platschten in der Milch, dann blickte er auf. Anton ließ das Atemgerät langsam durch die Luke hinunter. Mirek streckte seine Arme aus, nahm es und rief: »In Ordnung!«

Am Morgen hatte er geübt, und so brauchte er nur zwei Minuten, um die Gurte überzustreifen und sie richtig und bequem anzulegen. Antons Stimme kam drängend von oben.

»Überprüf es schnell, bevor ich die Luke schließe.«

Mirek steckte das Gummimundstück zwischen die Zähne. Er überprüfte, ob Luft ausströmte, spie dann das Mundstück wieder aus und rief: »In Ordnung!«

Anton reichte ihm seinen schwarzen Plastikbeutel hinunter und sagte: »Viel Glück, Tadeusz. Gott sei mit dir.«

Es schepperte, und dann befand sich Mirek in völliger Dunkelheit. Er hörte das hallende Klingen von Antons Tritten, als der hinunterkletterte. Eine Minute später vibrierte der Tanklastwagen, als der Motor gestartet wurde, und Mirek stand bis zum Mund in Milch, als die Ladung durch die plötzliche Vorwärtsbewegung nach hinten schwappte. Rasch erklomm er ein paar Sprossen, da er Angst hatte, daß Milch in sein Mundstück gelangen könnte. Er überprüfte es und entschloß sich, es während der ganzen Fahrt lose zwischen seinen Zähnen zu halten.

In der ersten Stunde hatten sie zweimal gehalten, um Milch zu tanken. Am Ende dieser ersten Stunde erkannte Mirek, auf was er sich da eingelassen hatte. Zunächst einmal war es die Kälte. Allmählich durchdrang sie den Taucheranzug. Darunter trug er nichts. Anton hatte ihm erzählt, daß er schnell naß werden würde und daraufhin die Feuchtigkeit zwischen Anzug und Haut isoliert wäre. Die Körperwärme würde die Feuchtigkeit erwärmen. Doch es kam keine Wärme. Dann durchdrang die Kälte seine Haut und sein Fleisch. Und schließlich drang sie in seine Knochen.

Ein weiteres Problem waren seine Finger. Viele der Straßen, über die der Tanklastwagen fuhr, waren nichts weiter als grobe Landwege, gewunden und holprig. Er mußte sich festhalten. Seine Finger begannen zu schmerzen. Er versuchte, einen Arm durch die Leiter zu stecken, um so Halt zu finden, aber dazu war sie nicht gemacht. An einigen Stellen war das Metall scharf, an anderen rauh. Seine Gedanken wanderten zurück zu dem Wüstenlager und den Stunden, die er mit der Benutzung der Federhanteln verbracht hatte, um seine zehn wichtigsten Waffen zu trainieren. Er dankte Frank jetzt dafür.

Das dritte Problem war das Atemgerät selbst. Es war dazu entwickelt, unter Wasser benutzt zu werden und auch nur für eine begrenzte Zeit. Über Wasser war es verdammt schwer und die Gurte begannen, sich in seine Schultern zu pressen. Und dann war da die Milch. Sie schwappte vor und zurück, hin und her und mit einer Wucht, wie er es nie für möglich gehalten hätte. Es war, als sei er in eine völlig verrückte Springflut geraten. Der Tankwagen war halbvoll. Er wußte, daß er ums Überleben kämpfen mußte, sobald die letzte Ladung eingefüllt war.

Am Ende der zweiten Stunde war diese Situation eingetreten. Seine Hände fühlten sich wie erfrorene Klauen an, sein ganzer Körper war durch die Kälte und die schwappende Milch gefühllos geworden. Sie hatten die letzte Ladung getankt, und er mußte fast die ganze Zeit das Atemgerät benutzen.

Während dieser letzten Stunde entwickelte sich das Überleben zu einem Kampf zwischen Verstand und Körper. Er wußte, daß der menschliche Körper, und besonders ein Körper, der so trainiert wie seiner war, über die normalen Grenzen hinaus belastbar war – wenn der Verstand es nur wollte. Er wollte es. Er zwang sich dazu, den Schmerz in seinen Fingern und Armen und Schultern zu vergessen. Er dachte an andere Dinge. Zuerst an seine Kindheit. An seine Eltern und an seine Schwester Jolanta. Doch diese Erinnerung war ebenso schmerzhaft, und er wandte seine Gedanken rasch anderen Dingen zu. Seiner Ausbildung beim SB, den Frauen, die er gekannt hatte, Liedern und Melodien, die er gelernt hatte. Zweimal erbrach er sich in die Milch. Wenn er spürte, daß er schwach wurde, konzentrierte er sich auf sein Vorhaben und auf seinen Haß. Schließlich, als es dem Ende zuging, als jede Minute eine Stunde zu währen schien, beschäftigte er sich mit Ania. Er malte in Gedanken ein Bild ihres Gesichts, erinnerte sich an Worte, die sie zu ihm gesagt hatte, hörte tatsächlich ihre Stimme mit diesem seltsam heiseren Klang. Er hatte Gummi und Milch im Mund, doch er konnte wirklich die Berührung ihrer Lippen schmecken und ihren leichten Druck spüren. Ania war in seinem Kopf, ihr Anblick, ihr Körper und ihr Duft. Da kam der Tankwagen schließlich zum Stehen, und die Milch schwappte ein letztes Mal über ihn.

Es war, als sei er an die Leiter festgeleimt. Sie mußten seine Finger mit Gewalt davon lösen. Der Fahrer war alt, aber kräftig. Der Bauer war jünger und sehr stark, sein Sohn war noch kräftiger. Zu dritt mußten sie ihn durch die Luke hieven und ihn nach unten bringen, und dann schleppten sie ihn zur Scheune.

Nun, da er in drei Decken und eine Bettdecke gehüllt war und die Füße in Pantoffeln aus Schafsfell steckten, begann sein Blut langsam wieder zu zirkulieren. Unter Schmerzen versuchte er, seine Finger zu bewegen. Die Scheunentür öffnete sich, und einen Augenblick später schaute der Bauer über die Ballen. Er hatte eine lange, spitze Nase und dünnes braunes Haar, das straff zurückgekämmt war. Er sah wie ein habsüchtiges Frettchen aus, aber er lächelte freundlich und stellte ein metallenes Kochgeschirr und ein Stück Brot auf den obersten Ballen.

»Stopf dir das rein. Das ist selbstgemachte Rinderbrühe. Sie wird dich innerlich erwärmen und auf Vordermann bringen. Dann versuch zu schlafen. Wir brechen um zehn Uhr auf. Das ist in dreieinhalb Stunden.«

Der Kopf verschwand, und mit ersticktem Stöhnen kam Mirek auf die Beine. Er griff nach dem Kochgeschirr und trank einen Augenblick später das, was, wie er fand, die beste Suppe der Welt war. Es mußte mehr als ein Liter gewesen sein. Er trank sie völlig aus und aß jede Menge Brot. Dann legte er sich aufs Stroh und versuchte zu schlafen.

Es war unmöglich, aber er döste ein wenig, und als der Bauer zurückkehrte, schmerzten zwar noch all seine Glieder, aber er fühlte sich ausgeruht.

Die Nacht war dunkel und kalt. Der Bauer und Mirek trugen schwarze Kleidung und hatten schwarze Schals um die Gesichter gewickelt. Das fünf Meter lange hölzerne Ruderboot war schwarz gestrichen. Nur die weiße Registriernummer war zu sehen. Der Bauer verhängte sie mit einem schwarzen Tuch. Er war zuversichtlich und strahlte Sicherheit aus. Er deutete auf einige entfernte Lichter auf dem See.

»Polnische Fischerboote.« Er schlug gegen die Laterne, die an einem Gerüst im Heck seines Bootes baumelte. »Wenn wir angehalten werden, ist die Geschichte ganz einfach. Die Gasleitung zur Laterne ist defekt. Wir fahren zu den anderen Booten, um zu sehen, ob jemand Ersatzteile dabeihat. Deine Papiere sind in Ordnung. Überlaß das Reden mir.«

Er nahm Mireks Tasche und warf sie ins Heck, dann leckte er an seinem Zeigefinger, hielt ihn empor und grunzte zufrieden.

»Wir haben Wind von achtern. In ungefähr zwei Stunden werden wir dort sein. Steig ein.«

Mirek kletterte hinein und setzte sich achtern hin, die Tasche zu seinen Füßen. Der Bauer legte von dem kleinen Steg ab, sprang hinein und stieß das Boot nochmals ab. Rasch nahm er die Ruder und hängte sie in die gut gepolsterten Dollen. Die Ruder waren lang und schwer.

Mirek flüsterte: »Ich werde rudern.«

Hinter seinem Schal sagte der Bauer nachdrücklich: »Nein, das wirst du nicht. In einer Nacht wie dieser können wir nur durch das Platschen eines Ruders entdeckt werden. Selbst wenn du ein olympischer Ruderchampion wärst, würde ich dich nicht rudern lassen – nicht in diesem Boot.«

Mirek bemerkte, daß er die schweren Ruder durch das Wasser zog, fast ohne dabei eine Welle zu erzeugen. Zu Beginn jedes Schlages drehten sich die Blätter zu einem spitzen Winkel, bevor sie ins Wasser drangen.

Der Bauer erklärte ihre Route. Sie würden ungefähr vierhundert Meter unterhalb der Uferlinie entlangfahren. Es gab ein polnisches und ein tschechisches Patrouillenboot. In manchen Nächten waren sie draußen, in anderen kamen sie nicht. Sie hielten sich immer in der Mitte des Sees und suchten nach Fischerbooten ohne Lizenz. Das polnische Boot war kein großes Problem. Gewöhnlich ließ sich die zweiköpfige Besatzung treiben und trank Wodka.

Schließlich sagte der Bauer: »Ich vermute, daß du eine Pistole in der Tasche hast. Wenn wir entdeckt werden, wirfst du sie sofort über Bord, verstanden?«

»Natürlich«, erwiderte Mirek. Er hatte nicht die Absicht, das zu tun. Und er dachte auch nicht daran, dem Bauern zu sagen, daß sich in der Tasche außerdem die Uniform eines SB-Oberst befand.

»Gut«, sagte der Bauer. »Schluß jetzt mit dem Gerede. Es ist erstaunlich, wie weit Geräusche über ruhiges Wasser getragen werden.«

So fuhren sie zwei Stunden schweigend dahin. Der Bauer hörte mehrere Male auf zu rudern, nicht um sich auszuruhen – er schien unermüdlich –, sondern um zu lauschen. Aus der Ferne konnte Mirek Fischer hören, die sich einander etwas zuriefen. Zunächst waren es tschechische Stimmen. Dann hörte Mirek

Stimmen, die polnisch sprachen, und er freute sich irgendwie. Es war wirklich erstaunlich, wie weit Geräusche über das Wasser getragen wurden. Die Lichter der Boote waren sehr fern, aber er hörte einen Fischer einem anderen lachend zurufen, daß er sich am Nordpol keinen Schnupfen holen könne.

Mehrere Male sah Mirek den weittragenden Bogen eines Suchscheinwerfers rechts von ihnen, doch der Strahl reichte nicht bis zu ihnen, und der Bauer ruderte unbesorgt weiter. Kurz nach Mitternacht bemerkte Mirek, daß sie allmählich auf das Ufer zufuhren. Jetzt pausierte der Bauer in regelmäßigen Abständen und spähte zu der düsteren dunklen Linie. Schließlich grunzte er leise, machte ein paar Schläge mit dem linken Ruder und fuhr direkt darauf zu.

Sie liefen mit einem leisen Bumsen auf. Der Bauer zog schweigend die Ruder ein, kletterte über den Bug und zog das Boot weiter hoch.

Mirek nahm seinen Beutel, kletterte vorwärts und sprang mit weichem Plumpsen auf das moosige Ufer. Der Bauer deutete auf etwas.

»Da vorne ist ein Weg. Folge ihm etwa hundert Schritte. Zur Linken steht eine große Birke. Dort wartet man auf dich ... Viel Glück, wo immer du auch hingehen magst.«

Mit einer einzigen Bewegung stieß er das Boot ab und sprang hinein. Mirek flüsterte dem entschwindenden Schatten danke zu. Dann öffnete er seine Tasche, nahm die Pistole heraus und entsicherte sie. Er entdeckte den Weg und wollte schon losgehen, als ihm einfiel, daß er immer noch die Schafsfellschuhe des Bauern trug. Instinktiv blieb er stehen und wandte sich um. Dann lächelte er in sich hinein. Es war jetzt zu spät. Und außerdem war der Bauer sicher sehr gut bezahlt worden.

Vorsichtig bewegte er sich den Pfad hinauf, der recht steil vom Ufer wegführte. Nachdem er achtzig Schritte gezählt hatte, sah er zu seiner Linken die Umrisse der Birke. Als er näherkam, sah er daneben eine andere dunkle Kontur. Eine hohe Frauenstimme rief leise: »Eine kalte Nacht für einen Spaziergang.«

Er antwortete: »Eine kalte Nacht für alles.«

Die Frau kicherte. »Nicht für alles. Folge mir, Mirek Scibor.

Du kommst gerade rechtzeitig zur Party.«

Sie folgte dem Weg. Mirek stand wie angewurzelt da. Sie drehte sich um. »Nun komm schon.«

Er fand seine Stimme wieder. »Woher kennst du meinen Namen. Welche Party? Bist du verrückt?«

Sie kicherte wieder. »Einige Leute glauben das, doch ich bin mir da nicht sicher. Wer sonst könntest du sein? Ich nehme an, sie haben die Frau zurückbeordert. Nun komm endlich, mir ist verdammt kalt.«

Sie begann weiterzugehen. Mirek blieb keine andere Wahl, als ihr zu folgen. Er ließ seine Pistole entsichert und wollte sie schon in den Gürtel stecken, überlegte es sich dann aber anders und hielt sie bereit.

Der Weg bog nach links ab und verlief parallel zum tieferliegenden See. Nach ungefähr fünfhundert Metern überquerten sie eine lehmige Straße. Unterhalb von ihnen waren die Lichter eines Hauses zu sehen. Insgesamt folgte er der Frau etwa zwei Kilometer. Sie kamen an zwei weiteren Häusern, die am Ufer lagen, vorbei. Er vermutete, daß es sich um Wochenendhäuser hoher Parteimitglieder handelte.

Er hörte die Musik, bevor er das Haus sah. Rockmusik. Fünfzig Meter weiter führte der Weg zum See hinunter, und er blieb abrupt stehen und blickte auf das langgestreckte Haus, in dem sämtliche Fenster erleuchtet waren. Über der Eingangstür brannte ein grelles Licht. Er hörte das Gelächter.

»Warte!« rief er. »Ich gehe nicht hinein, wo so viele Leute da sind. Du bist wirklich verrückt.«

Sie drehte sich um. Gegen das Licht sah er, daß sie groß war und einen knöchellangen Pelzmantel trug, dessen Kapuze ihren Kopf bedeckte. »Nicht viele«, sagte sie. »Nur vier – und sie alle wissen, daß du kommst.«

»Wer sind sie?«

»Freunde, gute Freunde. Nun komm herein. Da gibt's heißes Essen und kalten Wodka und ein warmes Bett.«

Er zögerte. Entschlossen sagte sie: »Du kannst unbesorgt sein. Du bist dort in Sicherheit. Für diese Leute bist du ein Held – und für mich auch.«

Er seufzte und bewegte sich vorwärts. Er hatte wirklich keine andere Wahl.

An der Tür blieb sie stehen und zog die Kapuze von ihrem Kopf. Sofort sah er, daß sie schön war. Eine schelmische Schönheit. Blondes gelocktes Haar, lebhafte blaue Augen, die Fröhlichkeit ausstrahlten. Ein unsteter Mund mit vollen roten Lippen. Etwa fünfundzwanzig Jahre alt. Auch sie musterte ihn. Ihre Lippen spitzten sich.

»Du siehst wirklich gut aus. Ich hatte schon befürchtet, du seist nur fotogen.«

»Wessen Haus ist das?«

»Es gehört dem Bezirkskommissar der Messestadt Krakau.«

»Weiß er, daß du es benutzt?«

Ihre Augen zwinkerten. »Natürlich, ich bin seine Tochter.«

Während er das schluckte, zog sie einen Pelzhandschuh aus und reichte ihm die Hand.

»Marian Lydkowska. Stets zu deinen Diensten.« Die Hand war feingliedrig, weich und warm, als er sie berührte. Sie drückte die seine heftig. Er war irritiert, und sie spürte das offensichtlich. Sie kicherte wieder und öffnete dann die Tür.

Als er ihr in die große Halle folgte, fragte sie: »Magst du *Genesis*?«

»Was ist das?«

Sie lachte: »Diese Musik.«

»Hab' ich noch nie zuvor gehört.«

»Oh, natürlich«, sagte sie neckend. »Das ist wohl kaum die Musik, zu der der SB tanzen würde.« Sie zeigte auf einen Stuhl neben der Tür. »Laß deine Tasche hier. Ich bringe dich nachher auf dein Zimmer ... und du kannst deine Pistole wegstecken.«

Er warf die Tasche auf den Stuhl und steckte seine Pistole hinter den Gürtel, überlegte, was, zum Teufel, der Schinken-Priester vorhaben mochte. Als er sich umdrehte, glitt Marian aus dem Pelzmantel. Darunter trug sie ein rotes Seidenkleid mit einem kurzen gebauschten Rock und einem Mieder, das taillen-eng geschnürt war. Er konnte die Konturen ihrer Brustwarzen sehen, die sich gegen die dünne Seide abzeichneten. Die Haut ihres Zwerchfells war so rosa wie ein Erröten. Er schaute in ihr

Gesicht. Sie lächelte, als hätte sie seine Gedanken erraten. Sie ging zur Tür und öffnete sie. Die Musik schmetterte weiter. Mit einer Handbewegung bedeutete sie ihm hineinzugehen. Er fühlte sich amüsiert und ein wenig irritiert und ging hinein. Es war ein großer Raum mit deckenhohen französischen Fenstern, die auf den See blickten. Zwei kristallene Kronleuchter warfen ihr Licht auf tiefe Plüschsessel und Sofas, auf denen sich die vier anderen breit gemacht hatten. Zwei junge Frauen Anfang Zwanzig, ein Mann im gleichen Alter und ein Mann Anfang Dreißig. Beide Männer trugen Bärte, Brillen und ausgeblichene Jeans. Eine der Frauen, die rothaarig und hübsch war, trug über einer schwarzen Bluse einen grünweiß gestreiften Overall; die andere, dunkel und zigeunerhaft wirkend, trug ein rotes Kostüm, an dessen Kragen blaue Spangen befestigt waren. Sie war die erste, die aufsprang, wobei sie ausrief: »Er ist es! Es ist Mirek Scibor!«

Sie eilte zu ihm herüber, drückte ihn und gab ihm einen heftigen Kuß auf beide Wangen. Hinter sich hörte Mirek Marian sagen: »Vorsicht, Irena, er trägt eine Pistole.«

Sie trat zurück und sagte: »Aber natürlich ist er es.«

Der ältere Mann stand auf und kam mit ausgestreckter Hand auf ihn zu. »Willkommen daheim in Polen. Ich bin Jerzy Zamojski.« Er deutete auf den jüngeren Mann und die andere Frau. »Antonio Zonn ... Natalia Banaszek ... Antonio, bitte, stell das leiser.«

Der junge Mann streckte einen Arm aus und drehte einen Knopf der Sony-Stereoanlage. Die Musik klang jetzt gedämpft.

»Wodka. Guter polnischer Wodka!« verkündete Jerzy. Er ging zu einem Sideboard und zog eine Flasche aus einem beschlagenen Eiseimer.

Barsch fragte Mirek: »Wer seid ihr alle?«

Jerzy schenkte ein Schnapsglas ein. Der Wodka war so kalt, daß er wie Öl aus der Flasche zu rinnen schien. Er hielt Mirek das Glas hin, lächelte und sagte: »Du hast gerade die Redaktion von *Razem* kennengelernt.«

Mirek nahm das Glas und entspannte sich augenblicklich. *Razem* – ›Gemeinsam‹ – war eine der Untergrundzeitungen, die nach Verbot der ›Solidarität‹ gegründet worden waren. Sie war dahingehend einmalig, als sie nicht nur gegen den Staat, sondern auch gegen die Kirche eingestellt war. Überall in Polen wurde sie an Universitäten und Schulen verteilt. Sie war eine der wenigen Untergrundzeitungen, deren Herkunft und deren Redaktionsmitglieder den Behörden völlig unbekannt waren. Mirek begann zu verstehen, warum.

Sie alle hatten sich um ihn versammelt und hielten ihre Gläser hoch.

Inbrünstig sagte Jerzy: »Auf Polen ... und auf die Freiheit.«

Sie alle wiederholten den Trinkspruch und leerten ihre Gläser in einem Zug. Jerzy wandte sich an Marian und sagte streng: »Also, als Gastgeberin ist es deine Pflicht, dafür zu sorgen, daß unsere Gläser gefüllt bleiben.« Er nahm Mireks Glas und reichte es ihr zusammen mit seinem, dann nahm er Mireks Arm und führte ihn zu einer Couch. Jerzy war offensichtlich der Führer.

Marian brachte ihre gefüllten Gläser, und Mirek fragte sie: »Was, wenn dein Vater auftaucht?«

»Wird er nicht«, antwortete sie. »Er kommt selten hierher. Er ist viel zu sehr mit seiner Arbeit und seinen beiden rührsamen Geliebten beschäftigt. Zufällig sind das gute Freundinnen von mir. Sie informieren mich über alles, was er tut.« Sie schnitt anzüglich karikierend ein böses Gesicht. »Sogar über das Intime.«

»Und deine Mutter?«

Sie schüttelte ihren Kopf. »Sie ist vor vielen Jahren gestorben.«

»Und dein Vater weiß nichts über *Razem*?«

Jerzy antwortete für sie: »Nein, keiner unserer Väter weiß etwas ... und sie sind alle wichtige Leute. Meiner ist Vize-Dekan der Universität von Krakau, Antonios Vater ist Generalsekretär der polnischen Schriftstellergewerkschaft.« Er deutete auf Irena. »Irenas Papa ist Brigadegeneral Teador Navkienko, von dem du zweifellos schon gehört hast, und Natalias alter Herr ist Bezirksdirektor der Staatlichen Eisenbahn.« Mirek nickte nachdenklich und bemerkte: »Dann werden also eine Menge Führungspositionen frei werden, falls ihr auffliegt.«

»Stimmt«, antwortete Jerzy düster, »aber sie haben sich für ihren Weg entschlossen ... und wir haben unseren gewählt.« Er langte zum Kaffeetisch, öffnete eine silberne Zigarettendose und bot sie Mirek an.

»Danke, ich rauche nicht.«

»Nicht einmal die?«

Mirek schaute aufmerksamer darauf. Die Zigaretten waren größer als gewöhnlich, dick an einem Ende, am anderen schmal. Sie waren mit weißen Baumwollfäden zusammengebunden.

»Was ist das?«

Jerzy grinste durch seinen Bart.

»Marihuana. Thai-Stäbchen – das Beste. Nun stell dir das mal vor: Wenn uns SB-Major Scibor damit vor ein paar Monaten erwischt hätte, steckten wir jetzt in ziemlichen Schwierigkeiten!«

Mirek schüttelte seinen Kopf und sagte, wobei er eine gewisse Bitterkeit in der Stimme nicht unterdrücken konnte: »Das bezweifle ich. Einer eurer Väter hätte an ein oder zwei Fäden gezogen, und ihr wärt mit einem Klaps auf den Arm davongekommen.«

Jerzy entzündete eine der Zigaretten, und Mirek beobachtete mit einiger Verwunderung das Ritual, wie sie von einem saugenden Mund zum anderen gereicht wurde.

Antonio sagte: »Ist clever, meinst du nicht? Jedermann hält uns für eine Bande verdorbener Müßiggänger. Ist doch eine sehr gute Tarnung für das, was wir tun.«

Irena lachte laut. »Wir sind eine Bande verdorbener Müßiggänger. Wir sind die einzige Untergrundgruppe, deren Tarnung echt ist.« Sie saß auf der Lehne von Antonios Sessel, hatte ihren Arm um seinen Nacken gelegt. Sie waren offensichtlich ein Paar. Er überlegte, ob Jerzy mit Marian oder mit Natalia liiert war. Oder, in dieser Umgebung, mit beiden? Er trank mehr Wodka, genoß das Brennen in seiner Kehle. Ihm wurde bewußt, daß er furchtbar müde war. Er sagte zu Jerzy: »Bevor ihr euch alle den Verstand weggepustet habt, solltet ihr mich lieber informieren. Wann bringt ihr mich weiter?«

Jerzys Wangen höhlten sich aus, als er einen tiefen Zug an dem Joint machte. Er hielt den Atem an und ließ dann den Rauch ganz langsam wieder austreten. Der Rest verpuffte, als er antwortete.

»Es sollte morgen sein, aber heute nachmittag bekamen wir eine verschlüsselte Nachricht aus Warschau. Wir sollen hier auf weitere Anweisungen warten. Offensichtlich hat sich etwas geändert.«

»Das ist alles, was ihr wißt?«

»Das ist alles. Deine Leute sind nicht sehr entgegenkommend – jedenfalls wirst du's bequem haben und absolut sicher sein. Niemand wird auch nur daran denken, dieses Haus zu durchsuchen.«

Mirek wußte, daß das stimmte. Er würde heute nacht ruhig schlafen. Er dachte einen Augenblick nach und fragte dann: »Wie seid ihr in die Sache verstrickt worden?«

Jerzy erwiderte bedächtig: »Wir stehen in recht guter Verbindung mit anderen Untergrundgruppen. Vor allem mit denen, die unsere Zeitung vertreiben. Eine davon kam vor einigen Wochen auf uns zu, und man bat uns, wir sollten uns bereithalten. Sie erzählten uns, daß es unwahrscheinlich sei, daß man uns brauche.«

»Aber warum wart ihr einverstanden?«

Jerzy grinste. »Geld, lieber Freund. Also tatsächlich ist es eine dünne Metallfolie – sehr kostbares Metall. Es kostet eine Menge Geld, eine Zeitung zu machen. Wir sind dir wirklich sehr dankbar dafür, daß du jenseits der Grenze in diese Schwierigkeiten geraten bist. Jetzt, nachdem wir aktiviert worden sind, bekommen wir weitere zwanzig Folien von diesem glänzenden Metall.«

»Ich verstehe.« Mirek setzte sein Glas auf dem Kaffeetisch ab. »Und woher wußtet ihr, daß ich es sein würde?«

Natalia antwortete. »Du bist berühmt, Mirek. Ich bezweifle, daß das Gesicht des Papstes heute in Polen bekannter ist als deins. Im Fernsehen, in Zeitungen, auf Steckbriefen der Polizei. Pausenlos in den letzten drei Tagen. Wir wurden an dem Tag aktiviert, als du diese Schweine in Ostrau erschossen hattest. Man brauchte kein Genie zu sein, um darauf zu kommen, wer kommen würde.«

Mirek nickte. »Und wohin bringt ihr mich weiter?«

»Nach Krakau«, antwortete Jerzy. Seine Augenlider wirkten ein wenig schwer, und seine Stimme wurde etwas undeutlicher.

»Zumindest war das der ursprüngliche Plan ... Ich nehme an, sie haben die Frau zurückgeschickt?«

»Ja.« Mirek erhob sich und verzog das Gesicht, weil seine Gliedmaßen noch immer schmerzten. »Ich bin ziemlich zerschlagen; ich würde gern etwas schlafen. Danke für alles.«

Marian sprang auf. »Ich werde dir dein Zimmer zeigen.«

Er schüttelte Jerzy und Antonio die Hand. Die Frauen drückten ihn und gaben ihm einen herzlichen Kuß auf die Wange.

Er folgte Marian die Treppe hoch. Ihr Kleid war rückenfrei. Ihr Gesäß schwang vor seinen Augen. Ihre Beine waren schlank. Am Treppenabsatz bog sie nach links und deutete auf den Korridor, wobei sie sagte: »Ich gebe dir ein Vorderzimmer. Es hat eine herrliche Aussicht über den See und ...«, sie blieb an der Tür stehen und öffnete sie, »... ein großes und sehr bequemes Bett.«

Er blickte hinein. Das Bett war riesig. Sie deutete auf eine Tür dahinter.

»Das ist das Badezimmer. Mit eingelassener Wanne, groß genug für zwei. Magst du eingelassene Wannen?«

Er antwortete nicht. Er hatte noch nie eine eingelassene Badewanne gesehen. Er ging hinein, warf seine Tasche aufs Bett und drehte sich um.

»Danke, Marian.«

Sie lehnte am Türpfosten. Ihre Augen, ihre Haltung waren einladend. Ihre Brustwarzen hatten sich erwartungsvoll gegen ihr Kleid gespannt.

Er sagte: »Bis morgen früh dann. Und nochmals danke.«

Ihre Lippen schürzten sich enttäuscht, dann lächelte sie, hob ihre Hand und strich damit über ihre Nase.

»Mein Zimmer ist nebenan. Wenn du etwas brauchst, laß es mich wissen ... Träume schön, Mirek.«

Zehn Minuten später lag er in dem eingelassenen Bad bis zum Kinn in sehr heißem Wasser. Er nahm an, daß vier darin Platz hatten. Und während der Schmerz langsam aus seinen Knochen verschwand, überlegte er, was mit ihm geschehen sei. Der Mirek Scibor, der er noch vor wenigen Tagen gewesen war, würde in diesem Augenblick mit seinen Händen über den glatten, rosafarbenen Körper der blonden Verführerin gefahren sein. Er war darüber verblüfft, daß er imstande war, sein körperliches Verlangen zu beherrschen. Die letzte Frau, mit der er zusammengewesen war, war Leila in der Wüste gewesen; und das schien ein ganzes Leben lang her zu sein.

Er blickte sich in dem riesigen Badezimmer um. Vergoldete Wasserhähne; beheizte Handtuchhalter; tiefer Teppichboden; funkelnde Spiegel. Im Westen konnte er sich das vorstellen. Hier war es einfach obszön. Er empfand Freude bei dem Gedanken, daß der Bezirkskommissar von Krakau von seiner sexbesessenen, abtrünnigen Tochter hintergangen wurde. Dann verglich er diesen Luxus mit den spartanischen Bedingungen, unter denen Ania jetzt in ihrem Keller hauste. Seine Gedanken wanderten zu ihr. Er spürte Müdigkeit; überlegte, ob sie an ihn dachte, versuchte sich vorzustellen, mit ihr hier im Bad zu sein. Er schloß seine Augen, um sich das besser vorstellen zu können.

Eine halbe Stunde später hustete und spuckte er, hatte Seifenwasser im Mund. Er war in der Badewanne eingeschlafen.

Kapitel 18

Professor Stefan Szafer beschloß mit seiner Ankündigung zu warten, bis der Kaffee serviert worden war. Es war ihre übliche Essenszeit im Restaurant Wierzynek, und er hatte den Eindruck, daß Halena noch nie so schön gewesen sei. Diesmal trug sie einen schwarzen Rollkragenpullover und einen cremefarbenen Leinenrock. Ihr Haar war zu einem straffen Knoten zurückgebunden. Er kam zu der Erkenntnis, daß die Linie, die vom Kiefer zum Ohr führte, ein Kunstwerk sei. Sie trug winzige, glockenförmige Ohrringe.

Er wollte ihr die Neuigkeiten mitteilen, genoß den Augenblick, als sie sagte: »Du machst mich unglücklich, Stefan.«

Diese Feststellung beunruhigte ihn. Er beugte sich mit besorgtem Stirnrunzeln vor.

»Warum, Halena? Was habe ich getan?«

Sie schürzte die Lippen. »Nun ja, es sind fast zwei Wochen her, seit ich dir von meiner Reise nach Moskau erzählt habe. Du hast versprochen, daß du versuchen willst, mich zu besuchen, aber seitdem hast du nicht mehr darüber gesprochen. Ich darf annehmen, daß du nicht fahren willst.«

Er lächelte voller Erleichterung, winkte einem Kellner und bestellte für sich einen Cognac und einen Tia Maria für sie. Dann sagte er: »Es sollte eine Überraschung sein.«

Sie schaute ihn mit gespieltem Ärger an. »Das ist grausam, Stefan. Unfair ... Ich war so besorgt.«

Er streckte seine Hand aus und nahm die ihre. »Du weißt, daß ich zu dir nie grausam wäre. Tatsache ist, daß ich erst heute morgen ganz sicher sein konnte. Ich wußte stets, daß ich mir ein paar Tage freinehmen könnte, aber vor einiger Zeit wurde mir ein Vorschlag gemacht, der meinen Besuch zu einem offiziellen macht ... er wird auch länger dauern. Heute morgen rief mich der Direktor, Genosse Kurowski, in sein Büro. Der offizielle Anlaß meines Besuchs ist vom Ministerium bestätigt worden. Der Direktor war sehr aufgeregt, und ich bin's natürlich auch.«

Der Kellner brachte die Getränke und schenkte Kaffee nach. Halena nahm einen winzigen Schluck Tia Maria und sagte: »Und ich auch. Was wirst du bei diesem offiziellen Besuch tun?«

Er zuckte mit großer Gelassenheit die Achseln. »Ich werde ein paar Vorlesungen halten.«

»Das ist alles?«

Er lächelte. »Halena, mein Auditorium wird die Creme der sowjetischen Mediziner sein. Außerdem werde ich von der *Sovetskaya Meditsina* interviewt, einer der führenden medizinischen Publikationen der Welt ... Es ist eine große Ehre.«

Sie nippte wieder an ihrem Drink und sah ihn aufmerksam an.

»Und?«

»Und was?«

»Ach, komm, Stefan! Ich kenne dich zu gut. Was verschweigst du mir?«

Einen Augenblick lang schaute er sie abwägend an, blickte sich dann rasch um und sagte leise: »Halena, natürlich werde ich während meines Aufenthaltes dort mit meinen russischen Kollegen über ihre schwierigsten Fälle sprechen ... Nun, mir ist also gesagt worden, daß einer dieser Fälle einen sehr wichtigen Mann betrifft.« Er hob eine Hand. »Frag mich nicht, wen, weil ich dir das nicht sagen darf. Ich kann dir nur verraten, daß es ein wichtiger Schritt in meiner Karriere ist.«

Sie leerte ihren Drink und stellte das winzige Glas auf den Tisch zurück. Es klirrte gegen eine Untertasse. Er wartete gespannt auf ihre Reaktion, auf ihren Beifall.

Sie überraschte ihn. Ihre Mundwinkel zogen sich nach unten, sie seufzte tief und sagte mit düsterer Stimme: »Stefan, ich bitte dich, es nicht zu tun.«

Einen Augenblick lang war er sprachlos, dann murmelte er: »Warum? Was ...?«

Sie unterbrach ihn mit ruhiger, aber nachdrücklicher Stimme: »Ich bin nicht dumm. Warum glaubt ihr Männer eigentlich immer, daß gutaussehende Blondinen dumm seien? Stefan, es ist doch ganz klar, wer dein wichtiger Mann ist. Keine Sorge, ich werde seinen Namen nicht nennen. Es hat Gerüchte gegeben – du weißt, in Polen gibt es immer Gerüchte –, aber diese halten sich hartnäckig. Dein wichtiger Mann ist sehr krank – schwer krank. Was, glaubst du, wird aus deiner Karriere werden, wenn du ihn behandelst und er kurz darauf stirbt? Stefan, vergiß nie, daß du Pole bist. Vergiß niemals, wie gern die Russen nach einem Sündenbock suchen und dazu bereit sind, ihn zu opfern.«

Er lächelte sie an, von ihrer offensichtlichen Sorge sehr berührt. Mit beruhigender Stimme sagte er ihr: »Ich werde ihn nicht behandeln, Halena. Ich werde nur von seinen Leibärzten konsultiert, besonders wegen meiner Dialyse-Arbeit.«

»Oh. Bedeutet das, daß du ihn nicht persönlich untersuchen wirst?«

Er lächelte wieder. »Natürlich muß ich ihn untersuchen. Aber ich persönlich werde ihn nicht behandeln ... Doch etwas anderes: Die Gerüchte, von denen du sprachst, sind sehr übertrieben – wie gewöhnlich. Ich habe einen ganz neuen vertraulichen Bericht gelesen. Er wird weder in der nächsten Woche noch nächsten Monat sterben. Ich werde für niemanden der Sündenbock sein.«

Sie war beruhigt und lächelte wieder.

»Jedenfalls ist es wunderschön zu wissen, daß wir gemeinsam in Moskau sein werden. Und jetzt sag mir genau, wie du reist.«

Er freute sich, daß sie wieder in guter Stimmung war, und war froh, das Thema wechseln zu können. Enthusiastisch sagte er: »Ich komme am achten Februar nachmittags in Moskau an.« Er grinste. »Natürlich Aeroflot, erster Klasse. Du wirst schon da sein. Sie haben für mich eine Suite im Kosmos gebucht.«

Nun grinste sie. »Oh, was habe ich doch für einen bedeutenden Freund. Ich habe ein Doppelzimmer im Yunost, und man hat mir erzählt, es sei etwas besser als eine Flohfalle.«

»Ärgere dich nicht«, sagte er ganz entspannt. »Wenn du willst, kannst du in meiner Suite wohnen.«

Sie lächelte ihn schelmisch an. »In der ersten Nacht kann ich das nicht. Am achten besucht unsere Gruppe eine Vorstellung in Kaunos. Wir bleiben über Nacht dort und kommen erst am nächsten Morgen nach Moskau zurück. Ich werde sofort zu deinem Palast kommen, um dich zu sehen.«

Er nickte. »Mein erster Termin ist der wichtige. Sie werden mich gegen Mittag abholen. Anschließend wollten sie mich zum Essen einladen, aber ich habe das auf den nächsten Tag verschoben, weil ich mit dir im *Lastochka* zu Mittag essen möchte.«

Sie nickte strahlend und dankbar. Dann fragte sie: »Was dann?«

Er zuckte die Achseln. »Dann stehen mir drei Tage mit Vorlesungen und Besuchen bevor, gefolgt von vier freien Tagen. Kannst du dir vom Seminar freinehmen, um mit mir nach Leningrad zu fahren?«

Sie sagte: »Ja. Natürlich wird das schwierig sein. Mein Terminplan ist sehr eng, und meine Arbeit ist wichtig im nationalen Interesse und für die Menschheit insgesamt. Ich muß darüber ernsthaft nachdenken. Ich muß abbwägen zwischen dem Beitrag, den ich für die Kunst und Gesellschaft zu leisten habe, und der Gesellschaft eines wollüstigen ... und, sagen wir, schlecht qualifizierten jungen Arztes ...«

Er sah, daß sich ihre Lippen hoben, und auch er lächelte. Sehr fröhlich sagte sie: »Also, die Hermitage wollte ich schon immer besuchen ... gut, Stefan. Ich werde mit dir nach Leningrad fahren.«

»Schön. Dann laß uns noch etwas trinken, um das zu feiern.« Er schaute suchend nach einem Kellner und bemerkte erst dann, daß sie das letzte Paar im Restaurant waren. Stirnrunzelnd schaute er auf seine Armbanduhr und erhob sich dann abrupt.

»Halena, es ist fast drei Uhr. Ich muß in fünfzehn Minuten im Operationssaal sein.« Er zog seine Brieftasche heraus, nahm zwanzig Hundertzlotyscheine heraus und legte sie auf den Tisch.

»Bezahle bitte die Rechnung. Ich sehe dich Freitagabend. Kurz vor neun.« Er beugte seinen Kopf und küßte sie rasch und eilte hinaus.

Der Oberkellner kam und brachte die Rechnung auf einem silbernen Tablett. Sie legte die Scheine darauf, lächelte und sagte: »Behalten Sie den Rest, aber ziehen Sie vorher noch genug für einen zweiten Tia Maria ab.«

Er lächelte und wandte sich ab. Sie rief hinter ihm her: »Aber einen doppelten.«

Er drehte sich halb um und nickte. Ein paar Schritte darauf ließ ihn ihre Stimme wieder innehalten.

»Und, Kellner. Tun Sie etwas Sahne obendrauf.«

* * *

In Moskau hatte auch Victor Chebrikow in einem privaten Speisezimmer des Präsidiums gut zu Mittag gegessen. Er war dorthin von zwei Männern eingeladen worden, die sehr wichtige Positionen hatten. Sie waren sehr feundlich und höflich gewesen, hatten aber hartnäckig darauf bestanden, daß er ihnen sagte, was vorging. Er hätte schweigen oder sogar verärgert sein können, er hätte sich auf seinen Mentor berufen können, aber er tat es nicht. Er kannte das politische Labyrinth des Präsidiums. Er hatte in Analogien und Fabeln gesprochen, und da auch sie klug waren, verstanden sie ihn.

Als er in Zamiatins Lagezimmer kam, kaute er auf einer Magentablette, auf daß ihm die zweite Portion Schokoladenkuchen nicht zu schwer im Magen liegen würde.

Der Oberst und seine drei Majore standen rasch auf und salutierten.

Freundlich fragte Chebrikow: »Etwas zu berichten?«

Zamiatin war überrascht und zugleich über die Stimme seines Vorgesetzten erleichtert.

Er sagte: »Sehr wenig, Genosse. Unter Drogen hat der Pole, der sich Albin nennt, gestanden, daß er ein heimlicher Priester ist und eigentlich Josef Pietkiewicz heißt. Er ist legal mit der Frau verheiratet, die mit ihm gefangengenommen wurde. Wir hatten eine starke Reaktion, als wir ihn nach dem Schinken-Priester befragten, aber die Prognose ergab, daß er ihm nie wirklich begegnet ist. Die Frau hat bei dem scharfen Verhör einen leichten Herzanfall erlitten. Unter Drogen hat sie nichts ausgesagt.«

Chebrikow deutete ihnen an, sie sollten sich setzen.

Major Gudow sagte nachdenklich: »Das ist eigenartig, entspricht aber einer häufig gemachten Erfahrung. Frauen sind gegenüber Drogen widerstandsfähiger als Männer. Ich verstehe das wirklich nicht.«

Chebrikow erwiderte: »Das würden Sie aber, wenn Sie mit einer Frau wie der meinen dreißig Jahre verheiratet wären.«

Sie alle lachten, aber nicht zu laut.

Major Jwanow fragte: »Möchten Sie Tee, Genosse?«

Chebrikow nickte, und Jwanow ging zu dem Samowar, der kürzlich in einer Ecke aufgestellt worden war. Sein Vorgesetzter studierte die riesige Wandkarte, als er ihm das Glas brachte. Es herrschte mehrere Minuten Schweigen, während Chebrikow laut schlürfend trank, wobei er seinen Blick nicht von der Landkarte abwandte.

Dann sagte er zu Zamiatin: »Vergessen Sie das alte Paar. Die bisherigen Ergebnisse genügen. Wir müssen den nächsten Kanal zerstören.« Er deutete auf der Karte auf ein Gebiet nahe der ostdeutschen Grenze.

»Konzentrieren Sie sich weiterhin hierauf. Da werden Sie ihn finden. Das ist der schwache Punkt. Ziehen Sie inzwischen das Gros des polnischen SB nach Nordwesten ... zum Grenzgebiet westlich von Breslau. Dort ist es wahrscheinlicher als im südöstlichen Raum. Im SB sind die einzigen Polen, die von Nutzen sein können. Schließlich war Scibor einer von ihnen – und sie hassen Abtrünnige.«

Zamiatin schien etwas sagen zu wollen, doch er schloß den Mund wieder. Chebrikow studierte weiter die Karte und nickte dann. Schließlich sagte er: »Ich werde unsere eigenen Armee-Einheiten in die Kasernen zurückbeordern. Es nützt nicht viel, wenn sie an Straßensperren herumsitzen, und ihr Einsatz verstößt gegen politische Grundsätze.«

Zamiatin wollte einwenden, daß ein solcher Befehl bedeutete, daß polnische Milizeinheiten von Stadtdurchsuchungen abgezogen werden mußten, um Straßensperren zu besetzen, doch dann unterdrückte er seine Bedenken ein weiteres Mal. Er fühlte, daß Chebrikows Leutseligkeit rasch vergehen würde, wenn er einen Einwand machte.

Mit einer gewissen Zuversicht schloß Chebrikow: »Er ist noch in der Tschechoslowakei. Der Schinken-Priester schickt ihn nach Norden. Ich vermute, daß er versuchen wird, ihn in den nächsten achtundvierzig Stunden rüberzubringen. Diese Stunden sind kritisch.« Er drehte sich um und warf Zamiatin einen nachdenklichen Blick zu. »Kritisch, Oberst. Wenn er nach Polen gelangt, ist seine Position stärker. Wir geben das zwar nur ungern zu, aber es ist wahr. Ihr nächster Bericht an den Genossen Generalsekretär ist morgen mittag fällig.«

»Ja, Genosse.«

»Nun, hoffen wir, daß er etwas Positives enthält.«

Er schritt zur Tür und stellte sein Glas auf Gudows Schreibtisch ab.

Sein Weggehen hinterließ Schweigen. Die drei Majore konnten Zamiatins Unbehagen spüren.

Schließlich sagte Gudow: »Oberst, soll ich den Befehl geben, daß sich der polnische SB im Grenzgebiet westlich von Wroclaw konzentrieren soll?«

Noch immer nachdenklich nickte Zamiatin, doch als Gudow zum Telefon griff, sagte der Oberst: »Die Einheiten in Krakau sollen bleiben, wo sie sind.«

Gudows Hand erstarrte am Telefon. Er und die beiden anderen Majore starrten Zamiatin an. Der zuckte die Schultern.

»Genosse Chebrikow hat mir den Befehl gegeben, den SB an der nordwestlichen Grenze zu konzentrieren. Er hat mir keinen Befehl erteilt, ihn im Süden völlig abzuziehen. Ich befolge seine Befehle, aber Krakau war schon immer ein Zentrum der Subversion. Zudem ist es nur hundertfünfzig Kilometer von dem Ort entfernt, an dem Scibor entdeckt wurde. Wenn er die Grenze bereits überschritten hat, wird er in Krakau sein ... oder dorthin gehen.«

Wieder herrschte Schweigen, dann atmete Major Gudow laut durch die Zähne ein und nahm den Telefonhörer auf.

Inzwischen betastete Major Jwanow zögernd einen Umschlag. Schließlich kam er zu einem Entschluß.

»Genosse Oberst ... Ich weiß nicht, ob das von Wichtigkeit sein könnte ...«

»Was ist das?«

Jwanow öffnete den Umschlag. Er sagte: »Seit wir wissen, daß der Schinken-Priester in diese Angelegenheit verwickelt ist, haben wir das Collegio Russico in Rom aufmerksam beobachtet. Wir haben die Leute, die hinein- und herausgehen, fotografiert. Also, ich habe mir die Fotos vor ein paar Tagen gründlich angesehen. Bei mehreren Gelegenheiten wurde eine Frau fotografiert. Ich habe eine Ähnlichkeit zwischen ihr und der Zeichnung jener Frau festgestellt, die mit Scibor in der Tschechoslowakei war.« Er machte eine Pause und leckte seine Lippen.

Zamiatin sagte: »Und? Haben Sie das weiterverfolgt?«

»Ja, Genosse Oberst, aber ich fürchte, ich bin in eine Sackgasse geraten. Es stellte sich heraus, daß sie eine Nonne ist. Eine Polin, aber aus einem Kloster in Ungarn.«

Zamiatin schnaufte: »Eine Nonne!«

»Ja, doch da ist noch etwas, Genosse Oberst. Gestern erhielt ich einen Bericht, demzufolge sie nicht in ihr Kloster zurückgekehrt ist. Niemand scheint zu wissen, wo sie sich aufhält. Und es ist eigentlich ziemlich naheliegend, wo.«

»Zeigen Sie mir das.«

Major Jwanow stand auf und trug den Umschlag hinüber. Er öffnete ihn und zeigte auf das Foto, das in die Innenseite einer Mappe geheftet war. Gegenüber befand sich die Zeichnung.

Zamiatin studierte es mehrere Sekunden lang. Dann nickte er und drehte die Seite um.

Aus dem Bericht zitierte er: »Ania Krol. Alter 26. Geboren in Krakau, Polen. Eltern bei einem Verkehrsunfall am 7. Oktober 1960 ums Leben gekommen. In Krakau beerdigt...«

Er hob seinen Kopf und schaute minutenlang ins Leere.

»Ich würde es nicht für unwahrscheinlich halten, wenn der Schinken-Priester eine Nonne einsetzt. Gudow, wenn Sie durch Krakau kommen, möchte ich, daß Sie mit dem Dienststellenleiter dort sprechen.«

Kapitel 19

»Du mußt verliebt sein.«

Mirek seufzte. »Wie kommst du darauf?«

Marian Lydkowska richtete ihren Zeigefinger mit rotlackiertem Nagel auf ihn. »Du bist nicht schwul. Und du bist garantiert kein gläubiger Katholik. Ich biete mich dir an, und du reagierst dennoch nicht darauf.«

Mirek lächelte über ihre Offenheit. Sie waren allein in dem riesigen Wohnzimmer der Villa am See. Es war Abend. Die Vorhänge waren zurückgezogen, und auf dem See sah man Lichtpunkte, die vom schwarzen Wasser reflektiert wurden. Antonio und Irena waren früh morgens nach Krakau aufgebrochen. Das Telefon hatte vor einer Stunde einmal geläutet, und Jerzy war an den Apparat gegangen. Er hatte einige Minuten zugehört und dann mit einigen rätselhaften Worten geantwortet, die für Mirek keinen Sinn ergaben. Kurz darauf hatten er und Natalia ihre Pelzmäntel angezogen und waren hinaus in die Nacht gegangen. Sie hatten erklärt, daß sie in Kürze zurückkommen würden. Mirek hatte auf das Geräusch eines Wagens gelauscht, aber er hörte nichts. Er hatte damit gerechnet, daß ein Kurier käme, und gehofft, daß er dann seine Reise fortsetzen könnte. Dieses Versteck war auf luxuriöse Art bequem und bestimmt sicher, aber am zweiten Tag war er ungeduldig. Er betrachtete Marian, die vorm knisternden Kaminfeuer saß und geduldig auf eine Antwort wartete. Sie trug ein kurzes schwarzes, eng anliegendes Jerseykleid. Es war offensichtlich, daß sie nichts darunter anhatte.

Er sagte: »Reagiert jeder Mann, der nicht schwul, kein Priester und nicht verliebt ist, auf dich?«

»Natürlich.«

»Das muß ermüdend sein.«

Sie lächelte. »Ich suche mir nur die aus, die ich haben will. In gewisser Weise ist es für mich wirklich ermüdend ... Also, wer ist sie?«

Er ging zum Getränkestand und schenkte sich Scotch mit Soda ein. Die Flasche war von einem blauen Samtbeutel umhüllt. Irgendwer hatte ihm einmal gesagt, daß solcher Whisky in Polen über sechzehntausend Zloty koste. Er schenkte sich wenig ein, nicht wegen des Preises, sondern weil er einen klaren Kopf behalten wollte.

Er wandte sich Marian zu. »Möchtest du einen Drink?«

Sie nickte. »Dasselbe.«

Er schenkte den Drink ein und reichte ihn ihr. Während er ihn ihr reichte, umfaßte sie sein Handgelenk und sagte schmollend: »Sag es mir. Wer ist sie?«

Verärgerung überkam ihn. Er entzog ihr sein Handgelenk und schüttete dabei etwas von dem Whisky auf ihr Kleid. Er setzte das Glas auf dem Tisch neben ihr ab und ging zum Feuer, drehte sich um und wärmte seinen Rücken.

Er sagte brüsk: »Du und deine Freunde, ihr seid die *kacyki* – die Prinzessinen. Als SB-Offizier wurde ich von den Menschen gehaßt ... aber sie hassen Typen wie euch ebenso oder noch mehr. Ihr lebt königlich. Ihr habt alles, ohne zu arbeiten oder überhaupt etwas zu leisten. Sieh dich an – eine kleine rote *kacyk*, die sauer ist, weil sie einmal in ihrem Leben etwas nicht haben kann. Ich muß nicht verliebt sein, nur weil ich deinen Körper nicht will.«

Sie schüttelte lächelnd ihren Kopf.

»Aber du willst ihn. Das weiß ich. Das weiß ich immer. Ich sehe doch, wie du ihn ansiehst, wie du auf meine Brüste, meine Beine schaust ... Du willst mich, Mirek Scibor, aber irgendetwas hält dich zurück. Das kann nur die Liebe zu einer anderen Frau sein. Wenn ein Mann will und nehmen kann und doch nicht nimmt, muß diese Frau etwas ganz Besonderes sein ... Jemand, dem du im Westen begegnet bist?«

Er zuckte die Schultern. »Vergiß es, Marian. Ich bin nicht hier, um dummes Zeug zu schwätzen. In Gedanken bin ich bei ganz anderen Dingen. Bei wichtigeren Dingen als einem zu oft benutzten mannbaren Körper.«

Das Lächeln wich von ihrem Gesicht. Sie sagte ernst: »Sei nicht grausam, Mirek. Ich necke dich nur. Und das ist ganz oberflächlich. Das vertreibt die Zeit. Ich bin viel verständiger und weit weniger ›benutzt‹, als du glaubst. Ja, wir sind *kacyki*, aber wir benutzen dieses Klischee dazu, um nützlich zu sein. Wir lieben Polen. Vergiß nicht, daß wir unser Image dafür einsetzen, den Menschen die Wahrheit zu bringen ... unter großem Risiko ... und Menschen helfen – sogar dir.«

Er wehrte sich zwar dagegen, aber er spürte Reue. Er hob ihr sein Glas entgegen.

»Ich weiß. Ich wollte nicht grausam sein. Es ist einfach so, daß ich über viele Jahre Menschen wie dich gehaßt habe. Mir ist klar, daß das bei eurer Gruppe nur Theater ist, Marian, aber für mich brauchst du nicht zu spielen.«

Sie lächelte anziehend.

»Reine Gewohnheit. Aber dennoch habe ich das Gefühl, daß du verliebt bist. Also gut. Laß uns einfach Freunde sein. Du hast meinen Drink fast verschüttet. Kann ich einen neuen haben?«

Er trug ihr Glas durch den Raum. Während er einschenkte, hörte er das Klappern der Eingangstür. Marian sprang auf und eilte zur Wohnzimmertür. Sie öffnete sie und ging hinaus. Nach einem Augenblick hörte Mirek ihre Kleinmädchenstimme.

»Mein Gott. Ist mit ihr alles in Ordnung?«

Er vernahm Jerzys drängende Stimme. »Nein. Wir müssen sie nahe ans Feuer bringen.«

Sie betraten nacheinander den Raum. Zuerst kam Jerzy, imposant in seinem Pelzmantel. Er hatte seinen Arm um eine kleinere Gestalt gelegt und stützte sie. Natalia und Marian folgten.

Mirek stand verwirrt an der Bar, ein Glas in jeder Hand. Als sie das Feuer erreicht hatten, zog Jerzy der kleineren Gestalt den Pelzmantel aus. Es war Natalias Mantel. Mirek konnte nichts sehen. Er machte einen Schritt vor. Er war eine Frau, die ihm den Rücken zugewandt hatte. Marian rieb die Hände der Frau, Natalia nahm ihr einen Schal vom Kopf. Ihr Haar war ebenholzschwarz. Mirek kannte dieses Haar. Er hörte das Klirren, als beide Gläser zu Boden fielen.

»Ania!«

Sie drehte sich um. Ihr Gesicht war weiß, ihre schwarzen Augen eingefallen und schmal. Ihre Lippen zitterten. Sie murmelte seinen Namen, taumelte auf ihn zu und lag in seinen Armen.

Die anderen hielten sich schweigend zurück. Ihr Körper war eiskalt. Er hob sie auf und brachte sie näher ans Feuer. Jerzy legte noch einige Holzscheite darauf. Mirek betastete Anias Wangen. Sie waren kalt wie Eiszapfen.

»Wie bist du hergekommen?«

Sie preßte sich an ihn und murmelte: »Auf die gleiche Art wie du.«

Es dauerte einige Zeit, bis er begriff, dann übermannte ihn die Wut.

»Sie haben dich in diesem Tankwagen gefahren ... obwohl sie wußten, was ich durchgemacht habe? Ich werde diese Bastarde umbringen!«

»Nein, Mirek. Es war meine Entscheidung. Sie haben mich gewarnt. Sie haben mir geholfen, es erträglicher zu machen.«

»Aber warum?«

»Der Schinken-Priester. Er hat entschieden, daß ich dich weiter begleiten soll.«

Mireks Sinne waren völlig durcheinander, doch eines war ihm ganz klar. Der Körper, den er hielt, war eiskalt und erschöpft.

Er drehte seinen Kopf und sagte: »Marian, bitte laß Wasser in die eingelassene Wanne laufen. Das wird sie schneller erwärmen als dieses Feuer. Jerzy, bitte einen Brandy.«

Marian und Natalia verließen das Zimmer. Jerzy brachte ein Glas, das drei Zentimeter hoch mit Brandy gefüllt war. Mirek führte es an Anias Lippen. Ein Teil der Flüssigkeit rann durch ihre Kehle hinunter, doch einiges floß auf ihre Lederjacke. Sie hustete heftig. Mirek wischte mit seiner Hand ihr Kinn ab, dann hielt er das Glas wieder an ihre Lippen.

»Trink noch etwas. Das wird helfen.«

Er träufelte noch etwas Brandy auf ihre Lippen. Sie hustete, spuckte und schüttelte den Kopf. »Genug, Mirek. Es geht schon wieder.«

Er beugte sich und legte eine Hand unter ihre Knie und die andere um ihre Schultern und hob sie auf. »Komm, jetzt gehen wir in das größte Bad, das du je gesehen hast.«

Jerzy öffnete die Tür und führte sie dann die Treppe empor. Die Schlafzimmertür war geöffnet. Als sie hindurchgingen, sahen sie Dampf aus dem Badezimmer quellen.

Natalia kam heraus und sagte: »Danke, jetzt werden wir uns um sie kümmern.«

Mirek setzte sie ab, umarmte sie noch einmal und sagte: »Ania, wir sehen uns nachher ...«

Er wollte mehr sagen, aber er fand keine Worte. Natalia legte einen Arm um sie, führte sie ins Badezimmer und schloß die Tür.

Wieder unten, legte Jerzy gedämpfte Jazzmusik auf und schenkte zwei Whisky ein. Mirek stand mit dem Rücken zum Feuer und versuchte, seine Gedanken und seine Gefühle zu ordnen. Schließlich fragte er, als Jerzy ihm seinen Drink reichte: »Was ist passiert?«

Jerzy zuckte die Achseln. »Ich bekam einen verschlüsselten Anruf aus Warschau, daß jemand an demselben Treffpunkt ankäme. Er sollte abgeholt und hier untergebracht werden. Weitere Anweisungen würden morgen früh folgen. Das ist alles, was ich weiß. Ist das die Frau, die dich begleitet hat?«

»Ja.«

Jerzy schnaufte und sagte: »Nun ja, deine Leute spielen Schach. Ich vermute, sie war ein Köder, und die Behörden sollen glauben, daß sie aus dem Spiel gezogen wurde, nachdem die Tarnung aufgeflogen war. Jetzt werden sie nicht mehr nach ihr suchen ... Sehr clever.«

»Vielleicht«, überlegte Mirek. »Aber die Russen spielen auch Schach und sind sehr gut darin. Sie sind die Besten.«

»Das ist richtig«, stimmte Jerzy zu, »sie haben aber auch die Angewohnheit, den Verstand anderer Menschen zu unterschätzen.«

Die Tür öffnete sich, und Marian kam herein. Sie sagte: »Sie ist versorgt. Natalie kümmert sich um sie. Mirek, ich habe ihr gesagt, daß sie sich gleich ins Bett legen soll und ich ihr etwas zu essen bringen würde, aber sie besteht darauf, sich zu uns zu gesellen ... Sie sagte mir, daß sie seit ihrer Kindheit nicht mehr in Polen gewesen ist.«

»Ja.«

»Dann werde ich eine Mahlzeit zubereiten, an die sie sich erinnern wird.« Sie ging zur Tür, drehte sich um und schaute ihn an. Ein Zwinkern war in ihren Augen.

»Also hatte ich doch recht.«

Mirek spürte ein verlegenes Erröten.

»Sie ist nur eine Kollegin.«

Marian lächelte. »Ganz sicher.«

Sie öffnete die Tür und ging hinaus.

Mirek fragte: »Und die kann wirklich kochen?«

Jerzy grinste. »Warte nur ab, mein Freund. Die hat mehr Talente als dieses eine – das offensichtliche.«

Sie aßen kurz vor Mitternacht. Ania hatte zwei Stunden geschlafen. Mirek, der wußte, welche Qualen sie durchlitten hatte, war über ihre Gelassenheit und ihren körperlichen Zustand erstaunt. Nur in ihren Augen spiegelte sich noch etwas Erschöpfung. Sie hatte etwas Make-up aufgelegt. Sie trug einen langen, blaurot gestreiften Rock, der auf Taille geschnitten war, dazu eine weiße Spitzenbluse. Mirek hatte diese Sachen nie zuvor bei ihr gesehen.

Sie erklärte: »Natalia hat sie mir geliehen. Meine sind alle verknautscht.«

»Sie passen dir«, antwortete er. »Darin siehst du wie eine Zigeunerin aus.«

»Langsam fühle ich mich auch so.«

Jerzy hatte entschieden, daß sie nicht im Eßzimmer aßen, sondern vor dem Kamin im Wohnzimmer. Er und Mirek trugen einen kleinen Tisch und fünf Stühle hinein. Natalia entzündete einige Kerzen auf dem Kaminsims, und nachdem sie die anderen Lichter gelöscht hatte, kam Marian mit einem Tablett herein. Darauf standen fünf goldene Kelche und ein großer Krug. Sie stellte es auf den Tisch und sagte dramatisch zu Ania: »*Krupnik*, um dich wieder in Polen willkommen zu heißen.«

»*Krupnik*?« sagte Ania unsicher. Marian und die anderen schauten amüsiert.

Jerzy sagte: »Du hast nie *Krupnik* getrunken?«

Mirek fiel rasch ein: »Sie hat Polen verlassen, als sie noch sehr jung war, und den Großteil ihres Lebens mit Menschen verbracht, die nicht trinken.« Zu Ania sagte er: »*Krupnik* ist klarer Schnaps, mit Gewürzen und Honig vermengt. Das ist das traditionelle Getränk für Jäger und Reisende, wenn sie aus der Kälte ins Haus kommen ... Es wird heiß serviert.«

Jerzy ergriff einen Kelch und reichte ihn ihr. Sie senkte ihre Nase und roch daran.

»Es duftet köstlich ... und kräftig!«

Sie hielten jetzt alle Kelche in den Händen. Jerzy hob seinen und sagte schlicht: »Willkommen zu Hause, ihr beiden.«

Mirek nahm einen Schluck. Er hatte es schon oft getrunken, doch nun wurde ihm klar, daß es im Vergleich zu diesem hier der reine Fusel gewesen war.

Marian trug eine gekrauste weiße Schürze, die nicht ganz passend wirkte. Das Mahl, das sie dann servierte, war jedoch ein Genuß. Zuerst kamen dünn geschnittene gewürzte Wurst und geräuchertes Fleisch. Darauf folgten *golabki*, ein Gericht aus Reis und Dürrobstpastete, in Kohlblätter gewickelt, mit verschiedenen Gewürzen. Sie waren zart, aber fest. Mirek konnte sie mit seiner Gabel zerteilen. Ania kannte das Gericht gut, hatte es aber seit vielen Jahren nicht gegessen. Nachdem sie den ersten Happen zu sich genommen hatte, war sie begeistert und machte Marian Komplimente. Dies war eine andere Marian, eine, die Mirek noch nicht kennengelernt hatte. Sicher, kompetent und ohne eine Spur Koketterie. Er glaubte, daß die *golabki* das Hauptgericht seien, doch nachdem Natalia die Teller weggebracht hatte, kam Marian mit einem weiteren Tablett. Darauf war *zrazy nelsonskirz kasza*, ein Gericht aus Hackfleisch mit Buchweizen, gerollt und auf Spieße gesteckt und in Pilzsoße gekocht.

Dazu tranken sie goldenen, süßen Tokaierwein. Sie tranken reichlich davon, mit vielen Trinksprüchen. Jerzy fragte Ania, welche Musik sie gern möge, und nachdem sie es ihm gesagt hatte, suchte er in einem Schrank und fand eine Langspielplatte mit Chopins Mazurken.

Auf einen Polen kann die Kombination eines solchen Essens mit Wein und Musik zweierlei Auswirkungen haben. Die eine ist ungezügelte Fröhlichkeit; die andere eine Art gelassener Innenschau. Bei diesen Polen trat letzteres ein. Sie aßen um den Tisch mit dem flackernden Licht des Feuers und der Kerzen, tranken Wein und sogen die Musik in sich auf. Es gab keine Unterhaltung. Sie überließen sich ganz ihren Gedanken.

Schließlich, nachdem die Musik beendet war, schlug Jerzy mit der Faust auf den Tisch und sagte: »Kommt, in einer solchen Nacht dürfen wir nicht so grüblerisch sein. Dabei kann man ja schwermütig werden. Mirek, kennst du eigentlich die neuesten Witze aus unserem verrückten Land?«

Mirek schüttelte seinen Kopf und Jerzy grinste: »Paß auf, das ist der neueste. Da ist ein Mann in Warschau, der stundenlang in einer Schlange gestanden hat, um einen Laib Brot zu kaufen. Schließlich ändert er seine Meinung und verläßt die Schlange schreiend: ›Mir reicht's jetzt. Ich werde diesen unfähigen Mistkerl Jaruzelsky umbringen.‹ Zwei Stunden später kommt er wieder. Jemand fragt ihn: ›Hast du's gemacht?‹ Er schüttelt den Kopf und antwortet: ›Nein. Die Schlange war zu lang.‹«

Alle lachten schallend. Natalia schenkte Tokaier nach, und Marian sagte: »Ich habe letzte Woche einen gehört. Die Mutter Oberin kommt in schrecklicher Verfassung zur Milizstation. Sie erzählt den Beamten, daß russische Soldaten in ihr Kloster eingedrungen sind und alle ihre Nonnen vergewaltigt haben. Sie war völlig erregt. Sie zählte sie an ihren Fingern ab: ›Da war Schwester Jadwiga, Schwester Maria, Schwester Lidia, Schwester Barbara ... nur Schwester Honorata ist nicht vergewaltigt worden.‹ ›Warum nicht‹, fragt der Offizier. Die Mutter Oberin erwidert: ›Weil sie es nicht wollte.‹«

Sie lachte ebenso laut über ihren Witz wie Natalia. Jerzy lachte brüllend. Das Gelächter erstarb langsam, als sie bemerkten, daß weder Mirek noch Ania einfielen.

»Findet ihr den nicht komisch?« fragte Jerzy.

»Nun ... sicher«, sagte Mirek.

»Und?«

Ania sagte ruhig: »Ich war Nonne.«

Das Schweigen war fast spürbar. Nur das Feuer knisterte. Dann sagte Marian: »Es tut mir leid. Ich wußte es nicht. Ich meine, ich konnte ja nicht ...«

Ania legte eine Hand auf ihren Arm. »Natürlich konntest du's nicht wissen. Natürlich ist das ein komischer Witz. Es ist nur so, daß ich persönlich nur schwer darüber lachen kann.«

Mirek spürte, daß die Stimmung gefährdet war. Leichthin sagte er: »Witze werden immer über Menschen gemacht, die sich selbst zu ernst nehmen. Über Bürokraten, Polizisten ... und sehr religiöse Leute.«

Jerzy sah Ania an und fragte: »Bist du noch immer fromm?«

»Ja, aber das bedeutet noch lange nicht, daß ich über einen guten Witz nicht lachen kann. Im Kloster gab's auch welche. Ich erzähle euch einen. Eines Tages wurde die Schwester Oberin ohnmächtig. Könnt ihr euch denken, warum?«

Alle schauten verwirrt drein. Ania lächelte und sagte: »Weil sie entdeckt hatte, daß die Toilettenbrille hochgeklappt war.«

Es dauerte ein paar Augenblicke, bis sie verstanden, und dann brüllte Jerzy wieder vor Lachen und mußte Natalia den Witz erklären.

Das Eis war gebrochen und die Stimmung gerettet. Die beiden Mädchen begannen, Ania mit Fragen über das Leben im Kloster zu überschütten. Mirek bewunderte ihre Gelassenheit, als sie ihnen entspannt und auf freundliche Art antwortete. Als sie sie fragten, warum sie ihren Gelübden entsagt hatte, dachte sie ein paar Augenblicke lang nach und antwortete dann: »Diese Gelübde haben *mich* irgendwie aufgegeben ... mir ist etwas anderes bestimmt.«

Die beiden Mädchen und Jerzy verstanden nicht, was sie meinte, aber sie alle nickten, weil sie dahinter etwas sehr Tiefsinniges vermuteten.

Mirek bemerkte, daß Ania Schwierigkeiten hatte, ihre Augen offenzuhalten. Er sagte: »Es ist spät, und es kann sein, daß wir morgen aufbrechen müssen. Wir sollten uns besser etwas ausruhen.«

Sie erhoben sich alle. Aus irgendeinem Grund war es eine gemeinsame emotionale Regung, gerade so, als ob sie alle zusammen eine Reise gemacht hätten. Sie umarmten einander wie Brüder und Schwestern. Marian wehrte bescheiden die Komplimente ab, die ihr für das Essen gemacht wurden. Sie küßte Ania auf beide Wangen, umarmte sie fest und sagte: »Morgen werden wir meine Kleider durchschauen und ein paar warme Sachen heraussuchen, in denen du reisen kannst.«

Als sie das Zimmer verließen, sah Mirek, daß Jerzy sich ein Thai-Stäbchen anzündete. Natalia suchte in einem Schallplattenstapel nach Heavy-Metal-Rock.

Während sie die Treppe hochgingen, lachte er und sagte: »Diese *kacyki* haben doch mehr Tiefgang, als es scheint.«

Ania schaute ihn verwirrt an.

Er erklärte: »So nennen die Durchschnittsmenschen sie, diese verwöhnten Kinder reicher, mächtiger Familien ... die Prinzessinnen. Aber wir haben Glück. Die hier sind in Ordnung.«

Erst als sie die Tür des Schlafzimmers erreichten, fiel ihm etwas ein. »Ania, dies ist mein Zimmer. Ich werde Marian um ein anderes bitten. Ich bin in einer Minute wieder hier und hole mein Zeug raus.«

Sie legte eine Hand auf seinen Arm und hielt ihn fest.

»Nein, Mirek, das ist schon gut so. Es ist ein sehr großes Bett, und ich vertraue dir. Ich möchte heute nacht lieber nicht alleine sein. Ich weiß nicht, warum. Ich weiß, daß ich hier sicher bin ... Ich nehme an, es liegt an der schrecklichen Fahrt.«

So legten sie sich nebeneinander hin, und die Größe des Bettes erlaubte es ihnen, Abstand zu halten. Nachdem sie das Licht ausgemacht hatten, erkundigte er sich, wie die Fahrt verlaufen sei. Sie erzählte, daß kurz nach seinem Aufbruch Anweisungen des Schinken-Priesters eingetroffen waren. Ihr Knöchel war bereits sehr viel besser. Sie wußten nur den einen Weg, sie hinüberzubringen. Als der Tankwagen am nächsten Tag zurückkam, hatte der Fahrer ihr ausführlich Mireks Zustand am Ende der Fahrt geschildert. Er bezweifelte, daß sie das überleben würde. Glücklicherweise hatte Mirek dem Fahrer einige der Probleme geschildert, denen er ausgesetzt gewesen war. Als sie darauf bestanden hatte zu gehen, hatten sie überlegt, wie sie es ihr leichter machen könnten. Sie zog mehrere Paar wollener Unterwäsche unter dem Taucheranzug an und streifte dicke Lederhandschuhe über wollene. Dann bekam sie einen Gurt, mit dem sie sich an die Leiter binden konnte und der zugleich das Gewicht verringerte. Anton war mitgefahren und hatte neben dem Fahrer gesessen. Das war gefährlich, aber er hatte darauf bestanden, weil er befürchtete, daß Mirek eines Tages zurückkommen und ihn umbringen würde, falls ihr etwas zustieße. Dreimal hatten sie während der Fahrt an abgelegenen Stellen gehalten, und Anton hatte die Luke geöffnet, um festzustellen, wie es ihr ginge. Es war die Hölle gewesen, aber sie hatte überlebt.

Während sie das schilderte, konnte er sie sich in diesem stählernen Kokon vorstellen, wie sie von den Milchmassen herumgestoßen wurde. Die Gurte und die Handschuhe würden das etwas leichter gemacht haben, aber er wußte, welche körperlichen und seelischen Anstrengungen sie erduldet hatte. Er wollte sich über das Bett rollen und sie in seine Arme nehmen. Doch er blieb still liegen. Seine Augen wurden jetzt auch schwer.

Nach einer Weile hörte er ihre Stimme, kratzend, aber schläfrig.

»Mirek, bist du wach?«

»Ja.«

»Es ist … es ist furchtbar, aber ich habe mich zweimal in der Milch übergeben müssen.«

In der Dunkelheit lächelte er in sich hinein.

»Mach dir deshalb keine Gedanken, Ania. Bei mir war's auch so.«

Wieder Schweigen, dann sagte sie: »Ich hab' noch etwas reingemacht.«

Er kicherte und sagte: »Ich wette, daß du die Brille vorher nicht hochgeklappt hast.«

Kapitel 20

Der Befehl wurde kurz nach dem Essen durch Antonio überbracht. Er kam in einem schwarzen BMW und sprach zuerst im Eßzimmer mit Jerzy. Dann wurden Marian und Natalia zu dieser ›Konferenz‹ hinzugezogen. Zehn Minuten später hatten sie sich alle im Wohnzimmer versammelt. Mirek und Ania lasen in den Zeitungen, die Antonio ihnen mitgebracht hatte.

Während sie sich setzten, sagte Jerzy: »Es hat seitens eurer Bosse eine Änderung des Plans gegeben. Ich weiß nicht, was der ursprüngliche Plan war, aber ich nehme an, daß ihr nach Warschau und weiter nach Norden reisen solltet, bevor ihr nach Osten geht. Die Lage ist im Augenblick die, daß die Zuständigen in Warschau und wohl auch in Moskau die Sicherheitskräfte, besonders den SB, in diesem Gebiet konzentrieren. Also haben eure Leute uns gebeten, euch über Krakau nach Warschau zu schaffen. Wir haben dem zugestimmt.«

Mirek sagte: »Das bedeutet, euer Risiko wird noch größer.«

Jerzy nickte und lächelte. »Sicher, doch dieses Risiko ist für uns akzeptabel. Krakau ist unsere Stadt. Wir kennen uns dort überall aus. Unsere Gruppe existiert inzwischen über zwei Jahre dort. Aber was noch wichtiger ist, die Sicherheitskräfte kennen uns persönlich – und unsere familiären Verhältnisse. Wir wären die letzten, die in Verdacht gerieten.«

Ania sagte: »Wir sind euch sehr dankbar.«

»Nein«, antwortete Jerzy. »Wir danken euch.« Er griff in seine Hemdtasche, zog einen dünnen Streifen glänzenden Metalls heraus und reichte ihn ihr. »Das ist pures Gold. Wir können es für fünfzigtausend Zloty verkaufen. Für diese zusätzliche Aufgabe bekommen wir weitere fünfzigtausend. Damit ist unsere Zeitung für die nächsten beiden Jahre finanziert. Ihr seid offensichtlich für jemanden sehr wichtig.«

Ania betastete den Goldstreifen. Sie sagte: »Ist das der einzige Grund? Geld?«

Marian antwortete: »Nein. Wir wissen nicht, was ihr tut. Uns ist nur gesagt worden, daß eure Mission antirussisch sei. Wir würden jedem helfen, der etwas gegen diese Bastarde unternimmt.«

»Also, wann brechen wir auf?« fragte Mirek. »Und wohin?«

»Heute nachmittag«, antwortete Jerzy. »Wir fahren nach Krakau.«

»Einfach so?«

Jerzy grinste: »Einfach so. Eure Leute sind erstaunlich gut vorbereitet. Ich nehme an, daß es sich dabei um einen der westlichen Geheimdienste handelt.« Er hob eine Hand. »Nur keine Sorge, ich will nicht neugierig sein. Antonio hat Papiere für euch beide bekommen. Auf uns wirken sie echt – und wir wissen, wonach wir zu schauen haben. Das einzige, was dabei fehlt, sind Fotos. Wir haben hier eine Kamera und eine Dunkelkammer und die nötigen Stempel, um sie zu prägen. Antonio wurde dahingehend informiert, daß ihr alles dabeihabt, um euch zu verkleiden. Ich schlage vor, ihr tut das jetzt, dann machen wir die Fotos, heften sie in eure Papiere, und dann können wir nach Krakau aufbrechen.«

»Einen Augenblick«, sagte Mirek entschlossen. »Nicht, daß ich deiner Strategie oder deinen Fähigkeiten mißtraue, aber ich möchte alle Einzelheiten wissen. Wo halten wir uns in Krakau auf und für wie lange? Wie werden wir von Krakau nach Warschau gebracht?«

Jerzy grinste durch seinen Bart. »In Krakau bleibt ihr einfach im Hause des Brigadegenerals Teador Navkienko. Er ist Irenas Vater. Sie ist jetzt dort, um alles für eure Ankunft vorzubereiten. Der gute General ist die nächsten beiden Monate aus offiziellem Anlaß in Moskau. Er ist Witwer, und weil er darüber hinaus auch noch geizig ist, hat er kein Geld für eine Haushälterin übrig. Irena kümmert sich um die Wohnung, wenn er fort ist. Wir haben schon einige herrliche Parties dort gefeiert, seinen besten Nalewka-Wodka ausgetrunken und stattdessen Fusel hingestellt. Er hat den Unterschied nie bemerkt.«

Mirek lächelte. »Habt ihr ein Ausweichquartier?«

»Natürlich. Zwei Appartements. Sie sind sicher. Wir haben sie seit zwei Jahren. Aber nicht so sicher wie das Haus eines Brigadegenerals ...«

»Und wie lange werden wir dort sein? Und wie kommen wir nach Warschau?«

Jerzy deutete auf Natalia. »Ihr brecht auf, wenn Natalia ihren lieben Papa davon überzeugt hat, daß sie ganz dringend einen Einkaufsbummel in Warschau machen muß. Ihr werdet mit der Eisenbahn dorthin reisen.«

Mirek und Ania wechselten verwirrte Blicke. Alle anderen grinsten. Jerzy sagte: »Du erinnerst dich, was Natalias Vater macht?«

Mirek überlegte und sagte dann: »Hat er irgendwas mit der Eisenbahn zu tun?«

»Nicht irgendwas«, sagte Natalia. »Er ist der Bezirksdirektor ... Und was glaubt ihr, wie ein solcher Mann und seine Familie reisen, wenn sie den Zug nehmen?«

Aus seiner Vergangenheit wußte Mirek das.

»In dekadentem Luxus. Ein Privatwaggon mit Schlafgemach, Küche, Eßzimmer und Wohnzimmer.«

Natalia lächelte süß. »Exakt. In Papas Fall ist das reine Vergeudung. Er ist ungeduldig und haßt Züge. Wann immer er kann, fliegt er. Ich hingegen fahre viel so. Es ist altmodisch und schön. Paderewski hat ihn benutzt, als er Premierminister war. Da steht sogar ein kleiner Flügel drin.«

Ania zeigte einen etwas ungläubigen Gesichtsausdruck. Mirek schüttelte voller Verwunderung seinen Kopf.

Jerzy grinste sie wieder durch seinen Bart an und sagte: »Natalia ist ein Einzelkind und Papas Liebling. Die Art, wie er sie verwöhnt, ist geradezu widerwärtig. Er läßt sie allenfalls achtundvierzig Stunden mal allein.«

Ania fragte: »Und was ist, wenn Natalias Mutter sich entschließt, zum Einkaufen mitzukommen?«

Natalia antwortete: »Das wird sie nicht. Mama haßt Warschau. Ihre Eltern und ihre beiden Brüder sind während des Krieges in dieser Stadt von den Deutschen ermordet worden. Seitdem war sie nie wieder dort.«

Jerzy beugte sich vor. »Es ist sehr sicher. Bei mehreren Gelegenheiten haben wir so unsere Zeitung nach Warschau und in andere Städte gebracht. Das funktioniert folgendermaßen: Der Wagen steht auf einem Nebengleis. Die Bahnhofsverwaltung wird informiert, wenn er benutzt wird. Sie hängen ihn hinten an einen fahrplanmäßigen Zug an. Ihr steigt bereits auf dem Nebengleis ein. Wenn der Zug Warschau erreicht, wird der Wagen abgehängt und wieder auf ein Nebengleis gestellt, bevor der Zug in den Bahnhof einläuft. So umgeht ihr die normalen Sicherheitsüberprüfungen.«

Mireks Schultern schüttelten sich unter lautlosem Lachen. Er sagte: »Kein Wunder, daß ihr noch nicht erwischt worden seid. Was macht ihr, wenn ihr igendwohin fliegen wollt? Leiht ihr euch dann Jaruzelskys Jet?«

Jerzy hob einen Finger. »Nicht schlecht. Darüber haben wir noch gar nicht nachgedacht. Aber jetzt geht lieber und verändert euer Aussehen. Braucht ihr Hilfe?«

»Nein danke. Das schaffen wir schon.«

Mirek und Ania erhoben sich und verließen den Raum.

Zwanzig Minuten später waren sie wieder zurück. Mirek kam zuerst herein. Jerzy las die Zeitung. Er schaute auf. Eine Sekunde lang kam Panik in seinen Blick, dann nickte er zustimmend. Er nickte auch, als Ania hereinkam. Die anderen begannen zu klatschen und scharten sich um sie. Jerzy tat das auch und sagte: »Hätte ich's nicht gewußt, ich hätte euch nicht erkannt.«

Mirek wirkte 15 oder 20 Jahre älter. Sein Schnurrbart und sein Haar waren pfeffer- und salzfarbig ergraut. Sein Gesicht war fetter. Seine braunen Augen waren jetzt blau. Auch Ania war gealtert. Ihr Haar war grau und viel länger. Auch ihr Gesicht war dicker und ihr Körper untersetzter.

»Teufel«, sagte Marian. »Das ist brillant. Eure Gesichtszüge sehen völlig anders aus.«

»Das kommt durch die Polster, die wir im Mund haben«, erklärte Ania. »Es dauert eine Zeitlang, bis man sich daran gewöhnt … und das Essen wird einfach schlimm.«

»Aber nicht das Trinken!« sagte Jerzy. »Wärmen wir uns mit einem Wodka für die Reise auf, während Antonio die Kamera vorbereitet. Und außerdem müßt ihr etwas weniger gewöhnlich aussehen. Ihr reist schließlich mit den *kacyki* und müßt etwas mehr hergeben. Marian, such für Ania etwas klotzigen Schmuck raus, Armreifen, lange Ohrringe und so was. Natalia, hol bitte zwei meiner Seidenhalstücher für Mirek und ein Taschentuch. Wir werden ihn ein wenig geckenhaft herrichten, so wie all diese Möchtegern-Poeten, die wir in Krakau haben.«

* * *

Während der Fahrt passierten sie fünf Straßensperren: jeweils eine auf beiden Seiten von Rabka, eine weitere vor Myslenice, die vierte an der Kreuzung der Straße nach Bielitz und schließlich eine vor Krakau selbst. Schon bei der ersten war Mirek das Prinzip klar. Er und Ania saßen auf dem Rücksitz eines Mercedes 380 SE. Marian fuhr, und Natalia saß neben ihr. Sie folgten Jerzy und Antonio in dem BMW.

An der ersten Straßensperre näherte sich ein junger Milizhauptmann mit über der Schulter hängender Maschinenpistole dem Wagen. Sechs davon fertigten die wartende Schlange ab. Marian drückte den Knopf, um das Seitenfenster herunterzulassen, und noch bevor der Milizmann etwas sagen konnte, fragte sie ungeduldig: »Wird das lange dauern? Wir haben's eilig.«

Der Milizmann schaute auf die Aufkleber an der Windschutzscheibe und registrierte den Klang ihrer Stimme. Er leckte sich nervös die Lippen.

»Nein, meine Dame, aber ich muß Ihre Ausweise sehen.«

Mirek langte in seine Tasche und reichte ihr seinen und den Anias. Natalia kramte in ihrer Handtasche herum, während sie murmelte: »Verdammte Belästigung!« Marian wühlte im Handschuhfach und fand schließlich ihren. Ohne ihn anzusehen, reichte sie alle dem Milizmann. Aus eigener Erfahrung konnte Mirek sich vorstellen, was dem durch den Kopf ging. »Verdammte *kacyki*! Leute wie ich sind's, die die Massen beruhigen, damit verdorbene Huren wie ihr euch in euren dicken ausländischen Wagen vergnügen könnt.«

Wahrscheinlich aber dachte er auch: »Aber ich hätte nichts dagegen einzuwenden, dir 'ne anständige Nummer zu liefern –

und deiner Freundin auch.«

Der Milizmann fragte: »Und der Zweck Ihrer Reise?«

Marian erwiderte: »Wir kehren von der Villa meines Vaters am See nach Krakau zurück.«

Sie betonte die Worte Vater und Villa. Der Milizmann warf einen flüchtigen Blick auf die Papiere und bückte sich dann, um in den Wagen zu schauen.

Mirek brachte einen gelangweilten Gesichtsausdruck zustande und sagte zu Ania: »Ich hoffe, daß diese Bücher aus Paris eingetroffen sind. Ich sterbe schier vor Verlangen, endlich den neuen *Montague* lesen zu können.«

Sie erwiderte: »Oh, ich dachte, er sei passé.«

Mirek zuckte die Schultern und sagte: »Das ist wieder typisch.«

Der Milizmann sagte: »Sie können weiterfahren, meine Dame.«

Marian nahm die Personalausweise ohne ein Wort aus seiner ausgestreckten Hand, warf sie auf Natalias Schoß und drückte den Knopf des Fensterhebers.

Während sie weiterfuhren, sagte sie: »Das ist die beste Methode, solche Leute zu behandeln.«

Mirek sagte: »Hättest du mit einem SB-Offizier auch so gesprochen?«

Sie lächelte ihn im Rückspiegel an.

»Nein, ich wäre etwas höflicher gewesen ... und wenn er so gut ausgesehen hätte wie du, hätte ich vielleicht mit meinen Wimpern geklimpert.«

Sie fuhren schweigend in die Außenbezirke der Stadt. Sowohl für Mirek wie für Ania war es ein bewegendes Erlebnis. Sie hatte die Stadt als junge Waise verlassen, er als Flüchtling. Er war sich sehr gut dessen bewußt, daß er noch immer ein Flüchtling war. Sie dachte an ihre Eltern, die schon lange tot waren. Sie fragte Marian: »Weißt du, wo der Rakowicki-Friedhof ist?«

Marian nickte. »Gewiß. Mein Großvater ist dort begraben. Er liegt ziemlich nahe bei dem Haus, zu dem wir fahren. Warum?«

»Meine Eltern sind auch dort begraben. Sie kamen vor 23

Jahren bei einem Autounfall ums Leben.«
Marian fragte: »Willst du ihr Grab besuchen?«
Ania schaute Mirek an. »Ist das möglich?«
Mirek schürzte seine Lippen und zuckte die Schultern.
»Es könnte gefährlich werden.«
»Unsinn«, erklärte Marian. »Niemand wird sie erkennen, und ihre Papiere sind einwandfrei. Ich werde dich am Haus absetzen und sie dorthin bringen.«
Ania sah Mirek hoffnungsvoll an. Er seufzte.
»Willst du wirklich gehen?«
»Ja, ich möchte gern Blumen aufs Grab stellen... und ein Gebet sprechen... Es wird nicht lange dauern.«
Widerwillig willigte er ein, als er erkannte, wieviel ihr das bedeutete.
Sie fuhren durch das Stadtzentrum. Ania ließ sich über den starken Verkehr und die Vielzahl teurer ausländischer Autos aus. Mirek lachte kurz.
»Es war schon immer ein Geheimnis, woher die kommen: Schwarzhändler, zurückgekehrte Emigranten, Leute, die im Ausland Verwandte haben, und natürlich verdorbene Bälger wie die beiden, die da vorne sitzen.«
Marian grinste ihn im Rückspiegel an und sagte spöttisch: »Ich höre Neid in deiner Stimme. Warte erst mal, bis du das Haus siehst...«
Zehn Minuten später bog sie in eine Seitenstraße ab und hielt vor einem Eisentor, das zwischen hohen Mauern eingelassen war.
Natalia stieg aus und betätigte einen Glockenzug, der sich in der Mauer befand. Ein paar Fußgänger liefen vorbei. Mirek legte eine Hand auf Anias Schulter und drückte sie ein wenig nach unten, wobei er sich gleichzeitig selbst klein machte und sagte: »Man muß uns nicht sehen.«
Über die Oberkante des Vordersitzes sah er Irena auf der anderen Seite des Tores. Sie winkte und rief einen Gruß. Eine Minute später fuhren sie durch das geöffnete Tor. Marian sagte: »Die Männer fahren einen Umweg, um die Sicherheitsvorkehrungen der Stadt zu überprüfen. Sie werden in etwa einer halben Stunde da sein.« Sie rief Irena zu: »Laß das Tor auf.«

Es war ein beeindruckendes altes Haus am Ende eines kurzen Kiesweges. Mirek stieg aus und schaute sich befriedigt um. Die hohe Mauer umgab das ganze Anwesen, und es gab keine Häuser, von denen man Einblick in das Grundstück hatte.

»Ihr werdet hier sicher sein«, sagte Marian zuversichtlich. »Und keine Angst. Wir sind in ungefähr einer halben Stunde vom Friedhof zurück.«

Sie stieg wieder ins Auto, und Ania setzte sich auf den Vordersitz. Mirek lehnte sich ans Fenster.

»Sei vorsichtig, Ania.«

Sie berührte seine Hand. »Das werde ich sein. Ich bin dir dankbar, Mirek. Ich möchte wirklich das Grab sehen.«

Er nickte nachdenklich. »Aber bleib bitte nicht zu lange.«

Er stand da und sah zu, wie das Auto knirschend über den Kiesweg fuhr und dann auf die Straße bog. Irena schloß das Tor, lief herbei und küßte ihn auf beide Wangen. Er nahm seine Tasche. Sie ergriff seinen Arm und führte ihn ins Haus.

Im Wagen fragte Marian Ania, was mit ihr nach dem Tod ihrer Eltern geschehen sei. Ania schilderte ihr das in Kürze.

»Und wann hast du das Kloster verlassen?« fragte Marian.

Ania zögerte und erwiderte dann: »Erst kürzlich.«

»Warst du denn schon einmal vorher auf diesem Friedhof?«

»Ja, nach der Beerdigung ... aber damals war ich erst drei. Ich habe Krakau sofort danach verlassen und bin bis heute nie wieder da gewesen.«

»Hier ist es.« Marian reckte ihr Kinn nach vorn und fuhr dann rasch den Wagen in eine Parklücke, in die ein anderer mit seinem Skoda rückwärts zu fahren versuchte. Sie lachte über die darauffolgenden Beschimpfungen des wütenden Fahrers und sagte: »Das ist der Vorteil, wenn man aggressiv fährt.« Sie deutete durch die Windschutzscheibe. »Dort ist das Büro. Sie werden dir auf der Karte zeigen, wo das Grab liegt. Da drüben sind einige Blumengeschäfte. Ich werde dort auf dich warten.«

Im Büro öffnete eine alte Frau ein großes Register und fuhr mit ihrem Finger über mehrere Spalten, bevor sie murmelte: »Ja,

Krol. Ehemann und Frau. Ein Grabstein. 14. Oktober 1960 – J 14.«

Sie reichte Ania ein Blatt Papier, auf dem ein Plan des Friedhofs war. »Folgen Sie diesem Weg und biegen Sie hier rechts ab. Es liegt in diesem Teil, dicht bei der Westmauer. Die Tore werden um sechs geschlossen. Das ist in einer halben Stunde.«

Ania bedankte sich und ging hinaus. Sie entdeckte Marian an dem Blumengeschäft, wo diese gerade zwei große Sträuße bezahlte. Sie reichte ihr einen.

»Hier. Ich bin sicher, daß du allein dorthin gehen möchtest.« Sie hob den anderen Strauß hoch. »Ich gehe zum Grab meines Großvaters und lege die darauf.« Sie lächelte. »Falls er von da oben zuschaut, wird es den alten Halunken überraschen ... Ich werde beim Wagen warten.«

Ania nahm die Blumen dankbar. Sie wußte, daß sie zu dieser Jahreszeit außerordentlich teuer sein mußten. Es war ein sehr kalter Tag, und sie war froh über den Pelzmantel, die Handschuhe und Stiefel, die Marian ihr geliehen hatte.

In den letzten Jahren hatte sie nicht so häufig an ihre Eltern gedacht. Sie hatte sich so schuldig gefühlt, daß sie das der Mutter Oberin gebeichtet hatte. Die aber war erfrischend offen gewesen und hatte ihr erklärt, daß es ganz natürlich sei, daß mit der Entwicklung ihres eigenen Lebens die Erinnerung an die Toten langsam schwinden würde. Sie hatte auch dazu gesagt, daß es in Anias Fall noch viel natürlicher sei, da sie zur Zeit des Todes ja noch ein Kind gewesen war. Doch jetzt dachte sie sehr intensiv an sie. Ihre Erinnerung brachte ihr nur einen flüchtigen Eindruck. Sie sah ihre Mutter vor sich, rundgesichtig und fröhlich und nach Brot duftend. Ihr Vater, ein dunkler Typ, blickte stets streng drein, doch er liebte sie über alles. Sie wußte, daß es arme, aber gottesfürchtige Menschen gewesen waren. Sie war jetzt in dem Alter, in dem ihre Mutter gestorben war. Sie fand diesen Gedanken sehr seltsam.

Auf dem Friedhof waren nur wenige Leute. Es war spät, und die Menschen, die sich auf dem Friedhof befanden, waren wegen der Kälte dick eingemummt und bewegten sich auf den Ausgang zu. Die meisten waren alt. Sie kam zu der Abzweigung des Weges und schaute auf ihren Plan. Das Grab lag auf der rechten Seite, einige Meter vom Weg entfernt. Sie konnte sich nicht daran erinnern, wie der Grabstein aussah. Die Gräber lagen dicht nebeneinander, und es dauerte Minuten, bis sie den Grabstein fand. Er sah verlassen aus, wirkte klein neben den granitenen und marmornen Monolithen, die ihn umstanden und überragten. Doch nachdem sie ihn sich genau angeschaut hatte, fand sie, daß er Würde hatte. Der Grabstein war ebenso einfach und unauffällig wie seine Inschrift. Die Grabfläche war geglättet, aber sauber. Sie bekreuzigte sich und legte die Blumen an den Fuß des Grabsteines. Dabei spürte sie plötzlich eine heftige Gefühlsregung. Als sie sich niederkniete, standen Tränen in ihren Augen, und ihre Stimme zitterte, als sie zu beten begann.

Etwa hundert Meter entfernt, in einer Baumgruppe stehend, stampfte SB-Hauptgefreiter Bogodar Winid ärgerlich mit den Füßen auf den Boden. Er fror. Immer wieder schaute er auf seine Armbanduhr und fluchte über diesen besonders sinnlosen Dienst. Bis auf eine Stunde Mittagspause hatte er den ganzen Tag hier gestanden. Sich zu beschweren hatte keinen Sinn. Seit über zwei Wochen machten alle Beamten Überstunden. Und außerdem kam das zusätzliche Geld ganz gelegen. Er schaute wieder auf die Armbanduhr. Nur noch zehn Minuten. Zum hundertsten Mal blickte er über den Friedhof zum Grab.

Dort kniete eine Gestalt.

In plötzlicher Nervosität tasteten seine Finger in seinem Mantel herum, und es dauerte mehrere Sekunden, bis er das kleine Fernglas herausgezogen hatte. Während er versuchte, es scharf zu stellen, zitterten seine Hände, und er mußte tief Luft holen, um sich zu beruhigen. Das Bild wurde deutlich. Ja, die Gestalt befand sich neben dem rechten Grab, dem, das neben dem großen schwarzen Marmorobelisk lag. Und es sah ganz danach aus, als ob es eine Frau war. Er ließ das Fernglas sinken, griff in seine tiefe Manteltasche und holte ein kleines Funkgerät heraus. Er stopfte rasch den Hörer in sein rechtes Ohr und drückte auf den Sendeknopf.

»Acht-zehn an Hauptquartier. Acht-zehn an Hauptquartier.«

Vier Sekunden verstrichen, dann hörte er die dünne Stimme.

»Hier Hauptquartier. Was gibt's, acht-zehn?«

»An dem Krol-Grab ist eine Frau.«

»Sind Sie sicher, daß es eine Frau ist?«

»Ziemlich. Sie trägt einen Pelz.«

»Jung oder alt?«

»Das kann ich von hier aus nicht erkennen.«

»Bleiben Sie auf Empfang.«

Fünfzehn Sekunden verstrichen, dann erkannte er die aufgeregte Stimme von Oberst Koczy.

»Hauptgefreiter, ist der Mann da?«

Winid ließ seinen Blick über den Friedhof schweifen und holte wieder tief Luft. Die Bedeutung dieses Augenblicks war ihm bewußt. Er wußte um seine Wichtigkeit und damit die seiner Laufbahn. Mit fester Stimme antwortete er: »In unmittelbarer Umgebung kann ich niemanden sehen. Etwa 200 Meter entfernt ist ein altes Paar, das sich auf den Ausgang zubewegt.«

Nach einigen Sekunden Pause sagte Oberst Koczy: »Gut, beobachten Sie weiter. Ich bin mit einer Abteilung unterwegs.«

Rasch sagte Winid: »Oberst, es ist fünf vor sechs. Sie wird wissen, daß der Friedhof um sechs geschlossen wird. Wahrscheinlich bricht sie jeden Augenblick auf.«

Der Oberst traf eine schnelle Entscheidung und meldete sich sofort wieder.

»Richtig, Hauptgefreiter. Gehen Sie zu ihr. Wenn sie gehen will, verhaften Sie sie. Ich bezweifle, daß sie bewaffnet oder gefährlich ist, aber der Mann wird in der Nähe sein und eine Waffe haben. Und gefährlich ist er bestimmt. Ich bin in spätestens zehn Minuten dort. Sie müssen sie lebend erwischen. Verstehen Sie?«

»Ja, Genosse ... Ende.«

Winid steckte das Funkgerät wieder in die Tasche und verließ die Baumgruppe. Rasch, aber ruhig gehend näherte er sich in spitzem Winkel dem Grab, wobei er sich hinter einem hohen Grabstein hielt, der dazwischen lag.

Ania beendete ihr Gebet und strich mit einem Handschuh über ihre Augen. Dann streifte sie einen Ärmel zurück und schaute auf ihre Armbanduhr. Es war fast sechs. Sie mußte sich beeilen. Sie warf einen letzten Blick auf das Grab, bekreuzigte sich und wandte sich um.

Etwa zehn Meter entfernt trat ein Mann hinter einem Marmorstein hervor und versperrte ihr den Weg. Er trug eine schwarze, flache Kappe und einen braunen Ledermantel. Sein Gesicht war schlank und jung. Sie wußte sofort, daß er eine Gefahr bedeutete. Eben noch hatte ihr Mantel sie gewärmt, jetzt jedoch war ihr Körper eiskalt.

Er sagte: »Was tun Sie hier?«

Sie zuckte die Achseln und machte eine vage Geste. »Ich besuche das Grab von Verwandten. Wer sind Sie?«

Er näherte sich ihr langsam, behutsam: »Welche Verwandten?«

»Ein Onkel und eine Tante.« Ihre Stimme wurde lauter. »Wer sind Sie eigentlich, daß Sie mir solche Fragen stellen?«

Er war jetzt dicht bei ihr. »Zeigen Sie mir Ihre Papiere.«

Sie begriff, was das bedeutete. Begriff, daß dies ein Mann des SB war, der das Grab beobachtet hatte. Er war jetzt sehr nah bei ihr. Sie seufzte tief und steckte eine Hand in ihre Tasche, wobei sie sagte: »Gut, ich werde ...«

Sie sprang nach links, über einen niedrigen Grabstein hinweg und bog dann nach rechts auf den Weg ab.

Zwei Umstände waren gegen sie. Zum einen die warmen Pelzstiefel, die schwer und hinderlich waren. Und zum zweiten die Tatsache, daß Bogodar Winid auf der Schule der Champion im 100- und 200-Meter-Lauf gewesen war.

Er erwischte sie 50 Meter weiter auf dem Weg, indem er sie ansprang. Ihr ging die Luft dabei aus, und ihr Pelzhut flog davon. Im nächsten Augenblick hockte er auf ihrem Rücken, drehte ihre Arme nach hinten und legte Handschellen um ihre Gelenke.

Das alte Paar war an der Pforte. Sie drehten sich um, schauten einen Augenblick und verließen dann, wie es in Polen in solchen Situationen üblich war, rasch den Schauplatz.

Auch Marian schaute zu. Sie hatte sich auf einem anderen Weg dem Tor genähert. Sie beobachtete alles. Zuerst hatte sie geglaubt, es sei ein Räuber oder ein Frauenschänder. Sie hatte begonnen, diagonal auf ihn zuzulaufen. Dann sah sie die Handschellen und war abrupt stehen geblieben. Sie sah, wie er seine Hände ausstreckte und Anias mausgraue Perücke herunterzog, das schwarze Haar darunter sah und triumphierend grinste. Er griff nach seinem Funkgerät, während Marian ihren Mantelkragen hochschlug und sich zum Tor bewegte. Sie rannte nicht, ging aber sehr schnell. Als sie den Wagen erreichte, hörte sie in der Ferne die Sirenen.

Kapitel 21

»Trink ein Pilsner und hör auf, dir Sorgen zu machen.«

Jerzy reichte ihm eine Flasche und ein Glas. Mirek nahm die Flasche, verzichtete aber auf das Glas. Während er trübsinnig einen Schluck nahm, sagte Antonio: »Sie werden in ein paar Minuten zurück sein. Niemand sucht nach ihr. Aber um dich wäre ich ziemlich besorgt, wenn du draußen rummarschiertest ... selbst in dieser Verkleidung.«

Sie saßen im prächtig ausgestatteten Wohnzimmer des Hauses. Der General stammte offensichtlich von einer langen Ahnenreihe hervorragender Soldaten ab. Große und scheußlich gerahmte Ölgemälde bärtiger, ordenbehängter alter Männer hingen an den Wänden. Auch hier prasselte ein Feuer in einem großen Kamin.

Eine Tür öffnete sich, und Natalia kam herein. Sie verbeugte sich theatralisch und verkündete: »Papa hat sich bereits erweichen lassen; in Rekordzeit. Ich kann seinen Wagen benutzen, um nach Warschau zu fahren, mußte dabei nur das Versprechen abgeben, daß er anschließend nicht wieder nach dem riecht, was er ›Haschisch-Rauch‹ nennt. Ich hab's versprochen.«

Jerzy grinste. »Gut gemacht, Natalia. Wir werden dein Versprechen halten. Wir werden allenfalls 'ne kleine Nase Koks nehmen ... Wann können wir fahren?«

Sie ging hinüber, nahm die Bierflasche aus Antonios Hand, führte sie an die Lippen, nahm einen Schluck und sagte dann: »Ich ließ Papa in dem Glauben, daß er die Entscheidung träfe. Er schlug den Expreß morgen um 11.30 Uhr vor. Er erteilt jetzt die entsprechenden Anweisungen. Wir müssen um 10.30 Uhr am Nebengleis sein.«

Mirek spürte Erleichterung. Wie sehr er es auch versuchte, er konnte diesen verrückten Haufen eigentlich nicht ernst nehmen. Aber hier informierte Natalia ihn nun ganz ruhig, daß sie in einem Privatwaggon nach Warschau reisen würden, und lieferte gleich den Zeitplan dazu. Er wollte sich bei ihr bedanken, als draußen aufgeregtes Stimmengewirr laut wurde. Er hörte Irenas Stimme und die Marians. Die Türe wurde aufgestoßen, und die beiden stürzten herein. Ein Blick auf Marians Gesicht, und Mireks schlimmste Befürchtungen bestätigten sich. Es war tränennaß, und ihre Augen waren vor Entsetzen weit aufgerissen. Die anderen begannen aufgeregt auf sie einzureden. Sie rang um Worte. Mirek schrie: »Seid ruhig! Ihr alle!«

Sie waren still. Er sagte zu Marian: »Erzähle ... und laß dir Zeit.«

Sie schluckte ein paarmal, faßte sich dann und erzählte in wenigen kurzen Sätzen die Geschichte. Zuerst herrschte entsetztes Schweigen. Als ihnen dann die Tragweite des Ereignisses bewußt wurde, breitete sich Panik unter ihnen aus.

Natalia schluchzte, ihr Gesicht in den Händen haltend. Irena umklammerte Antonios Schultern und schrie etwas Zusammenhangloses. Jerzy starrte auf den Boden, wobei er obszöne Flüche murmelte.

Mirek fühlte sich krank. Er kämpfte buchstäblich gegen Erbrechen an, während sich sein Verstand weigerte, sich mit den Vorgängen auseinanderzusetzen.

Jerzy setzte dem Durcheinander schließlich ein Ende, indem er seine Bierflasche in den Kamin schleuderte. Sie zerbrach mit dem Krachen eines Gewehrschusses.

In das entstehende Schweigen hinein sagte er ruhig: »Wir müssen uns über die Konsequenzen im klaren sein und zur Tat schreiten.« Er wandte sich an Mirek. »Das mit Ania tut uns schrecklich leid ... Aber wir müssen jetzt an uns selbst denken. Offensichtlich hat der SB sie. Sie werden sie zum Sprechen bringen ... oder der KGB wird das ... Unsere Familien werden ruiniert sein ... Gut, dieses Risiko haben wir in Kauf genommen.

Was uns selbst angeht, so werden wir sofort in den Untergrund gehen und dann versuchen, aus dem Land zu fliehen. Mirek, du wirst so lange bei uns bleiben, bis wir Kontakt mit deinen Leuten bekommen und dich dann weiterbringen können.«

Mirek fühlte sich immer noch, als müsse er sich erbrechen, doch sein Verstand funktionierte wieder. Er hob eine Hand empor.

»Warte, Jerzy. Laß mich eine Minute nachdenken.«

Einen Augenblick später hatte er es. Es breitete sich wie das Muster eines Teppichs aus, der sich zu seinen Füßen entrollte. In Gedanken erwog er alle Teile und Winkel des Musters. Schließlich dachte er über seine eigenen Motive nach. Dann schaute er in die erschreckten Gesichter vor sich und sagte: »Jerzy hat natürlich recht. Sie werden sie zum Sprechen bringen. Das wird für euch alle Folgen haben, und eure Familien werden ruiniert sein ... es sei denn, wir können sie retten.«

Verblüffung machte sich jetzt statt Furcht auf ihren Gesichtern breit. Jerzy reagierte als erster. Verächtlich sagte er: »Du bist verrückt. Sie aus den Fängen des SB befreien? Sie werden sie binnen einer Stunde nach Warschau oder sogar nach Moskau fliegen. Wie willst du an sie herankommen?«

Mirek sagte düster: »Ich habe einen Plan. Er birgt für euch noch ein weit größeres Risiko, aber er bietet eine Chance, und wenn er funktioniert, dann werdet sowohl ihr als auch eure Familien gerettet sein, und ihr könnt wie bisher weitermachen.«

Antonio sagte: »Du bist total verrückt.«

Mirek holte tief Luft. Er wußte, daß er ungeheuer überzeugend sein mußte, um sie für sich zu gewinnen. Er sagte: »Ihr müßt mir fünf Minuten Zeit geben. Dann werde ich es euch sagen.«

Jerzy antwortete bitter: »Minuten sind jetzt lebenswichtig. Das weißt du!«

Ruhig erwiderte Mirek: »Ja, das sind sie. Aber auch die fünf Minuten, die ich brauche.« Er blickte Jerzy direkt in die Augen, wußte, daß dessen Entscheidung die anderen mitreißen würde. Er sah, daß der bärtige junge Mann nervös seine Lippen leckte und dann widerwillig nickte.

Mirek sagte: »Das ist jetzt sehr wichtig. Habt ihr Kontakte

zu Leuten, die schnell zwei gestohlene Autos beschaffen können?«

Wieder nickte Jerzy. Mirek fragte: »Innerhalb einer Stunde?«

»Ja.«

»Gut. Dann kümmert euch jetzt darum. Sie sollen in einer ruhigen Gegend nicht weit von hier abgestellt werden. Ich gehe in mein Zimmer und bin in fünf Minuten wieder hier unten. Versucht in der Zwischenzeit, einen Stadtplan zu beschaffen.«

* * *

Die plötzliche Aktion dämpfte die allgemeine Angst. Während Mirek das Zimmer verließ, ging Jerzy zum Telefon und begann zu wählen. Marian erinnerte sich daran, daß sich im Mercedes ein Stadtplan befand und ging hinaus, um ihn zu holen. Irena und Natalia gingen in die Küche und kochten Kaffee, um ihre Nerven zu beruhigen. Antonio steckte sich eine Zigarette an.

Sechs Minuten später standen sie vor dem offenen Kamin zusammen, als sich die Tür abrupt öffnete und Mirek hereinkam. Instinktiv schrie Irena auf. Marians Kaffeetasse fiel klirrend auf die Untertasse. Antonio stöhnte fast erstickt.

Wie gewöhnlich hatte Jerzy sich als erster wieder in der Gewalt, doch seine Stimme bebte, als er fragte: »Woher, zum Teufel, hast du das?«

Mirek trug die komplette Uniform eines SB-Oberst, mit einer Makarow in der Pistolentasche, schwarz polierten Stiefeln, einer beeindruckenden Reihe von Orden und der eigenartigen spitzen Mütze. Er sagte kurz: »Jemand war so weitsichtig, sie mir mitzugeben. Zusammen mit ausgezeichneten gefälschten Papieren. Seid ihr jetzt bereit, euch meinen Plan anzuhören?«

Sie alle murmelten zustimmend. Er hatte gewußt, daß die plötzliche Wirkung seines Auftretens in dieser Uniform seinen verrückten Plan realistischer erscheinen lassen würde. Er ging auf sie zu und fragte: »Hattet ihr Glück mit den Autos und dem Stadtplan?«

»Ja.« Jerzy zeigte auf den Stadtplan, der ausgebreitet auf dem Tisch lag, und sie versammelten sich darum.

Mirek sagte: »Ich schlage vor, daß ich den Plan ohne Unterbrechung vortrage. Dann sagt ihr eure Meinung dazu. Dann treffen wir eine Entscheidung.« Er schaute in ihre Gesichter. Sie nickten zustimmend. Er holte tief Luft.

»Also gut. Es gibt drei Dinge, die ihr verstehen und die ihr euch stets vor Augen halten müßt. Zunächst, ich war bis vor kurzem viele Jahre lang ein sehr wichtiger SB-Offizier, der rasch Karriere machte. Ich prahle nicht, wenn ich sage, daß ich diese Uniform bald ganz rechtmäßig getragen hätte, wenn ich noch im Dienst wäre. In diesen Jahren habe ich die Arbeitsweise des SB und die Denkweise seiner führenden Offiziere sehr gut kennengelernt. Damit komme ich zum zweiten Punkt. Dieses Wissen und eine Zugehörigkeit zum SB haben es mir schon einmal ermöglicht, zwei seiner wichtigsten Offiziere zu töten – und zu entkommen.« Wieder schaute er reihum in ihre Augen und sah, daß sie verstanden hatten. Sie alle kannten diese berühmte Geschichte.

Er fuhr fort: »Drittens, anschließend wurde ich von Experten perfekt als Terrorist und Attentäter ausgebildet; ich bekam eine Ausbildung speziell für derartige Dinge. Bitte vergegenwärtigt euch ... ich bin keine x-beliebige Person.« Wieder legte er eine Pause ein und spürte wieder die Reaktion. Zu Jerzy sagte er: »Du hattest recht damit, daß sie sie normalerweise rasch nach Warschau fliegen würden. Das ist die einzige Dienststelle, an welcher der SB das durchführt, was als ›verschärftes Verhör‹ bezeichnet wird. Aber diese Situation ist nicht normal. Sie wissen, daß die Zeit für sie lebenswichtig ist, um mich zu fassen. Es würde mehrere Stunden dauern, bis man sie ins SB-Hauptquartier in Warschau gebracht hat. Stattdessen werden sie die Spezialisten aus Warschau hierherfliegen.« Er seufzte und machte eine Pause. Sie wußten, was ihm durch den Kopf ging, doch als er weitersprach, war seine Stimme so entschlossen wie immer.

»Sie werden dem hiesigen Befehlshaber Anweisung erteilt haben, augenblicklich alle Methoden einzusetzen, um Informationen aus ihr herauszubekommen. Ich weiß, wo sie das tun. – Ich glaube auch zu wissen, wer das tut. Sie werden damit in etwa einer halben Stunde beginnen. So«, er deutete auf den Stadtplan, »einer von euch wird eines der Autos nehmen und hier irgendwo warten. Den genauen Ort werden wir noch festlegen. Ein anderer von euch wird mich auf etwa 100 Meter an das SB-Hauptquartier heranfahren und dann an dieser Stelle nahe am Eingang mit laufendem Motor warten. Ich werde mir Zugang ins Hauptquartier verschaffen, indem ich vorgebe, aus Warschau in geheimem Auftrag gekommen zu sein. Ich werde sagen, daß ich Spezialist für ›verschärftes Verhör‹ bin und daß ich den Befehl habe, alles stehen und liegen zu lassen, um sie bei ihrer Arbeit zu unterstützen. Ich werde mir Zugang zu den Kellerräumen verschaffen, Ania befreien und mit ihr dann entweder unter irgendeinem Vorwand das Gebäude verlassen oder den Weg freischießen. Sobald wir auf den Treppen auftauchen, fährt einer von euch das Fluchtauto heran. Wir springen hinein, fahren zum zweiten Fahrzeug und anschließend in ein Versteck. Das wär's.«

Die erste Frage, die gestellt wurde, überraschte Mirek, da sie voraussetzte, daß der Plan ausgeführt wurde. Jerzy fragte: »Was, wenn sie redet, bevor du sie rausholen kannst?«

Er antwortete überzeugt. »Sie wird nicht geredet haben. Ich kenne diese Frau. Sie wird irgendwann zusammenbrechen, wie's jeder tut, aber sie werden dazu Tage, vielleicht sogar Wochen brauchen.«

Er schaute Marian an. Sie nickte zustimmend.

Überraschenderweise gab es zunächst keine weiteren Fragen. Die anderen schauten weiter Mirek an und blickten dann auf den Stadtplan. Noch nie zuvor hatten sie erlebt, wie so etwas ausgetüftelt wurde.

Mirek sagte: »Ihr müßt das abwägen. Die Risiken, die darin stecken, gegen das, was geschieht, wenn sie redet. Wenn ich aus dem Gebäude nicht rauskomme, wird das Risiko im Grunde nicht größer. Ihr fahrt einfach weg und verschwindet im Untergrund. Wenn ich rauskomme, werde ich Ania bei mir haben. Dann riskieren die Fahrer der beiden Wagen ihr Leben bei der Flucht.«

Schweigen herrschte, während sie seine Worte überdachten. Marian fragte: »Was wirst du tun, wenn wir nicht mitmachen?«

»Ich werd's alleine versuchen.«

Jerzy sagte: »Das wäre Selbstmord.«

Mirek zuckte die Schultern. »Es gibt immer eine Chance ...

Aber wir müssen uns entscheiden ... Jetzt. Wollt ihr alleine darüber sprechen?«

Jerzy schüttelte den Kopf und sagte: »Mirek, du brauchst zwei Fahrer. Ich melde mich freiwillig.«

Augenblicklich sagte Marian. »Und ich bin der zweite.«

Antonio schaute Irena und Natalia an. Die beiden nickten gleichzeitig. Antonio wandte sich an Mirek und sagte: »Wir alle sind verrückte Polen. Wir machen mit.«

Mirek kämpfte seine Gefühlsaufwallungen nieder, als Jerzy sagte: »Zufällig sind nun mal Marian und ich die besseren Fahrer. Sie fährt wie eine Verrückte, aber sie fährt gut. Irena und Natalia können nicht fahren, und Antonio hatte im vergangenen Jahr drei Autounfälle ... und jedesmal war er schuld.«

»Augenblick mal«, sagte Antonio heftig. »Und was sollen wir drei tun? Im Versteck sitzen und Däumchen drehen?«

Mirek antwortete: »Mehr ist nicht zu tun, Antonio.«

»Oh, doch, natürlich.« Er beugte sich über den Stadtplan und zeigte auf eine Stelle. »Wenn ihr vom SB-Hauptquartier kommt, überquert ihr diese Kreuzung, die etwa 200 Meter entfernt liegt. Nach sehr kurzer Zeit schon werden euch die SB-Fahrzeuge verfolgen.« Er blickte Jerzy an. »Ruf noch mal Figwer an. Sag ihm, wir brauchen vier weitere Personenwagen oder Lastwagen, je schwerer, desto besser ... und drei Fahrer. Er kann ja ein paar dieser Wahnsinnigen aus Roguskas Haufen dazu einsetzen. Die würden für Geld ihre Mütter verkaufen; für Gold liefern sie die sogar aus.« Er wandte sich an Mirek. »Wir werden diese vier Fahrzeuge parken, jeweils zwei auf jeder Seite der Kreuzung. Sobald der erste Fluchtwagen vorbei ist, werden wir einen kleinen hübschen Zusammenstoß an der Kreuzung inszenieren. Dann verschwinden die Fahrer. Das wird die Bastarde aufhalten.«

Sie diskutierten rasch diese Idee und waren damit einverstanden. Jerzy ging ans Telefon, während die anderen über weitere Einzelheiten sprachen. Sie kamen dahingehend überein, daß sie in dieses Haus zurückkehren würden, falls sie Erfolg hatten. Sie würden also noch nicht auf die Appartements zurückgreifen. Wenn's schief ging, mußten die Überlebenden allein klarkommen. Irena und Natalia würden im Haus am Telefon bleiben.

Es dauerte 45 Minuten, bis die Fahrzeuge alle da waren. Jede Sekunde war für Mirek geradezu eine Qual. Inzwischen fand zwischen Jerzy und Marian eine heftige Auseinandersetzung darüber statt, wer das erste und gefährlichste Fluchtauto fahren würde. Seltsamerweise siegte Marian. Und sie hatte die Logik auf ihrer Seite. Das Auto würde dicht am SB-Haupteingang geparkt sein. Eine vorbeikommende Miliz oder sogar ein SB-Mann würden versuchen, es zum Weiterfahren zu bewegen. Jerzy war häßlich. Nicht einmal ein schwuler Milizmann wäre an ihm interessiert. Sie war hübsch und sexy, und wenn sie am Steuer saß, war die Chance größer, daß der Wagen noch immer dort stand, wenn Mirek und Ania über die Stufen herunterkamen. Widerwillig erklärte Jerzy sich einverstanden. Schließlich war alles bereit. Bevor sie das Haus verließen, umarmten sie sich alle.

Es war ein Augenblick zum Genießen, und Oberst Oleg Zamiatin genoß ihn in vollen Zügen. Er machte keinen Versuch, Chebrikow zu beschwichtigen. Sein Bericht war bereits unterwegs zum Generalsekretär, der zweifellos zwischen den Zeilen lesen und Zamiatins Brillanz begreifen würde. Wieder einmal schwebte ihm das Bild seiner versprochenen Datscha vor Augen.

Chebrikow pochte auf die Akte und schaute dann wieder auf die große Landkarte. Er murmelte: »Krakau ... auf dem Friedhof ...«

Zamiatin blickte auf seine drei Majore. Sie taten alle so, als seien sie mit den Papieren beschäftigt, die auf ihren Schreibtischen lagen. Er wußte, daß sie ebenso erfreut waren wie er. Beiläufig sagte er: »Ja, Genosse Direktor. Ich kam zu der logischen Folgerung, daß der Schinken-Priester uns richtig einschätzen und die Frau weiterhin mitschicken würde, auch wenn sie enttarnt war. Ich kam ebenfalls zu der Folgerung, daß ihr nächster Aufenthaltsort Krakau sein würde, wenn sie die Grenze im Süden überschritten hätten ...«

»Ich verstehe«, sagte Chebrikow trocken. »Und darum haben Sie meinen Befehl ignoriert, den SB nach Norden zu legen?«

Zamiatin spürte nicht die geringste Furcht. Er wußte sehr

wohl, wie stark seine Position war.

»Gewiß nicht, Genosse Direktor. Sie haben mir Befehl gegeben, den SB im Norden zu konzentrieren. Das habe ich getan. Aber mein Instinkt sagte mir, daß Krakau weiterhin wichtig bleiben würde. Darin wurde ich bestätigt, als wir die Identität der Frau kennenlernten ... und daß sie eine Nonne war.«

Chebrikow schnaufte. »Ich verstehe. Und es war so eine Art Ahnung, die Sie veranlaßte, das Grab ihrer Eltern beobachten zu lassen.«

Zamiatin spreizte seine Hände und sagte: »Oh, ich glaube schon, daß das mehr als nur eine Ahnung war. Schließlich ist sie eine Nonne ... Doch weder sie noch Scibor hatten auch nur die leiseste Ahnung, daß wir wußten, daß sie eine Nonne war. Ich kam zu der logischen Schlußfolgerung« – er dehnte das Wort ›Schlußfolgerung‹ –, »daß, wenn ihre Reise durch Krakau führte, eine so fromme Person die Gelegenheit nutzen würde, ihren toten Eltern eine Ehre zu erweisen ... und genau das ist geschehen.«

Chebrikow hätte am liebsten ausgeholt und Zamiatin wie eine summende Fliege zerquetscht. Stattdessen sagte er freundlich: »Es war gute Arbeit, Oberst. Aber natürlich bleibt es nur eine Spur zu Scibor. Bevor wir ihn nicht gefaßt haben, bleibt jede gute Arbeit bedeutungslos.«

Chebrikow freute sich über den Satz. Besonders über das Wort ›bedeutungslos‹. Es würde Zamiatin daran erinnern, daß er von seinem bißchen Glück so lange nicht profitieren würde, bis er Scibor nicht gefaßt hatte.

Er hakte nach. »Ich darf annehmen, daß Sie dieses Mal gewonnene Erkenntnise nicht zurückhalten.«

Zamiatin blieb unbeirrt. »Nein, Genosse Direktor.« Er blickte auf eine runde Uhr an der Wand. »Ania Krol wurde vor 48 Minuten verhaftet. Augenblicklich befindet sie sich im SB-Hauptquartier in Krakau. Das Verhör müßte inzwischen begonnen haben. Unglücklicherweise hat man in Krakau keine Experten, aber sie werden ihr Bestes geben. Inzwischen sind die besten Experten auf dem Weg von Warschau und von hier. Natürlich haben wir Krakau selbst völlig abgeriegelt ...« Er hielt inne und sagte bedächtig: »Unglücklicherweise dauert das ein wenig länger, als mir lieb ist, weil das Gros der Sicherheitskräfte dieses Bereichs nach Norden verlegt wurde.« Er hätte zu gern ›auf Ihre Anweisung‹ hinzugefügt, beherrschte sich aber. In jedem Fall verstand Chebrikow.

Er sagte kurz: »Ich nehme an, Sie setzen unsere Truppen ein?«

»Natürlich, Genosse Direktor. Sie verlassen in diesem Augenblick ihre Kasernen.«

Chebrikow blieb jetzt nichts mehr zu sagen, aber er verabscheute den Gedanken, den Raum als Besiegter zu verlassen. Er studierte wieder die Wandkarte und fragte dann brüsk: »Und Sie sind immer noch sicher, daß Scibor in Krakau ist?«

Zamiatin wich dem behende aus: »Keineswegs, Genosse Direktor. Er mag in der Tat schon weiter nördlich sein, wie Sie es prognostiziert haben ... Jedoch bezweifle ich, daß der Schinken-Priester es riskiert hätte, die Nonne über die Grenze zu schicken, nur damit sie Blumen auf das Grab ihrer Eltern legt.«

Chebrikow grunzte: »Also gut, Oberst. Wir müssen dafür sorgen, daß diese Spur zu etwas führt. Ich erwarte, in Kürze zu hören, daß diese Frau uns die erforderlichen Informationen gegeben hat, um Scibor verhaften zu können ... und daß er aus diesem Kordon nicht entkommt.«

Er warf Zamiatin einen strengen Blick zu, machte auf dem Absatz kehrt und marschierte rasch zur Tür. Als sie sich hinter ihm schloß, blickten die Majore zu Zamiatin auf. Er lächelte.

Es ist fast eine Universalwahrheit, daß Staatspolizei oder Sicherheitskräfte sich in ihren Hauptquartieren absolut sicher fühlen. Sie halten es für unvorstellbar, daß die Unterdrückten es tatsächlich wagen würden, sie in ihrem eigenen Lager anzugreifen. Das gilt sogar in Zeiten der Unruhe oder kleinerer Aufstände.

Zumindest hoffte Mirek, daß das wahr sei, als Marian ihn die letzten 100 Meter fuhr. Aus verschiedenen Teilen der Stadt drang ein fast ununterbrochenes Heulen von Sirenen, als die Miliz und der SB hinausfuhren, um Straßensperren in den Außenbezirken zu errichten. Ironischerweise gab es hier im Zentrum keine Straßensperren. Ja, die Stadtmitte war förmlich bar jeder Uniform. Er sagte: »Halte hier, Marian. Ich gehe die letzten Meter zu Fuß.«

Sie fuhr an den Bordstein und drehte sich zu ihm um. Ihr Gesicht war blaß und angespannt. Er sagte: »Wickle jetzt diesen Schal um, und wenn du auf der anderen Seite geparkt hast, senke deinen Kopf. Tu so, als suchtest du etwas auf dem Stadtplan, oder so ähnlich.«

Sie nickte und versuchte zu lächeln. »Ich werde warten. Viel Glück, Mirek.«

Sie beugte sich vor und küßte ihn leicht auf die Lippen. Er sagte: »Ich weiß, daß du hier sein wirst, aber vergiß nicht – wenn ich nicht in 15 Minuten wieder draußen bin, fahr weg. Spiel nicht die Heldin. Hupe zweimal auf der Kreuzung, um Antonio und seine Fahrer zu warnen, fahre dann zu Jerzy und holt anschließend Irena und Natalia ab. Tu das auch, wenn du aus dem Gebäude viele Schüsse hörst und wir nicht sofort danach herauskommen.«

Sie nickte, und ihr Gesicht war traurig. »Ich verstehe. Wenn ihr nicht herauskommt ... nun, es war schön, dich kennengelernt zu haben ... und Ania.«

Er lächelte schwach. »Und dich ... und euren verrückten Haufen. Danke, Marian.«

Er öffnete die Tür und stieg aus. Als er sie schloß, hörte er sie noch einmal rufen: »Viel Glück.«

Er stand auf dem Bürgersteig, winkte ihr zu und sah, wie der verbeulte blaue BMW vor ihm herfuhr. Er sah wie ein Schrotthaufen aus, aber der Motor hatte gut geklungen. Er ging zügig. Es war ein kalter, trüber Abend. Regen sprühte. Der Verkehr war noch immer dicht, doch es gab nur wenige Fußgänger. Er bemerkte, daß sie ihre Augen abwandten, als er an ihnen vorbeikam, und einige änderten sogar die Richtung, um ihm nicht zu nahe zu kommen. In der Uniform fühlte er sich wie ein Paria; aber so hatte er sich fast sein ganzes Leben gefühlt.

Als er die Kreuzung überquerte, schaute er nach links und sah, daß ein alter brauner Möbelwagen am Bordstein hielt. Er konnte das Gesicht des Fahrers nicht erkennen. Er blickte nach rechts. An der anderen Straßenseite war ein alter grauer Skoda geparkt, direkt vor einem ebenso alten schwarzen Lada-Kombi. Wiederum konnte er die Fahrer nicht erkennen, aber er bemerkte, daß der Motor des Skoda lief, und nahm an, daß die Wagen zu Antonios Team gehörten.

Er beschleunigte seinen Schritt, wiederholte gleichzeitig, was er in den kommenden Minuten sagen und tun würde, versuchte sich Fragen vorzustellen und malte sich aus, wie er sie beantworten würde. Das vertraute Gebäude ragte düster zu seiner Linken auf. Er fühlte sich, als hätte er es erst vor Stunden verlassen statt vor Monaten. Einen Augenblick lang zweifelte er an seiner Maskierung, verdrängte dann aber den Gedanken. Die Maskierung war gut und durch die Obristenuniform noch verstärkt. Mirek Scibor war sicher derjenige, von dem man am allerwenigsten erwartete, daß er dieses Gebäude betrat.

Er gelangte zu der weiten Flucht grauer Schieferstufen und schaute hoch. Er fühlte Erleichterung, als er feststellte, daß draußen vor der Tür nur der übliche einzelne Posten stand. Doch als er rasch die Stufen hochging, sah er die Maschinenpistole, die über seiner Schulter hing. Das war nicht normal. Der Posten trug einen langen grauen Übermantel. Er nahm steif Haltung an, als Mirek sich näherte, und salutierte. Mirek erwiderte den Gruß und schenkte ihm kaum einen Blick dabei. Als er die schwere Tür abrupt öffnete, wurde ihm bewußt, daß er in den nächsten paar Minuten jederzeit plötzlich tot sein konnte. In diesem Augenblick schwor er sich, daß er nicht zulassen würde, daß sie ihn lebend erwischten. Und daß er alles tun würde, um auch Ania zu töten, falls sie nicht herauskamen. Dieser Gedanke beruhigte ihn völlig. Er fühlte sich so gelöst, als sei er berauscht.

Drinnen befand sich eine riesige Vorhalle. Davon zweigten Korridore wie die Speichen eines halben Rades ab. Zur Linken stand ein langer Schreibtisch. Dahinter saß ein junger, bebrillter Hauptmann, der etwas in ein dickes Buch schrieb. Daneben saß ein älterer schnurrbärtiger Feldwebel, der mit zwei Fingern auf einer alten Schreibmaschine tippte. Die beiden blickten auf. Er erkannte ihre Gesichter nur vage wieder. Sie sprangen stiefelklakkend auf die Beine und salutierten. Er erwiderte den Gruß ungeduldig, öffnete den Knopf seiner oberen linken Uniformtasche, zog seine Identitätskarte, seine Generalvollmacht und seinen Reisebefehl heraus. Er warf das auf den Schreibtisch und sagte kurz: »Oberst Gruzewski. Sektion ›H‹, Warschau. Wo ist diese Frau namens Krol?«

Der Hauptmann schaute verwirrt. Etwas unsicher griff er nach den Dokumenten. Mirek wandte sich an den Feldwebel. »Diese Krol ist hier. Ich habe Befehl, ihr Verhör zu übernehmen, bis meine Kollegen aus Warschau eintreffen. Die Zeit ist knapp. Wo halten Sie sie fest?«

Der Feldwebel schaute den Hauptmann an, der nervös die Dokumente befingerte. Mit ungeduldigem Seufzen fragte Mirek heftig: »Wo ist Oberst Bartczak?«

Der Hauptmann nahm Haltung an. »Er ist zum Flughafen gefahren, Oberst. Um die Männer aus Warschau abzuholen.« Er schaute auf seine Armbanduhr. »Sie werden in zehn Minuten landen.«

Innerlich war Mirek erleichtert, äußerlich zeigte sein Gesicht Spott.

»Er macht sich also zu seinem eigenen Laufburschen! Egal. Wo ist die Frau? Ich nehme an, in der Kinderstube?«

Der Hauptmann und der Feldwebel wechselten rasch einen Blick, und Mirek wußte, daß er richtig vermutet hatte. Der Hauptmann sagte: »Wie sind Sie so schnell hierhergekommen, Oberst?«

»Ich war in einem geheimen Auftrag in der Stadt, der mit dieser Frau und dem Mann zu tun hat. General Kowski rief mich an und befahl mir, sofort hierherzukommen ... Nun machen Sie endlich, Mann! Jede Sekunde zählt.«

Als der Name des kommandierenden Offiziers des SB fiel, war alles gelaufen. Der Hauptmann schob die Papiere zusammen und reichte sie Mirek.

»Ja, sie ist in der Kinderstube, Genosse. Mit Major Grygorenko. Feldwebel Boruc wird Ihnen den Weg zeigen. Ich werde Major Janiak über Ihr Eintreffen informieren ...«

»Ich kenne den Weg, Hauptmann. Ich habe die Kinderstube schon benutzt, als Sie noch zur Schule gingen ... und informieren Sie, wen Sie wollen. Wenn ich nicht in einer halben Stunde wieder hier bin, lassen Sie mir einen Becher sehr heißen Kaffee bringen ... und schwarz, mit drei gehäuften Löffeln Zucker.« Er wandte sich zu einem der Korridore und hörte, wie der Hauptmann hinter ihm sagte: »Ja, Oberst.«

Während er den Korridor entlangging, dachte er rasch über die Situation nach. Sie war gut. Er kannte Major Grygorenko und hatte vermutet, daß er bis zur Ankunft der Experten das Verhör durchführen würde. Grygorenko war als Sadist bekannt. Er hoffte, er würde allein sein, doch er bezweifelte das. Inzwischen würde der Hauptmann Major Janiak über seine Ankunft informiert haben. Wahrscheinlich war Janiak diensthabender Offizier bis zur Rückkehr von Oberst Bartczak mit den Offizieren aus Warschau. Auch das war gut. Janiak war schwerfällig und würde wahrscheinlich bis zur Rückkehr seines Vorgesetzten gar nichts tun.

Er wartete nicht auf den Fahrstuhl, sondern lief die beiden Treppen hinunter. Er öffnete die Tür zum Korridor und schaute nach links. Dort saß ein Hauptgefreiter auf einem Stuhl vor der Tür zum Kinderzimmer, eine Maschinenpistole leicht an die Seite gezogen.

Mirek bellte ihn an: »Oberst Gruzewski. Sektion ›H‹, Warschau. Ich bin hier, um von Major Grygorenko zu übernehmen.«

Der Hauptgefreite zögerte. Mirek fuhr ihn an: »Machen Sie, Hauptgefreiter, ich hab's eilig. Oberst Bartczak ist bereits informiert.«

Seine gewohnte autoritäre Art und die Erwähnung der Vorgesetzten des Hauptgefreiten waren überzeugend. Der Hauptgefreite griff nach der Klinke der schweren Tür neben sich und öffnete sie. Während Mirek hineinging, sagte er: »Wenn ich etwas brauche, werde ich danach rufen. Ansonsten möchte ich nicht gestört werden. Ist das klar?«

»Jawohl, Oberst.«

Er ging hinein und schloß die Tür hinter sich. Er befand sich in einem kleinen Vorraum. Die Tür vor ihm war dick gepolstert und schalldicht. Dieses Gebäude war von einer Gestapoabteilung während des Krieges benutzt worden. Bei Kriegsende hatte es vorübergehend der KGB benutzt, bevor es der SB übernommen hatte. Die ganze Etage war seit der Zeit, in der die Deutschen da waren, Kinderstube genannt worden, und der Name war geblieben.

Mirek wartete einen Augenblick und sammelte sich. Er löste die Klappe seines Holsters, klopfte dann auf die obere rechte Uniformtasche und spürte die beruhigende Ausbuchtung. Als er nach dem Türgriff langte, hörte er selbst durch die Polsterung einen langgezogenen dünnen Schrei. Er drückte die Klinke herunter und öffnete die Tür.

Es dauerte eine Sekunde, bis sich seine Augen an das grelle Deckenlicht gewöhnt hatte. Ania lag flach auf dem Rücken. Sie war nackt, ihre Handgelenke und Knöchel waren an einen Tisch gefesselt. Ihr Schrei erstarb zu einem Stöhnen. Major Grygorenko stand neben dem Tisch. Er trug eine Uniformhose, und sein Unterhemd war schweißnaß. Riemen baumelten neben seinen Knien. Er hielt eine Metallrute zwischen ihren Beinen in ihren Schritt. Daraus schlängelte sich eine Schnur zu einer Wandsteckdose. Ein anderer Mann stand am Kopfende des Tischs. Seine Hände preßten ihre Schultern nach unten. Er trug die Uniform eines Hauptgefreiten. Auch sein weißes Gesicht war schweißnaß. Die beiden schauten verwirrt auf. Mirek lächelte sie an. Grygorenko zog die Rute aus Anias Schritt. Ihre feuchte Haut zitterte.

»Wer, zum Teufel ...?«

Mirek trat vor und sagte freundlich: »Gestatten, Oberst Josef Gruzewski. Sektion ›H‹, Warschau. Ich bin hier, um das Verhör fortzuführen.«

Grygorenkos Gesicht zeigte Enttäuschung. Mürrisch sagte er: »Wir haben Sie erst in ein paar Stunden erwartet.«

Mirek sagte: »Ich war zufällig in Krakau. Die anderen folgen. Haben Sie etwas in Erfahrung gebracht?«

Er hatte sich zum Tisch hin bewegt. Er sah, daß Anias feuchtes Gesicht auf ihn gerichtet war, und hoffte inbrünstig, daß der Klang seiner Stimme sie vorgewarnt hatte. So war es. Sie schaute ihn mit teilnahmslosen Augen an.

Der Major erwiderte: »Noch nicht.«

Mirek wandte sich ihm zu. »Was, zum Teufel, benutzen Sie da eigentlich?«

Der Major zuckte die Schultern. »Eine Rinderpeitsche. Mir wurde gesagt, daß Sie die entsprechende Ausrüstung mitbringen würden. Das ist alles, was ich habe...« Er schaute Mirek aufmerksam an. »Sind wir uns nicht schon einmal begegnet?«

Mirek schüttelte seinen Kopf. »Das bezweifle ich. Jedenfalls habe ich einen zweijährigen Kurs in Blatyn absolviert, und ich kann Ihnen nur sagen, daß Sie es – wenn Ihnen nur das zur Verfügung steht – viel gewandter benutzen müssen.«

Grygorenko grinste. »Ich wollte es ihr in ihre Möse stoßen!«

Mirek lächelte wieder. »Nicht sehr originell. Nein, Major, Sie müssen es an bestimmte Nervenenden halten, das vervielfacht die Wirkung. Ich werd's Ihnen zeigen.«

Er schlug die Klappe seiner oberen rechten Tasche an der Uniformjacke zurück und zog einen dicken schwarzen Filzstift heraus. Der Markenname ›Denbi‹ war gelb eingraviert. Er nahm die Kappe ab und beugte sich vor.

»Nun passen Sie genau auf, Major. Ich werde diese Stellen markieren. Kommen Sie, Hauptgefreiter, Sie können etwas lernen.«

Langsam streckte er die Hand aus und malte ein kleines Kreuz auf eine Stelle an der Innenseite von Anias Knie. Ihre Haut bebte leicht bei der weichen Berührung. Dann führte er die Hand höher und setzte den Filzstift direkt unter ihrer rechten Brust auf die Haut.

»Das ist eine besonders gute Stelle, aber es muß auch genau diese Stelle direkt unter der rechten Brust sein. Sehen Sie sich das ganz genau an, Major!«

Fasziniert beugte sich Grygorenko über Anias Körper und streckte seinen Hals vor, um sich die Stelle anzusehen. In einem Augenblick drehte Mirek sein Handgelenk, preßte seinen Daumen auf das ›D‹ von ›Denbi‹ und schlug nach oben. Zehn Zentimeter nadelfeinen Stahls schossen heraus, durchbohrten Grygorenkos linken Augapfel und drangen in sein Gehirn. Er kippte nach hinten. Sein letztes Lebenszeichen war ein qualvolles

Schreien.

Der Hauptgefreite war wie gelähmt. Er hatte versucht sich zu bewegen, als Mireks linke Hand mit starren Fingern nach seiner Kehle griff. Mit ersticktem Gurgeln sank er zu Boden. Rasch ging Mirek um den Tisch herum, beugte sich über ihn und bohrte ihm die Stahlnadel durch den Brustkasten ins Herz.

Die beiden Leiber zuckten noch krampfartig, als er begann, Anias Fesseln zu lösen.

»Alles in Ordnung?«

»Ja, Mirek. Du hättest nicht kommen dürfen; das ist doch Wahnsinn.«

Er grinste zu ihr hinunter. »Das sagen sie alle. War es sehr schlimm?«

Ihre Arme waren frei. Sie richtete sich auf und rieb ihre Handgelenke.

»Der Schmerz nicht so sehr ... Nur die Freude, die sie dabei hatten ... Ich wollte sterben ... wirklich.«

Er öffnete die letzte Fessel, und sie setzte ihre Füße auf den Boden. Er nahm sie kurz in seine Arme und sagte dann drängend: »Wir haben noch nicht einmal die Hälfte hinter uns. Wir müssen uns beeilen.« Er entdeckte ihre Kleider auf einem Stuhl. »Zieh dich rasch an. Ich bin sofort wieder zurück.«

Er ging hinaus. Sie eilte zu dem Stuhl und begann, ihre Kleider anzuziehen. Die Leiber auf dem Boden lagen jetzt leblos da. Sie schaute auf sie hinab und versuchte Mitgefühl zu finden ... oder Verzeihen. Aber es gelang ihr nicht. Sie zog gerade ihre Schuhe an, als sich die Tür öffnete. Mirek streckte den Kopf hindurch und flüsterte: »Komm.«

Sie eilte zu ihm. In dem Raum zwischen den beiden Türen lag ein weiterer Körper. Er zuckte. Mirek steckte den Filzstift zurück in seine Tasche. Er bückte sich und nahm die Maschinenpistole auf, die neben dem Körper lag.

Er reichte sie ihr und sagte: »Du mußt das für mich halten, auch das Reservemagazin und alles, was ich dir sage, ganz genau tun.«

Sie nahm die Waffe. Der Griff war klebrig. Sie schaute auf ihre Hand und sah das Blut. Sie vermied es, noch einmal auf den

Körper zu schauen. Vorsichtig öffnete Mirek die Außentür und schaute nach beiden Seiten auf den Korridor. Er drehte sich zu ihr und sagte: »Wir gehen jetzt zwei Treppen hoch und dann einen Korridor entlang. Ich werde dich an einer Ecke zurücklassen und allein weitergehen. Sobald du Schüsse hörst, folgst du mir, so schnell wie du kannst, und gibst mir entweder die Waffe oder wirfst sie mir zu. Und dann bleib dicht bei mir, egal, was geschieht.«

In diesem Augenblick hörten sie, daß in dem Zimmer hinter ihnen das Telefon hartnäckig zu klingeln begann. Auf Mirek wirkte das wie ein Alarm.

Er sagte: »Komm jetzt, Ania. Was immer auch geschehen mag, lebend werden sie uns nicht bekommen. Entweder kommen wir raus ... oder wir sterben gemeinsam.«

Sie folgte ihm hinaus auf den Korridor.

* * *

Zwei Etagen höher wurde Major Janiak immer nervöser.

»Warum geht niemand ran?« fragte er.

Den Telefonhörer am Ohr, sagte der Hauptmann achselzuckend: »Major, ich werde Feldwebel Boniek nach unten schicken. Vielleicht funktioniert das Telefon nicht. Das kommt manchmal vor.«

Der Major schnarrte: »Sie gehen selbst. Sie hatten kein Recht, irgend jemanden dort hinuntergehen zu lassen.«

»Major, das war Oberst Gruzewski, Abteilung ›H‹ ... Befehle von General Kowski –«

»Sagte er. Also gehen Sie runter.«

Der Hauptmann wollte gerade um den Schreibtisch herumgehen, als Mirek die Vorhalle betrat. Er wirkte sehr beunruhigt. Seine Hände hielt er hinter dem Rücken. Zu dem Major sagte er steif: »Wer sind Sie?«

»Major Juliusz Janiak, Oberst. Darf ich fragen ...?«

»Nein, Sie dürfen nicht.« Mirek riß seine Arme hinter dem Rücken hervor. Die Makarow war in seiner rechten Hand. Er schoß Major Janiak zwischen die Augen. Eine Sekunde später war der Lauf herumgeschwenkt, und zwei Schüsse jagten ins

Herz des Hauptmanns.

Der Feldwebel war sehr schnell. Seine Hand griff zum Holster, während er sich hinter dem schweren Schreibtisch duckte. Aus den nächstgelegenen Büros waren Schreie zu hören. Mirek schwang sich über den Schreibtisch. Der Feldwebel hatte seine Waffe gezogen und hob sie. Er schoß im selben Augenblick wie Mirek. Mirek spürte den Einschlag an seiner linken Seite. Er sah, wie der Feldwebel nach hinten geschleudert wurde, während seine Pistole klappernd zu Boden fiel. Mirek legte eine Hand an seine Seite. Sie war völlig taub. Die Schritte hallten in seinen Ohren. Er sah, daß Ania auf ihn zulief, und gleichzeitig, daß sich die Tür des Haupteingangs öffnete. Er wußte, wer hereinkommen würde. Er schrie Ania zu: »Runter, Ania! Hierher!«

Sie schaffte es in Sekundenbruchteilen. Der Außenposten kam mit erhobener und entsicherter Maschinenpistole durch die Tür. Er verharrte einen winzigen Augenblick, erkannte die Situation, dann betätigte sein Finger den Auslöser. Ania schob sich, die Füße voran, hinter den Schreibtisch, während die Kugeln durch den Raum jaulten. Irgend jemand schrie auf dem Korridor. Mirek nahm die Maschinenpistole aus Anias Fingern, kam aus der Deckung und ließ sich seitlich neben den Schreibtisch rollen. Der Posten versuchte seine Waffe in die andere Richtung zu schwenken, aber es war zu spät. Im Sprung noch feuerte Mirek eine halbe Sekunde lang. Ein halbes Dutzend Kugeln schlugen in den Posten und wirbelten ihn gegen die Tür. Mirek landete und kniete sich hin. Am Ende eines anderen Korridors sah er Gestalten und feuerte noch eine Salve ab. Wieder Schreie. Er brüllte: »Ania, los jetzt!«

Sie rannte geduckt hinter dem Schreibtisch hervor. Das Reservemagazin hielt sie in ihrer linken Hand. Er ergriff es und steckte es, nachdem er das leere herausgezogen hatte, mit einem Klicken ein. Dann nahm er ihre Hand, und sie rannten zur Tür.

Sie blieben eine Sekunde lang oben auf dem Treppenabsatz stehen. Menschen liefen in beiden Richtungen davon. Als sie die Treppe heruntereilten, hörten sie, daß ein Wagen gestartet wurde, und der blaue BMW kam quietschend unterhalb von ihnen zum Stehen. Als sie ihn erreichten, wurde die Hintertür geöffnet. Er stieß Ania hinein und schob sich hinterher. Der Wagen machte einen Satz vorwärts, die Tür klappte durch die Wucht zu. Während sie davonjagten, hörte Mirek das Jaulen von Sirenen hinter sich. Er blickte durch das Rückfenster nach hinten. Etwa 30 Meter entfernt fuhr ein Miliz-Jeep. Er konnte eine Gestalt erkennen, die sich mit einer Maschinenpistole aus dem Fenster beugte. Er hörte und fühlte das Knallen, als ein Geschoß von der Seitenwand des BMW abprallte. Wut stieg in ihm auf. Er würde sich jetzt nicht mehr aufhalten lassen. Er kurbelte sein Fenster herunter, lehnte sich, die Maschinenpistole in leichtem Winkel haltend, heraus und leerte das ganze Magazin. Er sah, wie die Windschutzscheibe des Jeeps zerbarst. Den Jeep schleuderte es über die Straße. Er sah einen Milizmann hinten abspringen, dann raste der Jeep krachend und splitternd in eine Schaufensterscheibe.

Einen Augenblick später jagten sie über die Kreuzung. Noch immer nach hinten blickend, sah Mirek, wie ein großer Lastwagen und ein alter Skoda frontal zusammenstießen. Zwei weitere Fahrzeuge fuhren hinein, wodurch die Straße völlig blockiert war. Er sah Gestalten aus den Fahrzeugen springen und davonlaufen. Er drehte sich um, warf die Maschinenpistole aus dem Fenster und sagte: »Fahr jetzt langsamer. Fahr ganz normal. Gut gemacht, Marian!«

Kapitel 22

Victor Chebrikow blieb keine andere Alternative, als das Schweigen abzuwarten. Als er das letzte Mal zu sprechen begonnen hatte, hatte Andropow einfach gesagt: »Halt's Maul.«

Er konnte nicht verstehen, warum der Generalsekretär ihn zum Essen eingeladen hatte. Der Verweis wäre wohl besser in Andropows Büro erteilt worden. Seit dem Fiasko in Krakau waren 18 Stunden vergangen. Natürlich war der Generalsekretär sofort informiert worden. Chebrikow hatte eine schlaflose Nacht verbracht, neben dem Telefon gesessen und auf eine Vorladung gewartet. Bis jetzt, dem Tag danach, war sie nicht gekommen.

Er war überrascht gewesen, als er sah, daß der Tisch für ein Essen zu zweit gedeckt war. Brot und Wurst standen da, Molossol-Kaviar und eingelegter Hering sowie eine Schale mit Obst.

Andropow hatte auf seinen respektvollen Gruß hin nur gegrunzt und auf den Tisch gedeutet. Aber Chebrikow hatte rasch die Stimmung seines Vorgesetzten durchschaut. Während er einen mächtigen Löffel Kaviar in sich hineinschob, hatte Andropow gesagt: »So, deinen Appetit hast du also nicht verloren.«

Das war ein berühmter und angsteinflößender Satz im Kreml, der angeblich von Beria geprägt worden war, als er den Insassen eines sibirischen Zwangsarbeiterlagers beim Kampf um eine Schale dünnen Haferschleims zusah. Chebrikow hatte einen halben Löffel mit Kaviar gegessen und dann den Teller fortgeschoben. Andropow schien das nicht zu bemerken. Obwohl er noch kränklich wirkte, schien er an diesem Tag Appetit zu haben. Er verschlang eine halbe Schüssel Kaviar und aß zwischendurch grobschrotiges Brot. Als er mit dem Hering begann, hatte Chebrikow zu sprechen gewagt.

»Genosse Generalsekretär, ich möchte sagen ...«

Und dann hatte Andropow gesagt: »Halt's Maul.«

Und jetzt hatte der Generalsekretär den Fisch gegessen und schälte sorgfältig einen Apfel mit einem roten Schweizer Armeemesser, das er aus seiner Tasche gezogen hatte. Er schien weder Chebrikow noch das Schweigen zu bemerken. Es gelang ihm, den Apfel in einem durchgehenden, gewundenen Streifen zu schälen. Er schnitt das Ende ab und legte es mit einer gewissen Genugtuung auf seinen Teller. Dann sagte er: »Ich habe zuvor von ungefangenen Fischen gesprochen, die aus einem Boot springen. Der Fisch, den man fängt, springt nicht heraus. Er beißt dich.«

Chebrikow blieb stumm und starrte auf die graue unruhige Masse vor sich. Er spürte Brechreiz.

Andropow führte das Messer an seine Lippen und saugte ein Stück Apfel von der Klinge. Er kaute nachdenklich und sagte dann: »Dieser Mirek Scibor ist wie eine Lawine. Es fängt ganz langsam an, wird dann schneller und reißt alles mit sich, was vor ihm ist. Du versuchst, ihn und seine Frau zu verhaften. Er tötet diejenigen, die es versuchen. Du nimmst seine Frau fest und bringst sie ins angeblich sicherste Gewahrsam von Krakau ... Er holt sie so einfach raus, als würde er einen alten Trunkenbold bestehlen ... und dabei bringt er Menschen um. Diese Lawine tötet Menschen ganz einfach; und diese Lawine wird immer schneller und kommt mir in den Weg. Nun erzähl mir einmal, Genosse Direktor der Staatssicherheit, welche Chancen hat diese Lawine, mich zu treffen? Wie groß ist diese Chance, in Prozenten ausgedrückt?«

Chebrikow antwortete augenblicklich und heftig.

»Er hat keine Chance! Überhaupt keine!«

Andropows Augen funkelten zornig.

»Du irrst! Und du weißt das! Welche Chance hättest du ihm gegeben, seine Frau in Krakau zu retten? Keine, natürlich.«

Er lehnte sich schwer atmend zurück. Es schien Chebrikow sinnvoll, seinen Mund zu halten. In dieser Stimmung hatte er seinen Vorgesetzten noch nie erlebt. Er vermutete, daß dies auf seine Krankheit zurückzuführen sei. Nach einigen Minuten sprach Andropow wieder, nachdenklich, gerade so, als spräche er mit sich selbst.

»Ich spüre, daß er kommt. So wie eine böse Erkältung kommt. Zunächst ein oder zwei Nieser, dann ein Kopfschmerz. Eine Nase, die nicht zu laufen aufhört ... Fieber. Ich spüre, daß er kommt.« Er hob die Augen und schaute Chebrikow direkt an. Seine Stimme wurde hart. »Letztendlich ist mir das völlig egal. Ich sterbe sowieso. Aber eins solltest du wissen, Genosse. Wichtiger als alles andere ist mir, diesen Papst zu überleben. In fünf Tagen bricht er zu seiner Reise auf. Zwei Tage später wird er tot sein. Danach werde ich meinem Tod entgegensehen. Ich gehe früh in diese Klinik, morgen früh, um genau zu sein. Du wirst diese Klinik mit deinem Leben bewachen ... und das ist wörtlich zu nehmen. Wenn ich vor diesem verdammten Papst eines unnatürlichen Todes sterbe, dann wirst auch du sterben ... in der selben Stunde. Ich habe alle entsprechenden Vorbereitungen getroffen. Und die sind so beschaffen, daß weder du noch mein Nachfolger, noch sonst jemand imstande sein wird, sie zu widerrufen ... Glaubst du das, Genosse?«

Langsam und schweigend nickte Chebrikow. Er glaubte es. Solche Vorbereitungen waren in der Sowjetunion nicht ungewöhnlich.

»Die Pläne müssen geändert werden!«

Der Schinken-Priester sagte das nachdrücklich. Pater Heisl seufzte erbittert und sagte: »Wenn du den Plan änderst, vergrößerst du das Risiko. Wir haben bereits zuviel geändert.«

Der Schinken-Priester rülpste und nahm noch einen Schluck Lagerbier.

»Pater, wenn wir's nicht riskieren, den Plan zu ändern, kommen wir zu spät. Der Termin liegt zu eng. Scibor muß mindestens zwei Tage vor dem Ereignis in Moskau sein.«

Sie schauten sich über den Tisch in ihrem Wiener Versteck hinweg an. Soeben war ein Bericht aus Krakau eingetroffen, der detailliert über die Ereignisse des Vortages informierte. Der Schinken-Priester hatte ein mit Notizen übersätes Blatt Papier vor sich liegen. Er deutete mit dem Finger darauf.

»Scibor ist verletzt, wenngleich nicht schwer. Dennoch wird es zwei Tage oder länger dauern, bis er reisefähig ist. Von heute an kann er also in drei Tagen in Warschau sein. Im ursprünglichen Plan waren vier oder fünf Tage Reisezeit zwischen Warschau und Moskau vorgesehen. Das ist jetzt zu lang. Szafers Termin liegt auf dem Neunten und kann natürlich nicht geändert werden. Sie müssen also am Siebenten in Moskau sein.«

»Aber wie?«

Der Schinken-Priester stellte sein leeres Glas mit einem kräftigem Geräusch auf den Tisch, doch seine Stimme war weich.

»Zeit für Maxim Saltikow, seine Schuld zurückzuzahlen.«

Diese Feststellung beruhigte Pater Heisl. Er saß nachdenklich da, während sein Chef auf eine Reaktion wartete. Dann stand er auf, ging zum Kühlschrank in der Ecke und holte zwei neue Dosen Lagerbier heraus. Sie zischten, als er die Nippel abzog. Er schenkte beide Gläser voll, setzte sich und sagte nachdenklich: »Ich glaube, das Ereignis ist wichtig genug, um das zu rechtfertigen. Aber glaubst du wirklich, er wird es tun?«

Der Schinken-Priester nickte ernst. »Ja, das glaube ich.«

»Es ist viele Jahre her.«

»Ja.«

»Und in der Zwischenzeit ist viel geschehen.«

»Ja, natürlich.«

»Aber du bist sicher?«

»Das bin ich.«

Pater Heisl zuckte die Schultern. Er konnte etwas nicht verstehen. Er fragte: »Wann hast du ihn zum letzten Mal gesehen?«

Van Burghs Stirn runzelte sich nachdenklich.

»Vor 38 ... nein, vor 39 Jahren.«

Skepsis spiegelte sich auf Pater Heisls Gesicht.

»Da hast du ihn zum letzten Mal gesehen ...? Oder mit ihm gesprochen?«

»Ja.«

»Und seitdem hast du mit ihm überhaupt keine Verbindung gehabt?«

»Doch. Kurze, aber zwingende Mitteilungen.«

Eine weitere Pause, in der Pater Heisl nachdachte. Dann lächelte er und schüttelte wie tadelnd seinen Kopf. Mit spöttischem Ernst sagte er: »Dann, Pater, mußt du etwas von ihm wissen, was ich nicht weiß. Etwas, das weit tiefer geht, als die eigentliche Verpflichtung.«

Jetzt schüttelte Van Burgh seinen Kopf.

»So ist es nicht, Jan. Du kennst die ganze Geschichte. Aber du bist Maxim Saltikow nie begegnet. Er ist nicht der Mann, der seine Meinung oder sein Wort ändert. Nicht einmal nach 39 Jahren ... sein Leben lang nicht ... Und jetzt besorge mir bitte aktuelle Informationen über ihn aus dem Collegio.«

Pater Heisl erhob sich und ging zu einem Telefon, das auf einem Sideboard stand. Er wählte eine vertraute Nummer. Er wurde mit dem diensthabenden Computer-Operator des Collegio Russico in Rom verbunden. Als sich der Operator meldete, nannte ihm der Priester den aktuellen Code – eine Reihe von Zahlen und Buchstaben. Dann sagte er einfach: »General Saltikow.«

Eine dreiminütige Pause entstand, dann murmelte der Priester danke und legte auf. Er kam zurück an den Tisch, setzte sich, nahm einen Schluck Lagerbier und sagte: »Keine Veränderung. Nur ein ›B‹-Gerücht, daß er jetzt ohne Beförderung in den Fernen Osten versetzt wird. Im Augenblick hält er sich in Ost-Berlin auf und wird dort eine Woche lang zu Beratungen bleiben.«

Van Burgh lächelte. »Ich nehme an, daß diese ›B‹-Gerüchte von den Mädchen stammen, welche die Samoware polieren. Das letzte bezog sich auf Gorbatschow und einen älteren Tänzer des Kirow-Ballets.«

Pater Heisl schnitt eine Grimasse. »Ja, aber zuweilen macht es sich bezahlt. Wie wirst du an ihn herantreten?«

»Persönlich.«

Pater Heisls Gesicht drückte sein Erstaunen aus.

»Du willst in einer solchen Zeit nach Ost-Berlin gehen?«

Der Schinken-Priester rückte seinen Stuhl zurück, erhob sich und streckte sich.

»Ja, Jan. Ich werde morgen aufbrechen. Das muß ich persönlich tun. Außerdem fühle ich mich unwohl, wenn ich hier herumsitze und alle Risiken anderen Leuten überlasse ... und zudem habe ich den Eindruck, daß mir die ganze Operation entgleitet. Sie scheint eine Art Eigenleben zu entwickeln.« Er lächelte. »Was *kacyki* und private Eisenbahnwaggons anbelangt ...«

Jetzt erhob sich Pater Heisl. Sehr ernst sagte er: »Und du meinst nicht, daß es an der Zeit ist, Ania ein und für allemal aus der Sache herauszuziehen?«

Van Burgh schüttelte seinen Kopf.

»Nein, Jan. Wenn diese Operation ein Eigenleben entwickelt hat, dann zum Teil auch ihretwegen. Zusammen scheinen sie nicht aufzuhalten zu sein. Eine Art von Triebkraft. Nein. Sie wird mit nach Moskau gehen. Kurz vor dem Ereignis werde ich sie abrufen.«

Er hatte mit solcher Entschiedenheit gesprochen, daß Pater Heisl wußte, wie sinnlos es war, dagegen zu argumentieren. Aber er hatte noch andere Sorgen.

»Heute morgen hat mich Pater Dziwisz wieder wegen des Heiligen Vaters angerufen. Er wollte wissen, ob wir irgendwelche Informationen über die gestrigen Ereignisse in Krakau hätten.«

»Was hast du ihm gesagt?«

Pater Heisl spreizte die Hände in einer hilflosen Geste.

»Ich habe ihm gesagt, daß wir selbst Nachforschungen anstellten. Daß ich es ihn wissen lassen würde, wenn und falls wir etwas hörten.«

»Gut.«

»Nein, Pieter. Das ist nicht gut. Vor allem, weil Dziwisz klug ist und etwas vermutet. Ich hasse es, mich ihm gegenüber in Ausflüchten zu ergehen. Er fragte mich, wo du seist.«

»Und?«

Heisl seufzte. »Ich sagte ihm, du seist in einer Mission unterwegs.«

Der Schinken-Priester lächelte versöhnlich.

»Nun, Jan, von morgen an werde ich unterwegs sein ... Mach dir wegen Dziwisz keine Sorgen. Ich werde Versano bitten, mit ihm zu sprechen. Ihm erklären lassen, daß wir unter Berücksichtigung der derzeitigen Umstände in Polen unter großem Druck stehen. Und wir werden mehr Informationen liefern können, sobald dieser Druck nachläßt.«

Wieder seufzte Pater Heisl.

»Und wird der gute Erzbischof ihm auch sagen, daß wir die Ursache all dieses Druckes sind?«

Der Schinken-Priester grinste.

»Nein, Jan. Aber er könnte etwas darüber sagen, daß man Druck mit Gegendruck bekämpft.«

Kapitel 23

Die Reiseleiterin mit dem blond gelockten Haar ging den Gang entlang und reichte den Fahrgästen die Pässe zurück, während der chromfarbene Reisebus von Checkpoint Charlie nach Ost-Berlin fuhr. Die Reiseleiterin hatte ein strenges, etwas gelangweiltes Gesicht, aber sie lächelte, als sie dem ältlichen holländischen Paar ihre Pässe reichte. Er war ein großer, rotgesichtiger Mann mit runden, zwinkernden Augen. Sie war klein und untersetzt und hatte ein ständiges Lächeln auf den Lippen. Sie schienen glücklich miteinander zu sein. Die Reiseleiterin sagte: »Herr und Frau Melkman, ich hoffe, Sie genießen diesen Tag.«

Sie strahlten sie an. Er erwiderte: »Ich bin ganz sicher, daß es ein schöner Tag wird, unter einer so hübschen und intelligenten Leitung.«

Sie neigte ihren Kopf und ging weiter durch den Bus, wobei sie wieder einmal die Fähigkeit der Holländer bewunderte, Fremdsprachen zu beherrschen.

Der Bus fuhr die kurze, aber obligatorische Strecke an den gewaltigen Kriegsdenkmälern vorbei und blieb dann vorm Pergamon-Museum stehen. Die Fahrgäste quollen heraus und versammelten sich um die Reiseleiterin. Es war ein kalter, aber klarer Tag. Rasch erzählte sie ihnen, daß für diesen Höhepunkt der Rundfahrt zwei Stunden vorgesehen seien. Sie würde sie herumführen, doch falls jemand die Gruppe verlieren sollte, sie würden sich spätestens um eins wieder am Bus treffen.

Während sie die Treppen empor voranging, bemerkte sie, daß der große alte Holländer sich über den Bürgersteig davonmachte. Sie blieb stehen und rief ihm laut nach.

»Herr Melkman. Kommen Sie nicht mit uns?«

Er wandte sich um und sagte mit einem Lächeln und einfältigem Schulterzucken: »Um ehrlich zu sein, ich bin Philister.« Er deutete mit dem Kinn auf seine Frau. »Wir haben diese Rundfahrt mitgemacht, weil meine Frau kulturbesessen ist ... Ich werde hier warten und eine Erfrischung zu mir nehmen.«

Die Reiseleiterin sah hinter ihm die Fassade einer Bar. Sie lächelte, sagte aber streng: »Aber nicht später als eins. Und hüten Sie sich vor Kunden, die versuchen, Geld zu wechseln. Das ist illegal, und die Bestrafung ist sehr streng.«

Er nickte gehorsam und hauchte dann mit behandschuhter Hand seiner Frau einen Kuß zu.

Die Bar war ganz mit Chrom und Plastik ausgestattet. Mehrere Leute saßen trinkend an den Tischen. Sie blickten uninteressiert auf. Aus zwei Lautsprechern, die oben an der Wand hingen, drang ein alter Abba-Song. Der Barkeeper trug eine schwarze

Mütze und sah gelangweilt aus. Er polierte auf oberflächliche Art Gläser. Der Holländer trat dicht zu ihm heran und sagte: »Ich bin Herr Melkman aus Rotterdam.«

Der Barkeeper nickte uninteressiert und deutete mit dem Kinn auf eine Tür an der Hinterseite des Raumes. Der Holländer schlurfte hinüber und öffnete sie. Außer einem friesbedeckten Tisch und zwei Stühlen standen keine Möbel in dem Raum. Ein Mann saß gebeugt an dem anderen Ende des Tisches und spielte mit einem alten Kartenspiel Patience. Er blickte kurz auf und sagte mit tiefer, barscher Stimme: »Schließen Sie die Tür und verriegeln Sie sie.« Er sprach russisch.

Der Holländer schloß die Tür und verriegelte sie. Hinter ihm sagte die Stimme: »Und hängen Sie die Kette vor.«

Er legte die Kette ein, drehte sich dann um und betrachtete den Mann. Er hatte graues Haar, glatt aus der Stirn zurückgekämmt und scheitellos. Er hatte ein breites Gesicht mit kräftigen Wangen und einen dicklippigen Mund. Er mußte Anfang Sechzig sein. Er trug einen dunkelblauen Anzug und ein graues Hemd, das bis obenhin zugeknöpft war, aber keine Krawatte.

Der Holländer hätte ihn nicht erkannt. Er überlegte kurz, ob dies wirklich der Mann war, den er hatte treffen wollen. Er trat vor, blickte auf den Tisch und sagte: »Die rote Vier paßt auf die schwarze Fünf.«

Der Russe seufzte. »Ich hasse Leute, die so etwas machen.«

»Ich mache das immer.«

»Das kann ich mir vorstellen.«

Abrupt schob der Russe die Karten zu einem Stapel zusammen und mischte den Stoß mit kurzen Fingern. Seine Handrücken waren mit Leberflecken übersät. Er schob den Kartenstoß neben ein Tablett, auf dem zwei Eiseimer standen. In einem befand sich eine Flasche Wodka, in dem anderen Schnaps. Der Russe erhob sich und strecke seine Hand aus. Der Holländer schüttelte sie und sagte: »Ich hätte Sie nicht wiedererkannt.«

»Ich Sie auch nicht. Sie sehen nicht wie ein Priester aus.«

»Sie auch nicht wie ein Generalmajor.«

Sie setzten sich. Der Russe deutete auf das Tablett. »Das ist holländischer Schnaps.«

»Sehr aufmerksam, aber ich trinke gerne einen Wodka mit Ihnen.«

Zum ersten Mal lächelte der Russe. Das erhellte den Raum. Während er den Verschluß abschraubte, sagte er: »Pater Pieter Van Burgh, gekommen, um ein Pfund Fleisch einzusammeln – oder soll ich sagen, einen Schinken?«

Der Schinken-Priester lächelte und nahm das dargebotene Glas. Er hob es und sagte: »Auf Ihren Erfolg, General Saltikow. Sie haben eine große Karriere hinter sich.«

Der Russe nickte. »Und Sie sind immer noch Priester. Ich hätte zumindest erwartet, mit einem Erzbischof trinken zu können.«

Der Schinken-Priester leerte sein Glas in einem Zug und sagte: »Erzbischöfe arbeiten zuviel ... Mein Leben ist abwechslungsreicher.«

Der General nickte. »Ich bin ganz Ohr.«

Auch er leerte sein Glas und füllte dann beide wieder auf. Dann schaute er abschätzend den Priester an und dachte an den Winter vor 39 Jahren zurück.

Es war im Winter '44 gewesen. Er war ein junger Leutnant im Panzerkorps. Ein furchtbares Gelände nordöstlich von Warschau. Tiefland, nahe einem Dorf namens Gasewo. Er kommandierte den ersten Panzer eines Sechser-Zuges, der einem markierten Weg durch Sumpfgelände folgte. Der Major, der den Zug befehligte, war smart. Er fuhr im letzten Panzer. Die polnischen Partisanen mußten die Markierungen versetzt haben, denn sein Panzer landete im Sumpf, blieb bis zum oberen Kettenrand darin stecken. Er steckte so fest, daß die anderen Panzer ihn nicht herausziehen konnten.

Der Major hätte den Panzer aufgeben sollen, aber er war auf Orden aus. Etwas, das er für seinen Mut nie bekommen würde. Er hatte Saltikow befohlen, mit seiner Besatzung zurückzubleiben und auf einen Bergungspanzer zu warten, der bei Abendanbruch kommen würde.

Natürlich kam der nie an. Die Partisanen griffen kurz nach Einbruch der Dunkelheit an. Er verlor nach einem Granateneinschlag das Bewußtsein. Seine Mannschaft war verletzt. Und wie's in der Natur der Sache liegt, wurden ihnen die Kehlen durchgeschnitten. Da er Offizier war, schafften sie ihn zum Verhör in ihr Hauptquartier. Und er wußte, daß ihm anschließend das gleiche widerfahren würde.

Er hing am Leben. Er gelang ihm, dieses Leben über zwei weitere qualvolle Tage hinwegzuretten. In ihren Gesichtern sah er jedoch, daß es am nächsten Morgen zu Ende sein würde. In dieser Nacht traf der Priester ein. Ein junger Priester, der ebenso alt war wie er. Er saß neben dem gefesselten Leutnant und sprach mit ihm, versuchte, ihm Trost zu spenden.

Saltikow haßte diesen Bastard; er erzählte ihm, daß er Atheist sei. Erzählte ihm, daß der Papst ein Hurenbock und Jesus Christus ein Sodomist gewesen sei. Es war ihm ganz egal; er wußte, daß er sowieso sterben würde. Sie diskutierten stundenlang, und in diesen Stunden geschah etwas Überraschendes; sie verstanden einander. Dann, als es hell wurde, hatte der Priester den Russen gefragt: »Was hielten Sie davon, wenn Sie am Leben bleiben würden?«

Der Russe erwiderte, daß er dem nicht abgeneigt sei. Der Priester wies behutsam daraufhin, daß er ihm damit etwas schulde. Der Russe antwortete darauf, daß er Kommunist und Atheist sei und seine Schulden immer bezahle – immer.

Der Priester ließ sich die Adressen der Eltern des Russen und anderer Verwandter geben. Zwei Stunden später wurde er freigelassen. Wieder bei seiner Einheit, wurde er als geflohener Held empfangen. Am Ende des Krieges war er einer der jüngsten, höchstdekorierten Majore der Roten Armee.

Seitdem war es mit seiner Karriere steil bergauf gegangen. Er hatte oft darüber nachgedacht, ob er der einzige Offizier der Roten Armee gewesen sei, dem dieser Priester geholfen hatte. Sehr oft hatte er darüber nachgedacht.

Im Laufe der Jahre hatte man mit ihm Verbindung aufgenommen. Zum ersten Mal 1953, kurz nachdem er zum Oberst befördert worden war. Und dann wieder nach jeder weiteren Beförderung. Die Nachricht war immer die gleiche gewesen: »Glückwunsch. Denken Sie an Gasewo. Lenin war ein Transvestit.«

Und er hatte immer die gleiche Nachricht zurückgeschickt: »Ich warte. Bringen Sie's zu Ende.«

Und jetzt schaute Generalmajor Maxim Saltikow, befehlshabender Kommandeur der Truppen des Warschauer Paktes in Polen, in die Augen des Schinken-Priesters und sagte verdrossen: »Bringen Sie's zu Ende.«

Der Schinken-Priester lehnte sich in seinem Stuhl zurück, holte tief Luft und sagte: »Ich möchte, daß Sie zwei Leute von Warschau nach Moskau schaffen.«

»Wahrscheinlich geheim.«

»Ja.«

Der General seufzte, griff in die obere Tasche seiner Jacke und zog einen dünnen schwarzen Stumpen heraus. Er hielt ihn dem Schinken-Priester hin, der den Kopf schüttelte. Der General entzündete den Stumpen mit einem goldenen Dunhill-Feuerzeug, inhalierte den Rauch, hob sein Kinn und stieß den Rauch über den Kopf des Priesters hinweg aus. Kalt sagte er: »Ich bin sicher, daß ich die Antwort kenne, aber sagen Sie mir – wer sind sie?«

»Mirek Scibor und Ania Krol.«

Der General nickte, und dann gab es ein scharrendes Geräusch, als er abrupt seinen Stuhl zurückschob und sich erhob. Das Herz des Priesters begann schneller zu schlagen, als er bemerkte, daß sich hinter dem General eine Tür befand. Warteten dort Leute, um ihn zu verhaften?

Doch der General ging nicht zur Tür. Er streckte seinen mächtigen Körper und begann dann auf und ab zu gehen und zu reden.

»Im Laufe der vergangenen Tage habe ich Hunderttausende meiner Männer abkommandiert, die beiden zu fassen. Erst heute morgen ist ein Hubschrauber abgestürzt, der einen Zug in ein abgelegenes Grenzgebiet transportieren sollte. Vierzehn meiner Männer sind tot ... gute Männer. Unter normalen Umständen wäre unter diesen Wetterbedingungen nie eine Startgenehmigung erteilt worden ... 14 Tote. Dank dieser beiden. Ich mußte wichtige Manöver abblasen, an der eine Viertelmillion Mann teilnehmen sollten ... dank dieser beiden. Jetzt sitzen Sie da und bitten mich in aller Seelenruhe, sie heimlich nach Moskau zu schaffen.«

Er blieb stehen und drehte sich um. Sein Gesicht war dunkel vor Wut. Sein Kiefer reckte sich dem Priester herausfordernd entgegen.

Sekunden verstrichen, und dann sagte der Priester, wobei er auf die Tischfläche blickte, leise: »Saltikow, Sie hatten ein sehr erfolgreiches Leben und ein gutes dazu. Sie haben eine wunderbare Frau und zwei intelligente und liebenswerte Kinder, die Ihnen bisher drei entzückende Enkel geschenkt haben.« Er hob langsam seinen Kopf, und seine Augen begegneten denen des Generals. Seine Stimme verhärtete sich. »Saltikow, ich habe Ihnen dieses Leben geschenkt ... Ich habe Ihrer Frau Glück geschenkt ... Ihren Kindern und deren Kindern Leben geschenkt und, wie es der Lauf der Zeit will, auch den Kindern dieser Kindeskinder ... Sie haben mir ein Versprechen gegeben.«

Lange Zeit starrten sie einander an. Saltikow rührte sich zuerst. Er ging zu seinem Stuhl zurück, beugte sich vor, stützte seine Ellenbogen auf den Tisch und fragte: »Was werden sie in Moskau tun?«

Ein halbes Dutzend Herzschläge lang überlegte der Priester. Dann sagte er: »Er wird Andropow töten.«

Er erwartete eine entsetzte Reaktion, doch der General nickte nur und murmelte: »Das bestätigt ein Gerücht ... Warum?«

Der Priester erzählte es ihm kurz und bündig.

Wieder nickte der General und sagte: »Das paßt. Es ist bekannt, daß Andropow von dem Gedanken besessen ist, diesen Papst umzubringen. Aber warum das? Er stirbt ohnehin. Das ist im Politbüro mehr oder weniger ein offenes Geheimnis. Es kann sich nur noch um ein paar Monate handeln.«

Der Priester sagte: »Ich weiß, aber wir rechnen damit, daß in Kürze ein Attentat auf Seine Heiligkeit stattfindet, wahrscheinlich während seiner bevorstehenden Asienreise. Unsere Analyse bringt uns zu der Erkenntnis, daß Andropows Nachfolger diese Operation abblasen wird ...«

Der General zerdrückte seinen Zigarrenstummel in einem Aschenbecher und sagte: »Ihre Analyse ist korrekt. Tschernenko wird wahrscheinlich sein Nachfolger, aber der ist senil. Gorbatschow wird ihm folgen. Er und seine Leute werden nach Andropows Tod die Fäden in der Hand halten ... gar nicht verkehrt. Es wird Zeit für frisches Blut. Gorbatschow ist kein Abenteurer. Er wird diese Operation sicherlich einstellen lassen ... aber ...« Er schwieg und seufzte und schenkte Wodka nach.

Der Priester fragte: »Aber was?«

Der General richtete einen Finger auf ihn.

»Ja, ich kann Ihren Attentäter nach Moskau schaffen ... mit einem winzigen Risiko für mich. Aber ich kann ihn nicht in Andropows Nähe bringen ... und das können Sie auch nicht. Der Oberste Führer der Sowjetunion ist der bestbewachte Mann der Welt. Und darüber hinaus weiß er von Ihrem Attentäter. Nicht einmal ich könnte ohne mehrere strenge Sicherheitsüberprüfungen und Leibesvisitationen zu ihm vordringen. Schinken-Priester, ich kenne Ihre Organisation und Ihren Ruf, aber hier werden Sie versagen.«

Der Priester nahm einen Schluck Wodka und zuckte die Achseln. »Wenn es Gottes Wille ist, dann soll es so sein ... Aber werden Sie sie nach Moskau bringen?«

Langes Schweigen, dann sagte der General düster: »Ich werde meine Schuld einlösen ... aber nur unter ein paar Bedingungen.«

»Bedingungen?«

»Ja. Zunächst Ihr Wort, daß dieser Attentäter und die Nonne nichts von meinem Mitwirken erfahren ... Nichts!«

»Sicherlich. Die einzige Person außer mir, die davon weiß, ist ein Priester, der für mich arbeitet ... Ich vertraue ihm absolut. Aber was ist mit Ihnen?«

Der General lächelte. »Überlassen Sie das mir. Es gibt eine oder zwei Personen, die auch mir etwas schulden. Sie werden die Risiken in Kauf nehmen.«

Er schenkte die Gläser wieder nach und sagte: »Die zweite Bedingung ist die, daß Sie mir jetzt einen Brief schreiben mit Ihrer unverkennbaren Handschrift und Ihrer unverwechselbaren Unterschrift, in dem steht, daß ich, Generalmajor Maxim Saltikow, Sie bei dieser Mission unterstützt habe.«

Der Priester hatte sein Glas halb an die Lippen gehoben. Erstaunt hielt er inne, wobei er etwas Wodka verschüttete.

»Aber warum …? Oh, ja.«

Der General grinste.

»Ja, Sie sind einer der wenigen, die Durchblick haben. Dieser Brief wird an einem sicheren Ort aufbewahrt werden. Wenn Sie wider alle Umstände Erfolg haben, dann könnte dieser Brief eines Tages sehr nützlich für mich sein.«

Der Schinken-Priester schüttelte ehrfurchtsvoll seinen Kopf und sagte: »Die Machenschaften der russischen Politik.«

Der Russe lächelte. »Ja. So ähnlich wie die Politik des Vatikan … Sind sie schon in Warschau?«

»Nein. Sie werden morgen dort eintreffen.«

»Wie?«

»Mit dem Zug aus Krakau.«

»Einfach so?«

»Ja.«

Jetzt schüttelte der Russe beeindruckt den Kopf. Er wollte schon nachfragen, als der Prister sich vorbeugte und ihm die Sache mit dem speziellen Zug erklärte. Der General nickte befriedigt und fragte dann, wohin sie in Moskau gebracht werden sollten.

Der Priester griff in seine Tasche und reichte ihm ein Stück Papier. Der Russe las es und nickte wieder.

»Kein Problem.«

Der Priester grinste.

»Einfach so?«

»Ja.«

»Wie?«

Der General schenkte wieder Wodka ein. Die Flasche war schon über die Hälfte geleert. Er stellte sie wieder mit einem leisen Platschen in den Eiseimer und sagte: »Übermorgen werde ich die Leichen meiner Soldaten, die bei dem Hubschrauberabsturz ums Leben kamen, zurück nach Moskau schicken … Statt der vierzehn Särge werden es sechzehn sein. Ihr Meuchelmörder und seine Nonne werden nur anfangs kurz ein vermummtes Gesicht sehen. Von da an werden sie nichts mehr wahrnehmen, bis sie in ihrem Versteck in Moskau sind. So ist es besser … für mich.«

Er griff in eine Innentasche und zog eine Brieftasche und einen goldenen Parker-Füllfederhalter heraus. Aus der Brieftasche entnahm er ein gefaltetes Stück Papier. Er entfaltete es und schob es zusammen mit dem Federhalter über den Tisch.

»Schreiben Sie jetzt Ihren Brief.«

Der Schinken-Priester schraubte die Kappe ab und schrieb kratzend mehrere Zeilen. Dann unterschrieb er.

Er reichte den Federhalter und das Papier zurück. Der Russe las die Worte, und seine dicken Lippen verzogen sich zu einem grimmigen Lächeln. Er schwenkte das Papier ein paarmal hin und her, faltete es sorgfältig zusammen, steckte es in seine Brieftasche und sagte: »Ich schlage eine Wette vor, Schinken-Priester. Ich setze darauf, daß Ihr Attentäter es nicht schafft.«

»Worum wetten wir?«

Der General grinste. »Eine Kiste guten russischen Wodka gegen eine Schinkenseite.«

Der Priester lächelte, streckte die Hand über den Tisch, und sie schüttelten sich die Hände.

Der Holländer kam mit drei Minuten Verspätung zum Bus zurück und wurde von der Reiseleiterin mit einem strengen Blick empfangen. Er schwankte leicht, als er sich durch den Gang auf seinen Platz zubewegte. Einige Minuten später verzieh die Reiseleiterin ihm. Sie hörte, daß seine Frau ihn schalt. Sie sprach holländisch, aber der Klang ihrer Worte ließ klar erkennen, was sie bedeuteten. Er nickte reumütig mit dem Kopf. Dann sah er, daß die Reiseleiterin ihn beobachtete. Sein linkes Augenlid senkte sich zu einem vollendeten Zwinkern.

Kapitel 24

Der Zug ratterte über die Weichen außerhalb von Kielce. Die *kacyki* spielten Skat. Marian gewann ständig. Jerzy war der große Verlierer. Antonio und Irena hatten sich zurückgezogen, Ania und Natalia bereiteten in der kleinen Küche eine Mahlzeit zu.

Mirek lag im Schlafabteil. Er hatte die Kissen hinter sich gestapelt, saß aufrecht im Bett und beobachtete die vorbeifliegende Landschaft. In der Nacht hatte es stark geschneit, und die Landschaft war mit Weiß überzogen. Seine Seite schmerzte immer noch sehr stark. Doch innerlich war er von Frieden erfüllt.

Es war der zweite Tag nach Anias Rettung. Sie hatten Nachricht bekommen, wo die Waggons der Regierung abgestellt wurden. Ania war besorgt darüber, daß Mirek sich nicht länger schonen konnte. Sie wollte noch einige Tage warten, doch die Nachricht hatte eindeutig besagt, daß die Zeit drängte. Und Mirek selbst war von Ungeduld erfüllt. Nach den Ereignissen der vergangenen drei Tage wollte er so schnell wie möglich seine Aufgabe hinter sich bringen und dann irgendwo weit weg ein neues Leben beginnen. Sein Kopf war frei. Er spürte keine geistige und körperliche Anspannung mehr. Ein Gefühl der Freiheit erfüllte ihn, da er wußte, daß er nicht mehr allein war, da er endlich seine eigene Identität gefunden hatte.

Es war in der Nacht der Rettung geschehen. Wenige Minuten, bevor die Zufahrtsstraße abgesperrt wurde, waren sie zum Haus des Generals zurückgekehrt.

Irena und Natalia weinten vor Erleichterung, doch dann durchlebte Irena noch eine furchtbare Stunde, bevor Antonio mit breitem Grinsen hereinkam. Erst als Mirek aus dem Wagen stieg, bemerkten sie, daß er verwundet war. Sein linkes Hosenbein war von Blut durchtränkt. Ania hatte weder während der Flucht noch auf der Fahrt zum Haus ein Wort gesprochen. Sie schien unter Schock zu stehen. Ihr Gesicht war sehr blaß, und sie fühlte sich eiskalt an. Doch als sie das Blut sah, vergaß sie den Schock und ergriff die Initiative.

Jerzy wollte einen befreundeten Arzt anrufen, dem man, wie er sagte, vertrauen könne. Doch Mirek widersetzte sich heftig. Er verwies darauf, daß der SB aufgrund der Blutspuren, die er im Gebäude, auf den Treppen und in den beiden zurückgelassenen Fahrzeugen hinterlassen hatte, wissen würden, daß er verwundet war. Er hatte eine Menge Blut verloren, und sie würden annehmen, daß es ernster war als eine bloße Fleischwunde. Sie würden außerdem vermuten, daß er dringend ärztliche Behandlung benötigte, und folglich würden sie ihre Aufmerksamkeit zunächst auf jeden Schritt sämtlicher Ärzte konzentrieren.

Der General war ein bestens ausgerüsteter Mann, und deshalb befand sich in der Küche auch ein Erste-Hilfe-Schrank.

Ania und Marian hatten ihn nach oben in das Schlafzimmer des Generals geschafft, ihn im Badezimmer ausgezogen und seine Wunde untersucht. Die Kugel war aufwärts eingedrungen, hatte eine zwölf Zentimeter lange Furche von der Hüfte bis zur untersten Rippe gerissen. Mirek glaubte, daß die Kugel die Rippe getroffen hatte. Er wußte, was zu tun war. Er schickte Marian nach unten und ließ sie eine Flasche Wodka holen. Nachdem sie zurückgekehrt war, trank er etwas davon und goß viel Wodka auf die Wunde. Er hatte vor Schmerz geschrien und war zusammengesackt, wobei er die Arme um die Frauen geschlungen hielt. Dann hatten sie die Wunde getrocknet und fest bandagiert. Sie konnten sie nur wie eine große Schnittwunde behandeln und hoffen, daß sie heilte. Im Erste-Hilfe-Schrank gab es eine Menge von Antibiotika, und er nahm die doppelte Dosis, um dem Wodka entgegenzuwirken. Dann trank er noch mehr Wodka und fiel ins Bett.

Eine Stunde später aßen sie gemeinsam im Schlafzimmer. Es war ein Fest, und sie hatten beschlossen, daß Mirek daran teilhaben mußte. Zwei Klapptische, ein Kassettenspieler, Flaschen, Gläser, Teller und Bestecke wurden hochgebracht. Es gab ein einfaches Mahl: eine dicke Gemüsesuppe, gefolgt von geschmortem Fleisch mit gekochtem Reis.

Die Stimmung war seltsam gewesen. Nicht gedämpft, aber auch nicht übermütig. Es herrschte eine Art Zufriedenheit. Nachdem Mirek ihnen kurz die Ereignisse innerhalb des Gebäudes geschildert hatte, wurde über die Rettung nicht mehr gesprochen. Marian war am meisten aufgekratzt gewesen, lachte viel und neckte alle. Inzwischen wußten Mirek wie Ania, daß sich hinter ihrem flatterhaften Wesen eine intelligente Frau verbarg, die sich auf jede Situation einzustellen wußte. Mirek wurde von ihr jetzt nicht mehr auf den Arm genommen; wie alle anderen behandelte auch sie ihn jetzt mit einem Respekt, der an Heldenverehrung grenzte. Für sie hatte er tatsächlich das Unmögliche vollbracht und damit das Leben ihrer Familien gerettet und sie selbst vor dem Ruin, vor Gefängnis und möglichem Tod bewahrt.

Die Stimmung war bestimmt vom Gefühl gemeinsam durchstandener Gefahr und gemeinsamer Erleichterung. Mehr denn je fühlten sie sich jetzt einander verbunden. Sie waren eine Familie.

Jerzy war begeisterter Anhänger von Modern Jazz. Sein Lieblingsmusiker war Thelonius Monk. Er spielte seine Kassetten bei jeder nur möglichen Gelegenheit. Eine davon war gerade durchgelaufen, und er wollte gleich eine andere einlegen. Marian hatte dagegen Einspruch erhoben. Sie wandte sich an Irena und bat sie, für sie zu singen. Irena, normalerweise ein wenig scheu, hatte heute viel Wodka getrunken. Sie hatte ihren Kopf gehoben und mit klarer Stimme gesungen. Sie sang polnische Volkslieder: ›Karolinka‹ und ›Lowiczanka‹. Ania kannte die Texte und fiel ein. Eine nostalgische Stimmung überkam sie alle. Mirek, durch Kissen im Bett aufgestützt, hatte das Gefühl, als sei er endlich heimgekommen.

Die anderen waren kurz vor Mitternacht gegangen. Ania ging ins Badezimmer und ließ Wasser einlaufen. Zwanzig Minuten später kam sie heraus. Sie trug ihr übliches, knöchellanges Nachthemd und hatte ihr Haar mit einem Handtuch hochgebunden. Das Bett war sehr breit. Er hatte in der Mitte gelegen. Er zuckte unter Schmerzen zusammen, als er sich auf die andere Seite bewegte. Sie schlug das Deckbett auf ihrer Seite zurück und schlüpfte hinein. Er löschte seine Nachttischlampe. Die Badezimmertür war leicht geöffnet. Sie hatte das Licht angelassen, und es warf einen Schimmer ins Schlafzimmer. Sie wollte aus dem Bett steigen, um es auszumachen, doch er hinderte sie daran. Er wollte nicht in einem stockdunklen Zimmer schlafen. Er hatte starke Schmerztabletten zu sich genommen, doch seine Seite tat immer noch sehr weh, wenn er auch nur die geringste Bewegung machte. Er wußte, daß er nur wenig Schlaf finden würde, obwohl er geistig und körperlich erschöpft war.

Er hatte geglaubt, sie würde rasch einschlafen, doch nach etwa einer halben Stunde hörte er ihre leise, rauhe Stimme.

»Mirek, morgen früh müssen wir miteinander sprechen.«

»Worüber?«

»Über uns ... über das, was geschehen ist ... das, was wir tun.«

Er hatte seinen Kopf gedreht, um sie anzusehen. Er konnte nur undeutlich das Profil ihres Gesichtes erkennen.

Er sagte: »Gut, Ania. Wir werden morgen früh sprechen.«

Stundenlang hatte er zwischen Wachen und Schlafen geschwebt. Einmal hatte er unter Schmerzen aus dem Bett aufstehen und ins Badezimmer gehen müssen. Dort hatte er noch mehr Schmerztabletten genommen. Als er wieder ins Bett stieg, entdeckte er, daß Ania im Schlaf in die Mitte gerollt war. Er lag neben ihr auf seiner gesunden Seite. Er konnte ihr Gesicht jetzt deutlicher sehen. Sie schlief unruhig. Nach dem, was sie durchgemacht hatte, war das zu erwarten gewesen. Zuweilen zuckten ihre Glieder, und sie wimmerte aus tiefer Kehle. Ganz langsam streckte er einen Arm aus, legte ihn um sie und zog sie zärtlich an sich. Ihr Kopf kippte über das Kissen und ruhte in der Beuge seiner Schulter. Weich streichelte er ihr Haar, und er spürte ihren Atem auf seiner Haut. Er fuhr mit seiner Hand langsam über ihrem Rücken auf und ab, so als würde er ein verstörtes Kätzchen streicheln. Ihr Atem wurde gleichmäßiger, und er spürte, wie ihr Arm sich über seine Hüfte legte, wie sie ein Bein über seines schlug und sich ihre Körper der Länge nach aneinanderpreßten. Auch ihre Hand bewegte sich auf seinem Rücken auf und ab. Eine ständige, federleichte Liebkosung. Er verspürte weder Leidenschaft noch sexuelle Erregung. Nur eine Nähe von Körper und Seele. Er konnte das Fleisch ihrer Beine spüren. Das Nachthemd war über ihre Knie hochgerutscht. Sie drückte sich an ihn. Er drehte ihr seinen Kopf zu. Ihre Augen waren geschlossen. Sanft küßte er eines ihrer Augen, dann ihre Wange, die dicht an seinem Mund ruhte, dann ihre Lippen. Sie bewegten sich unter den seinen. Der Atem aus ihren Nasenflügeln vermischte sich mit dem seinen. Er spürte ihre Hand an seinem Hinterkopf, die seinen Nacken streichelte und ihn näher an sie zog. Er schloß die Augen. Er dachte an nichts. Jeder Gedanke war wie weggeblasen. Er spürte nur sie. Sein rechtes Bein war zwischen ihre Beine geklemmt; sehr langsam begann sie, sich daran zu reiben. Unfreiwillig hob er sein Knie höher, drückte es fester gegen ihre Weiche. Der Schmerz an seiner Seite war vergessen. Seine Hand glitt zu ihrem sich bewegenden Gesäß hinunter und unter den gerafften Saum ihres Nachthemdes. Er zog ihn höher und seine Handfläche ruhte auf ihrem Gesäß, streichelte es, während sie sich gegen ihn preßte.

Es mochten Minuten oder Stunden gewesen sein. Die Zeit stand still. Sie lagen im Halblicht, ein einziger, in sich wogender Körper. Ihr Gesicht ruhte auf seinem Nacken, ihre geöffneten Lippen neben seinem Ohr. Als der Morgen dämmerte, spürte er, wie ihr Atem sich auf seiner Haut beschleunigte. Wieder preßte er sein Knie stärker in ihre Mitte. Ihre Hüften drückten fester. Sie stöhnte, und ihr ganzer Körper erstarrte und erschauerte, als er sich gegen ihn preßte.

Sie war starr und mit ihm verschmolzen. Die Zeit verging. Dann seufzte sie tief, ihr Körper entspannte sich und wurde weich. Sie murmelte etwas, das er nicht verstehen konnte, und Augenblicke später atmete sie im gleichmäßigen, ruhigen Rhythmus des Schlafes. Und auch er versank in schmerzlose Bewußtlosigkeit.

Sein Schmerz war beim Erwachen mit ungeheurer Heftigkeit zurückgekehrt. Seine Seite fühlte sich an, als würde ein Brandeisen dagegen gehalten werden. Er öffnete seine Augen. Das Bett neben ihm war leer. Er hörte leise Worte und hob seinen Kopf. Sie kauerte neben dem Bett. Er konnte nur den oberen Teil ihres Körpers sehen. Ihr Kopf war gebeugt, ihre rechte Hand umklammerte etwas an ihrer Kehle. Er begriff, daß sie kniete und betete. Er konnte die Worte nicht verstehen; es war Lateinisch. Mit einem schmerzlichen Seufzer richtete sie sich auf. Sie hob ihren Kopf, und er sah, daß ihre Wangen feucht waren. Sie räusperte sich, wischte mit einem Ärmel über ihr Gesicht und stand auf. Er fand, daß sie sehr verwundbar aussah, doch sie schüttelte nur ihren Kopf, als wolle sie eine Stimmung abstreifen, und sagte fest: »Was macht deine Seite, Mirek?«

»Sie schmerzt höllisch. Ist bei dir alles in Ordnung, Ania?«

Sie nickte. »Ja ... Ich werde dir das Frühstück holen und dann den Verband wechseln.«

Sie war ins Badezimmer gegangen, war fünf Minuten später angezogen herausgekommen und brachte ihm ein Glas Wasser. Sie reichte ihm zwei Tabletten und das Glas.

»Antibiotika. Ich hole das Frühstück und frage, was inzwischen geschehen ist. Es ist schon recht spät.«

Er blickte auf seine Armbanduhr und sah zu seiner Überraschung, daß es nach zehn war. Was in der Nacht geschehen war, wirkte unwirklich und real zugleich. Sie stand an der Tür. Er öffnete den Mund, um etwas zu sagen, doch sie hob eine Hand und sagte: »Später.«

Eine halbe Stunde später war es soweit. Sie war zurückgekommen und trug ein Tablett mit einer Kanne Tee, Weißbrot, kaltem Braten, Orangensaft und einer Schüssel mit Früchten.

Sie hatte sich zu ihm auf das Bett gesetzt und mit ihm gegessen. Sie hatte ihm erzählt, daß Jerzy und Antonio am frühen Morgen in verschiedene Richtungen ausgeschwärmt seien, um die Situation zu erkunden. Sicherheitskräfte wurden jetzt überall verstärkt eingesetzt. Die Papiere eines jeden wurden aufmerksam kontrolliert. Sogar Einheiten der russischen Armee befanden sich in der Stadt. Sie hatten auch in Erfahrung gebracht, daß die beiden Verstecke innerhalb weniger Stunden nach der Befreiung vom SB ausgehoben worden waren. Es war Glück gewesen, daß sie ins Haus des Generals zurückgekehrt waren.

Nach diesem Bericht aßen sie schweigend, bis sie sehr nach innen gekehrt sagte: »Ich habe sehr gesündigt.«

Er hatte darauf gewartet. Er sagte rasch: »Schau, Ania ... was letzte Nacht anbelangt ...«

Sie schüttelte ihren Kopf.

»Ich spreche nicht über die vergangene Nacht, Mirek. Ich habe gesündigt, weil ich ein Gelübde abgelegt habe ... das Gelübde, nur meinen Herrn und Gott zu lieben. Dieses Gelübde habe ich gebrochen.«

Es dauerte einige Sekunden, bis Mirek die Tragweite des Gesagten begriff. Dann sagte er ruhig: »Willst du damit sagen, daß du mich liebst?«

Sie nickte heftig. »Ja, Mirek. Ich bin davongelaufen – aber jetzt kann ich es nicht mehr. Es ist keine Dankbarkeit für das, was du getan hast. Und es ist auch nicht deshalb, weil ich mein Leben lang im Kloster war ... Ich weiß nicht, warum es geschehen ist. Ich nehme an, daß dies zur Liebe gehört ... Mangel an Logik.«

»Ich liebe dich auch, Ania.«

Sie seufzte und nickte. »Ich weiß, Mirek, was geschieht mit uns? Was tun wir?«

Er streckte seine Hände aus und ergriff die ihren.

»Ania, wenn dies vorüber ist, werden wir zusammenleben.«

Sie schüttelte ihren Kopf. »Daran will ich nicht einmal denken. Vielleicht wird es niemals vorüber sein. Wie lange noch können wir glücklich sein?«

Hitzig sagte er: »Es wird ein Ende haben.«

Sie entzog ihm ihre Hände, nahm dann seine Hände in ihre und betrachtete sie. Mit ihrer heiseren, leisen Stimme sagte sie: »Ich habe mich in einen Mörder verliebt. Ich habe gesehen, wie du gemordet hast. Wozu, Mirek? Was wirst du in Moskau tun?«

Automatisch sagte er: »Das kann ich dir nicht sagen.«

Barsch sagte sie: »Dann gehst du allein. Entweder teile ich alles mit dir – oder nichts.«

Er hob seinen Kopf, blickte in ihr Gesicht und sah die Entschlossenheit in ihren Augen. Er überlegte einen Augenblick lang, dann sagte er: »Ich habe den Auftrag, Juri Andropow zu töten.«

Sekunden verstrichen, und dann umklammerten ihre Finger seine Hände. Sie schüttelte ihren Kopf und sagte: »Das ist unmöglich ... du ... sie sind wahnsinnig ... und warum ... warum ihn umbringen?«

Kurz nannte er ihr den Grund. Als er fertig war, ließ sie seine Hände los, erhob sich und begann, in dem großen Raum auf und ab zu gehen.

Schließlich blieb sie stehen und sagte beißend: »Ich glaube es nicht. In welcher Gefahr Seine Heiligkeit auch sein mag, es ist unmöglich, daß er eine solche Sünde begehen würde.«

Mit müder Stimme erwiderte Mirek: »Er weiß nichts davon.«

Sie war verwirrt gewesen und hatte über die vergangenen Wochen nachgedacht. Dann sagte sie: »Er muß es wissen. Er gab mir seine Erlassung.«

Mirek hatte große Schwierigkeiten, die richtigen Worte zu finden. Einerseits wollte er, daß sie alles wußte. Andererseits hatte er Angst davor, wie es auf sie wirken würde.

Behutsam sagte er: »Ania, ich verspreche dir, daß der Papst von all dem absolut nichts weiß. Es ist ... oder war eine Dreiergruppe. Dazu gehörten Kardinal Mennini, bevor er starb, Erzbischof Versano ... und der Schinken-Priester. Sie nannten sich *Nostra Trinita*, und ich wurde der ›Gesandte des *Papa*‹ getauft.«

Sie schüttelte den Kopf. »Nein. Ich habe die Erlassung gesehen. Seine Heiligkeit hat sie unterzeichnet ... sein Siegel war darauf.«

Mirek schaute sie nur an und wußte nicht, wie er es ihr sagen sollte. Das mußte er auch nicht; sie kam selbst darauf. Sie riß ihre Hände vors Gesicht und atmete heftig.

»Eine Fälschung! Was habe ich getan ... Was haben sie getan?«

Er hatte die Decke zurückgeschlagen und seine Füße unter Schmerzen auf den Boden gesetzt. Er ging zu ihr hin, legte einen Arm um ihre Schulter und führte sie zum Bett. Sie saßen nebeneinander, während sie sich ihrer Situation bewußt wurde. Er glaubte, sie würde weinen, aber das tat sie nicht. Er erwartete, daß ihr Verstand aufgrund der Ereignisse und Enthüllungen der letzten Stunden wie betäubt sein würde. Doch das war nicht der Fall.

Sie riß sich zusammen und sagte: »Ich verstehe ihre Motive – die *Nostra Trinita*. Ich glaube, daß sie furchtbar irren, aber ich verstehe ihre Besorgnis um Seine Heiligkeit ... Aber Mirek, deine verstehe ich nicht. Geld kann es nicht sein.«

Er schwieg, dachte wieder nach und sagte dann: »Nein, Ania. Mit Geld hat das nichts zu tun. Und auch nicht mit Sorge um den Papst. Es ist Haß.«

Sie wandte sich ihm zu, und er erklärte es ihr.

Er erzählte ihr von seiner Jugend. Von seiner Hinwendung zum Kommunismus und seiner tiefen Überzeugtheit. Es paßte zu seinem Charakter: Er war ehrgeizig, ichbezogen und egoistisch. Die Familie seines besten Schulfreundes war seit drei

Generationen kommunistisch. Durch sie wurde er stark beeinflußt, und schließlich verbrachte er mehr Zeit bei ihnen als bei sich daheim. Seine Eltern waren entschiedene Antikommunisten, doch er meinte, daß ihre Argumente jeder Logik entbehrten; er glaubte, daß sie sich von Gefühlen leiten ließen. Die Entfremdung schritt rasch voran. Der Vater seines Freundes sorgte dafür, daß er an der Universität immatrikuliert wurde, mit der Folge, daß der SB ihn anwarb. Das kam Mirek sehr gelegen. Er war überzeugter Atheist und hielt die katholische Kirche für das reaktionärste Element der gesamten polnischen Geschichte. Er bezichtigte sie, über Jahrhunderte hinweg Stütze der korrupten Aristokratie und damit Hauptursache für die historischen Fehler Polens gewesen zu sein.

Für seine Eltern bedeutete sein Eintreten in den SB den endgültigen Bruch. Sein Vater sagte ihm, daß er keinen Sohn mehr habe und nie wieder sein Gesicht sehen wolle. Seine Mutter sagte ihm, daß er keine Mutter mehr habe und daß sie ihren Leib verfluche, weil sie ihn geboren hatte. Ihm war es gleichgültig. Er dachte nur an die Zukunft. Die Vergangenheit war vorbei. Das einzige, was er bedauerte, war seine Schwester. Sie war drei Jahre jünger, und sie hatten sich als Kinder sehr nahegestanden. Absichtlich hatte er seinen Eltern gegenüber sein Herz verschlossen, doch ihr gegenüber konnte er es nie völlig verschließen.

Seine Familie hatte in Bialystok gelebt. Er war nach Krakau versetzt worden. Ein überlegter Zug des SB, um ihn selbst dem geringsten Einfluß der Familie zu entziehen. Es war unnötig gewesen. Er nahm nie mit ihnen Verbindung auf und hörte auch nie wieder von ihnen, auch nicht von irgendwelchen anderen Verwandten oder Jugendfreunden. Wenn man dem SB angehörte, wurde das Regime zur Familie.

Die Jahre vergingen. Er arbeitete hart und verbissen und diente seiner neuen Familie gut. Er erklärte Ania, daß es innerhalb des SB eine inoffizielle Gruppe gäbe. Sie besitzt den Decknamen *Szyszki* – der Kreis. Viele totalitäre Sicherheitsorganisationen haben solche Gruppen. Sie bilden eine Elite. Sie halten sich verborgen. Sie wählen ihre Mitglieder sehr sorgfältig aus und testen sie zuvor gründlich. Natürlich wußte jeder innerhalb des

SB vom *Szyszki*. Und jeder wußte auch, daß die Aufforderung, ihm beizutreten, Garantie für eine steile Karriere war. Der *Szyszki* verrichtete eine Menge schmutziger Arbeit, über die nie gesprochen werden durfte und über die es nirgendwo Berichte gab. Er war der geheime Arm des SB.

Nach seiner Beförderung zum Major wartete Mirek mit wachsender Ungeduld darauf, zum Beitritt aufgefordert zu werden. Die Aufforderung erfolgte zwei Jahre später. Er wurde von Oberst Konopka zum Mittagessen eingeladen; es war ein sehr gutes Mittagessen bei ›Wierzynek‹. Mirek war sehr beeindruckt gewesen. Der Oberst hatte ihm reichlich Komplimente für seine Arbeit gemacht und ihm dann gesagt, daß man seinen Beitritt zum *Szyszki* erwog. Mirek hatte ihm gesagt, daß er sich sehr geehrt fühle. Der Oberst hatte erklärt, daß der Kandidat vor dem Eintritt eine Aufgabe zu erfüllen habe und sich damit für immer fest an die anderen Mitglieder band. Mirek hatte dem Oberst versichert, daß er jede Aufgabe bestehen würde.

Das geschah auch. Der Test war schlicht und einfach. Es gab eine subversive Gruppe in Warschau, die von einer Dreiergruppe geführt wurde. Diese Gruppe war sehr clever und konnte sich normalen Verfolgungen immer erfolgreich entziehen. Sie waren gefährlich und verursachten sowohl Schaden als auch Verwirrung. Mireks Aufnahmeprüfung für die Bruderschaft des *Szyszki* bestand darin, sie zu eliminieren. Falls er das vermasselte und entdeckt würde, würde der SB ihn natürlich entlassen.

Mirek hatte das bereitwillig akzeptiert. Der Oberst erzählte ihm, daß es außerordentlich einfach sei. Die Gruppe würde sich zu einer bestimmten Zeit in einem bestimmten Haus am Stadtrand von Warschau aufhalten. Ihr Wagen würde draußen in einer ruhigen Straße geparkt sein. Mirek mußte lediglich eine starke Autobombe darin installieren. Sobald sie die Zündung einschalteten, wäre das Problem gelöst.

Mirek wurde gezeigt, wie er die Arbeit durchzuführen habe, und er erledigte sie mit absoluter Tüchtigkeit. In den Zeitungen stand kein Wort darüber.

Einige Jahre später saß Mirek auf der Toilette im luxuriösen Offizierskasino des SB-Hauptquartiers in Krakau. Oberhalb und unterhalb der Tür befanden sich große Öffnungen. Er war fast fertig, als zwei hohe Offiziere hereinkamen. Einer war Oberst Konopka, der andere ein Oberst aus Warschau, der auf Besuch hier war. Sie mußten ein sehr gutes Mittagessen eingenommen haben. Sie waren laut und leicht angetrunken. Sie unterhielten sich, während sie urinierten.

Der Oberst aus Warschau fragte: »Wie macht sich der junge Scibor?«

Konopka antwortete: »Brillant. Er wird weit kommen.«

Hinter seiner Tür war Mirek ganz stolz. Dann sagte der Oberst aus Warschau: »Ja, aber ich glaube, daß wir bei seiner Aufnahmeprüfung zu weit gegangen sind.«

Konopka sagte: »Nun ja, mag sein. Aber er wird es nie erfahren. Sie wissen, es war Andropows Idee ... der hat eine merkwürdige Denkweise. Zu der Zeit besuchte er Warschau, und sie verglichen unseren *Szyszki* mit dem inneren Kreis des KGB. Wir sprachen über die Probeaufgabe, die der Überzeugung angemessen sein müsse. Jemand erwähnte, daß Scibors Eltern und seine Schwester zu einer Plage wurden, aber nicht angeklagt werden konnten. Andropow lachte und sagte: ›Dann laßt Scibor sie töten ... falls er erwischt wird, sieht es wie ein Familienstreit aus.‹ Naja, der alte Mieszkowski ließ das ausführen ... Sie wissen, was für ein Arschkriecher er ist –«

Nachdem sie gegangen waren, blieb Mirek eine Stunde lang auf der Toilette sitzen. Als er aufstand, war er ein anderer Mensch.

Ania lauschte all dem schweigend. Als er fertig war, sagte sie: »Jetzt kann ich deinen Haß verstehen. Was er getan hat, war verachtenswert, besonders weil du es nie erfahren solltest. Er tat es zu seinem eigenen obszönen Vergnügen ... aber, Mirek, ich kann nicht verstehen, was für eine Art Mensch du warst. Du hast völlig gefühllos Menschen getötet, die du nicht kanntest, einmal abgesehen davon, daß es deine Eltern waren.«

»Das ist wahr«, gab er zu. »Ania, ich hätte das wahrscheinlich auch weiterhin getan. Doch die Erfahrung auf der SB-Toilette war wie eine Gehirnoperation. Ich wurde mir bewußt, wer und was ich war. Was ich geworden war. Ich ging nicht nur deshalb sofort auf das Angebot des Schinken-Priesters ein, um meinen eigenen Haß zu stillen und meine Schuld zu sühnen, sondern um das Böse, was ich getan hatte, wiedergutzumachen und ...«

Sie nickte. »Ich glaube das. Ich glaube, daß du jetzt kein böser Mensch mehr bist.«

Er lächelte schwach. »Wenn das wahr ist, Ania, dann ist dein Einfluß von großer Bedeutung gewesen ... Aber was wird nun aus uns?«

Sie zuckte die Schultern. »Wir wissen, daß wir uns beide verändert haben. Du zum Besseren. Ich mich zum Schlechteren. Ich weiß nicht mehr, was ich bin. Ich genieße körperliche Freuden und begründe das damit, daß ich eine Dispensation habe. Dann stelle ich fest, daß ich keine habe. Es ist verwirrend. Ich fühle mich von deiner sogenannten *Nostra Trinita* nur benutzt.«

»Das ist wahr«, stimmte er zu. »Sie haben meinen Haß und deinen Glauben ausgenutzt. Ania, wir können hier und jetzt damit aufhören. Von hier verschwinden. Irgendwo anders ein neues Leben beginnen.«

Sie hatte den Kopf geschüttelt. »Nein. Darüber darf ich nicht einmal nachdenken, Mirek. Was immer sie mir auch angetan haben, ich bin noch immer Nonne ... Und wenn das wahr ist, was du sagst, ist der Heilige Vater in schrecklicher Gefahr. Wir müssen beenden, was wir begonnen haben. Dann werde ich mich Gottes Rat unterziehen und hoffe, daß ich Sein Mitgefühl finde.«

Der Zug durchfuhr die Stadt Radom und rollte dann zwischen Äckern und Feldern hindurch. Mirek hatte diese Reise schon früher mehrere Male gemacht, nie aber so luxuriös. Er saß in einem Doppelbett, auf dem eine mit Gänsedaunen gefüllte Decke lag. Darüber schwang ein kleiner Kronleuchter. Die Wände des Waggons waren holzgetäfelt und mit Spiegeln versehen. Er fühlte sich matt. Seine Gedanken wanderten wieder zu Ania. Seit dieser wichtigen Nacht und dieser Reise hatte sich eine zurückhaltende, aber sehr liebevolle Beziehung zwischen ihnen entwickelt. Sie hatten zwei weitere Nächte zusammen eng umschlungen geschlafen, doch außer einem gegenseitigen Wärmen war nichts geschehen. Sie hatte ihn auf eine Art geküßt, die weder züchtig noch wollüstig war. Sie hatte für sich beschlossen, bis zum Ende ihrer

Mission alles offenzulassen. Für die anderen war es offenkundig, daß sie einander sehr nahestanden, daß sie sich wahrscheinlich liebten. Sie verhielten sich so, als seien sie schon seit sehr langer Zeit zusammen.

Jetzt öffnete sich die Tür. Ania stand im Eingang und schaute ihn an. Sie knickste ernsthaft und sagte: »Das Essen ist fertig. Würden Euer Ehren es lieber hier auf einem Tablett zu sich nehmen, oder lassen Sie sich dazu herab, dem gemeinen Volk im Speiseabteil Gesellschaft zu leisten?«

Er grinste sie an und schlug das Deckbett zurück.

»Ich komme. Was gibt es?«

»Nichts Großartiges«, antwortete sie. »Was macht die Wunde?«

Er legte einen der seidenen Morgenmäntel von Natalias Vater an. Er sagte: »Die Wunde schließt sich rasch. Du hast heilende Hände.«

Die anderen hatten sich draußen im Abteil versammelt. Jerzy zählte verdrossen Zwanzigzlotyscheine ab. Marian beobachtete ihn dabei fröhlich. Sie sagte: »Ich sag's dir immer wieder, Jerzy. Du hältst mich für eine dumme Blondine. Um Skat zu spielen, muß man wirklich intelligent sein.« Sie blickte zu Mirek auf und sagte triumphierend: »Meine Mutter sagte immer: ›*In skato veritas.*‹«

Jerzy zählte die letzten Banknoten ab, schob sie ihr über den Tisch zu und sagte: »Deine Mutter war eine alte Betrügerin, und du bist genauso.«

Marian nahm die Scheine. »Jerzy, du bist ein lausiger Verlierer. Ich habe mir auch sagen lassen, daß du ein lausiger Liebhaber bist. Stimmt das nicht, Natalia?«

Jerzys Freundin kam mit einem Tablett aus der Küche. Sie lächelte und nickte.

»Ich liebe ihn nur, weil er soviel Sinn für Humor hat.«

Sie räumten die Karten und die überquellenden Aschenbecher vom Tisch und setzten sich.

Zum Essen gab's Brot, kalten Braten und eingelegtes Gemüse, gepökelten Fisch und Käse und dazu bulgarischen Wein.

Eine Weile aßen sie schweigend, dann schaute Antonio auf seine Armbanduhr und sagte: »In einer halben Stunde sind wir in Warschau. Dann heißt es Lebewohl.« Er lächelte Ania und Mirek an. »Es ist schon verrückt. Wir werden euch vermissen und gleichzeitig froh sein, euch von hinten zu sehen. Ich freue mich auf ein etwas ruhigeres Leben.«

Jerzy sagte: »Das Erkennungswort hast du doch nicht vergessen?«

Mirek schüttelte seinen Kopf und murmelte, während er auf gepökeltem Fisch kaute: »Er sagt: ›Für Ihre Ankunft in Warschau haben Sie sich einen guten Tag ausgesucht.‹ Ich erwidere: ›Es ist immer ein guter Tag, wenn man in Warschau ankommt.‹«

»Ich frage mich, wer das sein wird«, überlegte Irena.

Mirek seufzte und lächelte dann. »Wer immer das sein mag, ich werde nicht entsetzter sein als damals, als Marian am See auf mich wartete.« Zu Ania sagte er: »Sie erzählte mir, daß ich gerade rechtzeitig zur Party käme.«

Marian grinste. »Ja, und was für eine Enttäuschung wurde daraus! Ania, ich versuchte ihn zu verführen, und er ließ mich wie eine alte Vettel stehen!«

Mit gespieltem Mitleid sagte Ania: »Ich bin sicher, daß er erschöpft war, Marian. Das kann die einzige Erklärung gewesen sein.«

Die Neckerei zog sich so über die nächsten 20 Minuten hin – teils um die aufkommende Traurigkeit über die bevorstehende Trennung besser ertragen zu können, teils um die wachsende Spannung zu überspielen. Sie alle wußten, daß der Augenblick der Übergabe sehr gefährlich war. Wenn die Sicherheitsvorkehrungen der anderen Gruppe vergeblich gewesen waren, würde dort ein anderes Empfangskomitee warten.

Der Tisch war abgeräumt, als sie den Stadtrand von Warschau erreichten. Natalia erklärte, daß der Zug in wenigen Minuten halten würde. Ihr Waggon würde abgehängt, und eine Rangierlock würde sie aufs Nebengleis schieben.

»Ist es immer dieselbe Seite?« fragte Mirek.

»Immer«, bestätigte sie.

Sie hielten ihr Gepäck bereit. Die Mädchen hatten wirklich

die Absicht einzukaufen, um so die Tarnung aufrechtzuerhalten. Sie würden zwei Tage bei Freunden in Warschau bleiben und dann auf dem selben Wege nach Krakau zurückkehren.

Mit mehreren Rucken kam der Zug kreischend zum Stehen. Natalia öffnete ein Fenster und schaute hinaus. Die anderen hielten sich von den Fenstern fern. Flüsternd schilderte sie ihnen, was geschah.

»Jetzt koppeln sie uns ab.« Sie winkte den Rangierarbeitern zu. Ein schrilles Pfeifen war zu hören, dann ein Ruck und Stille. »Der Zug fährt davon.« Eine halbe Minute Stille, dann ein schnaufendes Geräusch, das näherkam. »Jetzt kommt die Rangierlok.« Eine halbe Minute später wurde der Waggon angestoßen, dann noch einmal heftiger. »Sie kuppeln uns an.« Sie rief nach draußen: »Vielen Dank.«

Sie konnten antwortende Stimmen hören, dann bewegte sich der Waggon mit einem Ruck vorwärts. Natalia blieb am Fenster stehen. Als sie über mehrere Weichen fuhren, rasselte es heftig. Dann verlangsamte der Waggon sich wieder. Natalia lehnte sich weiter aus dem Fenster. Über die Schulter hinweg sagte sie: »Jetzt kommt der Bahnsteig näher.«

Der Zug fuhr noch langsamer. Jerzy rief: »Steht jemand da?«

»Ja ...« Der Waggon kam zum Halt, wobei die Bremsen der Lokomotive zischten.

Natalia wich vom Fenster zurück und drehte sich um. Ihr Gesicht war bleich. Sie stammelte: »Es ist ... es ist ein Major der Roten Armee.«

Kapitel 25

Mirek ergriff Anias Handgelenk und begann, sie zur Tür des Schlafabteils zu ziehen. Die anderen standen wie versteinert. Dann drangen durch das geöffnete Fenster in klarem Polnisch, doch mit Akzent die Worte: »Für Ihre Ankunft in Warschau haben Sie sich einen guten Tag ausgesucht.«

Mirek und Ania blieben abrupt stehen. Sie hörten Schritte auf dem Bahnsteig, dann erschien ein Kopf vor dem Fenster. Ein Mann Ende Dreißig. Ein dunkles, schmales Gesicht, ein mächtiger Schnurrbart, der unecht wirkte, eine dunkle Brille und eine spitze Mütze. Er sagte noch einmal: »Für Ihre Ankunft in Warschau haben Sie sich einen guten Tag ausgesucht.«

Mirek fand seine Stimme wieder und sagte heiser: »Es ist immer ein guter Tag, wenn man in Warschau ankommt.«

Das Gesicht lächelte. Eine Hand streckte sich durch das Fenster und betätigte den Türgriff. Der Mann war groß und sehr schlank. Er führte eine Hand zu seinem Schnurrbart, wie um sich zu vergewissern, daß er noch da sei. Sein Blick schweifte durch das Abteil, verharrte kurz auf Marian und ruhte schließlich auf Mirek. Er neigte seinen Kopf wie zu einer Verbeugung und sagte: »Ich bin gekommen, um Sie und Ihre Dame abzuholen.«

Er bemerkte den leisen Argwohn auf Mireks Gesicht, lächelte und führte dann rasch die Hand zu seinem Schnurrbart. Er sagte: »Es ist keine Falle. Wenn der SB oder der KGB wüßten, daß Sie hier sind, würde dieser Waggon von einem Bataillon von Eliteeinheiten mit schweren Waffen umstellt sein. Überzeugen Sie sich selbst.«

Jerzy trat ans Fenster, streckte seinen Kopf heraus und schaute sich nach links und rechts um. Über seine Schulter sagte er: »Außer ein paar Eisenbahnarbeitern weiter hinten ist niemand zu sehen.«

Mirek fragte den Major: »Wer sind Sie?«

Der Major spreizte seine Hände und schaute die anderen an, während er sagte: »Unter solchen Umständen ist es besser, seine Identität nicht preiszugeben.«

Marian sagte: »Es könnte eine Falle sein, um dich kampflos festzunehmen. Er ist bestimmt Russe.«

Der Major seufzte. »Beruhigen Sie sich, Scibor. Ich bin im Auftrag des Schinken-Priesters hier. Ich habe Ihnen das richtige Erkennungswort genannt. Beeilen Sie sich. Wir dürfen keine Zeit verlieren.«

Noch immer argwöhnisch fragte Mirek herausfordernd: »Wohin werden sie uns bringen?«

Der Major seufzte wieder. »Zu jemandem, der Ihnen alles

erklären wird.« Er deutete auf die anderen. »Ich bin sicher, daß Ihre Freunde es nicht wünschen, Informationen zu erfahren, die ihnen unter gewissen Umständen schaden könnten.«

Mirek schaute Ania an. Die zuckte die Schultern und sagte: »Ich denke, uns bleibt keine andere Wahl. Sonst wartet niemand auf uns.«

Diese Logik besänftigte Mireks Argwohn. Er sagte: »Ich hole die Tasche.«

Die nächsten Minuten waren sehr bewegend. Seltsamerweise schien Jerzy am meisten gerührt zu sein. Als er Ania umarmte, flossen Tränen über seine Wangen und in seinen Bart.

Die Umarmungen sagten weit mehr als die gemurmelten Worte wie ›Danke‹ und ›Viel Glück‹. Dann folgten sie dem Major auf den Bahnsteig. Ein eisiger Wind blies. Der Major bemerkte, daß Ania ihre Arme dicht um ihren Körper verschränkte. Er sagte: »Im Wagen ist es warm.«

Das Auto entpuppte sich als großer schwarzer Zil mit militärischen Kennzeichen und einem rotgesternten Stander. Er war hinter einem Lagerhaus etwa 50 Meter vom Bahnsteig entfernt geparkt. Als sie ihn erreicht hatten, sagte der Major: »Steigen Sie hinten ein. Ich werde Ihre Tasche in den Kofferraum legen.« Er streckte eine Hand aus.

Mirek sagte: »Ich behalte sie bei mir.«

Der Major schüttelte seinen Kopf. »Es ist sehr unwahrscheinlich, daß dieses Fahrzeug angehalten wird, aber falls es doch passieren sollte, ist es besser, wenn die Tasche nicht im Wege ist.«

Ania hatte die hintere Tür geöffnet und war eingestiegen. Mirek zögerte noch. Gereizt sagte der Major: »Nun kommen Sie endlich! Der Zeitplan ist knapp. Der Schinken-Priester hat Sie unter mein Kommando gestellt.«

Vielleicht waren es die langen Jahre des militärischen Drills, vielleicht war es der heftige eisige Windstoß, der plötzlich kam. Jedenfalls zuckte Mirek mit den Achseln, reichte ihm die Tasche und rutschte neben Anja in den Wagen.

Die Tür fiel ins Schloß.

Der Major ging um den Kofferraum herum. Als er ihn öffnete, bemerkte Mirek, daß die Türen innen keine Griffe hatten. Zwischen der Hinterbank und dem Vordersitz war eine dicke Glasscheibe. Mirek hämmerte mit seiner Faust dagegen. Sie vibrierte kaum.

Ania sagte: »Mirek ... Was ist?«

»Eine Falle«, ächzte er.

Der Kofferraum war bis auf einen kleinen, grünen, festgezurrten Gaszylinder leer. Ein schwarzer Gummischlauch führte von dort aus in ein Loch in der Karosserie. Der Major warf die Tasche hinein, beugte sich vorwärts und öffnete das Ventil des Zylinders. Er schloß den Kofferraum, ging um den Wagen herum und schaute durch eines der hinteren Seitenfenster hinein.

Er sah zu, wie Mirek mit seinen Fäusten gegen die Trennscheibe und das Fenster hämmerte. Das Glas war kugelsicher und ganz bestimmt sicher gegen Faustschläge.

Es dauerte keine Minute. In dieser kurzen Zeit sah der Major für wenige Augenblicke den Haß, der aus den Augen des Polen blitzte. Dann wurden seine Augenlider schwer. Der Major begriff, daß das Paar annehmen mußte, mit Gas getötet zu werden. Fasziniert beobachtete er ihre Reaktion. In den letzten Augenblicken umklammerten sie sich in enger Umarmung. Er sah, daß sich die Lippen der Frau am Ohr des Mannes bewegten.

Der Major schaute noch eine weitere Minute zu. Das Paar im Wagen lag völlig regungslos. Er war in eine Ecke gerutscht und hatte sie mit sich gezogen. Ihr Kopf ruhte auf seiner Brust. Der Major ging an die Hinterseite des Wagens und drehte das Ventil zu. Dann, ein Taschentuch über die Nase haltend, öffnete er die beiden hinteren Türen, entfernte sich ein paar Meter und wartete. Fünf Minuten später trat er wieder an den Wagen, ließ die Jalousien an den hinteren Fenstern herunter, schloß die Türen und begab sich auf den Fahrersitz. Er nahm die dunkle Brille ab, drehte den Spiegel etwas, betrachtete sein Gesicht und fand, daß der Schnurrbart ihm wirklich gut stand. Während er ihn abnahm und in seine obere Uniformtasche steckte, beschloß er, sich einen richtigen wachsen zu lassen, aber vielleicht nicht ganz so groß.

Er fuhr in weitem Bogen um die Stadt. Zweimal gelangte er an Straßensperren der Miliz. Beide Male fuhr er einfach im

Schrittempo weiter, bis einer der Milizionäre den Wagen und den Insassen bemerkte, steif Haltung annahm und salutierte. Beide Male nahm der Major seine rechte Hand vom Lenkrad, erwiderte den Gruß und fuhr weiter.

Vierzig Minuten später kamen sie am Militärflughafen Wolomin an. Als er sich dem Wachhaus näherte, fuhr der Major wieder im Schrittempo. Der Posten kannte den Wagen und den Major sehr gut. Ein Befehl wurde gebrüllt und die Schranke hochgezogen. Während er hindurchfuhr, erwiderte der Major den Gruß.

Er fuhr zu einem kleinen Hangar, der mehrere hundert Meter vom Verwaltungsblock entfernt war. Die Schiebetüren waren geöffnet. Ein Feldwebel stand davor und schaute zu, wie der Zil direkt in den Hangar hineinfuhr. Dann schloß er die Türen und ging durch eine kleine Hängetür hinein, die er hinter sich verriegelte.

Im Innern des Hangars waren 16 Särge in einer Reihe aufgestellt. Vierzehn waren geschlossen, und darüber waren Hammer-und-Sichel-Flaggen ausgebreitet. Zwei am Ende waren offen.

Als der Major aus dem Wagen stieg, erhob sich ein Mann von einer Bank an der Wand. Er war untersetzt und mittleren Alters und trug die Uniform eines Hauptmanns. Auf seinen Epauletten waren die Insignien des Sanitätskorps. Er trug eine schwarze Tasche. Er fragte: »Ist alles gutgegangen?«

»Ich denke schon«, erwiderte der Major.

Er öffnete die Wagentür. Mireks Kopf rutschte heraus. Rasch griff der Feldwebel zu und stützte ihn mit seinen Händen. Der Hauptmann sagte: »Wir legen sie gleich in die Särge. Ich untersuche sie dort.«

Der Feldwebel schob seine Arme unter Mireks Achselhöhlen und zog ihn allmählich unter Anias leblosem Körper hervor. Der Major nahm seine Beine, und sie trugen ihn ein paar Meter zu den wartenden Särgen.

Die offenen Särge waren dick gepolstert. Sie legten Mirek in einen und gingen dann zurück zu Ania.

Der Hauptmann öffnete seine schwarze Tasche und zog ein Stethoskop heraus. Er untersuchte zuerst Ania. Er mußte ihren Pullover hochziehen und ihre Bluse aufknöpfen. Der Major und der Feldwebel schauten zu. Als der Feldwebel ihre schwellenden Brüste unter dem weißen Büstenhalter sah, murmelte er: »Gegen ein bißchen davon hätte ich nichts einzuwenden.«

Der Major warf ihm einen Blick zu, der Feldwebel schluckte und sagte: »Entschuldigung.«

Der Hauptmann horchte auf Anias Herzschlag, zog dann ein Augenlid hoch und musterte für einen Augenblick die Pupille. Zufrieden ging er zu dem anderen Sarg und untersuchte Mirek. Während er sich aufrichtete, sagte er: »Kein Problem.« Er schaute auf seine Armbanduhr. »Sie fliegen in einer halben Stunde ... Ich werde ihnen jetzt die Spritzen geben.«

Er griff in seine Tasche und nahm eine graue Dose heraus. Darin befanden sich Spritzen und mehrere kleine Flaschen, die mit Gummikappen versehen waren. Der Major half ihm, die Ärmel aufzurollen, erst bei Ania, dann bei Mirek. Geschickt gab der Hauptmann ihnen zwei Injektionen. Er grinste und gab dann dem Major eine Erklärung.

»Die zweite ist eine große Dosis Morphium. Sollten sie zufällig vor der Ankunft erwachen, werden sie glauben, sie seien im Himmel.« Er nahm aus seiner Tasche eine andere flache Plastikdose und legte sie auf Mireks Brust. Zum Major sagte er: »Das ist das Gegenmittel. Die Gebrauchsanweisung liegt dabei.«

Der Major fragte: »Sind Sie sicher, daß sie genug Luft haben?«

»Reichlich«, antwortete der Hauptmann. »Die Särge sind gut belüftet. Und außerdem brauchen sie weniger Sauerstoff als normalerweise, weil sie bewußtlos sind ... wie ein Tier im Winterschlaf.«

Er richtete sich auf, und die drei betrachteten die leblosen Gestalten. Der Feldwebel sagte: »Sieht aber recht bequem aus.«

»So ist es«, stimmte der Hauptmann zu. »Die letzte Ruhestätte ... Schließen wir sie.«

Die Sargdeckel hingen an Scharnieren. Nachdem sie zugeklappt worden waren, wurden sie mit Flügelschrauben zugedreht. Diese Flügelschrauben hatten eine besondere Bedeutung. Mit Flügelschrauben versehene Militärsärge, die in Rußland eintreffen, enthalten regelmäßig Schmuggelware eines hohen Offiziers, besonders dann, wenn sie von einem Major begleitet werden, der im Stabsdienst tätig ist. Also macht man die Augen zu. Ganz inoffiziell nimmt man hin, daß es sich um die Habe eines Generals handelt.

Eine halbe Stunde später wurden 16 Särge neben einer Antonow AN24 aufgereiht. Eine Blaskapelle spielte die Nationalhymne. Eine Ehrengarde präsentierte das Gewehr. Die Särge wurden eingeladen. Der Major stieg mit ihnen ein.

Dreieinhalb Stunden später wurden die Särge auf einem Militärflughafen außerhalb Moskaus ausgeladen. Wieder spielte eine Blaskapelle die Nationalhymne. Eine Ehrengarde präsentierte das Gewehr. Ein General hielt von einem kleinen Podium eine kurze Rede für die versammelten, weinenden Verwandten. Er hob hervor, daß in der Uniform der Roten Armee zu sterben bedeute, als ein Held zu sterben, auch wenn der Tod ein Unfall gewesen sei.

Eine Reihe von Leichenwagen des Militärs fuhr die Särge davon. Der General bemerkte, daß die letzten beiden zusammen in einen Leichenwagen geschoben wurden und nur von einem Stabs-Major begleitet wurden. Ihm fiel auf, daß sie mit Flügelschrauben verschlossen waren. Er spürte einen gewissen Neid.

Kapitel 26

Eine Stunde später hielt der Leichenwagen in einer Straße hinter dem Leninstadion. Die Gebäude waren von der Modernisierung verschont geblieben. Auf der einen Seite standen alte vierstöckige Häuser, die in Appartements umgewandelt worden waren. Auf der gegenüberliegenden Seite befand sich eine Reihe von Lagerhäusern und verschlossenen Mietgaragen. Die Straße war nur spärlich beleuchtet, und die Schatten waren lang. Der Major nahm seinen falschen Schnurrbart heraus und klebte ihn an, wobei er sich ein wenig albern vorkam. Dann sagte er dem Fahrer, er solle mit laufendem Motor warten. Er stieg aus und überquerte die Straße. Er entdeckte die schäbige braune Tür einer Garage, auf welche auffällig mit schwarzer Farbe die Zahl acht gemalt war. Daneben befand sich ein altertümlicher Klingelzug. Er zog daran und hörte ein entferntes Klingeln. Eine Minute verstrich, dann öffnete sich eine Garagentür, ein Lichtschimmer fiel heraus, und eine Stimme fragte: »Ja?«

»Ich möchte mit Boris Gogol sprechen.«

»Das tun Sie.«

Der Major beugte sich vor und sagte leise: »Ich habe Ihre Kinder zurückgebracht.«

Die Tür wurde geöffnet. Der Mann, der dort stand, war kaum größer als einsfünfzig, doch ein Blick in sein Gesicht ließ jeden Gedanken an seine kleine Statur vergessen. Es war unverhältnismäßig groß, die Stirn war hoch und gewölbt, weißes Haar fiel auf die schmalen, gekrümmten Schultern. Das Hervorstechendste an ihm aber waren die Augen: Sie waren hellblau, und ihr Ausdruck war intelligent und verschmitzt. Der Major schätzte den Mann auf Mitte Fünfzig. Er blickte sich um, sah den Leichenwagen und sagte: »Ich habe auf sie gewartet.«

Der Major fragte: »Wo soll ich sie hinbringen?«

»Hier herein.«

Der kleine Mann zog den Riegel aus der anderen Tür und stieß sie auf. Der Major ging zurück zum Leichenwagen und wies den Fahrer an, rückwärts in die Garage zu fahren.

Glücklicherweise waren der Major und sein Fahrer durchtrainiert und kräftig. Boris Gogol war scheinbar ganz allein. Er versuchte ihnen zu helfen, als sie angestrengt schnaufend die Särge herausschoben und sie auf den öligen Boden setzten. Doch seine Bemühungen beschränkten sich vor allem auf Ermahnungen, vorsichtig zu sein. Der Major sagte dem Fahrer, er solle den Leichenwagen wieder hinausfahren, und wartete. Er und Gogol schlossen hinter ihm die Türen. Dann sagte der Major: »Das Gegenmittel ist in dem Sarg, in dem der Mann liegt. Anweisungen sind in der Dose. Sie wissen, wie man mit einer Spritze umgeht?«

Der kleine Mann neigte seinen Kopf. Der Major wandte sich zum Gehen, blieb dann stehen und sagte: »Sie haben vor sechs Stunden eine starke Dosis Morphium bekommen. Falls sie beim Aufwachen besonders glücklich sind, kommt das daher.«

»Ich verstehe.«

Der Major ging hinaus. Als er zum Leichenwagen schritt, sinnierte er darüber, daß es eine eigenartige und gefährliche Mission gewesen sei. Doch egal. Er wußte mit Bestimmtheit, daß er innerhalb eines Monats Oberst und in fünf Jahren General sein würde.

Boris Gogol hatte Schwierigkeiten, den ersten Sarg zu öffnen. Der Feldwebel in Warschau hatte die Flügelschrauben mit kräftigen Händen festgezogen. Schließlich nahm er einen Hammer von einer Werkbank und löste sie mit einigen kurzen Schlägen. Er öffnete den Deckel und blickte dann auf das liebliche und ruhige Gesicht von Ania. Mehrere Sekunden lang stand er da, den Kopf auf eine Seite geneigt, und schaute auf sie herunter. Sein Gesicht wirkte plötzlich beunruhigt. Rasch beugte er sich, ergriff ihr rechtes Handgelenk und fühlte nach ihrem Puls. Er schlug gleichmäßig, und Gogol seufzte hörbar vor Erleichterung. Er ließ das Handgelenk sinken und öffnete rasch den anderen Sarg. Auch Mireks Gesicht war ruhig. Gogol musterte es sorgfältig und nickte dann zufrieden. Die flache Plastikdose war gegen seinen linken Ellenbogen gerutscht. Gogol nahm sie heraus und öffnete sie. Drinnen, auf den Spritzen und der kleinen Flasche mit der Gummikappe, lag eine kurze handschriftliche Notiz. Gogol las sie zweimal. Er ergriff die Flasche und studierte die Meßskala. Dann stach er die Nadel einer Spritze durch den Gummi und zog die entsprechende Menge heraus. Er injizierte erst Mirek und dann Ania. Dann zog er einen Stuhl herbei, setzte sich darauf und wartete geduldig, wobei er mit sich selbst wettete, wer als erster aufwachen würde.

Es war Ania. Nach zehn Minuten zuckten ihre Augenlider, und dann öffneten sie sich. Es dauerte eine Weile, bis ihre Augen richtig sehen konnten. Als es soweit war, sah sie eine helle Birne an einer Schnur von einer schmutzigen Decke baumeln. Dann beugte sich etwas über sie. Es war ein Gesicht. Langes, weißes Haar, lachende Augen, lächelnde Lippen. Sie lächelte zurück. Sie fühlte sich, als würde sie schweben. Das Gesicht sprach.

»Haben Sie keine Angst. Sie sind in Sicherheit. Fühlen Sie sich gut?«

Sie bemerkte, daß er russisch sprach. Sie antwortete in derselben Sprache und mit schleppender Stimme.

»Ja ... Was ... wo bin ich?«

»In Moskau.« Sein Lächeln wurde noch breiter. »Tatsächlich liegen Sie in einem Sarg ... aber Sie sind sehr lebendig.«

Sie hob ihren Kopf und schaute nach unten. Dann nach links und rechts. Sie sah den anderen Sarg. Ihre Sinne wurden klar.

»Mirek?«

»Ihm geht's gut, er schläft in dem anderen Sarg. Er wird bald aufwachen.«

Sie richtete sich etwas weiter auf und spannte die Muskeln ihrer Arme und Beine. Er sagte: »Können Sie aufstehen? Hier, geben Sie mir Ihre Hand.«

Mit seiner Hilfe erhob sie sich langsam, trat unsicher aus dem Sarg und sagte: »Ich fühle mich ein wenig beschwingt.«

»Offensichtlich haben Sie eine Dosis Morphium bekommen. Es wird bald vorübergehen.«

In diesem Augenblick hörten sie ein Stöhnen. Mirek fuhr mit einer Hand über seine Augen. Rasch bewegte sich Ania, kniete neben seinem Kopf nieder und nahm seine Hand in die ihre. Gogol verstand kein Polnisch, aber ihre rasch gesprochenen Sätze waren offensichtlich eine Erklärung. Er hörte, daß Mirek mehrere Fragen stellte, von denen sie einige kurz beantwortete und auf andere keine Antwort wußte. Dann half sie ihm auf. Er stieg aus dem Sarg, strich mit einer Hand durch sein Haar und schaute den kleinen Russen mit einem verwunderten Ausdruck an.

Gogol lächelte und sagte: »Willkommen in Moskau, Mirek Scibor. Offensichtlich sind Sie sechseinhalb Stunden lang bewußtlos gewesen. Mein Name ist Boris Gogol.«

Mirek schüttelte seinen Kopf, um wach zu werden, ging dann unsicher etwas vorwärts und streckte seine Hand aus. Gogols Griff war sehr fest.

Mirek fragte: »Wie sind wir von Warschau hierhergekommen?«

Gogol zuckte die Schultern. »Ich weiß nur wenig. Mir wurde nur gesagt, daß Sie hierhergebracht werden würden und die ungefähre Ankunftszeit ... und daß der Lieferant die Worte benutzen würde: ›Ich habe Ihre Kinder zurückgebracht.‹ Meine Antwort war: ›Ich habe auf sie gewartet.‹«

»Wie sah er aus?«

»Er trug die Uniform eines Majors der Roten Armee.«

»Hatte er einen Schnurrbart, der falsch aussah?«

Gogol lächelte. »Ja, sogar sehr ... Er berührte ihn dauernd, um zu fühlen, ob er noch da sei.«

Mirek nickte, fuhr mit einer Hand über sein Gesicht, schaute sich dann in der Garage um und sagte: »Wo sollen wir bleiben?«

Gogol deutete auf eine Tür in der hinteren Wand und sagte entschuldigend: »Dahinter sind bescheidene Quartiere; das hier ist eine ehemalige Garage, die umgebaut worden ist. Kommen Sie, ich gebe Ihnen erst einmal Tee.«

Sie folgten ihm durch einen winzigen, vollgestopften Gang und dann in einen anderen Raum.

Der erste Eindruck war: Bücher. Sie reichten vom Boden bis zur Decke und waren auf Tischen und auf dem zerschlissenen Teppich gestapelt. Er räumte mehrere von zwei alten Lehnsesseln weg, die vor einem kleinen elektrischen Ofen standen, und nötigte sie, sich zu setzen. Dann verschwand er in einer Küchennische und kam, nachdem er sich an einem alten Samowar zu schaffen gemacht hatte, mit einem Tablett und Tassen zurück. Nachdem er Tee eingeschenkt hatte, entfernte er die Bücher von einem Korbsessel, zog ihn heran und setzte sich. Dann sagte er: »Sie haben eine sehr ereignisreiche Reise gehabt.«

Ania antwortete: »Wir sind froh, daß sie vorüber ist.«

Er lächelte sie an. »Je schwerer die Reise, desto schöner die Heimkehr. Natürlich ist dies kein Heim, aber ich werde versuchen, es Ihnen gemütlich zu machen. Ich fürchte, es ist sehr beengt hier, aber Sie werden hier nicht lange bleiben.«

Mirek fragte: »Sind Sie alleine hier?«

Mit einem Hauch von Wehmut deutete Gogol um sich und erwiderte: »Ja, abgesehen von meinen Büchern. Sie sind meine Freunde und meine Familie. Das hier ist nur ein Provisorium. Ich hätte sie nicht mitbringen sollen ... aber ich brauche sie.«

»Haben Sie die alle gelesen?« fragte Ania.

Er nickte. »Ja. Einige viele Male. Durch sie sehe ich die Welt.«

Mirek fragte: »Was ist geplant?«

Der kleine Mann nahm einen letzten Schluck Tee und stellte die Tasse vorsichtig ab. Als er aufblickte, waren seine Augen ernst und sehr gebieterisch. Er sagte: »Von diesem Augenblick an unterstehen Sie meinem direkten Befehl. Dies ist die Schlußphase, und ich leite sie. Die Planung ist peinlich genau. Die Ausführung muß genau mit dem Zeitplan übereinstimmen, damit Sie überleben können.«

Mirek sagte entschlossen: »Ich begebe mich in Ihre Hände. Wird Ania hierbleiben?«

Gogol neigte ihr höflich seinen Kopf zu. »Ja.« Er schaute auf seine Armbanduhr. »In diesem Augenblick beginnt der 8. Februar. Professor Szafers Begegnung mit Andropow in der Serbsky-Klinik ist am Vormittag des Neunten um 11.30 Uhr angesetzt. Gegen 11 Uhr wird er in seinem Hotel von dem Akademiker Yevgeny Chazow abgeholt. Über die Einzelheiten des Austausches sprechen wir morgen. Es muß wie ein Uhrwerk funktionieren. Die Fahrt vom Hotel zur Klinik in einem Dienstwagen dauert zwischen 15 und 20 Minuten. Nach der Untersuchung wird er ins Hotel zurückkehren. Sie werden versuchen, Professor Chazow davon abzuhalten, Sie zu begleiten. Das dürfte nicht schwierig sein. Szafer ist als anstrengende Persönlichkeit bekannt.«

Mirek sagte: »Das klingt einfach.«

Gogol nickte. »Die besten Pläne sind einfach. Aber täuschen Sie sich nicht, es gibt verschiedene Elemente, die ihn einfach machen. Wenn auch nur eines nicht funktioniert, bricht der ganze Plan zusammen.«

Mirek nickte düster und fragte rasch: »Und wie soll ich ihn töten?«

Gogol stand auf. »Ich werde es Ihnen zeigen.«

Mirek erhob sich und schaute zu Ania. Sie schüttelte den Kopf und wandte sich ab.

Er folgte Gogol in einen anderen Raum. Es war ein Schlafzimmer mit zwei schmalen Einzelbetten, einem kleinen Tisch, einer Kommode und einem matten, hölzernen Garderobenständer.

Daran hing ein modischer dunkelgrauer Anzug. Gogol deutete darauf.

»Ich möchte, daß Sie den heute nacht vorm Schlafengehen anprobieren. Er müßte Ihnen genau passen. Falls nicht, können wir ihn morgen früh ändern lassen. Im Schrank steht auch ein Paar Schuhe. Die Absätze sind etwas erhöht. Probieren Sie die ebenfalls an. Sie müßten passen.« Er zeigte auf den Tisch. »Dies sind Bücher über Nierenmedizin. Ich nehme an, daß Sie vielleicht in den nächsten 24 Stunden Ihr Gedächtnis etwas auffrischen wollen.«

Mirek hörte ihn kaum. Er schaute auf vier Fotografien, die nebeneinander an die Wand geheftet waren. Ein Profilbild, eine Rückansicht und zwei Frontalaufnahmen. Auf den Frontalaufnahmen schaute er zuversichtlich in die Kamera. Er musterte die beiden Aufnahmen aufmerksam und trat dann vor einen Spiegel, der daneben hing. Die Ähnlichkeit war bemerkenswert. Er brauchte nur seinen Schnurrbart etwas zu stutzen und den Schwung seiner Augenbrauen zu verstärken. Sein Gesicht war etwas schmaler als das von Szafer, aber das ließ sich leicht ändern.

Mirek war nervös gewesen, doch jetzt legte sich die Nervosität. Er spürte, daß der kleine Mann alles unter Kontrolle hatte.

Gogol ging zu der Kommode und zog die oberste Schublade heraus. Daraus entnahm er einen flachen Lederbehälter. Er legte ihn auf den Tisch und öffnete ihn behutsam, wobei er sagte: »Trotz aller modernen computerisierten wissenschaftlichen Hilfsmittel hören Ärzte – sogar Spezialisten – die Herzen ihrer Patienten ab.«

Mirek blickte auf ein ganz gewöhnliches Stethoskop, das säuberlich auf Samt gebettet war. Vorsichtig nahm Gogol es an dem Verbindungsstück der Ohrhörer auf. Er hob es hoch. Der verchromte Kopf baumelte direkt vor Mirek. Sehr langsam ließ Gogol das Kopfstück auf seine linke Handfläche gleiten. Er sagte: »Sie werden das Stethoskop erst am Ende Ihrer Untersuchung benutzen. In diesem Kopfstück befinden sich zwei kurze und sehr feine Nadeln. Sie werden natürlich dieses Stück auf mehrere Stellen seiner Brust setzen. Sie werden das Kopfstück dann fest mit Ihrem Finger herunterdrücken. Er wird die winzigen Stiche nicht spüren ... Glauben Sie mir, wir haben das ausprobiert. Diese winzigen Nadeln sind mit einem außergewöhnlichem Gift namens *Ricin* behandelt. Interessanterweise wurde es von Forschern des KGB entwickelt und für ihn vom bulgarischen Geheimdienst bei Abtrünnigen in Paris und London ausprobiert. Sie benutzten einen Regenschirm mit einer Nadelspitze. Sehr plump, aber in Paris funktionierte es und in London fast auch. Direkt über dem Herzen angesetzt, ist es absolut wirksam.«

Mirek starrte wie gebannt auf das Metallstück.

Schließlich sagte er: »Wie lange dauert es, bis es wirkt?«

Vorsichtig legte Gogol das Stethoskop wieder in die lederne Schachtel zurück. »Nach etwa 20 Minuten wird er sich müde fühlen und einschlafen. Innerhalb einer Stunde liegt er im Koma. Innerhalb von zwei Stunden wird er tot sein. Sie haben genügend Zeit, um ins Hotel zurückzukehren und zu verschwinden.«

Er ging zu der Kommode hinüber und legte den Behälter hinein.

Mirek fragte: »Gibt es kein Gegenmittel?«

Gogols silberne Locken schwangen, als er den Kopf schüttelte.

Vierundzwanzig Stunden vergingen mit unterbrochenem Schlaf, hastigen Mahlzeiten und intensivem Studium. Zuweilen verzweifelte Mirek. Er stellte sich vor, daß ihm tausend Fragen entgegengeschleudert wurden, von denen er kaum mehr als ein Dutzend beantworten konnte.

Ania versuchte ihm zu helfen, indem sie die Rolle des Fragenden übernahm und die Fragen aus dem Buch vorlas, doch dies war ein kurzlebiges Unterfangen. Bei der ersten Frage, auf die er keine Antwort hatte, verlor er die Beherrschung. Sie verstand die Spannung in ihm und ging in das andere Zimmer, wo Gogol ihr ein mitfühlendes Lächeln schenkte und ein Buch zu lesen gab.

Am Neunten, einem Freitag, um 6 Uhr morgens knallte Mirek das Lehrbuch voller Ärger und Enttäuschung zu. Er würde sich auf seinen Verstand und seine Schlagfertigkeit verlassen müssen.

Um sieben saß er auf einem Stuhl im Schlafzimmer und hatte nur ein Handtuch um seine Hüfte geschlungen. Zuerst stutzte

Ania seinen Schnurrbart und dann sein Nackenhaar, wobei sie ständig auf die Fotografien an der Wand schaute. Dann machte sie mit Make-up seine Augenbrauen etwas dicker und legte Schatten auf seine Wangenknochen. Sie ließ sich viel Zeit dabei und war sehr sorgfältig.

Schließlich trat sie zwei Schritte zurück und musterte ihn. Dann nickte sie langsam.

»Sieh dich mal an.«

Er erhob sich und trat vor den Spiegel und schaute sich an, drehte seinen Kopf langsam von einer Seite zur anderen. Dann schaute er auf die Fotografien. Er nickte und sagte: »Die Ähnlichkeit ist geradezu perfekt.«

Die Kleidung lag ausgebreitet auf dem Bett. Änderungen waren nicht erforderlich gewesen. Er sagte: »Ich werde mich jetzt anziehen.«

Sie setzte sich auf den Stuhl. »Mach nur.«

Einen Augenblick lang zögerte er, dann ließ er das Handtuch sinken. Sie schaute ausdruckslos zu, wie er sich anzog. Dann stand sie auf und rückte seinen Krawattenknoten gerade. Sie sagte: »Du siehst sehr elegant aus ... Wie fühlst du dich?«

»Ich hab' ziemliche Angst ... aber der Haß wächst. Er besänftigt die Furcht.«

Sie war ihm sehr nah. Sie blickten einander an. Langsam streckte sie eine Hand aus und legte deren Rücken gegen seine Wange. Dann wandte sie sich ab, ging zu einem kleinen Fenster und schaute hinaus in den grauen Morgen. Eine Weile betrachtete er ihren Rücken, dann nahm er ein kleines Gerät vom Tisch, das wie ein Hörgerät aussah. Er steckte es in sein linkes Ohr.

Gogol inspizierte ihn in dem mit Büchern vollgestopften Raum. In der Hand hielt er eine Metallschachtel in der Größe einer Zigarettenpackung. Er drückte zweimal auf einen Knopf, der sich darin befand.

»Hören Sie das?«

Mirek nickte. »Ganz deutlich. Können Sie es von dort aus nicht hören?«

Ania und Gogol schüttelten die Köpfe.

Gogol holte tief Atem und sagte: »Also, denn. Wir gehen jetzt.

Sagen Sie sich Lebewohl. Ich warte im Korridor auf Sie.«

Er ließ sie allein. Es herrschte verlegenes Schweigen. Sie wußten beide, daß sie sich, selbst wenn Mirek Erfolg haben würde, in Rußland nicht mehr wiedersehen würden. Sie würden getrennt nach draußen geschmuggelt werden. Sie hatten noch gar nicht über die Zukunft gesprochen, hatten versucht, nicht daran zu denken. Sie umarmten sich. Ihre Augen waren trocken.

Er sagte: »In ein paar Stunden wird es vorbei sein. Ich liebe dich, Ania.« Er hielt sie fest umschlungen, küßte sie dann auf die Wange und wartete, daß sie etwas sagte. Ihr Körper war steif.

»Bitte, Ania. Wünsche mir Glück.«

Sie schüttelte ihren Kopf und sagte: »Ich liebe dich. Du mußt jetzt gehen.«

Er starrte sie an, nickte schließlich verstehend und wandte sich ab.

Sie hörte, wie sich die Eingangstür schloß. Langsam sank sie auf ihre Knie.

Sie betete für seine Seele und für ihre und für die von Juri Andropow.

Kapitel 27

Professor Stefan Szafer rasierte sich mit peinlicher Sorgfalt. Seit kurz vor dem zwanzigsten Lebensjahr hatte er unter seinem Vier-Uhr-Bart gelitten. Jetzt war es 10.30 Uhr, und er hatte sich vorgenommen, daß an diesem Tag kein Schatten zu sehen sein dürfe.

Das Badezimmer seines Hotelappartements war eine Mischung aus Marmor und Spiegeln. Er tupfte Wasser auf sein Gesicht und trocknete es mit einem flauschigen weißen Handtuch ab. Dann griff er zu einer langen feinen Schere und stutzte sorgfältig seinen Schnurrbart. Er musterte sich im Spiegel und befand, daß er in der Tat gut aussah. Er kippte zwei Amplex-Tabletten aus einer Flasche und schluckte sie. Dann ging er hinüber ins Schlafzimmer. Sein weißes Hemd, eine marmorfarbene Krawatte und der dunkelgraue Anzug lagen auf dem Doppelbett ausgebreitet. Er hatte gerade die Hose angezogen und war dabei, das Hemd hineinzustecken, als es an der Tür klopfte. Er zog den Reißverschluß zu, ging hinüber und öffnete sie.

Halena Maresa stand mit lächelndem Gesicht da, eine halbe Flasche Champagner in der Hand. Ihr Lächeln wandelte sich zu einem Grinsen, als sie seinen überraschten Gesichtsausdruck sah.

»Ich bin gekommen, um dir Glück zu wünschen, Stefan.«

Verwirrt wich er von der Tür zurück. Sie rauschte herein, bekundete lauthals ihr Entzücken über den Luxus des Raumes, stellte den Champagner auf einen Tisch, ließ ihren Pelzmantel heruntergleiten und warf ihn aufs Bett. Dann warf sie ihre Arme um seinen Hals und küßte ihn heftig auf die Lippen.

Er befreite sich und fragte: »Halena, was tust du so früh hier?«

Sie schürzte die Lippen. »Unser langweiliger Kursus ging früh zu Ende, Gott sei Dank. Ich hatte gerade noch Zeit, die halbe Flasche Champagner zu nehmen und hierherzukommen, bevor du aufbrichst. Ich dachte, ich warte hier bis zu deiner Rückkehr. Also, wo hast du Gläser?«

Er lächelte sie liebevoll an. »Halena, ich kann jetzt keinen Champagner trinken. Ich muß einen klaren Kopf behalten.«

Sie hatte einen Schrank geöffnet und Gläser entdeckt. Sie wählte zwei langstielige Sektgläser und stellte sie auf den Tisch, wobei sie sagte: »Ach, was! Natürlich trinkst du ein Glas. Das macht deinen Kopf klarer. Freust du dich nicht, daß ich da bin?«

»Natürlich!« Er ging zum Bett, nahm seine Krawatte und steckte sie unter seinen Kragen. Über seine Schulter sagte er: »Aber trotzdem jetzt keinen Champagner, Liebling. Hebe ihn für meine Rückkehr auf.«

Ihre Reaktion wirkte wie eine scharfe Erwiderung, die ihn zusammenzucken ließ. Sie ließ den Korken gegen die Decke knallen, er flog in eine Ecke. Der Champagner schäumte in zwei Gläser. Er streifte sein Jackett über, lächelte und schüttelte seinen Kopf.

»Ich kann ihn nicht trinken, Halena. Heb ihn für meine Rückkehr auf.«

Sie schaute bedrückt. »Bis dahin ist er schal.«

»Macht nichts. Ich werde eine neue Flasche bestellen.«

»Du liebst mich nicht.«

Er lächelte wieder. »Natürlich tue ich das.« Er ging auf sie zu, nahm ihren Körper in seine Arme und drückte sie fest. »Man wird mich bald abholen. Wirst du wirklich hier auf mich warten?«

»Ja, Stefan. Ich werde auf dich in diesem großen Bett warten ... und ich werde nackt sein.«

Sie spürte, wie plötzlich seine Härte gegen ihre Hüfte schwoll. Mit schnurrender Stimme sagte sie: »Nun sei kein Spielverderber. Trink ein Schlückchen Champagner mit mir.«

Er gab nach und flüsterte in ihr Ohr: »Also gut, aber nur ein halbes Glas.«

Er ließ sie los und griff nach dem Glas. In diesem Augenblick klingelte das Telefon.

Er zuckte die Schultern und ging zu dem Nachttisch, hob den Hörer ab und sagte: »Szafer.«

Halena öffnete ihre Handtasche.

Szafer sagte ins Telefon: »Ja, Professor Chazow, ich bin fertig. Ich werde sofort hinunterkommen.«

Er legte den Hörer auf und drehte sich um. Halena sah ihn an. Ihre Beine waren gespreizt, ihre linke Hand umklammerte ihr rechtes Handgelenk. Ihre rechte Hand hielt eine Pistole, deren Lauf durch einen Schalldämpfer verlängert war. Sie war auf sein Herz gerichtet.

Ihre Stimme war kalt. »Es wäre leichter gewesen, wenn du den Champagner getrunken hättest.«

Sein Mund öffnete sich voller Erstaunen. »Halena ...? Was – Was tust du?«

Sie sagte: »Wenn du dich auch nur bewegst, töte ich dich. Ich kann mit dieser Waffe umgehen. Ich bin eine ausgezeichnete Schützin.« Ihre Handtasche lag geöffnet neben ihr auf dem Tisch. Sie löste ihre linke Hand und griff hinein. Die Mündung ihrer Pistole zitterte nicht. Aus der Handtasche holte sie eine kleine Metallschachtel in der Größe einer Zigarettenpackung. Sie legte sie auf den Tisch und tastete, ohne ihren Blick von Szafer zu lassen, an ihrer Vorderseite nach einem Knopf. Sie drückte zweimal. Das nahm etwas von ihrer Spannung. Sie atmete ruhiger und bewegte sich dichter auf Szafer zu. Dann sagte sie: »Setz dich auf diesen Stuhl. Wir werden ein paar Stunden warten, und dann muß ich dein Gesicht nie wiedersehen und werde nie wieder deinen stinkenden Atem riechen.«

In einem Zimmer, zwei Etagen tiefer, hatte Mirek das Hörgerät aus dem Ohr genommen und schob es Gogol zu.

»Das war's. Ich gehe jetzt.«

Er ergriff die schwarze Arzttasche und rückte seinen Krawattenknoten zurecht. Gogol sagte: »Viel Glück. Ich werde warten.«

Mirek schluckte, nickte und schritt zur Tür.

Als er aus dem Fahrstuhl stieg, holte er tief Luft und sagte sich, daß dies jetzt der Höhepunkt von allem sei. Er befreite seinen Verstand von ablenkenden Gedanken und ging entschlossen durch die Tür. Gogol hatte ihm ein Foto des Akademieprofessors Yevgeny Chazow gezeigt. Mirek erkannte seine wohlbeleibte Gestalt. Er stand neben dem Tisch des Portiers. Mirek verlangsamte seinen Schritt und ging auf ihn zu. Vertrauensvoll sagte Chazow: »Professor Szafer, es ist mir eine Ehre und ein Vergnügen.«

Mirek nahm seine Tasche in die linke Hand und ergriff die dargebotene Hand. Es war ein lascher Griff. Chazow nahm ihn beim Arm und geleitete ihn aus dem Hotel. Eine lange schwarze Zil-Limousine wartete dort, und ein uniformierter Fahrer hielt die hintere Tür geöffnet. Chazow schob Mirek in den Wagen. Eine Glasscheibe trennte sie von den Vordersitzen.

Als sie anfuhren, sagte er begeistert: »Ich war von Ihrem jüngsten Artikel in der *Sovetskaya Meditsina* sehr beeindruckt. ›Metabolische Acidose nach Dialyse‹ ... Wie viele Patienten wurden im Test behandelt?«

Mirek fühlte, wie sich eisige Finger in seine Magengrube schoben. Er wußte von dem Artikel nichts und hatte auch keine Ahnung, wie viele für einen vernünftigen Test erforderlich waren. Sein Verstand drohte zu erstarren, und dann erinnerte er sich, daß Szafer in seinem Beruf völlig egoistisch war und als äußerst enervierend bekannt war. Er beschloß, sich auf diesen Stil einzustimmen, und sagte ruhig: »Eine statistisch relevante Menge.«

Schweigen. Dann räusperte Chazow sich und sagte entschuldigend: »Ja, natürlich ... Und das Ergebnis war sehr positiv ...«

Das ließ ihre Unterhaltung für zehn Minuten stocken, während sie aus dem Zentrum Moskaus herausfuhren. Dann versuchte es Akademieprofessor Chazow wieder. Nach einem weiteren verhaltenen Hüsteln sagte er: »Ich hatte das Vergnügen, Professor Edward Lenczowski auf einem Symposium in Budapest im vergangenen Oktober kennenzulernen. Soweit ich weiß, haben Sie mit ihm gearbeitet ... Was halten Sie von ihm?«

Mirek schaute ihn an und sagte trocken: »Ich hoffe, daß ich seine Operationstechnik etwas auf den heutigen Stand gebracht habe.«

Dieses Mal lächelte Chazow leicht und sagte: »Ja, ich habe den Eindruck gewonnen, daß er etwas ... wie soll ich sagen ... etwas zu konservativ ist.«

Mirek nickte nur und drehte sich um, um aus dem Fenster zu schauen. Leichter Schnee fiel. Die wenigen Gestalten auf den Straßen waren zu anonymen Pelzknäueln reduziert. Mirek hatte sich die Strecke auf dem Stadtplan genau angesehen. Er spürte Chazows Blick, als der in seine Jackentasche griff und eine Plastiktüte mit Papieren herausholte. Wieder hatte seine Stimme einen entschuldigenden Unterton, als er sagte: »Ich habe hier Ihren Paß. Ich fürchte, die Sicherheitsvorkehrungen sind ungewöhnlich scharf. Aber das werden Sie natürlich verstehen. Das schließt auch eine Leibesvisitation ein ...«

Mirek schaute ihn wieder an und sagte: »Das verstehe ich völlig.«

Der Wagen bog nach links in eine schmale Allee ab. Mirek bemerkte, daß alle paar Meter Soldaten postiert waren. Er bemerkte auch, daß sie alle Maschinenpistolen trugen.

Nach 200 Metern erreichten sie eine Straßensperre. Chazow kurbelte sein Fenster herunter und reichte die Plastikhülle einem steinern dreinblickenden Hauptmann. Der Inhalt wurde sorgfältig überprüft und dann, ohne zu lächeln oder ein Wort zu verlieren, reichte der Hauptmann ihm die Hülle zurück und winkte dem Fahrer weiterzufahren. Nach weiteren 100 Metern erreichten sie ein hohes stählernes Doppeltor, das in eine Betonmauer eingelassen war. Wieder wurden die Papiere und ihre Gesichter überprüft. Wieder war nicht die geringste Verbindlichkeit zu spüren. Schließlich wurden die Tore geöffnet, und sie fuhren in einen Hof, der von Flutlicht übergossen war.

Mirek zählte wenigstens ein Dutzend KGB-Posten. Einige stampften wegen der Kälte mit ihren Füßen auf. Der Fahrer hielt den Wagen an, sprang heraus und öffnete die Hintertür. Ein KGB-Major kam heraus und geleitete sie ins Gebäude.

Er führte sie zuerst in einen Raum, der sich direkt neben dem Eingang befand. Dort warteten mehrere KGB-Offiziere, einschließlich Victor Chebrikow persönlich. Chazow stellte Mirek mit blumigen Worten vor, wobei er dessen berufliche Brillanz hervorhob. Mirek wußte alles über Chebrikow. Als er dessen Hand schüttelte, spürte er, wie sein Herzschlag sich beschleunigte.

Chebrikow sagte munter: »Wir sind Ihnen sehr dankbar dafür, daß Sie da sind. Ich bedaure, daß Sie durchsucht werden müssen. Verstehen Sie bitte, daß es sich dabei um eine reine Routineangelegenheit handelt. Jedermann muß sich dem unterziehen.«

Mirek nickte ruhig und stellte seine Tasche auf einen Tisch. Die Durchsuchung war in der Tat gründlich. Er mußte sein Jackett ablegen und seine Taschen leeren. Der Akademieprofessor Chazow tat das gleiche. Ein junger KGB-Leutnant führte die Leibesvisitation durch. Seine wachsamen Finger betasteten sogar Mireks Genitalien. Mirek versuchte, gelangweilt dreinzuschauen und die ganze Angelegenheit verächtlich zu nehmen, während er darüber nachdachte, ob er dieses Gebäude je lebend verlassen würde.

Der Leutnant war schließlich zufrieden. Zwei andere KGB-Offiziere hatten inzwischen seine Tasche durchsucht. Er sah, wie sie das flache Lederetui öffneten und es wieder schlossen, als sie darin die vertraute Kontur des Stethoskops entdeckten. Sie öffneten einen anderen Behälter, der aus Walnußholz gearbeitet war. Darin befand sich ein Set von Skalpellen, die in Solingen gefertigt worden waren. Einer von ihnen blickte zu Chebrikow, der den Kopf schüttelte und dann zu Mirek sagte: »Entschuldigen Sie,

Professor. Die müssen hier bleiben.« Mirek zuckte desinteressiert die Schultern.

Seine Tasche wurde sorgfältig wieder eingepackt, und dann führte ihn Chebrikow zum Büro des Chefarztes. Dort wartete ein anderer russischer Arzt. Sie wurden einander vorgestellt. Mirek erinnerte sich an den Namen: Akademieprofessor Leonid Petrow. Ein Mann Ende Sechzig mit Knollennase und einem hervorragenden Ruf. Damals in Florenz, das jetzt ein ganzes Leben zurückzuliegen schien, hatte Pater Gamelli von ihm erzählt. Er war Rußlands bester Fachmann auf dem Gebiet der Nierenmedizin und dazu ein Mann, der oft verächtlich auf die ›westliche Aufschneiderei‹ schimpfte. Er hatte etwas Zynisches, schlecht Gelauntes an sich. Aus seinem Verhalten war klar zu erkennen, daß er den polnischen Professor für nichts weiter als einen jugendlichen Emporkömmling hielt. Mirek war trotz seiner Nervosität Pater Gamelli dafür dankbar, daß der ihm ein paar Tips gegeben hatte, wie man mit einem solchen Mann fertig wurde.

Der Tee wurde serviert, und Chazow reichte Mirek eine Akte, in der sich, wie er sagte, eine ausführliche Zusammenfassung über den Zustand des Patienten befand. Mirek legte sie auf seine Knie, öffnete den Umschlag und begann zu lesen. Sie war polnisch geschrieben. Offensichtlich wollten sie Übersetzungsfehler vermeiden.

Polnisch oder nicht, das meiste davon verstand er sowieso nicht. Er wußte, daß er sich hinter Szafers Ruf verstecken mußte. Er brauchte 15 Minuten, um so zu tun, als studiere er die Akte. Da gab es Röntgenbilder, EKGs und die Ergebnisse biochemischer Untersuchungen von Blut und Urin. Während er las, sprachen die Russen leise miteinander. Als er die Akte schloß, hörten sie auf zu reden und schauten ihn erwartungsvoll an.

Er schnüffelte und zuckte die Schultern. Petrow anblickend fragte er: »Ist die Niere stark beschädigt?«

Petrow erwiderte: »Nun, sie ist in keinem guten Zustand.«

Mirek seufzte. »Natürlich. Aber wie aktuell sind diese Ergebnisse?«

Chazow sagte: »Alle sind innerhalb der letzten 48 Stunden

gemacht worden.«

Mirek warf ihm einen rätselhaften Blick zu, der ebenso ›das ist gut‹ bedeuten konnte wie auch ›das ist kläglich‹. Er sagte: »Schließt das auch die Kreatinin-Untersuchungen ein?«

»Ja.«

Ein Ausdruck von Geringschätzung überzog Mireks Gesicht. Er sagte: »Ich würde gern einen frischen Urinabschlag und eine aktuelle Elektrolyse sehen. Ich schlage vor, daß Sie das so etwa alle zwölf Stunden machen.« Er schaute Petrow an, der unverbindlich die Achseln zuckte. Mirek holte tief Luft und sagte: »Jetzt würde ich gern den Patienten sehen.«

Alle erhoben sich. Chazow nahm Mireks Tasche. Chebrikow ging voran.

Sie gingen einen langen, weißgekachelten Korridor entlang. Sie mußten durch drei Schwingtüren gehen. Vor jeder standen zwei KGB-Posten, die MPs umgehängt hatten. Zwei weitere standen vor der doppelten, deckenhohen Tür der VIP-Suite der Klinik. Sie warteten draußen, während Chebrikow hineinging.

Nach einigen Minuten des Schweigens fragte Mirek: »Wie ist die geistige Verfassung des Patienten?«

Sofort erwiderte Petrow barsch: »Das geht Sie nichts an. Beschränken Sie sich auf seinen körperlichen Zustand.«

Mirek wußte, wie Szafer darauf reagiert hätte. Er sagte kurz: »Geist und Körper sind miteinander verflochten, und eine effektive Behandlung muß beides einbeziehen. Doch egal, ich werde mir selbst meine Meinung bilden.«

Petrow wollte antworten, wurde aber unterbrochen, da sich die Tür öffnete. Chebrikow winkte sie herein. Sie gelangten durch ein kleines Vorzimmer in das, was das Schlafzimmer einer luxuriösen Hotel-Suite hätte sein können. Die Fenster, die vom Boden bis zur Decke reichten, waren mit Damastvorhängen drapiert. Auf dem Boden lag ein knöchelhoher Teppich. In einer Ecke standen ein Tisch und Stühle. Das Bett befand sich dicht neben dem Fenster, das Kopfstück war hochgestellt. Zwei KGB-Posten standen breitbeinig in den Ecken, die Maschinenpistolen schußbereit in den Armen. Ihre Augen musterten Mirek kühl. Andropow, mit einem grünen Krankenhausgewand bekleidet, saß im Bett und telefonierte. Er legte auf, als sie hereinkamen.

Als Mirek seine Augen auf ihn richtete, verflogen alle Spannung und jede Furcht. Sein Verstand arbeitete glasklar. Ob er leben oder sterben würde, er würde diesen Auftrag perfekt ausführen.

Professor Chazow führte ihn ans Bett. Während Andropow seine Augen auf ihn richtete, setzte er sich plötzlich aufrechter hin. Er starrte ihn einige Sekunden lang an und entspannte sich dann. Als Chazow Mirek dem Generalsekretär vorstellte, machte der keine Anstalten, ihm die Hand zu reichen. Er nickte nur und sagte: »Ich bin unseren polnischen Genossen zu Dank verpflichtet, daß man Sie geschickt hat.«

Mirek deutete eine Verbeugung an und sagte: »Es ist mir eine Ehre, Ihnen zu Diensten sein zu dürfen, Genosse Generalsekretär ... eine große Ehre.«

»Also, machen Sie schon«, sagte Andropow.

Mirek vergegenwärtigte sich, was er über Szafer und seine Art zu behandeln gehört hatte. Er sagte: »Genosse Generalsekretär, dies wird eine kurze Untersuchung werden. Ich habe die Berichte Ihrer hervorragenden Ärzte gelesen. Ich benötige lediglich einen psychischen Eindruck aus erster Hand.«

Andropow nickte verständnisvoll.

Chazow und Petrow hatten sich auf die andere Seite des Bettes begeben. Chebrikow stand am Fußende. Mirek bemerkte den Schlauch, der an Andropows linkem Arm befestigt war. Er fragte Chazow: »Seit wann ist er angeschlossen?«

Chazow machte einen nervösen Eindruck. Er antwortete: »Seit ungefähr 30 Stunden.«

Mirek schürzte seine Lippen. »Irgendwelche psychologischen Nebenwirkungen?«

Andropow wandte ihm ruckartig seine Augen zu und sagte kurz: »Haben Sie die Absicht, unverschämt zu werden?«

Mirek stellte sich vor, Szafer zu sein. Er lächelte und schüttelte den Kopf.

»Überhaupt nicht, Genosse. Zweck der Dialyse ist es, Körperabfallsubstanzen abzuziehen, besonders Harnstoffe ... Wir wissen, daß die Abhängigkeit von Maschinen über längere Zeit einen unterbewußten psychologischen Streß verursachen kann, der wiederum schädliche körperliche Wirkungen nach sich zieht. Ich habe keineswegs die Absicht, ihren Geisteszustand in Frage zu stellen, doch ich benötige die Meinung der Ärzte, die Sie seit längerer Zeit behandeln.«

Andropow war beruhigt, Petrow hingegen nicht. Herausfordernd sagte er: »Das ist reine Hypothese. Es hat keine mentale Veränderung gegeben, weder unbewußt noch sonstwie.«

Mirek sagte: »Gut.« Er beschloß, einen von Pater Gamellis Pfeilen gegen Petrow abzuschießen. Ihn anblickend, fragte er: »In diesem Bericht habe ich keine Ergebnisse der Ultraschalluntersuchung finden können. Wo sind sie?«

Mirek weidete sich an dem betroffenen Schweigen. Er wußte, daß dieses Verfahren erst seit einigen Monaten angewendet wurde und nur in den besten westlichen Hospitälern. Pater Gamelli hatte vermutet, daß die Russen es noch nicht einsetzten. Er hatte richtig vermutet.

Mit gequälter Stimme sagte Chazow: »Das haben wir noch nicht gemacht.«

Mirek seufzte hörbar. »Ich schlage vor, daß sie eine vornehmen ... und außerdem einen Phenolsulphonphtalein-Absonderungstest ... so bald wie möglich. Vielleicht könnte ich die Ergebnisse morgen sehen.«

Andropow schaute Chazow an, der nervös schluckte und sagte: »Natürlich, Professor.«

Petrow schwieg. Mirek dankte innerlich Pater Gamelli. Er wußte, daß er jetzt am Drücker war. Er beugte sich über Andropow, zog dessen rechtes Augenlid hoch, schaute in das Auge und sagte: »Ich suche nach Anzeichen von Netzhautblutungen.« Er ließ das Augenlid zurücksinken und sagte beruhigend: »Das ist in Ordnung.« Petrow fragte er: »Hat es ein Nachlassen der Nierentätigkeit gegeben?«

Petrow nickte widerwillig: »Ein wenig.«

Entschieden sagte Mirek: »Das muß sorgfältig beobachtet werden.«

Er befand, daß er sein Glück und sein weniges Wissen genügend strapaziert hatte. Die Zeit war gekommen. Seine Tasche befand sich auf einem Tisch hinter ihm. Er drehte sich um, öffnete sie und nahm den kleinen Lederbehälter heraus. Während er vorsichtig das Stethoskop herausnahm, sagte Petrow mit einem Anflug von Spott: »Ich dachte, daß all ihr Wunderknaben nur an EKGs interessiert wäret.«

Mirek schenkte ihm ein herablassendes Lächeln.

Zu Andropow sagte er: »Medizin ist eine Mischung aus Wissenschaft, Kunst und Intuition. Ich würde gern Ihr Herz abhören, Genosse.«

Andropow war offensichtlich beeindruckt. Er nickte ihm wohlwollend zu und begann, die Vorderseite seines Kittels aufzuknöpfen. Genau in diesem Augenblick kam Haß in Mirek hoch. Er mußte ihn hinunterschlucken. Er steckte das Stethoskop in seine Ohren und zog das Hemd auseinander.

Die Haut auf Andropows Brust und Oberbauch war weiß und schlaff. Wenige weiße Haare waren auf seiner Brust. Die meisten waren wegen der EKGs abrasiert worden. Mirek fuhr mit seiner Hand über den Gummischlauch zu dem verchromten Kopfstück. Er beugte sich vor. Seine Hand zitterte erwartungsvoll. Er atmete ein und hatte sich unter Kontrolle. Langsam und vorsichtig setzte er das Metallstück auf Andropows Brust, direkt rechts neben das Herz. Während er seinen Finger fest darauf drückte, blickte er in Andropows Augen. In Gedanken sagte er: »Das ist von Bohdan, meinem Vater.« Er wartete 20 Sekunden. In seinen Ohren konnte er das Pochen des Herzens hören. Er stellte sich vor, wie sich das Gift genau in diesem Augenblick darauf zubewegte, es umklammerte. Er führte den Kopf zu einem Punkt direkt unterhalb des Herzens. Er blickte wieder in diese Augen und drückte das Kopfstück fest darauf. Seine innere Stimme sagte: »Das ist von Hanna, meiner Mutter.«

Zwanzig Sekunden später bewegte er das Kopfstück zehn Zentimeter weiter hoch. Es befand sich direkt über dem Herz. Mit dem Zeigefinger seiner linken Hand tippte er fest darauf, einmal, zweimal, dreimal. Er spürte, wie er unter dem Haßgefühl erschauerte. Und fast laut sagte er für sich: »Und das ist von Jolanta, meiner Schwester.«

Wieder blickte er in Andropows Augen. Sie schauten verwirrt in die seinen. Er überlegte, ob sich vielleicht etwas von seinen

Empfindungen auf seinem Gesicht gezeigt hatte. Zum Teil war ihm das jetzt egal. Doch auf der anderen Seite spürte er die Entschlossenheit, Andropow nicht die Genugtuung zu gönnen, ihn mit sich in die Hölle zu nehmen. Er richtete sich auf, lächelte und sagte nachdenklich: »Bemerkenswert. Unter diesen Umständen bemerkenswert gut.«

Andropows verwirrter Blick wurde beglückt. Er sagte: »Und wie lautet Ihre Diagnose?«

Mirek legte das Stethoskop wieder zusammen, legte es in den Behälter und schob diesen in seine Tasche. Dann sagte er: »Genosse Generalsekretär, ich glaube, Ihr Zustand ist nicht so schlecht, wie Sie angenommen haben mögen. Natürlich möchte ich erst alle Berichte studieren, ebenso die Ergebnisse der Untersuchungen, die ich vorgeschlagen habe. Dennoch wage ich zu behaupten, daß Sie bei richtiger Behandlung noch viele Jahre eines guten Lebens vor sich haben.«

Weder Chazow noch Petrow vermochten die Skepsis auf ihren Gesichtern zu verbergen. Doch Andropow strahlte Mirek an. Dieser sagte: »Ich würde Sie gern in zwei oder drei Tagen wieder untersuchen.«

Andropow sagte: »Ich werde darauf bestehen.« Zu Chebrikow sagte er: »Sorgen Sie dafür, daß Professor Szafer alles bekommt, was er benötigt ... alles.«

In diesem Augenblick brachen 20 Kilometer entfernt im Kosmos-Hotel der lange beherrschte Zorn und die Bitterkeit der Demütigung aus Stefan Szafer heraus wie Lava aus einem zu lange verstopften Vulkan. Eine Stunde lang hatte er auf dem Stuhl gesessen und sie angesehen. Er dachte darüber nach, was sie ihm angetan hatte, an die Worte, die sie ihm gesagt hatte, die Gefühle, die er ihr gegenüber gezeigt hatte. Wie stolz war er in dem Glauben gewesen, daß sie ihn liebte.

Er saß da und schaute über den Lauf ihrer Pistole hinweg in ihr schönes Gesicht. In ihre Augen, die seinen Blick mit unverhüllter Verachtung erwiderten. Es war diese Verachtung, die ihn schließlich zerbrach. Inzwischen hatte er herausgefunden, was vorging, herausgefunden, daß diese Frau ihn zum verachtungswürdigen Narren gemacht hatte. Die Demütigung nahm überhand. Sie schlug eines ihrer schönen Beine über das andere und seufzte gelangweilt.

Das Gefühl der Demütigung mischte sich mit Wut. Mit einem Schrei, der aus der Tiefe seiner Kehle kam, sprang er von seinem Stuhl und stürzte auf sie zu, die Finger nach ihrer Kehle ausgestreckt.

Ihr blieb Zeit, zweimal zu schießen. Die erste Kugel traf ihn mitten in den Bauch. Die zweite seine Lunge. Doch in diesem Augenblick war er kein normaler Sterblicher. Die Wut verlieh ihm ungeahnte Kräfte. Er legte die drei Meter über den Teppich zurück und rannte gegen sie an, wobei er die Pistole aus ihrer Hand schleuderte. Sein Unterarm schlug in ihr Gesicht, betäubte sie. Dann lagen sie auf dem Boden, und seine Hände umschlossen ihre Kehle. Sie schlug kraftlos gegen ihn, doch seine Hände waren wie ein Schraubstock, der sich immer fester schloß, wobei sich seine Finger tief in ihr Fleisch gruben.

Sein Gesicht war Zentimeter von dem ihren entfernt. Er sah, wie es erst rot, dann blau wurde. Er keuchte vor Schmerz und Anstrengung. Er sah, wie sich ihre Zunge durch ihre Lippen preßte und ihre Augen aus ihren Höhlen quollen.

Er grunzte noch voller Wut, als sie starb. Er schlug ihren Kopf immer wieder auf den Teppich, stieß sie dann beiseite. Taumelnd kam er auf die Beine, spürte, wie das Blut aus seinem Körper strömte. Es war ihm egal. Er torkelte über ihren Leib und trat dagegen, verfluchte sie als Hexe und Hure. Schließlich schleppte er sich bis zum Bett und griff zum Telefon. Es gelang ihm, den Hörer dicht an seine ersterbenden Lippen zu führen.

Kapitel 28

Mirek drehte sich an der Tür der Suite um und blickte ein letztes Mal auf Andropow. Der alte Mann erwiderte seinen Blick. Dann hob er seine Hand und winkte verhalten ein Lebewohl zu. Mirek lächelte und winkte zurück.

Nur Akademieprofessor Chazow begleitete ihn zum Eingang. Während sie über den langen Korridor gingen, sagte er: »Ich bin auf Ihre Vorlesung im Institut am Donnerstag sehr gespannt.«

Mirek erwiderte: »Es wird mir eine Ehre sein, daß Sie dort sind. Übrigens, Professor, stört es Sie, wenn ich allein zum Hotel zurückfahre? Nach dieser Konsultation muß ich doch viel nachdenken ... Und das Nachdenken fällt mir in Gesellschaft schwer.«

Chazows Gesicht spiegelte seinen Verdruß, doch dann erinnerte er sich an die Anweisung, die Andropow Chebrikow erteilt hatte, daß der Pole alles zu bekommen habe, was er benötige. Gewinnend sagte er: »Natürlich, Professor. Ich werde mir einen anderen Wagen kommen lassen.«

Am Auto schüttelten sie sich die Hände. Chazow reichte dem Fahrer den Paß und sagte ihm, er sollte Professor Szafer direkt zurück ins Hotel fahren.

Mirek winkte ihm zum Abschied im Rückspiegel zu, während der Zil das Haupttor passierte.

In der Klinik sagte Andropow zu Chebrikow: »Ist für diesen verdammten Papst alles vorbereitet, wenn er in Südkorea eintrifft?«

Beschwichtigend sagte Chebrikow: »Alles ist bereit. Das Team ist vor Ort. In 72 Stunden wird er nicht mehr sein.«

»Gut. Gibt es irgendwelche Neuigkeiten über diesen anderen Polen ... Scibor?«

»Unglücklicherweise nein«, erwiderte Chebrikow zerknirscht.

»Es ist seltsam«, sinnierte Andropow, »ein Pole kommt, um mich zu heilen ... und ein anderer, um mich zu töten ... Weißt du, sie sehen sich sehr ähnlich.«

Chebrikow hätte zu gerne das Zimmer fluchtartig verlassen, um etwas zu trinken und eine Zigarette zu rauchen, aber sein Chef war zum Reden aufgelegt. Dann gähnte Andropow.

Rasch sagte Chebrikow: »Vielleicht möchtest du schlafen, Juri?«

Andropow schüttelte leicht verärgert seinen Kopf. »Nein, ich fühlte mich nur ein wenig schläfrig ... Weißt du, etwas anderes ist merkwürdig. In dem Dossier, das du mir gezeigt hast, wird erwähnt, daß dieser Professor Szafer unter chronischem Mundgeruch leidet. Ich hatte mich darauf vorbereitet, aber es war nicht so. Sein Atem war ganz normal.«

Plötzlich hob er den Kopf und sah Chebrikow an. Seine Stimme wurde schrill. »Er hatte keinen Mundgeruch!«

In diesem Augenblick läutete schrill das Telefon.

Der Zil war von der Straße abgebogen, die KGB-Posten säumten, und fuhr mit 80 Stundenkilometern Richtung Stadtzentrum. Mirek spürte keinen Stolz, nur eine tiefe Erleichterung. Er dachte an Ania und fragte sich, ob sie bereits auf dem Weg zurück war. Seine Gedanken wanderten in die Zukunft.

Sehr schwach hörte er durch die gläserne Trennscheibe das Rauschen des Funkgeräts, dann wirbelte der Kopf des Fahrers herum, und er blickte in ein Paar verwirrter Augen. Eine Sekunde darauf wurde er in seinen Sitz zurückgeworfen, da der Zil rasch beschleunigte.

Er wußte es sofort. Es konnte keine andere Erklärung geben. Vielleicht war Andropow schneller gestorben als erwartet. Er langte nach dem Türgriff, wußte aber, daß ein Hinausspringen bei diesem Tempo einem Selbstmord gleichkam. Irgendwann unterwegs würde der Fahrer langsamer fahren müssen, aber inzwischen würde jedes Polizei- und Militärfahrzeug unterwegs sein, um sie abzufangen. Nach wenigen Minuten bereits würde es zu spät sein. Er fluchte, weil er keine Waffe hatte, keine Möglichkeit, sich zu töten.

Sie rasten über die Mittelspur, die Spur, welche VIP-Fahrzeugen vorbehalten war. Etwas weiter vorne machte die Straße einen scharfen Bogen, und vor ihnen fuhr sehr langsam ein Auto. Sie würden langsamer fahren müssen.

Mirek hörte die Hupe, die der Fahrer heftig drückend betätigte. Sie fuhren noch immer zu schnell, aber ihm blieb keine andere Wahl. Er mußte es riskieren. Wieder langte er nach dem Türgriff und spannte sich. Dann hörte er eine Sirene unmittelbar neben sich. Er schaute auf. Es war ein weißer Krankenwagen, der sie links überholte. Wenn er jetzt hinaussprang, würde er von den Rädern zerquetscht werden. Er fluchte darüber. Er konnte sehen, daß der Fahrer zu ihm herüberschaute.

Plötzlich sah er, wie der Fahrer den Lenker herumriß.

Der Kotflügel des Krankenwagens bohrte sich seitlich in den Zil. Mirek wurde heftig gegen den Rücksitz geschleudert. Er spürte, wie der Wagen ausbrach, und hörte das Jaulen der Reifen. Dann ein betäubendes Krachen, als sie gegen die mittlere Leitplanke stießen. Sie waren genau in die Kurve gerast. Mirek bedeckte seinen Kopf mit den Armen und duckte sich gegen die Trennscheibe.

Der Zil überschlug sich zweimal und blieb dann kreischend quer auf der Straße seitlich liegen. Mirek spürte einen stechenden Schmerz in seiner Schulter. Er rappelte sich auf. Er stand neben dem rechten Fenster. Die linke Tür über ihm war weggerissen worden. Durch die Trennscheibe konnte er den Körper des Fahrers sehen, der gegen die zersplitterte Windschutzscheibe geschleudert war.

Er setzte seinen linken Fuß auf die Armlehne in der Sitzmitte und zwängte sich keuchend und unter Schmerzen durch die Türöffnung. Er sah, daß der Krankenwagen an ihnen vorbeigefahren war und jetzt wendete. Durch den Schock fühlte er sich unbeschwert. Völlig irrational dachte er, wie angenehm es doch sei, von einem Krankenwagen gerammt zu werden. Dann aber meldete sich sein Selbsterhaltungstrieb. Er roch Benzin. Da stieß er sich hoch und stürzte auf die Straße nieder. Menschen kamen auf ihn zugerannt. Es gelang ihm, taumelnd auf die Füße zu kommen.

Der Krankenwagen blieb direkt vor ihm stehen. Eine Frau in rotem Mantel war inzwischen da und fragte, ob alles in Ordnung sei. Er war völlig verwirrt. Dann hörte er eine tiefe Stimme, die zu der Frau sprach und ihr sagte, daß es gut sei, wenn man ihn im Krankenwagen sofort ins Krankenhaus fahren würde. Eine große Hand erfaßte seinen Arm über dem Ellenbogen und führte ihn zu der geöffneten Vordertür des Krankenwagens. Er blickte auf. Es war ein großer alter Mann mit gerötetem Gesicht. Er war erstaunlich stark. Mehr oder weniger stieß er Mirek in den Wagen, schlug die Tür zu und rannte dann zur Fahrerseite. Inzwischen hatte sich eine große Menschenmenge versammelt.

Wie durch einen Nebel hörte Mirek jemanden rufen: »Was ist mit dem Fahrer?«

Der Krankenwagenfahrer rief zurück: »Ein zweiter Krankenwagen ist unterwegs.«

Sie fuhren langsam an, durch die zurückweichende Menge. Dann beugte sich der Fahrer vor, betätigte einen Schalter, und die Sirene begann zu jaulen. Sie rasten davon.

Mirek hielt seine Schulter. Er vermutete, daß sie ausgerenkt war. Sein Verstand sagte ihm, daß er hier rauskommen müsse, bevor sie das Krankenhaus erreichten.

Plötzlich bog der Krankenwagen von der Hauptstraße ab und in eine schmale Straße ein. Der Fahrer betätigte den Schalter, und während die Sirene erstarb, sagte er: »Mal abgesehen von Ihrer Schulter, wie fühlen Sie sich, Mirek Scibor?«

Mirek wandte seinen Kopf, um ihn anzuschauen. Der große alte Mann betrachtete ihn lächelnd. Zuerst war Mirek völlig verwirrt, dann dämmerte es ihm langsam. Er lachte und sagte: »Ich nehme an, Ihre besten Köpfe haben sich das ausgedacht.«

»Das könnte man so sagen«, stimmte der Schinken-Priester zu.

Achtundvierzig Stunden später setzte die Alitalia DC8, die Seine Heiligkeit Papst Johannes Paul II. an Bord hatte, auf dem internationalen Flughafen von Seoul auf.

Einen Tag zuvor waren auf dem selben Flughafen drei Philippinos an Bord einer JAL-Maschine nach Tokio gestartet.

Zwei von ihnen waren junge Frauen, der andere war ein junger Mann.

Eine der Frauen war sehr schön.

Kapitel 29

Erzbischof Versano umarmte den Schinken-Priester herzlich, geleitete ihn zu einem Ledersessel in der Ecke seines Büros und sagte: »Willkommen und gut gemacht, Pieter. Sie sehen müde aus, Kaffee? Oder etwas Kräftigeres?«

Der Priester setzte sich und schüttelte den Kopf. »Nein danke, Mario.«

Der Erzbischof ging zu seinem Schreibtisch und kam zurück, ein Blatt Papier in der Hand. Er setzte sich dem Priester gegenüber, grinste ihn an und sagte: »Das wurde vor drei Tagen vom Kreml herausgegeben. Zitat: Genosse Juri P. Andropow, Ministerpräsident der UdSSR und Generalsekretär der Kommunistischen Partei der UdSSR starb um 16.50 Uhr am 9. Februar 1984. Todesursache: Nierenentzündung, Nierenbeckenentzündung, chronisches Nierenleiden, Vergiftungen der inneren Organe, fortschreitende Verkalkung und Herzversagen.«

Er blickte den Schinken-Priester an und grinste wieder. »Eine neue Lüge des Kreml. Offensichtlich wollen sie weder ihr eigenes Volk noch irgend jemanden anderen wissen lassen, daß ihre berühmten Sicherheitsvorkehrungen durchbrochen wurden.«

Fast unmerklich schüttelte der Priester den Kopf.

»Nicht unbedingt, Mario.«

»Was meinen Sie damit?«

»Genau das. Er könnte ebensogut daran gestorben sein.«

Verwirrt neigte Versano den Kopf und musterte ihn. Dann sagte er: »Pieter, was ist mit Ihnen? Was ist mit dem ›Gesandten des *Papa*‹ und ›*La cantante*‹?«

Der Schinken-Priester seufzte.

»Sie haben nie existiert, Mario. Sie waren Produkte der Einbildung.«

Der Erzbischof starrte ihn an, dann überzog ein Ausdruck des Entsetzens sein Gesicht. »Oh, Gott … Sie haben sie – haben sie doch nicht etwa eliminiert … um Zeugen zu beseitigen?«

Wieder seufzte Van Burgh. »Mario, Sie können nicht etwas eliminieren, was niemals existiert hat.«

Verärgerung spiegelte sich jetzt auf dem Gesicht des Erzbischofs und schwang auch in seiner Stimme mit: »Sind Sie verrückt geworden? Scibor hat doch schließlich gelebt!«

»Ja, es gab einen Mirek Scibor. Er hat zwei seiner Vorgesetzten ermordet. Doch ganz unzweifelhaft wurde er verhaftet, und ebenso unzweifelhaft ist er hingerichtet worden.«

Ungläubig bellte Versano: »Und diese Nonne – Ania Krol …?

Mennini hatte sie in einem Kloster in Ungarn entdeckt.«

Van Burgh spreizte seine Hände. »Wenn Sie die Unterlagen dieses Klosters überprüfen, werden Sie keine Eintragung hinsichtlich einer Nonne namens Ania Krol finden. Wenn Sie die Schwester Oberin fragen, wird sie sich an eine solche Person nicht erinnern.«

Versano höhnte: »Und natürlich ist Mennini tot.«

»Ja. Gott gebe seiner Seele Frieden.«

»Und *Nostra Trinita*?«

Van Burgh machte eine wegwerfende Geste.

»Drei törichte Männer, die nach zuviel Wein und Brandy phantasierten.«

»Ich verstehe, und natürlich war die bestens dokumentierte Unruhe im Ostblock, waren die gewaltigen Sicherheitsvorkehrungen auch nur eine Erfindung meiner Phantasie und der Millionen anderer Menschen?«

Der Schinken-Priester schüttelte den Kopf. »Überhaupt nicht. Ich vermute vielmehr, daß dies aus einer Kampagne gezielter Fehlinformationen resultierte, wahrscheinlich die Amerikaner ... der CIA. Die hätten sicherlich das Ausmaß und die Truppenbewegungen der östlichen Sicherheitssysteme entdeckt.«

»Und die Morde? In diesem Restaurant? Und in Krakau?«

Van Burgh zuckte die Achseln. »Dissidenten, Renegaten, solche Dinge geschehen sogar in unterdrückten Ländern.«

Wieder herrschte Schweigen, dann erinnerte sich Versano an etwas. Er lehnte sich vor, ärgerlich, aber triumphierend. »Und was ist mit dem Geld?«

»Welchem Geld?«

Der Erzbischof brüllte: »Den Dollars? Dem Gold! Ich habe es geschickt! Ich! Ist das auch ein Produkt meiner Phantasie?«

Der Schinken-Priester erhob sich langsam und streckte sich. Sein Gesicht war unendlich müde. Sehr sanft sagte er: »Die Kirche hat kein Geld ausgegeben, von dem ich wüßte ... und Sie auch nicht.« Er schaute auf seine Armbanduhr. »Ich muß gehen.« Er deutete auf das Stück Papier in den Händen des Erzbischofs. »Es ist besser, daß wir alle ausnahmsweise einmal dem Kreml glauben. Leben Sie wohl, Mario.«

Der Schinken-Priester hatte die Tür erreicht und sie geöffnet, bevor Versano sprach. Er sagte kalt: »Was immer Sie auch sagen mögen, ich weiß, was ich glaube.«

Der Schinken-Priester wandte sich um und betrachtete ihn einen Augenblick, dann sagte er: »Wie Kardinal Mennini gesagt haben würde: ›Glauben ist ein Zustand des Geistes.‹ Und denken Sie daran, der Kardinal hatte ein Gewissen ... und trug ein härenes Hemd. Das Wissen, daß der ›Gesandte des *Papa*‹ nie existierte, ist Ihr härenes Hemd – tragen Sie es gut.«

Er ging hinaus und schloß behutsam die Tür hinter sich.

Epilog

Die Wumba-Berge in der östlichen Hochebene von Simbabwe überragen Moçambique. Jedenfalls dann, wenn die Nebel, die den Bergen ihren Namen gaben, sich auflösen.

In diesem Teil von Simbabwe gibt es neben den Eingeborenenstämmen noch einige Europäer, die aus der Kolonialzeit übriggeblieben sind. Dabei handelt es sich meistens um Briten, eine kleine Gemeinde von Griechen, dazu eine andere von Portugiesen, die nach der Unabhängigkeit von Moçambique über die Grenze gegangen sind. Dort gibt es auch ein paar Holländer und einige Deutsche, die meisten davon Farmer. Die Polen stellen die kleinste Gruppe dar mit kaum einem halben Dutzend Seelen.

Anfang 1984 wuchs ihre Zahl beträchtlich durch die Ankunft zweier weiterer Polen. Sie kamen innerhalb von drei Wochen nacheinander. Die Frau tauchte zuerst auf. Sie war Nonne und trat in das Kloster hoch oben auf dem Wumba ein, das früher ein altes, sehr schönes, aber unrentables Hotel gewesen war. Die meisten Nonnen waren wie die Schwester Oberin irischer Herkunft. Sie kümmerten sich um Waisen und Flüchtlinge aus dem vom Krieg erschütterten Moçambique. Die neue Nonne lehrte Englisch.

Der Mann kam ganz unauffällig, blieb zwei Wochen lang im Impala Arms Hotel und kaufte dann 300 Morgen Land im üppigen Burma-Tal. Es hieß, daß ein Teil des Kaufpreises in Gold bezahlt worden sei.

Es gab kein Haus auf dem Land, aber er errichtete ein Zelt und begann ein Haus aus den Steinen und dem Holz zu bauen, das er aus seinen eigenen Bäumen sägte. Er pflanzte Kaffee und Bananen und Proteastauden für den Export nach Europa.

Zuerst betrachteten ihn die benachbarten Farmer etwas mitleidig und machten Witze über ihn. Er war blutiger Laie. Aber er lernte schnell und hörte zu. Er baute langsam an dem Haus, holte sich manchmal Hilfskräfte, doch arbeitete er meistens allein.

Jeden Abend stieg er in seinen Landrover und fuhr den Wumba hinauf zum Kloster. Dort setzte er sich auf einen alten Baumstamm nahe dem überwachsenen Grün der alten Golfbahn und wartete. Nach den Abendgebeten leistete die Nonne ihm Gesellschaft, und sie sprachen etwa eine Stunde miteinander. Die Nonne in ihrem gestärkten weißen Gewand, der Mann in derber Arbeitskleidung.

Am 9. März 1987, fast drei Jahre nachdem er angekommen war, stellte der Mann das Haus fertig. An diesem Nachmittag kam der Lieferwagen eines Kaufhauses aus Mutare mit Möbeln an, darunter war auch ein großes Doppelbett. Am Abend zog der Mann seinen besten Anzug an und fuhr zum Kloster hoch. Dieses Mal parkte er vor dem Haupteingang. Er stieg aus dem Landrover und wartete. Nach zehn Minuten kam die Frau heraus. Sie trug Blue Jeans und ein weißes T-Shirt. Sie hatte einen Koffer dabei.

Sie wurde von der Schwester Oberin begleitet, die ihre Wange küßte, bevor sie in den Landrover stieg. Es war kein Lebewohl. Die Frau würde am nächsten Tag wiederkommen und auch am übernächsten Tag, um ihre Arbeit fortzusetzen. Doch nicht als Nonne. In ihrem Koffer war eine päpstliche Dispensation. Dieses Mal echt. Das Datum darauf war drei Jahre alt. Drei Jahre, die ihr als Buße für eine Sünde auferlegt waren, die sie niemandem erklären konnte, nur dem Mann, zu dem sie jetzt ging.

Sie bedauerte die drei Jahre nicht.

Und er auch nicht.